MIRA®

Der Preis dieses Bandes versteht sich einschließlich der
gesetzlichen Mehrwertsteuer.

Umwelthinweis:
Dieses Buch wurde auf chlor- und säurefreiem Papier gedruckt.

Lisa Jackson

Flammennächte

Seite 7

Eiskalte Versuchung

Seite 283

MIRA® TASCHENBUCH
Band 25651
1. Auflage: März 2013

MIRA® TASCHENBÜCHER
erscheinen in der Harlequin Enterprises GmbH,
Valentinskamp 24, 20354 Hamburg
Geschäftsführer: Thomas Beckmann

Titel der nordamerikanischen Originalausgaben:
Aftermath

erschienen bei: Silhouette Books, Toronto
Deutsche Erstveröffentlichung

Double Exposure

erschienen bei: Silhouette Books, Toronto
Deutsche Erstveröffentlichung

Published by arrangement with
HARLEQUIN ENTERPRISES II B.V./S.àr.l.

Konzeption/Reihengestaltung: fredebold&partner gmbh, Köln
Umschlaggestaltung: pecher und soiron, Köln
Redaktion: Mareike Müller
Titelabbildung: Mauritius Images; Thinkstock/Getty Images, München
Autorenfoto: © Harlequin Enterprises S.A., Schweiz
Satz: GGP Media GmbH, Pößneck
Druck und Bindearbeiten: CPI – Ebner & Spiegel, Ulm
Printed in Germany
Dieses Buch wurde auf FSC®-zertifiziertem Papier gedruckt.
ISBN 978-3-86278-507-0

www.mira-taschenbuch.de

Lisa Jackson

Flammennächte

Roman

Aus dem Amerikanischen von
Christian Trautmann

MIRA®

PROLOG

McLean-Ranch, Montana

„Ich liebe dich“, flüsterte Tessa Kramer und errötete ein wenig, weil sie sich getraut hatte, diese Worte laut auszusprechen. Sie lag im sommerwarmen Gras und schaute lächelnd in Denvers Augen, die so blau waren wie das Meer. Sie war erst neunzehn, aber sie war sich einfach sicher, dass sie diesen Mann liebte. Und niemand, nicht einmal ihr übervorsichtiger Vater, der sie wie ein kleines Kind behandelte, noch ihr misstrauischer Bruder oder auch Denver McLean selbst, konnten sie vom Gegenteil überzeugen.

Zärtlich strich Denver ihr mit dem Daumen über die Wange. Leidenschaft glomm in seinem Blick. „Bist du dir sicher?“

„Absolut.“ Ihre Lippen bebten ängstlich. „Also versuch bloß nicht, mir zu erzählen, ich sei zu jung oder zu naiv, um zu … um eine Ahnung zu haben, wovon ich rede.“

„Widerspreche ich denn?“ Erneut küsste er sie zärtlich. Seine Lippen lagen für die Dauer eines Wimpernschlags verheißungsvoll auf ihren. Mit seinen starken Fingern fuhr er durch ihre rotblonde Mähne.

Als sie ihm ihre Arme um den Nacken schlang, spürte sie das Gewicht seines muskulösen Oberkörpers an den Brüsten. Durch die sich sanft in der lauen Luft wiegenden Äste der Kiefern über ihnen, sah sie den blauen Himmel. Die Sommersonne stand tief über den Bergen, und Insekten summten in der milden Brise, die Denvers pechschwarzes Haar zerzauste. Ganz in der Nähe waren die Pferde angebunden, ein beigebrauner Wallach und eine rotbraune Stute. Die Tiere beschnupperten sich gegenseitig und wieherten leise, während sie mit ihren Schweifen die dauerpräsenten Fliegen verscheuchten.

Der Nachmittag war vollkommen.

„Ich liebe dich auch“, raunte Denver und bewegte sich leicht über ihr.

Durch ihre Jeans hindurch spürte Tessa die Hitze seines Körpers und die Wärme seiner muskulösen Beine, die mit ihren verschlungen waren.

Begierig presste er die Lippen auf ihre und stöhnte – ein tiefer, ursprünglicher Laut, der ihren Herzschlag beschleunigte. Ihr stockte fast der Atem bei seinem Worten: „Ich will, dass du mein bist."

Sie glaubte ihm. Sie wusste einfach, dass er sie heiraten wollte und die Absicht hatte, den Rest seines Lebens mit ihr zu verbringen. Ihr Puls fing an zu rasen, als seine Zunge ihre Kehle berührte. Sein Atem war warm wie der Sommerwind, sein Blick aufrichtig, seine Augen klar wie ein Bergsee.

„Ich vertraue dir", hauchte sie.

Tessa spürte, dass die Knöpfe ihrer Bluse durch die Knopflöcher glitten, dass sich der hauchdünne Stoff teilte und Sonnenlicht ihre nackte Haut wärmte, als Denver sie behutsam entkleidete. Prompt vergaß sie jede Vorsicht. Heute würde sie beweisen, wie sehr sie ihn liebte und wie falsch ihr Vater mit seiner Meinung über ihn lag.

Mit der Zunge fuhr Denver über den Spitzenstoff ihres BHs. Ein sinnlicher Schauer überlief sie. Er öffnete den Verschluss mit Leichtigkeit und warf das knappe weiße Kleidungsstück auf einen Salbeibusch.

Tessa sog scharf die Luft ein. Denver legte seine Hände in einer beinah schützenden Geste auf die rosigen Spitzen ihrer Brüste und massierte sie, bis Tessa innerlich in Flammen zu stehen schien. Es war die gleiche brennende Begierde wie jedes Mal, wenn er sie küsste. Er liebkoste eine ihrer Brustwarzen mit der Zunge. Tessa stöhnte und sehnte sich nach mehr. Sie reagierte instinktiv, indem sie seinen Kopf festhielt und seinen Namen wisperte, während ihr Blut sich förmlich in glühende Lava verwandelte.

Sie konnte nicht mehr klar denken, und sie wollte es auch nicht. Langsam ließ sie ihre Finger hinunter zum Bund seiner ausgewaschenen Jeans gleiten und öffnete die Hosenknöpfe.

Dann schob sie ihm die Jeans herunter und fühlte zum ersten Mal die seidigen Härchen auf seinen Oberschenkeln, während er sie ebenfalls weiter auszog.

Das Sonnenlicht tanzte zwischen den Bäumen und fiel auf ihre nackten Körper, als sie einander in stummer Verzückung betrachteten. Tessa war nicht verlegen und verschlang ihn mit Blicken ebenso wie er sie. Er schluckte schwer.

Sie befeuchtete sich die Lippen. „Ich werde dich für den Rest meines Lebens lieben“, sagte sie leise und fühlte das Spiel seiner Schultermuskeln.

Kaum dass sie mit den Händen sacht über seine Rippen wanderte, stöhnte er. „Tessa quäle mich nicht …“

„Niemals“, versprach sie und kostete seinen Anblick aus.

Mit seinen dreiundzwanzig Jahren hatte Denver sich in einen gut aussehenden Mann verwandelt. Er war groß und schlank, seine Haut gebräunt, seine Augen von einem strahlenden Blau, die Haare so schwarz wie die Nacht. Er wirkte längst nicht mehr jungenhaft, sondern besaß einen verwegenen Charme. Er verkörperte alles, was sie je gewollt hatte. Und wenn sie ihn nicht umstimmen konnte, würde er fortgehen.

„Oh Tessa“, murmelte er heiser und strich ihr die Haare aus dem Gesicht. „Ich will dich glücklich machen.“

„Sehe ich denn so unglücklich aus?“, neckte sie ihn.

Er grinste nur. „Du siehst wundervoll aus.“

„Du aber auch, Mr McLean.“

„Ich will dir niemals wehtun“, sagte er und wurde wieder ernst.

„Das wirst du auch nicht.“

Er presste seine Lippen auf ihre und legte sich ganz auf sie, wobei er seine Knie behutsam zwischen ihre drängte. Seine Oberschenkel rieben sich auf äußerst sinnliche Weise an ihren, während er in sie eindrang. Ein kurzer Schmerz flammte auf und wurde gleich wieder ausgelöscht durch Denvers sanfte und vorsichtige Bewegungen.

Tessa schnappte nach Luft, schlang ihm fest die Arme um

den Nacken und presste ihren Mund auf seinen und passte sich seinem Rhythmus an. Er küsste ihre Lider, ihre Wangen, ihre Lippen. Das lodernde Feuer der Begierde, das in ihr erwacht war, wurde mehr und mehr entfacht. Die Leidenschaft zwischen ihnen war wie ein wildes Präriefeuer, wie ein Sturm, der sie beide verschlang.

„Liebe mich", hauchte sie.

„Das tue ich ... oh!", schrie er, wobei sich jeder Muskel seines Körpers anzuspannen schien und er sich über ihr aufbäumte. Erschöpft sank er gleich darauf in ihre Arme. „Oh Liebling!"

Der Wind wechselte lautlos seine Richtung und wehte über den zerklüfteten Bergrücken, auf dem sie lagen, bog das trockene Gras und spielte mit Tessas Haar.

„Verlass mich nicht, niemals", bat sie, noch ganz benommen. Nach wie vor hielt sie ihn fest umklammert und wartete darauf, dass sich ihr Herzschlag wieder beruhigte. Sie spürte den Schweiß auf seinen Oberarmen, atmete den Duft des Liebesspiels auf seiner Haut ein, sah Rauchwolken am sich pink verfärbenden Himmel über ihnen ...

„Ich muss nach L. A."

Seine Worte holten Tessa schmerzhaft in die Wirklichkeit zurück. „Du musst nicht fort", protestierte sie.

„Doch, ich muss. In zwei Wochen fängt mein Job dort an." Offenbar entging ihm ihre Enttäuschung nicht, denn er gab ihr einen Kuss auf die Nasenspitze. „Du könntest mich begleiten."

Sie unterdrückte den Impuls zu weinen und richtete den Blick auf den dunstigen Himmel. „Mein Vater ..."

„Der braucht dich nicht. Kommt mit mir."

„Was soll ich denn in Los Angeles machen?", fragte sie und sah ihn wieder an. „Ich trainiere Pferde. Ich gehöre einfach nicht in die Großstadt. Und du auch nicht." Sie blinzelte mehrmals und ermahnte sich erneut, nicht in Tränen auszubrechen. Jedenfalls nicht an diesem Nachmittag, nicht nachdem sie sich geliebt hatten. Weitere Wolken zogen über ihnen vorbei, und der Geruch nach Rauch wehte zu ihnen herüber.

„Ich bin Ingenieur. Ich will Brücken bauen und Wolkenkratzer und ...“ Er nahm einen seltsamen Geruch wahr und hielt angespannt inne.

„Und was?“

„Rauch!“, stieß er hervor und schaute erst zu den sie umgebenden Bergen auf, dann zum Tal weit unten. „Um Himmels willen ...“

„Was ist denn?“, wollte sie wissen. „Denver?“ Auch sie roch plötzlich brennendes Holz. „Nein!“

Tessa folgte seinem Blick und entdeckte grauen Qualm, der von einem der Ställe der McLean-Ranch aufstieg. Voller Entsetzen kroch sie über den trockenen Boden, um ihre Kleidung zusammenzusuchen und hastig anzuziehen.

Denver rannte barfuß zu seinem Pferd und schnappte sich die Zügel. Erst wich das arme Tier erschrocken zur Seite und warf den Kopf herum, doch er schwang sich dennoch auf den Rücken des Wallachs und stieß ihm hart die Fersen in die Seiten. Die Hufe klapperten über den felsigen Boden und Staub umhüllte ihn, als er auf seinem Pferd davongaloppierte.

„Warte!“, schrie Tessa und verfluchte die Knöpfe ihrer Bluse, während sie in ihre Stiefel schlüpfte. Sie lief zu ihrer Stute und schwang sich auf deren Rücken. „Los!“, befahl sie dem Pferd und trieb es mit dem Druck ihrer Knie an. Das kleine Quarterhorse machte einen Satz und stolperte den steinigen Pfad in rasantem Tempo bergab.

Der Wind blies Tessa ins Gesicht und in die Haare, alles um sie herum verschwand hinter einem Tränenschleier. Denver war ein ganzes Stück vor ihr und verließ plötzlich den Pfad, um zwischen den Bäumen zu verschwinden. „Warte!“, rief sie erneut.

Er warf nicht mal einen Blick über die Schulter. Tief über den Hals seines Pferdes gebeugt, preschte er davon.

Tessa fluchte und hoffte, dass die Leute auf der Ranch das Feuer bereits unter Kontrolle hatten. Dennoch befürchtete sie das Schlimmste. Ihre kleine Stute sprintete in den Kiefernwald, wo Tessa sich ducken musste, damit sie nicht von tief hängenden Ästen aus dem Sattel geworfen wurde. „Komm schon, komm schon“, murmelte sie ängstlich, als sie aus der Schonung wieder herauskamen und über eine weite Weidefläche galoppierten, die zu den Ställen führte.

Auf der Ranch war die Hölle los. Stalljungen, Cowboys und die Küchenhilfe rannten über den Hof, schrien durcheinander und richteten Wasserschläuche auf das Gebäude. Dichter beißender Qualm erfüllte die Luft und verdunkelte das Tageslicht. Flammen knisterten und schlugen aus dem Dach. Pferde wieherten in Panik und traten mit ihren eisenbeschlagenen Hufen gegen die Holzwände ihrer Boxen, bis diese splitterten.

„Großer Gott“, presste Tessa hervor. „Bitte, Gott, rette sie!“

Denver riss an den Zügeln. Das Pferd bäumte sich auf, er sprang herunter und hechtete dann über den Zaun.

„Stopp! Denver, nein!“, rief sie entsetzt und brachte ihren Wallach nahe dem Gatter zum Stehen. Sie kletterte über den Zaun und lief ihm hinterher, wobei sie sich den Weg zwischen den mit Löscharbeiten beschäftigten Ranchmitarbeitern hindurch bahnte. „Jemand muss ihn aufhalten! Denver!“

Rauch brannte in ihren Lungen und in den Augen. Sie stolperte Denver hinterher und rief ein weiteres Mal verzweifelt seinen Namen.

„Du kannst dort nicht hin“, erklärte ihr Bruder Mitchell, der aus dem dichten Rauch auftauchte.

„Zur Hölle!“

„Ganz genau.“ Sein hageres Gesicht war rußverschmiert, die Haare verdreckt, die Augen gerötet. Flammen schossen zwischen den verkohlten Dachschindeln des bereits durchhängenden Daches hoch. „Es ist die reinste Hölle.“

„Denver ist da drin!“, erwiderte sie, ohne sich aufhalten zu lassen. Allerdings hatte Mitchell keine Mühe, mit ihr mitzuhalten.

„Hör mir doch mal zu, Tessa“, brüllte er, um das Durcheinander aus dem lauten Rufen der Männer, dem Wiehern der verängstigten Pferde und dem tosenden Feuer zu übertönen. „Du kannst da nicht …“

„Ich muss!“ Inzwischen rannte sie und war nur noch wenige Meter vom Stall entfernt. Mitchell warf sich auf sie und riss sie um. Sie schlug mit dem Kinn auf den Kies, aber das kümmerte sie nicht. Sie musste zu Denver.

„Verdammt, Tessa“, zischte Mitchell ihr ins Ohr, „ein Teil der McLeans ist bereits da drin gefangen!“

„Nein!“

„Als das Feuer ausbrach, haben Katherine und Robert versucht, die Tiere und die Unterlagen aus dem Büro zu retten.“

Tessa setzte sich auf, hielt sich die zitternde Hand vor den Mund und schüttelte, mit Blick auf das brennende Gebäude, fassungslos den Kopf. Bei dem Stall handelte es sich um einen zweistöckigen Bau, in dessen oberem Geschoss das Büro und die Lagerräume untergebracht waren. Die Pferde, die der ganze Stolz der McLean-Ranch waren, hatten ihre Boxen unten. Tessa hatte das Gefühl, sich übergeben zu müssen.

„Die Feuerwehr wird jeden Moment hier sein“, erklärte Mitchell, seine Stimme klang heiser von dem, Qualm, den er eingeatmet hatte. Mit seinen starken Armen hielt er Tessa zurück. „Es gibt nichts, was wir noch tun können, bis sie eintrifft.“

„Wir können doch nicht tatenlos herumsitzen und dabei zusehen, wie sie verbrennen!“ Sie schluchzte hilflos und verzweifelt.

In der Nähe heulten Sirenen, und schwere Reifen knirschten auf dem Kies. Durch den Rauch war Blaulicht zu sehen. Ein Krankenwagen bremste scharf, gefolgt von einem roten Feuerwehrwagen und drei riesigen Trucks.

Der Einsatzleiter stieg aus und hob ein Megafon vor den Mund. „Alle zurück!“, befahl er, während er sich einen Überblick verschaffte und dem Fahrer des Löschfahrzeugs Zeichen machte. „Da hinten ist ein See!“ Das Löschfahrzeug fuhr um das Wohnhaus zu dem großen, jetzt von der Spiegelung der Flammen rötlich schimmernden See. Feuerwehrmänner sprangen aus den Trucks und zogen schwere Schläuche hinter sich her zum Stall. „Ich will, dass wir das Feuer unter Kontrolle bringen und die umliegenden Gebäude schützen. Wir können dem Wind heute nicht trauen."

Wasser schoss in hohem Bogen aus den Schläuchen, traf auf den brennenden Stall und zischte auf den glühenden Balken.

Tessa befreite sich aus dem Griff ihres Bruders und lief zum Chief. „Sie müssen sie retten!", schrie sie, damit sie über den Lärm der Pumpen, den gebrüllten Kommandos, dem tosenden Feuer überhaupt zu verstehen war.

„Die Pferde? Oder …"

„Die McLeans sind da drin", erklärte Mitchell, der ihr gefolgt war, und deutete auf den Stall. „Möglicherweise befinden sie sich im Büro im ersten Stock oder unten, weil sie versucht haben, die Pferde da rauszuholen.

„Verdammt!" Er fluchte. „Wie viele Personen?"

„Fünf … nein, vier. Denver und seine Eltern, Robert und Katherine. Und … und Dad, Curtis Kramer, der Vorarbeiter."

„Dad auch?", flüsterte Tessa mit rauer Stimme.

„Das sind alle?", hakte der Mann nach und kniff die Augen zusammen. „Was ist mit John McLean und dem anderen McLean-Sohn – wie heißt er noch gleich?"

„Colton", murmelte Tessa und dachte an Denvers jüngeren Bruder. Im Stillen betete sie, er möge wohlauf sein.

Mitchell schüttelte den Kopf. „John und Colton sind in der Stadt, und ich glaube, die übrigen Helfer auch."

„Finden Sie es heraus", forderte der Chief ihn auf. Dann hob er das Megafon wieder an den Mund und brüllte: „Okay, wir haben vier Leute, die dort drinnen eingeschlossen sind. Möglicherweise auch mehr, oben oder unten. Holt sie da raus!" Er sah zu Tessa und las offenbar die Furcht in ihrem Gesicht. „Bringen Sie sie weg von hier", wandte er sich an Mitchell. „Es gibt nichts, was sie tun kann."

„Ich gehe nicht …", verkündete sie.

„Komm schon, Tessa!"

„Nicht, solange Denver und Dad da drinnen sind. Auf keinen Fall!“ Sie wollte losrennen, stolperte jedoch über einen Löschschlauch.

„Sie sind im Weg, Lady“, bemerkte der Einsatzleiter.

„Hey, Chief! Wir haben einen!“ Einer der Feuerwehrmänner schleppte einen hustenden, rußverschmierten Mann aus dem Stall. Tessa wollte zu ihm, doch Mitchell legte ihr den Arm um die Taille und hielt sie fest.

„Vielleicht solltest du dir das lieber nicht anschauen“, warnte er sie.

„Lass mich los!“

„Es könnte Denver sein …“

„Dann muss ich zu ihm!“ Sie riss sich von ihrem Bruder los.

Die Sanitäter waren zuerst bei dem Geretteten und verabreichten ihm bereits Sauerstoff. Tessa erkannte, dass es sich um ihren Vater handelte, sein Gesicht war geschwärzt, seine Haare versengt.

„Dem Himmel sei Dank“, flüsterte sie und sank neben ihm auf die Erde.

„Hey, Lady, lassen Sie uns bitte arbeiten. Wir brauchen ein wenig Platz“, fuhr einer der Rettungshelfer sie an. Tessa rutschte auf den Knien zur Seite, ohne den Blick von ihrem Vater abzuwenden. Er sah erschöpft und alt aus unter den Rußstreifen im Gesicht. Sein dichtes weißes Haar schien gelblich, und er hustete stark.

Aber er lebte. Sie schloss die Augen und betete im Stillen.

Ihr Vater blinzelte mehrmals rasch hintereinander und hustete weiter. Er starrte ins Leere.

„Schafft ihn in den Krankenwagen“, befahl der Chief und wandte sich grimmig dreinblickend an Tessas Vater. „Haben Sie noch jemanden da drinnen gesehen?“

„Ich … ich weiß nicht“, murmelte er hustend.

„Der hat keine Ahnung, er ist nämlich voll wie eine Haubitze“, entgegnete der Sanitäter.

Tessa verkniff sich eine wütende Erwiderung, denn als sie

sich über ihren Vater beugte, roch sie die vertraute Whiskeyfahne.

Ein Pick-up-Truck kam die Auffahrt entlanggerast und bremste scharf. Der Fahrer, Denvers jüngerer Bruder Colton, sprang aus dem Wagen. Seine Cowboystiefel knirschten auf dem Kies, während er auf den Chief zurannte.

„Was zur Hölle ist hier los?“, fragte er, schaute zum Stall und wurde blass. Orange Flammen schossen aus dem Dach. Die Hitze des Infernos war deutlich spürbar.

Laut hustete Curtis wieder und erstarrte, sowie er seinen Blick aus rotgeränderten Augen auf seine Tochter richtete. „Tessa, Mädchen?“, flüsterte er, und ein müdes Lächeln erschien auf seinem Gesicht.

„Gott sei Dank, es geht dir gut.“ Sie schlang die Arme um ihn und legte den Kopf auf seine Brust. „Hast du Denver gesehen?“

„Du warst mit ihm zusammen“, antwortete Curtis. „Niemand ...“

„Aber Denver ist dort drinnen! Und seine Eltern auch“, protestierte sie.

„Oh Gott!“, schrie Colton und lief, ohne nachzudenken, los zum Stall.

„Es ist zu spät!“, rief Mitchell. „Colt ... Stopp! Verdammt!“

„Bleiben Sie zurück!“, befahl der Einsatzleiter mithilfe seines Megafons. „Himmel, haltet ihn auf.“

Ein Feuerstoß fuhr durch den Stall, und das Gebäude versank in einem wilden Flammenmeer. Glas splitterte, Balken ächzten und fielen krachend zu Boden. Das Feuer loderte, als griffen teuflische, gelbe Finger in den Himmel. Die Erde erzitterte.

Tessa schluchzte, denn sie wusste, dass Denver das unmöglich überleben konnte.

„Komm mit, Tess“, sagte Mitchell sanft, hob sie auf die Arme und trug sie zu seinem alten zerbeulten Pick-up, während Feuerwehrleute und Helfer zum Stall eilten.

Wie im Traum verfolgte Tessa, den Abtransport ihres Vaters in den Krankenwagen und fühlte den rauen Jeansstoff von Mitchells Jacke an ihrer Wange. „Hier können wir nichts mehr tun“, meinte er leise. „Ich glaube, niemand kann mehr etwas tun.“

„Aber Denver …“

„Ich weiß, Tess. Ich weiß.“

1. KAPITEL

Helena, Montana
Sieben Jahre später

Ich will sie nicht!“, verkündete Denver McLean und ließ sich in einen Ledersessel vor Ross Andersons Schreibtisch fallen.

„Wir reden hier über die gesamte Ranch“, erinnerte ihn der junge Anwalt. Ross’ schmales Gesicht war ernst, seine wässrigen blauen Augen hinter den dicken Brillengläsern blickten ruhig. Er rauchte eine verbogene schwarze Zigarre.

Der qualmende Stumpen stank und passte besser in eine Wildwestkulisse als in das moderne Gebäude aus Chrom und Glas, in dem sie saßen, fand Denver. Er rieb seine Narbe auf dem linken Handrücken. „Ich glaube, Sie haben mich nicht verstanden. Ich will es nicht. Verkaufen Sie das ganze verdammte Ding!“

„Ohne die Zustimmung Ihres Bruders ist das nicht möglich“, erklärte Ross in diesem beruhigenden Ton eines Anwalts, der Denver fürchterlich auf die Nerven ging.

„Niemand weiß, wo Colton ist. Ich habe seit Jahren nichts mehr von ihm gehört.“

„Trotzdem gehört die Hälfte der Ranch ihm – und die andere Ihnen. So wollte es Ihr Vater, und Ihr Onkel hat dafür gesorgt, dass sein Letzter Wille erfüllt wurde.“

„Ich wünschte, John hätte zuerst mit mir gesprochen“, meinte Denver. Wenn sein Onkel nicht schon tot wäre, würde er ihm glatt den Hals umdrehen dafür, dass er sich ständig einmischen musste.

„Tja, dafür ist es nun zu spät“, stellte Ross treffend fest.

Denvers Lippen zuckten angesichts dieser Ironie des Schicksals. Obwohl er seit sieben Jahren nicht mehr auf der McLean-Ranch gewesen war und die wiederholten Bitten seines Onkels, zu Besuch zu kommen, ignoriert hatte, kriegte ihn der alte Mann am Ende doch dran. „Na schön“, gab er nach und lehnte sich in seinem Sessel zurück. „Dann verkaufen Sie eben nur meine Hälfte.“

„Das kann ich nicht, wegen der Steuernachforderungen.“

„Verdammte …“

Die Tür ging auf, und Ross’ Sekretärin, eine gertenschlanke Frau mit hellblonden Haaren, dick aufgetragener Mascara und einem strahlenden Lächeln, brachte Kaffee, Milch und Zucker auf einem Tablett.

„Stellen Sie es einfach auf den Schreibtisch, Nancy“, wies Ross sie an und paffte an seiner Zigarre, sodass sich der Raum allmählich mit bläulichem Qualm füllte.

Nancy tat, wie ihr aufgetragen, und musterte Denver mit einem interessierten Blick, der ihn nervös machte. Selbst nach drei erfolgreichen Operationen hatte er immer noch das Gefühl, als seien seine Verbrennungen so rot und frisch wie zu dem Zeitpunkt, als man ihn halb tot aus dem Feuer gerettet hatte.

Das Feuer – immer wieder das Feuer. Er war ihm nie ganz entronnen, nur körperlich. Und er würde es nie vergessen können.

Bei der Erinnerung daran zog sich alles in ihm zusammen, und er versuchte, sich auf den Plastikbecher mit schwarzem Kaffee zu konzentrieren, den Ross ihm reichte.

„Sie glauben also, Ihr Onkel wollte Ihnen eins auswischen, indem er Ihnen die Ranch hinterließ?“

„War es nicht so?“

„Es handelt sich um eine Ranch in Montana, mit über tausend Hektar Land“, entgegnete Ross trocken. „Wie ein Fluch kommt mir das nicht vor.“

„Nein?“ Denver trank einen Schluck Kaffee, der heiß und bitter war. Es kümmerte ihn nicht. „Warum wurden die Steuernachforderungen nicht bezahlt?“

„Die Ranch hat in den letzten Jahren nur noch rote Zahlen geschrieben.“

„Ich dachte, es gäbe auf dem Land riesige Silbervorkommen“, sagte Denver und dachte an die Jahre vor dem Feuer, in denen seine Eltern und sein Onkel aufgeregt über eine Silbermine oben auf der Hügelkette spekulierten. Jene Hügelkette, auf der er mit Tessa gelegen hatte, während unten eine glimmende Zigarette das trockene Stroh im Stall entzündete …

„Ich glaube nicht, dass es dort Silber gab“, sagte Ross.

„Pech“, murmelte Denver. Laut fragte er: „Was ist mit dem Viehbestand?“

„Der lässt sich halten, nehme ich an. Ihr Onkel schien der Ansicht zu sein, dass er kurz davorstand, die Dinge zum Guten zu wenden.“

Das bezweifelte Denver. Ross versuchte nur, ihm die Ranch schmackhaft zu machen, wie der gute alte Onkel John es in den vergangenen Jahren ständig probiert hatte. Denver war damals nicht darauf hereingefallen, und er tat es auch jetzt nicht. „Der Stall wurde nach dem Feuer nicht wieder aufgebaut, richtig?“

„Die Versicherung zahlte nur widerwillig, weil sie behauptete, es sei Brandstiftung gewesen. Der Chief der Feuerwehr sagte das auch. Unglücklicherweise war das Gebäude auch kaum versichert, weshalb das Geld gerade einmal für die Aufräumarbeiten und ein paar Boxen in der alten Scheune reichte.“ Ross kniff die Augen hinter seinen Brillengläsern zusammen. „John war ganz versessen darauf, die Versicherungsgesellschaft zu verklagen, weil sie ihn betrogen hätte. Er behauptete, höhere Beiträge als nötig bezahlt zu haben. Am Ende gab er es allerdings auf.“

„Auf Ihren Rat hin?“

Ross nickte und sog an seiner Zigarre. „Worauf wollen Sie hinaus?“

„Der Punkt ist doch, dass die McLean-Ranch nur noch aus heruntergekommenen Gebäuden, mageren Rindern, wenigen Pferden und ein paar Feldern mit Salbeisträuchern besteht.“

„Es gibt Leute, die würden das anders sehen.“

„Mag sein“, räumte Denver ein. „Ich sehe es jedenfalls so:

Die Ranch ist nicht mehr viel wert. Wir sollten versuchen, den bestmöglichen Preis dafür zu erzielen und die Sache hinter uns bringen."

Ross seufzte. „Das wäre ein Fehler."

„Nicht mein erster." Denver zupfte mit zwei Fingern an seinem Kragen und wünschte, er hätte dieses ganze Durcheinander schon hinter sich. Er wollte keine zusätzlichen Erinnerungen an die Vergangenheit.

Ross schob eine Kopie des Testaments über den Schreibtisch. „Solange die Steuern nicht bezahlt sind, können Sie ohnehin nichts tun."

„Dann bezahle ich sie eben."

„Na schön, da hätten wir die erste Hürde genommen. Und was ist mit Colton?"

„Finden Sie ihn!"

„Das wird nicht einfach."

„Es muss aber einen Weg geben", sagte Denver müde. „Soweit ich weiß, ist er immer noch Staatsbürger der USA. Fragen Sie im Außenministerium nach, engagieren Sie einen Privatdetektiv, erkundigen Sie sich beim Finanzamt und der CIA."

„Das kostet Zeit."

Denver winkte ab. „Vielleicht haben Sie ja Glück."

„Ich habe versucht, ihm eine schriftliche Nachricht zukommen zu lassen, durch das Magazin, für das er vor einigen Jahren freiberuflich gearbeitet hat", erklärte Ross. „Aber es kam nie eine Antwort."

„Versuchen Sie es weiter." Denver starrte wütend auf das Testament. „Ich kann warten." Er merkte, wie er beim nächsten Gedanken die Zähne zusammenbiss. „Leitet der alte Kramer noch immer die Ranch?"

Ross zuckte die schmalen Schultern unter seinem Jackett. „Soweit ich weiß, ja. Aber ich hörte John einmal sagen, dass im Grunde Kramers Tochter die Verantwortung habe. An ihren Namen kann ich mich allerdings nicht mehr erinnern."

„Tessa", sagte Denver unwillkürlich und spürte sofort den

bitteren Beigeschmack, selbst nach sieben Jahren noch. Wenn er wollte, konnte er sich auch heute noch an den Geschmack ihrer Haut an jenem heißen Tag erinnern. Aber er wollte nicht. Es hatte keinen Sinn, eine Vergangenheit heraufzubeschwören, die auf Lügen basierte.

„Ja, stimmt, so hieß sie. John vertraute mir an, sie vertrete ihren Vater." Ross lehnte sich zurück und musterte Denver kritisch. „Anscheinend hat Curtis Kramer ein Alkoholproblem."

„Manche Dinge haben sich nicht geändert", bemerkte Denver.

„Selbstverständlich können Sie tun, was Sie wollen. Aber da Sie schon mal in Montana sind, würde ich mir an Ihrer Stelle selbst ein Bild von der Ranch machen. Fahren Sie hin und entscheiden Sie dann, ob Sie wirklich verkaufen wollen."

„Will ich."

„Das sagten Sie, ja. Ich dachte nur, Sie wollen vielleicht herausfinden, wie eine einst vollkommen schuldenfreie Ranch so viel Verlust machen konnte. Zumindest bis vor Kurzem."

Denver dachte darüber nach. Er kannte den Grund: schlechtes Management. Curtis Kramer verstand etwas von Pferden, aber er konnte keine Ranch leiten. Denvers Vater hatte das gewusst und wollte Curtis entlassen, kurz bevor das Feuer ausbrach … das verdammte Feuer. Unglücklicherweise arbeitete Tessas Vater weiterhin auf der Ranch. Niemand konnte beweisen, dass Curtis das Feuer verursacht hatte, und John war von der Unschuld des Mannes überzeugt gewesen. Denver zweifelte daran. Er trommelte mit den Fingern auf der Armlehne. „Ist es nicht Aufgabe der Bank, die den Nachlass verwaltet, herauszufinden, wie viel die Ranch noch wert ist?"

Ross grinste. „Trauen Sie jemandem von der Second Western Bank zu, dass er etwas von der Bewirtschaftung einer Ranch versteht?"

Denver gab einen verächtlichen Laut von sich.

„Eben." Ross zupfte an seiner Krawatte. „Natürlich können Sie machen, was Sie wollen. Schließlich gehört sie jetzt Ihnen."

„Na, fabelhaft.“ Denver schob seinen Sessel zurück, stand auf und marschierte hinaus, vorbei an der blonden Rezeptionistin und durch das Labyrinth der Flure der Kanzlei – der größten in Helena, Montana. Trotz ihrer geringen Größe im Vergleich zu den meisten in Los Angeles, wo Denver in den vergangenen sieben Jahren gelebt hatte, war die Kanzlei O'Brien, Simmons und Taft erstklassig, selbst für kalifornische Standards. Und Ross Anderson, der Juniorpartner, verstand etwas von seinem Job.

Denver drückte die Glastür mit der Schulter auf und trat hinaus auf die Straße. Das Tempo in Helena war gemächlicher als in Los Angeles, was Denvers innere Unruhe noch verstärkte. Ross' Rat beschäftigte ihn auf dem Weg zum Parkplatz, wo sein Mietwagen in der Sonne des späten Nachmittags stand. Am Himmel zogen sich Wolken zusammen, aber es wehte kein Wind, und die Luftfeuchtigkeit war ungewöhnlich hoch.

Denver stieg ein, startete den Wagen und musste wieder an das Inferno denken.

Es war alles so schnell gegangen. In der einen Minute hatte er noch bei Tessa gelegen und ihre vom Tau feuchte nackte Haut an seiner gespürt, ihre Lippen weich und sinnlich, in ihren haselnussbraunen Augen ein Ausdruck von Leidenschaft. Und im nächsten Moment wurde er Zeuge der grauenhaften Feuersbrunst, hörte die Todesschreie der Pferde, das Schlagen der Hufe im dichten Qualm, der in der Lunge brannte. Dann warf ihn die Explosion zu Boden.

Erst drei Tage später kam er wieder zu sich, mit verbrannten Händen und entstelltem Gesicht. Man überbrachte ihm die niederschmetternde Nachricht vom Tod seiner Eltern.

Die Augen gerötet, hatte Colton an Denvers Krankenbett gesessen. „Es war Kramers Schuld“, behauptete er, wobei er den Blick seines Bruders mied und stattdessen den Infusionsbeutel beobachtete, von dem ein Schlauch in Denvers rechten Handrücken führte.

„Wie … wie ist das möglich?“ Himmel, er hatte überall Schmerzen.

„Er hat die Ranch bestohlen. Er war oben im Büro und manipulierte die Bücher, als das Feuer ausbrach. Wenn du mich fragst, hat er es getan, um die Spuren zu beseitigen."

„Das kannst du nicht beweisen."

„Ach nein?", rief Colton aufbrausend. „Solltest du nicht an diesem Tag die Bücher durchsehen? Bestand Tessa nicht darauf, dass du stattdessen mit ihr ausreitest?" Er stand auf, mit vor Zorn gerötetem Gesicht. Der Teppich dämpfte die Schritte seiner Stiefel.

Denver hatte einen trockenen Hals und musste schlucken.

„Was hat sie getan? Dich verführt?" Offenbar entdeckte Colton etwas Verräterisches in Denvers Blick. „Natürlich hat sie das!", sagte er angewidert.

„Nein …"

„Begreifst du denn nicht? Es gehörte alles zu Curtis' Plan, die Ranch und uns auszunehmen. Dad war ihm auf die Schliche gekommen, deshalb musste Curtis seine Spuren verwischen."

„Auf keinen Fall", erklärte Denver mit kratziger Stimme.

„Wessen Idee war der Ausritt?"

Denver antwortete nicht.

„Eben. Und ich wette, Tessa hat sich nicht geziert."

„Raus hier."

Colton rührte sich nicht von der Stelle. „Du bist blind, Bruder! Sie und ihr ständig betrunkener Vater haben uns manipuliert. Ich wette sogar, dass Mitch mit ihnen unter einer Decke steckt."

Denver versuchte, sich aufzusetzen und den Schmerz zu ignorieren. „Ich weigere mich zu glauben …"

„Dann lass es. Aber denk wenigstens darüber nach. Mom und Dad sind tot, Denver. Tot! Dad verdächtigte Curtis der Unterschlagung, und er stand kurz davor, es beweisen zu können. Kommt es da nicht einen Tick zu gelegen, dass sämtliche Unterlagen zerstört wurden? Ausgerechnet an dem Tag, an dem Dad dich aufforderte, die Bücher durchzusehen?"

„Von Curtis hat er nichts gesagt."

„Konnte er auch schlecht, oder?“, erwiderte Colton. „Schließlich wollte er eine unvoreingenommene Meinung hören.“ Coltons wütender Blick glitt über das zerknitterte Bettzeug, die Verbände und verweilte auf Denvers verwundetem Gesicht. „Ich weiß, dass wir beide selten einer Meinung waren, aber ich hatte gehofft, du würdest mir wenigstens in dieser Sache beipflichten.“ Er musste sich erst beruhigen, ehe er fortfuhr: „Sie sind tot, Denver. Und du ... sieh dich an.“ Coltons Augen waren voller Mitgefühl. „Sieh dir an, was sie mit dir gemacht haben, um Himmels willen!“

„Verschwinde!“ Denver wollte nicht daran denken, was er abbekommen hatte. Er war immer stolz gewesen, deshalb quälte ihn der Ausdruck auf Coltons Gesicht. Er wollte sich gar nicht ausmalen, wie mitleidig Tessa ihn ansehen würde, falls sie ihn überhaupt jemals wiederträfe.

Zornig schaute er ihn an. „Wie du es auch drehst, es bleibt dabei. Curtis ist verantwortlich für das, was passiert ist.“

Mit diesen Worten hatte er damals das Zimmer verlassen. Denver war mit seinen Narben und Erinnerungen allein zurückgeblieben.

Jetzt schüttelte er den Kopf, um die unliebsame Vergangenheit zu vergessen. Er legte hart den Gang ein und fuhr rückwärts vom Parkplatz der Rechtsanwaltskanzlei. Der Wagen rollte auf die Straße, und Denver fuhr nach Norden, in Richtung Flughafen. Seit dem Feuer war er kein einziges Mal mehr auf der Ranch gewesen. Auch Tessa hatte er nie wiedergesehen.

Anfangs hielt sein Stolz ihn ab, und am Ende überzeugte Colton ihn davon, dass sie, absichtlich oder nicht, mitschuldig an dem Brand war. Er redete sich ein, er tue ihr einen großen Gefallen damit, einfach zu verschwinden. Und es stimmte ja auch. Er war schwer gezeichnet, körperlich wie seelisch. Mithilfe plastischer Chirurgie wurde sein Äußeres wiederhergestellt. Wenn er in den Rückspiegel schaute, sah er die gleichen blauen Augen, mit denen er zur Welt gekommen war. Das eine Lid hing ein wenig tiefer als das andere, doch die Haut war glatt – das Ergebnis zahlloser Transplantationen. Aber kein Chirurg oder Psychiater hatte ihm die Bitterkeit nehmen können, mit der er sich an jenen Tag erinnerte.

„Dann denk eben nicht mehr daran", brummte er finster. Bis zur Ranch waren es viele Meilen in nördlicher Richtung. Um zum Flughafen zu gelangen, musste er nur quer durch die Stadt. Er konnte die nächste Maschine nehmen und wie geplant nach Los Angeles zurückkehren … oder seinen Geschäftspartner anrufen und um eine Auszeit bitten. Schließlich hatte er seit Jahren keinen Urlaub mehr genommen. Jim würde Verständnis haben. Außerdem lief das Geschäft für die Jahreszeit ungewöhnlich schleppend. Aber wenn er in Montana blieb, musste er Tessa gegenübertreten.

Ein schiefes, beinah boshaftes Grinsen erschien auf seinem Gesicht. Vielleicht wurde es langsam Zeit. Er sah das blinkende Neonschild einer Bar und fuhr auf den mit Schlaglöchern übersäten Parkplatz vor dem Gebäude. Ein Bier, beschloss er. Dann würde er eine Entscheidung treffen.

Tessa schnitt die Schnur mit ihrem Taschenmesser durch. Der Ballen fiel locker auseinander. Sie klappte das Messer wieder zu, steckte es in die Tasche und warf das lose Heu mit der Forke in die Futterkrippe. Staub wirbelte durch die Luft, und in der alten Scheune roch es muffig und trocken.

Obwohl es schon Abend war, wehte kein Hauch durch das offene Scheunentor herein. Nur die schwachen Strahlen der teilweise hinter Wolken verborgenen Sonne durchdrangen den Schmutz und die Spinnweben vor den wenigen runden Fenstern oben auf dem Heuboden.

Es war windstill und drückend. Tessa hoffte, dass der Regen bald kommen würde, damit der ausgetrocknete Boden erlöst wurde. Er war hart und rissig, dabei hatten sie erst Mitte August.

Sie verfütterte schon das Heu an die Pferde und das Vieh, das sie erst vor einem Monat geerntet hatte.

Draußen war das vertraute Hufgetrappel zu hören. Mit erhobenen Schweifen, seidigen Fahnen gleich, kamen mehrere Pferde in die Scheune galoppiert. Den Fohlen folgten in gemächlicherem Tempo die Stuten.

„Na, habt ihr Hunger?", rief Tessa, als sich mehrere dunkle Köpfe von der anderen Seite über die Krippe beugten. Ein graues Hengstfohlen bleckte die Zähne und biss ein rivalisierendes Pferd beim Kampf um den besten Platz. „He, beruhigt euch, es ist genug für alle da." Sie warf noch mehr Heu in den Trog und verteilte es mit der Gabel.

Nachdem die Tiere gefüttert waren, warf sie Heu in die Krippe auf der anderen Seite der Scheune und grinste, als prompt drei weitere Pferdeköpfe auftauchten. Der warme Atem der Tiere bewegte das Heu, als sie ihre Schnauzen tief hineinsteckten, auf der Suche nach Hafer. „Kommt gleich", sagte Tessa und betrachtete voller Bewunderung den Hengst und die zwei Stuten. Diese Pferde gehörten ihr, und der Anblick der Tiere machte sie stolz. Sie besaß mehrere, sechs insgesamt, doch diese drei waren der ganze Stolz ihrer kleinen Herde. „Hat euch noch niemand beigebracht, dass Geduld eine Tugend ist?" Sie tätschelte Brigadiers samtweiches Maul. Der Hengst war dunkelbraun, mit einer weißen Blesse und glänzenden Augen, ein lebhaftes, temperamentvolles Pferd und überdies eines der besten Quarterhorses im Bundesstaat. Zumindest Tessas Ansicht nach.

Die zwei Stuten waren ruhiger und kleiner. Die eine kastanienbraun, die andere schwarz. Beide trugen ein Fohlen, und ihre Bäuche wölbten sich bereits. Diese drei Pferde repräsentierten den Kern von Tessas Traum. Sie hatte Überstunden gemacht, Geld gespart und sogar den Collegeabschluss aufgeschoben, um sich die Pferde nach und nach leisten zu können. Inzwischen wuchs die Herde. Lächelnd betrachtete sie Ebonys gerundete Seite. Irgendwann würde Tessa auch das College beenden. Sie streichelte Brigadiers schlanken Hals.

Seine rötlichen Ohren stellten sich auf, dann legte er sie an und schüttelte den Kopf. Seine Mähne flog, seine dunklen Augen leuchteten.

„Schon gut, schon gut, ich habe verstanden." Tessa schüttete Hafer für ihre Pferde in den Trog und lauschte dem zufriedenen leisen Wiehern und Mahlen ihrer Backenzähne.

Regentropfen fielen auf das Blechdach, in rasch schneller werdendem Tempo, sodass es durch die Scheune hallte. „Na, endlich", murmelte sie und stach die Forke in einen Ballen. Sie zog ihre Handschuhe aus und warf sie auf den Deckel des Eichenfasses. Sich dehnend und streckend, schlug sie den Weg zum Haus ein, nur um gleich darauf wie angewurzelt stehen zu bleiben.

Im Scheunentor stand ein Mann, den sie nur mit Mühe als Denver McLean wiedererkannte. Die Schultern seiner Jeansjacke waren nass vom Regen, das dunkle Haar klebte ihm am Kopf. Sie hatte ihn so lange nicht gesehen – nicht seit jenem schrecklichen Tag. Obwohl ihr sein Gesicht vertraut war, hatte es sich verändert. Seine Gesichtszüge wirkten noch markanter als früher. Das Haar war noch immer pechschwarz, allerdings trug er es kürzer, als sie es in Erinnerung hatte. Es war jedoch nach wie vor voll und gewellt, wie ihr auffiel, als er sich eine nasse Strähne aus der Stirn strich.

„Denver?", flüsterte sie beinah ungläubig. Ihr Herz pochte. Ihr Vater und Milly, die Köchin, hatten beide spekuliert, dass Denver nach dem Tod seines Onkels auf die Ranch zurückkehren könnte. Aber Tessa wollte nicht glauben, dass er tatsächlich auftauchen würde.

Er verschränkte die Arme und lehnte sich mit der Schulter an den Türrahmen. Hinter ihm lief der Regen in Bächen aus den Dachrinnen. Der Geruch frischen Wassers, das auf die staubige Erde traf, erfüllte die Luft. „Es ist lange her, Tessa", sagte er schließlich.

Sie schluckte, da ihre Kehle wie zugeschnürt war, und ging ein paar Schritte auf ihn zu. Die Pferde hinter ihr schnaubten und wurden unruhig, als bemerkten auch sie die plötzlich geladene Atmosphäre. „Ja, es ist lange her", bestätigte sie. Ihre Stimme war so trocken wie die Erde noch vor einer halben Stunde.

Als sie ihm in die unglaublich blauen Augen sah, erwachte die schmerzliche Erinnerung. So gegenwärtig wie die Unwetterwolken über den Bergen und so frisch wie der auf das Dach prasselnde Regen war der Schmerz über seine damalige Zurückweisung.

Wie oft hatte sie gehofft, ihn wiederzutreffen, ohne die Vergangenheit auch nur mit einem Wort zu erwähnen – als hätte es die Nächte nicht gegeben, in denen sie unglücklich und schlaflos wach lag, zutiefst gekränkt. Doch jetzt, wo er hier war und vor ihr stand, schaffte sie es nicht, ihre wahren Gefühle hinter der Fassade des Stolzes zu verstecken, wie sie es sich eigentlich vorgenommen hatte. „Ich ... ich dachte, ich würde dich nie wiedersehen."

„Nein?" Seine Miene war ausdruckslos, sein Ton verriet Erstaunen. „Hast du es denn nicht gehört? Mir gehört die Ranch."

„Ja, das weiß ich, aber ..." Ihr gingen die Worte aus, und einen Moment lang herrschte unangenehmes Schweigen zwischen ihnen. „Ich meine, mir war klar, dass das möglich ist. Es ist nur schon so lange her." Verdammt lange, dachte sie.

„Ich bin hier, um ein paar Dinge zu klären", sagte er und wirkte dabei äußerlich vollkommen beherrscht. „Ich werde einige Wochen hier sein und dachte, ich sage mal lieber Bescheid. Deinen Vater und die Köchin konnte ich nirgends finden. Wie heißt sie gleich?"

„Milly Samms."

„Genau. Tja, also bist du die erste Person, die mir hier über den Weg läuft."

Seine Worte gaben ihr einen kleinen Stich, denn insgeheim hatte sie gehofft, er sei auf der Suche nach ihr gewesen. Sie zwang sich zu einem unbekümmerten Lächeln, obwohl sie nicht aufhören konnte, sein Gesicht anzustarren. Jenes Gesicht, das sie so sehr geliebt hatte. Welche Narben es auch verunstaltet haben mochten, sie waren verschwunden. Er sah verändert aus, aber das war mehr dem Älterwerden zuzuschreiben und der Kälte, die er ausstrahlte, als der plastischen Chirurgie. Allerdings war er nach wie vor attraktiv, auf eine raue, ursprüngliche Art – und sinnlich auf eine Weise, an die sie sich gar nicht erinnerte. „Die meisten Mitarbeiter sind in der Stadt“, erklärte sie und hatte Mühe, ruhig zu sprechen. „Es ist Freitagabend.“

Er hob skeptisch eine seiner dichten Brauen. „Und wer hält dann hier die Stellung?“

„Ich natürlich.“

„Du?“ Er schaute auf die Uhr. „Hast du etwa kein Date heute Abend?“

Verdammter Kerl, dachte sie. „Doch“, antwortete Tessa ein wenig gereizt.

Falls es ihm etwas ausmachte, dass sie mit jemandem ausging, ließ er es sich jedenfalls nicht anmerken. Was hast du denn nach sieben Jahren erwartet? fragte sie sich.

„Ein Date mit einem heißen Bad und einem guten Buch.“ Sie fand ihre Arbeitsjacke am Haken neben dem Tor und zog sie an.

„Das meinte ich nicht.“

„Ich weiß“, sagte sie und versuchte, Haltung zu bewahren. Warum schlug ihr Herz nach all den Jahren bei seinem Anblick schneller? Sie klopfte ihre Hände ab und dachte über den Grund für seine Rückkehr nach: die Ranch seines Onkels. „Es tut mir leid wegen John.“

„Ja, mir auch.“

„Er wollte keine Beerdigungsfeier …“

Er winkte ab. „Das interessiert mich nicht. Ich bin hier, um ein paar Sachen zu klären, das ist alles. Wo ist dein Vater? Ich dachte, er leitet die Ranch.“

„Stimmt auch. Er … äh, er hat in der Stadt zu tun.“

„Aber er kommt zurück?“

„Selbstverständlich.“

„Wenn er wieder da ist, dann richte ihm bitte aus, dass ich

ihn sprechen will. Ich bin im Haus." Er schaute durch den Regen zu dem verwitterten zweistöckigen Farmhaus auf der anderen Seite des Hofes.

Tessa folgte seinem Blick.

Das alte Haus mit seinem Spitzdach, den Fensterläden und der ausladenden vorderen Veranda stand schon seit hundert Jahren da. Vor langer Zeit war es renoviert worden – es hatte zwei Badezimmer, Zentralheizung und Elektrizität bekommen. Trotzdem sah es noch immer genauso aus, wie zu der Zeit, als es von Denvers Ururgroßvater erbaut worden war.

Denver räusperte sich und sah Tessa erneut an. Sie spürte, dass er sie gründlich musterte, von ihren rotblonden Haaren über die braunen Augen, die sommersprossige Nase bis zum Kinn. Unwillkürlich fragte sie sich, ob sie noch so aussah wie in seiner Erinnerung. Falls ihn das überhaupt interessierte.

„Weißt du", begann sie leise und klammerte sich an ihren flüchtigen Mut, während sie bei dem Gedanken an die Vergangenheit die Fäuste ballte, „ich habe die ganze Zeit darauf gewartet, dir diese eine Frage zu stellen."

Er horchte auf. „Schieß los."

„Warum?" Sie sah ihm ins Gesicht – ein Gesicht, das sie mit ihrem ganzen jugendlichen Herzen geliebt hatte. „Warum wolltest du nicht mit mir sprechen?"

Ein Muskel zuckte in seinem Gesicht. „Ich sah keinen Sinn darin."

„Du hättest mich wenigstens anrufen können oder so ..." Sie hob hilflos die Hände und hasste diese Geste sogleich. Trotz der Tatsache, dass dieses Wiedersehen alte Wunden aufriss, sollte er nicht merken, dass sie noch immer verletzt war.

Er schob die Hände in die Jackentaschen und kam näher, wobei er die Pferde musterte, die das frische Heu fraßen, und die Fässer und Tonnen mit Hafer, Weizen und Mais. „Als es mir in den Sinn kam, gab es keinen Grund mehr." Seine Miene wurde sanfter, als sein Blick auf die verrostete Trense eines alten Zaumzeugs fiel, das an der Wand hing. Mit dem Finger fuhr er sacht über die im Lauf der Zeit hart gewordenen Zügel aus Leder. „Ich dachte, du wärst inzwischen verheiratet und hättest mindestens fünf Kinder."

„Das dachte ich auch."

„Was ist passiert?", fragte er und schien wirklich überrascht zu sein.

Tessa merkte, wie ihr alter Zorn wieder erwachte. „Der Mann, den ich heiraten wollte, verschwand einfach ohne ein Wort."

Er rührte sich nicht. Der Regen trommelte unablässig aufs Dach, das einzige Geräusch in der sich unangenehm ausdehnenden Stille.

Tessa ließ nicht locker, obwohl sie innerlich bebte. Aber sie spürte, dass dies vielleicht ihre einzige Chance war, die Vergangenheit aufzurollen. „Als du im Krankenhaus lagst, wolltest du mich nicht sehen", warf sie ihm nun vor und war selbst erstaunt, wie ruhig sie dabei klang. „Du hast meine Anrufe nicht entgegengenommen und meine Briefe ungeöffnet zurückgeschickt."

Seine Miene verhärtete sich. Er ließ die Zügel sinken, sagte jedoch nichts. Eines der Pferde wieherte leise, und Tessa schaute zum Futtertrog.

Denvers Schweigen war ebenso schlimm, als hätte er geantwortet, es sei ihm alles gleichgültig gewesen. Sie musste all ihren Mut zusammennehmen. „Ehe ich begriffen hatte, was passiert war, erzählte mein Vater mir, du seist nach Los Angeles gegangen."

Der Anflug eines Lächelns huschte über sein Gesicht, und er kniff die Augen zusammen. „Ich konnte den plastischen Chirurgen nicht warten lassen."

„Aber warum bist du gegangen, ohne dich zu verabschieden?", wollte sie wissen. „Was war mit unseren Plänen?"

„Wir hatten keine Pläne, Tessa."

Der Wind nahm zu. Regen wehte durch das offene Scheunentor herein. „Aber du hast mich gebeten, dich zu heiraten und mit dir nach L. A. zu gehen …"

„Von einer Hochzeit habe ich nie gesprochen“, unterbrach er sie harsch. „Denk mal genau nach. Du warst diejenige, die mich an sich binden wollte.“

Tessa hätte beinah nach Luft geschnappt. „Ich habe nicht …“

„Klar hast du. Du hast mich davon zu überzeugen versucht, dass ich hierbleibe, mit dir, auf dieser verdammten Ranch.“ Zu voller Größe aufgerichtet, nutzte er seinen Vorteil, sie von oben herab mit seinen eisigen Blicken förmlich zu durchbohren. „Ich hatte nie die Absicht zu bleiben.“

„Ich habe dich geliebt“, gestand sie, und ihre Worte schienen in der Weite der Scheune nachzuhallen. „Ich war vielleicht zu naiv, aber ich habe dich geliebt, Denver.“

Denvers Gesichtszüge strafften sich, was seine Anspannung verriet. „Wir waren doch noch Kinder, die herumexperimentierten, Sex ausprobierten und den Körper des anderen erforschten. Mit Liebe hatte das nichts zu tun.“

„Das glaubst du doch selbst nicht!“, schrie sie, denn sie fühlte sich, als hätte er sie geohrfeigt. „Und so kannst du es auch nicht empfunden haben!“

„Mit der Zeit sieht man die Vergangenheit klarer, findest du nicht?“

Tessas Kinn zitterte, doch sie zwang sich, den Kopf stolz oben zu behalten. Denver wischte sich den Regen aus den Haaren, und sie sah die deutlich sichtbaren Narben von den Verbrennungen an seinen Händen. Plötzlich verstand sie. „Du hattest Angst, mich zu sehen“, flüsterte sie, und ihre Augen weiteten sich, als ihre Blicke sich erneut trafen.

Er zeigte keinerlei Gefühlsregung mehr. „Glaub doch, was du willst.“

Sie ging auf ihn zu und beschleunigte ihre Schritte, je näher sie ihm kam. „Das ist es, oder? Du hattest Angst davor, wegen deiner Narben …“

„Ist dir eigentlich jemals in den Sinn gekommen, dass diese Geschichte zwischen uns gar nicht allzu wichtig war?“

„Nein!“

„Ach, Tessa. Du warst schon immer eine Träumerin."

Seine Worte trafen sie. Wie um sich selbst zu schützen, wich sie stolpernd zurück, schlang die Arme um sich und lehnte sich an eine von Spinnweben überzogene Wand. „Was ist nur mit dir geschehen, Denver?", wollte sie von diesem verbitterten Mann wissen, den sie einst geliebt hatte. „Was zur Hölle ist nur mit dir geschehen?"

„Ich habe mich verbrannt." Er schlug den Kragen seiner Jacke hoch, drehte sich um und ging durch den strömenden Regen davon. Er lief mit hochgezogenen Schultern über den Hof, und seine Schritte hallten laut, bis er im Haus verschwand.

Tessa sah ihm traurig hinterher, dann sank sie auf den mit Stroh bedeckten Boden und vergrub das Gesicht in den Händen. Jahrelang hatte sie sich ausgemalt, wie es wäre, ihm wieder zu begegnen. Insgeheim hatte sie gehofft, da sei noch ein wenig Gefühl für sie, eine Andeutung vielleicht, dass sie ihm etwas bedeute. Selbst wenn er aufgehört hätte, sie zu lieben, fände sie Trost darin, als Denvers erste Liebe einen besonderen Platz in seinem Herzen zu beanspruchen.

Natürlich war sie nicht dumm und hatte sich deshalb auch keinen albernen Träumereien hingegeben, dass sie sich erneut ineinander verlieben könnten. Aber sie hatte doch gehofft, sie und Denver würden sich nach einem ersten aufregenden Wiedersehen näherkommen – nicht als Liebende, sondern als Freunde.

Selbst, das war, wie sich nun zeigte, ein naiver Wunsch gewesen. Denver hatte sich viel zu sehr verändert.

Erstaunt stellte sie fest, dass ihre Hände nass waren und sie tatsächlich weinte – um einen Mann, der sich in einen herzlosen Bastard verwandelt hatte. Sie schniefte laut, wischte sich über die Augen und schüttelte den Kopf. Nie wieder, schwor sie sich bitter. Das waren die letzten Tränen, die sie jemals für Denver McLean vergossen hatte!

2. KAPITEL

Tessa war entschlossen, genauso gleichgültig zu bleiben wie Denver, als sie durch den Regen zum Haus marschierte. Der hatte vielleicht Nerven! Tauchte aus heiterem Himmel auf, nur um ihr mitzuteilen, dass alles Lüge war, was jemals zwischen ihnen gewesen war. Dabei verdrehte er einfach die Wahrheit, wie es ihm passte. Nun, das konnte er ruhig tun, so viel er wollte!

Sie hatte weder Angst vor Denver noch vor seinen Lügen. Er konnte ihr nicht mehr Schmerzen zufügen, als er ohnehin schon getan hatte.

Wütend kickte sie auf der hinteren Veranda ihre Stiefel fort und betrat auf Socken die Küche. Der Geruch von warmem Kaffee, kaltem Zigarettenrauch und Zeitungspapier hing in der Luft. Das Licht war gedämpft, da nur die eine verbliebene schwache Birne brannte. Dadurch blieben einige Schönheitsfehler des Raumes verborgen.

Tessa rechnete halbwegs damit, Denver am Tisch sitzend vorzufinden. Doch die Küche war leer. Allerdings musste er irgendwo im Haus sein oder in der Nähe auf dem Grundstück. Sein Mietwagen stand neben der Garage, unter den ausladenden Ästen einer alten Eiche. Außerdem hatte sie ihn vor wenigen Minuten erst ins Haus gehen sehen.

„Wen kümmert's?", fragte sie sich selbst wütend. Immerhin hatte er sich unmissverständlich ausgedrückt. Sie bedeutete ihm nichts. Umso besser. Jetzt konnten sie wenigstens sachlich verhandeln. Sie schenkte sich Kaffee ein aus der Glaskanne auf der Warmhalteplatte, trank einen Schluck und verzog das Gesicht, ehe sie den Rest in den Ausguss kippte. Sie füllte den Becher mit heißem Wasser und stellte ihn in die Mikrowelle, um sich einen Instantkaffee zuzubereiten.

Sie lauschte, hörte jedoch nichts außer dem Brummen des Kühlschranks, dem leisen Sirren der Mikrowelle und dem Prasseln des Regens draußen. Vielleicht hatte Denver das Haus durch die Vordertür wieder verlassen.

Für gewöhnlich genoss Tessa es nach Feierabend, ein paar Minuten ganz für sich zu haben. Doch heute war sie angespannt, auch wenn sie so tat, als lese sie die Schlagzeilen der auf dem Küchentisch ausgebreiteten Zeitung, während sie ihren Kaffee umrührte.

Die Birne an der Decke flackerte und tauchte die zerschrammte Kunststoffbeschichtung des Tisches, den alten gelben Linoleumboden und die zerkratzten Schränke kurz in eine Art Stroboskoplicht. Die ganze Ranch war heruntergekommen, man konnte die Spuren der Baufälligkeit nirgends übersehen. Schon bald würde auch Denver erkennen, in welch üblem Zustand sich die Gebäude befanden. Vielleicht sollte sie es ihm sagen und damit alles gleich offenlegen.

Mit sich ringend ging sie über den Flur, der zur Treppe führte. Als sie den Lichtschimmer unter der Tür zum Arbeitszimmer bemerkte, blieb sie stehen. Denver hatte sich also ins Büro verkrochen. Zweifellos hockte er schon über den Büchern auf der Suche nach Fehlern. Tessas Finger schlossen sich um den Henkel des Bechers. Koste es, was es wolle, sie musste einen Weg finden, um mit ihm in den nächsten Tagen auszukommen. Ihr Vater brauchte diesen Job, denn nach dem Feuer würde niemand in Three Falls Curtis Kramer einstellen.

Sie drehte den Türknopf und öffnete die Tür.

Denver befand sich genau dort, wo sie ihn vermutet hatte, nämlich hinter John McLeans altem Schreibtisch aus Walnussholz. Und tatsächlich hatte er einen Stapel Bücher und Quittungen vor sich liegen. Sein schwarzes Haar glänzte im Schein der Schreibtischlampe, als er aufsah. „Was gibt es?“ Er hatte die Hemdsärmel hochgekrempelt, sodass man seine braun gebrannten Unterarme sah.

Eine bekannte Sehnsucht meldete sich in Tessa. Sie betrachtete ihn einen Moment und hatte Mühe, ihre Stimme zu finden. „Fühlst du dich schon wieder wie zu Hause?“, fragte sie schließlich. Obwohl sie völlig uninteressiert klingen wollte, hörte sie selbst den wehmütigen Unterton in ihren Worten.

Denver lehnte sich zurück, sodass das Leder des Bürostuhls unter seinem Gewicht knirschte. Er streckte die Arme und verschränkte dann die Hände hinter dem Kopf. „Ich bleibe nur einige Wochen, um gewisse Probleme zu lösen."

„Welche?"

„Steuernachforderungen, zum Beispiel." Er deutete auf den Stapel unbezahlter Rechnungen. „Dann wären da noch die hier. Und die Schulden beim Futtermittelgeschäft, dem Eisenwarenladen ..." Er hob einen dicken Stapel Papiere hoch. „Was immer nötig ist."

„Um was zu tun?"

„Um Ordnung in dieses Chaos zu bringen. Laut Johns Anwalt gab es alle möglichen Probleme hier – notwendige Reparaturen, die nicht durchgeführt wurden, unbezahlte Rechnungen."

„Jede Ranch hat mal einen ... finanziellen Engpass", argumentierte sie.

„Was ist mit dem Hengst, der letztes Frühjahr verschwunden ist – der beste, den es hier je gab?"

Tessa krümmte sich innerlich, denn sie hatte gehofft, dass ihm davon nichts zu Ohren gekommen wäre. „Black Magic war verschwunden, aber wir haben ihn wiedergefunden ..."

„Er wurde nicht ‚wiedergefunden', sondern tauchte einfach wieder auf."

„Das spielt doch überhaupt keine Rolle", entgegnete sie gereizt. „Wichtig ist nur, dass Black Magic gesund zurückgekehrt ist."

Denvers Lippen zuckten. „Fakt ist, dass hier alles vor die Hunde geht." Er tippte auf den Stapel längst fälliger Rechnungen. „Die Ranch versinkt in roten Zahlen."

„So schlimm ist es auch wieder nicht."

„Ach nein?" Seine Augen funkelten.

Tessa verkniff sich eine hitzköpfige Bemerkung. „Es wendet sich allmählich zum Besseren", erklärte sie, seine offenkundige

Skepsis ignorierend. „Morgen führe ich dich herum, wenn es hell ist, und zeige dir die Fortschritte, die nicht in den Büchern stehen.“

Er verzog das Gesicht, sagte aber nichts.

„Bei einer Ranch geht es nicht bloß um Dollars und Cent, Schulden und Kredite, sondern um Pferde, Rinder, Maschinen und vor allem Menschen, die gemeinsam auf dem Land arbeiten.“

Seine Mundwinkel hoben sich zu einem spöttischen Grinsen. „Du hast dich kein Stück geändert, was? Du bist noch immer eine Träumerin.“

„Ich habe Werte und weiß, was wichtig ist“, konterte sie. „Das war schon immer so. Tja, und manchmal spiegelt sich das in den Geschäftsunterlagen nicht wider.“ Sie wünschte, die Anspannung in seinem Gesicht würde verschwinden.

„Du hast dich geirrt“, erinnerte er sie.

„Das glaube ich nicht – nicht, was die Dinge angeht, die wirklich zählen.“

Er schaute aus dem Fenster in die Dunkelheit hinaus. Das Licht der Schreibtischlampe spiegelte sich in den regennassen Glasscheiben. „Ich hätte wohl schon längst mit dir reden sollen.“

„Das wäre gut gewesen“, erwiderte sie mit gespielter Gleichgültigkeit.

Er sah aus, als wollte er noch mehr sagen. Einen Moment lang war er wieder der Mann von damals: In seine blauen Augen trat ein Ausdruck, warm wie ein Julimorgen. Doch genauso schnell, wie sie aufgetaucht war, verschwand diese Wärme auch wieder. „Wie dem auch sei, es spielt keine Rolle mehr.“

„Stimmt“, log sie. Seine starke Persönlichkeit schien den ganzen Raum auszufüllen, und absurderweise wollte sie noch bleiben. „Kann ich dir etwas bringen? Soll ich frischen Kaffee kochen?“

Seine Miene entspannte sich etwas. „Mach dir bitte keine Umstände.“

„Es wären keine Umstände.“

„Tessa“, sagte er ruhig. „Wenn ich etwas brauche, hole ich es mir. Ich kenne mich hier aus.“

Gereizt erwiderte sie: „Du bist der Boss.“ Er warf ihr einen eisigen Blick zu.

Als sie die Hand auf den Türknopf legte, hörte sie das Geräusch eines Motors und erkannte das Rumpeln des Autos ihres Vaters. Curtis Kramer fuhr mit seinem verbeulten gelben Pick-up auf den Hof.

„Besuch?“, fragte Denver.

„Nur Dad.“

Er kniff die Augen zusammen. „Gut. Er und ich müssen reden.“ Er beobachtete die Scheinwerferkegel durch die regennasse Scheibe und presste die Lippen zu einer dünnen Linie zusammen.

Die Raumtemperatur schien um zehn Grad zu fallen. „Worüber denn?“

„Über alles. Wir fangen an mit seinem Wissen über die Verluste, die er dieser Ranch beschert hat.“

„Denver“, sagte sie leise. „Du solltest …“

„Ich sollte was?“

„Du solltest nicht urteilen, ehe du sämtliche Fakten kennst.“

„Deshalb bin ich ja hier“, erklärte er kühl und richtete den Blick wieder auf sie. „Um mir die Fakten anzusehen. Curtis kann mir dabei helfen, Licht in einige Unklarheiten zu bringen.“

„Was soll das nun wieder heißen?“

„Er leitet die Ranch schon lange, aber so richtig aufwärts ging es hier nicht.“ Denver deutete mit einer vagen Geste auf den schäbigen Raum, den zerschrammten Schreibtisch, die schmutzigen Tapeten und die fadenscheinigen Vorhänge. „Im Gegenteil, mittlerweile sieht es hier richtig heruntergekommen aus.“

„Und dafür gibst du Dad die Schuld.“

„Ich gebe niemandem die Schuld. Jedenfalls noch nicht. Aber es muss einen Grund geben, Tessa. Ich will nur wissen, woran es liegt."

Die Fliegentür fiel zu, und Tessa hörte ihren Vater rufen: „Tessa? Bist du da? Milly?"

Ein zufriedenes Lächeln erschien auf Denvers Gesicht. Er stand auf und ging zur Tür. Doch Tessa hielt ihn zurück. Ihre Finger schlossen sich fest um seinen nackten Unterarm. Es kam einem Schock gleich, seine Haut zu berühren. Sie spürte seine harten Muskeln unter ihrer Hand und die weichen Härchen an ihren Fingerspitzen.

Denver blieb tatsächlich stehen und starrte auf ihre Finger, als handele es sich um Eindringlinge.

„Dad hat das Feuer nicht gelegt", sagte sie. „Ganz gleich, was Colton behauptet. Dad steckte nicht dahinter."

„Wer hat denn etwas vom Feuer gesagt?"

„Das musstest du gar nicht", sagte sie und begegnete seinem Blick. „Es steht dir ins Gesicht geschrieben."

„Ach ja? Wie das?" Er näherte sich ihr, sodass sich sein wütendes Gesicht dicht vor ihrem befand. „Was erkennst du, wenn du ganz genau hinsiehst?"

Sein Haar roch nach Regen.

Tessa konnte kaum atmen, zwang sich jedoch, nicht zurückzuweichen. Stattdessen grub sie ihre Finger noch tiefer in seinen Unterarm. „Ich sehe einen verbitterten Mann", sagte sie mit ruhiger Stimme, obwohl ihr das Herz bis zum Hals klopfte, „der versessen darauf ist, jemanden für ein eingebildetes Verbrechen zu bestrafen. Ich sehe einen Mann, dessen unsinniges Verlangen nach Vergeltung sein Urteilsvermögen trübt."

„Hört, hört", meinte er spöttisch.

„Das ist noch nicht alles. Ich sehe einen Mann, der seinen ganzen Schmerz an einem alten Mann auslässt. Und an einer Frau, für die er einst das Wichtigste im Leben gewesen war!"

Ein Muskel zuckte in seiner Wange. „Dann bist du blind."

„Das glaube ich eher nicht."

„Vielleicht solltest du mal genauer hinschauen."

„Keine Sorge, das werde ich. Du hast diese Ranch vor sieben

Jahren verlassen und seither keinen Fuß mehr daraufgesetzt. Sieben Jahre, Denver! Was gibt dir das Recht, ausgerechnet jetzt zurückzukommen?"

Seine Halssehnen strafften sich. „Mir gehört diese Ranch. Schon vergessen?"

„Dir und Colton."

„Nun, der ist nicht da, oder?"

„Tessa? Bist du das?", rief ihr Vater durch die Tür des Büros.

„Ich bin hier drin, Dad", rief sie zurück.

„Was in aller Welt treibst du denn um diese Uhrzeit da …" Curtis Kramer öffnete die Tür und betrat den schwach beleuchteten Raum. Sämtliche Farbe schien aus seinem Gesicht zu weichen. „Na, da soll mich doch einer", murmelte er und fuhr sich mit der flachen Hand über die weißen Haare. Er zog eine Whiskey- und Zigarettenfahne hinter sich her, als er den Raum durchquerte. „Ich habe mich schon gefragt, wann du wohl aufkreuzen würdest."

Unausgesprochene Vorwürfe hingen wie Spinnweben in der Luft. Denver betrachtete sie dermaßen kalt, dass Tessa fröstelte.

„Ich dachte mir, dass es nicht lange dauern würde, bis du und Colton euch ein Bild machen wollt", sagte Curtis.

„Damit habe ich bereits begonnen." Denvers Miene war hart, in seinem Ton schwang eine Warnung mit. Curtis, entweder befeuert vom Whiskey oder seinem Stolz, ließ sich nicht einschüchtern.

„Bestens", entgegnete er. „Wird auch Zeit, dass du mal Interesse an der Ranch zeigst." Er hakte die Daumen in die Gürtelschlaufen seiner Jeans und wandte sich an Tessa. „Ich mache mir ein Sandwich. Möchtest du auch etwas?"

„Nein, danke", antwortete sie und hatte das Gefühl, hinter ihrer toughen Fassade allmählich zusammenzubrechen. Auf keinen Fall hätte sie jetzt etwas essen können. Sie hörte ihren Vater den Flur entlang zur Küche gehen. Zornig wandte sie sich an Denver. „Was sollte das?"

„Was meinst du?"

„Das weißt du ganz genau! Du hast ihn schikaniert."

„Habe ich?" Er hob provozierend eine Braue. „Ich habe nur gesagt, dass ich mir ein Bild machen will."

„Es geht weniger um deine Worte an sich, als darum, wie du sie gesagt hast. Als wolltest du andeuten, dass es hier nicht mit rechten Dingen zugeht."

„Du übertreibst."

„Jedenfalls solltest du meinen Dad nicht wie einen Kriminellen behandeln. Vergiss nicht, wer hiergeblieben ist und sich um diese Ranch gekümmert hat, während du und dein Bruder nach wer weiß wohin abgehauen seid."

„Ich bin nach L. A. gegangen, genau wie ich es vorhatte."

Sie wandte sich ab. All diese Jahre hindurch hatte sie die leise Hoffnung gehegt, dass er wirklich etwas für sie empfinde. Dass er zumindest in Erwägung gezogen hatte, mit ihr auf der Ranch zu bleiben, wenn das Feuer nicht gewesen wäre. Sie glaubte seinen Worten nicht, die Affäre zwischen ihnen habe ihm nichts bedeutet.

Ihr Kinn zitterte, doch sie sah ihm fest ins Gesicht. Seine Miene verriet nichts über seine Gefühle. „Ja, das sagtest du bereits." Wütend marschierte sie den Flur entlang in die Küche. Ihre Wangen glühten, und sie ballte die Fäuste.

Ihr Vater saß auf einem der wackligen Stühle am Tisch. Im Aschenbecher brannte eine Zigarette, und auf dem fleckigen Wachstuch stand ein dampfender Becher Kaffee. „Er ist also zurück", stieß Curtis knurrend hervor, während er desinteressiert die Lokalzeitung überflog.

„Nicht für lange."

„Wie lange?"

„Weiß ich nicht."

„Hm."

„Solange es dauert", kam Denvers Stimme vom Flur. Er lehnte sich mit der Schulter an den Türrahmen und verschränkte die Arme vor der Brust. Sein Baumwollhemd spannte über seinen breiten Schultern.

„Wie lange was dauert?“, fragte Curtis.

Denvers Miene war hart. „Ich bin hier, um herauszufinden, warum diese Ranch in den vergangenen fünf Jahren Verluste gemacht hat.“

„Dafür gibt es eine ganz einfache Erklärung“, meinte Curtis. „Die Silberminen waren eine Pleite.“

„Wir haben auch vorher schwarze Zahlen geschrieben.“

Curtis sog an seiner Zigarette. „Aber John nahm Darlehen auf für Maschinen. Außerdem sind die Preise momentan im Keller, und wir haben zwei schlechte Winter hinter uns. In denen haben wir fast ein Drittel unserer Herde verloren. Es steckt kein großes Geheimnis dahinter. Eine Ranch zu führen ist eben kein Zuckerschlecken.“

„So sagt man wohl“, erwiderte Denver spöttisch.

Curtis kniff wegen des Qualms die Augen zusammen. „Die sieben Jahre haben dich nicht sonderlich verändert.“

„Warum auch?“, konterte Denver.

Curtis drückte seine Zigarette aus und schüttelte den Kopf. „Ja, warum. Die McLeans sind schließlich für ihre Sturheit bekannt.“

Überraschenderweise zuckten Denvers Lippen. „Ganz im Gegensatz zu euch Kramers.“

„Stimmt“, entgegnete Curtis. Er erhob sich und kicherte heiser, während er seine Jacke vom Haken nahm. Dann setzte er sich seinen fleckigen Hut auf den Kopf, öffnete die Hintertür und trat hinaus.

„Warum musst du ihn so bedrängen?“, warf Tessa Denver vor, ohne sich zu ihm umzudrehen. „Was soll das?“

„Er lässt mich ja auch nicht in Ruhe.“

„Vielleicht hast du es nicht besser verdient“, sagte sie. Durchs Fenster sah sie den alten Pick-up ihres Vaters holpernd die Auffahrt entlangfahren. Regen rann am Glas der Scheibe herunter, sodass die roten Rücklichter vor ihren Augen verschwammen. „Dad ist doch bloß ein alter Mann, dessen einziges Vergehen darin besteht, dass er sein Leben dieser Ranch geopfert hat.“

„Und was ist mein Vergehen, Tessa?“, fragte er mit leiser Stimme.

Erst jetzt drehte sie sich zu ihm um und stellte fest, dass er sie auf die gleiche Weise ansah wie früher. Seine Gesichtszüge hatten sich entspannt, und seine Augen verdunkelten sich zu einem verführerischen Mitternachtsblau.

„Du hast mich verlassen“, flüsterte sie. Ihre Kehle war plötzlich wie zugeschnürt. „Du hast uns alle verlassen, ohne ein Wort des Abschieds.“

Er wich ihrem Blick aus. „Das bedaure ich“, gestand er und strich sich eine dunkle Strähne aus der Stirn.

„Warum, Denver? Warum wolltest du mich im Krankenhaus nicht sehen?“

Erneut verhärtete sich seine Miene. „Weil es vorbei war. Es gab keinen Grund mehr, dich zu sehen.“

„Du hättest es mir erklären können.“

„Unglücklicherweise befand ich mich nicht gerade in Topform.“ Seine Worte klangen scharf.

„Ich auch nicht! Du lagst im Krankenhaus, und ich wusste nicht, ob du leben oder sterben würdest. Meinem Vater wurde ein abscheuliches Verbrechen vorgeworfen, mit dem er überhaupt nichts zu tun hatte. Und niemand wollte mir irgendetwas sagen! Kannst du dir vorstellen, wie ich mich gefühlt habe?“

Denver erstarrte. „Kannst *du* dir vorstellen, was ich durchgemacht habe?“ Er sprach so leise, dass seine Stimme kaum zu hören war. „Man sagte mir, ich würde nie mehr derselbe sein und dass ich wahrscheinlich nie mehr meinen Arm benutzen könnte. Meine Eltern waren beide tot, umgekommen im Feuer, und die Frau, der ich vertraute, hatte mich getäuscht, um ihren Vater zu decken.“

„Nein!“, rief Tessa entsetzt. „Du kannst nicht ernsthaft geglaubt haben …“

„Ich wusste nicht, was ich glauben sollte.“ Er kam näher. „Ich wusste nur, dass mein ganzes Leben ruiniert war.“

Er war ihr so nah, dass sie seine Körperwärme spüren konnte – und seine Wut. „Du hättest mir die Gelegenheit geben sollen, mich zu erklären, ehe du mich verurteilst."

„Für Erklärungen war es zu spät."

„Vielleicht ist es nie zu spät."

Er lächelte bitter, und sein Zorn schien weitgehend verraucht zu sein. Er strich ihr ein paar Haarsträhnen aus dem Gesicht, wobei seine Fingerspitzen ihre Wange berührten. „Du bist wirklich immer noch eine Träumerin, oder?"

Sie schluckte hart und kämpfte einen aussichtslosen Kampf gegen die sinnliche Anziehungskraft zwischen ihnen. „Ich denke, ich bin in den vergangenen sieben Jahren realistisch geblieben. Jedenfalls bin ich nicht weggelaufen."

Er ließ die Hand sinken, und seine Augen funkelten erneut wütend. „So siehst du es?"

„Es ist das, was geschehen ist. Und jetzt bist du wieder da, schwebst wie ein Racheengel herein und wirfst meinem Vater alles Mögliche vor, von Brandstiftung bis zu Totschlag."

„Ich habe ihm überhaupt nichts vorgeworfen."

„Nicht direkt", sagte sie, „aber es ist deutlich, dass du ihm und mir die Schuld an dem Brand gibst."

„Als Curtis hier war, haben wir über die Leitung der Ranch gesprochen."

„Ach ja? Was du nicht sagst."

„Ich will nicht von dem Feuer anfangen", warnte er sie.

„Dann lass es doch einfach. Ob du es glaubst oder nicht: Wir haben uns hier nämlich krumm gearbeitet, um die Ranch zu retten – die dir damals völlig egal war!" Sie marschierte hinaus, ließ die Fliegengittertür hinter sich zufallen und tastete nach dem Lichtschalter.

„Störrischer Dreckskerl", murmelte sie und zog ihre Stiefel an, bevor sie die Stufen der hinteren Veranda hinunterlief. Mittlerweile regnete es wieder in Strömen. Die Tropfen trommelten auf den Boden und verwandelten den Staub in Schlamm. Wütend lief Tessa den ausgetretenen Pfad zur Koppel herunter. Sie lehnte sich an den Zaun. Der Wind blies ihr die nassen Haare ins Gesicht, aber das kümmerte sie nicht. Dieses Sommergewitter war nicht einmal annähernd so heftig wie der Sturm der Gefühle, der in ihr toste.

Verdammt! Sie ballte die Hand zur Faust. *Warum war er zurückgekommen? Und warum ausgerechnet jetzt?*

Sie schloss die Augen und hoffte, dass der kühle Regen ihren Schmerz über das Unrecht, das Denver ihr tat, linderte.

„Tessa?“ Denvers Stimme war so nah, dass sie erschrak.

„Lass mich in Ruhe!“

„Was treibst du hier draußen?“, fragte er so ruhig, dass sie am liebsten laut geschrien hätte.

„Ich versuche in Ruhe nachzudenken.“

Er lehnte sich über den Zaun und streifte dabei ihre Schulter. Sie bewegte sich nicht. Konnte es nicht. Der Regen reflektierte den bläulichen Schein der einzigen Lampe draußen, sammelte sich in Denvers Haaren und rann seinen Hals hinunter.

Er hatte sich keine Jacke angezogen, und seine Hemdzipfel wehten im Wind. „Hast du keine Angst zu ertrinken?“, fragte er mit sanfter Stimme.

„Falls du es noch nicht mitbekommen hast, wir befinden uns mitten in einer Dürreperiode!“

Er schaute zum Himmel. „Na ja, heute Abend aber nicht.“

„Der Regen tut gut.“ Warum hatte sie in seiner Gegenwart ständig das Gefühl, sich verteidigen zu müssen? Sie zählte langsam bis zehn, um die Beherrschung nicht zu verlieren. „Außerdem wird jeder einzelne Regentropfen dringend gebraucht. Der Wasserpegel im Fluss ist niedrig, und die Felder sind ausgedörrt.“

Der Wind wehte Denver ins Gesicht, die nassen Haare klebten ihm am Kopf. „Das ist doch verrückt. Lass uns reingehen.“

„Mir gefällt es gut hier draußen.“

„Wirklich?“ Mit dem Anflug eines Grinsens wischte er ihr einen Tropfen von der Kinnspitze und betrachtete ihr Gesicht. „Du siehst aus wie eine ertrunkene Katze.“

„Ich wette, das sagst du zu allen Frauen“, konterte sie ironisch, musste aber trotzdem lächeln.

„Nur wenn ich sie beeindrucken will."

„Dann bist du also immer noch der Charmeur, der du früher warst."

Er gab ein tiefes, sinnliches Lachen von sich. „Autsch, das war ein Tiefschlag."

„Hast du verdient. Du hast dich außerdem auch nicht gerade zurückgehalten."

„Tja, das stimmt wohl." Der Wind fuhr ihm durch die Haare. „Und jetzt komm wieder mit hinein. *Ich* werde *dir* einen Kaffee bringen." Seine Miene entspannte sich, und plötzlich sah er wieder aus wie der junge Mann von damals, den sie so leidenschaftlich geliebt hatte. Er berührte sie leicht an der Schulter, und sie spürte seine warmen Finger durch ihre nasse Bluse hindurch. „Waffenstillstand?"

Sie schüttelte den Kopf. „Ich weiß nicht, ob das überhaupt möglich ist." Trotzdem ließ sie zu, dass er ihre Hand nahm. Das Kribbeln, das diese Berührung auslöste, schob sie auf das Gewitter. Hand in Hand rannten sie durch die Pfützen im Hof zurück ins Haus.

In der Küche warf er ihr ein Handtuch zu, mit dem Tessa sich das Gesicht abtrocknete. Sie setzte sich an den Küchentisch und beobachtete Denver. Sein Gesicht war schmal und markant geworden im Lauf der Jahre, seine Haut dunkler und straffer. Doch kein plastischer Chirurg konnte seine Nase begradigen, die bei einem Sturz vom Pferd mit zwölf Jahren gebrochen war.

Er hatte sich verändert. Die jungenhaften Grübchen in den Wangen waren zu tieferen Falten geworden, Ausdruck von Unzufriedenheit und Bitterkeit. Sein früher sinnlicher Mund war nun eine schmale Linie. Die kleinen Fältchen um seine Augen verrieten, dass er immer noch oft zwinkerte. Aber konnte er auch so unbeschwert lachen und scherzen wie damals?

Er schenkte Kaffee ein und reichte ihr das dampfende Getränk.

Sie trank einen Schluck und verbrannte sich dabei fast die

Zunge. Mit dem Becher in beiden Händen, lehnte sie sich zurück und warf die nassen Haare aus dem Gesicht. „Ich habe nicht damit gerechnet, dass du tatsächlich auftauchst“, gestand sie. „Eher habe ich erwartet, dass du den Verkauf deines Anteils per Telefon abwickelst.“

Er zog sich einen Stuhl heran, setzte sich mit der Lehne nach vorn rittlings darauf und blies sacht in seine Tasse. „Das wollte ich auch, aber leider war das nicht so einfach.“

Jetzt war es also heraus. Er gab es zu: Diese Ranch, für die sie und ihr Vater sich krumm geschuftet hatten, bedeutete ihm gar nichts.

„Wie ich schon erwähnte, haben sich Steuerschulden angehäuft“, erklärte er. „Offenbar gab es da Versäumnisse.“

„Das Geld war knapp.“ In ihre Stimme schlich sich ein rechtfertigender Unterton.

„Ja, das ist mir schon zu Ohren gekommen.“

„Was ist mit Colton?“, erkundigte sie sich nach seinem Bruder. „Hat er die gleiche Einstellung zur Ranch?“

„Ich wünschte, ich wüsste es.“ Denver schaute nachdenklich auf seinen schwarzen Kaffee. „Da ihm die Hälfte der Ranch gehört, muss ich wissen, ob er mich auszahlen oder die gesamte Immobilie zum Verkauf anbieten will.“

„Dann wirst du also in jedem Fall verkaufen.“

„Genau.“ Er wirkte nicht so, als würde er es bedauern.

„Einfach so?“

„Einfach so.“

Sie beugte sich ein wenig zu ihm herüber und stützte dabei die Ellbogen auf den Tisch. „Was würdest du sagen, wenn ich dir die Ranch abkaufen wollte?“

Er wirkte verblüfft. „Du?“

„Ganz recht. Und nicht nur dir, sondern auch Colton. Ich kaufe beide Anteile.“

Denver war völlig perplex. „Du willst diese Ranch nicht, Tessa“, sagte er. „Du kannst sie nicht wollen.“

„Bild dir bloß keine vorschnelle Meinung über mich“, wies

sie ihn mit erstaunlich fester Stimme zurecht. „Ich habe lange darüber nachgedacht. Ich habe zu hart auf dieser Ranch gearbeitet, um jetzt einfach zuzusehen, wie sie an irgendwen verkauft wird."

„Tessa, das ist verrückt ..."

„Es ist mein Ernst. Wenn du die McLean-Ranch verkaufen willst, werde ich sie nehmen." Ehe er protestieren konnte, fügte sie hinzu: „Ich habe etwas Geld gespart. Außerdem besitze ich Pferde, die ich notfalls verkaufen kann, und habe bereits ein Vorgespräch mit dem Mann von der Bank in Three Falls geführt."

„Dann kennst du ja sämtliche Fakten."

„Die meisten."

„Verrate mir eines", bat er. „Wie willst du eine Ranch führen, die sich momentan nicht einmal selbst trägt?"

„Es ist zu schaffen."

„Mit einer gewaltigen Hypothek?" Er schüttelte den Kopf. „Ich sehe nicht, wie das funktionieren soll."

„Das ist genau dein Problem, Denver", erklärte sie gelassen. „Du gehst mit weit offenen Augen durchs Leben, aber du siehst nicht, was sich direkt vor deiner Nase befindet." Sie fühlte, wie sich erneut ein Kloß in ihrem Hals bildete, und setzte leise hinzu: „So war es schon immer."

Denvers Finger schlossen sich fester um seinen Becher. Tessa war wunderschön – *zu schön*! Er schob den Stuhl zurück, kippte den Kaffeesatz in die Spüle und versuchte das Funkeln in ihren haselnussbraunen Augen zu übersehen, als sie entschlossen das Kinn vorstreckte. Die nasse Bluse klebte ihr am Körper, ihr feuchtes Haar schimmerte in der schwachen Küchenbeleuchtung, und ihr Gesicht war leicht gerötet. Ihr Anblick berührte sein Herz und brachte Gefühle zum Vorschein, von denen er gehofft hatte, dass sie vor sieben Jahren erkaltet war.

„Tja, dann werde ich mal meine Sachen auspacken." Er brauchte Zeit zum Nachdenken, um sich über alles klar zu werden und sich ins Gedächtnis zu rufen, dass sie ihn und seine Familie verraten hatte. Etwas Distanz würde da helfen. Im selben Zimmer wie sie zu sein und ständig ihren vorwurfsvollen Blick zu spüren war nicht gut.

Wie lautete das alte Sprichwort? Es ist nur ein schmaler Grat zwischen Liebe und Hass. Da er überzeugt davon war, genau auf diesem schmalen Grad zu wandeln, musste er vorsichtig sein – sonst drohte der Absturz.

„Du kannst das Zimmer oben haben", sagte Tessa.

„Ach, kann ich?" Er drehte sich zu ihr um. Sie saß nach wie vor am Tisch und wirkte jetzt kühl und distanziert. Ihr Gesicht war schöner denn je.

„Es war Johns Zimmer."

„Ich weiß, wessen Zimmer das war. Schließlich habe ich früher hier gewohnt. Schon vergessen?"

Sie gab einen leisen erstickten Laut von sich und räusperte sich. „Unglücklicherweise könnte ich das nie vergessen."

Zu seinem Entsetzen verspürte er dasselbe elende Gefühl wie damals, als Colton ihn davon überzeugt hatte, dass Tessa mit ihrem Vater gemeinsam den Plan ausgeheckt hatte, die Gewinne der Ranch zu unterschlagen. Um seine Schwäche zu kaschieren, lehnte er sich gegen die Arbeitsfläche und hielt sich unauffällig daran fest. „Was ist mit dem Zimmer meiner Eltern?"

„Da wohne ich."

„Du?", wiederholte er. „Du bewohnst es?"

„Ja." Sie stand auf und schob die Hände in die Taschen ihrer Jeans. „Du kannst jedes Zimmer haben, das du willst. Sag mir nur Bescheid, damit ich meine Sachen ausräumen kann."

„Nun warte mal. Warum wohnst du eigentlich hier?", wollte er wissen. Inzwischen stieg frischer Zorn in ihm auf. Tessa hatte mit John vor dessen Tod unter einem Dach gelebt?

„Es war praktischer und angenehmer."

„Darauf wette ich", murmelte er und stellte sie sich mit seinem Onkel zusammen vor. John McLean, eingefleischter Junggeselle, hatte sich bei den Damen im Ort einen Ruf erworben. Aber Tessa? Denvers Magen zog sich zusammen, und er verdrängte lieber die Vorstellung, John und Tessa könnten miteinander geschlafen haben. Er schloss die Augen und biss die Zähne zusammen, doch es gelang ihm nicht ganz, die Bilder aus dem Kopf zu bekommen. Er kannte Tessa nicht mehr, und vielleicht hatte er sie nie wirklich gekannt.

„Was meinst du?“, fragte sie, ehe sie die Botschaft in seinem Blick lesen konnte. „Du machst Witze, oder? Du glaubst doch nicht ernsthaft, ich wäre Johns …“

„Warst du?“

Das Lachen blieb ihr im Halse stecken. Offenbar meinte er das wirklich ernst. War er etwa eifersüchtig? „Denk noch einmal gut darüber nach, Denver“, zischte sie wütend. Hoch erhobenen Hauptes verließ sie die Küche und lief die Treppe hinauf zu ihrem Zimmer.

Wie konnte er nur annehmen, sie würde mit seinem Onkel schlafen? Diese grässliche Vorstellung machte sie ganz krank. Sie riss den Kleiderschrank auf und begann, ihre Sachen von den Kleiderbügeln zu zerren und aufs Bett zu werfen. Die Schuhe warf sie einfach in die Mitte des Zimmers.

Eines war jedenfalls sicher – sie konnte auf keinen Fall im gleichen Haus wie Denver bleiben. Also nahm sie ihren Koffer und einen alten Seesack aus dem Regal und hievte beides aufs Bett. Ihre Wangen glühten, während sie die Kommode ausräumte.

Als sie die oberste Schublade mit Wucht zuschob, klirrte der Spiegel darüber. „Dieser streitsüchtige, rücksichtslose Mistkerl!“, zischte sie mit zusammengebissenen Zähnen, genau in dem Moment, als sie Denver im Spiegelbild entdeckte.

Mit ausdrucksloser Miene musterte er ihre verstreut herumliegenden Kleidungsstücke. „Lass dich von mir nicht aufhalten“, sagte er.

„Keine Sorge, das werde ich nicht.“ Sie warf einen Großteil ihrer Sachen schwungvoll in den Koffer und stopfte den Rest in ihren Seesack.

Es passte nicht alles hinein. Zipfel und Ärmel lugten heraus, sodass sie Schwierigkeiten hatte, den Koffer zuzubekommen. Schließlich rasteten die Verschlüsse ein. Tessa sah auf und sagte: „Den Rest hole ich morgen ab."

Sie durchquerte mit ihrem Gepäck das Zimmer und wartete ungeduldig darauf, dass er Platz machte. „Wenn du mich jetzt bitte entschuldigen würdest", sagte sie.

„Auf keinen Fall."

„Geh zur Seite, Denver."

„Erst wenn du mir erklärst, warum du hier gewohnt hast."

„Ich bin dir überhaupt keine Rechenschaft schuldig", fuhr sie ihn an. „Du hast mich ohne ein Wort verlassen, deshalb schulde ich dir gar nichts."

Er presste die Lippen zusammen, blieb jedoch weiterhin im Türrahmen stehen. Tessa konnte sich nicht an ihm vorbeiquetschen.

„Das ist doch albern, Denver."

„Kann sein."

„Lass mich vorbei."

„Erst wenn du mir verraten hast, warum dein Vater im Haus des Vorarbeiters wohnt und du hier."

Die Wahrheit lag ihr auf der Zunge, doch ihr Stolz ließ sie schweigen. Sie konzentrierte sich darauf, ihren Herzschlag zu beruhigen, und hoffte inständig, dass er ihr nichts anmerkte – weder das Pochen ihrer Halsschlagader noch wie sehr sie den Griff ihres alten Koffers umklammerte. „Es war bequemer so. Denk doch, was du willst, es ist mir vollkommen egal."

Sie versuchte an ihm vorbeizukommen, doch kaum hatte sie einen Fuß über die Türschwelle gesetzt, umfasste er ihre Taille und zog sie an sich. Tessa schnappte erschrocken nach Luft. Sie fühlte seine muskulöse Brust, sah das Feuer in seinen Augen und wusste, sie war gefangen.

Draußen donnerte es, und Regen wehte durch das offene Fenster herein, sodass die Vorhänge sich aufbauschten. Tessa war unfähig, irgendetwas anderes wahrzunehmen als Denvers

Augen. „Was willst du denn von mir hören?“, brachte sie mühsam heraus. „Soll ich dir vielleicht sagen, dass dein Onkel und ich ein Liebespaar waren?“

Ein Wangenmuskel zuckte bedrohlich in seinem Gesicht.

„Oder soll ich sagen, dass er nur einer von vielen war – angefangen mit dir?“

Er ließ den Arm unvermittelt sinken, sodass sie beinah das Gleichgewicht verloren hätte und in den Flur hinausgestolpert wäre. Er wirkte angewidert, aber sie vermochte nicht zu erkennen, ob von ihr oder von sich selbst. „Du kannst bleiben“, sagte er mit rauer Stimme. „Ich nehme das Zimmer am Ende des Ganges.“

„Ich will gar nicht bleiben.“

Er fuhr sich durch die Haare und lehnte sich an die alte Holzvertäfelung im Flur. Er wirkte weiterhin angespannt. „Es spielt keine Rolle, was geschehen ist. Es geht mich nichts an.“

„Da hast du recht, aber es ist dein Haus.“ Sie hob ihre Taschen erneut an und sagte: „Ich gehe zu Dad.“ Sie eilte die Treppe hinunter, bevor sie es sich anders überlegen konnte.

„Tessa …“

„Ich ziehe erst wieder hier ein, wenn mir die Ranch gehört.“ Sie stieß die Hintertür auf, und sofort wehte ihr der Regen ins Gesicht. Erst nachdem sie den Weg zur Garage eingeschlagen hatte, fiel ihr ein, dass sie ja gar keinen Wagen besaß. Es gab nur den Pick-up ihres Vaters. Der Kombi war in der Werkstatt. Und ihr Bruder Mitchell hatte sich den alten Pritschenwagen ausgeliehen.

„Na, fabelhaft“, murrte sie, schon nass bis auf die Knochen. Wenn sie querfeldein ging, war es höchstens eine Viertelmeile. Aber die Straße entlang war die Strecke dreimal so weit.

Sehnsüchtig blickte sie zurück zum Farmhaus. Die Fenster verbreiteten ihren warmen gelben Schein in der Dunkelheit. Mit entschlossener Miene öffnete sie die Pforte und machte sich auf den Weg über die nassen Weiden.

Sie war noch keine zehn Meter gegangen, da legte jemand ihr

eine Hand auf die Schulter und drehte sie herum. „Du kleiner Dummkopf“, fauchte Denver.

„He, lass mich los!“

„Erst wenn du wieder zurück ins Haus gehst!“ Er nahm ihr das Gepäck mit einer Hand weg.

„Ich warne dich – oh!“

Denver hob Tessa einfach hoch und warf sie sich wie ein Feuerwehrmann über die Schulter, wobei seine Hand wie eine eiserne Fußfessel um ihre Knöchel lag.

„Lass mich auf der Stelle herunter! Das ist ja lächerlich!“ *Dieser verdammte Kerl!* Doch er reagierte nicht auf ihre Flüche oder auf ihre Fäuste, mit denen sie auf seinen Rücken eintrommelte. „Denver, lass mich herunter! Das ist mein Ernst!“

Entschlossenen Schrittes marschierte er zurück zum Haus, in der einen Hand trug er ihre Taschen, während er mit dem Arm seine Last auf der Schulter festhielt. So peinlich ihr diese Lage war, ihr blieb nichts anderes übrig, als sich an seinem Hemd festzuklammern, wenn sie nicht in den Matsch fallen wollte. Die Haare schlugen ihr ins Gesicht, Regen lief ihr vom Kinn auf die Stirn. Sie schwor sich, ihn umzubringen, sobald sie wieder auf ihren Füßen stand. Unterdessen trug er sie die Stufen hinauf und ins Haus.

„So, da wären wir“, verkündete er und stellte sie unsanft auf den Boden, als sie in der Küche waren.

„Von allen miesen Tricks …“, zischte sie und stemmte die Fäuste in die Hüften.

„Was hattest du eigentlich vor? Wolltest du durch den Fluss waten?“

„Der Fluss führt schon seit über einem Monat keinen Tropfen Wasser mehr.“

„Warum wolltest du zu Fuß gehen?“

Sie antwortete ihm nicht und fuhr sich stattdessen energisch durch die nassen Haare, in dem Bemühen, wenigstens einen Rest Würde zu bewahren.

Denver schaute auf ihr Gepäck, um das sich eine Pfütze auf

dem rissigen Linoleum gebildet hatte. Als bemerke er den alten Army-Seesack erst jetzt, sank er auf ein Knie und nahm die Anhänger, die sich noch daran befanden, zwischen die Finger, um sie sich genauer anzusehen. „Private Mitchell Kramer?“ Er sah fragend zu ihr auf. „Dein Bruder ist wieder hier?“

Sie nickte. Je weniger sie sagte, desto besser.

„Ich dachte, er sei nach dem Feuer fortgegangen.“

„Ist er auch.“

„Wann ist er wiederaufgetaucht?“

„Vor sechs Monaten. Du warst lange weg, Denver. Mitchell hatte seine Zeit letztes Jahr abgedient. In ein paar Wochen geht er aufs College.“

Skeptisch betrachtete er noch einmal die Namensschilder, dann richtete er sich wieder auf. „Wo ist er?“

Sie zuckte die Schultern. „Irgendwo in der Gegend, heute Abend wahrscheinlich in der Stadt. Es ist schließlich Freitag.“

„Ist er immer noch so ein Unruhestifter?“, wollte Denver wissen.

„Das ist lange her“, fuhr sie ihn an. „Mitchell hat sich geändert.“

„Hat er?“, fragte er sarkastisch.

Tessa konnte ihm nicht erklären, welche gemischten Gefühle sie selbst für ihren Bruder hegte. Er hatte ihr nach dem Feuer beigestanden, als Denver sie einfach verlassen hatte und sie allein und verloren gewesen war. Es stimmte, dass Mitchell kurz nach dem Feuer seinen Dienst bei der Army antrat. Aber jetzt war er wieder zurück und weitgehend auf dem rechten Weg. Den Rebellen, der er nach der Highschool gewesen war, gab es nicht mehr.

„Mitchell hat sechs Jahre als Soldat hinter sich und ist mittlerweile erwachsen geworden. Falls es dir entgangen sein sollte, hier haben sich viele Dinge geändert.“

„Kann man wohl sagen“, bestätigte er und sah ihr dabei in die Augen.

Erneut fing Tessas Herz an schneller zu pochen, so laut, dass er es bestimmt hören konnte.

„Ich schlage vor, du gehst nach oben und verstaust dein Gepäck“, sagte er. „Außerdem hast du vorhin ein heißes Bad erwähnt.“

Tessa war durchgefroren bis auf die Knochen. Ein heißes Bad klang himmlisch. Allerdings war sie nicht sicher, ob es klug oder sicher war, sich im gleichen Haus wie Denver McLean aufzuhalten. „Und was ist mit dir?“, erkundigte sie sich.

„Wie ich schon erwähnte, ich nehme das Zimmer am Ende des Flurs.“

„Ich glaube nicht, dass das eine gute Idee ist.“

„Das ist mein Haus“, erinnerte er sie. „Außerdem ist es nur für eine Woche, höchstens zwei.“

Obwohl sie wusste, dass sie einen Fehler beging, gab sie nach. Nass, dreckig und einfach nur der Streitereien mit ihm überdrüssig, entschied sie, eine Nacht könne nicht so schlimm werden. Morgen, wenn sie den ersten Schock des unverhofften Wiedersehens erst einmal verarbeitet hatte, würde sie eine Entscheidung treffen, ob sie nun auszog oder nicht.

„Aber nur für heute Nacht“, stellte sie klar und hob ihre Taschen auf.

„Die kann ich nehmen“, bot er an.

„Nein danke.“ Sie trug das Gepäck die Treppe hinauf und packte im Zimmer Nachthemd und Bademantel aus. Sie kam sich vor wie eine Fremde im eigenen Haus, als sie ins Bad huschte, die Tür verriegelte und ihre nassen Sachen auszog.

Dampf stieg aus der Wanne auf, während sie sich im Spiegel betrachtete und stöhnte. Ihr Haar war strähnig und nass, ihr Gesicht mit Matsch beschmiert, die Haut vor Aufregung gerötet. „Das ist doch alles verrückt“, sagte sie sich und stieg ins heiße Wasser. „Absolut verrückt!“

Denver schenkte sich einen Whikey ein, es war bereits der zweite. Nervös lief er im Arbeitszimmer auf und ab und lauschte den knarrenden Holzdielen über ihm. Daher wusste er ganz genau, wann Tessa ins Badezimmer lief. Er hörte das leise metallische Klicken des Riegels und fühlte das sanfte Zittern, das durchs Haus ging, als sie das Wasser aufdrehte. Die alten Rohre knackten.

Er schloss die Augen und stellte sich unwillkürlich vor, wie Tessa in die Badewanne stieg. Er fragte sich, ob ihr Körper gealtert war oder ob er noch immer so fest und straff war wie bei ihrem letzten Zusammensein. Die Erinnerung an ihr heißes Liebesspiel war so lebendig, als wäre es gestern gewesen. Frustriert biss er die Zähne zusammen. „Vergiss es, McLean", warnte er sich und leerte sein Glas.

Fluchend ließ er sich in den Sessel hinter dem Schreibtisch fallen, um sich den Steuerunterlagen zu widmen. Aber er konnte sich nicht konzentrieren. Stattdessen horchte er auf die Rohre und das plötzliche Verstummen der Pumpe. Er hielt den Stift so fest zwischen den Fingern, dass seine Knöchel weiß hervortraten. Oben wurde die Badezimmertür geöffnet, und dann hörte er, wie Tessa barfuß zu ihrem Zimmer lief – dem früheren Zimmer seiner Eltern.

Warum, um alles in der Welt, wohnte sie in diesem Haus? Er wollte glauben, dass sie erst nach Johns Tod eingezogen war, um es in Ordnung zu halten. Aber er wusste es besser. Abgesehen davon hatte sie es auch zugegeben.

War sie Johns Geliebte gewesen? Das bezweifelte er. Trotzdem blieb ein Rest Ungewissheit, der an ihm nagte. Sie hatte nicht bestritten, eine Affäre mit seinem Onkel gehabt zu haben. Aber Denver konnte sich einfach nicht vorstellen, dass sie mit einem Mann schlief, der doppelt so alt war wie sie. Alles in allem betrachtet, ging ihn die Sache nichts an. Er hatte jeden Anspruch auf sie aufgegeben, als er damals akzeptierte, dass sie ihn verraten hatte.

Erneut griff er nach der Scotchflasche, um sich ein weiteres Glas einzuschenken. Doch dann überlegte er es sich anders und schraubte die Flasche wieder zu. Nachdem er sie in die Schublade zurückgelegt hatte, wo er sie gefunden hatte, trat er ans

Fenster und schaute hinaus in die Nacht.

Blitze zuckten am Himmel und erhellten den Bergrücken nahe der Silbermine, dort, wo er zum ersten Mal erlebt hatte, wie wundervoll es war, mit Tessa zu schlafen. Es hatte vorher und nachher andere Frauen gegeben, doch keine dieser kurzen Erfahrungen war auch nur annähernd so aufwühlend gewesen wie dieser perfekte Moment mit ihr.

Wütend über seine eigenen Gedanken, zerrte er das Rollo herunter, in der Hoffnung, damit diese Bilder der Vergangenheit vertreiben zu können. Dummerweise schoss es gleich wieder nach oben, sodass er den Anblick des Bergrückens, dessen Konturen sich scharf vor dem Himmel abzeichneten, erneut vor sich hatte. *Es war dumm gewesen, an diesen Ort zurückzukehren.* Das war ihm von vornherein klar gewesen, und trotzdem war er gekommen.

Und nun lag Tessa auch noch ausgerechnet oben im Ehebett seiner Eltern.

Innerlich brennend vor Begierde, fragte er sich, wie er diese Nacht überstehen sollte.

3. KAPITEL

Als das erste Tageslicht durch das Schlafzimmerfenster hereinfiel, warf Tessa die Decke auf dem alten Messingbett zurück. Sie hatte kaum ein Auge zugetan. Wegen Denver.

„Du bist eine Idiotin“, schalt sie sich selbst, während sie eine Jeans anzog und ihr Arbeitshemd zuknöpfte. Sie flocht ihre rotblonden Haare zusammen und betrachtete sich im Spiegel. Während sie das Ende des Zopfes mit einem Gummiband befestigte, verzog sie bei ihrem Anblick das Gesicht. „Du liebst ihn nicht mehr“, versuchte sie der Frau im Spiegel einzureden. „Und er hat dich nie geliebt. Also übersteh einfach irgendwie diese Woche und bete, dass er verschwindet.“

Ein vertrauter Schmerz meldete sich. Sie legte die Bürste auf die Kommode. Denver war schon einmal gegangen. Ohne ein Wort. Sie erinnerte sich noch sehr deutlich an jene Nacht, als läge sie erst zwölf Stunden zurück …

„Ich will ihn sehen!“, hatte Tessa damals am Informationsschalter des Krankenhauses verlangt. Seit fünf Tagen wurde sie von Ärzten und Schwestern abgewimmelt, doch nun reichte es ihr. Obwohl ihr Besuch nicht erwünscht zu sein schien – ihre Briefe waren ungeöffnet zurückgekommen, ihre Blumen zurückgeschickt worden –, wollte sie nicht länger nachgeben. Denver befand sich hier irgendwo in diesem Krankenhaus, und sie hatte die feste Absicht, ihn zu sehen.

„Tut mir leid, Miss Kramer, aber Mr McLean darf keine Besucher empfangen“, erklärte die Krankenschwester mit verkniffenem Mund. Ihre Haltung war so steif wie ihre gestärkte weiße Uniform.

„Ich weiß, dass sein Bruder ihn besucht hat!“

„Colton McLean ist ein Familienangehöriger.“

„Das bin ich auch“, log Tessa, denn sie wollte sich der Unnachgiebigkeit dieser Frau nicht beugen. „Ich werde seine Frau. Ich bin seine Verlobte!“

Die Krankenschwester sah, dass Tessa keinen Ring trug. „Tut mir leid, Miss Kramer. Anordnung des Arztes."

Verzweifelt sagte sie: „Dann lassen Sie mich wenigstens mit dem Doktor sprechen."

Die Schwester zögerte, dann aber nahm sie den Hörer vom Telefon auf dem Schreibtisch. Einige Sekunden später wurde der Arzt ausgerufen. „Dr. Williams, Dr. Brandon Williams bitte in den Empfangsbereich."

„Danke", sagte Tessa, zu aufgewühlt, um sich auf eines der kalten Plastiksofas im Empfangsbereich zu setzen. Stattdessen ging sie zwischen einer Topfpalme und dem Zeitschriftenständer auf und ab. „Komm schon", flüsterte sie und schaute dabei immer wieder auf ihre Uhr. „Komm endlich."

Die Sekunden vergingen, bis schließlich ein dünner Mann mit scharfen Gesichtszügen, einer Brille mit Drahtgestell und sich lichtenden grauen Haaren in die Lobby gerauscht kam. Mit seinem weißen Arztkittel und dem Klemmbrett wirkte er wie der Inbegriff medizinischer Autorität.

„Ich bin Tessa Kramer", stellte sie sich vor und bot ihm die Hand.

Er schüttelte sie schwach, ehe er die Arme über dem Klemmbrett verschränkte. „Ich hörte, Sie wollen Denver McLean sehen."

„Ich bin seine Verlobte."

Dr. Williams' Miene bewölkte sich. „Ich wusste nicht, dass er verlobt ist", sagte er langsam und mit offenkundigem Zweifel.

„Na ja, wir sind erst seit Kurzem verlobt."

Er trat mit sichtlichem Unbehagen von einem Bein auf das andere. „Miss Kramer, Sie müssen verstehen, dass das Unglück für Denver nicht nur physisch, sondern auch emotional traumatisch war", erklärte er geduldig.

„Das ist mir durchaus bewusst."

„Im Augenblick ist er sehr durcheinander. Bis zur Operation ..."

„Operation!", wiederholte sie erschrocken.

„Eine plastische OP", versicherte er ihr schnell. „Aber bis er sich vollständig erholt hat, möchte er niemanden sehen."

„Niemanden?", fragte sie entsetzt. „Oder nur mich nicht?"

„Die Situation ist sehr schwierig für ihn ..."

„Wenn ich ihn doch nur sehen und mit ihm sprechen könnte. Ich weiß, dass ich ihm helfen könnte", drängte sie und sah den Flur entlang. Sie wusste, dass Denver irgendwo im Erdgeschoss lag, nur hatte sie keine Ahnung in welchem Zimmer.

„Sein Bruder und sein Onkel respektieren seine Wünsche, und das gilt auch für mich. In einigen Wochen, wenn Denver Zeit gefunden hat, alles zu verarbeiten, wird er Sie sicher sehen wollen."

In einigen Wochen. So lange konnte Tessa nicht warten. Seit dem Feuer war eine Woche vergangen, fünf Tage, seit sie ihn hier zum ersten Mal versucht hatte zu besuchen. Und jetzt sprach der Doktor von Wochen?

War es möglich, dass Denver sie gar nicht sehen wollte? Das hatten ihr Vater und ihr Bruder angedeutet. Sie schluckte ihren ganzen Stolz herunter und fragte: „Könnten Sie ihm bitte ausrichten – jetzt gleich –, dass ich hier bin und ihn unbedingt sehen muss?"

Der Doktor seufzte. Sein schmales Gesicht sah verhärmt aus. „Es wird nichts nützen."

„Warum nicht?"

„Weil ich schon mit ihm darüber gesprochen habe. Er will Sie nicht sehen."

„Das glaube ich nicht!", rief sie, zutiefst getroffen, weil offenbar ihre schlimmsten Befürchtungen eintrafen. „Das glaube ich erst, wenn ich es von ihm selbst höre."

„Ich fürchte, das ist unmöglich."

„Nichts ist unmöglich!", erwiderte sie und rannte los, wobei ihre Schritte durch den braunen Teppich gedämpft wurden. Die Furcht, die sie seit der Nacht des Feuers begleitete, nagte an ihr. Irgendetwas stimmte an der Sache ganz und gar nicht, und das ging weit über das schreckliche Unglück selbst hinaus.

„Hey! Sie können da nicht hineingehen!“, hörte sie jemanden hinter sich rufen. Aber sie blieb nicht stehen.

„Miss … Miss! Haltet sie auf! Ruft den Sicherheitsdienst!“, rief jemand anderes.

Sie war erst einmal in diesem Krankenhaus gewesen, trotzdem rannte sie die Flure entlang, schaute in Krankenzimmer und achtete auf die Hinweisschilder an jeder Abzweigung. Wo war Denver? Wo?

Als sie um die nächste Ecke kam, stieß sie mit Colton McLean zusammen. Sie prallte zurück gegen die Wand, sodass ihr die Luft wegblieb.

Colton schaute sie eiskalt an. „Was machst du hier?“, verlangte er zu erfahren und hielt sie am Arm fest, als sie an ihm vorbeiwollte.

„Ich muss mit Denver sprechen.“

„Auf keinen Fall.“

„Lass mich los“, forderte sie und versuchte sich aus seinem Griff zu befreien, während sie in die umliegenden Zimmer spähte. „Er muss hier irgendwo sein. Wo ist er, Colton?“

„Du begreifst es nicht, was?“, meinte Colton, ihre Frage ignorierend. „Er will dich nicht sehen.“

„Das glaube ich dir nicht! Wenn ich ihn nur sehen könnte … mit ihm sprechen …“ Sie schaffte es, sich loszumachen, und rannte weiter, nur um gleich darauf von zwei Sicherheitsleuten eingefangen zu werden.

„Ich denke, es ist besser, wenn Sie gehen“, erklärte der größere der beiden Männer.

„Erst wenn ich Denver McLean gesehen habe“, protestierte sie, denn schließlich war sie so nah dran! Sie musste ihm einfach sagen, wie sehr sie ihn liebte.

„Wenn Sie nicht freiwillig gehen“, fügte der kleinere der beiden hinzu, dessen Miene trotz seiner entschlossenen Haltung Mitgefühl verriet, „sind wir gehalten, die Polizei zu rufen.“

„Das wäre eine gute Idee“, meinte Colton. „Deine Familie steckt ohnehin schon in Schwierigkeiten.“

„Meine Familie hat mit dem Feuer nichts zu tun!" Voller Sehnsucht starrte sie zu dem Flur, über dem das Schild „Intensivstation" hing. Natürlich! Verzweifelt wandte sie sich an Colton. „Bitte sag ihm, er soll mich wenigstens anrufen."

Für einen kurzen Moment flackerte auch in seinen Augen so etwas wie Mitleid auf, ehe sie wieder ausdruckslos und kalt wurden. „Ich werde ihm ausrichten, dass du hier warst", sagte er, während der größere der beiden Wachleute nach ihrem Oberarm griff und sie zum Ausgang führte.

Am nächsten Tag ging sie noch einmal zum Krankenhaus, wo man ihr mitteilte, Denver sei in ein Krankenhaus in Los Angeles geflogen worden. Sie konnte ihm weder Karten noch Blumen schicken, weil selbst John McLean den Aufenthaltsort seines Neffen geheim hielt. Wäre ihr Bruder Mitchell nicht gewesen, hätte sie diese langen, einsamen Wochen wohl nicht überstanden.

Jetzt brachte die Vorstellung, dass Denver nach sieben Jahren einzig und allein deshalb wiederauftauchte, um die Ranch zu verkaufen, ihr Blut in Wallung. Der hat vielleicht Nerven, dachte sie und lief die Treppe hinunter.

Das Haus war ruhig wie ein Grab, vom Ticken der Standuhr im Flur abgesehen.

Sie nahm an, dass Denver, wo auch immer er die Nacht verbracht hatte, noch schlief. Erleichtert darüber, ihm nicht gegenübertreten zu müssen, ließ sie Wasser in die Kaffeekanne laufen.

Gestern Abend hatte sie viel zu heftig auf ihn reagiert. Sein Erscheinen hatte sie überrascht. Doch jetzt, wo sie wusste, woran sie war, würde sie ihm gefasster gegenübertreten können. Irgendwie musste sie es schaffen, einen kühlen Kopf zu bewahren.

Sie hatte sich gerade einen Becher Kaffee eingeschenkt und schob ein paar Scheiben Speck mit der Gabel hin und her, als sie die Treppenstufen knarren hörte. Sofort schlug ihr Herz schneller. Sie versuchte sich auf das in der Pfanne brutzelnde

Fleisch zu konzentrieren, spürte aber ganz genau, dass er die Küche betrat.

„Hungrig?", erkundigte sie sich, ohne sich umzudrehen.

„Und wie."

Du lieber Himmel, er klang so nah. Und sie reagierte genauso blöd auf ihn wie gestern Abend. Sie riss sich zusammen und fragte: „Wärst du mit Eiern, Schinken und Toast einverstanden?"

„Hört sich klasse an." Sie hörte, wie er sich Kaffee aus der Glaskanne auf dem Küchentresen einschenkte und einen Stuhl über den Fußboden schob.

Vorsichtig hob sie den brutzelnden Speck mit einer Gabel aus der Pfanne, drückte den Knopf des Toasters herunter und schlug Eier in die noch heiße Pfanne. Unterdessen spürte sie die ganze Zeit Denvers Blicke im Rücken. Als sie sich endlich umdrehte, um die Teller auf den Tisch zu stellen, begegneten sich ihre Blicke kurz. Sofort pochte ihr Herz wie wild.

Er sah noch ein bisschen verschlafen aus, doch seine erstaunlich blauen Augen berührten etwas tief in ihr, von dem sie geglaubt hatte, es sei längst verschwunden. Sein Haar war zerwühlt und fiel ihm in die Stirn, schwarz wie die frischen Bartstoppeln auf seinen Wangen.

„Schlecht geschlafen?", erkundigte sie sich, da sie es sich nicht verkneifen konnte, ihn ein wenig herauszufordern.

„Geht so. Und du?"

„Ich habe wie ein Baby geschlafen."

Seine Mundwinkel zuckten leicht. „Soll das heißen, du bist alle zwei Stunden schreiend aufgewacht?"

Das brachte sie zum Lächeln. Der flüchtige zärtliche Ausdruck in seinem Blick, den sie wahrgenommen hatte, hob ihre Stimmung. Sie setzte sich auf einen der Rattanstühle am Tisch.

Er trank einen Schluck Kaffee und deutete auf das Essen. „Diese Art von Gastfreundschaft habe ich gar nicht erwartet."

„Tja, da hast du wohl Glück gehabt."

Er grinste. „Kein Arsen in der Marmelade?"

Sie versuchte, nicht auch zu grinsen. „Noch nicht. Aber du solltest dich lieber gut benehmen."

„Mach ich doch immer."

„Von wegen. Gestern Abend bist du hier aufgekreuzt wie ein blutrünstiger Wolf! Da wäre Arsen noch zu gut für dich gewesen."

Er sah ihr einen kurzen Moment in die Augen, ehe er den Blick wieder auf seinen Teller richtete. „Du warst auch nicht gerade die Freundlichkeit in Person."

„Wenn man mich angreift, reagiere ich nun mal so." Sie bestrich ihren Toast mit Butter und tat so, als habe Denver keinerlei Wirkung auf sie, als würde ihr Herz nicht hämmern angesichts des sinnlichen Funkelns in seinen Augen.

„Hm, dann habe ich es wohl nicht besser verdient."

„Kann man wohl sagen", pflichtete sie ihm bei und erinnerte sich an seine Bemerkungen über seinen Onkel. Prompt blieb ihr ein Stück Essen im Hals stecken.

„Ich werde auf mein Benehmen achten."

„Tu das."

Er beobachtete sie und studierte ihre Bewegungen. Als er aufgegessen hatte, schob er den Teller von sich. „Ich dachte, ihr habt eine Köchin."

„Milly kommt für gewöhnlich erst gegen halb zehn. Sie bereitet das Mittagessen und das Abendessen für die Ranchmitarbeiter zu und geht gegen sieben. Ich warne dich lieber gleich – leg dich nicht mit ihr an. Dir mag vielleicht die Ranch gehören, aber die Küche ist ihr Hoheitsgebiet."

„Ich werde daran denken." Erneut sah er sie mit diesem verführerischen Blick an, der ihr den Atem raubte. „Ich wollte dir noch etwas sagen."

Jetzt kommt es, dachte sie. „Ja?"

„Es war gestern Abend ein bisschen heftig."

„Ach, das ist dir aufgefallen?", erwiderte sie trocken.

„Ich habe ein paar Dinge gesagt, die ich nicht so meinte."

Sie setzte eine skeptische Miene auf, ließ ihn jedoch fortfahren, in der Hoffnung, dass er ihre Nervosität nicht bemerkte.

„Ich habe mich danebenbenommen."

„Ziemlich sogar."

Er verzog das Gesicht. „Du hast recht."

„Vergiss es", sagte sie beiläufig, als hätten seine Worte sie nicht so tief getroffen, dass sie die ganze Nacht lang kaum ein Auge zugetan hätte.

„Können wir dann noch einmal von vorn beginnen?"

Ihre Hände zitterten ein wenig. Noch einmal von vorn beginnen. Wenn er wüsste, wie sehr sie sich das jahrelang gewünscht hatte. Genau das: vor dem Feuer und den Lügen, und bevor er sich für immer von ihr abwandte, neu anzufangen. Jetzt brachte sie keine Antwort heraus, sondern nickte nur kurz. Während sie den Tisch abräumte, hoffte sie, ihre Stimme wiederzufinden.

Denver stellte seinen Becher auf die Arbeitsfläche, und dabei fiel Tessas Blick auf seine Hand. Ein Netz aus dunklen Narben zog sich vom Handgelenk bis zu seinen Fingern. Der Farbunterschied zur übrigen Haut fiel jedoch kaum auf.

Denver bemerkte, wo sie hinschaute, und schob die von den tragischen Ereignissen jener Nacht gezeichnete Hand in die Tasche. „Es erinnert mich immer daran", sagte er bitter.

Sie hatte sofort Mitgefühl. Der harte Ausdruck in seinen Augen verriet ihr, dass er es bemerkt hatte. „Vielleicht können wir nicht ganz von vorn beginnen", gab sie zu bedenken, ohne ihn anzusehen. „Aber wir könnten wenigstens vergessen, was gestern Abend vorgefallen ist."

„Das bezweifle ich", sagte er und hielt ihr seine Hand vors Gesicht. „Das hier wird es verhindern." Jede Spur von Zärtlichkeit war verschwunden. „Ich will dein Mitleid nicht, Tessa. Ich will überhaupt nichts von dir!" Er zog seine Hand weg und verließ die Küche. Kurz darauf waren seine Schritte auf der Treppe zu hören.

Benommen entschied sie, es sei besser, ein wenig Abstand zu Denver zu halten. Sie verließ die Küche durch die Hintertür, überquerte die Veranda und lief die Stufen hinunter, fort von diesem Mann und seiner Launenhaftigkeit. Erst war er freundlich und nett, dann plötzlich verwandelte er sich in einen verbitterten Fremden.

Draußen war die Luft frisch und klar. Keine Spur mehr vom Unwetter der vergangenen Nacht. Der Himmel über Montana war strahlend blau. Die Berge schienen zu glänzen, und das Gras roch frisch und erdig vom Tau.

Auf den Weiden sprangen Fohlen mit spindeldürren Beinen um ihre Mütter herum, traten übermütig aus und wieherten. Das Vieh bewegte sich grasend über die hügeligen Wiesen. Tessa atmete tief ein und zählte langsam bis zehn, um sich zu beruhigen.

Nahe der Scheune blieb sie stehen und lehnte sich an den Zaun. Brigadier stieß bei ihrem Anblick einen freudigen Laut aus und rannte übermütig von einem Ende der Koppel zum anderen. Sein rötlicher Schweif wehte wie eine Fahne.

„Angeber“, murmelte sie und schaute zu, wie der schlanke Fuchs zum Zaun trabte und seine Nase in ihre leere Hand schmiegte. „Tut mir leid, mein Junge, heute habe ich nichts für dich.“

Brigadier schnaubte, warf den Kopf zurück und galoppierte wieder davon.

„Du würdest deine Seele für einen Apfel verkaufen“, rief sie ihm hinterher.

Stiefel knirschten auf dem Kies.

Denver!

„Und wofür würdest du deine verkaufen?“, wollte er wissen.

„Das“, antwortete sie mit zusammengebissenen Zähnen, „ist mein Geheimnis.“

Er berührte sie an der Schulter, worauf sie zurückwich. „Es tut mir leid.“

„Was denn?“ Erst jetzt sah sie ihn an. Er wirkte reumütig.

Ein wenig verlegen meinte er: „Ich kann Mitleid einfach nicht ertragen.“

„Dann wirst du von mir eben keines bekommen.“

„Gut."

Sie sah ihm in die Augen, dann zwang sie sich, den Blick wieder auf die Koppel zu richten. Um das Thema zu wechseln, deutete sie auf Brigadier. „Er ist mein ganzer Stolz. Und er gehört nicht zu deiner Ranch. Ich habe ihn selbst gekauft und sein Futter aus meiner eigenen Tasche bezahlt."

„Das werde ich berücksichtigen", sagte Denver und klang dabei angespannt.

„Er gehört zu einer Herde aus sechs Pferden. Brigadier und zwei Stuten, Ebony und Red Wing, sind etwas Besonderes."

„Woher hast du sie?"

„Von einer Auktion auf einer Nachbarranch. Erinnerst du dich an Ivan Aldridge?"

„Ivan der Schreckliche, so nannte Colton ihn immer."

„Genau." Sie fuhr mit dem Zeigefinger über den staubigen Zaun. „Ivan hatte selbst ein paar schwierige Jahre hinter sich. Wie fast jeder Rancher hier in diesem Tal. Jedenfalls musste er Brigadier verkaufen. Zwei Jahre später fand ich Red Wing. Ebony und die anderen kamen später."

Denver musterte die kleine Herde trächtiger Stuten. „Gehörten die auch Aldridge?"

Sie schüttelte den Kopf. „Die Pferde stammen alle von unterschiedlichen Ranches."

Denver sah wieder sie an. „Wie hast du sie dir leisten können?"

„Das spielt doch keine Rolle."

„Ich frage aus reiner Neugier."

„Klar doch." Denver McLean fragte nie nur aus reiner Neugier. Irgendetwas hatte er im Sinn. „Es geht dich zwar nichts an", erklärte sie schließlich, „aber ich hatte Geld gespart. Was fehlte, habe ich mir geborgt." Sie nahm all ihren Mut zusammen und beschloss, ihm die ganze Wahrheit zu gestehen. „Natürlich wollte keine Bank mir ein Darlehen geben. Schließlich studierte ich noch und arbeitete hier."

„Natürlich."

„Glücklicherweise erkannte John Brigadiers Potenzial. Er lieh mir das Geld, damit ich den Hengst kaufen konnte."

„Und wie hast du ihm die Schulden zurückgezahlt?", wollte er wissen.

„Mit Deckgebühren."

Etwas flackerte in seinen Augen auf, und ein Wangenmuskel zuckte in seinem Gesicht. Doch bevor er etwas dazu sagen konnte, kam ein grüner Kombi die Auffahrt entlanggefahren.

Mitchell stieg aus, setzte seinen Hut auf und ging zu ihnen hinüber. „Du bist also tatsächlich aufgetaucht", sagte er und musterte Denver, den er nach sieben Jahren zum ersten Mal wiedersah. Er drängte sich zwischen ihn und Tessa.

Denver erwiderte Mitchells kaltes Lächeln. „Ich wollte mal nach meiner Kapitalanlage sehen."

„Kapitalanlage?" Mitchell gab einen verächtlichen Laut von sich. „An deiner Stelle würde ich nicht damit rechnen, dass diese Ranch dir deine Rente sichert."

„Ich werde sie nicht verkaufen."

Falls Mitchell von dieser Information überrascht war, ließ er es sich nicht anmerken. Sein schmaler Mund bewegte sich nicht, sein Blick verriet auch nichts. Er strich sich nur eine widerspenstige strohblonde Strähne aus der Stirn. „Das habe ich mir schon gedacht."

„Deine Schwester will mich auszahlen."

„Ach ja?" Mitchells Brauen schossen in die Höhe, und er sah fragend zu Tessa.

„Wo ist dein Vater?", wollte Denver von ihm wissen. „Ich würde gern mit ihm reden."

„Der kommt bald. Er wollte in der Stadt Futter kaufen."

Tessa warf ihrem Bruder einen besorgten Blick zu, denn das war eine Lüge, und sie wussten es beide. Tessa sollte später in die Stadt fahren, um einzukaufen, nicht Dad. Sie wollte Mitchell gerade verbessern, doch seine Miene schien sie zu warnen, weder ihn noch Dad durch irgendeine Äußerung in Verlegenheit zu bringen.

Mitchell sagte: „Wenn er auftaucht, werde ich ihm ausrichten, dass du ihn sprechen möchtest."

„Tu das", meinte Denver knapp und machte sich auf den Weg zum Haus.

Tessa wandte sich an ihren Bruder. „Warum hast du gelogen?"

„Weil es ihn überhaupt nichts angeht, was Dad macht." Mitchell ging zur Scheune.

„Ihm gehört die Ranch", erinnerte sie ihren Bruder.

„Wie könnte ich das vergessen?" Mitchell öffnete die Tür zur Scheune und ging direkt zum Medizinschrank, aus dem er ein Pillenfläschchen nahm. „Ich werde mich um die Kälber kümmern ..."

„Dad arbeitet für Denver", unterbrach Tessa ihn. „Wir alle tun das."

„Als wenn ich das nicht wüsste", erwiderte Mitchell knurrend und steckte wütend die Flasche in seine Jackentasche. Seit Jahren sah er es als seine Pflicht, Tessa zu beschützen. Daran hatte sich offenbar nichts geändert. „Sag bloß nicht, du stehst plötzlich auf McLeans Seite."

„Selbstverständlich nicht."

„Ihn interessiert die Ranch überhaupt nicht."

„Es hat nicht den Anschein."

„Hör mal, Tessa", sagte Mitchell sanfter. „Nach allem, was ich so höre, hatte McLean viele Frauen. Mach dir also lieber keine falschen Vorstellungen ..."

„Ich habe keinerlei Vorstellungen", protestierte sie. „Denver interessiert mich nicht im Mindesten."

„Wer's glaubt, wird selig", murmelte Mitchell.

„Du glaubst, ich lüge?"

„Nein, ich glaube, du machst dir selbst etwas vor. Das hast du schon immer getan, wenn es um Denver McLean ging."

Am liebsten hätte sie ihren Bruder gewürgt. Stattdessen wechselte sie das Thema, ehe ein richtiger Streit zwischen ihnen ausbrechen konnte. „Warum hast du eigentlich gelogen, was

Dad angeht? Wo steckt er tatsächlich?“

„Er schläft im Haus.“

„Verkatert?“

Mitchell zuckte die Schultern. „Nehme ich an. Als ich letzte Nacht nach Hause kam, fand ich ihn schnarchend auf der Couch.“

„Na, klasse.“ Tessa seufzte, schnitt das Band um einen Heuballen auf und warf das gelbliche Heu mit der Forke in den Futtertrog. „Denver wird nicht so verständnisvoll sein wie John.“

„Was hat eigentlich dieser Unsinn zu bedeuten, dass du die Ranch kaufen willst?“, wollte Mitchell wissen.

„Das ist kein Unsinn.“

„Es ist unmöglich“, entschied er.

„Und weshalb?“

„Zum Beispiel wegen der Finanzierung. Wer leiht dir jetzt Geld, nachdem der alte John gestorben ist?“

„Ich habe bereits mit Rob Morrison von der Bank gesprochen.“

Mitchell johlte verächtlich. „Mit diesem Typen? Der ist doch noch feucht hinter den Ohren. Wie alt ist der? Zweiundzwanzig, dreiundzwanzig vielleicht?“

„Zumindest war er bereit, mich anzuhören“, erwiderte sie.

„Na, toll. Wahrscheinlich hat er gehofft, sich an dich heranmachen zu können.“

„Nein, er interessierte sich ausschließlich für das, was ich zu sagen hatte.“

„Oder für einen Blick in deine Bluse, wenn du die Papiere unterschreibst.“

„Nun hör schon auf damit!“

Mitchell entriss ihr die Forke und sah ihr ins Gesicht. „Er ist seit sechs Monaten hinter dir her.“

„Das hat nichts damit zu tun.“

„Oh, nein, natürlich nicht“, meinte er spöttisch und verteilte das Heu im Trog. „Aber es könnte glatt funktionieren. Sein Vater leitet die Bank.“

„Jetzt reicht es aber wirklich!“ Sie entwand ihm die Forke wieder. „Das muss ich mir von dir nicht anhören.“ Langsam hatte sie diese Frechheiten sowohl von Mitchell als auch von Denver genauso satt wie die ewigen Fragen. „Hast du eigentlich nichts Besseres zu tun, als mich zu beleidigen? Du könntest den Stall ausmisten.“

„Sind wir heute Morgen ein wenig gereizt?“, neckte er sie. „Ich nehme nicht an, dass das etwas mit Denvers Anwesenheit hier zu tun hat, oder?“

„Raus!“ Sie drohte ihm mit der erhobenen Mistgabel und pikte ihn scherzhaft in die Brust.

Mitchell nahm schwungvoll seinen Hut ab und verbeugte sich.

Tessa stach erneut nach ihm.

„Ich gehe ja schon“, sagte er und wich mit erhobenen Händen zur Tür zurück. Dort angekommen, fügte er schnell noch hinzu: „Sei nur vorsichtig, Schwesterherz, und lass dir von ihm nichts gefallen.“

„Werde ich nicht“, versprach sie und ließ die Forke ein wenig sinken, nachdem er sich auf dem Absatz umgedreht hatte und verschwunden war.

Denver klappte den Ordner zu und rieb sich die Augen. Es war Spätnachmittag, und er hatte fast sechs Stunden mit Steuerbelegen, Profit- und Verlustaufstellungen und Rechnungen verbracht. Das Sandwich, das Milly ihm auf die eine Ecke des Schreibtisches gestellt hatte, lag noch unberührt da. Nur dass das Brot inzwischen trocken war und der Belag herausquoll.

Denvers Magen knurrte, deshalb nahm er einen Bissen und warf den Rest wieder auf den Teller.

Tessa hatte sich nicht mehr im Haus blicken lassen. Ein paar der Ranchmitarbeiter waren zum Mittagessen gekommen. Denver war nur so lange geblieben, um ihre Namen aufzuschnappen, und hatte der enttäuschten Milly erklärt, er könne nicht mitessen.

Er wollte unbedingt die Bücher überprüfen, um diesen Ort, der so voller schmerzlicher Erinnerungen war, rasch wieder verlassen zu können. Deshalb hatte er durchgearbeitet, bis er einige der anderen Arbeiter wegfahren sah. Obwohl er den ganzen Nachmittag lauschte, hörte er Tessas Stimme kein einziges Mal und sah sie auch nicht draußen.

Auch Curtis Kramer bekam er nicht zu Gesicht. Der alte Mann machte nicht nur einen Bogen um das Arbeitszimmer, sondern hatte, soweit Denver das beurteilen konnte, nicht einmal einen Fuß auf den Hof gesetzt. Curtis konnte überall stecken, die Ranch war schließlich riesig, weshalb man vom Fenster des Büros längst nicht alles überblicken konnte. Trotzdem hatte er ein ungutes Gefühl. Irgendetwas stimmte nicht, und das nagte an ihm. Er drehte den Stift zwischen den Fingern und sah finster auf den Stapel unbezahlter Rechnungen auf seinem Schreibtisch.

Er streckte sich und hörte seinen Rücken knacken. Zum ungefähr hundertsten Mal schaute er aus dem Fenster. Wo steckte Tessa, und was ging hier eigentlich vor?

Tessa kletterte über den hinteren Zaun und lief über die Wiese zum Haus ihres Vaters, der den ganzen Tag noch nicht aufgetaucht war. Seine Abwesenheit war verdächtig.

Sie öffnete das Gatter und lief einen von Unkraut überwucherten Weg entlang, der zur Rückseite einer kleinen rustikalen Hütte führte. Ursprünglich war dieses Häuschen als vorübergehende Bleibe für die ersten McLeans gebaut worden, die sich hier ansiedelten. Es hatte kaum mehr als drei Zimmer und wurde deshalb schnell durch das Haupthaus der Familie McLean auf dem Hügel ersetzt. Die Hütte wurde zur Unterkunft für den Vorarbeiter und dessen Familie.

Hier war Tessa aufgewachsen. Sie hatte sich ein Zimmer mit ihrem Bruder Mitchell geteilt, bis sie sieben war und Curtis die hintere Veranda zu einem Zimmer für seinen Sohn umbaute.

Jetzt schaute sie sich im Garten um. Das Gras war gelb und

trocken. Die alte Reifenschaukel hing noch immer an einem Ast des alten Ahornbaumes vor dem Haus. Die Fliegentür hing durch, und die Türangeln waren so rostig, dass sie beim Öffnen der Tür knarrten. „Dad?“, rief sie, als sie das Wohnzimmer betrat. „Dad, bist du da?“

„Hier hinten“, brummte er.

Sie folgte seiner Reibeisenstimme in die Küche, wo er sich an einem Holzofen Rührei zubereitete. Im Aschenbecher auf der Fensterbank brannte unbeachtet eine Zigarette, und neben den hinteren Herdplatten stand eine offene Flasche Bier.

„Milly erwartet dich zum Abendessen“, sagte Tessa.

„Werd ich wohl nicht schaffen.“

„Du musst.“

Er schüttelte den Kopf. Mit den Jahren hatte er viele Falten bekommen, und seine Nase war überzogen von geplatzten Äderchen. Sein schneeweißes Haar wurde immer dünner, fiel aber noch nicht aus. „Warum?“

„Du weißt warum. Denver ist zurück.“

„Hm.“ Curtis schnaubte verächtlich und leerte seine Flasche.

Tessa bemerkte, dass es in der Nische nach schalem Bier roch. Neben dem alten Kühlschrank stapelten sich die Bierkisten.

„Was macht das für einen Unterschied?“

„Einen großen. Ihm gehört die Ranch.“

„Pah.“ Curtis schob eine Portion Rührei auf einen Teller und hob die Pfanne, zum Zeichen, dass er seiner Tochter etwas von seinem lieblos bereiteten Essen anbieten wollte. Sie winkte ab und schaute zu, wie er sich auf den gleichen Stuhl setzte, auf dem er schon seit dreißig Jahren saß.

„Dad, hör mir zu. Denver möchte mit dir reden. Er erwartet, dass du die Ranch leitest …“

Curtis öffnete eine neue Flasche Bier und trank einen großen Schluck. „Was will er denn machen? Mich rauswerfen?“

„Kann sein“, sagte sie mit einem Anflug von Panik.

„Ist auch egal. Er hat sowieso vor, die Ranch zu verkaufen, oder?“

„Ja, schon, aber …“

„Nichts aber. Der neue Besitzer wird nicht wollen, dass seine Ranch von einem Mann geleitet wird, der auf die siebzig zugeht. Selbst dann nicht, wenn seine Tochter die beste Reiterin der Gegend ist.“ Er lächelte kurz, und in seinen alten Augen leuchtete Stolz auf.

„Ich würde dich jedenfalls nicht rauswerfen.“

Er stutzte.

„Ganz recht, ich habe vor, die Ranch zu kaufen.“

„Du?“ Er hielt mit der Gabel auf halbem Weg zum Mund inne. „Wie willst du das denn anstellen?“

„Ich habe bereits mit der Bank gesprochen, und wenn es sein muss, werde ich einen Teil meiner Herde verkaufen – Brigadier, Red Wing und Ebony.“

Ihr Vater schnaubte. „Das ist das Verrückteste, was ich bis jetzt gehört habe“, brummte er. „Du willst die Ranch, um Pferde zu züchten. Wenn du Brigadier und die Stuten verkaufen musst, wozu brauchst du dann noch eine Ranch?“ Er schob sich eine Gabel voll Rührei in den Mund.

„Ich habe ja noch andere Stuten“, sagte sie. „Außerdem gehört mir mit dem Kauf der Ranch die McLean-Herde, einschließlich Black Magic.“

„Magic bedeutet dir nicht halb so viel wie Brigadier.“

„Das stimmt. Trotzdem ist er ein großartiges Pferd.“

„Ich weiß nicht, Tessa.“ Ihr Vater lehnte sich zurück und sah sie an. „Du liebst diese Pferde, die du verkaufen willst. Das scheint mir nicht sehr klug zu sein. Aber vielleicht kannst du ja nicht mehr klar denken, solange Denver McLean in der Nähe ist.“

„Was soll das denn heißen?“

„Genau das, was ich gesagt habe. Du scheinst ein bisschen deinen gesunden Menschenverstand einzubüßen, sobald dieser Mann dir über den Weg läuft.“ Angewidert stocherte er in seinem Essen.

„Das Gleiche könnte ich von dir behaupten“, konterte sie.

„Denver wird es nicht gefallen, dass du nicht arbeitest. Mitchell und ich können nicht ständig für dich einspringen."

„Mach dir deswegen mal keine Gedanken", brummte Curtis und schob die Reste auf seinem Teller in den Müll. „Denver war schon vor dem Feuer kein Fan von mir, und er wird seine Einstellung in den letzten sieben Jahren nicht geändert haben." Er fand seine inzwischen erloschene Zigarette, warf sie ebenfalls weg und zündete sich eine neue an. „Hör auf meinen Rat und halte dich von ihm fern."

„Er wird höchstens ein bis zwei Wochen hier sein."

„Lange genug." Blauer Qualm stieg zur Decke auf. „Vielleicht solltest du wieder hier einziehen, solange er auf der Ranch ist. Ich traue ihm nicht."

Tessa lachte. „Du traust ihm nicht – er traut dir nicht. Das ist doch verrückt." Kopfschüttelnd ging sie zur Hintertür. „Mach dir meinetwegen keine Sorgen."

„Sei einfach vorsichtig", warnte er sie, und seine Lippen wurden zu zwei schmalen Strichen. „Denver ist nicht mehr der, der er mal war."

„Das trifft wohl auf jeden von uns zu."

„Du weißt, was ich meine."

„Ja", sagte sie, öffnete die Tür und trat hinaus auf die vordere Veranda. „Ich weiß. Versuch trotzdem, wenigstens morgen aufzukreuzen, ja?"

„Ich wüsste nicht, wieso", erwiderte Curtis und hustete.

In einem Punkt hat er recht, dachte Tessa. Denver hatte sich tatsächlich verändert. Verschwunden war der unbekümmerte junge Mann mit der sanften Stimme und dem offenen Lächeln. An seine Stelle war ein zynischer Mann getreten, mit harten, grimmigen Gesichtszügen, der niemandem traute.

Der warme, schwüle Wind wehte ihr die Haare aus dem Gesicht. Sie blinzelte gegen die untergehende Sonne und sah zu dem hohen Farmhaus, dessen Silhouette sich vor dem lavendel- und pinkfarbenen Himmel abhob. Seit Generationen befand sich dieses Haus im Besitz der McLeans. Und jetzt hatte Tessa die Absicht, es zu kaufen.

Falls sie das konnte.

Sie schaute über die goldenen Weiden, auf denen die rötlich braunen Hereford-Rinder mit gesenkten Köpfen das trockene Gras rupften. Kälber ahmten ihre Mütter nach, indem sie vergebens versuchten, ein Fitzelchen Heu zu fressen. Vielleicht hatte Denver doch recht, und sie würde mit so viel Land gar nicht allein fertig werden.

Allerdings gefiel es ihr nicht, von jemandem übertrumpft zu werden. Schon gar nicht von Denver McLean. Stolz und trotzig schob sie das Kinn vor.

Auf halbem Weg über die Wiese entdeckte sie ihn, und sofort schlug ihr Herz einen Purzelbaum. Im Dämmerlicht auf der Wiese sah er wieder genauso aus wie der Mann, in den sie sich damals verliebt hatte. Er war noch immer schlank und gut in Form, und er bewegte sich mit der Anmut eines Athleten. Brust und Schultern waren breit, und er ging hoch erhobenen Hauptes und mit kurzen, entschlossenen Schritten. Sein markantes Gesicht wirkte nicht mehr ganz so hart wie noch am gestrigen Abend.

„Wo bist du gewesen?“, erkundigte er sich, als sie sich trafen.

„Ich wollte mal nach Dad sehen.“

„Er ist heute nicht aufgetaucht.“ Das war keine Frage.

„Nein, er fühlte sich nicht gut.“ Nervös mied sie seinen Blick.

„Mitch meinte, er sei in die Stadt gefahren.“

Sie konnte nicht lügen. Er würde die Wahrheit ohnehin bald herausfinden. „Nein, Mitchell glaubte, Dad sei in die Stadt gefahren. Aber ich war mit dem Truck unterwegs, um das Futter abzuholen.“

„Ich hätte dich begleiten können“, sagte er, worauf sie noch unruhiger zu werden schien.

„Du warst beschäftigt.“

„So beschäftigt nun auch wieder nicht.“

Inzwischen hatten sie sich dem Haus genähert und befanden sich jetzt dicht bei einer Gruppe Eichen am Rande der Wiese. Die letzten Sonnenstrahlen fielen durch die Äste auf den Boden und warfen Lichtflecken auf einige Pfützen, die nach dem gestrigen Gewitter noch nicht getrocknet waren.

Tessa beobachtete Denver aus dem Augenwinkel. „Hast du die finanziellen Probleme der Ranch inzwischen gelöst?"

„Wohl kaum", antwortete er finster.

„Du könntest damit anfangen, indem du die Ranch an mich verkaufst", schlug sie vor und stellte sich ihm einfach in den Weg. Über ihnen raschelten die Blätter der Bäume im Wind.

„Nicht ohne Coltons Zustimmung."

„Dann hol sie dir."

„Das werde ich. Sobald ich herausgefunden habe, wo er ist."

„Hast du keine Ahnung?", fragte sie skeptisch.

„Absolut keine. Er arbeitet schon so lange undercover, dass er wahrscheinlich nicht mehr weiß, wer er wirklich ist." Denver merkte, wie seine Züge sich ein wenig verhärteten, wie immer, wenn er an seinen waghalsigen jüngeren Bruder und dessen Hang zur Gefahr dachte. Seit dem Collegeabschluss war Colton als freiberuflicher Fotojournalist unterwegs. Er musste immer wieder verschiedene Identitäten annehmen, um die spektakulärsten und authentischsten Kriegsfotografien der Welt machen zu können. „Zuletzt schrieb er aus Afghanistan. Aber das ist schon ein paar Jahre her."

„John hat nie von ihm gehört", berichtete Tessa seufzend und griff nach dem niedrigsten Ast einer kleinen Eiche.

Denver nahm wahr, wie sich die Baumwollbluse über ihren Brüsten straffte, sodass sich darunter das Muster ihres Spitzen-BHs und die dunklen Knospen abzeichneten.

Denver fiel alles an ihr auf: wie ihr Haar im schwindenden Tageslicht schimmerte, der dünne Schweißfilm über ihren Brauen, der sinnliche, ein wenig angespannte Mund und ihre weiblichen Rundungen. Unter ihrer Sonnenbräune bemerkte er die kleinen Sommersprossen auf ihrer Nase und die sanft geröteten Wangen.

Er schluckte, wandte den Blick ab und konzentrierte sich stattdessen auf das grasende Vieh auf den trockenen Hügeln. „Warum willst du diese Ranch?“, fragte er, während er den verlockenden Duft ihres Parfüms einatmete. „Und erzähl mir nicht irgendwelchen Blödsinn darüber, wie hart du und deine Familie hier gearbeitet haben. Es muss noch mehr dahinterstecken.“

„Du hast recht. Es steckt noch viel mehr dahinter.“ Sie ließ den Ast los, der mit raschelnden Blättern nach oben schoss. „Ich wollte nie irgendwo anders wohnen.“

„Du warst ja auch noch nie anderswo“, erinnerte er sie, in der Hoffnung, ihre Kleinmädchenfantasien zu vertreiben. Fantasien, denen er ebenso leicht auf den Leim gehen könnte wie sie.

„Ich bin in Seattle gewesen, in Dallas und Phoenix.“ Indem sie kurz über die Schulter sah, fügte sie hinzu: „John fand, ich sollte mir ein bisschen was von der Welt ansehen.“

Denver presste die Lippen zusammen. „So, meinte er das?“

„Ja. Er zeigte mir gern Städte, die ich noch nicht kannte.“

„Na klar, darauf wette ich.“

„Und natürlich ging ich aufs College. Nicht auf eine richtige Universität, doch ich fuhr dreimal die Woche nach Three Falls.“

„Three Falls ist nicht allzu bedeutend.“

„Aber L. A.?“, fragte sie spöttisch.

„Allerdings.“

Sie runzelte skeptisch die Stirn und drückte damit ihre Zweifel deutlicher aus als mit Worten.

„Wärst du jemals dort gewesen, wüsstest du, dass es in Südkalifornien nicht bloß Autos, Smog, Strände und Disneyland gibt.“

„Ich bekam nie die Gelegenheit, es mir anzusehen“, erinnerte sie ihn.

Er bewegte sich blitzschnell, fasste nach ihrem Handgelenk

und zog sie an sich. Ihre Brüste wurden gegen seine muskulöse Brust gepresst, ihre Augen befanden sich auf der Höhe seines Entschlossenheit ausdrückenden Mundes. Sie wagte kaum zu atmen. „Ich dachte eigentlich, wir wollten diese Geschichte endgültig hinter uns lassen", stieß er knurrend hervor.

Sie schaute ihm ins Gesicht, atmete seinen würzigen Duft ein, eine Mischung aus Seife und Moschus, und wunderte sich über die winzigen Schweißperlen über seiner Unterlippe. „Du hast recht. Ich hätte das nicht sagen sollen." Er war ihr viel zu nahe, seine Umarmung viel zu besitzergreifend. Sinnliche Schauer überliefen sie, als sie in seine blauen Augen blickte.

„Warum hörst du nicht auf, mich zu verhöhnen?"

„Ich verhöhne dich?", wiederholte sie perplex.

„Es ist mehr als das", sagte er heiser. „Es ist, als würdest du gegen mich kämpfen."

„Ich habe dir lediglich angeboten, die Ranch zu kaufen, mehr nicht."

„Und es lag nicht in deiner Absicht, mich zu quälen?"

„Wovon, um alles in der Welt, sprichst du?", fragte sie, allerdings rauschte das Blut schon wild durch ihre Adern.

„Davon!" Im nächsten Moment drückte er seine Lippen auf ihre. Es fühlte sich so gut an, der Kuss war bittersüß und so vertraut. Tessas Knie drohten nachzugeben, und sie konnte nicht mehr klar denken. Das wollte sie auch gar nicht mehr. Seine Zunge war feucht und warm, und sie drängte sich beharrlich und verführerisch gegen ihren Mund.

Leise stöhnend öffnete sie die Lippen. Es war, als hätte sie gar keine Kontrolle darüber. Sofort begann er ein erotisches Spiel mit seiner Zunge. Tessas verräterischer Körper reagierte prompt mit dem Verlangen nach mehr. Sieben Jahre lang hatte sie auf genau diesen Moment gewartet!

Tief sog sie seinen Duft ein, genoss es, in seinen starken Armen zu liegen, fühlte die Begierde. Sowie sie das Salz auf seinen Lippen schmeckte, war es, als koste sie einen exquisiten Wein.

„Tessa", flüsterte er. „Tu mir das nicht an."

„Ich … ich habe doch noch gar nichts gemacht.“

Erneut stöhnte er und küsste sie, wanderte mit dem Mund ihren anmutigen zarten Hals entlang hinunter zu ihrem Dekolleté.

Er empfindet doch noch etwas für mich, dachte sie einen wunderbaren Moment lang und überhörte die leise innere Stimme, die sie davor warnte, dass er sie vielleicht nur benutzte. Sie fuhr ihm mit den Fingern durch die pechschwarzen Haare und ließ den Kopf zurücksinken.

Denver küsste die Mulde zwischen ihren Brüsten, und sie bog den Rücken so weit durch, um ihm noch näher zu sein, dass ihr Zopf beinah den Boden berührte. Gleichzeitig hatte sie die Arme um seinen Nacken geschlungen.

Ihre Brustwarzen richteten sich auf und zeichneten sich unter den dünnen Stoffschichten ab. Denver schloss die Lippen um eine ihrer aufgerichteten Spitzen.

Die leise Stimme warnte Tessa unermüdlich, allerdings hörte sie nicht mehr hin. Die Augen geschlossen, nahm sie nur noch das aufreizende Spiel seiner Zunge wahr.

Sie spürte, wie die winzigen Knöpfe ihrer Bluse einer nach dem anderen durch das jeweilige Knopfloch rutschten, spürte die warme Luft auf ihrer nun entblößten Haut, dann Denvers Mund an ihrem Spitzen-BH. Es war die reinste süße Qual, und Tessa reckte ihm unwillkürlich die Hüften entgegen.

„Oh Gott“, flüsterte er, ehe er begann, an einer ihrer Brustwarzen zu saugen und sie mit den Zähnen auf erotische Weise zu necken, eine heiße feuchte Spur auf der gemusterten Spitze hinterlassend.

Tessa grub die Finger in seine Schulter, in die harten Muskeln unter der rauen Baumwolle. „Denver, bitte“, hauchte sie und versuchte, ihre Begierde zurückzuhalten, die sie wie ein rauschender Fluss mitzureißend drohte. Letztlich war es ihr Stolz, der sie aus dieser sinnlichen Benommenheit erwachen ließ. *Lass nicht zu, dass er dir wieder wehtut! Diesmal kommst du vielleicht nie mehr über ihn hinweg.*

„Bitte … was?“

Das Sprechen fiel ihr schwer. „Bitte hör auf." Ihre Stimme war heiser vor Erregung. „Um Himmels willen, tu mir das nicht an!"

Er hob den Kopf und ließ die Hand auf ihren Rücken, mit der er sie stützte, so rasch sinken, dass Tessa neben einer Pfütze auf dem Hintern landete. Sein Gesicht war blass und angespannt, seine Augen sprühten Funkten. „*Ich* soll dir das nicht antun?", presste er hervor und wischte sich mit dem Handrücken den Mund ab, als ekelte er sich plötzlich vor dem Kuss. „Ich soll dir das nicht antun? Oh, Tessa, wenn du nur wüsstest!"

Ohne ein weiteres Wort sprang er über den Zaun und marschierte auf der anderen Seite, die Hände tief in den Hosentaschen vergraben, zum Haus.

„Mistkerl", flüsterte sie, noch immer seinen aufregenden Geschmack auf den Lippen. Insgeheim hatte sie ein klein wenig darauf gehofft, dass er gar nicht mehr aufhören konnte und ebenso sehr wie sie von dieser enormen Welle der Leidenschaft überwältigt wurde. Aber da hatte sie sich leider geirrt. Was immer er damals für sie empfunden haben mochte, war vor langer Zeit erloschen. Dieser Tatsache musste sie sich einfach stellen.

Sie knöpfte ihre Bluse wieder zu, und ihre zitternden Finger streiften ihre Brüste dort, wo die Haut noch feucht war von seiner Liebkosung. Tränen traten ihr in die Augen, doch sie blinzelte sie weg. Sie stand auf, klopfte sich den Staub ab, straffte die Schultern und versuchte, die Traurigkeit abzuschütteln. Es wird nicht noch einmal passieren, schwor sie sich. Sie würde nicht zulassen, dass Denver erneut auf ihrem Stolz herumtrampelte.

Denver stieß die Hintertür so heftig auf, dass sie gegen die Wand knallte.

„Was um alles in der Welt …", rief Milly erschrocken. Sie war gerade dabei, einen Schokoladenkuchen aus dem Ofen zu nehmen. „Mr McLean, ist alles in Ordnung?"

„Ja, alles bestens", erwiderte er gereizt. „Und nennen Sie mich Denver."

„Natürlich“, sagte sie nervös. „Werden Sie mit uns im Esszimmer essen?“

„Das glaube ich kaum.“

„Aber Sie haben schon nicht zu Mittag gegessen“, gab sie zu bedenken.

„Ich hatte ein reichhaltiges Frühstück.“

„Hatten Sie, ja?“

Er ging nicht mehr darauf ein, sondern marschierte entschlossenen Schrittes zum Büro und machte die Tür hinter sich zu. Je eher er den Berg an Papierkram erledigt hatte, desto schneller konnte er nach Los Angeles zurückkehren. Sollte Tessa doch hier verrotten, wenn sie wollte!

Wütend auf sich und seinen dämlichen Impuls, sie zu küssen, fuhr er sich durch das zerwühlte Haar. Zu seinem Entsetzen zitterten seine Finger. So heftig reagierte er also auf sie!

„Bah!“ Er verzog das Gesicht, ließ sich in den Sessel fallen und starrte auf seine verräterische Hand. Die Narben auf der Haut waren eine ewige Erinnerung an das Feuer.

„Verdammt“, fluchte er und dachte unwillkürlich an die Flasche Scotch im Schreibtisch. Er zog die zweite Schublade auf, und da war sie, noch halb voll. Die bernsteinfarbene Flüssigkeit schwappte gegen das klare Glas.

Aber dann schob er die Schublade wieder zu. Alkohol war keine Antwort auf das, was ihn peinigte. Er brauchte eine Frau. Und nicht irgendeine. Sein heißes Verlangen, seine Begierde galt nur einer einzigen Frau – Tessa.

Nein, Scotch würde nur seinen Verstand betäuben, aber weder seine quälenden Gedanken zum Verschwinden bringen noch seine brennende Lust.

Er verlagerte sein Gewicht und wurde sich schmerzhaft der Ausbuchtung in seiner Jeans bewusst. Erleichterung würde er nur finden, wenn er erneut mit Tessa schlief. Aber er wollte es nicht noch einmal probieren. Dieses süße Vergnügen, mit ihr zu schlafen, würde er sich versagen. Koste es, was es wolle!

4. KAPITEL

Die nächsten vier Tage waren die reinste Folter. Tessa ging Denver aus dem Weg, wo sie nur konnte, und er ließ sie zum Glück auch in Ruhe. Der Kuss unter den Eichen hatte ihr Verhältnis zueinander noch angespannter gemacht und alte Emotionen geweckt, die längst hätten erkaltet sein müssen.

„Du bist ein Feigling", schalt sie sich selbst und sah dabei in den Rückspiegel, während der alte Ford über die Straße rumpelte. Sie und Denver hatten es sorgfältig vermieden, einander zu begegnen, und sich sogar während des Abendessens gemieden. Er verbrachte die meiste Zeit im Büro, während Tessa draußen beschäftigt war. Abends fand sie dann Gründe, um in die Stadt zu fahren und spät zurückzukehren, wobei sie sich jedes Mal fragte, wo Denver wohl war.

Nicht, dass es sie wirklich interessierte. Sie parkte den Pick-up neben der Scheune und stellte den Motor aus. Seufzend blickte sie zum Haus. Früher oder später würde sie Denver wieder gegenübertreten müssen. Wenn er doch endlich abreisen würde, dachte sie wütend, als sie aus der Fahrerkabine stieg und zum dunstigen Himmel hinaufschaute. Wolkenfetzen zogen hoch über dem Tal, Insekten summten an diesem späten Nachmittag in der Luft. Schwalben flogen zwitschernd und kämpften um die besten Plätze auf dem Dachvorsprung der Scheune.

Heute Abend, beschloss Tessa und öffnete das Scheunentor. Heute Abend würde sie mit Denver sprechen und ihm ein offizielles Angebot für die Ranch unterbreiten.

Sie schaltete das Licht ein und ging zur Hafertonne. Während sie mit den Fingern durch das Getreide fuhr, hörte sie nicht, wie das Tor erneut geöffnet wurde.

„Sieht aus, als hätten sich die Ratten ein Festmahl gegönnt", bemerkte ihr Vater mit Blick auf die Tonne. „Vielleicht sollten wir uns noch eine Katze anschaffen. Marsha scheint ihren Job nicht mehr ordentlich zu machen."

„Marsha ist mit ihren vier kleinen Kätzchen beschäftigt", erwiderte Tessa. Die alte gescheckte Katze hatte erst vor drei Wochen geworfen. Die irgendwo unter den Bodendielen der Scheune versteckten Kätzchen miauten leise.

„Trotzdem, ein guter Mäusejäger jagt Mäuse."

„Das kannst du Marsha ja sagen, wenn du sie das nächste Mal siehst."

„Das werde ich, keine Sorge." Er setzte sich schwer auf ein umgekipptes Fass. „Denver hat mich heute zur Rede gestellt."

„Tatsächlich?" Tessa sah nicht auf, sondern betrachtete weiter die staubigen Getreidekörner, als hätte sie nicht das geringste Interesse an Denver. „Was wollte er denn?"

„Es ist mit ihm immer die gleiche alte Leier, wie bei einer Platte mit Sprung." Er schüttelte eine Zigarette aus der Packung und klopfte sie auf den Fassdeckel. „Offenbar glaubt er, dass es einen Grund für die Verluste der Ranch gibt. Und zwar einen anderen als die, die wir ihm genannt haben oder die er schwarz auf weiß lesen kann."

„Was heißt das?" Tessa hörte auf, mit den Händen durch den Hafer zu fahren.

„Er verdächtigt mich der Misswirtschaft." Curtis verzog spöttisch den Mund.

„Dann wird er eben bald feststellen, dass das nicht stimmt", sagte sie.

„Das bezweifle ich. Es spielt doch keine Rolle, wie heftig wir diskutieren oder welche Zahlen auf dem Papier stehen. Der Mann hat es sich in den Kopf gesetzt, und damit basta. So einfach ist das."

„Du meinst, er hat sein Urteil über uns bereits gefällt." Ein schweres Gewicht legte sich auf ihre Schultern.

„So sieht es wohl aus. Vermutlich können wir froh sein, dass er uns bloß Misswirtschaft vorwirft und nicht Unterschlagung."

„Unterschlagung?"

„Er behauptet, dass einige Zahlen nicht stimmen können."

„Unsinn", erklärte sie verärgert. Seit Denvers Rückkehr befand sie sich auf einer emotionalen Achterbahnfahrt. Manchmal ging es steil bergauf und im nächsten Moment rasend schnell und unkontrolliert wieder abwärts.

„Aber er ist nun mal der Boss."

Dieser verdammte Kerl, dachte sie. Unterschlagung? Das war das Verrückteste, was ihm bis jetzt eingefallen war.

„Beruhige dich. Ich sagte ja, er hat uns nicht beschuldigt …"

„Wird er auch nicht!", schrie sie. „Weil es keinen Grund dafür gibt. Niemand hat auch nur einen Cent genommen!"

Curtis betrachtete seine aufgebrachte Tochter mit einem liebevollen Ausdruck in seinen alten Augen. „Vergiss nicht, dieser Mann hegt einen Groll, und das schon seit sieben Jahren." Langsam richtete er sich wieder auf. Die alten Muskeln waren verspannt vom Sitzen. „Halt dich am besten von ihm fern."

„Mache ich schon."

„Kluges Mädchen."

Ich wünschte, das wäre ich, dachte sie und zählte lieber nicht die schlaflosen Stunden, in denen sie an diesen aufregenden Kuss von Denver gedacht hatte.

Curtis zündete mit seinem Feuerzeug die Zigarette an, als er die Scheune verließ. Tessa hörte ihn die Rampe hinunterschlurfen, die zur Hauptweide führte. Ein paar Minuten später sprang ein Motor an, und durch das offene Tor sah sie seinen alten gelben Pick-up rumpelnd die Auffahrt entlangfahren.

Sie hatte keinen Grund, die Ranch zu verlassen, musste keine Besorgungen machen. Es gab auch keine Freunde, zu denen sie fliehen konnte. Heute Abend saß sie hier fest. Mit Denver. Sobald sie sich gründlich überlegt hatte, was sie sagen wollte, würde er ihre Meinung zu hören bekommen.

Entschlossen, nicht wieder den gleichen Fehler zu machen wie unter den Eichen, ging sie in die Sattelkammer, wo sie Zaumzeug vom Haken nahm. Das Leder fühlte sich weich an, und die Trense klirrte leise, als sie zur Koppel eilte, wo Brigadier sie schon mit geblähten Nüstern erwartete.

„Na, komm, mein Junge“, flüsterte sie und zog einen kleinen Apfel aus der Hosentasche.

Der Fuchs schnaubte und kam misstrauisch näher. Er scharrte mit dem Huf im Staub, doch dem köstlichen Happen in Tessas Hand konnte er einfach nicht widerstehen. Als er den Leckerbissen nahm, streifte sie ihm das Zaumzeug über die Ohren.

„Das geschieht dir recht, weil du so ein Vielfraß bist“, neckte sie ihn, als er den Kopf zurückwarf und aufstampfte, wobei er mit seinem Huf nur knapp ihren Stiefel verfehlte. „Vorsichtig“, warnte sie ihn und stieg auf seinen breiten Rücken, während er versuchte auszuweichen. „Na los.“ Sie beugte sich nach vorn und drückte ihm sanft die Fersen in die Flanken.

Am Gatter blieb er stehen und wartete ungeduldig, bis sie sich heruntergebeugt und es aufgestoßen hatte. Kaum saß sie wieder aufrecht im Sattel, preschte er auch schon los.

Brigadier galoppierte mit hämmernden Hufen über die trockene Erde, eine Staubwolke hinter sich aufwirbelnd. Tessas Haare wehten im Wind, der ihr fast den Atem nahm. Sie hielt die Zügel umklammert, die Hände in die seidige Mähne des Tieres geschmiegt, während sie über die Weiden rasten.

Tessa ritt, wie sie es als Kind getan hatte, ohne Sattel und vollkommen unbekümmert. Sie dachte nicht mehr an die Ranch, an unbezahlte Steuern, das knappe Futter oder die schmerzliche Tatsache, dass sie diese wundervolle, ungebändigte Kreatur unter ihr vielleicht verkaufen musste. So glücklich war sie seit Jahren nicht gewesen. Seit sieben Jahren, um genau zu sein.

Denver hatte sie gezwungen, vorzeitig erwachsen zu werden.

„Und es war dir egal“, murmelte sie zornig, während Brigadier in der Nähe des Flusses – oder dem, was einmal der Fluss gewesen war – sein Tempo verringerte. Jetzt floss nur noch ein kleines Rinnsal zwischen glatten staubigen Felsen hindurch, auf seinem Weg in den Sage River.

An einem alten Apfelbaum stieg Tessa ab, band das Pferd

an und streckte sich auf dem trockenen Boden aus. Die Sonne ging gerade hinter den Hügeln im Westen unter und färbte den Himmel über Montana in rötliches und bernsteinfarbenes Licht.

Tessa lehnte den Kopf an die raue Rinde des Baumes und beobachtete, wie die Schatten im Tal länger wurden. Am Wasser summten Insekten, und irgendwo in der Ferne war bereits der klagende Ruf eines Nachtvogels zu hören.

Der Ruf des Vogels passte zu der Einsamkeit, die sie in ihrem Herzen verspürte. Eine Einsamkeit, die sie vor sich selbst verleugnet hatte, bis sie Denver im Türrahmen der Scheune gesehen hatte, im Hintergrund den strömenden Sommerregen.

Bei dieser Erinnerung zog sich ihr Herz schmerzhaft zusammen.

Wolken zogen sich über den Bergen zusammen und hingen wie Streifen über den höchsten Gipfeln. Tessa hörte leises Hufgetrappel und riss sich vom Anblick des dämmrigen Himmels los.

Denver kam auf sie zugeritten auf einem schlanken Wallach. Wie er da mit im Wind wehenden Haaren ritt, erinnerte er sie an das letzte Mal, als sie ihn auf einem Pferd gesehen hatte. Das war am Nachmittag des Feuers gewesen. Sehr zu Tessas Unwillen beschleunigte sich ihr Puls bei seinem Anblick. Am liebsten wäre sie geflohen, aber das war nicht mehr möglich.

Der graue Wallach blieb am Flussufer stehen. Denver sprang vom Pferd, keine zehn Schritte von Tessa entfernt.

„Was machst du hier?", wollte sie wissen und versuchte, seinem knackigen Po in der engen Jeans keine Beachtung zu schenken.

„Ich habe nach dir gesucht."

Seine Worte ließen ihren Puls rasen. „Warum? Damit du mir Misswirtschaft und Unterschlagung vorwerfen kannst?"

Dieses leicht spöttische und entwaffnende Lächeln blitzte auf, das seine weißen Zähne zeigte. „Du hast mit deinem Vater gesprochen."

„Warum lässt du ihn nicht einfach in Ruhe, Denver?"

„Das werde ich bald." Er streckte sich unter einem Baum aus, der gegenüber von ihrem stand. Denvers Beine waren so lang, dass seine Füße beinah ihre streiften. „Du bist mir aus dem Weg gegangen."

Sie zuckte mit den Schultern. „Ich hielt es für besser so."

Er dachte darüber nach. „Vielleicht hast du recht", räumte er ein und sah zu den schattigen Bergen, während er eine Handvoll Staub nahm und ihn wieder zu Boden rieseln ließ. „Aber ich kann nicht alles allein erledigen. Es gibt ein paar Dinge, bei denen ich dich brauche."

Er brauchte sie? Sie versuchte, sich nichts anmerken zu lassen, obwohl ihr Herz sofort schneller schlug. Nur weil er ihre Hilfe bei der Leitung der Ranch benötigte, hieß noch lange nicht, dass er noch Gefühle für sie hatte. „Was willst du denn?"

„Nur ein wenig Kooperation. Dein Vater ist nicht besonders hilfsbereit."

„Kannst du es ihm verübeln?", fragte sie.

„Vielleicht bin ich ein wenig zu hart gewesen."

„Soweit ich weiß, hast du ihn praktisch eines Verbrechens bezichtigt."

„So weit bin ich nicht gegangen."

„Ach nein?", fuhr sie ihn an. „Seit du hier bist, deutest du immer wieder an, dass Dad der einzige Grund für die Finanzprobleme der Ranch ist."

„Ich gebe deinem Vater nicht die Schuld, Tessa."

„Ja, sicher. Genauso wenig gibst du ihm die Schuld am Feuer."

Er presste die Lippen zusammen. „Ich dachte, das hätten wir inzwischen geklärt."

„Ganz und gar nicht. Der Brand hätte eigentlich im Lauf der Jahre in Vergessenheit geraten sollen. Nur konnten wir es nicht verarbeiten, weil du nie aufgetaucht bist. Wir können versuchen, das Feuer zu verdrängen. Aber es ist nun mal passiert."

„Meinst du etwa, das weiß ich nicht?“

„Natürlich weißt du es. Aber du musst deine Narben auch nicht tragen wie Kriegsverletzungen, verdammt noch mal.“

Er bewegte sich schnell. Wie der Blitz rollte er sich nach vorn und fasste sie bei der Schulter. Sie versuchte zurückzuweichen, nur gab der Apfelbaum nicht nach. Stattdessen bohrte sich die raue Rinde durch ihre dünne Bluse in ihren Rücken.

„Willst du die Wahrheit wissen?“, fragte er eindringlich. „Ich wünschte, ich könnte diese schreckliche Nacht für immer aus meinem Gedächtnis löschen.“

„Wirklich?“ Sie hielt seinem Blick trotzig stand. „Das glaube ich dir nicht. Ich glaube, du hast mit deiner Rückkehr gewartet, um eines Tages mit dem Finger auf uns alle zeigen zu können. All die Geschichten, die dir zu Ohren kamen, all die Lügen, haben sich in deinem Kopf zu einem Bild verfestigt. Und jetzt hast du in deiner ganzen Selbstgerechtigkeit die Macht, uns zu zerstören!“

In seinen Augen lag ein zorniges Funkeln. „Das denkst du?“ Als sie nicht gleich antwortete, drückte er ihre Schultern. „Du könntest dich irren.“

„Nein, Denver. Ich habe Gerüchte und Dorfklatsch gehört. Es ging wie ein Lauffeuer durch die Stadt. Dad war plötzlich der Schuldige. Deine Eltern waren umgekommen, und du wärst beinahe gestorben. Alles wegen der Achtlosigkeit meines Vaters.“ Sie kämpfte gegen die Tränen der Scham. „Die Tatsache, dass du nicht mit mir sprechen wolltest, mit niemandem von uns, machte alles noch schlimmer. Und du … du hast Coltons Lügen Glauben geschenkt! Du wolltest dir nicht einmal meine Version der Ereignisse anhören!“

„Meine Eltern waren tot!“, konterte er.

„Es war ein Unfall!“

Tessa spürte seinen Zorn und seine Aufregung, denn seine Finger gruben sich in ihre Schultern, bis es wehtat. „Du hast einfach dein Urteil über meine Familie gefällt“, fuhr sie fort. „Deshalb ging Mitchell zur Army – um von hier wegzukommen. Dad wollte mich dazu bringen, ebenfalls wegzugehen, aufs College."

Er lockerte seinen Griff etwas und schien in ihrem Gesicht nach Antworten zu suchen. „Warum hast du es nicht getan?"

„Weil irgendwer hierbleiben musste! Ich liebe diese Ranch, und Dad konnte sich nicht allein all dem Tratsch aussetzen, den Spekulationen, den Verhören durch die Versicherungsgesellschaft und den Sheriff."

„Wie nobel von dir", spottete er.

Sie fühlte sich, als hätte er ihr einen Tritt versetzt, und ihre Kehle war plötzlich wie zugeschnürt. „John hat an uns geglaubt", sagte sie mit leiser Stimme.

„Der gute alte Onkel John."

„Ja, genau", schoss sie zurück, während ihr Tränen über die Wangen liefen. „Er war gut!"

Denver sah ihre Wut und bekam ein schlechtes Gewissen. Doch die Tatsache, dass sie wegen seines Onkels weinte, nährte seine Zweifel. „Wie gut?", fragte er misstrauisch.

Sie stutzte erschrocken, dann gab sie ihm eine schallende Ohrfeige, die die Vögel in den Bäumen über ihnen aufschreckte.

Scharf sog er die Luft ein und war für einen kurzen Augenblick völlig perplex, ehe er sie blitzschnell zu Boden drückte. Er saß rittlings auf ihr und schaute, von Eifersucht gequält, auf sie herunter. „Wie gut?", wiederholte er. „Erzähl mir von deiner Beziehung zu John."

„Geh von mir herunter", forderte sie ihn auf und ignorierte das warme sinnliche Gefühl, das sie angesichts seiner Nähe durchströmte. Sie durfte nicht so empfinden, schon gar nicht jetzt. Er hatte sie furchtbar beleidigt, und trotzdem verspürte sie ein heftiges Verlangen nach ihm. Es signalisierte ihr, dass sie ihm schon bald willenlos ausgeliefert sein würde. Er brauchte sie nur zu küssen und ihr eine Spur Zärtlichkeit entgegenzubringen, und schon wäre sie verloren.

„Ich habe dir eine Frage gestellt."

Bildete sie es sich nur ein, oder presste er sich tatsächlich auf ziemlich eindeutige Weise an sie? Er war auf den Knien, sein Gewicht ruhte also nicht komplett auf ihr. Dennoch konnte sie sich nicht bewegen. Er legte eine Hand flach auf die nackte Haut im V-Ausschnitt ihrer Bluse, spreizte die Finger sacht und berührte dabei ihren Spitzen-BH. Damit entfachte er in ihr die Begierde und die Sehnsucht, sich im Einklang mit ihm zu bewegen. Aber sie durfte ihn nicht gewinnen lassen, nicht heute.

Sie schloss die Augen und versetzte ihm auf die einzig mögliche Art einen Hieb. „John war der Beste."

Denver erstarrte. Er versuchte sich einzureden, dass sie ihn nur provozieren wollte. Trotzdem ballte er wütend die Hände zu Fäusten. Dann schaute er auf sie herunter und erschauerte, denn er begehrte sie so heftig wie eh und je. Nur dass es nun mit jedem Tag schlimmer wurde. Er war ihr zum Fluss gefolgt, mit der einzigen Absicht, endlich die Karten offen auf den Tisch zu legen – er wollte ihr gestehen, dass er sie nicht aus seinem Kopf bekam und jeder Moment ohne sie die reinste Qual für ihn gewesen war. In der vergangenen Nacht hatte er die Tür zu ihrem Zimmer geöffnet und sie im Schlaf betrachtet, ihr zerwühltes Haar im Mondschein, der es silbrig schimmern ließ. Fasziniert hatte er beobachtet, wie sie stöhnte und sich im Bett wälzte, ihr Gesicht unschuldig und ohne jedes Misstrauen.

Mit einiger Mühe hatte er sich von ihrem Anblick losgerissen und war schnell im Badezimmer verschwunden, wo er zwanzig Minuten lang den Strahl der kalten Dusche auf sich einprasseln ließ.

Jetzt hielt er sie mit seinen Beinen gefangen und spürte ihre Körperwärme an seinen Oberschenkeln. Seine Wange brannte noch immer von der Ohrfeige. Dennoch kämpfte er gegen das Verlangen an, sie auszuziehen und mit ihr zu schlafen – selbst auf die Gefahr hin, anschließend von ihr verachtet zu werden. Langsam nahm er seine Hand weg.

Tessa zwang sich, die Lider zu heben. Sie schaute zu ihm

auf und glaubte einen Anflug von Schmerz in seinen Augen zu erkennen. Oder bildete sie es sich nur ein? Sein Gesicht lag im Schatten, und sie versuchte sich einzureden, dass er sie finster anstarrte. Aber sie wusste es besser. Tief in ihrem Herzen glaubte sie daran, dass Denver jene Zärtlichkeit besaß, die sie vor langer Zeit an ihm kennengelernt hatte. Verborgen unter seinem heutigen Zynismus gab es noch immer den Mann, den sie einst mit jeder Faser ihres Seins geliebt hatte.

„Bist du deshalb gekommen?", fragte sie mit heiserer Stimme. „Um mir zu beweisen, dass du stärker bist als ich? Um mir zu zeigen, dass du deinen Willen bekommen kannst, wenn dir danach ist? Um mich zu demütigen?"

„Was glaubst du?", erwiderte er, doch der Spott war verschwunden, seine Miene hatte sich entspannt.

„Ich hoffe bei Gott, dass du mir nicht gefolgt bist, um mich zu erniedrigen, und dass da noch ein Rest Anstand in dir ist."

Er lachte, allerdings klang es hohl. „Nicht mehr viel." Er streckte sich neben ihr im Gras aus.

Sie rückte nicht von ihm ab. Er sollte nicht die Genugtuung haben, zu glauben, dass sie Angst vor ihm hätte. „Das war ziemlich kindisch."

„Ach, und das hier nicht?", wollte er wissen und rieb sich die von ihrer Ohrfeige gerötete Wange.

Tessa seufzte. „Du hattest es verdient."

„Du aber auch."

„Das war nicht das Gleiche."

„Du hast versucht, mir Angst einzujagen", warf sie ihm vor. „Aber das hat nicht funktioniert. Ich habe keine Angst vor dir, da kannst du dich aufspielen und mir drohen, so viel du willst."

Stöhnend rollte er sich auf den Rücken und schaute hinauf zum Himmel. Die ersten Sterne funkelten bereits hoch oben am Firmament. „Ich will nicht, dass du dich vor mir fürchtest", sagte er.

„Du hast eine merkwürdige Art, mir das zu zeigen."

Er schloss die Augen. „Eigentlich wollte ich gar nicht zurückkommen. Johns Anwalt hat mich dazu überredet." Er sah sie an. „Also nahm ich mir vor, ein paar Tage zu bleiben und dann wieder nach L. A. zu verschwinden."

Tessas Herz begann so laut zu pochen, dass es das Plätschern des Wassers im Flussbett übertönte. „Und jetzt?"

„Das weiß der Himmel allein", murmelte er und betrachtete sie so intensiv, als wollte er sich ihr Gesicht für alle Zeiten einprägen. „Warum hast du keine Angst vor mir?"

„Weil ich dich kenne, Denver."

„Ich habe mich verändert."

„Nicht so sehr, wie du mich glauben machen willst."

Er wirkte skeptisch.

„Na schön, du hast dich ziemlich verändert", räumte sie ein. „Aber im Grunde bist du der gleiche Mann geblieben, der du schon damals oben auf dem Bergrücken warst."

Er seufzte. „Wenn du wüsstest." Er rupfte einen trockenen Grashalm aus und schaute zu, wie er im Wind flatterte. „Nichts ist mehr, wie es einmal war. Und es wird nie mehr so sein." Er setzte sich auf und klopfte sich die Knie ab. „Dieser Tatsache sollten wir beide lieber ins Auge sehen."

Doch sie war mit dem Thema noch nicht fertig. Die Dinge zwischen ihnen mussten geklärt werden, und deshalb packte sie ihn an der Hemdbrust und hielt ihn fest. „Ich werde niemals Angst vor dir haben. Du hättest mir vorhin die Kleider vom Leib reißen und mich nehmen können, und ich hätte mich trotzdem nicht gefürchtet."

Er sah aus, als verabscheue er sich selbst. „Begreifst du denn nicht, was eben passiert ist? Hast du es nicht gespürt?" Zitternd hob er seine Hand und legte Daumen und Zeigefinger nah aneinander. „Ich stand so kurz davor, die Selbstbeherrschung zu verlieren."

„Unsinn!" Sie schüttelte vehement den Kopf. „Dafür bist du viel zu beherrscht!"

Angewidert von sich selbst entgegnete er: „Tja, das werden wir wohl nie erfahren, was?" Dann stand er auf, nahm die Zügel seines Pferdes und schwang sich in den Sattel.

Er drückte dem Wallach grob die Fersen in die Flanken und beugte sich nach vorn. Das Pferd galoppierte davon, eine Staubwolke hinter sich herziehend, die im Mondlicht glitzerte und den Blick auf die beiden verdeckte.

Tessa schlang die Arme um die Knie und weigerte sich zu weinen. Was war nur los mit ihr? Warum brachte sie es nicht fertig, Denver die Wahrheit über ihre Beziehung zu John zu sagen? Dass sie lediglich seine Krankenschwester gewesen war, nachdem der Zustand seines Herzens diagnostiziert worden war.

„Weil er mir ohnehin nicht glauben würde“, beantwortete sie sich diese Frage selbst und trat wütend mit der Stiefelspitze gegen einen Erdklumpen. Denver vertraute ihr nicht. Er wollte das Schlimmste von ihr annehmen. Und ihr Stolz hatte sie daran gehindert, etwas dagegen zu sagen.

Sie hätte ihre Tugendhaftigkeit beschwören können, so viel sie wollte, Denver hätte ihr ohnehin nicht geglaubt. „Denk doch, was du willst“, murmelte sie, als könnte er sie noch hören. Sie nahm Brigadiers Zügel und schwang sich auf seinen breiten Rücken. „Vorwärts!“

Als sie auf die Ranch zurückkam, war Denver verschwunden. Sein Mietwagen stand nicht mehr neben der Garage, und das Haus war leer. Eigentlich hätte sie darüber erleichtert sein müssen, aber das war sie nicht. Es gab nach wie vor ein paar Dinge, die sie gern mit ihm geklärt hätte. Zum Beispiel wegen ihres Planes, die Ranch zu kaufen. Sie hatte die Sache bereits ins Rollen gebracht. Morgen früh würde sie einen Termin mit der Kreditabteilung der Bank wahrnehmen. Anschließend wollte sie Edwards' Ranch einen Besuch abstatten. Nate Edwards, der Besitzer, war schon länger an Brigadier interessiert. Er hatte sie gebeten, ihm zuerst Bescheid zu geben, falls sie jemals vorhaben sollte, den Hengst zu verkaufen. Morgen werde ich auf sein Angebot zurückkommen, dachte sie traurig, als sie die Treppe in den ersten Stock hinaufging.

In ihrem Zimmer zog sie sich aus und warf Bluse und Jeans in den Wäschekorb neben der Kommode. Dabei erhaschte sie einen Blick von sich im Spiegel. Sie war schlank und kraftvoll, die Hüften und die Taille schmal, die Brüste fest. Ihr Haar war eine ungebändigte rötlich blonde Mähne, die ihr über die Schulter fiel.

Wie schnitt sie wohl ab im Vergleich zu den kultivierten Frauen aus Los Angeles, die Denver kannte?

„Wen interessiert das?“, murmelte sie, wütend auf sich selbst. Sie fand ihren Bademantel und ging ins Badezimmer. In der Absicht, ein ausgiebiges heißes Bad zu nehmen, drehte sie die Wasserhähne auf und fing an, schwungvoll ihr Haar zu bürsten. Dabei versuchte sie, einmal nicht an Denver zu denken und wie sehr sie sich danach gesehnt hatte, von ihm geküsst zu werden ... und mit ihm zu schlafen ... Diese Sehnsucht war unbestreitbar da gewesen, und dass er sie offenbar hatte demütigen wollen, änderte nichts an ihrem Verlangen nach ihm.

„Du liebst ihn nicht“, sagte sie zu ihrem Spiegelbild. „Du kannst ihn nicht lieben!“

Noch immer mit sich selbst im Streit, stieg sie in die Wanne und sog scharf die Luft ein, als ihr Po ins heiße Wasser tauchte. Sie schloss die Augen, sank langsam tiefer und versuchte sich einzureden, dass ihre Gefühle für Denver im Lauf der Jahre erloschen waren.

Three Falls, Montana, war keine große Stadt im Vergleich zu anderen Städten im Umkreis von Los Angeles. Denver fuhr die Main Street entlang, vorbei am College-Campus und bog ab ins Gewerbegebiet. Die meisten Gebäude dort waren ein- oder zweistöckig, Neonlichter blinkten in der Dunkelheit.

Die Stadt war größer geworden, wie er feststellte. Er bemerkte die Bank, das Motel und die kleine Einkaufsmeile, außerdem zwei Fast-Food-Restaurants, die es damals, als er auf der Ranch gelebt hatte, noch nicht gab.

Er hielt auf einem von Schlaglöchern übersäten Parkplatz

vor einer Kneipe am südlichen Ende der Stadt. Das Gebäude mit der verwitterten Holzfassade sah allerdings noch genauso aus wie früher. Einst ein Mietstall, war es heute die Kneipe im Ort, in der an den Wochenenden Livemusik geboten wurde.

Drinnen war es dunkel. Eine Qualmwolke schwebte über der Menge, trotz einer alten Klimaanlage, die mit viel Lärm versuchte, für Frischluft zu sorgen.

„Was darf's sein?", wollte der Bartender wissen. Der stämmige Mann mit dem geröteten, müden Gesicht und der platten Nase sah Denver an. Dann hellte sich seine Miene auf. „McLean? Na, so was!"

Denver hatte Ben Haley, mit dem er zur Schule gekommen war, auch wiedererkannt. „Wie geht es dir?"

„Kann nicht klagen. Und selbst?" Ben kniff die Augen zusammen, als suche er nach Narben vom Feuer.

„Mir geht's gut."

„Was darf's sein?"

„Ein Bier vom Fass."

Ben schenkte schnell ein und schob Denver das Glas über die Theke. „Geht aufs Haus. Mir gehört der Laden hier inzwischen." Er wischte mit einem Handtuch über die zerschrammte Theke. „Ich hörte, du bist wieder auf der Ranch."

„Nur für ein oder zwei Wochen."

„Es geht das Gerücht, dass du verkaufen willst."

„Sobald ich kann", bestätigte Denver und trank einen Schluck. „Kennst du jemanden, der Interesse hätte?"

„Nur Tessa Kramer", erwiderte Ben, während er den Blick einer gut gebauten Rothaarigen am Ende des Tresens auffing. Sie gab ihm ein Zeichen, und er ging zu ihr, um ihr einen weiteren Drink einzuschenken. Nachdem er ihr Glas wieder aufgefüllt hatte, kam er zurück.

Denver drehte sein Glas in den Händen. „Hat Tessa gesagt, dass sie mir die Ranch abkaufen will?"

„Nein", antwortete Ben und schenkte einen neuen Drink ein. „Tessas Bruder Mitchell schaut manchmal herein. Er erwähnte so etwas."

„Was hat er gesagt?"

„Nicht viel", meinte Ben ausweichend. „Nur dass dein Onkel anscheinend Tessa in seinem Testament berücksichtigt hat, damit sie die Ranch kaufen kann." Der Bartender schien wegen irgendetwas ein schlechtes Gewissen zu haben. „Sie war sehr gut zu ihm."

„Ach ja?"

Ben zuckte die breiten Schultern. „Vielleicht hat John seine Meinung auch wieder geändert."

„Möglich", räumte Denver ein. Ben wurde in die Küche gerufen. Denver betrachtete den Schaum auf seinem Bier, der langsam in sich zusammenfiel. Erneut verspürte er diese schon vertraute Eifersucht. Aber er ignorierte sie, denn schließlich ging es ihn nichts an, was Tessa und John einander bedeutet hatten. Doch die Vorstellung, dass da etwas zwischen seinem Onkel und ihr gewesen war, machte ihm zu schaffen. Und mit Bier würde er das nicht wegspülen können.

5. KAPITEL

Sie hörte Denver nach Hause kommen. Tessa lag auf dem Bett und lauschte seinen Schritten auf der Treppe. An der obersten Stufe stolperte er und fluchte laut.

Er ging den Flur entlang, blieb jedoch vor ihrer Tür stehen.

Tessa hielt den Atem an, und ein nervöses Kribbeln breitete sich in ihrem ganzen Körper aus. Was jetzt? Der Türknopf drehte sich, die Tür ging auf. Denver stand auf der Schwelle. Seine schlanke Gestalt hob sich vor dem hellen Flurlicht ab. Seine breiten Schultern berührten beinah den Rahmen. Die Haare fielen ihm in die Augen, und der Geruch von Alkohol zog durch das Zimmer. „Tessa?"

„Ich bin wach." Ihre Nerven waren zum Zerreißen gespannt. Sie setzte sich auf, zog die Decke bis zur Brust hoch und strich sich die Haare aus dem Gesicht. „Was willst du?"

„Ich wünschte bei Gott, das wüsste ich." Er rieb sich müde die Schulter und atmete schwer aus. „Heute am Fluss, da habe ich einen Fehler gemacht."

„Wird das eine Entschuldigung?"

„So ähnlich." Seine Miene verdüsterte sich, und er lehnte sich an den Türrahmen. „Heute Nachmittag wollte ich nur mit dir reden. Du bist mir in letzter Zeit aus dem Weg gegangen, und das kann ich dir nicht mal übel nehmen. Aber ich fand, es sei an der Zeit, mal ein paar Dinge zu klären. Ich sah dich zum Fluss reiten und bin dir gefolgt."

„Um zu reden."

„Genau. Aber ich hab's vermasselt."

Nachdem ihre Augen sich an die Dunkelheit gewöhnt hatten, konnte sie seine reumütige Miene erkennen.

„Was wolltest du denn klären?", erkundigte sie sich und wünschte, sie besäße den Mut, ihn hinauszuwerfen.

Er sah sie durchdringend an. „Das zwischen uns."

„Es gab kein ‚uns', schon vergessen?" Sie verspürte Lust, ihn zu verletzen, genau wie er sie verletzt hatte.

„Tja, das habe ich wohl gesagt."

„Und du hattest recht."

„Natürlich hatte ich recht." Er ging trotzdem nicht.

Sie biss sich auf die Unterlippe. Denver stand hier mitten in der Nacht in ihrem Zimmer und versuchte, sich zu entschuldigen. Ihre Gedanken wirbelten durcheinander, und sie war hin- und hergerissen. Einerseits wollte sie ihm vertrauen, andererseits wusste sie, dass er log. „Warum bist du dann hier? Hast du deine Meinung geändert?" Insgeheim fürchtete sie sich vor seiner Antwort. „Ich meine, was uns angeht."

„Ich weiß nicht." Seine Züge strafften sich. „Ich war noch nie so unentschlossen. Ich hasse das."

„Und das wolltest du mir sagen?", fragte sie skeptisch und überzeugt davon, dass das noch nicht alles war.

„Nein, es gibt noch etwas", gestand er, den Blick auf das Bett gerichtet.

Tessas Hals war wie zugeschnürt. „Und das wäre?"

„Ich will dich, verdammt noch mal!", gestand er zornig und ballte die Faust. „Gott allein weiß, dass ich dagegen anzukämpfen versucht habe. Doch die Wahrheit ist, dass ich dich vom ersten Moment an wollte, als ich dich in der Scheune sah."

„Ja, weil ich verfügbar bin und es bequem für dich ist", warf sie ihm vor, weil sie wütend auf ihn und auf sich selbst war.

„Nein, weil du *du* bist", widersprach er und klang erschöpft.

Dieses Geständnis hatte sie nicht erwartet. Einerseits sehnte sie sich verzweifelt danach, diese Worte von ihm zu hören. Andererseits warnte ihr Verstand sie, dass es nur der Alkohol war, der aus ihm sprach.

Sie ließ die Decke sinken und rutschte zur Bettkante. Denver verfolgte jede ihrer Bewegungen, während sie ihren Bademantel nahm und hineinschlüpfte.

„Nicht", bat er, als sie den Gürtel zubinden wollte. „Lass ihn offen."

Entschlossen zurrte sie den Gürtel so fest zu wie möglich

und durchquerte den Raum. „Was willst du eigentlich wirklich von mir?“, verlangte sie zu erfahren und wünschte, er wäre stocknüchtern. „Eine Affäre? Ein kurzes Abenteuer im Heu? Ein bisschen ‚experimentieren‘, wie du es früher genannt hast?“

Er zuckte zusammen. „Selbstverständlich nicht.“ Er sah ihr in die Augen. „Ich will dich einfach.“

Tessas Herz schlug zwar schneller, doch sie misstraute Denver nach wie vor. Besonders nach der Demütigung heute am Fluss. Und nachdem er sie sieben Jahre lang so behandelt hatte, als existiere sie gar nicht. „Ach, so wie du mich heute Nachmittag wolltest?“ Sie spürte, wie sie errötete vor Wut.

„Ich habe mich doch schon entschuldigt.“

„Das mag sein.“ Sie schob das Kinn ein wenig vor. „Aber ich traue dir nicht. Seit du zurückgekommen bist, hast du praktisch jedem aus meiner Familie vorgeworfen, dich zu bestehlen oder zu hintergehen. Du hältst uns für eine Bande von Brandstiftern, Betrügern und Lügnern. Außerdem glaubst du auch noch, ich sei die Geliebte deines Onkels gewesen.“ Sie merkte selbst, wie zornig sie schon wieder wurde. Nur weil dieser Mann sie begehrte, hieß das noch lange nicht, dass er sie jemals geliebt hatte. Beinah ein wenig außer Atem vor Wut, stieß sie ihn vor die Brust. „Ich denke, es ist besser, wenn du jetzt gehst.“

Blitzschnell griff er nach ihren Händen und zog Tessa geradezu besitzergreifend an sich. Seine Nasenflügel bebten. „Wenn du fertig damit bist, auf mir herumzuhacken …“

„Noch lange nicht“, unterbrach sie ihn. „Und jetzt besitzt du auch noch die Unverfrorenheit, einfach in mein Zimmer zu marschieren und mir zu eröffnen, dass du mich willst. Glaubst du etwa, ich gehe einfach so mit dir ins Bett, nur weil es dir leidtut?“

„Nein, Tessa, natürlich nicht. Ich habe nie angenommen, dass du dich zu irgendetwas drängen lässt, was du nicht willst.“ Ein Wangenmuskel zuckte in seinem Gesicht, während er mit den Daumen sanft die Innenseite ihrer Handgelenke rieb und ihr in die Augen schaute.

„Was dann?“ Sie versuchte, die erotische Wirkung seiner Berührungen zu ignorieren.

„Du hast es mir nie leicht gemacht und mir stets Kontra gegeben, jedoch warst du früher immer ehrlich zu dir selbst.“

„Das bin ich auch jetzt“, versicherte sie ihm, aber ihre Stimme stockte dabei ein wenig. Wenn er nur aufhören würde, sie zu berühren, dann könnte sie vielleicht endlich wieder klar denken!

„Das glaube ich nicht.“

„Und was ist mit dir? Warst du dir selbst gegenüber ehrlich?“, konterte sie, doch im nächsten Moment schlang er die Arme um sie und küsste sie stürmisch. Seine Lippen fühlten sich fest und sinnlich an, und Tessa schmeckte den Alkohol auf ihnen. Ihr Herz schlug wie wild. Sämtliche spöttischen, provozierenden Bemerkungen, die sie sich zurechtgelegt hatte, verschwanden aus ihren Gedanken.

Zwar versuchte sie, ihn wegzustoßen, allerdings presste er sie eng an sich, sodass ihre Hüften und Schenkel sich aneinanderschmiegten. Deutlich spürte sie seine Erektion an ihrem Bauch.

„Verschwinde“, forderte sie ihn auf. Aber kaum dass er sie küsste, erwiderte sie seinen Kuss nur allzu bereitwillig. Heißes Verlangen erwachte in ihr, und das Atmen fiel ihr schwer. „Nicht …“

„Nicht was?“, flüsterte er ihr ins Ohr. Tessa erschauerte vor Begierde, die sie allmählich zu überwältigen drohte.

„Hör auf …“ Sie verstummte, denn er öffnete den Gürtel ihres Bademantels. Der Frotteestoff teilte sich, und er glitt mit den Händen darunter. Seine langen Finger tasteten sich suchend vor.

„Soll ich das wirklich?“

„Ja … oh, Denver, bitte!“ Sie erschauerte, als er eine ihrer harten Brustwarzen berührte. Langsam beuge er sich hinunter, um seine warmen Lippen darum zu schließen und daran zu saugen. Vor Lust hätte sie beinah laut geschrien.

Sie vergrub ihre Finger in seinen Haaren, und ihre Knie drohten nachzugeben, während er jeden einzelnen der winzigen Knöpfe ihres Nachthemds öffnete. Sie fühlte die kühle Nachtluft auf ihrer nackten Haut. Doch er liebkoste sie weiter durch den dünnen, inzwischen feuchten Stoff hindurch mit der Zunge.

„Bitte?“, wiederholte er mit heiserer Stimme.

Tessa stöhnte leise und kämpfte gegen ihr glühendes Verlangen an. Trotz dieser sinnlichen Benommenheit meldete sich ein kleiner Rest von Stolz noch einmal. „Bitte versuche nicht noch einmal, mich zu demütigen. Benutz mich nicht.“

Er hielt inne, seine Muskeln spannten sich an. „Niemals“, flüsterte er und legte ihr den Zeigefinger unters Kinn, damit sie ihm ins Gesicht sah. „Es tut mir wirklich leid, Tessa.“ In seinem Blick las sie Bedauern. „Ich wollte dir nie wehtun.“

Dafür war es zu spät. Sie war damals tausend Tode gestorben, allein bei der Vorstellung, dass er sie nur benutzt haben könnte und sie ihm gar nichts bedeutet hatte. Und dann wieder, als sie ihn in der Scheune gesehen hatte und er bestritt, sie jemals geliebt zu haben. Ihr schnürte es die Kehle zu, und in ihren Augen brannten Tränen.

Er strich ihr einen einzelnen Tropfen von den Wimpern und fluchte. „Was soll ich nur mit dir machen?“ Sanft streichelte er mit dem Daumen ihre Wange, und sie bemerkte, dass er zitterte.

„Ich komme schon allein zurecht“, sagte sie mit leiser Stimme.

„Das weiß ich.“ Seufzend hob er sie auf die Arme und trug sie zurück zum Bett. Sie schmiegte das Gesicht in seine Halsbeuge, atmete seinen frischen Duft tief ein und genoss es, das Spiel seiner Muskeln zu spüren. Sie küsste seinen warmen Hals.

„Lass das“, warnte er sie mit rauer Stimme. „Ich versuche gerade, ein Gentleman zu sein.“

„Ein Gentleman?“

Bevor sie noch etwas erwidern konnte, knotete er ihren Bademantel fest zu und zog die Decke bis zu ihrem Hals hoch.

„Du gehst?“

„Ob und wann wir wieder miteinander schlafen …“

„Bilde dir ja nichts ein“, fuhr sie ihn an. Er wies sie schon wieder zurück!

„Nächstes Mal wird es kein Bedauern geben.“

Sie schlug die Decke zurück und setzte sich auf. „Du irrst dich, denn es wird kein nächstes Mal geben!“

Seine Halsschlagader pochte heftig. „Hör auf damit, Tessa. Du kannst vom Glück reden, dass ich so viel Selbstbeherrschung habe.“

„Na klar“, spottete sie. „Und jetzt verschwinde!“

Er zögerte und schaute sie unverwandt an. Dann, als befürchte er, doch noch seine Meinung zu ändern, machte er auf dem Absatz kehrt und verließ eilig das Zimmer. Ein paar Minuten später hörte sie die Dusche rauschen.

Am nächsten Morgen vergeudete Tessa keine Minute. Den Großteil der Nacht hatte sie damit zugebracht, Pläne zu schmieden, die sie heute in die Tat umsetzen wollte. Wenn die Nacht eine Erkenntnis gebracht hatte, dann die, dass sie für Denvers Charme noch genauso empfänglich war wie früher. Auch wenn ihre törichte Begierde noch so stark war, sollte am Ende ihr Verstand siegen. Je eher sie dafür sorgte, dass Denver nach L. A. zurückkehrte, umso besser.

Sie duschte und zog ein beigefarbenes Kostüm sowie eine dunkelrote Bluse an, band ihre Haare zu einem dicken Zopf zusammen und schlüpfte in braune Pumps. Dann trug sie Lippenstift auf, Rouge und Lidschatten. Mit einem zufriedenen Blick in den Spiegel befand sie, dass sie bereit war, Rob Morrison in der Second Western Bank gegenüberzutreten. Er hatte angedeutet, dass er ihr den Kredit für den Kauf der Ranch bewilligen würde. Jetzt musste sie herausfinden, ob er auch tatsächlich zu seinem Wort stand.

Unten war Milly bereits in der Küche beschäftigt. Am Fenster kühlte ein Apfelkuchen ab, während sie sich mit dem Besen in der einen Ecke zu schaffen machte.

„Ich werde heute zum Mittagessen nicht da sein", erklärte Tessa.

„Du lässt zu viele Mahlzeiten ausfallen, wenn du mich fragst." Milly richtete sich auf, stellte den Besen in die Ecke und musterte Tessa von Kopf bis Fuß. „Du meine Güte, siehst du hübsch aus."

„Hübsch?" Tessa verdrehte die Augen. „Ich will nicht hübsch aussehen. Wie wäre es mit ‚professionell' oder ‚beeindruckend' oder ‚schick'?"

„Ja, all das trifft zu", bemerkte Denver, der gerade zur Hintertür hereinkam. Er war unrasiert, seine Haare waren zerwühlt, und er blinzelte, als sei ihm die Morgensonne viel zu grell.

Offenbar hatte er einen Kater. Tessa musste sich ein Grinsen verkneifen. Gut, dachte sie. Das geschieht ihm ganz recht.

Milly hatte Mitleid mit ihm. „Wie wäre es mit einer Tasse Kaffee?"

„Und zwei Dutzend Aspirin", meinte er, ließ sich auf einen der Stühle am Küchentisch fallen und betrachtete Tessa. „Wohin willst du?"

„Zur Bank." Sie stellte ihm eine Tasse hin und schenkte ihm ein mitfühlendes Lächeln. „Ich habe einen Termin bei Rob Morrison."

„Ist der nicht noch ein Teenager?"

„Das war er mal. Inzwischen hat er nicht nur die Highschool abgeschlossen, sondern auch das College. Jetzt arbeitet er für seinen Dad in der Kreditabteilung."

„Ich erinnere mich daran, als er noch Radkappen gestohlen und auf Briefkästen geschossen hat", brummte Denver.

„Das ist vorbei", sagte Milly. „Er ist ein grundanständiger Bursche geworden, der mittlerweile zum Stadtrat gehört. Tja, die Zeit bleibt nicht stehen."

„Ja, davon habe ich auch schon gehört", sagte Denver, den Blick nach wie vor auf Tessa gerichtet, die umwerfend schön aussah. „Und zwar oft genug.“

„Dann müssten Sie es ja inzwischen begriffen haben“, bemerkte Milly und stellte den Besen in einen Schrank auf der hinteren Veranda.

„Habe ich wohl auch.“ Denver konnte sich von Tessas Anblick nicht losreißen. Sie wie eine Lady gekleidet zu sehen – eher wie eine Geschäftsfrau – hatte eine seltsame Wirkung auf ihn. Schon in Jeans und Arbeitskleidung war sie faszinierend. Doch in diesem eleganten Outfit, in diesem maßgeschneiderten Kostüm, zeigte sie ihm, dass sie tatsächlich die faszinierendste Frau war, der er je begegnet war. Das Funkeln in ihren braunen Augen, das stolz erhobene Kinn und die selbstbewusste Haltung ergaben zusammen das Bild einer äußerst beeindruckenden Persönlichkeit.

Vor sieben Jahren hatte er sich zu ihr hingezogen gefühlt, sie vielleicht sogar geliebt. Doch damals waren es ihre Unschuld und ihre Courage gewesen, die ihn auf kindische Weise gefesselt hatten. Jetzt sah er sich einer erwachsenen Frau gegenüber, die wusste, was sie wollte. Einer Frau, die er gestern einzuschüchtern versucht und mit der er letzte Nacht beinah geschlafen hatte.

Das Telefon klingelte. Erst da merkte er, dass er sie anstarrte.

„Ich gehe schon“, rief Milly und griff um die Ecke nach dem Hörer. „McLean-Ranch“, meldete sie sich fröhlich, ehe sie Denver scharf ansah. „Ferngespräch“, flüsterte sie. „Jim Soundso.“

„Van Stern“, sagte Denver und stellte seine Tasse ab. „Mein Partner. Ich nehme das Gespräch im Büro entgegen.“ Er verließ eilig die Küche, und einige Sekunden später legte Milly den Hörer auf.

„Ich frage mich, was das alles zu bedeuten hat“, murmelte die Haushälterin.

„Er hat in L. A. eine Firma.“ Tessa trank ihren Kaffee aus. „Vielleicht will van Stern, dass er nach Los Angeles zurückkommt. Schließlich wollte Denver eigentlich nur ein paar Tage bleiben.“ Dieser Gedanke hätte ihre Laune heben sollen, aber das war nicht der Fall. Im Gegenteil, nachdem sie ihm tagelang aus dem Weg gegangen war und sich eingeredet hatte, die Anziehung zwischen ihnen habe keine tiefere Bedeutung, war die Vorstellung ein bisschen traurig, dass er so plötzlich aus ihrem Leben verschwinden könnte. Auch wenn sie natürlich wusste, dass es so am besten war. Sie nahm ihre Handtasche und sagte: „Ich fahre heute Morgen zur Second Western Bank und anschließend zu Nate Edwards. Ich müsste rechtzeitig zur Fütterung der Tiere wieder zurück sein. Falls nicht, bitte Mitchell, sich darum zu kümmern."

Milly gab einen spöttischen Laut von sich. „Da wird er sich aber freuen."

„Ja, ich weiß. Das kann er trotzdem mal für mich machen." Und damit verließ sie schwungvollen Schrittes die Küche durch die Hintertür.

Die Second Western Bank war in einem zweistöckigen Betongebäude an der Ecke Main Street und First Street untergebracht. Mit seinen schmalen, schwarz gerahmten Fenstern sah das rechteckige graue Gebäude eher aus wie ein Gefängnis, und nicht wie ein Finanzinstitut. Nur wenige Büsche und Bäume zwischen der Bank und dem Parkplatz lockerten das Gesamtbild etwas auf.

Vor dem Eingang stand ein Wachmann. Der Fußboden in der Lobby bestand aus auf Glanz polierten Backsteinen. Mit Gittern vor den Fenstern wäre die Gefängnisatmosphäre perfekt gewesen.

Rob Morrison erwartete Tessa bereits in seinem Büro im ersten Stock. Es war nicht ganz so schmucklos wie der Rest der Bank. An den Wänden hingen Ölgemälde von zerklüfteten Küsten und hohen Bergen. Die Möbel waren cremefarben, der Teppich dick und burgunderrot.

Rob erhob sich bei ihrer Ankunft aus seinem Bürosessel. Er war ein dünner Mann mit rostbraunem Haar und Sommersprossen. „Tessa! Welch ein Vergnügen", sagte er, nachdem er ihr die Hand geschüttelt und ihr einen der Sessel neben seinem Schreibtisch angeboten hatte. „Was kann ich für dich tun?“

„Rate mal.“

„Die McLean-Ranch, richtig?“ Er drehte seinen Kugelschreiber zwischen den Fingern.

„Richtig. Ich würde gern den Kredit in Anspruch nehmen und die Ranch kaufen.“

Rob lehnte sich zurück, ohne den Kugelschreiber aus der Hand zu legen. „Die ganze Ranch?“

Sie nickte. „Dummerweise konnte bisher niemand Colton ausfindig machen, denn ihm gehört die Hälfte der Ranch.“

„Glaubst du, er würde Denver auszahlen wollen?“

„Glaubst du es?“, fragte sie zurück.

Rob lachte. „Das ist fraglich. Das Letzte, was ich von ihm gehört habe, ist, dass er irgendwo in Afghanistan oder so ist.“

„Selbst wenn man ihn nicht finden kann, will ich Denvers Anteil kaufen.“

„Er will verkaufen?“

„So schnell wie möglich“, bestätigte sie mit einem trockenen Lächeln. Daran, dass er ständig wegwill, hat sich nichts geändert. Er beabsichtigt, Montana so rasch wie möglich wieder zu verlassen. Obwohl sie sich ständig sagte, seine Abreise sei das Beste, musste sie ständig an seine – wenn auch sicher vom Alkohol befeuerten – Worte denken: *Ob und wann wir wieder miteinander schlafen … beim nächsten Mal wird es kein Bedauern geben.*

„Habt ihr euch denn schon auf einen Preis geeinigt?“, erkundigte sich Rob.

„Noch nicht.“

„Das ist der erste Schritt. Sobald du, Denver und Colton euch einig seid, mache ich mich an die Arbeit. Ich werde dir die Antragsformulare für den Kredit mitgeben. Auf das Land wirst du natürlich eine Hypothek aufnehmen müssen, aber die Bank braucht trotzdem eine Anzahlung. Das kannst du mit Denver ausarbeiten.“

Tessa war sich nicht sicher, ob sie überhaupt irgendetwas mit Denver klären konnte, aber das sagte sie nicht. Kurz darauf saß sie wieder in ihrem Auto und fuhr in südlicher Richtung.

Nate Edwards' Ranch verkörperte all das, was die McLeans nicht hatten. Das Haupthaus glich einem Plantagenbesitzerhaus aus den Südstaaten und passte nicht recht in die windigen Berge Montanas. Es war dreistöckig, mit einer sauberen weißen Fassade, in der die riesigen Bogenfenster mit den kobaltblauen Fensterläden besonders zur Geltung kamen. Um das gesamte Haus führte oben ein Balkon und unten eine Veranda mit altmodischen Korbmöbeln und einer Hollywoodschaukel.

Die Stallgebäude und Zäune waren alle in leuchtendem Weiß gestrichen. Aus einem See wurde mithilfe von gewaltigen Bewässerungsrohren das trockene Land bewässert. Selbst Ende August war daher das Gras auf Nate Edwards' Land gesund und grün.

Tessa parkte in der kreisförmigen Auffahrt und stieg die Backsteinstufen zum Haus hinauf. Sie klingelte und wartete, bis Nates Frau Paula mit einem strahlenden Lächeln die Tür öffnete. Sie war rothaarig und fünfzehn Jahre jünger als ihr Mann.

„Tessa! Was für eine Überraschung. Komm rein. Es wurde auch Zeit, dass du mal vorbeischaust. Sherrie fragt dauernd nach dir."

„Ich hatte viel zu tun", erklärte Tessa und fühlte sich ein wenig schuldig. Sie und Paula waren seit der Highschool miteinander befreundet, und Paulas Tochter Sherrie war ein Kind ganz nach Tessas Geschmack.

„Wer ist da, Mommy?", rief eine hohe Stimme, als Tessa das kühle Innere des Hauses betrat.

Oben an der Treppe entdeckte sie das kleine dunkelhaarige Mädchen. „Jetzt sag bloß, du erkennst mich nicht wieder", sagte sie.

Das Kind kreischte vor Freude. „Tessie!", rief es und rannte die geschwungene Treppe hinunter in Tessas ausgebreitete Arme. „Du hast mir versprochen, mit mir auszureiten!"

„Ja, das habe ich."

„Nur über meine Leiche", meldete Paula sich zu Wort und drohte der kleinen kecken Sherrie mit dem erhobenen Zeigefinger. „Du darfst erst reiten, wenn du fünf Jahre alt bist. Schon vergessen?"

Das Mädchen verschränkte die Arme vor der Brust. „Das dauert ja noch ewig!"

„Ganz bestimmt nicht", erwiderte ihre Mutter, stupste ihrer Tochter an die Nase und zwinkerte Tessa zu. „Komm mit raus auf die Veranda. Ich habe einen Krug Eistee im Kühlschrank und Sherrie und ich haben heute Morgen gebacken."

„Apfelecken!", verkündete Sherrie und rannte in die Küche. „Ich zeig sie dir."

Die Küche war genauso sauber und ordentlich wie das übrige Haus. Blinkende Pfannen und Töpfe hingen von der Decke, Marmorarbeitsflächen erstreckten sich nach links und rechts, und die Geräte wirkten nagelneu. Auf der Kochinsel standen zwei riesige Platten mit noch warmen Keksen. Sherrie wählte die größte Apfelecke und reichte sie Tessa. „Probier mal", befahl sie mit strahlendem Blick und roten Wangen.

„Köstlich", lobte Tessa, nachdem sie in das klebrige Naschwerk gebissen hatte.

„Ja, ich weiß", sagte das Mädchen stolz.

Prompt hielt Paula ihr einen kleinen Vortrag über Bescheidenheit.

Tessa verkniff sich ein Grinsen und verließ die Küche. Einige Minuten später gesellte sich Paula zu ihr auf die Veranda. Während Sherrie im Garten Blumen pflückte, saßen die Freundinnen unter einem Sonnenschirm und tranken kühlen Eistee.

„Wo bist du denn heute Morgen gewesen?", erkundigte Paula sich, während sie Tessas Kostüm musterte.

„Bei der Bank. Ich versuche die Ranch zu kaufen. Deshalb bin ich auch hier." Tessa strich sich die Haare aus dem Gesicht und beobachtete Sherrie, die Blütenblätter von einer Rose zupfte. „Ich wollte mit Nate über Brigadier und zwei Stuten sprechen. Er hat mal Interesse an den Pferden signalisiert."

„Er ist immer noch interessiert", sagte Paula. „Er hat dir nie verziehen, dass du ihm diesen Hengst bei der Auktion direkt vor der Nase weggeschnappt hast."

„Tja, dann hat er wohl jetzt die Gelegenheit, sich dafür zu revanchieren."

Paula betrachtete die in ihrem Glas schwimmenden Eiswürfel. „Wie ich hörte, ist Denver zurück."

„Nur für eine Weile", erwiderte Tessa und blinzelte gegen die Sonne.

„Wie läuft es?"

„Bis jetzt ganz gut", antwortete sie, der Wahrheit ein wenig ausweichend. Paula war eine gute Freundin, nur bezweifelte Tessa, dass sie das Gefühlschaos verstand, das sie mit Denver sowohl irgendwie verband als auch trennte.

„Glaubst du nicht, du könntest ihn dazu bringen zu bleiben?"

Tessa schüttelte den Kopf. „Das konnte ich schon vor dem Feuer nicht, und jetzt … es ist eben viel passiert. Jeder führt nun sein eigenes Leben. Er liebt L. A., und mir gefällt es hier."

„Du warst noch nie in L. A.", gab Paula zu bedenken.

„Ich weiß."

„Bist du nicht wenigstens ein kleines bisschen neugierig?"

„Auf was?"

„Auf die Stadt, den Strand und warum Denver dort lebt?"

Tessa blies sich eine widerspenstige Strähne aus dem Gesicht. „Ein bisschen schon", gestand sie. In Wahrheit wollte sie natürlich alles über Denver wissen. Was er in den vergangenen sieben Jahren gemacht hatte. Wo er wohnte. Mit wem er sein Leben geteilt hatte.

„Du hast ihn mal geliebt", erinnerte Paula sie.

„Ich war jung und töricht."

Paula, die ewige Kupplerin, betrachtete Tessa hochmütig.

„Wenn du nicht mehr auf Denver stehst, wie kommt es dann, dass du nie geheiratet hast?“

Tessa lächelte müde. „Vielleicht habe ich einfach noch nicht den richtigen Mann kennengelernt.“

„Oh, ich glaube schon. Und du wohnst mit ihm unter einem Dach. Wenn ich du wäre, würde ich das zu meinem Vorteil nutzen.“

„So einfach ist das nicht.“

„Da wäre ich mir nicht so sicher“, entgegnete Paula, um deren Augen sich kleine Lachfältchen bildeten. „Ich finde, das Leben ist so einfach, wie man es sich macht. Du bist nicht verheiratet. Denver ist auch noch Single. Und früher warst du so verliebt in ihn, dass du kaum an etwas anderes denken konntest. Manche Dinge ändern sich nicht.“

„Das werde ich mir merken“, versprach Tessa, leerte ihr Glas und lenkte das Gespräch von Denver auf Paula und ihre Pläne für Sherrie.

Zwei Stunden später, auf der Rückfahrt zur Ranch in ihrem kochend heißen Auto, dachte sie über Paulas Rat nach – und verwarf ihn. Denver war zurückgekommen, um die Ranch zu verkaufen, sonst nichts. Er war ganz bestimmt nicht ihretwegen wieder in Montana. Das hatte er an jenem Abend, als sie sich in der Scheune wiedertrafen, gestanden. Was er einst für sie empfunden haben mochte, war durch das Feuer ausgelöscht worden. Und die Zärtlichkeiten der vergangenen Nacht waren einzig und allein auf den Alkohol zurückzuführen gewesen, auf nichts anderes.

Die Hände tief in den Taschen vergraben, ging Denver durch den dämmrigen Maschinenschuppen und musterte jedes einzelne Gerät. An einige der älteren Maschinen erinnerte er sich noch gut. Den Mähdrescher, den Rasenmäher und die Drillmaschine hatte er selbst früher benutzt. Er fuhr mit dem Finger über den zerbeulten Sitz des alten John-Deere-Traktors und dachte daran, wie viele Stunden er damit zugebracht hatte, über die Felder zu tuckern, eine Egge oder eine Heupresse hinter sich herziehend. Seit er denken konnte, wollte er raus aus Montana, um woanders ein neues Leben anzufangen. Vor vielen Jahren, lange vor dem Feuer, hatte er geglaubt, diese Chance zu bekommen und sich einen Namen als Ingenieur machen zu können. Er wollte studieren und dann Tessa Kramer heiraten.

Aber natürlich war es ganz anders gekommen, als er es geplant hatte.

Und jetzt war er sich auf einmal nicht mehr so sicher, dass er wieder gehen wollte.

Mit finsterer Miene klopfte er sich die Hände ab, als könnte er auf diese Weise auch alles abstreifen, was ihn mit diesem Land verband.

Obwohl er sich kein Leben als Viehzüchter erträumt hatte, kam er hier zur Ruhe, was ihm seit Jahren nicht gelungen war. Das gemächliche Tempo tat ihm gut nach der Anspannung und dem Stress in L. A. Selbst seine Eigentumswohnung am Strand von Venice interessierte ihn nicht. Zumindest nicht ohne Tessa.

Bis zu dem Anruf seines Partners Jim war ihm seine wachsende Bindung an die Ranch – *oder zog ihn seine Faszination für Tessa so an?* – jedoch gar nicht bewusst gewesen. Sein Partner berichtete, es laufe zurzeit ruhig in ihrem Ingenieurbüro und er käme noch ein paar Wochen allein zurecht. Seltsamerweise war Denver froh über die zusätzliche Zeit.

Mit der Schulter stieß er die Tür auf und blieb unvermittelt stehen. Vor ihm, knapp vierzig Meter entfernt, standen die verkohlten Ruinen des Stalls. Der Schutt war längst abgefahren worden, doch ein paar schwarze Balken waren auf dem Betonfundament gestapelt und inzwischen überwuchert von Weinranken.

Trotz des heißen Windes fröstelte ihn bei der Erinnerung an die Feuersbrunst, und plötzlich fühlte er sich um sieben Jahre zurückversetzt …

Das Feuer prasselte laut, die Flammen schlugen hoch in den Himmel. Rauch füllte seine Lungen, als er auf den Stall zurannte. Pferde schrien in Panik, und Denvers Herz pochte vor Angst. Drinnen war die Hitze so stark, das Tosen des Feuers so laut, dass er kaum etwas anderes sehen oder hören konnte. Er presste sich den Unterarm vor den Mund, hielt die Luft an und bewegte sich instinktiv vorwärts. In der Hoffnung, noch einige der Tiere retten zu können, schob er die Riegel der Boxentüren zurück. Die verängstigten Tiere traten wie wild aus und rannten schon los, als er gerade ihre Türen geöffnet hatte.

Er hörte jemanden husten, dann einen gequälten Schrei, und wirbelte zur Sattelkammer herum. Um Himmels willen, waren seine Eltern dort eingesperrt? Haltet durch, dachte er, ich komme. Haltet durch!

Als er auf die Sattelkammer zuging, fegte eine Feuerwalze durch den Stall und warf ihn um. Im Sturz bekam er die Trense eines an der Wand hängenden Zaumzeugs zu fassen. Das angesengte Leder riss, und er stürzte zu Boden. In diesen letzten Sekunden bei Bewusstsein glaubte er sterben zu müssen …

„Denver?"

Erschrocken drehte er sich um, und die Erinnerungen verschwanden. Vor ihm stand Tessa mit besorgter Miene. Ihr goldenes Haar wehte im Wind, und ein unsicheres Lächeln lag auf ihren Lippen. „Ist alles in Ordnung mit dir?", fragte sie leise.

„Bestens", murmelte er und betete im Stillen darum, dass er immun gegen ihr Parfüm und ihr anmutiges, zartes Gesicht würde. Die Erinnerung an das Feuer war so intensiv und grässlich gewesen, dass es ihm erneut ihren Verrat vor Augen führte. Mit zitternder Hand wischte er sich den Schweiß von der Stirn.

„Du scheinst …"

„Ich sagte, mir geht's bestens!", fuhr er sie an. Wenn sie doch nur gehen würde, damit sein Blick nicht länger auf den Saum ihres Rocks gelenkt wurde, der ihr Knie umspielte, oder auf ihre wohlgeformten Waden. In diesem aufgewühlten Zustand konnte er nicht vernünftig mit ihr reden. Dazu rauschte viel zu viel Adrenalin durch seine Adern, ausgelöst sowohl durch Tessas plötzliche Nähe als auch durch die grauenhafte Erinnerung. Sein Herz pumpte so rasch, dass das Blut in seinem Kopf rauschte.

Sie sah zu der Ruine, die einst der größte Stall von Montana gewesen war. „Es ist nicht leicht, ich weiß", bemerkte sie leise. Ihre Stimme war so sanft wie eine Sommerbrise. „Aber es ist vorbei. Es ist schon lange vorbei."

„Ich wünschte bei Gott, das wäre es", sagte er bitter und verdrängte die schmerzlichen Gedanken an seine Eltern.

Tessa schluckte. „Ich habe dir nie mein Beileid ausgesprochen und dir gesagt, wie leid mir das alles tut. Du weißt, wie sehr mir dein Vater und deine Mutter …"

„Es war nicht deine Schuld", schnitt er ihr das Wort in scharfem Ton ab.

„Mitgefühl hat doch nichts mit Schuld zu tun", entgegnete sie gekränkt und wütend. „Verbirg es meinetwegen vor jedem anderen und vor dir selbst, aber versuch nicht, es vor mir zu verbergen. Ich kenne dich zu gut."

Seine Miene verhärtete sich. „Du kanntest mich. Das war einmal. Heute kennst du mich kein Stück mehr."

„Das glaubst du? Meinst du wirklich, ich könnte diese raue Fassade, hinter der du dich verbirgst, nicht durchschauen? Von wegen. Vergiss nicht, was wir einander einst bedeutet haben!"

„Ich habe dir bereits gesagt, was das zwischen uns war."

Zornig stieß sie ihm den Zeigefinger gegen die Brust. „Ja, das hast du. Damit hast du versucht, mir wehzutun, und dein Plan ging auch auf. Aber, egal was passiert ist: Ich kannte dich damals, und deshalb kann ich nicht glauben, dass du keinen Funken Anstand mehr besitzt. Ich werde nicht akzeptieren, dass du ein gefühlloser Zyniker sein willst, der vom Leben nur noch genug Geld erwartet, um sich ein paar Annehmlichkeiten zu ermöglichen."

Seine Gesichtshaut straffte sich bedrohlich. „Du machst dir

etwas vor, Tess."

„Ach ja? Und was ist mit letzter Nacht? Habe ich mir da auch nur etwas vorgemacht? Oder war das vielleicht doch echt?"

„Ich war betrunken."

„So betrunken nun auch wieder nicht."

„Aus mir sprach nur der Alkohol."

„Das bezweifle ich", sagte sie. „Verrate mir nur eines: Macht dich die Welt ganz allgemein so wütend oder nur ich?" Sie warf die Haare zurück und marschierte stolzen Schrittes zurück zum Haus.

Denver schaute ihr hinterher, wie sie die Verandastufen hinaufging, und kurz darauf hörte er, wie die Fliegentür zufiel. Fluchend schlug er mit der Faust gegen die Wand des Maschinenschuppens, sodass kleine Splitter der Verkleidung durch die trockene Luft flogen.

Tessa warf ihren Rock aufs Bett und fragte sich, warum sie sich überhaupt die Mühe gemacht hatte, mit Denver zu reden. Dieser unerträglich arrogante Mistkerl! Sie kickte ihre Schuhe in den Schrank. Warum hatte sie jemals versucht, an ihn heranzukommen? Dieser Mann war mit Abstand die launischste Kreatur auf dieser Ranch.

In der einen Minute glaubte sie, er wolle mit ihr schlafen, in der nächsten schien er sie nur noch erwürgen zu wollen. „Das entspricht in etwa deinen Gefühlen für ihn", erinnerte sie sich wütend.

Sie hatte ihn in der Nähe der Ruinen des abgebrannten Stalls gefunden. Sein Gesicht verriet den Schmerz, seine Augen das Entsetzen, das nur er sehen konnte. Und sie war so töricht gewesen, ihn trösten zu wollen.

„Das hast du nun davon", sagte sie sich und warf sich aufs Bett, um an die Decke zu starren und sich dumm vorzukommen. Wenn er doch nur endlich abreisen würde, dann hätte dieses Durcheinander ein Ende, und sie könnte wieder zur Normalität zurückkehren.

Doch die Vorstellung, dass er tatsächlich seine Sachen packte, lastete ebenfalls schwer auf ihr. Sie legte ihren Unterarm auf ihre Augen und stöhnte. „Du hast wirklich den Verstand verloren, Tessa!“

Wie weit würde sie sich durch ihn noch demütigen lassen? „Überhaupt nicht mehr“, beantwortete sie sich die unausgesprochene Frage, griff nach ihrer Jeans und zog sie an. Wenn Denver McLean Montana wieder verließ, würde sie ihm alles Gute wünschen und dafür beten, ihn nie wiederzusehen.

6. KAPITEL

Das Telefon klingelte. Ohne von seinen überall auf dem Schreibtisch verstreut liegenden Unterlagen aufzublicken, griff Denver nach dem Hörer und meldete sich. „McLean-Ranch."

„Denver?" Ross Andersons optimistische Stimme war am anderen Ende der Leitung zu hören. „Wie läuft es?"

„Ganz gut, würde ich sagen." Er hatte mit dem Anwalt nicht mehr gesprochen, seit er dessen Kanzlei vor knapp zwei Wochen verlassen hatte.

„Ich dachte eigentlich, Sie seien längst auf dem Rückweg nach L. A."

„Ich wurde aufgehalten. Sie wissen schon, Ihr Rat." Denver lehnte sich zurück und wartete, da er wusste, dass Ross nicht ohne einen bestimmten Grund anrufen würde.

„Ich dachte, Sie würden vielleicht gern erfahren, dass ich eine Spur zu Ihrem Bruder habe."

Denver stutzte. *Endlich!* „Sind Sie sicher?"

„Nichts ist sicher, ehe wir ihn nicht sehen", erwiderte Ross. „Aber ein Privatdetektiv in New York hat Kontakt zu einem der Magazine aufgenommen, für die er arbeitet. Könnte sein, dass wir ihn diesmal erwischen. Vor drei Wochen hielt Colton sich noch in Belfast auf."

„Na, so was", sagte Denver und fragte sich, ob sich das Blatt für ihn tatsächlich wendete.

„Allerdings", meinte Ross lachend. „Der Privatdetektiv fliegt heute Abend nach Irland, also müssten wir in den nächsten Tagen Neues erfahren."

Denver seufzte. „Dann bin ich Ihnen wohl etwas schuldig, Ross."

„Mal abwarten. Der Chefredakteur schien der Ansicht zu sein, dass Colton noch immer undercover als Mitglied der IRA arbeitet."

Denver bekam sofort ein mulmiges Gefühl. „Dann kann er

von Glück sagen, wenn er noch am Leben ist."

„Ja, wenn."

„Geben Sie mir Bescheid, falls Sie etwas wissen."

„Mach ich sofort."

Denver legte auf und fragte sich, wie Colton die Nachricht aufnehmen würde, dass er die Hälfte der Ranch geerbt hatte, die Tessa Kramer wiederum kaufen wollte. Ein Lächeln trat auf sein Gesicht. Wenn es sonst nichts gab, was Colton nach Montana zurücklocken konnte, dann vielleicht die Gefahr, an Curtis Kramers Tochter verkaufen zu müssen.

Nate Edwards war ein großer massiger Mann mit grau meliertem Haar. Sein ganzes Leben lang hatte er mit Pferden zu tun gehabt, und als er nun am Zaun lehnte und Brigadier zuschaute, der von Tessa in der Koppel geführt wurde, leuchteten seine Augen.

„Ein schönes Tier", bemerkte er.

Die Muskeln des Hengstes zitterten, als Nate die Hand über den Zaun streckte, um die muskulöse Schulter des Pferdes zu tätscheln.

„Ich denke, er ist der beste Hengst in ganz Montana."

Nate grinste und entblößte dabei einen Goldzahn. „Ich weiß nicht, ob ich so weit gehen würde, das zu behaupten. Was ist mit Black Magic?"

Tessa dachte an den glänzenden schwarzen Hengst, John McLeans ganzer Stolz. „Die kann man nur schwer miteinander vergleichen", sagte sie widerstrebend. „Ich würde mein Geld auf Brigadier setzen."

Nate richtete den Blick auf die beiden trächtigen Stuten, die auf der nächsten Koppel standen und mit ihren Schweifen die Fliegen vertrieben. „Bist du dir sicher, dass du alle drei verkaufen willst?"

Nein, das war sie nicht, aber ihr blieb gar nichts anderes übrig. In den vergangenen Jahren hatten diese Pferde ihren Traum verkörpert. Entsprechend schmerzlich war die Aussicht, die beiden Stuten und Brigadier zu verlieren. Letztlich aber war das Opfer nicht zu groß, denn es ging schließlich um die Ranch.

„Wenn ich einen guten Preis für sie bekomme“, antwortete sie daher und streichelte Brigadiers schlanken Hals. Natürlich war es eine Schande, dieses Tier zu verkaufen. Abgesehen von seinem finanziellen Wert war er auch ein Teil ihres Lebens geworden. Tessa mochte sein Temperament und seine Starrköpfigkeit. Brigadier trippelte nervös und rollte mit den Augen, bis das Weiße darin zu sehen war, als Nate das Gatter öffnete und die Koppel betrat.

„Sei vorsichtig“, warnte Tessa ihn.

Er streichelte Brigadiers breiten Rücken und ging um das Pferd herum, wobei er einem Hinterhuf ausweichen musste, als das Tier austrat und dabei fast Nates Schienbein erwischte. „Ein freundlicher Bursche, was?“

„Er kann durchaus freundlich sein“, erwiderte Tessa wehmütig und bot Brigadier ein Stückchen Karotte an. „Aber auch ganz schön schwierig.“

„Das werde ich mir merken“, erklärte Nate und machte auf dem Rückweg zum Gatter einen großen Bogen um das Hinterteil des Pferdes.

Tessa machte die Leine los und gab Brigadier einen Klaps. Das Pferd machte einen Satz und galoppierte los, ans Ende der Koppel. Die Ohren aufgestellt, schaute er zur Nachbarweide, wo Red Wing, Ebony und Tessas drei andere Stuten grasten.

Tessas Magen zog sich zusammen, und ihr wurde schwer ums Herz. Ihre Lieblingspferde zu verkaufen war als würde sie einen Teil ihrer Familie verraten. Deshalb kam sie sich furchtbar vor. Mit einem Kloß im Hals beobachtete sie die drei Pferde, deren Ohren nach wie vor nervös zuckten, während sie im Schatten einer einsamen Kiefer standen.

„Tessa?“, vernahm sie Nates sanfte Stimme neben sich. „Wenn es dir zu schaffen macht …“

„Ich werde schon darüber hinwegkommen“, erklärte sie, obwohl ihr bereits Tränen in den Augen brannten. Rasch schloss sie das Gatter hinter sich und brachte ein Lächeln zustande.

„Na, schön. Aber falls du deine Meinung doch noch ändern solltest, lass es mich wissen.“ Nate machte sich auf den Weg zu seinem Jeep. „Ich melde mich in den nächsten Tagen mit einem Angebot bei dir.“

„Ich freue mich darauf“, log sie. „Und richte Sherrie aus, dass ich ihr Reitstunden geben werde, sobald sie Paula davon überzeugen kann, dass sie alt genug dafür ist.“

„Rechne lieber nicht damit.“ Nate lachte in sich hinein. „Wenn es nach Paula geht, wird Sherrie nie im Sattel sitzen.“

Tessa nickte. „Ich weiß. Aber ich wette, Sherrie wird einen Weg finden, um sie zu überzeugen.“

„Wir werden ja sehen. Diese braune Stute …“ Er zeigte mit dem Daumen zur Scheune.

„Red Wing?“

Nate bejahte und stieg in seinen Jeep. „Ich glaube, Red Wing oder ihr Fohlen wäre genau richtig für Sherrie. Gib mir ein paar Tage Zeit, um meine Frau zu überzeugen.“ Er warf die Tür zu und startete den Motor.

Traurig blickte Tessa dem Jeep hinterher. Sobald Nate die Pferde gekauft hatte, konnte sie Denver ein offizielles Angebot für die Ranch machen. Sie trat mit der Stiefelspitze gegen einen Erdklumpen und fragte sich, warum diese Aussicht sie nicht froh stimmte. Erneut schaute sie zur Koppel. Ebony knabberte spielerisch an Red Wings Hals und wurde dafür mit einem gereizten Tritt belohnt. Tessas Augen füllten sich nun endgültig mit Tränen. Ich werde sie vermissen, dachte sie, diese kleine Herde, die der Mittelpunkt ihres Lebens gewesen war. Bis zu Denvers Rückkehr.

Denver! Alles lief auf ihn hinaus. Sie kämpfte gegen den Impuls an, sich gegen den Zaun sinken zu lassen. Würde sie Denver jemals wirklich trauen können?

Zwei Tage später arbeitete Tessa mit dem temperamentvollsten Hengstfohlen auf der Ranch. „Ruhig“, sprach sie sanft auf das

Tier ein und zog ein wenig an der Führungsleine. Der rötlich braune Jährling mit dem passenden Namen Frenzy, was *Wahnsinn* bedeutete, zog und bockte und gebärdete sich ziemlich anstrengend. Wie üblich. Das unruhige Pferd schien es auch noch zu genießen, Tessa auf die Palme zu bringen.

Das Ganze wurde nicht gerade besser dadurch, dass sie selbst schlechte Laune hatte, seit sie bei Nate gewesen war. Und dass Denver jede ihrer Bewegungen genau beobachtete, machte sie noch nervöser. Er schaute ihr vom Fenster seines Arbeitszimmers oder von der Scheune aus zu, und sie spürte ständig seine Blicke, bei jeder Tätigkeit, die sie verrichtete. Zwar wechselten sie kein Wort miteinander, doch nahm die Spannung zwischen ihnen zu, bis es kaum noch auszuhalten war.

Frenzy zerrte an der Leine, warf den Kopf hoch und wieherte. Das Lederband glitt durch Tessas Hände. „Ganz ruhig", sagte sie mit sanfter Stimme und näherte sich langsam dem Pferd, das sich wiehernd und mit wildem Blick aufbäumte. Die Leine straffte sich, und der Ruck riss Tessa von den Beinen, sodass sie auf den trockenen Boden fiel.

„Autsch!" Das ging auf die Knochen. Sie hob den Kopf und schaute zu dem wilden Pferd, das nun zur anderen Seite der Koppel trabte. „Undankbares Vieh!", fluchte sie leise, richtete sich auf und klopfte ihre Jeans ab. „Blödes Biest!"

Noch immer fluchend, wandte sie sich ab und entdeckte Denver im Schatten der Scheune. Die eine Schulter an die verwitterte Holzwand gelehnt, die Arme vor der Brust verschränkt, versuchte er erfolglos, sich ein Grinsen zu verkneifen. „Ich dachte, all diese Liebenswürdigkeiten würdest du dir ganz allein für mich aufsparen", meinte er amüsiert.

„Nein", fuhr sie ihn genervt an, „für dich habe ich ganz besondere Koseworte."

„Na, dann sollte ich mich wohl geehrt fühlen."

Sie warf ihm einen warnenden Blick zu. „Da wäre ich mir an deiner Stelle nicht so sicher."

Er deutete auf Frenzy, der in einer Ecke der Koppel stand.

Die Lederleine baumelte an seinem Zaumzeug. „Du bist doch bloß wütend, weil er dich untergekriegt hat."

„Aber nur diesmal." Sie zuckte zusammen und rieb sich die Schulter.

„Ist alles in Ordnung mit dir?" Denver kam rasch durch das Gatter und berührte ihren Oberarm.

Tessa musste vor Schmerz die Zähne zusammenbeißen.

„Vielleicht sollte ich mir das mal ansehen."

Seine Berührung brachte sie schon wieder völlig aus dem Konzept. „Mir geht's gut", versicherte sie ihm und wich zurück. „Nur mein Stolz hat einen Knacks abbekommen."

„Für mich sah er gar nicht so wild aus", meinte er, den frechen kleinen Hengst musternd.

„Ach nein? Glaubst du, du kriegst das besser hin?"

Denver rieb sich nachdenklich das Kinn. „Höchstwahrscheinlich ja."

„Na schön, dann mal los."

Denver richtete den Blick wieder auf sie, und seine Augen verdunkelten sich. „Einverstanden. Aber vielleicht sollten wir das etwas interessanter machen", schlug er vielsagend vor.

„Keine Sorge, das wird sehr interessant. Dafür garantiere ich." Sie kletterte auf den Zaun, um besser sehen zu können.

„Ich dachte eher an einen kleinen Einsatz."

„Ich spiele nicht."

Ein provozierendes Lächeln hob seine Mundwinkel. „Doch, das tust du. Es sei denn, du hast dich verändert."

Für einen Moment war ihre Kehle wie zugeschnürt, und sie musste den Blick abwenden. „Wie lautet die Wette?", fragte sie schließlich und klang zu ihrem Ärger ein wenig atemlos.

„Ganz einfach. Wenn ich ihn dazu bringe, den Sattel zu akzeptieren und ruhig zu gehen, habe ich gewonnen."

„Und was ist der Einsatz?"

„Sag du."

Tessa hatte Mühe, ihre Stimme zu finden. Denvers Blick war glühend wie die Spätnachmittagssonne, die das Tal aufwärmte.

„Einverstanden“, sagte sie. „Wenn du es schaffst, ihn zu satteln und ruhig über die Wiese zu führen, hast du gewonnen. Aber wenn er sich nicht satteln lässt, hast du verloren.“

„Und meine Strafe?“ Er grinste anzüglich.

Tessa erschauerte. „Wenn du verlierst, musst du nächste Woche auf der Ranch arbeiten, zusammen mit den anderen Angestellten.“

„Und wenn ich gewinne“, erwiderte er und strich sacht mit dem Zeigefinger über ihre Wange, „musst du ein Wochenende mit mir in Kalifornien verbringen.“

„Das geht nicht!“, sagte sie rasch. Die Vorstellung, mehrere Tage mit ihm allein zu sein, verursachte ihr Herzklopfen. „Ich … ich kann nicht so lange weg und …“

„Du hast doch bloß Angst davor, was du über mich oder vielleicht sogar über dich selbst dabei herausfinden könntest“, sagte er und beugte sich lässig über den Zaun, wobei sein Ellbogen beinah ihren Oberschenkel berührte.

„Das ist nicht wahr! Ich muss hier arbeiten. Wer leitet denn die Ranch, wenn ich nicht da bin?“

Seine Miene verhärtete sich. „Dein Vater“, erklärte er kühl. „Schließlich ist er hier der Vorarbeiter. Zumindest bezahle ich ihn für diesen Job.“

„Dad schafft es nicht alleine.“

„Er hat Mitch und Len und die anderen Helfer.“

„Na ja, falls du überhaupt gewinnst.“

„Oh, keine Sorge, das werde ich“, versprach er selbstsicher und stolzierte mit der Anmut eines Athleten durch die Koppel, um mit sanfter Stimme auf das Pferd einzureden.

Tessa biss sich auf die Unterlippe und kreuzte die Finger. Sie durfte nicht verlieren, jedenfalls nicht bei diesem Einsatz – einem Wochenende mit Denver in Los Angeles. Na los, Frenzy, flehte sie das Pferd im Stillen an, lass mich nicht im Stich. *Zeig ihm, wer der Boss ist!*

Als hätte er sie gehört, bäumte Frenzy sich wiehernd auf. Mit bebenden Nüstern galoppierte er in einer halsbrecherischen

Geschwindigkeit an Denver vorbei. Die Erde bebte leicht.

Am liebsten hätte Tessa laut gejubelt, doch Denver, ganz auf das Fohlen konzentriert, ließ nicht locker. Er redete dem Tier mit leiser Stimme gut zu und bewegte sich langsam. Der Jährling hatte schon Schaum vorm Mund, scharrte mit den Hufen und rannte dann an Denver vorbei in die andere Richtung.

„Das war's!“, rief Tessa.

„Noch nicht.“ Mit der Geduld eines Löwen, der sich an seine Beute heranschleicht, ging Denver weiter. Schritt für Schritt näherte er sich der herunterbaumelnden Führungsleine und hob sie langsam auf. Dann wickelte er sich das Lederband mehrmals um die eine Hand, näherte sich dem Pferd und legte die andere Hand schließlich auf Frenzys zitterndes Fell.

Zu Tessas Ärger gelang es ihm, den Jährling zum Zaun zu führen, wo eine Decke auf der obersten Latte lag. Behutsam legte Denver sie auf den Rücken des Pferdes.

Es scheute und wich mit trippelnden Schritten zurück, doch Denver ließ nicht locker und schaffte es schließlich, den Sattel auf Frenzys starken Rücken zu hieven. Kaum war das geschehen, ging das Pferd mit lautem Wiehern durch.

Denver schien darauf gefasst zu sein. Die Leine straffte sich und zog hart an Denvers Arm. „Verdammter Kerl“, fluchte er leise, während er ein Stück hinterhergezogen wurde.

Tessa grinste.

Aber Denver stemmte die Hacken in den Boden. Seine Schultermuskeln spannten sich an. Frenzy bäumte sich auf und trat aus, in dem wütenden Versuch, das grässliche Lederding auf seinem Rücken abzuwerfen. Doch er schaffte es nicht, Denver die Leine zu entreißen.

„Das kostet dich alles nur Kraft“, sagte Denver zu dem Pferd und ging näher heran. Frenzy trat aus und wieherte. „Komm schon, Junge. Zeig mal, was du kannst.“ Er schnalzte mit der Zunge und zog das Pferd weiter zu sich heran.

Zu Tessas Ärger begann Frenzy, um Denver herumzutraben. Der kleine Hengst war noch längst nicht beruhigt, seine

Schritte waren nervös, das Weiße in seinen Augen war zu sehen, doch er lief tatsächlich am Ende der Leine in einem engen Kreis.

„Na, wie ist das?“, meinte Denver strahlend.

Zerknirscht gestand Tessa: „Ich hätte es nicht für möglich gehalten.“

Sein Gesicht war von Staub bedeckt, doch er grinste breit. Als er Frenzy den Sattel wieder abnahm und die Leine loshakte, konnte er es nicht lassen, Tessa seinen Sieg unter die Nase zu reiben. „Das ist ein Kinderspiel – vorausgesetzt, man weiß, was man tut.“

Sie verspürte den Wunsch, ihm das Zaumzeug ins Gesicht zu schlagen. Stattdessen sagte sie nur: „Gute Arbeit.“

„Wie schnell kannst du packen?“

Sie stutzte. „Das ist nicht dein Ernst.“

„Wir hatten eine Wette“, erinnerte er sie.

„Aber ich kann nicht weg!“

„Ich dachte, das hätten wir schon besprochen.“ Er wischte sich den Schweiß von der Stirn und schob sich eine pechschwarze Locke aus dem Gesicht. „Ich muss mich auch noch um einiges hier kümmern“, sagte er. „Aber danach fliegen wir beide nach L. A.“

Sie unterdrückte den Impuls, ihn anzuschreien. Seit Jahren hasste sie die Stadt, in die er geflohen war. Es war ja auch leicht, Kalifornien die Schuld an dem Schmerz zu geben, den er ihr verursacht hatte. Doch vor einer Wettschuld hatte sie sich noch nie gedrückt, und jetzt, als er sie mit staubigem Gesicht ansah, wollte sie plötzlich nach Los Angeles, um mehr über ihn und sein Leben dort zu erfahren, bis ins kleinste Detail … „Ich brauche noch ein paar Tage“, erklärte sie und sprang vom Zaun herunter.

„Einverstanden. Aber da ich deinetwegen warten muss, schuldest du mir etwas.“

„Ich schulde dir gar nichts …“

Er legte ihr den Zeigefinger auf die Lippen. „Hör mir erst mal zu, bevor du wieder an die Decke gehst. Ich will doch bloß ein bisschen Zeit mit dir verbringen."

Ihr Herz schlug erwartungsvoll schneller. „Wir sind doch die ganze Zeit zusammen ..."

„Du gehst mir aus dem Weg."

Das konnte sie nicht bestreiten. „Ich dachte, es sei dir lieber so."

„Das mag sogar stimmen", räumte er ein. „Aber da wir hier festsitzen, können wir ebenso gut versuchen, miteinander auszukommen."

Sie lachte. „Das ist unmöglich."

„Ist es das wirklich?" Er klang plötzlich ernst. Sein Blick war auf die fernen Berge gerichtet.

Tessa schluckte. Denvers weiche Seite zu erleben hatte sie stets gerührt und jeden Widerstand gebrochen. Sie betrachtete ihn: Sein Gesicht war dreckig, die Haare zerzaust, die harten Züge vorübergehend entspannt ... Da konnte sie einfach nicht Nein sagen. „Was willst du machen?"

„Komm mit", forderte er sie auf und nahm ihre Hand. „Ich werde es dir zeigen."

„Warte ... Denver!" Doch er rannte schon durch den Hof und am Haus vorbei. Sie hatte Mühe, mit ihm Schritt zu halten. „Wohin gehen wir?", wollte sie außer Atem wissen, während sie einem selten benutzten gewundenen Pfad zu dem kleinen See folgten, der in einem kleinen Eichen- und Ahornwäldchen lag.

Im Unterholz wucherten Brombeerbüsche, und hoch oben am Himmel, unter den Wolkenfetzen, flogen Gänse, deren V-Formation über das von der Sonne beschienene Wasser hinwegzog. Der alte Steg war grau und verrottete langsam. Er ragte schräg geneigt auf den See hinaus.

„Hier bin ich seit meiner Rückkehr noch nicht gewesen", sagte Denver und sah über die glatte Wasseroberfläche.

„Der Wasserstand ist niedrig in diesem Jahr", bemerkte Tessa und war sich der Tatsache bewusst, dass sie sich einander nach wie vor an den Händen hielten.

Er sah sie lächelnd an und führte sie hinunter zu dem kleinen Stück Sandstrand, wo er ein sauberes Taschentuch hervorzog und es ins Wasser tauchte, um damit sanft Tessas Gesicht abzuwischen. „Die Spuren von Frenzys Sieg", erklärte er amüsiert, während er bei der Säuberung wieder ihre Sommersprossen zum Vorschein brachte.

Tessa erschauerte und nahm ihm das Taschentuch aus der Hand. „Du auch." Mit leicht zitternder Hand presste sie das nasse Tuch gegen seine Stirn und wischte den Schmutz fort. „So ist es schon besser."

Als sie ihre Hand zurückziehen wollte, hielt er ihr Handgelenk fest. Das Blau seiner Augen verdunkelte sich. „Du bist eine faszinierende Frau, Tessa", sagte er mit sanfter Stimme. „Die faszinierendste Frau, die mir je begegnet ist."

Indem er seine Kraft ausnutzte, zog er sie langsam hinunter in das trockene Gras und nahm neben ihr eine halb liegende Position ein. Sie wusste, dass sie lieber aufstehen sollte, um diesen Irrsinn zu stoppen, bevor er richtig losgehen konnte. Doch das gelang ihr nicht. Ihr Herz klopfte laut in der stillen Umgebung des Sees.

„Du bist anders, als ich es erwartet habe." Er sah ihr so tief in die Augen, dass sie glaubte, er könne bis in ihre Seele schauen und dort ihre Liebe für ihn erkennen. Sacht streichelte er ihr Handgelenk, als hätten sie alle Zeit der Welt, einander von Neuem kennenzulernen. Die Erde fühlte sich warm an Tessas Rücken an, der Himmel hatte die Farbe von Lavendel. „Ich dachte, du wärst noch genauso wie damals, als ich fortging."

Ein spöttisches Lächeln huschte über ihr Gesicht. „Ich bin erwachsen geworden."

„Das ist mir nicht entgangen." Er ließ seinen Blick auf äußerst sinnliche Weise über ihren Körper, ihre Rundungen gleiten.

„Tut mir leid, falls du enttäuscht sein solltest."

Mit dem Zeigefinger fuhr er die Konturen ihrer Augenbrauen nach, sodass Tessa Mühe hatte, sich auf irgendetwas anderes zu konzentrieren als auf die Wärme seiner Berührung.

„Genau das ist das Problem", gestand er. „Ich bin keineswegs enttäuscht. Leider! Denn dann wäre die ganze Situation einfacher." Er zog sie an sich und legte die Arme um sie. Sie spürte seinen Atem in ihrem Haar, seine Lippen auf ihrem Kopf. Es wäre besser, wenn ich ihm nicht so nah wäre, dachte sie. *Und seine netten Worte sollte ich lieber nicht an mich heranlassen!*

„Nur habe ich nicht damit gerechnet, dass du so ... entschlossen bist. Du hattest schon immer deinen eigenen Willen, aber ich dachte, du würdest dich ändern. Nach dem Feuer ..." Sein Atem streifte ihr Ohr. In Tessas Kopf schrillten die Alarmglocken.

Sie durfte das nicht zulassen! Nicht, solange so viele Dinge nach wie vor ungeklärt waren und seine inneren Narben nicht genauso verheilt wie die sichtbaren.

Sie stemmte sich gegen seine Brust. Einerseits wollte sie weiter in seinen Armen liegen und sich geborgen fühlen. Andererseits wusste sie, wie gefährlich diese Nähe hier an diesem stillen, einsamen See werden konnte. „Wenn ich eines von dir gelernt habe, dann dass ich auf eigenen Füßen stehen muss", erklärte sie. Die alte Bitterkeit kehrte zurück. Erneut versuchte sie, sich von ihm zu lösen. Vergeblich. „Zum Glück war Mitchell damals für mich da", sagte sie und erinnerte sich an die ersten schlimmen Wochen.

„Mitch?"

„Er stand mir bei."

„Ich dachte, er ging zur Army."

„Erst als er sicher sein konnte, dass ich zurechtkomme", sagte sie. Plötzlich war der Schmerz nach Denvers Zurückweisung wieder ganz nah. Und es tat noch immer weh. „Er war für mich da. Du nicht."

„Und jetzt ist er wieder zurückgekehrt und hängt hier herum, ohne irgendetwas zu tun."

„Du hast es nicht begriffen, oder?", spottete sie. „Er will hier die Zeit bis zum College überbrücken. Außerdem ist er mir eine große Hilfe."

„Bei was?", fragte Denver skeptisch.

„Beim Reparieren der Zäune, beim Füttern, beim Instandhalten der Maschinen. Er hilft eben bei allem Möglichen."

„Oh, und ich dachte, er liegt dir hier bloß auf der Tasche."

Tessa wurde wütend. „Tja, das passiert eben, wenn man in Kalifornien lebt und vorschnell urteilt."

„Habe ich das getan?", fragte er belustigt, ohne sie loszulassen.

Lachte er etwa über sie? „Ja, hast du allerdings!"

„Verrate mir mal, wie du dir mein Leben in L. A. eigentlich vorstellst", forderte er sie auf.

Sie ließ sich darauf ein. „Gern." Sie stützte sich auf einen Ellbogen und strich sich die Haare aus dem Gesicht. „Ich vermute, du wohnst in einem dieser Apartments aus Chrom und Glas mit Sicherheitspersonal unten am Eingang. Du fährst mit einem Sportwagen durch die verstopften Straßen, in denen man ohnehin nie das Tempolimit von fünfzig überschreiten darf. Du verbringst deine Urlaube auf Hawaii oder in Mexiko oder in Catalina. Und trägst einen teuren importierten italienischen Anzug."

Er grinste, aber es war ein warmherziges Lächeln. „Ich lebe in einem Haus am Meer, in Venice. Einen Großteil meiner Arbeit kann ich von zu Hause aus erledigen. Ich fahre einen alten Jeep und meide die Autobahn möglichst. Dies ist mein erster Urlaub seit Jahren, und einen italienischen Anzug würde ich nicht einmal dann erkennen, wenn er mich mit *lasciate ogni speranza, voi ch'entrate* anspräche."

Sie stutzte verwirrt. „Und was heißt das?"

„Wörtlich übersetzt: ‚Ihr, die ihr so dumm wart, die Arme in dieses vollkommen überteuerte importierte Jackett zu stecken, lasst alle Hoffnung fahren.'"

„Nein!", flüsterte sie und musste lachen.

„Na ja, eigentlich nicht. Es bedeutet: ‚Lasst alle Hoffnung fahren, die ihr eintretet', aber das ist auch das einzige italienische Zitat, das ich kenne."

„Und was willst du mir nun damit sagen?"

„Dass ich noch immer der Gleiche bin, ganz egal, wo ich lebe. Und du bist noch die gleiche Frau, ob du nun in Three Falls, Montana, oder L. A. oder New York City lebst. Das wirst du schon bald selbst feststellen", fügte er grinsend hinzu. „Und ich kann es kaum erwarten."

„Warum?"

„Ich glaube, der Rodeo Drive, die Melrose Avenue und der Wilshire Boulevard werden dir gefallen. Ich nehme dich auf einer dieser Bustouren durch Beverly Hills mit und zeige dir die Häuser der Stars. Und dann sehen wir uns die Filmstudios an ..."

„Ach du ...", klagte sie im Scherz.

„Es wird dir gefallen, das verspreche ich."

Sie schüttelte den Kopf. „Dir gefällt es dort vielleicht ..."

„Ja, das tut es."

„Aber für mich ist das nichts." Sie deutete zum See, auf dessen spiegelglatter Oberfläche eine Ente landete. „Ich gehöre hierher!"

„Ich kann deine Meinung ändern", versuchte er sie zu überzeugen und presste seine Lippen sacht auf ihre.

„Niemals", hauchte sie. Eine leise Stimme in ihr erinnerte sie daran, dass Denver ihr nach wie vor eine Affäre mit seinem Onkel unterstellte – und dass ihre Familie für das Feuer verantwortlich war. Erst neulich, als er mit ihr am Fluss gewesen war, hatte er sie gedemütigt. Seine Worte waren so falsch wie seine Liebe vor vielen Jahren.

Unter Aufbietung all ihrer Kräfte gelang es Tessa, ihn von sich zu schieben und hastig aufzustehen. „Das wird nicht funktionieren, Denver", sagte sie, ein wenig außer Atem. Zuerst sah er überrascht aus, dann wütend.

„Wovon redest du eigentlich?", fragte er mit rauer Stimme.

Sie kniff die Augen zusammen. Ihr verräterisches Herz pochte immer noch schnell. „Ich werde dir nicht die Gelegenheit geben, mich erneut zu demütigen."

„Das würde ich niemals tun", entgegnete er und erhob sich ebenfalls.

„Ganz recht", erklärte sie. „Denn ich werde es gar nicht mehr zulassen!" Bevor sie ihre Meinung ändern konnte, rannte sie zurück zum Haus und die Verandastufen hinauf.

7. KAPITEL

Tessa sah Denver erst beim Abendessen am nächsten Tag wieder. Er saß ihr gegenüber am Tisch zwischen ihrem Vater und Len Derricks, einem Ranchmitarbeiter, der nach dem Feuer bei John geblieben war. Denver tat sein Bestes, um freundlich und entspannt zu erscheinen. Er machte Milly Komplimente über das Essen und führte mit den anderen Small Talk, als wäre er nie fort gewesen – und als hätte er Tessa und ihren Vater niemals für den Brand verantwortlich gemacht, in dem seine Eltern ums Leben gekommen waren.

Sein Hemd war am Hals offen, die enge Jeans ausgewaschen, aber sauber. Dunkle Bartstoppeln bedeckten seine Wangen, und der Kontrast ließ seine Zähne noch weißer erscheinen. In seinen klaren blauen Augen lag keine Feindseligkeit mehr, und seine dichten Brauen bewegten sich ausdrucksstark, wenn er redete.

Tessa kam sich feige und töricht vor. Sie hätte nicht vor ihm fliehen dürfen, und sie schwor sich, das nicht wieder zu tun. Dummerweise konnte sie sich kaum vom Anblick seiner sinnlichen Lippen losreißen oder den geschwungenen Brauen, wenn er skeptisch schaute.

„Köstlich“, sagte Denver zu Milly, die über das ganze Gesicht strahlte.

„Es ist doch nur Eintopf“, sagte sie errötend.

„Aber der beste Eintopf, den ich je gegessen habe.“

Tessa beobachtete ihn misstrauisch, als er die Ellbogen auf den Tisch legte und Len für den Kauf weiterer Rinder um Rat fragte.

„Wenn wir die Herde vergrößern, müssen wir auch zusätzliches Futter kaufen. Und wir verfüttern bereits das Heu, das wir erst vor zwei Monaten geerntet haben.“

„Können wir Futter bekommen?“

„Keine Ahnung“, gab Len zu und rieb sich nachdenklich das Kinn. „Alle hier in der Gegend haben das gleiche Problem. Bis auf Nate Edwards, der wie verrückt bewässert hat. Soweit ich hörte, konnte er mehr Heu pressen, als er selbst erwartet hat."

„Dann könnten wir vielleicht von ihm etwas kaufen."

„Ja, möglich", räumte Len ein und grinste bei der Aussicht auf eine größere Herde.

„Ich werde ihn anrufen. Aber verrate mir, welche Sorte Rinder du auf der Ranch sehen willst. Wir hatten immer Hereford-Rinder."

„Seit ich denken kann", bestätigte Denver.

„Wie wäre es mit einer neuen Rasse? Zum Beispiel Angus oder Charolais?"

Len kam bei seinem Lieblingsthema langsam in Fahrt, und zu Tessas Entsetzen gaben auch ihr Vater und Mitchell ihren Senf dazu. Am Ende diskutierte jeder am Tisch über die Vor- und Nachteile einer Vergrößerung der Rinderherde. Wieso interessiert Denver das eigentlich? fragte Tessa sich. Was führte er im Schilde? Wollte er die Ranch etwa nicht mehr an sie verkaufen? Hatte er sie wieder einmal angelogen?

„Seit wann interessiert dich der Ranchbetrieb so?", fragte sie, als sie nicht mehr länger schweigend zuhören konnte. Sie merkte, wie ihr Vater neben ihr ein wenig erstarrte, doch sie sah Denver fest an. „Ich dachte, du wolltest bald wieder verschwinden."

Denver beugte sich vor und sah sie über den Tisch hinweg direkt an. „Bis ich unterschrieben habe, werde ich mich an allen Entscheidungen diese Ranch betreffend beteiligen", erklärte er.

„Von L. A. aus?"

„Falls es nötig sein sollte." Seine Augen funkelten gereizt bei der Erwähnung Kaliforniens.

„Tessa …", warnte Mitchell sie.

„Verstehen wir uns?", fragte Denver.

„Absolut", sagte sie, seinem durchdringenden Blick standhaltend.

Lächelnd wandte er sich wieder an Len, als hätte Tessa ihn gar nicht unterbrochen.

Sie kochte innerlich so sehr, dass sie kaum noch zuhören konnte. Obwohl sie Interesse an der Unterhaltung vorgab, schaffte sie es einfach nicht mehr, sich zu konzentrieren. Zumindest nicht so, wie sie sich hätte konzentrieren müssen. Nicht, wenn Denver sie mit hartem, berechnendem Blick musterte. Es war nicht so, dass er sie anstarrte – immerhin gab er weiterhin vor, sich an den Gesprächen der Ranchmitarbeiter und Haushaltshilfen am Tisch zu beteiligen. Doch Tessa spürte, dass er sie genau beobachtete. Als sie nach den Brötchen griff, als sie über eine lustige Bemerkung lachte, die Mitchell ihr ins Ohr flüsterte, oder auch als sie Milly beim Abräumen des Tisches half, fühlte sie Denvers Blick auf sich ruhen.

„Ich würde etwa fünfzig Tiere von jeder Sorte dazunehmen", sagte Len und lehnte sich behaglich zurück, da Milly dicke Stücke Apfelkuchen verteilte.

„Das wären hundertfünfzig Stück mehr als jetzt. Na, ich weiß nicht", bemerkte Curtis.

Tessa hielt diese geheuchelte Kameradschaft keine Minute länger mehr aus. „Ich dachte, du willst die komplette Ranch verkaufen", meldete sie sich, an Denver gewandt, von Neuem zu Wort.

„Das stimmt. Aber erst, wenn sie in einem besseren Zustand ist."

„Und du glaubst, die Dinge werden sich verbessern, indem du Geld für Rinder und Futter ausgibst?"

„Schaden kann es sicher nicht", entgegnete er mit einer gewissen Selbstgefälligkeit.

Offenbar genoss er ihre Gereiztheit. „Dann sollte ich vielleicht eines klarstellen. Wie ich dir bereits gesagt habe, beabsichtige ich, das alles hier zu kaufen. Und ich will keine vergrößerte Herde. Zumindest vorerst nicht."

Denvers Augen glitzerten gefährlich. „Und ich habe dir gesagt, dass ich erst verkaufen kann, wenn die Bücher in Ordnung sind und ich meinen Bruder gefunden habe."

„Das kann Jahre dauern!"

Ein Grinsen huschte über sein Gesicht. Es machte sie wütend und verursachte ihr Herzklopfen. „Ich habe alle Zeit der Welt. Du nicht?"

Sie war perplex. „Ich dachte, du könntest es kaum erwarten, nach L. A. zurückzukehren."

„Stimmt", räumte er ein, und Tessa merkte, wie ihr eine verräterische Röte den Hals hinaufkroch. Sie begriff, dass er sie nur wieder provozierte, um herauszufinden, wie weit er gehen konnte. „Ich freue mich auf Kalifornien", sagte er, und für einen Moment befürchtete sie, er würde allen von ihrer Wette erzählen. „Unglücklicherweise kann ich vielleicht nicht warten, bis diese Ranch verkauft ist, deshalb habe ich ein paar Pläne, um sie vor meiner Abreise wieder auf Vordermann zu bringen."

„Und die sehen wie aus?", fragte sie und erhob sich. „Willst du die Ranch per Handy leiten, während du dich am Strand von Malibu bräunst?"

Denver ging gar nicht darauf ein. „Wenn es nötig sein sollte", entgegnete er ruhig.

Tessa spürte die Blicke aller auf sich ruhen, ließ sich jedoch nicht beirren. Sie beugte sich über den Tisch, lächelte süßlich und sagte: „Keine Sorge, ich habe bereits mit der Bank wegen der Hypothek gesprochen. Ich kann die Anzahlung leisten. Jetzt müssen wir uns nur noch irgendwie einig werden. Sobald du wieder in L. A. bist, brauchst du dir um diese Ranch jedenfalls keine Gedanken mehr zu machen."

„Wir zwei sind schon zu einer Einigung gelangt", erinnerte er sie. „Und zwar in Bezug auf Kalifornien."

Sie hoffte inständig, dass er den Mund hielt über ihre Wette.

„Aber glaubst du ernsthaft, wir zwei könnten uns über irgendetwas einigen?", kehrte er zum Thema Ranch zurück.

Erleichtert antwortete sie: „Wenn wir beide kooperieren, ja."

„Und was ist mit den Steuerschulden?"

„Bezahl sie – oder regle das im Kaufvertrag. Du könntest einen niedrigeren Preis für die Ranch verlangen, und ich kümmere mich um die Nachforderungen."

„Und was ist mit Colton?“

„Finde ihn.“

„Du scheinst dir ja alles genau ausgedacht zu haben“, meinte er, hob seinen Kaffeebecher und musterte sie misstrauisch über den Rand hinweg.

„Fast alles. Entscheidend ist, dass du mir einen akzeptablen Preis nennst.“ Die plötzliche Spannung war deutlich spürbar. Alle am Tisch waren verstummt. Keine Gabel kratzte mehr über einen Teller. Wie um die Stille zu beenden, räusperte Milly sich. Mitchell schob seinen Stuhl zurück, während Curtis in seiner Brusttasche nervös nach Zigaretten fingerte.

„Beweis erst mal, dass es dir ernst damit ist. Gib ein offizielles Angebot ab“, forderte Denver sie auf. „Wenn du das Geld aufbringen kannst und ich in der Lage bin, Colton zu finden, kommen wir ins Geschäft.“

Tessa glaubte, ihren Ohren nicht trauen zu können. „Das ist alles?“, fragte sie, in Erwartung eines Hakens oder irgendwelcher zusätzlicher Bedingungen.

„Vorausgesetzt natürlich, wir einigen uns auf eine bestimmte Prämie.“

„Prämie?“, wiederholte Mitch.

„Schon gut“, sagte Tessa schnell und fragte sich, ob Denver schon wieder bluffte, um sie glauben zu machen, dass er tatsächlich verkaufen wollte. Ihr blieb nichts anderes übrig, als es darauf ankommen zu lassen. „Es wird alles so bald wie möglich bereit sein“, versprach sie. Auf einmal wurde ihr ein wenig mulmig bei der Aussicht, die Ranch tatsächlich zu kaufen – und ihm dadurch die Möglichkeit zu geben, wieder von hier zu verschwinden. Nachdem er endlich zurückgekehrt war, kam ihr die Aussicht, ohne ihn zu sein, wie ein schwarzer klaffender Abgrund vor.

Auf Denvers Gesicht erschien dieses lässige Grinsen, das sie so unwiderstehlich fand. „Ich kann es kaum erwarten. Vielleicht kannst du dir dann ja ein paar Tage freinehmen, um ein bisschen Entspannung am sonnigen Strand zu finden.“

Tessa wäre am liebsten im Boden versunken.

Denver stand auf. „Danke für das Essen“, wandte er sich an Milly und marschierte pfeifend hinaus. *Pfeifend!*

Tessa schnappte sich mehrere Teller vom Tisch und trug sie in die Küche. Sie zitterte so heftig, dass das Geschirr in ihren Händen klapperte.

„Vorsichtig“, ermahnte Milly sie. „Du lässt dich von diesem Mann viel zu sehr aus der Fassung bringen.“

„Er bringt mich überhaupt nicht aus der Fassung!“

Milly verkniff sich ein wissendes Grinsen, nahm sich eine Schürze vom Haken neben dem Herd und band sie sich um die fülligen Hüften. „Wie du meinst“, sagte sie und drehte den Wasserhahn auf. Heißes Wasser lief in die Spüle, und der Dampf hüllte Millys Gesicht ein.

„Er ist wechselhaft wie ein Chamäleon“, platzte Tessa heraus. „In der einen Minute ist er unfassbar gemein, in der nächsten zuckersüß. Dann lobt er alle und erkundigt sich nach ihren Meinungen. Obwohl er in Wirklichkeit doch nur von hier weg will!“

„Da wäre ich mir nicht so sicher“, gab Milly zu bedenken und fing an, die vorgespülten Teller in die Spülmaschine einzuräumen.

„Was soll das denn heißen?“ Tessa hielt mit dem Umfüllen des übrig gebliebenen Eintopfes in eine Schale inne.

„Zufällig kam ich heute Morgen am Büro vorbei, als er mit seinem Partner, diesem Jim soundso telefonierte. Wie hieß er noch?“

„Van Stern.“

„Genau der. Wie dem auch sei, Denver überzeugte diesen van Stern davon, dass er hier mehr Zeit bräuchte, möglicherweise noch einige Wochen.“ Grinsend trocknete Milly sich die Hände an ihrer Schürze ab. „So wie er redete, Anweisungen gab und seinen Partner zu überreden versuchte, dass er noch gar nicht nach L. A. zurückkehren müsse, hatte ich den Eindruck, dass er noch hierbleiben *will.*“

Tessa wagte nicht zu hoffen, dass Denver tatsächlich in Montana bleiben wollte. Er hatte sich noch nie für das Land oder die Viehherde interessiert, sondern immer nur fortgewollt, so wie jetzt auch. Er wartete nur darauf, dass sie ihre Wettschuld begleichen konnte. Verdammter Kerl! Und sich selbst verfluchte sie auch gleich dafür, diese dumme Wette angenommen zu haben. „Wahrscheinlich braucht er bloß noch ein bisschen zusätzliche Zeit, um alles zu klären und die Ranch zu verkaufen."

„Darum könnte sich auch sein Anwalt kümmern", gab Milly zu bedenken. „Wenn du mich fragst, gibt es noch einen anderen Grund, weshalb dieser Mann hierbleiben will." Die Haushälterin lächelte sie an.

„Seine Entscheidung hat jedenfalls nichts mit mir zu tun."

„Ach nein?" Milly schob nachdenklich die Unterlippe vor. „Mag sein. Aber das wirst du nur herausfinden, wenn du deinen Schutzschild ablegst."

„Was meinst du damit?"

„Wenn ihr beiden mal vernünftig miteinander redet, statt euch ständig zu streiten, würdet ihr ziemlich überrascht sein."

„Das glaube ich kaum. Denver hat mir gleich am ersten Abend, nachdem er zurückkam, klar zu verstehen gegeben, was er von mir hält." Allerdings konnte sie auch den gestrigen Tag am See nicht vergessen. Da schien er so aufrichtig und ehrlich gewesen zu sein.

Milly verzog das Gesicht. „Vielleicht hat er dir etwas vorgespielt, weil sein Stolz nichts anderes zuließ. Hast du diese Möglichkeit schon mal in Betracht gezogen?"

Tessa erinnerte sich daran, auf welch herzlose Weise er ihr an jenem ersten Abend seiner Rückkehr nach Montana erklärt hatte, dass er sie nie geliebt habe. „Nein, wohl eher nicht."

„Na, wir werden ja sehen", sagte Milly. „Einige Wochen lang wird uns Mr McLean ja noch erhalten bleiben. In der Zeit kann viel passieren." Sie hängte ihre Schürze an einen Haken neben der Tür und nahm ihre alte karierte Jacke. „Wir sehen uns morgen."

Nachdem Milly mit den restlichen Arbeitern verschwunden war, beschloss Tessa, nach den Pferden zu sehen, um nicht mehr an Denver denken zu müssen. Keine Minute lang glaubte sie mehr, dass sie ihm noch etwas bedeutete. Natürlich hätte sie gern Millys Worten geglaubt, dass er noch immer etwas für sie empfände. Aber das war reine Fantasie, nur Wunschdenken. Selbst wenn er sie vor dem Feuer geliebt hatte, war seither einfach zu viel passiert, als dass diese Liebe wieder aufflammen könnte. Außerdem war von Liebe nie die Rede gewesen. Begehren, ja das sicher. Aber Liebe? Selbst neulich nachts, als seine Zunge vom Alkohol gelöst war, hatte er das Wort nicht in den Mund genommen.

„Denk einfach nicht mehr darüber nach", ermahnte sie sich, schob das Scheunentor auf und schaltete das Licht ein. Obwohl die einzigen Geräusche, die sie hörte, das Schnauben der Pferde und das leise Scharren ihrer Hufe waren, spürte sie, dass noch jemand dort war. „Ist da wer?", rief sie ins dämmrige Innere der Scheune.

„Ich bin es nur", kam die dröhnende Stimme ihres Vaters als Antwort.

„Dad?" Sie entdeckte ihn auf einem Heuballen sitzend, in den Händen eine halb leere Flasche. „Was machst du hier? Ich dachte, du bist noch im Haus."

„Da war ich. Aber ich wollte lieber hier auf dich warten."

„Gib mir die", forderte sie ihn auf, da sie befürchtete, Denver könnte auftauchen. Sie griff nach der Flasche, doch ihr Vater entzog sie ihr. Er schraubte sie zu und versteckte sie hinter dem Heuballen, auf dem er saß.

„Trau ihm bloß nicht", warnte Curtis sie.

„Wem? Denver?"

„Genau."

„Moment mal." Sie zeigte vorwurfsvoll auf ihren Vater. „Kann es sein, dass du dein Fähnchen nach dem Wind drehst?"

„Wie meinst du das?"

„Irre ich mich, oder hast du am Küchentisch nicht an seinen Lippen gehangen? Hast du nicht mit ihm über Angus- und Hereford-Rinder gefachsimpelt?“

„Na ja, er ist schließlich der Boss.“

„Na klar. Nur dass du vor Kurzem nicht einmal mehr zu Arbeit auftauchen wolltest. Du dachtest, er würde dich feuern.“

„Hat er aber nicht“, brummte Curtis. „Nach diesem einen Mal kam das Thema Feuer nicht mehr zur Sprache. Ich fand, ich könnte ihm wenigstens helfen.“

„Und jetzt rätst du mir, ihm nicht zu vertrauen? Das fasse ich einfach nicht, Dad.“ Sie lehnte sich mit der Hüfte an den Futtertrog. Brigadier stupste sie an und sie streichelte gedankenverloren seine sanfte Pferdeschnauze. „Worauf läuft es denn nun hinaus? Ist Denver Freund oder Feind?“

„Schwierige Frage“, gab Curtis zu und rieb sich mit zitternder Hand das unrasierte Kinn. „Vergiss nicht, dass er anders ist als du und ich. Er ist nur deshalb hier, um die Ranch zu verkaufen. Ansonsten ist sie ihm völlig egal. Wenn sie verkauft wird, müssen wir alle gehen.“

„Nicht, wenn ich die Käuferin bin.“

Ihr Vater schnaubte verächtlich und griff hinter sich. Staubkörner wirbelten auf, als er im Heu wühlte und die Flasche wieder zum Vorschein brachte. „Ich habe dir schon gesagt, was ich davon halte, und werde es deshalb nicht wiederholen.“ Er schraubte die Flasche auf und trank einen langen Schluck.

„Hör auf damit“, flüsterte sie in scharfem Ton. „Du hast gerade erst erzählt, dass du mit Denver zurechtkommst. Mach es nicht gleich wieder kaputt.“ Erneut griff sie nach der Flasche. Sie bekam sie zu fassen, doch dann entglitt sie ihr und fiel zu Boden, wo sie in tausend Scherben zersprang. Der Alkohol ergoss sich auf dem trockenen Heu und den alten Fußbodendielen.

Tessa war außerstande, sich zu rühren. Sie starrte benommen auf die Glassplitter und die Pfütze. Schlagartig wurde ihr klar, dass es genau auf diese Weise passiert sein konnte: Achtlos verschütteter Schnaps, ein fallen gelassenes Streichholz, das noch glühte, leicht entflammbares Heu ... um Himmels willen! Sie erinnerte sich an den schrecklichen schwarzen Rauch und ihre verzweifelte Suche nach Denver und wie man ihren Vater aus dem Inferno rettete.

„Haben Sie sonst noch jemanden dort drinnen gesehen?"

„Ich ... ich weiß nicht", antwortete er, noch immer hustend.

Der Sanitäter wandte sich an den Feuerwehrhauptmann. „Er könnte sich gar nicht erinnern, weil er voll ist wie eine Haubitze."

Tessa stand wie erstarrt da. Angst kroch in ihr hoch. Der Geruch von Alkohol und Rauch hing damals an ihrem Vater, aber das kümmerte sie nicht. Sie war dankbar gewesen, dass er noch am Leben war.

Jetzt, als sie die bernsteinfarbene Flüssigkeit auf dem Boden sah, sagte sie wütend: „Lass uns das aufwischen, bevor Denver es sieht."

„Zu spät", hallte seine Stimme durch die Scheune.

Tessa erschrak, ihr Vater zuckte zusammen.

Mit finsterer Miene stand Denver am Scheunentor und betrachtete die erbärmliche Szene vor ihm. „Kleiner Unfall?", bemerkte er spöttisch.

„Kann man so sagen", antwortete Tessa, innerlich bebend. Bitte, lieber Gott, betete sie im Stillen, mach, dass nicht Dad für das Feuer verantwortlich war.

„Es ist meine Schuld", meldete Curtis sich zu Wort, ehe er sich der Zweideutigkeit seiner Worte bewusst wurde.

„Ach ja?" Denver musterte ihn mit zusammengekniffenen Augen. Jeder Muskel in seinem Körper schien angespannt zu sein. Sein Nacken war gerötet, und er hatte die Zähne zusammengebissen. „Geh ins Bett und schlaf dich aus", riet er Curtis. „Ich kümmere mich um die Bescherung."

Curtis zögerte.

„Lass dich von Mitch fahren", sagte Tessa sanft, obwohl sie nach wie vor aufgewühlt war. Konnte es möglich sein? Konnte ihr Vater tatsächlich unbeabsichtigt das Feuer verursacht und später alle angelogen haben? Irgendwie war alles, woran sie bisher geglaubt hatte, mit dieser Flasche dort auf dem Boden zu Bruch gegangen.

Trotz seiner Arthrose straffte Curtis stolz die Schultern und ging zum Scheunentor. Denver ließ ihn vorbei, doch er machte keinen Hehl aus seiner Verachtung.

„Sprich nie wieder in diesem Ton mit meinem Vater!“, zischte Tessa, sobald Curtis außer Hörweite war.

„Wach endlich auf“, erwiderte er. „Der Mann hat ein Problem.“

„Haben wir das nicht alle?“, konterte sie und sah ihn ein wenig zurückzucken. Sie fand Handtücher und einen Handfeger und fing an, den verschütteten Whiskey aufzuwischen. Denver nahm einen Kehrbesen.

„Das kann ich allein“, erklärte sie kühl. „Hast du nichts Besseres zu tun?“

„Im Moment nicht.“ Seine Miene war vorwurfsvoll. Tessa schluckte. „Du kannst nicht dauernd für ihn einspringen.“

„Das tue ich nicht!“ Wütend wischte sie den Boden mit einem Handtuch und sog scharf die Luft ein, als sie sich an einer Scherbe schnitt. „So ein Mist!“ Der Schnitt war klein, aber tief. Blut tropfte von ihrer Hand.

„Lass mich mal sehen“, forderte Denver sie auf und umfasste ihr Handgelenk.

„Es geht schon. Lass mich einfach in Ruhe.“ Sie versuchte ihre Hand zurückzuziehen, doch seine Finger fühlten sich an wie eine unnachgiebige Fessel.

„Halt die Hand hoch“, befahl er und zog ein sauberes Taschentuch aus der Tasche.

„Es ist nicht der Rede wert …“

„Noch nicht“, sagte er.

„Ehrlich, es ist nur ein kleiner Schnitt …“

„Der sich entzünden kann. Dieser Ort hier ist nicht gerade steril.“

„Ist mir schon aufgefallen“, bemerkte sie trocken mit Blick

auf die Spinnweben, den Staub auf den Balken und das lose Stroh in den Ecken.

„Dann wirst du wohl auch nichts dagegen haben, wenn ich dich ins Haus schicke, um die Wunde zu reinigen. Ich räume hier auf."

„Ich bin nicht verkrüppelt", murmelte sie, erkannte jedoch die Entschlossenheit in seinem Blick.

Der Griff seiner Finger um ihr Handgelenk verstärkte sich. „Tu wenigstens einmal in deinem Leben, was ich dir sage."

„Jawohl, Sir!", entgegnete sie und salutierte spöttisch mit der unverletzten Hand.

Indem sie bis zehn zählte, um ruhig zu bleiben, marschierte sie aus der Scheune. Sie hatte sich selbst nie als unvernünftig oder aufbrausend gesehen, doch in Denvers Nähe genügte der kleinste Anlass, und sie ging an die Decke. Jedes Mal, wenn sie vernünftig und ruhig zu bleiben versuchte, machte er eine Bemerkung oder tat etwas, dass sie völlig aus dem Konzept brachte. Zum Beispiel, indem er ihr Handgelenk umfasste und ihr etwas befahl, während ihr Puls raste. Oder indem er ihr zärtlich die Haare aus dem Gesicht strich und ihr sagte, beim nächsten Mal, wenn er mit ihr schliefe, würde es keine Reue mehr geben ...

„Er ist bloß ein Mann", sagte sie sich, als sie einige Minuten später im Badezimmer das Wasser aufdrehte. Doch als das warme Wasser über ihre Hand lief und sie sich im Spiegel betrachtete, sah sie ihre geröteten Wangen, ihre pochende Halsschlagader und das Feuer in ihren braunen Augen. „Warum lässt du dich von ihm derartig aus der Fassung bringen?", fragte sie ihr albernes Spiegelbild, obwohl sie die Antwort längst kannte: *Weil du, verdammt noch mal, nie aufgehört hast, ihn zu lieben!*

Dieser Gedanke machte sie ganz krank. Sie drehte den Wasserhahn zu, rieb sich den verletzten Finger mit einer antibakteriellen Creme ein und klebte ein Pflaster über die Wunde.

Als sie aus dem Badezimmer kam und den Flur betrat, saß Denver auf dem polierten Holzgeländer, von dem aus man auf die Eingangshalle herunterblickte. Er stieß sich mit den Händen ab und kam auf sie zu.

„Alles in Ordnung?“, erkundigte er sich sanft.

Törichterweise reagierte ihr Herz auf seine Besorgnis. „Ich sagte bereits, ich komme zurecht.“

„Es muss nicht genäht werden?“

„Ebenso wenig wie ein neurochirurgischer Eingriff nötig ist. Vielen Dank der Nachfrage“, erwiderte sie bissig und bereute es sofort ein wenig. „Tut mir leid, ich wollte dich nicht so anfahren. Es ist nur …“

„Was?“, fragte er.

Sie ließ die Schultern ein wenig hängen, wich seinem Blick jedoch nicht aus. „Es scheint, als könnte ich in deiner Gegenwart nichts richtig machen. Dauernd versuchst du zu beweisen, dass du der Boss bist, dass du mehr weißt als ich oder dass du …“ Sie dachte an den Tag am Fluss und krümmte sich innerlich. „Oder dass du irgendeine Art von Macht über mich hast.“

Er hob einen Mundwinkel. „Ich glaube nicht, dass irgendwer Macht über dich hat.“ Seine Stimme war sanft und liebenswert. Würde sie ihre Augen schließen, könnte sie fast glauben, sie seien beide sieben Jahre jünger und noch ineinander verliebt. Es war derselbe sanfte, ganz besondere Ton, der ihr sinnliche Schauer bescherte.

Als er sie leicht an der Schulter berührte, hätte sie sich am liebsten bei ihm angelehnt und ihn angefleht, die hässlichen Worte zurückzunehmen, die er bei ihrer ersten Begegnung nach seiner Rückkehr auf die Ranch zu ihr gesprochen hatte. Sie wollte ihn bitten, ihrem Vater und ihr den unabsichtlich verursachten Schaden zu vergeben.

„Du warst Dad gegenüber hart.“

Denver stand hinter ihr, seine Hände lagen auf ihren Schultern. „Er kann sich nicht ewig hinter der Flasche verstecken.“

„Für ihn ist es auch nicht leicht.“

Er zog sie sanft an sich, bis ihre Schultern seine muskulöse Brust berührten und sie seinen warmen Atem auf ihrem

Kopf spürte. Unwillkürlich schloss sie die Augen, überwältigt von den zärtlichen Gefühlen für ihn. Obwohl sie sich danach sehnte, ihm ihre Liebe zu gestehen und dass sich an dem, was sie für ihn empfand, nie etwas geändert hatte, brachte sie es nicht fertig. Wahrscheinlich würde er sie für ein solches Geständnis doch nur auslachen und sie tadeln, dass sie noch den gleichen romantischen Vorstellungen nachhing wie damals.

Mit einiger Mühe gelang es ihr, gegen den Zauber seiner Nähe anzukämpfen und einen klaren Kopf zu behalten. Ihre Finger schlossen sich um das kühle Holzgeländer, ihre Nägel gruben sich leicht in die polierte Oberfläche.

„Es muss nicht so sein", sagte er mit leiser Stimme. „Wir müssen nicht ständig miteinander kämpfen."

Jetzt fühlte sie seinen Herzschlag, im Gleichtakt mit ihrem.

„Ist dir eigentlich klar, dass du mich um den Verstand bringst?"

„Ach, ist es meine Schuld, dass du dich seit deiner Rückkehr auf die Ranch wie ein Verrückter aufführst?", konterte sie und wünschte, sie könnte eine ordentliche Portion Boshaftigkeit in ihre Worte legen. Stattdessen klang sie heiser und atemlos, fast wie ein verängstigtes kleines Mädchen.

Denver lachte in sich hinein und drückte sie fester an sich. Er ließ seine Hände an ihren Armen hinunter zu ihrem Bauch gleiten. Deutlich spürte Tessa seine Erregung.

Indem er sich ein klein wenig nach vorn beugte, drehte er ihren Kopf ein wenig zur Seite. Seine Wange schmiegte sich warm an ihre. Am liebsten hätte Tessa zufrieden geseufzt. Sie umklammerte das Geländer fester, sodass ihre Knöchel weiß hervortraten, während Denvers Lippen warm und einladend, weich und sanft ihren Hals berührten. Langsam bewegte er sich von dort aufwärts bis zu ihrem Ohr.

„Denver, bitte", flüsterte sie und versuchte, einen klaren Gedanken zu fassen. „Nicht."

„Gefällt dir das nicht?", neckte er sie und verschränkte die Finger unter ihren Brüsten.

War er verrückt? „Ich … ich finde es nur nicht besonders klug … oh!“ Er knabberte an ihrem Ohrläppchen, sodass Tessa sich vor sinnlicher Benommenheit am Holzgeländer festhalten musste. Ihre Knie drohten nachzugeben, ihr Puls raste. „Denver …“ Sie drehte sich um und wollte ihn überzeugen, dass es verrückt sei, was sie taten. Doch dann sah sie, dass seine Augen vor Leidenschaft funkelten, und im nächsten Moment presste er den Mund auf ihren. Der Kuss erstickte jeden Protest …

Seine Zunge schob sich zwischen ihre einladend geöffneten Lippen. Bittersüße Empfindungen durchfluteten Tessa, und das Verlangen breitete sich in ihr aus wie ein Präriefeuer. Sie konnte nicht mehr denken, und sie wollte es auch nicht mehr.

Sie schlang ihm die Arme um den Nacken und erwiderte den Kuss voller Hingabe. Von Neuem loderte das Feuer der Begierde zwischen ihnen auf.

Denver wanderte mit der Hand höher, und seine starken Finger schlossen sich um eine ihrer Brüste. Vor Wonne seufzte Tessa, während er ihre Brust behutsam massierte, bis die Spitze sich unter ihrem BH aufrichtete.

Noch immer küsste er sie, drückte das Becken gegen ihres, während das Geländer sie stützte.

Plötzlich flog die Haustür auf. „Tessa?“, rief Mitchell und zerstörte damit diesen Augenblick der Intimität.

Tessa erstarrte in Denvers Armen und löste widerstrebend die Lippen von seinen.

„He, Tess? Wo steckst du?“, rief ihr Bruder die Treppe hinauf.

„Hier oben“, brachte sie mit krächzender Stimme heraus. „Ich bin gleich unten.“

„Gut! Ich warte in der Küche. Wir müssen reden.“ Seine Schritte hallten durch das Haus. Tessa befreite sich benommen aus Denvers Umarmung.

„Wir sind noch nicht fertig“, versprach er ihr mit heiserem Flüstern.

„Das glaube ich aber doch.“

Er hielt sie fest und drehte sie noch einmal zu sich um. „Oh nein, Tessa. Wir sind noch lange nicht fertig“, erklärte er rau. „Wimmel ihn ab.“

„Wie stellst du dir das vor? Einfach so?“

„Einfach so“, bestätigte er.

Sie befreite sich aus seiner Umarmung und rannte zur Treppe. „Verlass dich lieber nicht darauf.“

Er beugte sich über das Geländer und schaute ihr hinterher. „Oh, ich verlasse mich auf ganz andere Sachen“, erwiderte er vieldeutig.

Denver McLean war mit Sicherheit der verabscheuungswürdigste Kerl auf Erden!

Und du liebst ihn.

„Närrin!“, schalt sie sich und marschierte zur Küche. Ihre Schritte hallten durch das alte Haus ebenso wie Denvers amüsiertes Lachen.

8. KAPITEL

Mitchell erwartete sie. Er saß auf einem Küchenstuhl und hatte seine Füße, die in Cowboystiefeln steckten, auf einen anderen Stuhl gelegt. In den Händen hielt er einen Becher Kaffee.

„Wo ist McLean?“, wollte er wissen, als Tessa die Küche betrat.

Sosehr sie es auch wollte, sie konnte ihn einfach nicht anlügen. „Er ist hier“, antwortete sie mit leiser Stimme.

„Im Haus?“

„Ich glaube, ja.“

Mitchell fluchte und musterte seine Schwester. Wider besseres Wissen hoffte sie, dass er ihre geschwollenen Lippen und geröteten Wangen nicht bemerken würde. Tessa schenkte sich nervös einen Kaffee ein. „Wie geht es Dad?“

„Was meinst du wohl, wie es ihm geht? Er hat mir erzählt, was in der Scheune vorgefallen ist.“ Mitchells Miene verfinsterte sich bedrohlich, und auf seiner Stirn bildeten sich tiefe Furchen.

„Dad sollte nicht so viel trinken“, sagte Tessa und nahm ihrem Bruder gegenüber Platz. Sie stützte die Ellbogen auf den Tisch und trank einen Schluck Kaffee, ohne ihn richtig zu schmecken.

„Wer wird ihm das sagen? Du?“

„Möglich.“

„Warum? Du hast es schon mal versucht. Nichts hat sich geändert.“

„Ich weiß, aber heute Abend war es anders. Er ließ die Flasche fallen, der Whiskey ergoss sich über den Fußboden. Wenn er dazu noch geraucht hätte, wer weiß, was dann passiert wäre.“

„Dad raucht aber nicht in der Scheune.“

Tessa musste sich bremsen. „Und wenn er es gar nicht mehr mitbekommt, weil er zu viel getrunken hat?“

„Wann ist das jemals vorgekommen?“

Tessa hatte Mühe, die Worte herauszubringen. „Vielleicht vor sieben Jahren."

Mitchell stellte die Füße auf den Boden. „Niemals." Er klang empört, und seine Miene verhärtete sich. „Jetzt sag nicht, dass McLean dir diesen Floh ins Ohr gesetzt hat." Er schob sich eine weizenfarbene Locke aus der Stirn und stieß einen tiefen Pfiff aus. „Na, ich werd nicht mehr", murmelte er. „Du fällst schon wieder auf ihn herein, was?"

„Tue ich nicht."

„Ach nein?" Er betrachtete sie prüfend – ihre noch vom Küssen geschwollenen Lippen, ihren geröteten Hals. „Komm schon, Tessa, mach's nicht schon wieder. McLean taugt nichts, das wissen wir beide. Ich musste dich trösten und wieder aufbauen, schon vergessen?"

Tessa würde nie vergessen, dass ihr Bruder für sie da gewesen war und ihr beim Kampf gegen die betäubende innere Kälte beigestanden hatte, unter der sie litt, nachdem Denver sie verlassen hatte. „Wenn Denver wirklich so schlimm ist, warum hast du dich dann heute Abend noch so freundlich mit ihm unterhalten?", fragte sie gereizt.

„Weil er der Boss ist", erklärte Mitchell schlicht. „Es passt mir zwar nicht, aber es lässt sich auch nicht ändern."

Seufzend lehnte sie sich an die Wand. „Du hörst dich genau wie Dad an."

„Ich versuche nur, die nächsten Wochen irgendwie zu überstehen. Dann verschwinde ich von hier", erinnerte er sie. „Ende September geht es mit dem College los. Ich mag McLean zwar nicht, aber ich gebe mir trotzdem Mühe, ihn nicht unnötig gegen mich aufzubringen. Was, nebenbei bemerkt, dein Rat an mich war." Seine Lippen wurden schmal, und eine gewisse Traurigkeit zeichnete sich auf seinem Gesicht ab. „Immerhin versuche ich bloß, mit diesem Bastard auszukommen. Du hingegen stehst kurz davor, eine Affäre mit ihm zu beginnen."

„Mach dich nicht lächerlich." Am liebsten hätte sie ihn geohrfeigt und ihm ins Gesicht geschrien, eine Liebesaffäre mit

Denver sei das Letzte, was ihr in den Sinn käme. Dummerweise hatte Mitchell voll ins Schwarze getroffen. Sie räusperte sich. „Nicht, dass es dich etwas anginge."

„Solche Typen habe ich reichlich bei der Army gesehen. In jeder Stadt eine andere Braut." Sie wollte protestieren, doch er hob die Hand. „Klar, du bist hier und zu haben. Natürlich hat er Interesse."

„Ich bin nicht ‚zu haben'."

Mitchell sah sie an, als könne er in ihrem Gesicht etwas Neues lesen. „Du meine Güte, Tess. Jetzt sag nicht, du hast dich für ihn aufgespart!"

„Ich sage überhaupt nichts! Was zwischen Denver und mir passiert, geht niemanden etwas an."

Mitchell wirkte besorgt. „Ich will nur nicht, dass du dich wieder zum Narren machst. Hast du denn vergessen, wie sehr er dir wehgetan hat? Wie er ohne ein Wort einfach gegangen ist? Wie er und Colton Dad des Mordes beschuldigten? Mord!"

„Niemand hat behauptet …"

„Wenn John McLean nicht gewesen wäre, hätten Denver und Colton Dad an den Füßen aufgehängt."

„Aber das ist nicht passiert. John gab Dad eine Chance."

„Und jetzt gibst du Denver eine." Zu ihrem Erstaunen zitterten Mitchells Hände, als er sich die blonden Haare aus der Stirn strich. „Ich kann dir nicht vorschreiben, was du tun sollst, Tessa. Ich bitte dich nur, sei vorsichtig. Ich würde Denver genauso wenig über den Weg trauen wie einer Klapperschlange."

„Ich werde es mir merken."

Mitchell stand auf. „Außerdem solltest du nicht vergessen, dass er eine ganze Weile in L. A. war. Glaubst du etwa, dass er dort nie mit einer Frau zusammen war?"

„Das ist mir ganz egal."

Mit skeptischer Miene meinte er: „Tatsächlich? Tja, denk halt drüber nach. Auf einmal interessiert er sich für dich. Was war denn in den vergangenen sieben Jahren? Warum hat er nie angerufen oder geschrieben? Warum ist er nie vorbeigekommen? Selbst als sein Onkel starb, hat er keine verdammte Zeile geschrieben."

„Er wusste nicht, wie es John ging."

„Na, allzu viel Interesse kann er jedenfalls auch nicht gehabt haben."

Tessa verspürte den Impuls, Denver zu verteidigen, tat es jedoch nicht. Wozu auch? Mitchells Meinung stand fest. Er traute Denver weder Mitgefühl noch Aufrichtigkeit zu. Mitchells Ansicht nach hatte Denver seinen Onkel im Stich gelassen. Allerdings waren Johns Herzprobleme sein Geheimnis gewesen, das nur wenige enge Freunde kannten. Allen nahm er das Versprechen ab, nichts davon Colton oder Denver zu erzählen. Es fiel ihnen nicht schwer, ihr Wort zu halten. Colton schien wie vom Erdboden verschwunden zu sein, während Denver sich überhaupt nicht mehr für irgendetwas oder irgendjemanden auf der Ranch interessierte. Und so starb John allein, wofür Mitchell nun Denver verachtete.

„Wie ich schon sagte, ich werde mit Denver fertig."

„Das hoffe ich wirklich." Mitchell setzte sich seinen Hut auf und verschwand durch die Hintertür, ehe Tessa noch etwas erwidern konnte.

Denver drehte einen Bleistift zwischen den Fingern. Durch das offene Fenster im Büro hörte er die Hintertür zufallen und Mitchells Schritte auf dem Hof. Kurz darauf sprang ein Motor an, und ein Gang wurde krachend eingelegt. Kies spritzte hoch, als Mitchell die Auffahrt hinunterraste.

Denver wusste, dass Tessa und ihr Bruder miteinander gestritten hatten, wahrscheinlich seinetwegen. Ein paar Gesprächsfetzen waren durch das alte Haus zu ihm gedrungen, den Rest konnte er sich ausmalen. Mitchell traute ihm nicht über den Weg, und es gefiel ihm nicht, was zwischen Denver und Tessa ablief.

Denver konnte es ihm nicht einmal verübeln. Er wollte ja eigentlich gar nichts von ihr. Aber seit er sie an diesem Abend in der Scheune zum ersten Mal seit sieben Jahren wiedergesehen hatte, fühlte er sich ständig zu ihr hingezogen.

Nacht für Nacht zwang er sich, nicht daran zu denken, dass ihr Zimmer nur ein paar Meter von seinem entfernt lag, nur ein Stück den Flur entlang, und er vermutlich leichtes Spiel mit ihr hätte, wenn er es geschickt anstellte. Er könnte mit ihr schlafen, seine Bedürfnisse befriedigen und anschließend einfach wieder verschwinden.

Der Bleistift zerbrach zwischen seinen Fingern, und sein Gewissen meldete sich. Ihre Reaktion war ihm nicht entgangen, deshalb wusste er, dass es nur eine Frage der Zeit war, bis er sie verführen konnte. Doch jetzt, wo er sich seines Sieges gewiss sein konnte, wollte er ihn nicht mehr. Er würde es nicht ertragen können, den Schmerz in ihren Augen zu sehen, wenn er sie erneut verließ.

Der Abend neulich am Fluss war äußerst aufschlussreich gewesen. Schon dort hätte er es hinter sich bringen und mit ihr schlafen können. Nur brachte er es einfach nicht fertig, ihr wehzutun. Und inzwischen freute er sich darauf, sie mit nach Venice zu nehmen. Für wie lange? Einen Tag? Eine Woche? Ein ganzes Leben? Er wusste es nicht. Doch in einem Punkt war er sich sicher: Tessa hatte ihn damals nicht verraten. Das konnte sie nicht getan haben. Es waren die üblen Plänen ihres Vaters, die McLeans in den Ruin zu treiben. Wenn sie sich doch daran beteiligt hatte, musste sie schon eine sehr gute Schauspielerin sein. Ihre Empörung und ihre Gekränktheit schienen echt, und deshalb glaubte er ihr einfach.

Was Mitch oder Curtis betraf, war er sich da nicht so sicher. Aber Tessa, das fühlte er, hatte mit dem Feuer nichts zu tun gehabt, nicht einmal versehentlich.

Und jetzt begehrte er sie, mehr noch als vor sieben Jahren. Sein Verlangen näherte sich dem Siedepunkt, deshalb war er sich nicht sicher, wie lange er sich noch beherrschen konnte.

Er biss die Zähne so fest zusammen, dass es wehtat, nahm einen neuen Bleistift und fing an, die Zahlen in den Bilanzen vor ihm auf dem Schreibtisch zu studieren. Doch er schaffte es nicht, sich auf die Papiere zu konzentrieren, und er fragte sich, wie er eine weitere lange Nacht überstehen sollte … Nur drei Türen entfernt von der einzigen Frau, die ihn derart erregte …

In diesem Moment hörte er ihre Schritte über sich. Wahrscheinlich zog sie sich gerade für ihr Bad aus. Als die alten Rohre ächzten, schloss er die Augen und stellte sich Tessa nackt vor. Ihr rotblondes Haar, das ihr bis auf den Rücken reichte, die Haut rosig vom heißen Badewasser. Ihre Brüste würden sich sanft an der Wasseroberfläche wölben, die Spitzen aufgerichtet herausragen.

Denver malte sich aus, wie er mit der Zunge an diesen aufreizenden kleinen Knospen leckte und wie das heiße Wasser seine Lippen berührte, wenn er an ihnen saugte. Tessa würde ihre Finger in sein Haar vergraben, während er eine Hand durch das warme Wasser gleiten ließ, über ihre seidige Haut, hinunter zu ihren festen Bauchmuskeln und noch tiefer, um langsam ihren sensibelsten Punkt zu streicheln. Und dabei würde er ihr von den Nächten erzählen, in denen er wach gelegen hatte vor sehnsüchtigem Verlangen nach ihr, von all den Momenten, in denen er sich wünschte, sie läge neben ihm im Bett.

Lächelnd würde Tessa den Kopf zurücklegen und leise seufzen. Ihr Haar würde im Wasser aufgefächert schweben, während er behutsam ihre Schenkel spreizte und diese Perle der Lust liebkoste, bis Tessa sich stöhnend wand und ihm die Arme um den Nacken schlang, um ihn zu sich ins Wasser zu ziehen, damit er sie liebte und nie mehr aufhörte.

Ein leises Klopfen an der Tür ließ ihn vor Schreck hochfahren. Er musste die Beine ausstrecken und das Gewicht verlagern, weil seine Erektion die Jeans unangenehm eng machte. „Ja?“ Zu seinem Verdruss klang sogar seine Stimme unnatürlich und heiser.

Tessa steckte den Kopf ins Zimmer und hielt sich am Türrahmen fest, ohne ganz einzutreten. Denver musste seine gesamte Selbstbeherrschung aufbringen, um sie nicht an sich zu reißen und ihr den pinkfarbenen Fetzen abzustreifen. Der Anblick ihrer noch nassen Haare und die Silhouette ihres sinnlichen Körpers unter dem hastig übergeworfenen Bademantel führte dazu, dass er an nichts anderes denken konnte, als dieser süßen Versuchung nachzugeben.

„Ich wollte dich nur warnen, dass wir kein Heißwasser mehr haben. Ich werde den Speicher morgen früh überprüfen lassen."

„Danke", antwortete er und hoffte, beschäftigt zu wirken. Doch als er zu ihr aufsah, konnte er sich ein Lächeln nicht verkneifen. „Wenn ich heute Abend dusche, dann wohl eher kalt."

„Wie du meinst", sagte sie, lächelte jedoch dabei.

Er stützte beide Ellbogen auf den Schreibtisch und drehte den Bleistift zwischen den Fingern. „Das hat nichts mit den Wassertemperaturen hier zu tun."

„Oh." Sie biss sich auf die Unterlippe und schien wieder gehen zu wollen. Doch dann erschien ein mutwilliges Funkeln in ihren Augen. „Heißt das, ich sollte heute Nacht lieber meine Tür abschließen?"

„Fordere mich lieber nicht heraus", warnte er sie grinsend.

„Das würde mir im Traum nicht einfallen", entgegnete sie amüsiert.

Denvers Verlangen wurde stärker, und etwas schnürte ihm die Kehle zu. Was hatte sie im Sinn, dass sie so unverblümt mit ihm flirtete? „Wie gut, dass ich ein echter Gentleman bin", sagte er, worauf sie die Dreistigkeit und Leichtsinnigkeit besaß, laut zu lachen. Es klang hell und fröhlich in diesem düsteren alten Haus.

„Du? Ein Gentleman? Das wüsste ich", erklärte sie und verschwand.

Denver konnte sich nicht länger beherrschen. Im Nu war er aufgesprungen. Er fühlte sich plötzlich sieben Jahre jünger. Er rannte durchs Zimmer, riss die Tür auf, sodass sie gegen die Wand knallte, und folgte Tessas Lachen. Er sah gerade noch den Saum ihres Bademantels, als sie die Treppe hinauflief.

Wohl wissend, dass er sich später dafür verachten würde, eilte er ihr, jeweils zwei Stufen gleichzeitig nehmend, hinterher. Nachdem er oben im ersten Stock angelangt war, hörte er, wie sie ihre Tür schloss und von innen verriegelte. Tessa glaubte also, sie könnte ihn provozieren, ohne die Konsequenzen tragen zu müssen. Ein Lächeln huschte über sein Gesicht.

Er ging zur Tür des Schlafzimmers seiner Eltern und klopfte leise.

„Verschwinde“, rief Tessa von drinnen, ohne jedoch ihr Kichern unterdrücken zu können.

„Mach auf.“

„Auf keinen Fall.“

„Muss ich erst die Tür aufbrechen?“

„Sei nicht albern …“

Er trat gegen die Tür, und Tessa lachte. „Denver, lass das … das ist doch verrückt. Sei vernünftig …“

Peng! Die Tür gab nach, und als sein Stiefel das nächste Mal gegen das Holz trat, flog sie splitternd auf. Mit funkelnden Augen und verwegenem Lächeln näherte er sich Tessa. „Vernünftig?“, wiederholte er. „Der unerträgliche, arrogante Mistkerl – hast du mich nicht so bezeichnet?“

„Das hattest du auch verdient.“

„Ja, das und mehr, nehme ich an“, räumte er ein und betrachtete den Schaden an der Tür. „Hast du wirklich geglaubt, du könntest mich ausschließen?“ Seine Stimme war leise und verführerisch, aber um seine Augen zeichneten sich kleine Lachfältchen ab.

Tessa schluckte hart und stieß beim Zurückweichen mit den Waden gegen die Matratze ihres Bettes. „Ich … ich hätte nicht gedacht, dass das nötig sein würde.“ Er neckte sie, das verriet sein belustigter Blick. Gleichzeitig allerdings drückte seine Miene eiserne Entschlossenheit aus.

Er machte einen Schritt ins Zimmer hinein, seine Silhouette hob sich dunkel vor dem Flurlicht ab. Sein Blick wanderte langsam von ihrem Gesicht hinab zu ihrem Hals und den nassen

Locken, weiter zu ihrem zarten Schlüsselbein und von dort noch tiefer.

Tessas Brustwarzen richteten sich unter dem dünnen Stoff des Bademantels auf und wurden im gedämpften Licht sichtbar. Anstelle der vorangegangenen Unbeschwertheit herrschte jetzt ein erotisches Knistern.

„Was für ein Spiel treibst du eigentlich, Tessa?", flüsterte er mit rauer Stimme und bewegte sich langsam auf sie zu.

Ihr Herz pochte wie verrückt. Sie befeuchtete sich nervös die Lippen. „Ich treibe kein ..."

„Von wegen." Wenige Zentimeter vor ihr blieb er stehen. „Wir sind allein, und du kommst nach unten, um mir irgendeinen Blödsinn zu erzählen, dass wir kein heißes Wasser mehr haben ..."

„Aber es stimmt!"

„Mag ja sein, doch dazu hättest du etwas mehr als das da anziehen können!" Er schob zwei Finger unter das Revers des Bademantels und berührte dabei ihre Haut. Tessa sog scharf die Luft ein. Der übermütige Ausdruck war aus ihren Augen verschwunden, aber Denver bewegte die Hände nicht weiter. Sie spürte die aufregende Wärme seiner Fingerspitzen auf ihrer Haut. „Hast du eigentlich eine Ahnung, was du mit mir machst?"

„Vermutlich das Gleiche, was du mit mir machst."

„Halte mich nicht zum Narren", warnte er sie.

„Das tue ich nicht", versicherte sie ihm.

Er ließ die Hand vom Revers zwischen ihre Brüste gleiten und hielt am Bademantelgürtel inne. Ein heißer sinnlicher Schauer überlief sie, als er seine Finger sacht auf ihren Unterleib legte. „Willst du mich?", fragte er.

Sie senkte die Lider und lehnte sich an ihn. „Ja."

Ein Muskel zuckte auf seiner Stirn, während er den Knoten des Gürtels öffnete.

„Ich ... ich wünschte nur, es wäre nicht so", gestand sie, während sich der Stoff des Bademantels teilte. Denver richtete den Blick verlangend auf ihre nackte Haut, die zum Vorschein kam.

„Warum?“ Er strich verführerisch über ihren flachen Bauch.

„Weil es alles noch komplizierter macht … oh!“

Er umfasste ihre Hüfte und zog Tessa zu einem sinnlichen Kuss an sich. Seine Zunge fand mühelos ihre, neckte und umspielte sie äußerst gekonnt und erotisch. Tessa schlang ihm die Arme um den Nacken.

„Manchmal sind die besten Dinge im Leben eben kompliziert“, flüsterte er und drängte sie sacht weiter, sodass Tessa das Gleichgewicht verlor und sie zusammen auf das Bett fielen. Denver küsste ihr Gesicht von der Stirn bis zu den Lippen. „Warum nur konnte ich dich nicht vergessen?“

Freudentränen füllten ihre Augen. „Ich … ich weiß es nicht“, erwiderte sie leise.

Er vergrub die Finger in ihre Haare, küsste zärtlich ihren Hals, streichelte sanft ihre zarte Haut. Sie erschauerte vor Begierde, sowie er ihr den Bademantel von den Schultern schob und einen Moment lang ihre Brüste andächtig betrachtete. Sie reckte sich ihm ein Stück entgegen und lud ihn ein, die rosigen Knospen zu verwöhnen.

Behutsam strich er darüber. Denver stöhnte leise und ließ seine Hand langsam kreisen, während er Tessa voller Faszination beobachtete.

„Berühre mich“, forderte er sie auf und drückte erneut den Mund auf ihren.

Sie begann, sein Hemd aufzuknöpfen, und streifte es ihm von den Schultern, sodass es sich an seinen Handgelenken bauschte. Er entledige sich des störenden Kleidungsstücks und warf es quer durchs Zimmer, um in der nächsten Sekunde auf sie zu sinken. Seine Brustmuskeln waren angespannt.

Tessa schluckte, da ihre Kehle trocken war, und fuhr mit der Hand langsam über seinen Oberkörper, folgte einem unsichtbaren Pfad durch die dunklen Härchen. Denver keuchte und schloss genießerisch die Augen.

Sie zögerte kurz beim Bund seiner Jeans. Aber Denver küsste sie stürmisch und glitt mit den Fingern über ihren bloßen Rücken, während sie den Reißverschluss öffnete. Er kickte seine Jeans fort und presste sich nackt an Tessa, bedeckte ihr Gesicht, ihre Wangen, ihren Hals mit Küssen. Von dort bewegte er sich weiter abwärts, um sich ausgiebig ihren Brustwarzen zu widmen.

Das Blut rauschte heiß durch ihre Adern, und sie wand sich, als er erneut an einer ihrer Brüste saugte, wobei er die Knospe mit der Zunge umkreiste.

Heiße Schauer überliefen sie. Tessa küsste seine Schultern und seine muskulöse Brust. Seine Haut schmeckte leicht salzig wegen des dünnen Schweißfilms darauf. Wieder und wieder küsste er sie und flüsterte zwischendurch ihren Namen, ohne das erotische Necken mit seiner Zunge zu unterbrechen.

Ich liebe dich, dachte sie voller Sehnsucht.

Er stöhnte lustvoll und bewegte sich über ihr auf und ab. „Ist es sicher?“, fragte er leise.

„Sicher?“, erwiderte sie verständnislos.

„Du weißt schon … sicher, eben.“ Er atmete tief ein und stütze sich auf einen Ellenbogen. „Sind wir geschützt?“

„Du meinst Empfängnisverhütung? Schutz?“

An seiner Schläfe pochte heftig eine Ader.

Tränen der Scham traten ihr in die Augen. Wie konnte er nur annehmen, dass sie in der Lage gewesen wäre, mit anderen Männern zusammen zu sein? „Es hat nie einen anderen als dich gegeben.“

„Niemanden?“ Er schaute sie verblüfft an.

Verletzt und beinah schluchzend setzte sie hinzu: „Schon gar nicht John.“ Aus Scham versuchte sie sich wegzudrehen, doch er drückte sie fest auf die Matratze und umfasste ihre Handgelenke. „Das spielt keine Rolle“, versicherte er ihr.

„Oh doch, das tut es“, widersprach sie aufgewühlt. „Es spielt eine erhebliche Rolle. Für dich und für mich. Seit deiner Rückkehr deutest du immer wieder an, dass ich mit deinem Onkel geschlafen habe. Ich bitte dich! Wie kannst du auch nur eine Sekunde lang annehmen, ich hätte … ich …“ Sie winkte resigniert ab.

Sie sah zu ihm auf und wusste, er wollte ihr glauben. Das konnte sie in seinem Blick lesen.

„Ich denke, es ist besser, wenn du jetzt gehst“, sagte sie, ihre nach wie vor schwelende Sehnsucht, ihr prickelndes Verlangen ignorierend.

„Dafür ist es zu spät“, entgegnete er heiser und presste seine Lippen auf ihren Hals. „Ich kann jetzt nicht mehr gehen.“

„Dann, bitte Denver, musst du mir vertrauen. Es gab nie einen anderen als dich.“

„Du musst nicht …“

„Ich würde niemals lügen! Nicht, was das angeht!“

„Ich glaube dir ja, Tess“, versicherte er ihr und ließ ihre Handgelenke los. Seine Finger glitten an ihren Armen hinauf, über ihren Rücken bis hinunter zu ihren Pobacken, die er streichelte.

„Es … es hat wirklich nur dich gegeben.“

Er gab einen Laut von sich, in dem sich Schmerz und Begierde vereinigten, und küsste sie voller Glut. Der Kuss war so überwältigend, dass Tessa nicht widerstehen konnte. Sie wanderte mit ihren Händen über seine muskulösen Schultern und Oberarme.

Als Denver ihre Finger noch weiter nach unten führte, zögerte sie nicht. Ihre zarten Berührungen fachten das ohnehin schon lodernde Feuer des Verlangens weiter an. Behutsam spreizte er ihre Schenkel.

„Keine Reue?“, flüsterte er.

Sie schluckte und schüttelte den Kopf. „Keine Reue“, versprach sie.

Langsam und geschmeidig drang er tief in sie ein.

Tessa schnappte nach Luft und schlang die Arme um seinen Nacken. Dann begann sie, sich in einem magischen Rhythmus mit ihm zusammen zu bewegen, und konnte nicht mehr aufhören. Nicht einmal in ihren kühnsten Träumen hätte sie sich dieses sinnliche, erhebende Gefühl in dieser Intensität ausgemalt. „Denver, oh Denver“, hauchte sie, bis sie überhaupt kein Wort mehr herausbrachte. Stattdessen gab sie sich nur noch ihren lustvollen Empfindungen hin. Denver trug sie zu immer neuen Höhen hinauf, in einen Himmel, der so blau war wie seine Augen.

„Denver!“, schrie sie, als dieser Himmel zu explodieren schien und sich alles in ihr zusammenzog. Ein Beben durchlief ihre Körper, und er ließ sich erschöpft auf sie herabsinken, unaufhörlich ihren Namen flüsternd.

Tessa genoss es, sein Gewicht auf ihr zu spüren. Sie schmiegte sich enger an ihn und küsste seinen Wange. Tränen stiegen ihr in die Augen und liefen ihr heiß übers Gesicht.

Denver wischte sie mit dem Daumen fort. „Tränen?“, fragte er.

„Ja, Tränen“, bestätigte sie schniefend. „Aber nicht, weil ich es bereue.“

Er lachte leise und drückte sie an sich. „Schlaf jetzt“, sagte er und vergrub das Gesicht in ihre Haare.

Sie senkte die Lider, kuschelte sich an ihn und lauschte seinem Atem und seinem leisen Herzschlag. Heute Nacht würde sie bei ihm sein. Morgen würde sie sich den Dingen stellen, die da kommen würden. Selbst wenn das hieß, ihm nach Los Angeles folgen zu müssen.

9. KAPITEL

Das Licht des frühen Morgens bildete tanzende Schatten im Zimmer. Tessa öffnete ein Auge und stellte fest, dass Denver sie ansah. Das Blau seiner Augen war klar wie ein Bergbach, sein schwarzes Haar vom Schlaf zerwühlt, sein Gesichtsausdruck lockerer als bisher. Er hatte die Bettdecke weggetreten und lag jetzt vollkommen nackt da. Feine Sonnenstrahlen fielen auf seine Haut und tauchten seinen muskulösen Körper in goldenes Licht.

„Es wird langsam Zeit, dass du aufwachst."

„Hm." Sie streckte sich. „Wie spät ist es denn?"

„Noch früh."

„Und du bist schon wach?", neckte sie ihn und schaute zur Uhr.

„Ich hatte noch geschlafen, aber dann hat diese wilde blonde Frau neben mir gezappelt und versucht, mich aus dem Bett zu drängen."

Sie grinste übermütig. „Na, vielleicht hast du sie nicht befriedigt."

„Könnte sein", knurrte er und schob sich so schnell über sie, dass ihr keine Chance blieb, ihm zu entkommen. „Dann sollte ich es wohl lieber noch einmal versuchen."

Sie lachte, bevor er seine Lippen zu einem heißen Kuss auf ihre presste. „Denver, hör auf", rief sie, lachend und nach Luft schnappend.

„Auf keinen Fall. Du hast mich zum Duell gebeten, und ich nehme die Herausforderung an."

Sie wand sich, konnte ihm jedoch nicht entkommen. Als sie ein Bein freigestrampelt hatte, fing er sie wieder ein und drückte sie aufs Bett. Ein verwegenes Grinsen lag auf seinem Gesicht.

„Lass mich aufstehen!"

„Gibst du auf?", neckte er sie.

„Nein … niemals!", erwiderte sie keuchend.

„Freut mich, dass du dich nicht verändert hast", bemerkte

er. Ihre Handgelenke hielt er über ihrem Kopf fest, ihre Beine waren durch sein Gewicht unbeweglich, sodass sie sich nicht mehr wehren konnte. Langsam fuhr er mit der Zungenspitze die Konturen ihrer Lippen nach.

„Du bist …"

„Was?"

„Unverbesserlich!", sagte sie, da ihr kein besseres Wort einfiel. Ihre Gedanken wirbelten durcheinander, während ihr Blut wild durch ihre Adern rauschte. Seine Zunge tauchte in ihren Mund, zog sich aber rasch wieder zurück, liebkoste und neckte, ohne zu verweilen. „Wir … wir müssen aufstehen", flüsterte sie, doch ihr Körper wollte längst etwas anderes, und deshalb bog sie sich ihm trotz ihrer Worte entgegen. Ihre Brustwarzen richteten sich auf und forderten mehr der süßen Qualen, die Denver ihnen nur zu gern bereitete …

„Warum?"

„Dad und Mitchell … die werden jeden Moment hier sein."

„Dann gibst du also auf?"

„Nein!"

Seine Augen verdunkelten sich vor Lust. „Gut."

Tessa beobachtete das Spiel seiner Schultermuskeln, seiner festen Bauchmuskeln, sah die seidigen Härchen an seinen Beinen. Aufreizend umkreiste Denver eine der harten Spitzen mit der Zungen, ehe er die warmen Lippen darum schloss. Tessa stöhnte.

Sie wand sich unter ihm, allerdings nicht mehr, um sich zu befreien. Jetzt wollte sie ihm so nah wie möglich sein. Er rieb sich an ihr, presste sein Becken gegen ihres und ließ sie spüren, wie sehr er sie begehrte.

Tessa fiel das Atmen vor Erregung schwer. *Nur dieser Mann kann mein Verlangen stillen!* Mit plötzlicher Klarheit erkannte sie, dass sie ihn heute noch mehr liebte als in all den Jahren zuvor.

Sein Mund fand erneut ihren, und dieser stürmische, wilde Kuss verriet ihr, dass er sich nicht mehr länger beherrschen konnte. Er glitt mit den Händen an ihrem Arm hinab und streichelte sie. Das Spiel, wer über den stärkeren Willen verfügte, war vorüber.

Als er tief in sie eindrang, sog sie scharf die Luft ein. Die Lust in ihr brodelte, breitete sich in alle Glieder aus, rauschte schneller und schneller und sammelte sich heiß und flüssig in ihrer Mitte. Ungezügelte Empfindungen durchströmten sie und schickten sie auf eine berauschende Reise, um den Gipfel der Lust zu erklimmen.

„Verlass mich nicht!“, schrie Tessa und reckte sich ihm entgegen, wollte ihm noch näher sein und grub dabei ihre Finger in seine Schultern.

„Ich … bin … für dich da, Liebste“, erwiderte er, ihre Hüften umklammernd, während er zum Höhepunkt gelangte. „Tessa, oh, Tessa.“ Er schloss die Arme um sie und drückte sie liebevoll an sich.

Wenn alles doch so bleiben könnte, dachte sie verträumt. Wenn Denver und ich hierbleiben könnten, vereint wie jetzt, für immer als Mann und Frau. Wenn wir den Rest der Welt nur vergessen könnten.

Allmählich klangen die Nachwirkungen des berauschenden Liebesspiels ab, und ihre romantischen Träumereien verloren sich in der Wirklichkeit. „Ich muss aufstehen“, sagte sie widerstrebend.

Denvers Arme schlossen sich fester um sie, doch diesmal befreite sie sich aus seiner Umarmung.

„Warum?“ Er schaute vom Bett zu ihr auf, auf eine Weise, die sie beinah dazu bewegt hätte, ihre Meinung zu ändern. Die zerwühlten Laken, der Duft der Liebe, die frühe Morgendämmerung, all das war so verlockend.

„Na ja, wenigstens einer von uns sollte den Schein wahren“, antwortete sie.

„Wir sind erwachsen …“

„Ich weiß.“ Sie war schon dabei, sich einen Zopf zu flechten. „Und ich schäme mich auch nicht für das, was passiert ist.

Trotzdem finde ich, wir sollten nicht verkünden, dass wir die Nacht zusammen verbracht haben. Zumindest noch nicht."

„Willst du dich lieber wie ein Teenager verstecken, den man auf der Rückbank eines Autos ertappt hat?"

„Nein, aber ich möchte meine Privatsphäre wahren." Nachdem sie mit dem Zopf fertig war, zog sie einen sauberen Baumwollrock an und einen Pullover. „Ich werde mich mit Mitchell und Dad auseinandersetzen, wenn ich so weit bin." Außerdem, was sollte sie ihnen sagen? Dass sie mit Denver McLean im Bett gelandet war? Dass sie eine Affäre hatte? Oder war es nur ein One-Night-Stand? Wie konnte sie erklären, dass sie Denver trotz allem liebte? Trotz der Vorwürfe und Lügen und der Tatsache, dass er sie damals sang- und klanglos verlassen hatte. Sie liebte ihn so sehr, dass sie für eine Nacht mit ihm sogar vorübergehend ihren Stolz vergaß.

„Gegen ein Frühstück im Bett hätte ich nichts einzuwenden", sagte er, während er ihr dabei zuschaute, wie sie ihre Stiefel anzog.

„Träum weiter", erwiderte sie lachend.

„Eier, eine frische Grapefruit, schon geteilt, natürlich …"

„Selbstverständlich", spottete sie.

„Toast mit Honig, Kaffee und …"

„Und das!" Sie schnappte sich ein Kissen, das auf den Boden gefallen war, und warf es nach ihm. Bevor er sich rächen konnte, war sie auf den Flur hinausgeschlüpft. „Frische Grapefruit!", rief sie lachend auf dem Weg die Treppe hinunter. „Das hättest du wohl gern!" Sie wusste, dass ihre Wangen noch gerötet waren und ihre Augen förmlich strahlten, als sie die Küche betrat, aber das war ihr egal. Da sie halbwegs damit rechnete, dass ihr Vater mit der Zeitung am Tisch saß, versuchte sie sich zu beruhigen.

Doch glücklicherweise war noch niemand da. Sie setzte Kaffeewasser auf, steckte Brot in den Toaster und schmolz Butter in der Pfanne.

Als Denver die Treppe herunterkam, bemerkte er: „Vielleicht hätte ich doch noch ein bisschen warten sollen.“ Er trat hinter sie und legte ihr den Arm um die Taille.

„Worauf?“

„Dass ich bedient werde.“

Grinsend schlug sie ein Ei in die Pfanne. „Da hättest du aber lange warten können.“

Er zog sie lachend an sich. Seine Hände lagen warm und vertraut auf ihrem Bauch. „Ja, wahrscheinlich.“

Wow, mit dieser zärtlichen Geste raubt er mir ja schon wieder den Atem! Sie riss sich zusammen. „Falls du nichts Besseres zu tun hast, kannst du schon mal Kaffee einschenken und den Toast mit Butter bestreichen.“

„Ich habe aber tatsächlich etwas Besseres zu tun.“ Er küsste ihren Hals und ihr Ohr. „Etwas viel Wichtigeres.“

Etwas in ihrer Brust zog sich zusammen. „Das wird wohl warten müssen.“

„Sklaventreiberin“, murrte er und ließ sie widerwillig los, um sich auf die Suche nach den Tassen zu machen.

„Zweites Regal“, sagte sie, seinen Blick auffangend. In diesem kurzen, atemberaubenden Moment erkannte sie die Liebe in den Tiefen seiner Augen.

„Danke.“

Tessa schluckte und widmete sich wieder dem in der Pfanne brutzelnden Speck.

Sie beendeten gerade ihre Mahlzeit, da kam Milly herein, die Arme beladen mit zwei Tüten voller Lebensmittel. „Na, habt ihr etwas zu essen gefunden, ja?“, fragte sie mit Blick auf den Tisch.

„Reichlich“, erwiderte Denver.

Tessa half ihr beim Auspacken der Sachen. „Übrigens hat dieser Anwalt gestern Nachmittag angerufen“, berichtete Milly und verstaute zwei Brotlaibe im Brotkasten.

Denver horchte auf. „Ross Anderson?“

Milly nickte. „Er meinte, er sei sich ziemlich sicher, dass man Ihren Bruder gefunden hat.“

Tessa blieb beinah das Herz stehen. „Colton?“

„Wo?“, wollte Denver wissen.

Milly zuckte die Schultern. „Er behauptete, das wüssten Sie.“

Tessa sah perplex zu Denver. Warum hatte er ihr gegenüber nicht erwähnt, dass Colton gefunden worden war?

„Ich kenne einen Privatdetektiv, der *glaubte* Colton in Nordirland aufgespürt zu haben. Aber da ich seit Tagen nichts mehr gehört habe, nahm ich an, dass er sich letztlich doch geirrt hatte.“

„Das scheint nicht der Fall zu sein“, sagte Milly und sah zwischen den beiden hin und her. „Er meinte, er würde morgen noch mal anrufen. Er ist heute beim Gericht.“

„Na, fabelhaft“, brummte Denver, dessen Miene sich veränderte. „Hat er gesagt, ob Colton zurückkommt?“

„Nein, das war alles.“

Das Telefon klingelte, und Milly meldete sich. Dann gab sie den Hörer an Tessa weiter. „Nate Edwards.“

Anspannung erfasste Tessa. „Guten Morgen“, sagte sie, wobei sie sich zu einem gut gelaunten Ton zwingen musste.

„Wünsche ich dir auch. Ich habe nachgedacht und bin zu dem Entschluss gekommen, dass ich diesen Hengst und die beiden Stuten will, die schwarze und die braune.“

„Beide?“, wiederholte sie.

„Wenn du bereit bist, sie zu verkaufen.“

Sie unterdrückte den Impuls, mit Nein zu antworten und ihm zu erklären, dass sie alle drei Pferde behalten wollte. „Ja, das will ich“, sagte sie, obwohl es ihr das Herz zerriss.

„Gut. Ich weiß, dass die beiden Stuten trächtig sind und ich sie so kaufe. Aber wenn du willst, kannst du die Fohlen bekommen. Ich werde sie dir zu einem fairen Preis verkaufen.“

„Das wäre nett.“

„Ich zahle dir fünfzigtausend für alle. Ich würde sagen, der Hengst ist fünfundzwanzig wert, und die Stuten im derzeitigen Zustand zwischen zwölf und dreizehn pro Stück.“

Dagegen konnte sie nichts einwenden. Für sich hatte sie längst beschlossen, dass sie sich nicht mit weniger als vierzigtausend zufriedengeben würde, die zusätzlichen zehntausend waren ein Geschenk des Himmels.

„Ich werde dir noch ein paar Tage Bedenkzeit geben."

„Worum ging es?", wollte Denver wissen, nachdem sie langsam den Hörer aufgelegt hatte.

„Nate Edwards hat ein Angebot für Brigadier und die Stuten abgegeben. Das Geld reicht für eine solide Anzahlung für die Ranch."

„Und der Rest?"

„Die Bank wird mir einen Kredit geben, hoffe ich." Sie setzte sich vorsichtig. Jetzt, wo ihr Traum in greifbare Nähe gerückt war, fühlte sie sich ein wenig überwältigt.

„Und Colton ist auch wiederaufgetaucht", stellte Denver mit nüchterner Miene fest. „Es sieht ganz danach aus, als wärst du auf dem besten Wege, die neue Besitzerin der Ranch zu werden." In seinen Worten schwang keinerlei Boshaftigkeit mit, doch seine Stimme klang seltsam emotionslos. Er trank seinen Kaffee aus, stellte sein Geschirr in die Spüle und wandte sich zum Gehen. „Ich werde mich frisch machen und nach Helena fahren. Vielleicht erwische ich Ross, wenn er aus dem Gericht kommt."

„Ich nehme nicht an, dass du Gesellschaft möchtest?", fragte Tessa.

Er runzelte die Stirn. „Hast du hier denn nichts mehr zu tun?"

Sie hob eine Schulter. „Mitch und Dad schaffen das auch allein. Ich betrachte es als ihre Generalprobe. Was meinst du?" Sie ignorierte Millys skeptischen Blick.

Denver grinste. „Das ist vielleicht keine schlechte Idee. Ich breche in etwa zwanzig Minuten auf."

„Ich werde fertig sein."

„Und ich werde deinem Bruder und deinem Vater mitteilen, dass sie heute hier verantwortlich sind", bot Milly an.

Während Denver duschte und sich umzog, ging Tessa nach draußen. Die Morgenluft war frisch, das Gras noch feucht vom Tau. In der Koppel wieherte leise Brigadier und warf den Kopf zurück. Im Sonnenlicht glänzte sein rötliches Fell golden. Mit erhobenem Schweif trabte er den Zaun entlang.

„Du weißt, dass mich das fertigmacht, nicht wahr?“, sagte Tessa und holte ein Apfelstück aus ihrer Tasche. Während der große Hengst ihr aus der Hand fraß, kämpfte sie mit ihrem Gewissen. Sie fühlte sich in der Zwickmühle und hatte einfach keine Antworten. Wenn sie ihre besten Pferde nicht verkaufte, würde ihr das Geld für die Ranch fehlen. Und wenn sie die Ranch nicht kaufen konnte, würde jemand anderes es tun. Dann müsste sie für sich und ihre Tiere ein neues Zuhause finden – eines, das sie sich leisten konnten und vielleicht gar nicht groß genug wäre für ihre wachsende Herde. Abgesehen davon war Nate Edwards ein guter Pferdezüchter, der ihre Tiere gut behandeln würde.

Der Kern ihres Problems blieb jedoch nach wie vor Denver. Daran hatte sich im Grunde nie etwas geändert. Wenn sie ihm die Ranch abkaufte, würde er gehen. Kaufte sie die Ranch nicht, blieb er möglicherweise länger. Aber irgendwann würde er gezwungen sein, nach L. A. zurückzukehren, und zwar für immer. Ohne sie. Sie hatte sich bereit erklärt, ein Wochenende mit ihm in Kalifornien zu verbringen, nicht aber, in Los Angeles zu leben. Wozu er sie, das sollte sie sich ruhig in Erinnerung rufen, auch gar nicht aufgefordert hatte.

Ihre Miene verfinsterte sich. „Wie man es auch dreht und wendet, es bleibt vertrackt.“ Mit liebevollem Blick betrachtete sie Brigadier. Es gab einfach keine perfekte Lösung.

„Fertig?“, rief Denver, als er über den Hof ging.

Tessa drehte sich abrupt um und hielt den Atem an. Denver war nicht nur frisch rasiert und gekämmt, sondern er trug auch noch einen grauen Anzug. Plötzlich kam er ihr vor wie ein Fremder. Er war nicht mehr der Mann, den sie liebte, sondern ein erfolgreicher Ingenieur aus Los Angeles, der sein eigenes Büro hatte.

„Absolut", antwortete sie und ging zu Denvers Mietwagen. In diesem Moment fuhren ihr Vater und Mitchell gerade vor.

Mitchell sprang aus der Fahrerkabine des Pick-ups, noch bevor dieser ganz zum Stehen gekommen war. „Willst du weg?", fragte er Tessa.

„Nach Helena. Anscheinend ist Colton endlich wiederaufgetaucht", erklärte Tessa.

„Tatsächlich?", fragte Mitchell misstrauisch. „Dann wird er wohl auch hierherkommen, nehme ich an?"

„Das wissen wir noch nicht", meldete Denver sich zu Wort.

Tessa entging der zornige Ausdruck in den Augen ihres Bruders nicht, und sie hatte Verständnis dafür. Denn Colton McLeans schreckliche Worte hatten Denver dazu veranlasst, sich von ihr abzuwenden. Colton hatte nach dem Feuer mit seiner Meinung nicht hinterm Berg gehalten. In seiner ganzen Wut traf er mit seinen Anschuldigungen jeden einzelnen in ihrer Familie.

Daher konnte sie es Mitch kaum verdenken, dass er ihn hasste. Aber das würde bald vorbei sein, wenn die McLeans aus diesem Teil Montanas verschwunden waren. Bei dieser Vorstellung zog sich alles in ihr zusammen. Nach diesen paar Wochen fragte sie sich, ob ihr das Leben ohne Denver überhaupt noch Spaß machen würde. „Wir werden alles klären", wandte sie sich an Mitch.

Er schob seinen Hut in den Nacken und murmelte: „Na, da bin ich gespannt."

Denver wandte sich an Tessa. „Gehen wir."

Tessa stieg auf der Beifahrerseite ein und ignorierte einfach den schwelenden Zorn ihres Bruders.

„Wenn Colton hierherkommt, geht der Ärger richtig los", prophezeite sie an Denver gewandt, der den Wagen über den langen Weg auf die Straße lenkte.

Statt einer Antwort verzog er nur das Gesicht.

Um die Vormittagszeit, nach einer Fahrt durch die hügelige Landschaft, erreichten sie die Stadt Helena. Denver fuhr ins Zentrum, vorbei am State Capitol mit dem Kuppeldach aus Kupfer, und parkte in der Nähe des Gerichts.

„Willst du hier auf Ross warten?", fragte Tessa und betrachtete das Gebäude.

„Vielleicht. Zuerst fragen wir mal bei seiner Sekretärin nach, wann er bei Gericht fertig ist. Und dann gehen wir Mittag essen."

Er nahm ihre Hand und überquerte die Straße. Einige Minuten später standen sie vor einem großen Eichenschreibtisch im Empfangsbereich eines Gebäudes aus Stahl und Glas. Die Namen O'Brien, Simmons und Taft hingen in verchromten Lettern an der Wand. Eine zierliche Frau mit glänzendem rötlichem Haar und einem freundlichen Lächeln hatte sie eingeladen, in den Sesseln mit den hohen Lehnen im Vorraum Platz zu nehmen. „Mr Anderson ist bei Gericht, aber seine Sekretärin ist da."

Kurz darauf kam eine elegante blonde Frau mit auffallenden dunklen Brauen und in einem dunkelblauen Kostüm hereingerauscht. Bei Denvers Anblick erschien ein Lächeln auf ihren roten Lippen. „Mr McLean", begrüßte sie ihn und streckte ihm die Hand entgegen, was ihren silbernen Armreifen leise klirren ließ. „Es tut mir leid, aber Ross ist momentan nicht da."

Denver nahm ihre Hand für einen Moment, dann ließ er sie los. „Das ist Tessa Kramer", machte er die beiden Frauen rasch miteinander bekannt.

„Nancy Pomeroy", stellte die blonde Frau sich vor.

„Freut mich, Sie kennenzulernen", sagte Tessa steif.

„Tessa leitet die Ranch", erklärte Denver.

Falls Nancy überrascht war, ließ sie sich jedenfalls nichts anmerken.

„Ross rief gestern an und meinte, er habe meinen Bruder ausfindig gemacht", sagte Denver. „Ich war nicht zu Hause, deshalb bekam ich die Nachricht erst heute Morgen."

„Und jetzt sind Sie natürlich neugierig, wie der Stand der Dinge ist“, vermutete Nancy. „Das kann ich Ihnen kaum verdenken.“

„Wann wird Ross denn wieder zurück sein?“

„Erst am Spätnachmittag.“

Denver sah nicht begeistert aus, aber es gab nicht viel, was er tun konnte. „Dann kommen wir wieder“, erklärte er und nahm erneut Tessas Hand. „Lassen Sie ihn bloß nicht entwischen.“

„Ich binde ihn am Schreibtisch fest, wenn es sein muss“, versprach Nancy mit einem amüsierten Ausdruck in ihren braunen Augen, die von dick mit Mascara geschwärzten Wimpern umrahmt waren.

„Das wäre wirklich nett“, meinte Denver lächelnd.

Tessa stöhnte innerlich, als sie sah, wie Nancy förmlich dahinschmolz. Wie vielen Frauen schenkte Denver eigentlich dieses verwegen sinnliche Grinsen? Wie viele Frauen bekamen dabei weiche Knie? Los Angeles war eine große Stadt voller schöner Frauen, Schauspielerinnen und Models …

„Stimmt irgendetwas nicht?“, erkundigte Denver sich, als sie auf die Straße hinaustraten, wo die Sonne blendete, deren helles Licht von den Scheiben der Gebäude in der Straße reflektiert wurde.

„Nichts Ernstes“, antwortete sie und unterdrückte die Eifersucht bei der Vorstellung, dass in Los Angeles vielleicht ein Dutzend Frauen auf ihn wartete.

„Du machst dir wegen Colton Sorgen, nicht wahr?“

„Ja, zum Teil.“ Das war nicht ganz gelogen. Denvers Bruder gegenüberzutreten würde kein Zuckerschlecken werden.

„Und was sonst noch?“ Im Verkehr tat sich eine Lücke auf, und Denver nahm Tessas Hand. Sie überquerten die Straße und gingen in einen Park.

„Ich habe gerade über dein Leben in L. A. nachgedacht.“

„Inwiefern?“

„Dass ich nicht dort hineinpassen werde, nicht einmal für ein Wochenende.“

„Unsinn. Natürlich passt du hinein." Sie gingen jetzt langsamer. Die Äste der Schatten spendenden Bäume bewegten sich sanft im warmen Sommerwind. Der Verkehrslärm ließ nach. Kinder rannten die ausgetretenen Pfade entlang zum Spielplatz, und Hunde tobten auf den Wiesen. Tessa musste die Frage stellen, die sie beschäftigte, seit sie Nancy Pomeroys Reaktion auf Denver erlebt hatte. „Gibt es keine Frau in Los Angeles?"

„Tausende, würde ich schätzen."

„Du weißt schon, was ich meine."

Er lachte und erschreckte damit einen Vogel in den dünnen Zweigen über ihnen. Der Eichelhäher flog mit hörbarem Flügelschlag davon. „Du meinst, ob ich dort eine Geliebte habe?", fragte er belustigt.

Das hörte sich so kindisch an, dass sie es nicht mehr fertigbrachte, ihn anzusehen. „Letztlich spielt es ja gar keine Rolle", log sie.

„Oder vielleicht eine Affäre? Oder eine Verlobte?", ließ er nicht locker.

„Es war nur so eine Frage", erklärte sie, inzwischen wütend auf sich selbst. „Mach jetzt bloß kein großes Ding daraus."

Er grinste und zog sie vom Weg zum mächtigen Stamm eines Ahornbaumes. „Was glaubst du denn?", wollte er wissen, drängte sie gegen die kratzige Rinde und sah Tessa tief in die Augen.

„Ich glaube, es wäre ziemlich dumm von mir, anzunehmen, dass ein attraktiver Mann, der seine besten Jahre noch nicht hinter sich hat …"

„Die besten Jahre hinter sich hat?", rief er im Scherz empört.

„Ich sagte, noch *nicht* hinter sich hat. Wie dem auch sei, es ist sehr wahrscheinlich, dass in L. A. eine Frau auf dich wartet."

„Nicht eine", stellte er klar und berührte auf vertraute Weise ihre Wange, „sondern Dutzende."

„Du bist unmöglich!"

„Deshalb lieben die mich ja alle." Er stützte sich mit den Armen zu beiden Seiten ihres Kopfes an dem Baumstamm ab, sodass Tessa gefangen war. Über ihnen raschelten die Blätter im Wind.

„Sei mal ernsthaft!"

„Bin ich." Ein Lächeln umspielte seine Mundwinkel. „Eigentlich müsstest du mich besser kennen. Glaubst du wirklich, dass ich gleich mit jeder Frau ins Bett gehe, die Interesse signalisiert?"

„Ehrlich gesagt, habe ich das angenommen."

„Denkst du das immer noch? Bedeutet dir die vergangene Nacht denn gar nichts?" Sein Lächeln verschwand, und er berührte das Ende ihres Zopfes.

„Sie hat mir sehr viel bedeutet."

„Mir auch." Sie spürte seinen warmen Atem an ihrem Gesicht. Was er sagte, klang aufrichtig. Tessa sah die kleinen Lichtpunkte in seinen Augen und die Schweißperlen über den Brauen.

Sie schluckte schwer, und er bemerkte es, denn er sah hinunter zu ihrem Hals. „Ich kann dich nicht anlügen und dir erzählen, es habe keine anderen Frauen gegeben. Sieben Jahre sind eine lange Zeit. Aber erstens waren es nicht viele, und zweitens kann keine, absolut keine, dir das Wasser reichen."

Absurderweise war ihr nach Weinen zumute. Doch sie kämpfte gegen die Tränen an. Sachte streiften seine Lippen ihre. Sie schlang ihm die Arme um den Nacken, ohne sich um die jungen Mütter mit ihren Kleinkindern im Park zu kümmern, die Jugendlichen auf Fahrrädern, die älteren Männer und Frauen, die zusammen auf den Bänken saßen.

Denver drückte sie an sich, während er sie so heiß und leidenschaftlich küsste wie in der vergangenen Nacht. Als er endlich den Kopf hob, war er ein wenig außer Atem. „Allerdings ist deine Eifersucht auch ein bisschen schmeichelhaft", neckte er sie.

„Eifersucht?" Am liebsten hätte sie es abgestritten, doch es war zu offensichtlich.

„Gib es ruhig zu, Tess. Du bist eifersüchtig!"

„Ich hasse eifersüchtige Frauen."

„Und ich liebe sie." Er lachte erneut und zog sie aus dem Schatten des Baumes heraus, wo sie relativ ungestört gewesen waren. „Wie wäre es jetzt mit einem Mittagessen?"

„Du wechselst das Thema."

„Ich bin hungrig."

Seine gute Laune vertrieb ihre Besorgnis. „Ja, ich auch."

„Gut. Falls sich hier nicht allzu viel verändert hat, kenne ich ein tolles kleines Restaurant mit Blick auf Mount Helena."

Das Restaurant war längst nicht mehr da. Stattdessen fanden sie ein kleines italienisches Restaurant, nicht weit vom Gericht entfernt. Der Kellner brachte Pasta und Rotwein. Denver und Tessa stießen an.

„Auf ... eine lange und erfolgreiche Geschäftsbeziehung", erklärte Denver.

Tessa hätte sich beinah am Wein verschluckt. „Geschäftsbeziehung?"

„Na ja, du sagtest, du willst die Ranch kaufen."

„Will ich auch."

„Jetzt, wo Colton gefunden wurde und du deine Pferde verkauft hast ... du willst sie doch immer noch verkaufen, oder?"

Es schnürte ihr die Kehle zu, und sie musste ihr Glas abstellen. „Nate hat mir ein großzügiges Angebot gemacht", gestand sie.

„Dann müssen wir nur noch einen Vertrag aufsetzen, ihn unterschreiben und zur Bank bringen. Stimmt's?"

Plötzlich niedergeschlagen, nickte sie. „Falls Colton einverstanden ist."

„Und falls nicht – willst du meine Hälfte der Ranch trotzdem?"

„Ja", sagte sie mit Bestimmtheit, obwohl dabei ein Stück von ihr starb. All ihre Träume, die Ranch zu besitzen und mit Denver zusammen zu sein, schienen gerade vor ihren Augen zu zerplatzen. Ohne ihn bedeutete die Ranch ihr nicht viel. Tessa schob ihre Fettuccine auf dem Teller herum und versuchte zu essen. Aber ihr war der Appetit vergangen.

„Zuerst musst du deine Wettschuld einlösen“, erinnerte er sie.

„Und was passiert dann? Nachdem alles vertraglich geregelt und unterschrieben ist? Kehrst du dann einfach wieder nach Kalifornien zurück?“

„Was denn sonst?“ Er trank einen Schluck Wein und beobachtete sie.

„Tja, das weiß ich auch nicht“, gab sie leise zurück und riss sich zusammen. So ganz kampflos würde sie ihn nicht ziehen lassen. „Du hast gesagt, das zwischen uns letzte Nacht sei etwas Besonderes gewesen.“

„War es auch.“

„Aber es muss nicht ewig dauern – meinst du das?“

„Ich habe nicht gesagt …“

„Haben wir wieder nur so herumexperimentiert?“, schnitt sie ihm gereizt das Wort ab. „Um herauszufinden, ob es noch genauso gut ist wie damals in unserer Jugend?“

„Worauf willst du eigentlich hinaus?“

„Das gestern war mehr als nur ein One-Night-Stand. Für mich jedenfalls. Ich habe nicht sieben Jahre gewartet, um mich erneut benutzen und anschließend wegwerfen zu lassen!“

Ein Muskel zuckte in seinem Gesicht. „Es war nie meine Absicht, dich zu benutzen.“

„Trotzdem ist genau das passiert.“ Sie fühlte, dass ihre Wangen glühten, doch sie konnte ihren Zorn nicht mehr bändigen. Von der tiefen Kränkung ganz zu schweigen. „Ich will nicht wieder eine Affäre“, erklärte sie. „Die letzte zu überstehen war schon schwer genug.“

„Du warst damals erst neunzehn.“

„Und jetzt bin ich sechsundzwanzig, aber an meiner Einstellung hat sich nichts geändert“, sagte sie wütend. Sie warf ihre Serviette auf den Tisch und marschierte aus dem Restaurant. Draußen blendete sie die Sonne. Sie lief die Straße entlang, doch schon beim zweiten Block holte Denver sie ein. Er nahm ihre

Hand und drehte Tessa zu sich um.

„Was willst du von mir?", fuhr er sie an. „Einen Heiratsantrag?"

Ja! dachte sie. *Genau das!* „Ich versuche nicht, dich zu beeinflussen", antwortete sie stattdessen ausweichend.

„Ach nein?"

Am liebsten hätte sie ihn geohrfeigt und ihm befohlen, die Hände von ihr zu nehmen. Doch ihre Würde ließ nicht zu, den braven Bürgern von Helena einen solchen Streit zuzumuten. „Vergiss es einfach", zischte sie mit zusammengebissenen Zähnen und befreite sich von ihm.

„Darin liegt das Problem", erwiderte er seufzend. „Ich kann es nicht einfach vergessen. Ebenso wenig kann ich dich in Ruhe lassen. Aber ich kann dir auch nichts vormachen und dir Dinge versprechen, die nicht eintreten werden."

„Du brauchst mir das alles nicht zu erklären, schließlich habe ich dich nicht gebeten, mich zu heiraten." Sie wollte weitergehen, doch er folgte ihr, bis sie den Wagen erreichten, wo Tessa stehen bleiben musste. Der Wagen war abgeschlossen, und sie konnte schließlich nirgendwo anders hin. Es gab hier in dieser Stadt keinen Platz, an dem sie sich verstecken konnte.

„Wir müssen reden", meinte Denver grimmig und fuhr sich mit der vernarbten Hand durch die schwarzen Haare.

„Vielleicht hätten wir in der vergangenen Nacht einfach mehr reden sollen!"

Mit der Anspannung eines Panthers kurz vor dem Sprung lief er vor dem Wagen auf und ab. „Ich verstehe nicht, was du von mir willst …"

„Denver?" Ross' dröhnende Stimme übertönte die Verkehrsgeräusche.

Denver sah in die Richtung. Der drahtige junge Anwalt kam gerade mit seinem Aktenkoffer unter dem Arm die Stufen vor dem Gericht hinuntergelaufen. „Wir reden später weiter", wandte Denver sich leise an Tessa.

„Klar doch." Tessa hatte so ihre Zweifel.

„Verlass dich drauf“, sagte er und setzte für den Anwalt, der im Zickzack durch den Verkehr lief, ein freundliches Gesicht auf.

„Ich habe in der Kanzlei angerufen, und Nancy berichtete mir, dass Sie auf mich warten“, begrüßte Ross ihn und streckte ihm die Hand entgegen. „Allerdings habe ich nicht erwartet, dass Sie auf den Stufen vor dem Gericht campieren würden.“

„Wir haben nicht … wir hatten gerade eine Diskussion. Ross, darf ich Ihnen Tessa Kramer vorstellen. Tessa, das ist Ross.“

Auf Ross' schmalem Gesicht erschien ein Grinsen. „Ich habe schon viel von Ihnen gehört, Miss Kramer. John McLean war einer ihrer größten Fans.“ Er schüttelte ihr die Hand, doch Tessas Blick wanderte zwischen dem teuren Anzug des Anwalts und Denvers verärgertem Blick hin und her.

„John war gut zu mir, und er war wie ein Familienmitglied für mich. Wir vermissen ihn.“

„Das tun wir doch alle.“ Ross warf Denver einen Blick zu. Dessen Miene wirkte versteinert.

„Haben Sie Neuigkeiten über Colton?“, verlangte Denver zu erfahren.

Ross griff in seine Innentasche und zog eine lange dünne Zigarre heraus. „Geht es darum?“

„Miss Kramer möchte die Ranch kaufen … die ganze Ranch. Wir müssen mit meinem Bruder sprechen, um uns über den Verkauf einig zu werden. Da Sie mit der Nachlassverwaltung seiner Immobilie zu tun haben, möchte ich, dass Sie die Details ausarbeiten.“

„Falls Colton einverstanden ist.“ Ross ließ sein Feuerzeug aufflammen und zündete paffend seine Zigarre an. Kleine blaue Qualmwölkchen stiegen über seinem Kopf auf.

„Auch wenn er nicht verkaufen will, möchte sie meine Hälfte erwerben.“

Ross blinzelte nachdenklich durch den Rauch. „Es sei denn, Colton will die ganze Ranch. Johns Testament enthält eine Verfügung, und die lautet: Sollte einer der Brüder seinen Anteil nicht wollen, hat der andere das Recht, ihn zum gängigen Marktwert auszuzahlen."

Tessas Mut sank. Sie war nicht nur dabei, Denver an die bunten Lichter der Großstadt Los Angeles zu verlieren, sondern verlor vielleicht auch noch die Chance auf den Kauf der Ranch. Dass sie ihre Pferde verkaufte und den Kredit von der Bank bekam, nützte ihr am Ende womöglich gar nichts, wenn Colton den ganzen Besitz für sich behalten wollte. Obwohl er seit Jahren in Übersee war, würde er seinen gefährlichen Job vielleicht an den Nagel hängen. Möglicherweise wollte er nicht mehr länger in der Welt herumwandern, sondern sich in dem Tal niederlassen, in dem seine Familie seit Generationen lebte.

„Colton wird die Ranch ebenso wenig wollen wie ich", erklärte Denver. „Auch er ist kurz nach dem Feuer fortgegangen und seitdem nicht mehr zurückgekommen."

„Ein Mann kann seine Meinung ändern, wenn ihm das Land plötzlich gehört."

„Für mich gilt das jedenfalls nicht", sagte Denver und sah nachdrücklich zu Tessa.

„Sie sind nicht Ihr Bruder. Kommen Sie, wir können uns bequemer in meinem Büro unterhalten."

In eine dichte Qualmwolke gehüllt, ging Ross voran. Kurz darauf saßen sie um seinen Schreibtisch herum. „Sie sind also wegen Colton hier."

„Haben Sie etwas von ihm gehört?", fragte Denver und musterte den Anwalt.

Ross schüttelte den Kopf. „Nicht von ihm selbst. Aber der Privatdetektiv hat wieder angerufen. Er ist sich sicher, dass es sich bei dem Mann, den er gesehen hat, um Colton handelt. Allerdings hat sich sein Äußeres verändert. Der Privatdetektiv ist nur noch nicht nah genug an ihn herangekommen, um mit ihm zu sprechen. Es ist ziemlich heikel."

„Heikel?", hakte Tessa nach. „Inwiefern?"

„Es ist gefährlich, weil niemand will, dass Coltons Tarnung auffliegt", erklärte Denver und trommelte dabei mit den Fingern auf der Armlehne seines Ledersessels.

„Das hört sich ja an, als sei er ein Spion."

„Das kommt der Sache schon recht nahe", sagte Denver.

„Ich habe keine Ahnung, wann wir etwas von Colton persönlich hören werden", gestand Ross. „Aber der Privatdetektiv wird sich in einigen Tagen wieder melden. Hoffentlich haben wir dann Kontakt zu Colton."

Denver wirkte angespannt. „Richten Sie Ihrem Mann aus, dass ich mit meinem Bruder sprechen will."

„Ich werde es versuchen."

„Und sollte Colton zufällig selbst anrufen, erklären Sie ihm, worum es geht. Erzählen Sie ihm von John und dem Land. Informieren Sie ihn darüber, dass wir einen Käufer haben."

Ross machte sich Notizen und schrieb Tessas Namen auf das gelbe Papier seines Blocks.

„Vielleicht sollten Sie lieber nicht erwähnen, wer die Ranch kaufen will", entschied Denver mit Blick auf die Notizen des Anwalts.

„Warum nicht?"

Denver sah zu Tessa. „Colton und die Kramers haben sich nie so richtig verstanden."

Tessa bekam einen trockenen Mund. Es war schon schlimm genug gewesen, sich mit Denvers Vorwürfen auseinanderzusetzen. Gar nicht auszudenken, was Colton von sich geben würde, wenn er zurückkam. Damals war er von seiner Meinung nicht abzubringen gewesen, und sie bezweifelte, dass sich bis heute etwas daran geändert hatte.

Insgeheim fragte sich Tessa immer noch, ob Colton nicht vielleicht selbst hinter dem Unfall steckte. Eigentlich hatte er mit John in der Stadt sein sollen, als der Stall in Flammen aufging. Aber dort war er nicht gewesen, das hatte John später zugegeben. Außerdem war Colton sehr schnell zurück auf der Ranch, fast unmittelbar nach Ausbruch des Feuers. Wie dem auch sei, Tessa hatte derlei Überlegungen lieber für sich behalten. Unbewiesene Verdächtigungen waren eher eine Sache der

McLeans, und auf dieses Niveau wollte sie sich nicht herablassen. Trotzdem machte ihr die Vorstellung, Colton wiederzusehen, zu schaffen. Erst musste sie Colton gegenübertreten und dann zusehen, wie Denver nach Los Angeles verschwand. Déjà-vu, dachte sie müde.

„... werde ich Sie sofort informieren, sobald ich irgendetwas höre“, versicherte Ross Denver.

„Gut. Sorgen Sie nur dafür, dass wir Colton durch unsere Kontaktaufnahme nicht in Gefahr bringen.“ Denver streckte dem Anwalt die Hand entgegen.

„Ich werde mein Bestes geben!“ Der drahtige Anwalt schüttelte Denver die Hand, sah dabei jedoch Tessa an. „Hat mich gefreut, Sie kennenzulernen, Miss Kramer.“

„Mich auch.“

Auf dem Heimweg sprach sie kaum mit Denver. Sie hielten zum Abendessen bei einem Restaurant, das einem jungen Paar gehörte, und in dem Gerichte „nach geheimem Familienrezept“ serviert wurden. Es war voll, und an den Tisch, den sie bekamen, passten vier Paare, die dort auch tatsächlich untergebracht wurden, ohne dass man sich zu nahe kam.

Tessa aß ihr Huhn und die Knödel, ohne auch nur einen Bissen wirklich zu schmecken. Sie konnte an nichts anderes denken als daran, dass Denver vorhatte, sie erneut zu verlassen. Natürlich hatte er ihr keinerlei Versprechungen gemacht, das war ihr durchaus klar. Außerdem blieb ihnen ja noch ein wenig Zeit, die sie gemeinsam verbringen konnten – hier und in Kalifornien. Doch die Aussicht, den Rest ihres Lebens ohne ihn zu verbringen, war deprimierender, als sie sich jemals vorgestellt konnte. In den vergangenen sieben Jahren hatte sie gewusst, dass sie ihn irgendwann, irgendwo wiedersehen würde. Jetzt aber sah es so aus, als würden sie, sobald er wieder in Los Angeles wäre, nur noch vierteljährlich geschäftlichen Kontakt haben, bis sie die Ranch ganz bezahlt hatte.

Und was dann? Würde er nach Montana zurückkehren, wann immer ihm danach war, um nach Tessa zu sehen? Würde er eine Nacht mit ihr verbringen und am nächsten Tag wieder verschwinden? Sie fühlte sich benommen, ihre Augen brannten, und sie konnte kaum atmen.

Tessa stand schwankend auf. „Ich brauche dringend frische Luft“, verkündete sie und wartete nicht auf Denvers Reaktion. Sie lief aus dem Restaurant und blieb erst auf dem Parkplatz wieder stehen, wo sie tief ein- und ausatmete und sich im Stillen dafür Vorwürfe machte, dass sie diesen Mann liebte.

Dann hörte sie seine Schritte hinter ihr, und ehe sie sich umdrehen konnte, hatte er die Arme bereits um ihre Taille gelegt. Sie spürte seinen warmen Atem im Nacken. „Ich habe mich wie ein Idiot benommen“, sagte er. Tessa ballte kraftlos die Fäuste.

Sie konnte ihm nicht widersprechen. „Es geht alles viel zu schnell. Die Ranch, Colton, du. Es läuft alles völlig anders, als ich es mir gedacht habe.“

„Kein Ende wie im Märchen?“, neckte er sie.

„Ich dachte, das hätte ich verdient.“

„Was willst du denn eigentlich?“

Dich, rief ihr Herz. *Nur dich!*

„Wenn du die Ranch willst, werde ich sie dir verkaufen. Und wenn du Coltons Anteil willst, werde ich ihn davon überzeugen, dass du die am ehesten geeignete Käuferin bist. Wenn du Geld brauchst, werde ich es dir leihen. Was immer dich glücklich macht …“

Seine Worte gaben ihr einen Stich. „Die Ranch ist alles, was ich mir jemals gewünscht habe“, flüsterte sie, obwohl sie diese Lüge kaum herausbrachte. *Sag es ihm! Sag ihm, dass du ihn liebst!* Aber ihr Stolz hinderte sie daran, es auszusprechen.

„Dann brauchst du dir keine Sorgen zu machen. Um Colton kümmere ich mich.“ Er küsste ihren Nacken, die zärtliche Berührung sandte sinnliche Schauer durch ihren Körper.

„Gehen wir“, murmelte sie.

Denver zerrte heftig am Knoten seiner Krawatte, die er immer noch um den Hals trug. Dann warf er sein Jackett auf den Rücksitz des Wagens. Nachdem er sich die Hemdsärmel hochgekrempelt hatte, half er Tessa beim Einsteigen und setzte sich hinter das Lenkrad.

Die meiste Zeit sprachen sie nicht. Die Sonne des späten Nachmittags versank langsam hinter den Berggipfeln im Westen und ließ den Himmel pinkfarben und golden aufleuchten.

Tessa schloss die Augen, verdrängte ihre Sorgen und lehnte sich zurück, während Denver in der restlichen Hitze des Tages den Wagen Richtung Norden lenkte. Als sie am Häuschen ihres Vaters vorbeikamen und der Weg zur McLean-Ranch in Sicht kam, hatte die Dämmerung bereits eingesetzt.

„Fast zu Hause“, bemerkte Tessa.

„Noch nicht ganz“, erwiderte Denver, trat auf die Bremse und bog vom Weg ab.

„Was machst du?“, rief Tessa überrascht.

Ein verwegenes Lächeln erschien auf seinem Gesicht. „Ich finde, wir haben uns einen kleinen Umweg verdient.“ Eine Viertelmeile, nachdem sie den Weg zur Ranch verlassen hatten, bogen sie in den früheren Weg zur Silbermine ein. Kaum mehr als zwei Spuren im ausgeblichenen Präriegras, schlängelte sich dieser Weg kurvenreich entlang des Sage Rivers und vorbei am Land der Aldridges, um schließlich sanft ansteigend in die Ausläufer des Gebirges zu führen.

„Wohin fahren wir?“, fragte Tessa, obwohl sie es längst erraten hatte. Dieser Weg führte nicht nur zur verlassenen Mine, sondern auch zu dem Hügel, auf dem Denver und sie zum ersten Mal miteinander geschlafen hatten. Nervös tastete sie nach dem Türgriff und legte die Finger um die Armlehne.

Der kleine Wagen holperte und schleuderte hin und her und wirbelte eine Staubwolke auf. Denver musste die Scheinwerfer einschalten, während sie den von Bäumen gesäumten Weg entlangfuhren, da es immer dunkler wurde. „Ich wollte diesen Ort nur einmal wiedersehen.“

„Nichts hat sich hier verändert“, erklärte sie mit einem flauen Gefühl im Magen. Ihre Handflächen wurden feucht. Sie hatte oft hier auf dem Hügel gesessen, öfter, als sie zählen mochte, und sich daran erinnert, wie wundervoll jener Nachmittag damals gewesen war. Bis der Rauch des Feuers aufstieg, die Flammen hochschlugen und sich ihr ganzes Leben veränderte.

Sie kamen auf eine Lichtung, wo Denver anhielt und die Scheinwerfer ausschaltete. Nur der Mond und die Sterne erhellten die Nacht und ließen das trockene Gras schimmern. Zwei kleine, schon verfallene Hütten stellten die letzten Erinnerungen an die Mine dar, deren Silber nur in John McLeans Träumen existiert hatte.

Denver stieg aus dem Wagen, streckte sich und rieb sich die Schultermuskeln.

Tessa gesellte sich zu ihm. „Wie heißt es doch gleich in dem Sprichwort – man sollte niemals zurückschauen?“, fragte sie und versuchte locker zu klingen, obwohl sie Herzklopfen hatte.

„Falls sich das auf L. A. bezieht, irrt sich das Sprichwort.“ Er bewegte sich geschickt durch das Gelände und wich Brombeerranken und Gestrüpp aus, die sich in seinen Hosenbeinen verfangen wollten. Ein kurzer Pfad führte hinauf zum Bergkamm.

Tessa kletterte ihm hinterher. „Das bezog sich eher auf diesen Ort.“ Ein Zweig blieb an ihrem Rock hängen, ein Ast verhakte sich in ihren Haaren. Trotzdem schaffte sie es, ihn kurz vor der Bergkante einzuholen.

Majestätische Kiefern ragten hoch auf, der Wind rauschte in ihren nadelbesetzten Ästen. Das Mondlicht erhellte das Tal, in dem sich das Vieh auf den Weiden als dunkle Punkte abhob. Die Fenster des Farmhauses waren erleuchtet, und man konnte den sich durchs Land schlängelnden Sage River sehen, auf dessen Wasser die Sterne glitzerten. In der Ferne schimmerten golden die Fenster des Häuschens, in dem Tessas Vater wohnte.

„Wie kannst du von hier weggehen?“, fragte sie laut.

Denver sah sie an. „Es ist nicht das Land“, sagte er leise. „Oder die Arbeit. Aber das Leben auf einer Ranch hinter mir zu lassen fällt mir nicht besonders schwer.“ Er berührte sanft ihren Arm. „Schwer ist nur, dich zu verlassen.“

Tessa seufzte. Sie traute ihren Ohren kaum. Aber seine Worte waren leicht dahergesagt. Das kannte sie schon. „Du musst nicht fortgehen."

„Vor allem muss ich nicht die gleiche Unterhaltung noch einmal führen, die wir vor langer Zeit hatten."

Bei der Erinnerung an ihren Streit stieg Wehmut in ihr auf. Genau wie damals würde nichts, was sie sagte, ihn aufhalten. Heute war er bereit, ihr seinen Teil der Vergangenheit zu verkaufen – die Bäume, den Boden, den Fluss und die Gebäude. Doch das Eine, das sie sich am meisten wünschte, konnte er ihr nicht geben – seine Liebe.

Wütend auf sich selbst wegen dieser Gefühle, die er nicht erwiderte, wandte sie sich ab. Sie konnte ihm nicht mehr ins Gesicht sehen, deshalb schaute sie lieber wieder in das Tal. Doch er legte ihr seinen Zeigefinger unter das Kinn und zwang sie, in seine Augen zu schauen. Ihre Halsschlagader pulsierte heftig, und bevor Tessa etwas sagen konnte, presste er die Lippen auf ihre. Er küsste sie lang, wild und leidenschaftlich, und dieser Kuss berührte sie zutiefst. Auf nur allzu vertraute Weise schlüpfte seine Zunge in ihren Mund, während er ihren Zopf löste, sodass ihr Haar auf ihre Schultern herabfiel.

Sie wusste, dass es besser wäre, ihn aufzuhalten. Doch die Abendstimmung und ihre Begierde waren stärker. Sie schaffte es nicht, sich von ihm abzuwenden. Ebenso gut hätte sie versuchen können, das Atmen einzustellen oder ihr pochendes Herz zu beruhigen.

Nur noch ein Mal, dachte sie, all ihre Zweifel verdrängend. *Lieb mich nur noch ein einziges Mal!*

Während er behutsam mit ihr auf den Boden sank, genau an der Stelle, an der sie vor vielen Jahren zum ersten Mal miteinander geschlafen hatten, protestierte sie nicht. Stattdessen folgte sie ihm bereitwillig und erwiderte sein wundervolles Verlangen.

Solange Denver hier war, würde sie mit ihm zusammen sein und jeden Augenblick genießen. Auch wenn sie ganz genau wusste, dass er am Ende fortgehen würde.

10. KAPITEL

Ich habe gesehen, wie es passiert ist“, erklärte Mitchell, als er und Tessa am nächsten Tag Brigadier in seiner Box untersuchten. Der Hengst ließ den Kopf hängen und schonte seinen rechten Vorderlauf. „Er hat sich einen Stein auf dem Hof eingetreten.“

Tessa betrachtete das Tier besorgt. „Armes Baby. Lass uns mal einen Blick darauf werfen.“ Sie hob seinen Huf, wich aber schnell wieder zurück, da Brigadier versuchte, sie zu beißen. „Hey, sei vorsichtig!“

„Ich halte seinen Kopf fest“, bot Mitchell an und streichelte den schlanken Hals des Pferdes. „Hoffentlich lahmt er nicht. Das könnte dir dein Geschäft mit Nate Edwards verderben.“

„Das spielt überhaupt keine Rolle“, sagte sie scharf, während sie den empfindlichen Huf des Tieres untersuchte. Brigadier rollte mit den Augen und legte die Ohren an. „Sieht wie eine leichte Prellung aus“, sagte sie. Brigadier schnaubte und zog heftig an der Leine. „Hol mir mal die Werkzeugkiste und hilf mir, dieses Hufeisen herunterzubekommen.“

Gemeinsam entfernten sie das Hufeisen, und Tessa schnitt die geprellte Stelle am inneren Huf ab. „Ich fülle es mit einem Wickel, aber wir sollten trotzdem Craig Fulton Bescheid sagen, damit er es sich noch einmal ansieht“, sagte Tessa.

Craig war der junge Tierarzt, der auf einer nahen Ranch lebte. Er führte eine Tierarztpraxis für große Nutztiere und kleinere Haustiere, die ein wenig außerhalb von Three Falls lag.

„Ich rufe ihn an“, erbot Mitchell sich.

„Gut, dann mache ich das hier fertig.“

Mitchell verließ die Scheune, um den Tierarzt anzurufen, während Tessa die Prellung am Huf säuberte und mit einer Kompresse füllte. Nachdem sie sichergestellt hatte, dass es dem Hengst wieder besser ging, streichelte sie seine Blesse und gab ihm ein Apfelstück. Im Nu hatte er den Leckerbissen gefressen.

„Dein Appetit ist dir ja zum Glück geblieben“, sagte sie und streichelte sein weiches Maul, ehe sie die Tür zu seiner Box schloss.

Das Scheunentor wurde quietschend geöffnet, und Tessa schaute über die Schulter, in der Erwartung, ihren Bruder zu erblicken. Aber es war Denver. Sie hatte ihn erst vor knapp einer Stunde in seinem Büro verlassen, und doch bekam sie bei seinem Anblick schon wieder Herzklopfen.

Er war so groß und maskulin … und zwinkerte ihr verführerisch zu. „Ich dachte mir schon, dass ich dich hier finden würde."

Sie atmete schneller.

In dem grauen Sportsakko, der schwarzen Hose und dem weißen Hemd sah er äußerst gut aus – aber leider wie jemand, der in ein Bürohochhaus in irgendeiner Großstadt gehörte.

Tessa hingegen trug eine staubige Jeans und ein kariertes Hemd. Nicht gerade Haute Couture.

„Brigadier schont seinen rechten Vorderlauf. Ich vermute, es lag an einer Prellung am Huf", erklärte sie.

„Ich weiß. Mitch hat in der Küche telefoniert."

„Hast du etwa gelauscht?", neckte sie ihn.

„Glaubst du, dass Pferdegebrechen mich so sehr interessieren? Nein, ich bin auf dem Weg nach Helena. Jim van Stern hat angerufen. Er will, dass Ross ein paar Schriftstücke aufsetzt." Er legte ihr den Arm um die Taille. „Ich dachte, du würdest vielleicht gern mitkommen." Sein verwegenes Lächeln erschien, und in seinen blauen Augen lag ein dreistes Funkeln.

„Zu gern", gab sie zu, denn sie wollte jede Minute eines jeden Tages mit ihm zusammen sein.

„Dann tu es", flüsterte er ihr ins Ohr. „Gönn dir mal was. Wir könnten die Nacht miteinander verbringen, uns das Abendessen aufs Zimmer bringen lassen … und für immer im Hotel bleiben."

„Wer ist denn jetzt der Träumer?", neckte sie ihn, obwohl diese Vorstellung auch ihre erotischen Fantasien anregte.

Er küsste ihren Nacken. Seine Lippen fühlten sich warm und

verlockend an. „Komm schon, Tess.“

Mehr als alles auf der Welt wollte sie mit ihm gehen. „Du weißt, dass ich nicht kann. Nicht solange Brigadier lahmt.“

„Der Tierarzt wird sich um ihn kümmern.“

Sie schüttelte den Kopf und spielte mit den Knöpfen an seinem Hemd. „Wie wäre es, wenn wir das verschieben?“

Denver lächelte gewinnend. „Na schön. Wie wäre es morgen Abend?“

„Du hast vor, erneut den ganzen Weg nach Helena zu fahren?“

„Für eine Nacht mit dir allein?“ Er zwinkerte ihr zu. „Auf jeden Fall.“

„Hier sind wir nachts auch allein.“

„Das ist nicht dasselbe. Jeden Moment kann dein Vater auftauchen oder dein Bruder. Oder Milly.“ Er küsste sie auf die Stirn. „Ich möchte irgendwo mit dir allein sein, wo uns tagelang niemand findet.“

Wow, das könnte ganz schön heiß werden … „Das hört sich wunderbar an“, flüsterte sie. Denver küsste sie zärtlich auf die Lippen, und Tessa schlang ihm die Arme um den Nacken. Brigadier hob den Kopf über die Boxentür und stupste Tessa an.

Sie verlor das Gleichgewicht und stieß gegen Denver, der überrascht lachte.

„Da ist aber jemand eifersüchtig“, stellte er fest. „Pass lieber auf, mein Freund“, wandte er sich an den Hengst. „Die gehört nämlich mir.“

Brigadier warf den Kopf zurück. Einen Moment lang brachte Tessa keinen Ton heraus, sondern streichelte nur stumm die Nase des Tieres. „Ich werde dich vermissen“, sagte sie mit leiser Stimme.

„Dann ist der Verkauf also beschlossen?“

Tessa nickte. „Nate will Brigadier und die Stuten morgen abholen.“

Als verstünde er die Unterhaltung genau , wieherte der Hengst klagend.

Denver drückte Tessa an sich. „Du musst ihn nicht verkaufen."

„Ich möchte lieber nicht darüber sprechen." Sie versuchte, sich von ihm loszumachen, aber er hielt sie fest.

„Ich weiß, wie sehr du an deinen Pferden hängst."

„Sie sind wie eine Familie für mich", gestand sie.

„Deshalb solltest du sie auch behalten."

„Ist das ein Versuch, mich vom Kauf der Ranch abzubringen?"

„Überhaupt nicht", versicherte er ihr. „Aber vielleicht finden wir einen anderen Weg der Finanzierung."

„Ich wüsste nicht, welchen."

„Zum Beispiel könnte ich auf die Anzahlung verzichten und dir das Geld als zinsloses Darlehen überlassen."

„Und wie wird Colton dazu stehen?"

Denvers Miene verhärtete sich. „Mit dem werde ich reden. Vorausgesetzt, ich bekomme ihn jemals wieder zu Gesicht."

Tessa dachte über ihre Alternativen nach. Hier, an Denvers muskulöse Brust geschmiegt, während sie seinen gleichmäßigen Herzschlag hörte und seinen warmen Atem in ihrem Haar spürte, war sie geneigt, jedem seiner Vorschläge zuzustimmen. Aber sie wollte ihm nicht in irgendeiner Weise verpflichtet sein.

„Ich finde, ich sollte mir kein Geld von dir leihen", erklärte sie. „Die Leute könnten einen falschen Eindruck bekommen."

Plötzlich wirkte er angespannt und sogar ein wenig wütend. „Du meinst so, wie manche Leute von dir und John einen falschen Eindruck hatten?"

Empört befreite sie sich aus seiner Umarmung. „Das war etwas ganz anderes, das weißt du genau!"

„Woher denn?"

„Ich habe nicht mit John geschlafen!" Diese absolut ungerechte Unterstellung brachte sie wirklich auf die Palme. „Ich dachte, das hätten wir längst geklärt."

„Haben wir auch", bestätigte er in scharfem Ton. „Ich verstehe nur nicht, warum du mit John etwas aushandeln konntest, mit mir aber nicht."

„Weil wir beide, du und ich … zusammen sind!"

„Umso mehr Grund, sich gegenseitig zu helfen."

„Aber nicht auf diese Weise", widersprach sie. „Ich kann keine Geschenke von dir annehmen und auch keine Darlehen ohne jede Sicherheit."

„Warum nicht?"

„Weißt du das denn nicht?", fragte sie verwundert. „Ist dir denn nicht klar, dass ich dir gegenüber zu nichts verpflichtet sein will. Und du sollst dich mir gegenüber zu nichts verpflichtet fühlen. Abgesehen davon warst du derjenige, der sich nicht festlegen wollte, was diese Beziehung angeht. Du kannst es doch kaum erwarten, nach Los Angeles zurückzukehren."

„Ich dachte, du kommst mit", erinnerte er sie.

„Das würde es doch nur noch schlimmer machen! Ich kann mir kein Geld von dir leihen und dir dann wie ein verliebtes Kalb nach Kalifornien folgen. Ich gehöre ebenso wenig zum Rodeo Drive wie …"

„… wie ich in ein Kaff wie Three Falls, Montana", unterbrach er sie.

„Du bist hier geboren und aufgewachsen!"

„Das war wohl eher ein Versehen."

Sie starrte ihn fassungslos an. „Hasst du es denn so sehr hier?"

Er unterdrückte den Impuls, mit Ja zu antworten. *Ja, ich hasse diese verdammte Ranch und all die damit zusammenhängenden Erinnerungen. Erinnerungen an Schmerz und Leid, dicken Rauch und lodernde Flammen.* Trotzdem hielt er den Mund, denn er hasste weder das Tal noch die Ranch. Seine Abneigung war längst Geschichte. Dennoch lockte ihn nicht das Land, sondern einzig und allein Tessa.

„Ich muss los", sagte er mit versteinerter Miene. „Kommst du nun mit?"

„Nein", sagte sie. „Ich bleibe lieber hier. Der Tierarzt ist wahrscheinlich schon unterwegs."

„Dann sehen wir uns morgen wieder.“ Er wandte sich ab und lief den Gang zwischen den Pferdeboxen hinunter. Am Tor stieß er beinah mit Mitch zusammen. Denver fluchte nur leise vor sich hin und setzte seinen Weg unbeirrt fort.

Mitch sah ihm hinterher. „Was war denn mit dem los?“, wollte er von Tessa wissen.

„Frag mich nicht.“

Mitch musterte sie skeptisch. „Ich frage dich aber. Und du solltest mir lieber erklären, was zwischen euch beiden läuft.“

„Nichts.“

„Na klar.“

„Habe ich dir doch schon gesagt: Es ist rein geschäftlich.“

Mitch fuhr sich genervt durch die Haare. „Na schön, du hast gewonnen. Von mir aus behalte es für dich. Wenn du Denver McLean willst, kann ich dich wohl kaum davon abbringen.“ Er grinste gequält. „Ich hoffe nur, er wird dich glücklich machen.“

„Ich bin glücklich“, sagte sie, drehte sich wieder zu Brigadier um und wechselte das Thema. „Hast du den Tierarzt angerufen?“

Mitch nickte. „Craig hat zu tun, aber seine Assistentin ist unterwegs.“

„Assistentin?“

Das Grinsen in seinem Gesicht verwandelte sich in ein breites Lächeln. „Genau. Cassie Aldridge. Erinnerst du dich an sie?“

„Wie könnte ich sie vergessen?“ Tessa lächelte schwach. Cassie war einige Jahre jünger als sie, und es gab Gerüchte, Cassie habe sich an Colton McLean herangemacht. Leider hatte sie sich ebenso töricht benommen wie Tessa im Hinblick auf Denver.

„Gut, dass Colton noch nicht wieder da ist“, bemerkte Mitch.

„Ach, es ist ja schon lange her“, sagte Tessa. „Wahrscheinlich hat Cassie sich völlig verändert.“

„Na ja, sie ist nicht verheiratet. Zumindest hat sie ihren Namen behalten.“

Tessa kraulte Brigadiers Stirnlocke. „Es spielt keine Rolle, ob sie verheiratet ist oder nicht. Hoffen wir lieber, dass sie sich um unseren Jungen hier kümmern kann."

Eine Stunde später wurde Tessa klar, dass Cassie Aldridge sich in den vergangenen sieben Jahren sehr verändert hatte. Sie war nicht mehr der Teenager, der heftig für einen der McLean-Brüder schwärmte, sondern eine erwachsene Frau mit glänzendem schwarzem Haar und intelligenten braunen Augen, schlank und athletisch. Außerdem wusste sie geschickt mit Brigadier umzugehen, während sie seinen Huf untersuchte.

„So schlimm sieht es nicht aus", verkündete sie, nachdem sie die Boxentür hinter sich geschlossen hatte. „Der Wickel sollte helfen. Sorg dafür, dass er sich für den Rest der Woche schont, und halte den Huf sauber."

Erleichtert begleitete Tessa die junge Tierärztin aus der Scheune. Draußen war der Himmel bedeckt, Wolken hingen tief über dem Tal, doch es war heiß und windstill.

„Brigadier ist ein schönes Tier", stellte Cassie fest. Sie öffnete die Tür ihres alten Dodge, hielt jedoch inne, ehe sie in die glühend heiße Fahrerkabine stieg.

„Der beste Hengst weit und breit. Aber das weißt du ja, weil ich ihn von deinem Vater gekauft habe."

„Stimmt", bestätigte Cassie und runzelte leicht die Stirn. „Ruf mich an, falls es ihm schlechter geht – oder besser. Ich bin an guten wie an schlechten Nachrichten interessiert."

„Mach ich", versprach Tessa.

Cassie stieg in ihren staubigen Wagen, legte den Gang ein und fuhr davon.

Am nächsten Tag öffnete Tessa das Scheunentor und wurde von aufgeregtem Wiehern begrüßt. Brigadier scharrte im Stroh in seiner Box. Sein Blick war klar, die Ohren aufgerichtet, und er schonte kaum noch den verletzten Huf.

„Du bist ein medizinisches Wunder, was?", neckte Tessa ihn und kraulte ihn liebevoll hinter den Ohren, bevor sie ihm eine

Karotte gab, die er geräuschvoll kaute.

Froh über seine Genesung, striegelte sie sein rostfarbenes Fell, bis es wie poliertes Kupfer glänzte. Während sie ihn mit dem Striegel bearbeitete, schweiften ihre Gedanken ab und landeten wie immer bei Denver. Seit der gestern den Stall verlassen hatte, musste sie ständig an den Streit denken. Die Auseinandersetzung war albern und sinnlos gewesen, wie so oft in solchen Fällen. Trotzdem empfand sie immer noch Wut.

„Er sieht schon viel besser aus", bemerkte Mitchell irgendwo hinter ihr.

Tessa zuckte vor Schreck zusammen. „Mann, du hast mich erschreckt", sagte sie mit einem nervösen Lachen.

„Hast du mich denn nicht hereinkommen gehört?"

„Nein, ich war ... in Gedanken."

Mitchell schüttete Getreide in den Trog und folgte Tessa anschließend nach draußen. „Lass mich raten: Du hast an Denver gedacht." Er wirkte ein wenig besorgt, und um seinen Mund hatten sich tiefe Falten gebildet. Aber enthielt sich jedes weiteren Kommentars, und dafür war Tessa ihm dankbar, weil sie selbst schon genug gegrübelt hatte und auf jeglichen Tadel ihres Bruders verzichten konnte. Sie wischte sich den Schweiß von der Stirn und wusch sich die Hände mit dem kalten Wasser aus einem Wasserhahn in der Nähe des Stalls. „Ich fahre in die Stadt, um noch mehr Draht für den Zaun an der Grenze des Aldridge-Landes zu kaufen. Willst du mitkommen?", fragte er.

„Ich kann nicht."

„Warum nicht?"

„Weil ich noch einiges zu erledigen habe."

„Wie zum Beispiel darauf zu warten, dass Denver auftaucht?"

„Wie zum Beispiel die Rechnungen durchzusehen."

„Ach, komm schon, bleib entspannt. Die Rechnungen laufen dir nicht weg."

„Ja, leider."

„Ich spendiere dir einen Hamburger", bot er augenzwinkernd an. „Oder ich lasse mich von dir einladen."

„Warum sollte ich das tun?"

„Weil ich ein so toller Bruder bin."

Sie lachte. „Oh Mann. Aber im Ernst, ich kann jetzt nicht weg. Ich erwarte Nate Edwards am Nachmittag."

Mitchells Miene wurde traurig. „Das war's also. Du wirst einen Teil deiner Herde tatsächlich verkaufen. Unglaublich."

„Es ist wirklich kaum zu fassen, nicht wahr?" Bei der Vorstellung daran versagte ihr beinah die Stimme. Sie zuckte die Schultern. „Aber jetzt ist es eben doch so weit. Außerdem wird Nate gut zu ihnen sein."

„Sei dir nur sicher, dass es auch das ist, was du wirklich willst", sagte Mitch, ehe er sich auf den Weg zum Maschinenschuppen machte. „Und falls du deine Meinung doch noch ändern und zu der Erkenntnis kommen solltest, dass du unbedingt einen Doppel-Cheeseburger mit Bacon brauchst, sag mir Bescheid."

„Mach ich."

Sie hörte Nate Edwards' Transporter, bevor sie den Wagen mit dem langen Pferdeanhänger über die Auffahrt rumpeln sah, eine Staubwolke hinter sich herziehend.

Tessa zwang sich, eine fröhliche Miene aufzusetzen, und winkte Nate zu. Er sprang aus der Fahrerkabine, und seine Tochter Sherrie schnallte sich ab, um ebenfalls auszusteigen. „Tessie!", rief sie begeistert und rannte in Tessas ausgebreitete Arme.

„Wie geht es dir, meine Süße?", fragte sie und wirbelte das kleine Mädchen durch die Luft.

„Ich will mein neues Pferd sehen! Wo ist er?", rief sie und verschränkte trotzig die Arme vor der Brust.

„Es ist eine Sie", erinnerte ihr Vater sie. „Du bekommst eine der Stuten. Schon vergessen?"

„Na schön, dann eben: Wo ist sie?"

„Dort drüben." Tessa trug Sherrie zum Zaun, hinter dem Red Wing mit dem Schweif wedelte. Das Fohlen, das sie in sich

trug, wölbte schon ihren Bauch.
„Ich will auf ihr reiten!"
„Das darfst du auch."
„Sofort!"
„Auf keinen Fall", sagte Nate und nahm Tessa das Kind ab. „Vielleicht später, wenn wir zu Hause sind."
„Aber Tessa hat mir versprochen, dass sie mir reiten beibringt!"
„Das werde ich auch", sagte Tessa. „Sobald deine Mom und dein Dad es erlauben."
„Dann wird es ja nie was", murrte Sherrie und zog einen Schmollmund.
„Sag niemals nie", riet Tessa ihr. „Denn wenn du am wenigsten damit rechnest oder es gar nicht willst, passiert es doch." Wie oft hatte sie sich gesagt, dass sie sich auf keinen Fall wieder in Denver McLean verlieben würde?
Sherrie sah sie rebellisch an, als wäre ihre Freundin zum Feind übergelaufen.
„Ich hätte dich anrufen sollen", wandte Tessa sich an Nate. „Brigadier hat einen verletzten Huf. Cassie Aldridge hat ihn sich angesehen und gemeint, wir sollen ihm weiter Wickel machen und ihn schonen. Wenn du also lieber noch warten willst …"
„Nein, nein. Lass mich nur einen Blick auf ihn werfen."
Tessas Mut sank. Bis zu diesem Zeitpunkt war ihr nicht klar gewesen, wie sehr sie sich gewünscht hatte, dass Nate seine Meinung noch ändern oder zumindest seine Entscheidung aufschieben würde.
Im Stall untersuchte Nate den ziemlich aufgekratzten Brigadier und lachte, als dieser versuchte, ihn zu beißen.
„Ich finde, er sieht gut aus", meinte Nate, als sie den Stall wieder verließen und am Zaun der Koppel bei Sherrie stehen blieben. Er zog einen Scheck aus der Tasche. „Kommen wir ins Geschäft?"
Tessa fühlte sich wie betäubt, verdrängte jedoch ihr Unbe-

hagen. „Sobald wir die Verträge unterschrieben haben. Es liegt alles im Haus bereit."

„Ich will hier draußen bleiben!", schrie Sherrie, als ihr Vater sich auf die Haustür zubewegte. „Mit meinem Pferd Red Wing."

„Natürlich, Schätzchen", sagte Nate. „Aber pass auf, dass du auf dieser Seite des Zaunes bleibst."

„Mach ich." Leise mit der Zunge schnalzend und Red Wing rufend, kletterte Sherrie ein Stück auf den Zaun und spähte zwischen den Latten hindurch. Die Stute bewegte sich nicht, spitzte nur die Ohren und schlug mit dem Schweif nach den lästigen Fliegen.

Im Innern des Hauses war es kühl. Tessa führte Nate zum Arbeitszimmer, wo sie sich hinter den Schreibtisch setzte, den Denver erst vor Kurzem verlassen hatte. Der Duft seines Aftershaves lag noch in der Luft.

Nate kritzelte seine Unterschrift unter die Kaufverträge für die Pferde. „Wo steckt McLean?", erkundigte er sich und schob die Papiere über den Schreibtisch.

„In Helena", antwortete Tessa. „Er müsste eigentlich bald zurück sein."

„Wie lange will er noch hier in der Gegend bleiben?"

„Das … weiß ich nicht", sagte Tessa.

„Wahrscheinlich nicht mehr allzu lange. Er konnte es schon früher kaum erwarten, endlich von hier wegzuziehen. Das Feuer gab dann den willkommenen Anlass."

„Ja, vermutlich", meinte Tessa.

„Nun, das hier sollte ihm den Abschied leicht machen", sagte Nate und tippte mit seinem dicken Zeigefinger auf die Verträge. „Jetzt, wo du das Geld für die Anzahlung für die Ranch zusammenhast, kann er doch wieder zurück nach Los Angeles fliegen."

„Stimmt." Tessa wollte nicht an den bevorstehenden Abschied denken. Jedenfalls nicht heute, wo sie sich von Brigadier und den Stuten trennen musste, um die Ranch zu kaufen, für die Denver keine Verwendung hatte.

Als sie und Nate zur Koppel zurückkamen, hatte Len die Stuten bereits in den Anhänger geladen. Brigadier wurde gerade von einem der jüngeren Ranchmitarbeiter über den Hof geführt. Der Hengst wieherte, als er Tessa bemerkte, und warf den mächtigen Kopf hoch. Als er die Rampe zum Anhänger hinaufging, schonte er seinen Vorderlauf kaum noch.

Tessa stiegen Tränen in die Augen. Sie fühlte sich wie eine Verräterin und wandte sich an Sherrie. Curtis kam auf sie zugehumpelt.

„Hallo", rief er Sherrie zu, tippte sich an den Hut, und ein Grinsen erschien auf seinem wettergegerbten Gesicht.

Sherrie schaute misstrauisch an. „Wer bist du?", verlangte sie zu erfahren.

Curtis lachte in sich hinein. „Tja, dasselbe könnte ich dich fragen, nicht wahr?"

„Ich bin Sherrie!", verkündete das kleine Mädchen stolz und verschränkte wieder einmal die Arme vor der Brust.

Curtis sah zu Nate. „Auf die bist du bestimmt stolz."

„Bin ich", bestätigte Nate. Ein Goldzahn blitzte auf, als er Sherrie hochhob.

„Ich will auf Red Wing reiten!", beschwerte sie sich.

„Später", vertröstete ihr Vater sie.

„Das sagst du immer", warf sie ihm schmollend vor und sah sehnsüchtig zu der Stute.

„Dafür wirst du noch reichlich Zeit haben." Dann wandte Nate sich an Tessa. „Du kannst jederzeit vorbeikommen und die Pferde besuchen."

„Und mir das Reiten beibringen!", meldete Sherrie sich erneut zu Wort.

„Das werde ich", versprach Tessa.

„Vielen Dank", sagte Nate und schüttelte ihr die Hand. „Und viel Glück."

„Das wünsche ich dir auch. Pass gut auf die Pferde auf", sagte sie, obwohl es ihr die Kehle zuschnürte.

„Mach ich.“ Nate nickte Curtis zu. „Also, bis dann.“ Er stieg in seinen Wagen und fuhr davon.

Tessa stand auf dem Hof und schaute dem langen Gespann nach, als es langsam mit den wertvollen Pferden die Auffahrt entlangrollte.

„Du hättest sie nicht verkaufen müssen“, meinte Curtis.

Sie wollte auf keinen Fall weinen, obwohl sie das Gefühl hatte, als sei ein Stück von ihr in diesem Anhänger verschwunden. „Natürlich musste ich verkaufen. Wie sonst hätte ich diese Ranch bezahlen sollen?“ Sie schniefte, ihre Augen waren gerötet.

„Niemand hat dich dazu gezwungen. Weder ich noch Mitch, und auch Denver nicht, haben von dir erwartet, dass du die Ranch kaufst.“ Er legte ihr den Arm um die Schultern und drückte sie an sich. „Ich bin stolz auf dich, aber du solltest nicht das Gewicht der Welt auf deinen Schultern tragen.“

„Das tue ich nicht.“

„Nein?“ Er deutete zur Auffahrt und Nates Transporter mit dem langen Pferdeanhänger. „Du könntest die eine oder andere Lektion von Paula Edwards lernen.“

„Was soll das nun wieder heißen?“

„Wie man einen eigenen Haushalt führt und seinem Vater einen Haufen Enkelkinder beschert.“

Tessa dachte an das Baby, das sie möglicherweise schon unterm Herzen trug. Was würde ihr Vater dazu sagen? Bestimmt würde er dahinterkommen, dass das Kind von Denver stammte. Sie verdrängte solch gefährlichen Gedanken und sagte: „Die Frauenbewegung ist komplett an dir vorbeigegangen, was?“

„Nö, ich hab gesehen, wie die ihre BHs verbrannt und demonstriert haben. Und die ganze Zeit wunderte ich mich, warum die einfach nicht begreifen, was gut ist.“

„Ich schätze, das kommt ganz auf die Perspektive an“, sagte Tessa. In der Ferne verschwand Nates Gespann aus dem Blickfeld.

„Ich weiß nur, dass ich fast siebzig bin und noch immer keinen Enkelsohn habe, der auf meinen Knien reitet."

„Dann rede doch mal mit Mitchell", riet sie ihm.

„Das habe ich bereits getan. Aber du bist diejenige, die sich langsam Gedanken darüber machen sollte, eine Familie zu gründen."

„Ich werd's mir überlegen", entgegnete sie knapp.

„Ich rede nicht von Denver McLean."

„Natürlich nicht. Schließlich weiß ich, wie du über ihn denkst und was Mitchell von ihm hält." Mal ganz abgesehen davon, fügte sie im Stillen hinzu, dass er mir keinen Antrag gemacht hat.

„Und was ist mit dir?", wollte ihr Vater wissen und berührte sie sanft an der Schulter. „Wie denkst du über ihn?"

„Denver ist mir ein Rätsel", gestand sie.

„Du glaubst, du bist wieder in ihn verliebt", vermutete ihr Vater und seufzte vernehmlich. „Streite es bloß nicht ab. Ich kann es in deinen Augen sehen."

„Ich hasse ihn nicht, wenn es das ist, was du meinst."

„Das meine ich nicht, und das weißt du auch ganz genau, Tess. Aber es gibt einfach keinen Grund für dich, jemanden wie Denver McLean anzuschmachten."

„Ich schmachte niemanden an."

„Gut", sagte er, ohne überzeugt zu klingen. Er schlug nach einer Wespe, die um seinen Kopf herumsummte. „Ich gehe mal lieber und sehe nach, ob Mitchell Hilfe beim Mähdrescher braucht."

Erleichtert darüber, dass diese Unterhaltung vorbei war, ging Tessa über die hintere Veranda in die Küche, wo es nach Gewürzen und gebratenem Fleisch duftete. Milly war gerade damit beschäftigt, Soße über einen Braten zu geben.

„Ist Denver bei dir?", erkundigte sie sich, ohne aufzusehen.

„Er ist noch in der Stadt."

„Falls er erst zurückkommt, wenn ich schon weg bin, richte ihm bitte aus, dass er sich bei seinem Partner melden soll."

„Van Stern?"

„Genau. Der hat vor einer halben Stunde angerufen und darum gebeten, dass Denver ihn so schnell wie möglich kontaktiert.“ Milly hielt inne und warf einen Blick über die Schulter. „Er klang ziemlich aufgeregt.“

„Weswegen denn?“

„Hat er nicht gesagt. Aber ich nehme mal an, dass es etwas Wichtiges war.“

Na, fabelhaft, dachte Tessa finster. Und was nun?

11. KAPITEL

Tessa warf die Decke zurück, schnappte sich ihren Bademantel vom Fußende des Bettes und schaute zum Wecker. Halb fünf. Sie war um elf ins Bett gegangen und hatte seitdem kein Auge zugetan.

Wo steckte Denver? War er etwa immer noch in Helena?

Sie band ihren Gürtel fest zu und ging zum offenen Fenster. Die Berge rings um das Tal erhoben sich als gigantische Umrisse vor dem allmählich hell werdenden Himmel. Die Ranch lag noch im Dunkeln. In einigen Tagen würden diese alten Gebäude, die landwirtschaftlichen Geräte, das Land, die Rinder und Pferde ihr gehören.

Falls die Bank ihr das Darlehen gewährte.

Und falls Denver seinen Bruder Colton ausfindig machte.

Und falls sie es hier ohne Denver aushalten würde.

„Wenn, wenn, wenn", sagte sie zu sich selbst, während sie die Treppe hinuntereilte und über ihre Zukunft nachdachte … eine Zukunft ohne Denver.

Sie hörte Marsha an der Hintertür miauen. „Ich komme ja schon", rief sie, schob den Riegel zurück und öffnete die Tür einen Spaltbreit. Die alte Katze trottete zu ihrer leeren Milchschale. „Wo sind deine Jungen, hm?", fragte Tessa die bunt gescheckte Katze, als sie sich an ihrem Bein rieb. „Hast du sie noch immer versteckt?"

Marsha miaute erneut laut und folgte Tessa in die Küche. Nachdem Tessa Kaffee aufgesetzt hatte, goss sie Milch in ein sauberes Schälchen und trug es zur hinteren Veranda. „Bitte sehr", sagte sie leise und kraulte der Katze den Rücken.

Ein Motorengeräusch zerriss die morgendliche Stille. *Denver!*

Tessa band ihren Bademantel fest zu und lief nach draußen. Denver parkte seinen Mietwagen neben der Garage, und Tessa rannte barfuß den Weg entlang. Sie erreichte den Wagen, als er gerade die Tür öffnete und ausstieg.

Er sah aus, als hätte er in den zwei Tagen, seit er fort war, nicht geschlafen. Auf seinen Wangen sprossen dunkle Bartstoppeln, die Augen lagen tief in den Höhlen, und die Falten um seinen Mund schienen sich noch deutlicher in sein Gesicht gegraben zu haben.

„Ich dachte, du wärst noch im Bett", sagte er, als sie ihm die Arme um den Nacken schlang.

„Ich konnte nicht. Du hast mir so gefehlt", sprudelte es aus ihr heraus. Sie war froh, ihm wieder nah sein zu können.

Er verschränkte die Hände hinter ihrem Rücken und drückte sie an sich. Sein Atem streifte ihre Haare. „Du hast mir auch gefehlt", gestand er. „Vielleicht sollte ich dich öfter mal allein lassen."

„Vielleicht solltest du einfach hierbleiben." Sie fühlte seinen Herzschlag, die Wärme seines Körpers. In der Luft lag noch die Kühle der Nacht, und eine leichte Brise fuhr durch Tessas und Denvers Haaren.

„Van Stern hat sich gemeldet. Er braucht mich in L. A."

„Hier hat er auch angerufen."

„Ich weiß. Es gibt ein Problem bei einem Projekt."

„Deshalb bist du also zurückgekommen", sagte Tessa enttäuscht.

„Deshalb und weil ich dich nicht einfach so davonkommen lassen wollte. Du schuldest mir noch etwas."

Fragend schaute sie zu ihm auf. „Was denn?"

Seine weißen Zähne leuchteten in der Morgendämmerung. „Eine Reise nach Los Angeles."

Tessa stöhnte. „Ich hatte gehofft, dass du das vergisst."

„Auf keinen Fall. Wettschulden sind Ehrenschulden." Er drückte sie an sich. „Und ich bin gekommen, um sie einzufordern."

„Jetzt?"

„Jetzt. Zieh dich an. Wir fahren in …" Er schaute auf seine Armbanduhr. „In knapp einer Stunde."

„Aber ich kann nicht …", begann sie in plötzlicher Panik.

Obwohl sie sich einerseits danach sehnte, mit ihm zu gehen, kam das alles viel zu früh. Sie konnte die Ranch nicht im Stich lassen, für die sie so hart gearbeitet hatte. Ebenso wenig konnte sie ihre Familie aus einer Laune heraus oder wegen einer Wette, einfach allein lassen.

„Und ob du kannst. Ich habe schon die Flugtickets besorgt. Komm schon, Tess, es sind doch nur ein paar Tage.“ Er umfasste ihr Gesicht mit beiden Händen und sah ihr mit ernster Miene in die Augen. „Komm mit mir und sieh dir an, wie ich lebe.“

Ihr Hals fühlte sich an wie zugeschnürt. Hatte er sie nicht schon einmal darum gebeten, mit ihm nach Los Angeles zu gehen? Am Tag des Feuers, als er sie geradezu anflehte mitzukommen? Und sieben Jahre später behauptete er dann, die Liebe zwischen ihnen, die so tief und fest verborgen in ihrem Herzen war, hätte ihm nichts bedeutet.

„Ich habe hier Verpflichtungen“, erklärte sie mit heiserer Stimme. Sie versuchte, sich von ihm zu lösen, doch seine starken Arme lagen fest um sie.

„Die habe ich auch. Allerdings in L. A.“

„Aber …“

„Ich verlange doch keine lebenslange Bindung von dir“, erinnerte er sie, und seine Worte gaben ihr einen Stich. Ach, würdest du das doch tun, dachte sie.

Er sah ihr in die Augen, und sie hatte das Gefühl, in seinen zu ertrinken. „Es ist an der Zeit, deine Wettschulden zu begleichen.“

„Warum denn ausgerechnet jetzt? Was soll das?“

Der neckende Ausdruck verschwand erneut aus seinen Augen. Die Haut straffte sich über seinen Wangenknochen und über den unsichtbaren Narben. Tessa spürte, dass etwas Schlimmes passiert war. Plötzlich wurde ihr ganz kalt.

„Colton ist dem Privatdetektiv entwischt. Er hält sich nicht in Nordirland auf. Zumindest ist er nicht dort, wo Ross' Ermittler ihn vermutet hat.“ Denver blinzelte gegen die aufgehende Sonne, die sein Gesicht in ein goldenes Licht tauchte. Doch er wirkte nach wie vor angespannt. „Der Privatdetektiv glaubt, dass mein Bruder in Schwierigkeiten steckt. In großen Schwierigkeiten."

„War das nicht immer so?"

Denver zuckte mit den Schultern. „Kann sein. Aber diesmal habe ich ein ungutes Gefühl. Wenn Colton Kontakt zu mir aufnehmen muss, wird er versuchen, mich in Los Angeles zu erreichen."

„Warum sollte er ausgerechnet jetzt Kontakt zu dir aufnehmen wollen?"

„Wegen des Privatdetektivs und wegen Johns Tod."

„Euer Onkel war ihm doch egal", erinnerte sie ihn.

„Es ist nur so ein Gefühl", flüsterte er, und Tessa begann zu zittern. „Es gab heftige Unruhen in Nordirland."

„Das ist doch schon seit Jahren so."

„Aber in letzter Zeit ..." Er sprach den Satz nicht zu Ende, als könnte er damit die düsteren Vorahnungen irgendwie vertreiben.

„Was würde es denn nützen, wenn ich mit nach L. A. komme?", fragte sie.

„Ich brauche dich", gestand er und machte dabei den Eindruck, als bereiteten diese Worte ihm körperlichen Schmerz. Langsam ausatmend fügte er hinzu: „Außerdem stecken wir zwei in einer Sackgasse. Ich finde, es ist an der Zeit, dass wir ein bisschen mehr über uns erfahren."

„Und das müssen wir ausgerechnet in Kalifornien tun?"

„Ja."

Sie betrachtete sein müdes Gesicht, die feinen Fältchen um seinen Mund, sein schwarzes Haar, das ihm sexy in die Stirn fiel. „Wer soll in der Zwischenzeit diese Ranch leiten?"

„Dein Vater."

Insgeheim geriet Tessa in Panik. Obwohl sie es niemals zugeben würde, hatte sie Angst, Curtis die Verantwortung für die Ranch zu überlassen. Was, wenn etwas schiefging? Wenn er, Gott behüte, tatsächlich schuld war am Feuer damals? „Das geht einfach nicht."

„Mitch wird ihm helfen."

„Mitch geht demnächst ans College nach Seattle."

„Aber erst in einigen Wochen. Ich rede hier nur von ein paar Tagen." Er berührte zärtlich ihre Wange. „Ich brauche dich, Tess", wiederholte er, und mehr musste er nicht sagen.

Innerhalb von zwanzig Minuten hatte Denver geduscht, sich rasiert und umgezogen. Tessa warf eine bequeme Hose, zwei Sweatshirts, eine Shorts, T-Shirts und einen Rock in ihren alten Koffer. Dann zog sie einen ausgestellten weißen Rock an und eine pinkfarbene ärmellose Bluse. Bevor sie wieder nach unten ging, flocht sie ihre Haare zu einem Zopf, legte goldene Ohrringe an und eine dazu passende Kette.

„Und? Sehe ich südkalifornisch aus?", fragte sie lächelnd.

„Du siehst sensationell aus."

Sie lachte und fühlte sich plötzlich leicht und beschwingt bei der Aussicht, mit Denver zusammen die Arbeit auf der Ranch für eine Weile hinter sich zu lassen. Selbst Denvers Sorge um seinen Bruder schien auf einmal weit weg zu sein. „Na, komm, lassen wir die Beach Boys nicht warten." Augenzwinkernd verließ sie die Küche durch die Hintertür.

Denver schloss hinter sich ab. „Das macht dir Spaß, was?", warf er ihr vor und legte ihr Gepäck in den Kofferraum des Mietwagens.

„Was macht mir Spaß?", fragte sie, während sie auf dem Beifahrersitz Platz nahm.

Er setzte sich grinsend hinter das Lenkrad und schob den Schlüssel ins Zündschloss. „Mich bei jeder Gelegenheit zu ärgern."

„Ich ärgere dich?", rief sie unschuldig. „Niemals!" Doch es fiel ihr schwer, sich das Lachen zu verkneifen.

„Von wegen."

„Du hast ja förmlich darum gebettelt", erklärte sie, als sie die holperige Auffahrt entlangfuhren. Als sie sich dem Vorarbeiterhaus näherten, ließ ihre gute Laune ein wenig nach. Denver hielt an und stellte den Motor aus. Tessa sah zu der dunklen kleinen Hütte. „Dad wird das nicht gefallen“, sprach Tessa ihre Gedanken laut aus.

„Bereitet dir das Sorgen?“

„Ein bisschen.“

„Genug, um deine Meinung zu ändern?“ Er trommelte mit den Fingern auf dem Lenkrad, während er sie mit leicht zusammengekniffenen Augen genau beobachtete. Zwischen seinen Brauen hatte sich eine tiefere Falte gebildet.

„Nein“, flüsterte sie und berührte seine Hand, bevor sie aus dem Wagen stieg. Als er ebenfalls aussteigen wollte, schüttelte sie den Kopf. „Lass mich das allein machen.“

Vertrocknetes gelbes Gras streifte ihre Knöchel, als sie durch den Garten zur Hintertür ging. Sie klopfte und rief: „Mitch?“

„Was ist denn los?“, kam die brummige Stimme ihres Bruders wenig später von drinnen. Er schloss die Tür auf und steckte den Kopf heraus. Sein Haar stand wirr in alle Richtungen ab, und er musste mehrmals blinzeln. Er war nackt bis auf eine Boxershorts und seine Armbanduhr. „Tess? Was machst du hier?“

„Ich wollte mich verabschieden.“

„Wie bitte?“ Er rieb sich das Gesicht und schaute auf die Uhr. „Es ist noch nicht mal halb sechs.“

„Ich weiß. Aber ich muss ein Flugzeug erwischen.“

„Ein Flugzeug?“, wiederholte er, noch nicht richtig wach. Er gähnte, streckte sich und lehnte sich an den Türrahmen. „Wovon redest du?“

„Ich fliege nach Kalifornien. Mit Denver.“

Er stutzte. Dann wurde er plötzlich hellwach. „Nach Kalifornien“, sagte er. „Du machst Witze, oder?“

„Nein.“

Erst jetzt schien er ihre Kleidung und ihre Frisur richtig zu bemerken. Er fuhr sich mit steifen Fingern durch die Haare, wodurch sie nur noch stacheliger vom Kopf abstanden. „Warum?“

„Ich mache Urlaub.“

„Wie bitte? Oh nein, Tess. Das ist alles nicht richtig. Absolut nicht.“

„Warum?“

„Warum? Weil du die Ranch von McLean zu kaufen versuchst. Weil du gerade deine Pferde an Nate Edwards verkauft hast. Weil Dad niemals in der Lage sein wird, die Ranch ohne deine Hilfe zu leiten …“

„Du kannst ihm helfen.“

„Ich weiß, aber …“ Er ließ die Schultern hängen und wirkte auf einmal um zehn Jahre gealtert. „Bist du dir sicher, dass du das wirklich willst?“

„Absolut.“

Mitch sah sie traurig an. „Dich hat es schwer erwischt, was? Im Grunde bist du nie richtig über ihn hinweggekommen, oder?“

„Es geht nicht darum …“

„Pass auf dich auf. Lass nicht zu, dass er dir noch einmal wehtut.“

„Das wird er nicht“, versicherte Tessa ihm und wunderte sich selbst, wie überzeugt sie klang.

Mitchell wirkte beinah aufgebracht. „Das will ich ihm auch raten“, entgegnete er. „Denn falls er es doch tut, werde ich ihn mir vorknöpfen!“

Tessa hätte fast laut gelacht. „Das richte ich ihm aus“, versprach sie amüsiert.

„Tu das. McLean würde ich mir gern mal vornehmen.“

Wie er das sagte, während er halb nackt vor ihr stand, konnte Tessa ein Lachen nicht länger unterdrücken. „Na, ich werde ihn warnen. Pass du lieber auf Dad auf.“

„Ich werde es versuchen“, sagte Mitchell und verschränkte die Arme vor der Brust, während Tessa zurück zum Wagen lief.

„Wie hat er die Neuigkeit aufgenommen?“, wollte Denver wissen und legte den Gang ein, als sie wieder neben ihm auf dem Beifahrersitz saß.

„So gut, wie man es unter diesen Umständen erwarten kann."

„Tatsächlich?", entgegnete Denver trocken.

„Genau genommen hat er angedeutet, dass er dir körperlichen Schaden zufügen würde, wenn du mir wehtun solltest."

„Ach ja?" Ein Grinsen breitete sich auf seinem Gesicht aus. „Er sieht sich als dein Beschützer, was?"

„Vielleicht hat er einfach keine Lust mehr, mich hinterher zu trösten", gab sie zu bedenken.

„Dazu wird er auch keinen Grund haben", schwor Denver. Er lenkte den Wagen auf die Hauptstraße und setzte sich eine Pilotensonnenbrille auf. „Ich werde dir nicht wehtun, Tessa. Nie mehr."

Als er seine Finger mit ihren verschränkte, schnürte es ihr die Kehle zu. „Keine Sorge", flüsterte sie und blinzelte die aufsteigenden Tränen weg. „Dazu werde ich es auch nicht kommen lassen."

Die Sonne Kaliforniens schien von einem leicht dunstigen blauen Himmel herunter. Die Blätter der hohen Palmen bewegten sich in der sanften Brise. Denver und Tessa gingen durch eine Gartenpforte und folgten einem gepflasterten Weg zur Haustür seiner Eigentumswohnung im spanischen Stil. Um die Tür rankten Zweige von Wildem Wein mit duftenden violetten Blüten.

„Es ist wunderschön hier", stellte Tessa fest, obwohl sie wünschte, sie könnte diesen Ort hassen.

„Es ist ja auch mein Zuhause." Er öffnete die Tür und trug ihren Koffer hinein.

Die Wohnung wirkte hell und geräumig. Auf einer Seite führte eine Wendeltreppe nach oben. Über lediglich zwei Stufen gelangte man in ein großes Wohnzimmer. Die Westseite des Gebäudes bestand aus einer zwei Stockwerke hohen Fensterfront, die einen Panoramablick auf den von der Sonne beschienenen Pazifischen Ozean bot.

„Es ist ganz anders, als ich erwartet habe", gestand Tessa,

während sie über den glänzenden Holzfußboden zur Terrassentür ging. Von der Terrasse aus Mammutholz gelangte man über ein paar Treppenstufen hinunter an den Strand.

Tessa kickte ihre Schuhe fort und strahlte, als sie den Sand zwischen ihren Zehen fühlte. „Wie hast du diese Wohnung nur gefunden?“, fragte sie, als Denver sich zu ihr gesellte. Die leichte Brandung umspülte weiß schäumend ihre Knöchel. Ein salziger warmer Wind wehte vom Meer her.

„Ich habe sie einem Freund abgekauft, mit dem ich zusammen zur Schule gegangen bin. Er und seine Frau ließen sich scheiden, deshalb wollte er die Wohnung so schnell wie möglich loswerden. Bis dahin wohnte ich zur Miete, und diese Eigentumswohnung sollte schon etwas auf Dauer sein.“

„Das war dir wichtig?“

Er kratzte unbewusst seinen vernarbten Handrücken. „Damals ja. Ich war seit sechs Monaten aus dem Krankenhaus heraus und arbeitete für eine große Firma, nicht weit von hier. Ich fand, es sei an der Zeit, mal Wurzeln zu schlagen.“

„Damit du nicht mehr zurückmusst“, vermutete sie, und ihr Herz zog sich zusammen.

„Es gab keinen Grund für mich zurückzukehren. Mom und Dad waren tot, Colton hielt sich wer weiß wo auf. Und du …“ Er seufzte, und in seinen Augen lag ein schmerzlicher Ausdruck, der ihr durch und durch ging. „Ich konnte dir einfach nicht gegenübertreten“, gestand er.

„Warum nicht?“

„Weil alles noch zu frisch war, nehme ich an.“ Er richtete den Blick hinaus auf den Ozean, auf dem sich am Horizont die Umrisse von Segelbooten abzeichneten. „Colton hatte mich davon überzeugt, dass du in den Betrug deines Vaters verwickelt warst.“

„In den *was*?“

„Er hat Geld unterschlagen.“

„Mein Vater hat nie auch nur einen Cent von der Ranch genommen, der ihm nicht zustand!“, zischte sie aufgebracht.

Sie konnte nicht glauben, dass Denver noch immer an diese grässlichen Lügen glaubte – nach allem, was zwischen ihnen gewesen war. „Er ist weder ein Betrüger noch ein Dieb oder Brandstifter! Was das Feuer angeht – du weißt doch gar nicht, ob Colton vielleicht dahintersteckte." Ihre Gedanken wirbelten durcheinander. „Er sollte mit John in der Stadt sein, nicht wahr?"

„Das ist richtig. Aber ..."

„Nichts aber. Er war gar nicht mit John unterwegs, und deshalb hat er kein Alibi für die fragliche Zeit. Er behauptete, dass er ausgeritten sei. Aber er tauchte in einem Pick-up wieder auf. Er hätte sich ebenso gut im Stall aufhalten, das Feuer legen und unbemerkt entkommen können."

Denver sah sie ernst an. „Warum?"

„Das weiß ich nicht", räumte sie ein. „Vielleicht hatte er sich etwas zuschulden kommen lassen, was er meinem Dad vorwarf. Vielleicht war er derjenige, der Geld unterschlagen hat ..."

„Auf keinen Fall!"

„Möglicherweise wollte er gar kein Feuer legen", fuhr sie fort, wobei ihre Worte ihren Gedanken vorauseilten. „Wahrscheinlich handelte es sich um einen Unfall. Es war nicht seine Absicht, dass jemand dabei zu Schaden kommt ..."

Denver griff sie bei den nackten Unterarmen. „Glaubst du allen Ernstes, er würde dir und deinem Vater eine Tat vorwerfen, die er selbst begangen hat?"

„Möglich wäre es", gab sie zurück. „Er ist ziemlich schnell verschwunden, als es vorbei war."

„Er hatte doch gar kein Motiv ..."

„Dad auch nicht! Trotzdem hast du kein Problem damit, ihn zu verdächtigen! Überleg doch mal genauer. Warum war Colton damals so besessen von der Idee, dass meine Familie etwas damit zu tun habe?"

Tessa wandte sich ab und versuchte, sich von ihm loszumachen. Doch seine Hände umfassten ihre Handgelenke unerbittlich. „Du vergisst da etwas", sagte er finster.

„Was denn?“

„Man hat deinen Vater betrunken im Feuer gefunden. Er konnte sich nicht mehr daran erinnern, was passiert war. Colton hingegen war mit dem Pferd auf den Weiden unterwegs.“

„Behauptet er.“

„Das Pferd war noch gesattelt.“

„Aber er fuhr im Auto. Ist das nicht merkwürdig? Nur weil sein Pferd nicht im Stall stand, spricht ihn das nicht automatisch von jeder Schuld frei.“

„Deinen Vater aber auch nicht!“, konterte Denver.

Tessa hob aus dem Affekt die Hand, um ihn zu ohrfeigen. Doch sie tat es nicht. Kurz bevor sie mit ihrer Hand seine Wange treffen konnte, hielt sie inne. „Ich wusste, dass ich nicht hätte herkommen sollen“, sagte sie und hatte Mühe, die Fassung zu bewahren.

Sein Gesicht spiegelte eine Vielzahl an Emotionen wider – Hass, Zorn, Trauer … Liebe?

Zu ihrer Überraschung zog er sie an sich und schloss sie in die Arme. „Unsinn. Natürlich war es richtig, dass du mitgekommen bist.“ Seine Miene wurde sanft. „Lass uns nicht darüber streiten. Nicht jetzt.“

„Aber du traust uns nicht.“

„Ich traue dir.“

„Und Dad?“

„Was ihn betrifft, bin ich mir nicht sicher. Sieh den Tatsachen doch mal ins Auge. Dein Vater hat ein Problem – und zwar ein schwerwiegendes. Dagegen müssen wir etwas unternehmen.“

„Wir?“, flüsterte sie misstrauisch. Denver wollte ihrem Vater helfen? Das konnte sie ihm nicht glauben.

„Es gibt Krankenhäuser und Kliniken, wo man ihm helfen kann. Zuerst aber muss er sich sein Alkoholproblem eingestehen.“

Tessa unterdrückte den Impuls, ihm zu widersprechen. „Ich … ich werde mit ihm reden, sobald wir wieder zurück sind“, versprach sie. Im Grunde war sie selbst längst zu dieser

Erkenntnis gekommen. Nur wollte sie das Privatleben ihres Vaters nicht mit Denver besprechen. „Mitchell glaubt, Dad trinke nur deshalb, um das Feuer zu vergessen.“

Denvers Lippen zuckten. „So etwas funktioniert aber nicht. Ich weiß, wovon ich rede. Eine Woche nach meiner Entlassung aus dem Krankenhaus habe ich es auch mit Alkohol probiert.“

„Warum?“

Er atmete schwer aus. „Um dich zu vergessen“, gestand er. „Um dich zu vergessen, das Feuer, einfach alles.“ Er betrachtete seine Narben und presste die Lippen für einen Moment zu einer schmalen Linie zusammen. „Unglücklicherweise konnte ich es nicht, und der Alkohol machte es kein bisschen besser. Also trat ich mir selbst in den Hintern, riss mich zusammen und stürzte mich in die Arbeit.“ Er küsste sie auf den Kopf. Der Saum ihres Kleides flatterte in der Meeresbrise. „Und ich tat mein Bestes, um dich zu vergessen.“

„Ich hatte nichts mit dem Feuer zu tun“, sagte sie langsam. „Ich würde niemals irgendetwas tun, was dir Schmerzen oder Schaden zufügt.“

Er umfasste ihr Gesicht mit beiden Händen. „Inzwischen weiß ich das“, versicherte er ihr mit leiser, eindringlicher Stimme. Seine Augen glänzten, als er seine Lippen auf ihre presste.

Er schloss die Arme um sie, und sie schmiegte sich an ihn, während sie voller Hingabe seinen Kuss erwiderte. Seine Körperwärme übertrug sich auf sie und bot ihr Schutz gegen die aufsteigende Kälte. „Schlaf mit mir, Tessa“, flüsterte er.

„Hier?“ Sie wurde nervös. Der Strand war menschenleer, allerdings standen entlang der Küste Häuser.

Verführerisch grinste er sie an. „Nein, drinnen.“ Er hob sie auf die Arme und trug sie die wenigen Stufen zur Terrasse hinauf. Sie musste sich an ihm festklammern, um nicht herunterzurutschen, als er die Tür mit der Schulter aufstieß und mit ihr die Wendeltreppe hinauf in die obere Etage stieg. Auch von dort hatte man einen Blick auf den Ozean.

„Hier“, sagte er und ließ sie auf ein riesiges Bett mit einer dunkelgrün und silbergrau gemusterten Tagesdecke sinken. Während er ihr mit den Fingern durch die Haare fuhr, beugte er sich über sie. Unter seinem Gewicht gab die Matratze nach. „Du hast keine Ahnung, wie viele Nächte ich von dir geträumt habe“, erklärte er. „Wie viele Nächte ich mir gewünscht habe, dass du neben mir liegst.“ Seine Stimme war leise und rau, sein warmer Atem streifte ihr Ohr. Er kam zu ihr und führte ihre Hand zu den Knöpfen an seinem Hemd. „Ich will dich, Tessa.“

Sie öffnete die ersten beiden Knöpfe und streichelte seine muskulöse Brust. Sie fühlte sein Herz, das so schnell pochte wie ihres.

Er stöhnte leise und presste seinen Mund auf ihren, raubte ihr mit diesem Kuss den Atem und entfachte eine glühende Hitze in ihr. Ein Schauer sinnlicher Vorfreude überlief sie, wie er seine Hände unter den elastischen Bund ihres Rocks schob, um ihn ihr langsam abzustreifen.

Das Bett quietschte, als er sich, nachdem er sie von ihrer Kleidung befreit hatte, auf den Rücken rollte. Er nahm ihre Hand und zog Tessa zu sich heran, damit sie sich auf ihn setzte. Denver starrte verlangend auf ihre Brüste mit den zartrosa Spitzen, die nun verführerisch über ihm schwebten. „Jetzt“, sagte er, hob sie auf sich und zeichnete mit seiner Zunge die Konturen ihrer Lippen nach.

Tessa stöhnte und sehnte sich nach mehr. *Mmmhmm …* Wild rauschte das Blut durch ihre Adern.

Denver glitt tiefer, nahm eine ihrer aufgerichteten Brustwarzen in den Mund und saugte daran. „Ich will dich, Tessa“, flüsterte er von Neuem, und sie spürte seinen Atem warm an ihrer Spitze. „Ich will dich die ganze Nacht lieben!“

Ihr blieb gar keine andere Wahl.

Am nächsten Morgen war Tessa vor Denver auf den Beinen und schon auf dem Markt einkaufen gewesen. Als sie seine vertrauten Schritte auf der Treppe hörte, hatte sie bereits Eier in eine Pfanne geschlagen und rieb gerade Käse für ein Omelett.

„Na, was machst du?“, fragte Denver, als er in die Küche kam. Er wirkte noch verschlafen, war unrasiert, und seine Jeans saß tief auf seinen Hüften. Sein muskulöser Oberkörper war nackt, und Tessa hatte Mühe, sich von seinem Anblick loszureißen.

„Wenn ich schon mal in Kalifornien bin, dachte ich …“ Sie deutete zum Tisch, wo bereits frisch aufgeschnittene Orangen, Melonen und Trauben in Fruchtschälchen sowie warme Muffins auf einem Teller standen.

Tessa arbeitete weiter am Herd. Denver ging zu ihr und legte die Arme von hinten um sie, wobei er die Hände auf ihrem flachen Bauch verschränkte. Ihr straffer Po wurde gegen seine Hüften gedrückt, sodass sie die Ausbuchtung in seiner Jeans deutlich spüren konnte. Prompt bekam sie einen trockenen Hals.

„Du solltest öfters Shorts tragen“, flüsterte er ihr mit sinnlicher Stimme ins Ohr und umfasste ihre Brüste durch den Stoff ihres T-Shirts hindurch. Der Geruch ihres jüngsten Liebesaktes haftete noch an ihm. Tessa kam sich vor wie eine Braut in den Flitterwochen.

„Auf einer Ranch sind die nicht sehr praktisch.“

„Dann solltest du vielleicht aufhören, so praktisch zu sein“, schlug Denver vor.

„Habe ich vielleicht schon.“

Er drehte sie um und ließ seine Hände über ihre Rippen abwärtsgleiten. Das T-Shirt straffte sich über ihrem Busen, sodass sich die aufgerichteten Brustwarzen deutlich abzeichneten.

„Hey, stopp“, hauchte sie, benommen von seinen sinnlichen Berührungen. „Das Frühstück …“

„Kann warten.“ Er stellte die Herdplatten aus, hob Tessa hoch und drückte sie behutsam mit dem Rücken gegen die Wand. Wie in Trance schlang sie ihre Beine um seine Hüften. Sie zog seinen Kopf an ihre Brust, während er seine Lippen auf ihr Shirt presste. Durch den Stoff saugte er an den süßen Knospen.

„Denver, bitte … oh …“, stöhnte sie, als sie seine starken

Hände auf ihrem Po spürte. Hastig streifte er ihr die Shorts ab, bevor sie gemeinsam zu Boden sanken. Tessa vergaß das Frühstück völlig, denn nachdem Denver und sie endlich nackt waren, liebte er sie mit einer Leidenschaft, die sie zutiefst berührte und noch lange danach erschauern lassen würde …

Zwei Tage lang lernte sie Denvers Leben in Los Angeles kennen. Sie bewunderte die spektakulären Sonnenuntergänge über dem Meer an der Westküste, die den Himmel tiefrot und violett färbten. Sie roch die salzige Seeluft und fühlte die Gischt im Gesicht. Hand in Hand schlenderten Denver und sie durch die Straßen von Venice, stöberten in den kleinen Läden und Boutiquen, genossen Drinks auf schattigen Terrassen oder gingen barfuß am Strand spazieren, wo sie sich gegenseitig durch die Brandung jagten.

„Du bist gern hier“, stellte Tessa am letzten Tag fest, als sie den warmen Sand hinter sich ließen und die Stufen zu seiner Veranda hinaufstiegen.

„Ja, es ist so friedlich.“ Er hob eine schwarze Braue. „Obwohl einige Leute den Eindruck haben, dass ich hier ständig unter Strom stehen müsse und mein Leben in Südkalifornien einfach nur hektisch sei.“

„Schon gut, schon gut“, sagte sie lachend und hob die Hände. „Ich bekenne mich schuldig.“

Er schlang die Arme um ihre Taille und küsste ihre Lider. „Schuldig und wunderschön“, flüsterte er verlockend, und seine Lippen verhießen so viel mehr.

Das Telefon klingelte. „Verdammt“, knurrte er.

Beim zweiten Mal schien es sogar noch schriller zu klingeln.

„Du solltest lieber rangehen“, riet Tessa und schubste ihn sanft in die Richtung. „Es könnte Colton sein.“ Oder Mitch – oder Dad, dachte sie.

Vor sich hin murrend schob Denver die Terrassentür auf und ging ins Wohnzimmer, wo er beim vierten Klingeln das Gespräch annahm.

Tessa ging zum Terrassengeländer, um noch ein letztes Mal aufs Meer hinauszusehen. Der Wind wehte ihr die Haare aus dem Gesicht, und sie atmete tief die frische Luft ein.

In drei Stunden ging ihr Rückflug nach Montana.

„Kommen dir Zweifel?“, erkundigte Denver sich, als er zurückkam und von hinten die Arme um sie legte. Er schmiegte sein Kinn auf ihren Kopf.

„Ja, kann man so sagen“, gestand sie.

„So schlecht ist Kalifornien nicht, was?“

„Es ist herrlich.“ Solange ich mit dir zusammen bin, fügte sie im Stillen hinzu.

„Du könntest noch länger bleiben.“

Obwohl sie hin- und hergerissen war, schüttelte sie den Kopf. „Nein, ich muss zurück. Alles, wofür ich jemals gearbeitet habe, ist in Montana.“ Sie lächelte wehmütig. „Aber du könntest mitkommen.“

Er seufzte, und sie spürte seinen warmen Atem in ihren Haaren. „Vorläufig nicht. Das war mein Partner, der gerade angerufen hat. Er braucht meine Hilfe für ein Projekt, bei dem es ein paar Schwierigkeiten gibt. Und dann ist da noch die Sache mit Colton.“

„Glaubst du wirklich, er wird dich hier anrufen?“

„Ich weiß es nicht.“

„Es ist lange her“, erinnerte sie ihn und fragte sich plötzlich, ob das Warten auf Colton für Denver nicht bloß ein Vorwand war, um in Kalifornien zu bleiben. „Wenn er dich wirklich finden wollte, könnte er das. Ich tippe deshalb eher darauf, dass er es nicht will.“

„Schon möglich“, räumte er ein. Seine Stimme war so leise, dass sie wegen der Brandung kaum zu hören war. Er legte ihr die Hände auf die Schultern und drehte sie um, damit sie ihm in die Augen sah. „Ich fliege nächste Woche nach Montana, dann können wir dort alles klären.“

Ihr Herz schien für einen Moment auszusetzen. „Was denn?“

„Du willst doch nach wie vor die Ranch kaufen, oder?“,

fragte er, und ihr Mut sank. „Ich werde Ross anrufen und ihn bitten, eine Lösung zu finden, damit ich meinen Teil der Ranch an dich verkaufen kann."

„Ich dachte, das sei ohne Coltons Einwilligung ausgeschlossen."

Denvers Miene verfinsterte sich. „Es muss eine Möglichkeit geben. Ross ist schließlich Anwalt, er wird schon etwas finden. Dafür wird er bezahlt."

„Natürlich", sagte sie traurig. „Tja, dann schaue ich lieber mal nach, ob ich auch alles eingepackt habe." Der Gedanke an den Abschied versetzte ihr einen Stich.

„Wie gesagt, ich würde mich freuen, wenn du bei mir bleibst", gab er zu bedenken und streichelte zärtlich ihren Hals.

Sie erschauerte. Alles, was sie je gewollt hatte, war Denver. In jeder Hinsicht. Doch sie wusste, dass er ihr mehr entgegenkommen musste, wenn sie zusammen sein wollten. Denn eine einseitige Liebe war von vornherein zum Scheitern verurteilt.

„Nein", sagte sie daher und schaute ihn gefasst an, obwohl die Stunde des Abschieds unausweichlich nahte. „Ich muss zurück auf die Ranch."

12. KAPITEL

Mitchell erwartete Tessa am Flughafen. Rasiert und mit einer sauberen Hose sowie einem Baumwollhemd bekleidet, den Stetson in den Nacken geschoben, winkte er ihr zu, als sie ihren Koffer vom Gepäckband hob.

„Warte, den nehme ich“, bot er an und musterte sie. „Geht es dir gut?“

„Ja, bestens“, erwiderte sie und zwang sich zu einem Lächeln.

„So siehst du aber nicht aus.“ Mitchell nahm ihren Koffer und legte ihr den Arm um die Schultern.

„Na, vielen Dank.“ Sie blies sich eine rotblonde Strähne aus dem Gesicht, während sie sich den Weg durch die Menschenmenge im Terminal bahnten. Mitchell führte sie zu seinem alten Pick-up und hielt ihr die Tür auf. „Was ist eigentlich los?“, fragte sie misstrauisch.

„Wieso?“

„Das letzte Mal, als du mir die Tür aufgehalten hast, war auf der Highschool. Da sollte ich dir einen Aufsatz über ‚Macbeth‘ oder so etwas in der Art schreiben.“

„Du bist ganz schön abgestumpft“, stellte er fest, und seine grünen Augen funkelten in der Nachmittagssonne.

„Und du hältst mich hin.“ Sie trommelte mit den Fingern auf dem von der Sonne erhitzten Armaturenbrett, bis er ebenfalls eingestiegen war. Er startete den Motor und lenkte den alten Wagen durch den Verkehr auf dem Parkplatz. Tessa schaute durch die staubige Windschutzscheibe. „Also, was war los während meiner Abwesenheit?“

„Denver hat angerufen.“

„Heute?“ Sie sah ihren Bruder erstaunt an.

„Kurz bevor ich losfuhr. Er dachte, du seist schon zu Hause, weil er von der Verspätung in Salt Lake nichts wusste.“

„Aber du?“

„Ich habe den Flughafen angerufen und erfahren, dass es technische Probleme bei deinem Anschlussflug gab." Er zwinkerte ihr zu. „Ich bin schlauer, als ich aussehe."

„Das beruhigt mich aber", neckte sie ihn, um die ungezwungene Stimmung aufrechtzuerhalten. Allerdings spürte sie längst, dass irgendetwas nicht stimmte. „Was wollte Denver?"

„Mit dir reden. Er meinte, dass er wahrscheinlich doch nicht so bald wie ursprünglich geplant hierherkommen wird."

„Nein?" Ein ungutes Gefühl breitete sich in ihr aus. Insgeheim hatte sie befürchtet, dass er sie erneut verlassen würde. Wahrscheinlich war ihr Wochenende in Kalifornien für ihn nichts weiter als eine angenehme Abwechslung und Zerstreuung gewesen. Aber dass er sie so rasch wieder fallen ließ, damit hatte sie nicht gerechnet. Umso heftiger traf diese eiskalte Ernüchterung sie jetzt. Sie ballte die Fäuste und versuchte, die hässlichen Gedanken zu vertreiben. „Warum nicht?"

„Hat er nicht gesagt", antwortete Mitchell und trat aufs Gaspedal, nachdem sie aus der Stadt heraus waren. „Ich nehme an, ihm ist etwas dazwischengekommen."

„Er muss dir gegenüber doch irgendetwas erwähnt haben."

Mitchells Miene verdüsterte sich. „Er meinte, er würde so schnell wie möglich wieder anrufen."

Die Erleichterung darüber vertrieb kurzzeitig die Furcht. „Hat er gesagt, wann?"

Mitchells Finger schlossen sich fester um das Lenkrad, und er wirkte plötzlich angespannt. „Unsere Unterhaltung war nicht sehr lang."

„Warum nicht?"

Ihr Bruder hielt den Blick starr geradeaus auf die Straße gerichtet. „Was soll's, du kannst ruhig alles erfahren. Dad war am Telefon, als Denver anrief."

„Na und?"

„Tja, er war nicht in allzu guter Verfassung, wenn du verstehst, was ich meine."

„Er war betrunken."

Mitchell sah Tessa nicht an. „Er hatte ein paar gekippt. Und dann erklärte er McLean, was er davon hielt, dass du nach Kalifornien gereist bist."

Tessa stöhnte. „Wie schlimm wurde es?"

„Ziemlich schlimm. Dad war nicht gerade begeistert davon, dass du mit Denver in L. A. warst. Wobei es keine so große Rolle spielte, mit welchem Mann du geflogen bist. Er hätte es mit keinem gutgeheißen, aber die Tatsache, dass es McLean war, machte die Sache noch schlimmer. Als ich endlich mit Denver sprach, hatte Dad ihm schon gehörig die Meinung gesagt. Dad platzte beinahe vor Wut und Denver war nicht mehr sonderlich auskunftsfreudig."

„Na, fabelhaft", murmelte sie.

„Er wird wieder anrufen", versicherte Mitchell ihr, klang aber nicht sehr überzeugt. „Sorg einfach dafür, dass du dann ans Telefon gehst."

„Mach ich." Sie lehnte den Kopf ans Fenster und seufzte. „Wir müssen mit Dad reden."

Mitchells Schultern strafften sich. „Worüber?"

„Du weißt genau, worüber. Über seine Sucht. Er braucht Hilfe."

„Darüber habe ich mir schon den Mund fusselig geredet. Es nützt nichts."

„Irgendetwas muss aber passieren. Seine Trinkerei ist nicht nur ungesund, sondern auch gefährlich." Sie schluckte. „Es wird nicht leicht werden, aber wir müssen ihm helfen."

„Er trinkt wegen des Feuers, verdammt noch mal! Jeder gab ihm die Schuld, die ganze Stadt war gegen ihn. Colton und Denver bezichtigten ihn mehr oder weniger des Mordes."

„Er hat schon vor dem Feuer getrunken, Mitch. Wir beide wissen das. Als man ihn aus dem Stall rettete, war er beinah ohnmächtig. Und nicht nur wegen des Qualms."

Mitch warf ihr einen wütenden Blick zu. „Du hörst dich allmählich an wie dieser McLean."

„Ich bin nicht ..."

„Ein paar Tage in Kalifornien, und schon hat Denver dich davon überzeugt, dass Dad das Feuer gelegt hätte und außerdem ein Alkoholiker und Betrüger sei, der die Einnahmen der Ranch unterschlüge“, sagte er wütend. „Aber vergiss nicht, wer zu dir gehalten hat, Tess, als es dir schlecht ging. Wo war da dein McLean?“

Tessa schwieg und behielt ihre Wut für sich.

Mitch kurbelte das Seitenfenster herunter. Kühle Luft wehte in die warme Fahrerkabine. „Ansonsten gibt es keine weiteren Neuigkeiten von der Ranch, außer dass einer der Traktoren den Geist aufgegeben hat, die Kupplung ist kaputt. Und ein paar Kälber wurden krank. Ich vermute, sie leiden an einer Terpentinvergiftung. Mehrere Äste von der Kiefer neben der Scheune sind beim Sturm abgebrochen, und die Kälber fraßen die Nadeln. Ich habe Craig Fulton angerufen, und er hat mir versichert, dass er so schnell wie möglich kommt.“

„Wie ernst ist es?“, wollte Tessa wissen.

„Nicht allzu schlimm. Aber so genau kann ich es noch nicht sagen.“ Er warf ihr einen kurzen Blick zu. „Hey, es tut mir leid, dass ich dich wegen McLean angefahren habe. Aber dieser Kerl bringt mich einfach auf die Palme.“

Mich auch, dachte Tessa seufzend. *Und wie!*

Bevor sie sich umzog, wollte Tessa erst nach den zwei kranken Kälbern sehen. Sie fand sie in einer Ecke des Stalls, wo sie im Stroh lagen. Sie schauten zu ihr auf, als Tessa sich näherte. „Wie geht es euch?“, fragte sie und streichelte das rötliche Fell des einen Tieres.

Das Kalb brüllte und ließ dann den Kopf hängen, versuchte jedoch trotzdem, auf die Beine zu kommen. Tessa untersuchte es, so gut sie konnte, und stellte dabei fest, dass es zwar apathisch wirkte, aber einigermaßen bei Kräften zu sein schien. Der Zustand des anderen Kalbes, einer Färse, war bedenklicher. Das Tier bewegte sich kaum, als Tessa es untersuchte. „Komm schon“, ermutigte sie es und rieb ihm die weiße Stirn.

„Halt durch."

Sie klopfte sich die Hände ab und ging zum südlichen Ende des Stalls. Als ihr neben dem Geruch von Pferden, Kühen und Staub ein Schnapsgeruch in die Nase stieg, blieb sie unvermittelt stehen.

Dann entdeckte sie ihn. Er lag mit dem Gesicht nach unten auf einem Strohballen, eine leere Flasche in der Hand des einen ausgestreckten Armes, und schnarchte laut.

„Oh nein", flüsterte Tessa erschrocken. „Dad, nein." Sie berührte ihn sacht an der Schulter.

Er bewegte sich nicht.

„Wach auf, Dad", sagte sie und schüttelte ihn. Warum konnte sie ihm nicht helfen? Warum konnte er sich selbst nicht helfen? Welcher innere Dämon zwang ihn, Trost in einer Flasche Scotch zu suchen?

Sein Anblick schmerzte sie.

Er schnaubte.

„Um Himmels willen, Dad", murmelte sie und brachte ihn in eine sitzende Position, ehe sie ihn an den Schultern packte und schüttelte. Er verdrehte die Augen und hustete.

„Was'n los?", murmelte er halb wach und schob ihre Hände weg. Er blinzelte und verzog das Gesicht. „Wa…was ist denn passiert?"

Tessa setzte sich auf einen anderen Strohballen. „Ich nehme an, du bist ohnmächtig geworden."

„Wie spät ist es?"

„Ungefähr halb neun."

Curtis stieß einen langen Pfiff aus und zuckte zusammen, als er sich ein wenig aufrechter hinzusetzen versuchte. „Ich ging in den Stall, um die Tiere zu füttern", erklärte er, wobei er ihrem Blick auswich. Er warf die Flasche in ein leeres Eichenfass, das an der Wand stand. Sein graustoppeliges Gesicht verhärtete sich, und er rieb sich das Kinn. „Anscheinend habe ich es ein bisschen übertrieben."

„Nicht nur ein bisschen."

„Ja, kann sein.“ Er rieb sich die Stirn und kniff sich in den Nasenrücken, als wollte er einen heftigen Kopfschmerz vertreiben. „Das ist alles McLeans Schuld. Er rief an und brachte mich zur Weißglut.“ Benommen richtete er den Blick auf seine Tochter. „Aha, du bist also zurück aus Kalifornien.“ Laut seufzend fragte er: „Was ist eigentlich in dich gefahren, einfach drei Tage mit Denver zu verschwinden? Und mit ihm zusammenzuwohnen, als wärt ihr verheiratet! Wie gut, dass deine Mutter das nicht mehr erleben muss.“

Seine Worte trafen sie so sehr, dass sie tief Luft holen musste. „Meine Beziehung zu Denver hat nichts mit dir zu tun.“

„Immerhin habe ich dich großgezogen und dir beigebracht, was richtig und was falsch ist.“

„Ich habe nichts Unrechtes getan“, verteidigte sie sich.

Curtis kniff die Augen für einen Moment zu. „Das ist vermutlich Ansichtssache. Sieh dich nur an.“ Er zeigte auf ihren Leinenrock, die Seidenbluse und die eleganten Pumps. „Du siehst schon anders aus – wie eins von diesen verdammten Mannequins aus diesen Hollywoodshows.“

„Ich habe mich aber höchstens äußerlich verändert, Dad. Und ich bin nicht zu dir gekommen, um mich über Denver zu streiten.“ Sie musste den Impuls unterdrücken, ihm ins Gesicht zu schreien, dass sie Denver liebte. „Ich bin gekommen, um mit dir zu sprechen.“

„Mit mir?“

Tessa setzte sich neben ihn auf den Strohballen. „Du hast ein Problem, Dad. Hiermit.“ Sie griff in das Eichenfass und holte die leere Flasche heraus.

„Ich? Ein Problem?“ Er gab ein kurzes raues Lachen von sich, das ein gewisses Unbehagen verriet. „Auf keinen Fall. Sicher, ich trinke gelegentlich einen …“

„Du trinkst jeden Tag. Und es handelt sich nicht nur um einen Drink.“ Sie sah den Schmerz in seinem Blick, die Verzweiflung, und es kostete sie Mühe weiterzusprechen. Sie fühlte sich zerrissen. Immerhin hatte dieser Mann sie und Mitchell allein großgezogen und alles getan, um ihnen ein gutes Leben zu bieten. Er hatte sich nach dem Tod ihrer Mutter um sie gekümmert. Curtis war alles für sie gewesen: Mutter, Vater, Ernährer und Freund. Zumindest bis zu jener grässlichen Nacht, als der Stall in Flammen aufging.

Curtis' ohnehin schon gerötetes Gesicht wurde noch röter, er wendete den Blick ab. „Und jetzt willst du mir vorschreiben, wie ich mein Leben zu führen habe." Er strich sich mit einer von der harten Arbeit rauen Hand über sein Knie.

Tessas Augen brannten. „Ich will dir doch nur helfen", erklärte sie und legte ihm die Hand auf die Schulter.

Er zuckte zusammen. „Du hörst also wirklich auf McLean."

„Nein ..."

„Warum dann ausgerechnet jetzt? Was? Warum jetzt, nachdem du gerade frisch aus Los Angeles zurück bist, wo du mit diesem Denver warst?" Er musterte sie. „Wann kommt er überhaupt wieder? Hoffentlich bald. Dann kann er endlich die Papiere unterschreiben, und wir sind ihn los."

„So einfach ist das nicht", sagte Tessa.

„Warum nicht?"

„Weil Colton nicht zu erreichen ist."

„Ha! Denver versucht dich doch nur hinzuhalten, wenn du mich fragst. Wenn er seinen Teil der Ranch wirklich verkaufen will, könnte er sofort seinen Anwalt anrufen. Wo ein Wille ist, ist auch ein Weg."

„Denver hat bereits mit Ross telefoniert."

„Ach ja? Heißt das nun, dass er zurückkommt oder eher nicht?"

„Das weiß ich nicht", gestand sie. „Vielleicht kannst du mir das beantworten. Schließlich hast du mit ihm gesprochen, als er hier anrief."

„Eine richtige Unterhaltung war das nicht." Curtis schüttelte den Kopf und kramte in seiner Jackentasche nach Zigaretten. Er zog das Päckchen heraus, stellte fest, dass es leer war, und zerknüllte es in seiner Faust. „Er hat nur erwähnt, dass er später als geplant kommt. Es gab irgendeinen Notfall.“

„Notfall? Was ist denn passiert?“

„Das hat er mir nicht erzählt. Wenn du mich fragst, war das bloß eine Ausrede, damit er so schnell nicht wiederauftauchen muss.“ Seine Miene wurde traurig, und das zornige Funkeln verschwand aus seinen Augen. Plötzlich wirkte er alt und müde. „Weißt du, Tess, es besteht durchaus die Möglichkeit, dass dieser McLean ein falsches Spiel mit dir treibt.“

„Was soll das heißen?“

„Na ja, ich mache dich nur mal auf die Fakten aufmerksam.“ Seine wettergegerbten Züge wurden sanfter. „Kommt es dir nicht merkwürdig vor, dass er unmittelbar nach Johns Beerdigung auftaucht und gerade mal lange genug bleibt, um zu sehen, wie es hier läuft? Er versichert sich, dass der Ranchbetrieb läuft, und dann verschwindet er gleich wieder.“

„Er hat in Kalifornien zu tun ...“

„Na, sicher doch. Ich tippe mal eher darauf, dass er hier feststellte, dass du die Ranch wieder in die schwarzen Zahlen gebracht hast. Daraufhin kam er zu dem Schluss, dass es für ihn keinen Grund mehr gab zu verkaufen.“

Das wollte sie einfach nicht glauben. „Ich bin mit ihm nach Kalifornien geflogen.“

„Und allein wieder zurückgekommen“, erinnerte er sie. „Noch ehe du hier warst, hat Denver angerufen und verkündet, dass er nicht käme.“

Ihre Brust fühlte sich an wie zusammengeschnürt, als die alten Ängste wieder in ihr aufstiegen. „Du glaubst, er hat mich nur benutzt?“

Curtis schaute auf den mit Heu bedeckten Fußboden. „Es wäre nicht das erste Mal.“

„Nein!“ Sie ballte die Faust, weil sie nicht glauben wollte, dass Denver sie eiskalt und berechnend verführt hatte. Es waren zu viele wundervolle Tage und Nächte gewesen – die konnten keine Lüge gewesen sein! „Denver liebt ... Ich bedeute ihm etwas.“

Die Augen ihres Vaters füllten sich mit Tränen. „Wenn du meinst“, sagte er mit rauer Stimme und berührte ihr Haar. „Du bist viel zu gut für ihn, mein Kind.“

„Denver will diese Ranch überhaupt nicht“, argumentierte sie, auf der Suche nach Gründen und Erklärungen, um die Vorwürfe ihres Vaters irgendwie zu entkräften. Denver liebte sie, auch wenn er das nie gesagt hatte. Es musste einfach so sein!

„Möglicherweise hat er seine Meinung geändert“, wandte Curtis ein. „Ich habe mir die Bücher angesehen – so schlecht stehen wir gar nicht da. Die Ranch wirft sogar wieder Gewinn ab. Überleg doch mal. Warum sollte er an dich verkaufen, wenn er die Ranch praktisch von L. A. aus leiten kann und dabei einen netten Profit macht?“

„Weil er mir sein Wort gegeben hat!“

Die Stalltür flog auf, und Mitchell, Hände und Hemd schwarz von Öl, trat ein. „Die Kupplung beim John Deere ist hin. Ich glaube, wir müssen …“ Als hätte er Tessa erst jetzt bemerkt, blieb er abrupt stehen und sah von seinem Vater zu seiner Schwester. „Was ist denn hier los? Warum hast du dich noch nicht umgezogen?“

„Wir sprachen gerade über Denver McLean“, erklärte Curtis.

„Es geht also mal wieder um ihn, was?“ Mitchell lehnte sich gegen den Futtertrog und musterte seine Schwester. „Lass mich raten … Du verteidigst den Kerl, und Dad widerspricht dir.“

„So ähnlich.“

„Na, meine Meinung dazu kennst du ja inzwischen.“

„Halt dich da raus“, warnte sie ihren Bruder. „Das haben wir schon geklärt.“

Mitchell wischte sich mit einer ölverschmierten Hand über die Stirn, was einen schwarzen Streifen hinterließ. „Vielleicht sollte jemand dich mal daran erinnern, dass Denver keine blütenweiße Vergangenheit vorzuweisen hat, was solche Dinge angeht.“

„Das reicht!“, rief sie. Derartige Lügen würde sie sich nicht länger anhören.

Ihr Vater seufzte. „Mitch hat aber recht. Jetzt, wo Denver weiß, dass die Ranch mehr wert ist, als er ursprünglich geglaubt hat, könnte er sie ebenso gut gegen ein weitaus höheres Gebot verkaufen.“

„Das wird er nicht tun, weil wir eine Abmachung haben“, konterte Tessa gereizt.

„Schriftlich?“, hakte Mitchell nach.

„Nein, aber …“

„Lass mich noch mal raten“, unterbrach ihr Bruder sie. „Er hat dir versprochen, die Ranch an dich zu verkaufen. Colton überredet er, das Gleiche zu tun. Sobald sein Bruder aus dem Spiel ist, kommt er zurück, heiratet dich und gibt dir dein Geld zurück.“

„Natürlich nicht!“, sagte sie, obwohl sie insgeheim auf ein solches Szenario hoffte.

„Tessa“, sagte Mitchell mit sanfter Stimme und breitete die Hände aus. „Mach die Augen auf.“

„Die sind offen!“

Mitchell machte ein mitleidiges Gesicht. „Ach, Tess …“

Am liebsten wäre Tessa aus dem Stall gerannt. Ihre Worte klangen erstickt und gezwungen. „Spar dir gefälligst diesen mitleidigen Ton, ja? Es wird alles ganz wunderbar laufen.“

„Das hoffe ich“, meinte Mitchell. „Nur kann ich mir beim besten Willen nicht vorstellen, wie. Immerhin besteht die Möglichkeit, dass es Denver nicht gelingt, seinen Bruder aufzustöbern. Oder das Colton nicht hierher zurückkommen wird. Er hat einen tollen Auftrag als Fotograf, voller Nervenkitzel und Abenteuer. Was würde ihn da nach Montana treiben?“

„Das schließt nicht aus, dass er verkaufen will“, argumentierte Tessa.

„Kann sein, kann aber auch nicht sein.“

Tessa hatte das Gefühl, als stürze ihre Welt ein. Wenn Denver doch nur hier wäre! Wenn nur ihr Bruder und ihr Vater den wahren Denver erleben könnten – den Mann, der sich hinter den Narben, die er im Feuer davongetragen hatte, verbarg. Und dennoch enthielten die Vorwürfe ihrer Familie einen Kern Wahrheit. Tessa brach es das Herz, und heiße Tränen schnürten ihr die Kehle zu. „Ihr zwei seid mindestens genauso schlimm wie Denver und Colton!“, warf sie ihnen vor. „Ihr traut ihnen nicht, und sie trauen euch nicht.“

„Und auf wessen Seite stehst du?“, wollte Mitch wissen.

„Ob du es glaubst oder nicht, es muss keine unterschiedlichen Seiten geben.“

„Ach, Tess, werd endlich erwachsen. Hier geht es nicht um irgendeine weibliche Wunschvorstellung.“

Sie war so perplex, dass sie nach Luft schnappen musste. Hatte Denver nicht etwas ganz Ähnliches gesagt? Hatte er ihr nicht vorgehalten, sie sei eine Träumerin, eine hoffnungslose Romantikerin? Zutiefst aufgewühlt rannte sie aus dem Stall und ließ ihre Familie und deren schreckliche Vorwürfe hinter sich. Sie würde Denver anrufen, und wenn sie ihn zu Hause nicht erreichte, würde sie es in seinem Büro versuchen. Und wenn das auch nicht klappte, würde sie Jim van Stern anrufen. Sobald sie mit Denver persönlich gesprochen hatte, würde alles gut sein.

Verzweifelt rannte sie ins Haus und wählte Denvers Nummer in Venice. Sie ließ es zwölfmal klingeln, ehe sie wieder auflegte. Es war schon spät, trotzdem rief sie in seinem Ingenieurbüro an. Beim dritten Klingeln sprang ein Anrufbeantworter an. Sie hinterließ eine Nachricht für Denver und versuchte, sich keine Sorgen zu machen. Morgen früh würde er sich schon melden.

„Tut mir leid, Miss Kramer, aber ich weiß nur, dass Denver sehr eilig aufgebrochen ist. Er hinterließ eine Nachricht auf unserem Anrufbeantworter, in der es lediglich hieß, er werde so bald wie möglich wieder anrufen. Eigentlich nahm ich an, er sei in Montana“, erklärte Jim van Stern. In der Leitung war wegen der Fernverbindung ein Summen zu hören.

Tessas Mut sank, und hinter ihren Augen begann der Kopfschmerz zu pochen.

„Haben Sie es schon bei seinem Anwalt in Helena versucht?", erkundigte sich Jim. „Ich kenne zwar nicht alle Details, aber er wollte unbedingt die Ranch verkaufen. Deshalb dachte ich, sein plötzlicher Aufbruch habe mit dem Verkauf zu tun."

„Ich habe mit Ross Anderson gesprochen", sagte Tessa und erinnerte sich an ihr Telefonat mit dem jungen Anwalt. „Er hat nichts von Denver gehört."

„Das ist ganz untypisch für Denver", bemerkte van Stern.

Tessa wusste selbst, dass sie sich an einen Strohhalm klammerte. Es war eher unwahrscheinlich, dass Denver von seinem Bruder Colton gehört hatte, trotzdem kamen nicht allzu viele andere Möglichkeiten infrage. „Könnte er wegen seines Bruders so plötzlich aufgebrochen sein? Er sagte, er wolle in L. A. bleiben, bis er etwas von Colton hört."

„Schon möglich, aber ich bezweifle es. Ich glaube, die beiden haben sich seit Jahren nicht gesehen. Eigentlich seit dem Feuer."

„Das ist richtig", bestätigte sie, mittlerweile krank vor Sorge. Sie schaute aus dem Küchenfenster und fragte sich, wo Denver steckte. Warum hatte er nicht mehr angerufen? „Falls er sich bei Ihnen meldet, richten Sie ihm bitte aus, dass er sich bei mir melden soll."

„Mach ich", versprach van Stern und legte auf.

Tessa lehnte sich an die Wand. Ihr Magen grummelte, und ihr Kopf schmerzte. Überhaupt tat ihr alles weh. Natürlich hatte sie auch nicht gut geschlafen, eher gedöst. Und wenn sie mal eingeschlafen war, hatte sie von Denver geträumt ... Da lagen sie zusammen am Strand, der Seewind zerzauste seine Haare, das Wasser umspülte ihr Kleid, und er küsste sie leidenschaftlich. Dann unterbrach er den Kuss, nur, um ihr zu sagen, dass er sie liebe ...

„Tessa?", rief eine weibliche Stimme, begleitet von einem Klopfen an der Haustür.

„Ich komme!“ Tessa eilte durch den Flur, riss schwungvoll die Tür auf und stand Cassie Aldridge gegenüber.

„Hallo. Mitch hat Craig gestern angerufen.“

„Ach ja?“, fragte Tessa, ehe es ihr wieder einfiel.

Cassie nickte. „Ich sollte mir zwei Kälber ansehen.“

„Oh, stimmt. Die sind im Stall. Ich werde Sie begleiten.“

„Ich finde den Weg schon“, versicherte Cassie ihr lächelnd. „Habe ich dort nicht Brigadier untersucht?“

„Ja.“

Cassies schwarzes Haar glänzte in der Nachmittagssonne. „Ich war neulich auf der Ranch der Edwards“, berichtete sie auf dem Weg zum Stall. „Brigadier ist wieder topfit.“

Tessa freute sich über diese Nachricht. „Und ein Querkopf wie eh und je, was?“

Cassie lachte. „Oh ja, er hat versucht, mich in den Hintern zu beißen. Zum Glück war ich schneller als er.“

Während sie noch lachte, schob Tessa die Stalltür auf und schaltete das Licht ein. Die beiden Kälber befanden sich noch an ihrem Platz, doch jetzt waren sie auf den Beinen. Bei Tessas Anblick fingen sie an zu brüllen.

„Habt ihr Hunger?“, fragte sie.

Cassie öffnete das Gatter und fing das eine Kalb ein. Es strampelte, um sich zu befreien. Die Färse wich zurück. „Ich finde, sie sehen ganz gut aus“, erklärte die Tierärztin, während sie erst das eine, dann das andere Kalb untersuchte. Beide Tiere versuchten zu entkommen, wobei sie zusammenstießen und beinah Cassie umwarfen. „Mitch glaubte, sie könnten Kiefernnadeln gefressen haben.“

„Na ja, allzu schlau sind sie vielleicht nicht“, bemerkte Tessa.

Cassie grinste breit. „Ich sehe jedenfalls keinen Grund, sie länger im Stall zu behalten.“

„Gut.“

Gemeinsam trieben sie die übermütigen Kälber nach draußen. Die Färse und der junge Stier rannten davon, zurück zur Herde.

„Danke, dass Sie vorbeigekommen sind“, sagte Tessa, als sie Cassie zu deren Pick-up begleitete.

„Kein Problem, ich schicke Ihnen die Rechnung“, meinte Cassie fröhlich und stieg in ihren Wagen. „Ist Denver eigentlich da?“, fragte sie und lehnte sich aus dem Fenster.

Tessa schob die Hände tief in die Taschen ihrer Jeans. „Ich habe keine Ahnung, wo er sich aufhält“, gestand sie und fragte sich, warum es ihr so leicht fiel, sich einer Frau anzuvertrauen, die sie kaum kannte. „Zuletzt war er in Kalifornien, aber dort ist er jetzt nicht mehr.“

Cassie schob den Schlüssel ins Zündschloss. „Hat er etwas von Colton gehört?“

„Kein Wort“, antwortete Tessa.

„Das ist wohl keine große Überraschung.“ Cassie setzte ihre Sonnenbrille auf und bemerkte trocken: „Ich glaube, Colton McLean wird von Abenteuern und Gefahr nie genug bekommen.“

„Wahrscheinlich nicht“, pflichtete Tessa ihr bei. Ihre Gedanken aber waren bei Denver, wo immer er sich gerade auch aufhalten mochte.

„Wir sehen uns. Sagen Sie mir Bescheid, falls noch etwas mit den Kälbern sein sollte.“ Cassie trat aufs Gaspedal und winkte, als sie davonfuhr. Tessa schaute dem weißen Wagen hinterher, der die Auffahrt entlangrumpelte. Sie wünschte, sie hätte wenigstens eine Ahnung, wo Denver sein könnte. Was machte er nur? In düsterer Stimmung kehrte sie ins Haus zurück.

Steh auf! trieb Tessa sich eine Woche später im Stillen selbst an. Doch sie brachte die Kraft einfach nicht auf. Von Denver hatte sie immer noch nichts gehört. Absolut nichts! „Dem scheine ich ja wirklich wichtig zu sein“, murrte sie und warf die Decke zurück. Ein Gefühl plötzlicher Übelkeit überkam sie. Sie schaffte es nur knapp ins Badezimmer, wo sie sich volle zehn Minuten lang übergab.

Schweiß stand ihr auf der Stirn. Allmählich ließ die Übelkeit nach. Sie spülte ihren Mund mit Wasser aus und stützte sich aufs Waschbecken. Seit zwei Wochen schon vermutete sie, dass sie schwanger war. Das Erbrechen an diesem Morgen bestätigte es mehr oder weniger. Mit einem schwachen Lächeln betrachtete sie ihr blasses Gesicht im Spiegel. Denver und sie würden vielleicht nie zusammen sein, doch so Gott wollte, würde sie sein Baby austragen.

Der Gedanke an Denver versetzte ihr einen schmerzhaften Stich. Er wollte bestimmt nicht Vater werden, sonst hätte er sie nicht gefragt, ob sie verhüte, als sie zum ersten Mal wieder miteinander schliefen. Danach war das Thema nicht mehr zur Sprache gekommen, aber sie ahnte, dass er das Baby nicht lieben würde – schließlich liebte er noch nicht einmal sie!

Denn warum sonst meldete er sich nicht mehr bei ihr?

Wenn Denver sie wirklich gewollt hätte, hätte er sie angerufen. Wenn er die Absicht gehabt hätte, die Ranch zu verkaufen, wäre er nach Montana zurückgekehrt, um mit der Bank zu sprechen. Abgesehen davon wäre er nie fortgegangen, wenn er sie wirklich geliebt hätte.

Traurig betrachtete sie sich im Spiegel, sah die blasse Haut und die Ringe unter den Augen. Wenn sie ehrlich war, musste sie zugeben, dass sie genauso elend aussah, wie sie sich fühlte.

„Idiotin“, schalt sie sich und bürstete sich wütend die rotblonden Haare. Wie hatte sie nur so dämlich sein können? Noch dazu zum zweiten Mal! Sie warf die Bürste auf die Frisierkommode, zog eine saubere Jeans an und ein T-Shirt, und murmelte: „Manche Leute lernen eben nie dazu.“

Als Milly eine halbe Stunde später eintraf, befürchtete Tessa bereits, dass Denver ihr schlicht und einfach etwas vorgespielt haben könnte. Obwohl sie ihm einerseits vertrauen wollte, ließ ihre Vernunft nicht zu, dass sie sich erneut Illusionen machte.

„Ärger?“, erkundigte Milly sich, als sie durch die Hintertür hereinkam.

Tessa schenkte sich gerade ein Glas Orangensaft ein. Sie kam sich so dumm vor. „Ein bisschen“, gestand sie zerknirscht.

„Lass mich raten. Es hat was mit Denver zu tun, stimmt's?"
Tessa bestätigte es. „Das kann man wohl sagen. Er hatte nie die Absicht, die Ranch an mich zu verkaufen."

Milly blickte skeptisch. „Ach, und wie hast du das herausgefunden?" Sie verstaute ihre Handtasche in der Speisekammer, hängte ihre Jacke auf und band sich eine Schürze um. „Hat er nicht versucht, dich anzurufen?"

„Schon, aber wer weiß, warum?", gab Tessa zu bedenken.

„Gib ihm doch wenigstens die Chance, sich zu erklären."

„Das werde ich – falls ich je wieder etwas von ihm höre." Sie trank einen Schluck Saft. Sofort revoltierte ihr Magen. Vorsichtig stellte sie das Glas auf die Arbeitsfläche.

„So ein Unfug!" Milly fing an, Zwiebeln zu schneiden. „Du kannst sagen, was du willst, aber dieser Mann liebt dich. Jeder Depp konnte das sehen, als er hier war."

„Das ist ja genau der Punkt – jetzt ist er trotzdem nicht mehr hier!"

„Er wird zurückkommen."

„Wann?"

„Hat dir eigentlich nie jemand beigebracht, dass Geduld eine Tugend ist?", zog Milly sie auf.

„Oh doch, wieder und wieder", murmelte Tessa, nicht recht überzeugt davon, dass Milly wirklich wusste, wovon sie sprach. „Sobald ich hier fertig bin, fahre ich rüber zu Edwards' Ranch. Falls Denver anruft …" Sie verstummte. Am liebsten hätte sie sich selbst geohrfeigt. Denver würde nicht anrufen. Er würde auch nicht zurückkommen. Er war fort, wieder einmal. Tränen brannten ihr in den Augen, und ihr Hals war wie zugeschnürt.

„Ich werde ihm die Nummer geben", versprach Milly. „Und zwar gleich, nachdem ich ihm mal ordentlich die Meinung gesagt habe."

„Warst du nicht eben noch dabei, ihn in den höchsten Tönen zu loben und mich zur Geduld zu ermahnen?"

Milly lächelte. „Ja, aber hast du den Spruch noch nicht gehört: ‚Alte Liebe rostet nicht'?"

„So oft, dass ich es schon nicht mehr zählen kann. Aber ich hielt es immer für vollkommenen Blödsinn“, erwiderte Tessa und zwang sich zu einem schwachen Lächeln, trotz der schrecklichen Befürchtung, dass sie Denver für immer verloren hatte.

Sie erledigte ihre Aufgaben routiniert, war in Gedanken jedoch die ganze Zeit bei Denver. Wo hielt er sich nur auf? Warum hatte er nicht angerufen? Wenn er sie liebte – und ihre Zweifel darüber wuchsen mit jeder Minute –, warum war er dann überhaupt verschwunden? „Es ist vorbei, sieh den Tatsachen ins Auge!“, sagte sie sich und fühlte sich elend, während sie Heu in den Futtertrögen verteilte. Und jetzt bist du möglicherweise auch noch schwanger, dachte sie. *Was wirst du tun? Wie wirst du es ihm beibringen?* „Gar nicht“, sagte sie laut. Sie konnte es nicht. Denver würde es falsch verstehen und glauben, sie versuche ihn damit zu einer Ehe zu zwingen, die er nicht wollte.

Plötzlich traf sie die Erkenntnis wie ein Blitzschlag: Denver hatte sie benutzt, sie absichtlich verletzt und belogen. Und nun badete er wahrscheinlich in der Genugtuung, sich an der Familie gerächt zu haben, die seine zerstört hatte.

Tessa ließ sich auf einen Strohballen fallen, zog die Knie an die Brust und ließ den Tränen freien Lauf, die sich seit Wochen in ihr angestaut hatten. „Nein“, flüsterte sie, weil sie einfach nicht wahrhaben wollte, was doch offensichtlich schien.

Vertrau ihm, gib ihm Zeit, sagte ihr Verstand.

Warum? konterte ihr Gefühl. *Damit er mir das Herz herausreißen und erneut darauf herumtrampeln kann?*

Sie ließ den Kopf auf die Unterarme fallen und weinte aus tiefster Seele. Ihr schmaler Körper wurde von heftigen Schluchzern geschüttelt, während sie allein im dunklen Stall saß und sich wiegte. Der staubige Geruch des Heus vermischte sich mit dem feuchten, frischen Duft ihrer Tränen. Ihr Vertrauen in die Liebe war zutiefst erschüttert, und Verzweiflung schmerzte. „Nie wieder“, schwor sie sich mit erstickter Stimme.

„Tess? Bist du das?“, rief ihr Bruder, nachdem er die knarrende Stalltür geöffnet hatte.

Nicht jetzt, dachte sie erschrocken. Er durfte sie so nicht sehen – auf gar keinen Fall!

„Ich … ich wollte gerade gehen“, sagte sie und wischte sich die Augen trocken.

„Wohin willst du denn?“ Mitchell kam näher und erkannte sofort, was los war. Er stöhnte. „Oh nein, Tess. Sag bloß nicht …“

„Ich sage dir überhaupt nichts!“

„Was ist passiert?“

„Nichts. Mit ist nur gerade klar geworden, dass du vermutlich recht hast, was Denver angeht.“ Sie weigerte sich, seinem mitleidigen Blick zu begegnen, und schob sich an ihm vorbei. „Aber das macht nichts“, log sie. „Ich werde die Dinge jetzt klären.“

„Wie denn?“

Keine Ahnung! hätte sie am liebsten geantwortet. „Ich … ich werde mit Nate Edwards anfangen“, verkündete sie, ehe er noch mehr Fragen stellen konnte. Sie rannte aus dem Stall, stieg in den Pick-up und startete den Motor des alten Wagens. Rumpelnd rollte er die Auffahrt hinunter, durch jedes Schlagloch, und wirbelte dabei Staub auf. Der Auspuff röhrte, weil er ein Loch hatte. Tessa kümmerte das nicht. Sie setzte sich entschlossen eine Sonnenbrille auf und wusste, wie sie ihr Leben wieder in den Griff bekommen würde. Und zwar ohne Denver.

Mit halsbrecherischer Geschwindigkeit fuhr sie zu Edwards’ Ranch. Dass Denver sie genau wie damals verlassen hatte, ohne ein Wort oder eine Erklärung, machte die Angelegenheit für sie umso klarer. Die Tatsache, dass er einmal angerufen hatte, änderte nichts. Er hatte ihr mal wieder etwas vorgespielt und sie anschließend verlassen. Nun, sie würde nicht einfach dasitzen und vor Kummer vergehen, sondern sich diesmal sogar rächen, indem sie ihm von dem Baby kein Wort erzählte – falls sie tatsächlich schwanger war.

Im Hof der Nachbarranch hielt sie an und lief den Wagen bei angezogener Handbremse laufen.

Ihr Herz zog sich beim Anblick von Brigadier zusammen, der stolz in der kleinen Koppel galoppierte, die Ohren aufgerichtet, den Schweif erhoben. Er schob seinen Kopf über den weißen Holzzaun und schaute zu den Stuten, die auf der nahe gelegenen Weide grasten. Er wieherte leise, ganz auf die kleine Herde konzentriert, und ignorierte Tessas wiederholte Versuche, seine Aufmerksamkeit auf sich zu lenken.

„Verräter", murmelte sie und klopfte sich die Hände ab, während sie auf das große weiße Haus zuging.

Nate öffnete die Tür auf Socken. „Tessa! Schön, dich zu sehen!", rief er. „Du hast Paula und Sherrie knapp verpasst. Die sind in der Stadt und erledigen den Einkauf."

„Macht nichts", erklärte sie, obwohl sie sich gern ein bisschen bei Paula ausgeweint hätte. Außerdem hatte sie gehofft, Sherrie die Reitstunde geben zu können, die sie ihr versprochen hatte. „Ehrlich gesagt bin ich hier, um mit dir zu sprechen."

„Mit mir? Da fühle ich mich aber geschmeichelt. Komm doch rein!" Er führte sie in die Küche, wo es nach Kaffee duftete. „Was kann ich für dich tun?" Er bot ihr einen Platz auf einem der Hocker am Küchentresen an und hielt die Kaffeekanne hoch. „Wie wäre es mit einer Tasse?"

„Gern."

Sie nahm einen dampfenden Becher entgegen. Der Kaffee war stark, schwarz und heiß. Er wärmte sie, konnte jedoch die innere Kälte nicht vertreiben, die von ihr Besitz ergriffen hatte.

„Was gibt es denn?", fragte Nate und setzte sich auf den Hocker neben ihr.

„Es geht um etwas Geschäftliches. Ich bin hier, um dir anzubieten, meine Pferde zurückzukaufen. Ich hatte gehofft, du würdest mir Brigadier und Ebony wieder überlassen. Red Wing hätte ich auch gern, aber da sie jetzt Sherries Pferd ist …"

„Du willst die Pferde zurückhaben?" Nate trank mit ernster Miene einen Schluck Kaffee.

„Ja, aber ich bin selbstverständlich bereit, dir mehr zu zahlen, als du mir gezahlt hast – wegen des ganzen Ärgers."

„Ich kann dir nicht helfen", sagte Nate verwirrt.

Sie hatte damit gerechnet, feilschen zu müssen, schließlich war Nate Geschäftsmann. Sie lehnte sich ein wenig zu ihm herüber und sagte: „Es wäre sehr wichtig für mich."

„Ich weiß."

„Nenn deinen Preis."

„Das kann ich nicht."

„Du *kannst* nicht?", wiederholte sie.

Er blickte sie schuldbewusst an. „Ich habe die Pferde bereits verkauft", gestand er. „Ich dachte, das wüsstest du."

Tessa hörte benommen diese Worte. „Das ist nicht wahr", flüsterte sie und fühlte sich verraten, obwohl überhaupt kein Grund dazu bestand. Nate hatte ihr für Brigadier, Ebony und Red Wing einen sehr guten Preis bezahlt. Trotzdem … „Ich … ich habe Brigadier gerade noch auf der Koppel gesehen."

„Der neue Besitzer hat sie noch nicht abgeholt."

Tessa wurde schwindelig, weshalb sie ihren Kaffeebecher abstellen musste. Es kostete sie Mühe, aufrecht auf dem Hocker sitzen zu bleiben. „Moment mal", sagte sie mit leiser Stimme. „Du dachtest, ich wüsste über den Verkauf Bescheid? Wieso?"

„Weil ich die Pferde mithilfe von Ross Anderson verkauft habe."

„Denvers Anwalt?"

Nate sah ihr ins Gesicht. „Ganz genau. Denver hat mir die Pferde abgekauft. Sogar Red Wing. Er hat einen ziemlich guten Preis bezahlt. Ich habe bei dem Geschäft fünfzehntausend gewonnen. Außerdem versprach er, mir ein anderes Pferd für Sherrie zu verkaufen."

Tessa musste sich an der Tresenkante festhalten und konnte kaum atmen. „Du hast mit Denver gesprochen?", flüsterte sie völlig verwirrt.

„Nein, nur mit Anderson. Aber glaub mir, Denver wollte deine Pferde unbedingt. Ich hatte gar nicht die Absicht, eines von den Pferden zu verkaufen. Allerdings bin ich nicht so blöd, mir schnell verdiente fünfzehn Riesen durch die Lappen gehen zu lassen."

„Natürlich nicht", meinte sie mit Tränen in den Augen.

„Sieh mal, Tessa, es tut mir leid ..."

Sie winkte ab. „Unsinn, ich werde eben mit Denver reden müssen." Sie zwang sich, ganz ruhig zu klingen, obwohl ihr alle möglichen Vorwürfe durch den Kopf schossen und sie sich betrogen fühlte.

„Er ist nicht mehr da."

„Keine Sorge", entgegnete sie, „ich werde ihn finden." *Und wenn ich ihn bis ans Ende der Welt verfolgen muss. Und dann werde ich ihn zur Rede stellen und ihn mit seinen ganzen verdammten Lügen konfrontieren!*

13. KAPITEL

Tessa fuhr zurück zur McLean-Ranch, sie war wütend, verletzt und traurig. Sie trat aufs Gas, da sie es kaum erwarten konnte, Denver zu sagen, was sie von seinen krummen Touren hielt. Wie hatte sie nur so dumm sein können, ihm noch einmal zu vertrauen?

Er hatte nicht nur die Übereinkunft über den Verkauf der Ranch gebrochen, sondern Tessa ihre Pferde genommen, mit denen sie einen Teil der Kaufsumme finanzieren wollte. Ganz zu schweigen davon, wie sehr ihr die Tiere am Herzen lagen. Sie umklammerte das Lenkrad, bis die Fingerknöchel weiß hervortraten. Brigadier bedeutete Denver doch gar nichts, außer als Profitquelle für die Ranch.

„Dieser verschlagene, rachsüchtige Mistkerl …" Sie schaltete und lenkte den alten Pick-up auf den unbefestigten Weg zur Ranch, wo er holperte und schlingerte. Tessa nahm es kaum wahr. Wenn sie Denver jemals wiedersehen sollte, würde sie ihm persönlich den Hals umdrehen.

Aber was dann? Denver hatte das Recht doch voll und ganz auf seiner Seite. Ihm gehörte die Ranch, ihm gehörten die Pferde, und ihm gehörte ihr dummes, kleines Herz. Sie besaß nichts, absolut nichts, um gegen ihn ankämpfen zu können. Inzwischen hatte sie alles verloren, wie ihr langsam klar wurde, während sie am sommertrockenen Land der Ranch entlangfuhr. Der Ranch der McLeans …

Nur das Baby würde ihr bleiben. Doch wenn sie hierblieb und Denver erfuhr, dass er Vater würde, bestand durchaus die Chance, dass er auch noch Anspruch auf sein Kind erhob. Und zwar allein aus Rache.

Tränen rannen ihr die Wangen hinunter. Sie konnte keine Minute länger hierbleiben. Ohne Denver und ohne die Pferde gab es für sie überhaupt keinen Grund mehr dazu.

Sie sah zu den fernen Hügeln, den Gebirgsausläufern, die sie an jedem Tag ihres Lebens gesehen hatte. Berge, von denen sie naiv geglaubt hatte, dass sie eines Tages ihr gehören würden. Tief in ihr spürte sie den Schmerz. Sie sehnte sich danach, dazuzugehören, ein Teil dieses Landes zu sein und an Denvers Seite zu stehen.

Sie versuchte, die schrecklichen Tränen zu unterdrücken. Selbst dieses zerbeulte alte Auto gehörte Denver. Sie zog die Handbremse an. „Den kannst du behalten", sagte sie und hoffte, entschlossen zu klingen, obwohl sie völlig mutlos war. Sie fuhr mit der Hand über die Augen und hoffte, dass sie vom Weinen kein allzu gerötetes Gesicht hatte. Dann sprang sie aus dem Wagen und ging quer über den Hof auf das Haus zu – Denvers Haus.

„Ist irgendetwas passiert?", erkundigte Milly sich, die gerade dabei war, Brotteig zu kneten. Curtis saß rauchend und Kaffee trinkend am Küchentisch, eine Zeitung ausgebreitet vor sich auf dem Tisch.

„Ob etwas passiert ist? Das kann man wohl sagen", erwiderte Tessa und versuchte Haltung zu bewahren.

Ihr Vater drückte seine Zigarette aus. „Was ist denn los?"

Sie wappnete sich bereits gegen eine erneute Lektion. „Du hattest recht, Dad, was Denver angeht. Diese Ranch gehört den McLeans. Sie hat schon immer ihnen gehört, und sie wird für alle Zeiten ihnen gehören." Sie sah in das besorgte Gesicht ihres Vaters und unterdrückte den Impuls, einfach wieder in Tränen auszubrechen. „Es ist vorbei, Dad." Mit leiser, zitternder Stimme fügte sie hinzu: „Genau wie du es vorausgesehen hast. Ich gehöre nicht hierher."

„Hey, nun beruhige dich doch erst einmal", sagte ihr Vater. „Und fang ganz von vorne an. Natürlich gehörst du hierher. Mehr als jeder andere. Schließlich leitest du diese Ranch."

„Das stimmt", pflichtete Milly ihm bei, sich die Hände an der Schürze abwischend.

„Nicht mehr."

Inzwischen zitterte sie am ganzen Körper und kämpfte gegen eine erneute Tränenflut an. „Ich werde von hier fortgehen,

Dad", verkündete sie, sich bereits halbwegs dafür entschuldigend. „Ich dachte, ich könnte die Ranch zusammenhalten und etwas daraus machen. Aber ich habe mich geirrt."

„Jetzt mach mal langsam …"

„Versuch bloß nicht, es mir auszureden", warnte sie ihn, denn sie hatte ihre Entscheidung getroffen. „Es ist an der Zeit."

„Nur weil …"

„Es ist an der Zeit", wiederholte sie und machte auf dem Absatz kehrt, ehe ihre Emotionen sie doch noch überwältigen konnten. Sie lief die Treppe hinauf und in ihr Zimmer – das Schlafzimmer von Denvers Eltern.

Dort holte sie ihren alten Koffer hervor. Es war der gleiche Koffer, den sie auf ihre Reise nach Kalifornien mitgenommen hatte.

Um Himmels willen, wie habe ich das nur zulassen können?

„Lass das", ermahnte sie sich. Sie wollte jetzt nicht an blaues Wasser, weiße Strände und Denver denken. Immer lief es auf ihn hinaus. „Er ist es einfach nicht wert!"

Während sie die Kommodenschubladen auf- und zuschob, erhaschte sie einen Blick auf ihr Spiegelbild. Ihre Augen waren gerötet, ihr Haar zerzaust, die Wangen blass. Zornig auf sich selbst, warf sie ihre Kleidungsstücke wahllos in den alten Koffer.

„Tess?"

Himmel, nicht jetzt, dachte sie. Im Moment konnte sie das Mitleid ihres Vaters nicht ertragen.

„Komme gleich", rief sie, während sie versuchte, die Kofferverschlüsse zuzudrücken.

Er kam herein und schaute sich müde im Zimmer um. „Wohin willst du?"

„Das spielt doch keine Rolle."

„Und ob es das tut."

„Na schön, nach Alaska. Oder Brasilien. Oder Singapur. Ich weiß es nicht, und es ist mir auch verdammt noch mal egal!", log sie.

Curtis setzte sich schwer auf die Bettkante. Das Bett ächzte unter seinem Gewicht. „Es passt überhaupt nicht zu dir, einfach alles hinzuwerfen."

„Ich werfe nicht alles hin", widersprach sie. „Man hat mich besiegt." Sie hob abwehrend die Hände. „Gib dir gar nicht erst Mühe, denn du kannst es mir nicht ausreden."

„Oh, da wäre ich mir aber nicht so sicher." Mit einem Grinsen, das sie zutiefst rührte, setzte er hinzu: „Du gibst mich hoffentlich nicht auf, oder?"

„Selbstverständlich nicht. Aber was ..."

„Ich habe seit drei Tagen nichts mehr getrunken." Er rieb sich den Nacken. „Obwohl ich zugeben muss, dass es mir eher wie dreihundert Tage vorkommt. Am Dienstag gehe ich zu meinem ersten Treffen mit den Anonymen Alkoholikern."

Sie schluckte hart und hatte schon wieder mit den Tränen zu kämpfen. Würde sie jemals aufhören können zu weinen? „Das freut mich für dich. Ich wusste, du kannst es."

„Ohne dich hätte ich das nicht geschafft."

„Ich hatte nichts damit zu tun."

Er musterte ihren alten verstaubten Koffer. „Aber wenn du gehst, greife ich vielleicht gleich wieder zur Flasche."

„Unsinn", erklärte sie. „Wenn du dir etwas in den Kopf gesetzt hast, schaffst du es auch."

„Das dachte ich auch über dich."

„Ach, Dad, ich bin des Kämpfens so müde." Es gab ihr einen Stich, den gekränkten Ausdruck in den Augen ihres Vaters zu sehen. Sie hatte sich geschworen, nie mehr um Denver zu weinen, aber irgendwie schien sie damit nicht aufhören zu können.

„Was ist denn überhaupt passiert?", wollte Curtis wissen.

„Denver hat die Pferde gekauft. Er hat Brigadier, Ebony und sogar Red Wing gekauft. Er hat sie mir praktisch vor der Nase weggeschnappt! Er will sie hier auf seiner Ranch halten, um Gewinn mit ihnen zu machen. Du hattest recht. Denver hatte nie die Absicht, diese Ranch an mich zu verkaufen. Ich war dumm und verrückt, ihm auch nur zuzuhören."

Unten fiel die Fliegentür zu. Tessa nahm ihren Koffer vom Bett und sagte: „Ich will das alles nicht Mitch erklären. Er würde es ohnehin nicht verstehen." Sie wollte zur Tür, doch die knochigen Finger ihres Vaters schlossen sich um ihr Handgelenk.

„Du kannst nicht einfach weglaufen, Tess."

„Ach nein? Dann pass mal auf."

„Bleib wenigstens heute Nacht in meinem Haus. Du bist viel zu aufgewühlt und brauchst Zeit, um alles noch einmal in Ruhe zu überdenken. Manchmal sieht man die Dinge morgens viel klarer, wenn man eine Nacht darüber geschlafen hat."

„Genau das ist ja das Problem, Dad. Ich sehe die Dinge jetzt schon viel zu klar." Als sie Schritte auf der Treppe hörte, riss sich von ihrem Vater los. Sie musste dringend verschwinden, bevor sie womöglich doch noch ihre Meinung änderte.

Sie machte zwei Schritte zur Tür, als *er* eintrat.

„Hör zu, Mitch, ich muss wirklich los …" Plötzlich sah sie direkt in Denvers strahlend blaue Augen. Er stand breitbeinig da und blickte sie mit einem unergründlichen Ausdruck an, während er ihr den Weg versperrte. „Oh nein", flüsterte Tessa und wäre am liebsten gleich vor der magischen Anziehungskraft seiner Augen und seines markanten, attraktiven Gesichts geflohen. Er wirkte müde und abgespannt und beinah hager. Die langen Haare fielen ihm bis auf den Kragen. Trotz des Schmerzes und des Kummers, trotz der Tatsache, dass er sie zutiefst verletzt hatte und ihr Herz schmerzte, verspürte Tessa den überwältigenden Wunsch, sich ihm in die Arme zu werfen.

Denver sah kurz zu Curtis, ehe er den Blick wieder auf sie richtete.

„Was machst du hier?", fragte sie, denn ihr Stolz gewann vorübergehend die Oberhand. „Hast du nicht gerade vor, ein paar Pferde zu stehlen? Einen alten Mann zu drangsalieren oder eine Frau zu peinigen?"

„Was ist hier eigentlich los?", wollte er wissen, und seine Stimme war so leise, dass Tessa die Worte kaum hörte.

„Sag du es mir."
„Für mich sieht es aus, als wolltest zu gehen."
„Das werde ich."
Er kniff die Augen zusammen. „Das glaube ich nicht." Er trug ein zerknittertes Hemd und eine Bundfaltenhose. Auf seinen Wangen spross ein Dreitagebart, und er hatte tiefe Augenränder. Er sah aus, als hätte er seit einer Woche nicht mehr richtig geschlafen. Tessa redete sich ein, dass es ihr vollkommen egal war. Es spielte gar keine Rolle, was er gerade durchmachte. Er hatte sie benutzt, und welchen Schmerz, welche Reue er auch empfunden haben mochte, es war nicht genug. Es würde nicht damit zu vergleichen sein, wie elend *sie* sich fühlte.
„Warum erklärst du mir nicht der Reihe nach, was los ist?", schlug er vor und fügte, auf ihren Koffer deutend, hinzu: „Und was das da zu bedeuten hat."
„Das ist ganz einfach. Die Ranch gehört dir", entgegnete sie kühl. „Und zwar alles. Die Pferde, die Maschinen, das Haus und sogar die Berge. Ich will nichts davon." Hoch erhobenen Hauptes, trotz der Tränen in den Augen, versuchte sie an ihm vorbeizumarschieren. Doch er versperrte ihr den Weg.
„Warte – wohin willst du?"
„Nach Singapur oder Brasilien. War es nicht so?", mischte Curtis sich ein und versuchte, sich zwischen seine Tochter und Denver zu schieben.
„Ich werde schon allein damit fertig", wies sie ihren Vater zurecht.
„Ich will dir doch nur helfen."
„Vielen Dank, aber das ist mein Problem."
„Was denn für ein Problem?", wollte Denver wissen, und seine Miene verfinsterte sich. „Was zur Hölle ist los?"
„Geh, McLean", forderte Curtis ihn auf.
Denver dachte gar nicht daran. „Wir zwei müssen reden", wandte er sich an Tessa.
„Dafür ist es zu spät."
„Das glaube ich nicht."

„Ich gehe, Denver. Es gibt nichts mehr, worüber wir reden müssten!“ Erneut versuchte sie, sich an ihm vorbeizudrücken.

Er umfasste ihr Handgelenk, trat aus dem Türrahmen und warf Curtis einen Blick zu. „Ich würde gern mit Tessa sprechen. Allein.“

„Was immer du zu sagen hast, kannst du auch mir sagen“, entgegnete Curtis.

„Es ist privat.“

Tessas Herz schlug schneller. Denvers Finger schlossen sich besitzergreifend um ihr Handgelenk. „Ich komme allein klar“, wandte sie sich an ihren Vater, während sie mit vor Wut funkelnden Augen Denver ansah.

Curtis zögerte an der Tür und musterte die beiden unentschlossen. „Ich glaube nicht …“

„Ich komme zurecht“, versicherte Tessa ihm. Dies war ihre Chance, Denver zu erklären, was für ein Mistkerl er war. Eine zweite Chance würde sie vermutlich nicht mehr bekommen.

„Na, schön“, gab Curtis widerstrebend nach, und in seinem alten Gesicht bildeten sich grimmige Falten. „Aber ich bin unten in der Küche.“ Er tippte Denver mit seinem knochigen Zeigefinger auf die Brust. „Du hast fünfzehn Minuten, McLean. Dann komme ich wieder hoch, und du lässt meine Tochter ein für alle Mal in Ruhe.“

Er richtete sich zu voller Größe auf, die trotzdem nicht reichte, um Denver zu überragen. „Fünfzehn Minuten“, wiederholte er und wandte sich ab, wobei er in seiner Brusttasche nach den Zigaretten wühlte.

„Okay, was ist los?“, wollte Tessa wissen, nachdem ihr Vater verschwunden war.

„Sag du es mir. Warum, um alles in der Welt, willst du fortgehen?“

„Warum kümmert dich das?“

„Du kannst einen wirklich rasend machen.“

„Gut!“

Denver warf zornig die Tür zu, so heftig, dass die Fenster

klirrten und eine Erschütterung durch das ganze Haus ging. Tessa zuckte zusammen. Er schloss die Tür ab. „Ich will nicht gestört werden“, erklärte er, als sie protestieren wollte.

Seine Gesichtszüge wirkten angespannt vor unterdrückter Wut. Er nahm Tessa am Oberarm und schob sie in einen Sessel, während er dicht davor stehen blieb, die Arme vor der Brust verschränkt. Sein Hemd spannte an seinen muskulösen Schultern. „Und jetzt verrate mir endlich, was hier eigentlich vorgeht.“

„Wonach sieht es denn deiner Meinung nach aus?“

„Es sieht aus, als wolltest du dich aus dem Staub machen.“

„Genau das tue ich.“

„Warum?“

„Warum?“, wiederholte sie ungläubig. Denver hatte vielleicht Nerven! „Natürlich deinetwegen. Wegen all dem, was du bist, und besonders wegen all dem, was du nicht bist!“

„Und das wäre?“

„Aufrichtig.“

„Du redest von Aufrichtigkeit?“, sagte er. „Was ist denn mit dir? Ich habe in den letzten anderthalb Wochen deinetwegen die Hölle durchgemacht, und du willst mich verlassen.“

„Ich will dich verlassen?“ Sie sprang empört auf. „Ich … dich?“ Sie lachte bitter. „*Du* hast *mich* verlassen. Du hast weder angerufen noch geschrieben, und jetzt kaufst du auch noch meine Pferde. Hinter meinem Rücken!“

„Moment mal …“

„Warum hast du nicht angerufen?“

„Ich habe es versucht.“

„Einmal.“

„Es war nicht so einfach“, meinte er ausweichend.

„Na, darauf wette ich. Und warum bist du nicht hier aufgetaucht, wenigstens um die Papiere bei der Bank zu unterschreiben?“

„Es gab Probleme, deshalb habe ich ja auch angerufen. Es war ein Notfall.“

„Ein Notfall? Was ist passiert? Hast du eine andere Frau gefunden, die du emotional durch die Mangel drehen konntest, indem du ihr und ihrer Familie erst schreckliche Dinge vorwirfst und ihr anschließend das vor der Nase wegschnappst, was ihr am kostbarsten ist?“

„Das … Das denkst du also von mir?“

„Was denn sonst?“, sagte sie in höhnischem Ton, denn sie wollte ihn unbedingt genauso verletzen, wie er es getan hatte. „Oder musstest du unverhofft eine Reise nach Disneyland machen?“

Er verzog gequält das Gesicht. „Ein bisschen weiter weg als Disneyland.“

„Das ist mir völlig gleichgültig!“

„Ein paar Tausend Meilen weiter.“

„Vergiss es, Denver.“

„Ich war in Irland“, fuhr er unbeirrt fort. „Nordirland, um genau zu sein.“

„Irland?“, wiederholte sie neugierig, denn ihre Wut ließ bereits spürbar nach, angesichts der zu erwartenden Antwort. Es lief ihr kalt den Rücken hinunter – Denver musste sich auf die Suche nach Colton gemacht haben!

„Ganz recht“, sagte er, als hätte er ihre Gedanken gelesen. „Ich wollte meinen Bruder finden, um ihn zur Rückkehr nach Montana zu bewegen, damit er die Papiere unterschreibt.“

„Wer's glaubt.“

„Ich wurde nur ein wenig abgelenkt“, sagte er.

„Das kann ich mir lebhaft vorstellen.“

Seine Geduld war sichtlich strapaziert, und er presste die Lippen zu einer schmalen Linie zusammen.

Tessa konnte es sich nicht verkneifen, ihn noch ein wenig weiter zu piesacken. „Du erwartest von mir, dass ich dir glaube, dass du den ganzen Weg nach Irland geflogen bist, um Colton zu bitten, mir die Ranch zu verkaufen? Und dass du deswegen nicht anrufen oder schreiben konntest?“ Unbewusst wollte sie ihm glauben und wünschte, Denver würde den Schmerz der vergangenen Tage auslöschen. Damit sie dort weitermachen konnten, wo sie stehen geblieben waren. Doch ihr Verstand verbot ihr, sich noch einmal von ihm zum Narren halten zu lassen. Damit war es ein für alle Mal vorbei. Zu viel stand auf dem Spiel.

„Genau so ist es aber gewesen."

„Ich ... ich glaube dir nicht."

„Was ist denn deiner Ansicht nach passiert?"

„Ich glaube, dass du mich hintergangen hast", erklärte sie rundheraus. „Für dich war das alles nur ein Teil deines Plans. Du brauchst es gar nicht erst abzustreiten, denn das funktioniert nicht. Ich werde mir deine verdammten Lügen nämlich nicht mehr länger anhören."

„Lügen?", rief er aufgebracht und zog sie an sich. Jeder Muskel seines Körpers schien unter Anspannung zu stehen. Er näherte sich ihr so weit, dass seine Nasenspitze beinah ihre berührte. Sein warmer Atem streifte ihr Gesicht, seine Finger schlossen sich fest um ihre Unterarme. „Wenn ich jemanden belogen habe, dann ganz andere Leute, zum Beispiel meinen Bruder, um dich zu schützen!"

„Spar dir das für jemanden auf, der dir glaubt."

Sein Griff wurde noch fester. „Ich lüge nicht, verdammt!" Sein Zorn, die Energie, die er aussandte, waren beinah körperlich spürbar.

Tessa sah ihn wütend an. „Du hattest nie die Absicht, diese Ranch an mich zu verkaufen. Wenn du mich wirklich sprechen wolltest, hättest du es gekonnt. Stattdessen hast du aber Nate Edwards angerufen und meine Pferde von ihm für deine Ranch zurückgekauft."

„Warum hätte ich das tun sollen?", fragte er.

„Verrate du es mir."

„Na schön, dann hör mal zu. Gleich nachdem du fort warst, erhielt ich einen Anruf von diesem Privatdetektiv."

„In Nordirland."

„Genau. Er war besorgt wegen meines Bruders. Nachdem

er ein einziges Mal mit ihm gesprochen hatte, wusste er, dass Colton in Schwierigkeiten steckt."

„Deshalb bist du hingeflogen?", fragte sie ihn, noch immer zweifelnd.

„Ja, verdammt. Ich flog nach Nordirland, um ihn zu finden und hierher zu bringen, damit er die Papiere unterschreiben kann. Das Problem war nur, dass wir gar nicht so weit kamen, weil jemand in diese gemütliche kleine Bar marschierte und anfing, wild in der Gegend herumzuballern!" Er sah sie kalt an, sein unrasiertes Gesicht war blass geworden.

„Lüg mich nicht an", warnte sie ihn. Obwohl sie seine bisherigen Lügen nicht vergessen hatte, fing sie allmählich an, ihm zu glauben.

Seine Finger schlossen sich noch fester um ihre Arme, und er sah Tessa eindringlich an. „Genau das ist passiert."

„Ich kann es nicht glauben ..."

„Weil du es nicht willst!", schnitt er ihr das Wort ab und ließ sie unvermittelt los.

„Warum sollte ich auch?", konterte sie.

„Weil es die Wahrheit ist, zur Hölle." Er strich sich ungeduldig die Haare aus der Stirn und schloss für einen Moment die Augen, als versuche er, seine Gefühle in den Griff zu bekommen. Er schien müde und erschöpft zu sein.

Die Sekunden vergingen. Tessa bewegte sich auf die Tür zu.

Als Denver wieder sprach, war seine Stimme leise, beinah sanft. „Wir beide wissen, wie Coltons Arbeit aussieht und wie sehr er die Gefahr liebt."

Das stimmte.

„Irgendwer hat versucht, ihn umzubringen."

Tessa fühlte sich benommen. „Warum?"

Er schüttelte den Kopf und ließ die breiten Schultern hängen. „Ich bin mir nicht sicher. Niemand wollte mir die ganze Geschichte erzählen, und ich bezweifle, dass die Polizei schon sämtliche Teile des Puzzles zusammenhatte. Es war höllisch schwer für mich, das Land überhaupt noch zu verlassen." Er streckte sich, gähnte, und krempelte sich dann die Ärmel seines Hemdes hoch.

„Erzähl weiter“, forderte sie ihn auf, angewidert von sich selbst, dass sie ihm überhaupt zuhörte. Er war ein Lügner und Betrüger, ein Mann, der auf ihrem Stolz und ihren Gefühlen herumgetrampelt hatte.

„Laut Dunkirk – das ist der Privatdetektiv, den Ross engagiert hat – muss irgendwer Colton enttarnt haben. Colton hatte enge Verbindungen zur IRA. Es war ihm gelungen, ein paar Fotos zu schießen, die sie sicher nicht veröffentlicht sehen wollten.“

„Dann verübte die IRA den Anschlag auf ihn.“

„Oder die andere Seite, die sich als Revolutionäre ausgibt …“

„Ich will das alles nicht hören“, flüsterte sie und hob abwehrend die Hände. „Das ist alles viel zu bizarr.“ Sie griff nach ihrem Koffer, doch Denver kam ihr zuvor und nahm ihn an sich.

„Hör mir wenigstens zu“, bat er sie inständig.

Sie sah trübselig zu ihrem Koffer. „Dann beeil dich.“ Aber sie durfte ihm kein weiteres Mal glauben, ganz gleich, was er erzählte. Innerlich jedoch schwankte sie bereits, und deshalb musste sie so schnell wie möglich von hier verschwinden – ehe sie Denvers gefährlichem Zauber von Neuem erliegen konnte. Sie bemerkte ein Zucken in seinen Wangenmuskeln und musste sich von seinem faszinierenden, markanten Profil losreißen. Er brachte sie schon wieder derart aus dem Konzept, dass ihre Atmung flacher wurde. Sie kehrte ihm den Rücken zu, hielt sich mit einer Hand am Messingpfosten des Bettes fest und schaute aus dem Fenster. „Ich habe nicht die ganze Nacht Zeit“, erinnerte sie ihn.

„Richtig, du warst ja schon auf dem Sprung.“

Sie verkniff sich eine hitzige Erwiderung.

Er trat näher, was das Knarren der Fußbodendielen verriet. Ihre Nerven flatterten, als er so leise sprach, dass sie Mühe hatte, ihn zu verstehen.

„Jedenfalls läuft es darauf hinaus, dass eine der beiden Seiten – Gott allein weiß, welche – ein Zielschießen auf Colton veranstaltet hat. Wahrscheinlich wollte man ein Exempel statuieren.“

„Während du dort warst?“

Er antwortete nicht, doch sein Schweigen verriet ihr, dass er Zeuge gewesen war, als man auf seinen Bruder geschossen hatte.

„Falls du mir nicht glaubst, kannst du das St. Mary’s Hospital in Belfast anrufen“, meinte er.

„Um Himmels willen …“ Plötzlich fühlte sie sich schrecklich, denn so etwas würde Denver sich niemals ausdenken. Mal abgesehen davon, dass Tessa die Wahrheit sehr leicht herausfinden konnte. Sie sah Colton vor sich: einen attraktiven, verbitterten Mann, der in einer Blutlache lag, während Denver sich über ihn beugte – ebenfalls in tödlicher Gefahr. Ihre Hände zitterten vor Aufregung, und sie zwang sich, Denver ins Gesicht zu sehen. „Geht es … Geht es ihm gut?“

„Er wird es überleben.“

Benommen und am ganzen Körper zitternd, sank sie auf die Bettkante. Denvers harte Miene und seine Anspannung verrieten, dass er die grässlichen Momente des Anschlags gerade erneut durchlebte. Tessa empfand Reue und kam sich schon wieder dumm vor, diesmal nur aus ganz anderen Gründen. „Wie schwer wurde er verletzt?“

„Seine Schulter wird ihm für eine Weile Probleme bereiten.“

„Das tut mir leid“, sagte sie und meinte es vollkommen aufrichtig. *Wenn sie doch nur die hässlichen Worte zurücknehmen könnte, die sie zu ihm gesagt hatte! Wenn sie ihm nur mehr vertraut hätte! Wie hatte sie so verdammt selbstgerecht sein und ihn mit solchen Vorwürfen konfrontieren können?*

„Das geht uns allen so.“

„Wird er hierher zurückkommen?“

„Sobald er aus dem Krankenhaus entlassen wird und in der Lage ist zu reisen. Ich schätze, dass er in ein bis zwei Wochen auftauchen wird.“

„Ich muss mich bei dir entschuldigen“, sagte sie betreten. „Aber du hättest einfach anrufen müssen.“

„Das war nicht möglich. Die Polizei hat mich tagelang verhört, weil ich als Verdächtiger galt.“

„Warum?“

„Weil jemand versucht hat, meinen Bruder umzubringen sowie jeden anderen, der im Weg war. Und das alles nur Stunden, nachdem ich aufgetaucht war. Das schien ihnen ein zu großer Zufall zu sein.“

„Ich verstehe.“

„Du glaubst mir also?“

Beschämt antwortete sie: „Ja, doch. Größtenteils jedenfalls.“

„Na ja, immerhin etwas.“ Er setzte sich zu ihr auf das Bett und ließ sich rückwärts auf die Kissen fallen. „Ich habe seit Tagen nicht richtig geschlafen.“ Er rieb sich die Nasenwurzel und stieß einen müden Seufzer aus. Seine langen schwarzen Wimpern ruhten auf seinen eingefallenen Wangen.

Da er offenbar drauf und dran war einzuschlafen, musste sie ihm unbedingt noch eine Frage stellen, die sie beschäftigte. „Es ist dir gelungen, Ross Anderson zu erreichen. Aber mich hast du nicht angerufen.“

„Ich rief Ross an, bevor ich nach Belfast flog.“

„Warum hast du mir nichts davon erzählt?“

„Ich habe dich zu erreichen versucht, aber du warst nicht da. Niemand war da.“ Er schien die Augen nur mit Mühe wieder öffnen zu können. „Außerdem wollte ich dich überraschen.“

„Das ist dir gelungen“, räumte sie ein und strich ihm mit zitternden Fingern die Haare aus der Stirn. „Ich hätte dich am liebsten umgebracht.“

„Das wollte dieser Idiot in Irland auch …“

„Hat man den Täter gefasst?“

Denver schüttelte den Kopf. „Das weiß ich nicht. Ich glaube es aber nicht.“ Er nahm ihre Hand in seine. „Ich fürchte, ich habe es vermasselt. Dieses Pferdegeschäft habe ich ganz falsch angepackt. Ich wollte einfach nicht, dass du deine Herde verkaufst. Diese Tiere bedeuten dir viel zu viel."

„Ich kann es nicht fassen", murmelte sie. Beim Anblick des angespannten Zuges um seinen Mund und seiner müden Augen, hätte sie ihm beinah sofort wieder vertraut. Sie streichelte seine Wange vorsichtig.

„Glaub mir, Tessa!"

„Das möchte ich ..." Du lieber Himmel, lieferte sie sich ihm etwa schon wieder aus?

„Habe ich dich wirklich so sehr verletzt?", fragte er sanft, während er den Arm um ihre Taille legte und sie an sich zog. Seine Nähe, sein Duft und seine Berührung lösten ein Prickeln auf ihrer Haut aus und ließen ihr Herz schneller schlagen. „Ich meine nach dem Feuer – habe ich dich damals so tief verletzt?"

Die Erinnerung schmerzte und sie senkte die Lider. „Es geht."

„Wirklich?" Er stützte sich auf den Ellbogen und drückte sanft gegen ihre Schulter. Sie ließ sich neben ihn auf die Kissen fallen.

„Ich habe das alles für uns getan", erklärte er. „Ich habe die Pferde gekauft und Ross gesagt, dass ich keine Kaufverträge für die Ranch unterschreiben würde, da ich vorhätte, hierher zurückzukommen und dich zu heiraten. Ich dachte, wir könnten alle Hindernisse beseitigen."

Ihr Herz schien einen winzigen Moment auszusetzen. „Wie denn?", wollte sie wissen. Ihre Handflächen fingen an zu schwitzen. Sie konnte es nicht riskieren, ihm erneut zu glauben. Zumindest durfte sie ihm nicht völlig vertrauen. Ihr Herz würde sie ihm nicht öffnen, dazu war sie noch viel zu verletzlich. Nur weil er gerade vom Heiraten gesprochen hatte, würde sie nicht gleich wieder zu ihm zurücklaufen und ihm jedes Wort glauben.

„Ich habe bereits mit meinem Partner gesprochen, denn ich spiele mit dem Gedanken, die Firma zu verlassen und in Helena ein Beratungsunternehmen zu gründen."

„Du hasst es, hier zu leben."

„Vielleicht nicht. In Nordirland hatte ich viel Zeit, über alles gründlich nachzudenken. Da bin ich mal ernsthaft in mich gegangen."

„Und was hast du dabei herausgefunden?"

Er deutete zur Wand, an der ihr Koffer gelandet war. „Dass ich mit dir zusammen sein will. Wo auch immer du sein möchtest."

Tränen stiegen Tessa in die Augen, und sie schniefte.

„Diese Ranch bedeutet mir nur dann etwas, wenn du da bist. Wenn du gehst, gehe ich auch."

„Und wenn ich bleibe?", fragte sie und drehte sich so, dass sie ihm ins Gesicht sah. Ihr langes rotgoldenes Haar fiel über seinen Arm und das zerknitterte weiße Laken.

Die Andeutung eines Grinsens huschte über sein Gesicht. „Dann bleibe ich auch."

Sie schluckte hart. „Ist das … ist das so eine Art Heiratsantrag?"

Er senkte den Blick einen Moment auf ihre Lippen, ehe er ihr wieder in die Augen sah.

Tessa stockte der Atem.

„Was glaubst du?", fragte er und gab ihr einen zärtlichen Kuss auf den Hals.

Ihr Puls raste. „Ich glaube, ich wäre verrückt, es auch nur in Betracht zu ziehen." Trotzdem lehnte sie sich zurück und schlang ihm die Arme um den Nacken. Dabei fuhren ihre Finger durch sein volles Haar.

„Na, das lass lieber mich beurteilen." Sein Atem streifte ihr Gesicht.

„Was ist mit dem Feuer?", fragte sie leise.

Er grinste verheißungsvoll. „Das wird mit jeder Minute heißer." Und diesen Worten ließ er einen sinnlichen Kuss auf ihre Lippen folgen, als hätten sie alle Zeit der Welt. Vielleicht war es ja auch so.

„Das meinte ich nicht."

„Ich weiß." Dann lag sein Mund auf ihrem und beendete

jede Grübelei. Wieder einmal war sie völlig berauscht von ihren Gefühlen für diesen Mann. Nur das Hier und Jetzt zählte noch – und das Versprechen, das er ihr für die Zukunft gegeben hatte. Die Vergangenheit und das Feuer waren nur noch eine ferne Erinnerung.

Eine sinnliche Wärme breitete sich überall in ihr aus. Tessa stöhnte und drängte sich ungeduldig an ihn.

„Möchtest du deine Pferde nicht sehen? Die sind wahrscheinlich schon unterwegs“, sagte er und gab ihr einen Kuss auf die Nasenspitze.

„Ich werde warten.“

„Was ist mit deinem Vater? Curtis wird jede Minute wieder hier sein.“

„Erinnere mich bloß nicht daran.“ Sie stöhnte und löste sich widerstrebend von ihm. Er hielt sie am Arm fest, zog sie erneut an sich und presste seine verführerischen Lippen auf ihre. Sofort schmolz sie dahin.

„Damit du weißt, wie sehr du mir gefehlt hast“, erklärte er hinterher.

„Du hast mir auch gefehlt.“

„Und ich liebe dich, Tess“, sagte er mit heiserer, rauer Stimme. „Ich habe dich immer geliebt.“

„Oh Denver! Ich liebe dich auch!“, rief sie, drückte ihn an sich und ließ ihren Tränen freien Lauf. Sie wünschte, dieser Moment würde niemals enden.

Jemand klopfte laut an die Tür. „Tessa?“, rief ihr Vater. Er klang besorgt. „Bist du noch da drin?“

„Mir geht's gut.“

„Bist du dir sicher?“

„Absolut.“ Sie sah Denver intensiv an.

„Ich hoffe für dich, dass das auch stimmt, McLean.“

Tessa musste sich zusammennehmen, um nicht zu kichern. „Vielleicht sollten wir lieber nach unten gehen und auf die Pferde warten“, flüsterte sie. „Ich möchte nicht, dass mein Vater merkt, was los ist.“

Denver grinste. „Erst wenn du mir versprichst, mich zu heiraten."

„Ach?" Sie runzelte amüsiert die Stirn. Verflogen war jede Düsternis in ihrem Herzen. „Und was wirst du tun, wenn ich mich weigere?"

„Dann halte ich dich gefangen, bis du um Gnade flehst."

„Hört sich interessant an", neckte sie ihn.

„Ja, nicht wahr?" Er schaute ihr tief in die Augen. „Allerdings bezweifle ich, dass dein Vater das gutheißen würde."

„Wahrscheinlich nicht, aber eine Heirat zwischen uns würde er auch nicht gutheißen."

„Vielleicht gelingt es mir, seine Meinung zu ändern."

Sie lachte. „Wenn du das schaffst, wärst du der Erste."

„Na, dann pass mal auf." Er gab ihr einen zärtlichen Klaps auf den Po.

„Mach ich." Sie rollte vom Bett und landete geschmeidig auf den Füßen. Denver folgte ihr.

Sie schloss die Tür auf, doch ehe sie sie öffnen konnte, drückte er sie wieder zu.

„Eines noch", sagte er.

„Was denn?" Tessa drehte sich zu ihm um und betrachtete ihn durch den hauchfeinen Schleier ihrer goldblonden Wimpern.

„Wegen des Feuers."

Jetzt kommt es, dachte sie verzweifelt und wappnete sich. Es war alles viel zu schön gewesen, um wahr zu sein. Sie lehnte sich schwer gegen die Tür. „Ich dachte, wir hätten das Thema abgeschlossen."

„So gut wie. Aber ich finde, ich sollte dir noch etwas erklären."

„Du musst mir nichts ..."

„Shhhhh." Er legte ihr den Zeigefinger auf die Lippen. „Hör mir einfach nur zu. In Irland ist mir alles klar geworden. Ich hatte viel Zeit, während ich im Krankenhaus herumsaß oder mit der Polizei sprach. Ich habe über alles gründlich nachgedacht, und ich erkannte, dass ich dir niemals die Schuld an dem Unfall hätte geben dürfen."

„Unfall?"

„Richtig. Ganz gleich, was passiert ist, der Brand war ein Unfall. Niemand war schuld. Weder du noch dein Vater."

„Irgendwer schon."

„Nein. Wir sollten aufhören, einen Schuldigen dafür finden zu wollen."

Es schnürte ihr die Kehle zu, und Tränen brannten in ihren Augen.

„Ich wollte unbedingt jemandem dafür verantwortlich machen", erklärte er. „Mom und Dad waren tot. Ich lag im Krankenhaus und konnte nur daran denken, dass es einen Grund geben musste, für das, was geschehen war. Dein Vater war der ideale Sündenbock, genau wie du." In Tessas Augen schimmerten Tränen. „Kannst du mir verzeihen?"

Sie blinzelte und lächelte unsicher. „Ich werde wohl einen Weg finden."

„Ich werde mit deinem Dad sprechen und mich mit ihm aussöhnen."

„Das wäre besser", lachte sie, „denn schließlich wird er mich bei der Trauung zum Altar führen. Du wirst ziemlich überzeugend sein müssen, denn weder er noch mein Bruder Mitch sind besonders gut auf die McLeans zu sprechen."

„Wenn Colton hier ist …"

„Oje, daran habe ich überhaupt nicht mehr gedacht. Der hasst mich!"

„Er kennt dich einfach nicht." Denver öffnete die Tür. „Es wird Zeit, die Dinge wieder ins Lot zu bringen, und zwar rasch."

Er nahm ihre Hand und ging mit Tessa nach unten. Sie fragte sich, wie es gelingen sollte, die alten, tiefen Gräben zwischen den beiden Familien zu überwinden. Die Zeit heilt alle Wunden, hieß es, doch in den vergangenen sieben Jahren war die Kluft eher noch tiefer geworden.

Mit ihrem Vater würde es nicht allzu schwierig werden, denn sobald Curtis sah, dass seine Tochter glücklich war, würde er Denver alles vergeben. Und wenn erst das Baby da wäre, würde Curtis sich vor Stolz und Freude nicht mehr einkriegen.

Das Baby! Sollte sie Denver davon erzählen? Aber sie wollte diesen Moment nicht kaputtmachen, und deshalb würde sie warten, bis sie endgültige Gewissheit hatte.

Außerdem galt es für sie, vorher noch andere Hürden zu überwinden. Es würde weitaus schwieriger sein, Mitchell und Colton davon zu überzeugen, dass sie und Denver einander liebten, als Curtis. Ihr Bruder und Denver waren einfach zu starrköpfig und sich zu ähnlich. Der Himmel stehe uns bei, betete sie im Stillen. Gott allein wusste, was geschehen würde, wenn Colton wieder zurück in Montana war.

14. KAPITEL

Der Himmel war bedeckt, und es sah nach Regen aus. Tessa schaute aus ihrem Schlafzimmerfenster zu den dicken dunklen Wolken hoch und wünschte, das Unwetter würde sich noch etwas Zeit lassen. Wenigstens einen Tag.

Morgen würden sie und Denver verheiratet sein. Im kleinen Kreis im Rosengarten der Familie Edwards würde Tessa endlich Mrs Denver McLean werden.

Wenn nur der Regen den Hochzeitstag nicht ruinieren würde.

„Ich bin mir immer noch nicht sicher, was ich davon halten soll“, meinte ihr Vater, der steif vor dem großen Spiegel in ihrem Schlafzimmer stand und sich mit verkniffener Miene betrachtete. Sein Smoking saß perfekt, das weiße Hemd bildete einen eleganten Kontrast zu seiner gebräunten Haut. „Früher habe ich diese Dinger albern gefunden, und ehrlich gesagt, komme ich mir auch heute darin verkleidet vor.“

„Du wirst es überstehen.“ Sie rückte seine Fliege zurecht und lächelte. „Ich weiß, du willst das nicht hören, aber du siehst wirklich vornehm und flott aus.“

„Bah!“ Er suchte an der Hemdbrust vergeblich eine Tasche. „Affenklamotten“, murrte er.

„Es ist doch nur für einen Tag.“

Curtis richtete seine Aufmerksamkeit auf Tess. „Bist du dir wirklich sicher, was diese Hochzeit angeht?“

„Absolut.“

„Mitch ist immer noch außer sich.“

Tessa erinnerte sich an die heftige Reaktion ihres Bruders. „Das ist sein Problem, oder?“

Ihr Vater grinste schief. „Ja, ist es wohl.“ Erneut musterte er sich finster im Spiegel. „Kann ich das Ding jetzt wieder ausziehen?“

„Wenn du mir versprichst, es morgen wieder brav anzuziehen." Sie lief aus dem Zimmer, und es kam ihr wie schon seit einer Woche vor, als schwebe sie auf Wolken, weil sie so glücklich war. In dieser Zeit hatten sich die alten Zweifel kein einziges Mal mehr gemeldet, und Denver hatte sich wundervoll verhalten. Innerhalb von nur sieben Tagen fand er einen Firmensitz für sich in Three Falls und beauftragte Ross Anderson, die Papiere zum Verkauf seines Anteils am Ingenieurbüro, das er mit Jim van Stern betrieb, vorzubereiten. Außerdem schloss er Frieden mit ihrem Vater und plante sogar eine Hochzeitsreise in die Karibik. Der einzige Wermutstropfen war, dass sie und Denver wegen all der Hochzeitsvorbereitungen so gut wie keine Zeit mehr für sich allein hatten. Aber morgen Abend würde sich auch das ändern. Und dann, dachte sie lächelnd, würde sie ihm ihre Neuigkeit mitteilen.

Falls Mitchell nach wie vor einen Groll gegen Denver hegte, musste er selbst damit fertig werden.

In der Küche duftete es nach Zimt, Schokolade und Früchten. Milly fand, eine Hochzeitstorte vom Konditor sei nicht genug. Sie hatte es sich nicht nehmen lassen, selbst genug Kuchen, Zimtbrötchen und Pudding für eine ganze Armee zuzubereiten. Alles stand nun ordentlich eingepackt und eingewickelt für den nächsten Tag auf sämtlichen Arbeitsflächen in der Küche.

Die ersten Regentropfen klatschten gegen die Fensterscheibe, doch Tessa tat so, als kümmere es sie nicht. Wenn es regnete, würden die Gäste eben ein paar kühle Tropfen in den Nacken bekommen. Ihren Hochzeitstag konnte jedenfalls nichts verderben.

„Meinst du denn, das ist genug Essen?", spottete Denver und erschreckte sie. Sie drehte sich um und entdeckte ihn im Durchgang zwischen Flur und Küche. Er lehnte an der Wand und musterte die überladenen Arbeitsflächen.

„Ich hoffe es."

„Wir werden Kuchen verschenken müssen bei der Hochzeitsfeier. Jeder Gast darf fünf Stück mit nach Hause nehmen."

„Ach, du übertreibst", erwiderte sie kichernd.

Ein vielsagendes Lächeln erschien auf seinem Gesicht, als er näher kam, sich mit der Hüfte gegen den Tisch drückte und sie an sich zog. „Ein bisschen vielleicht." Er legte seine Stirn an ihre und seufzte. „Noch eine Nacht. Und dann haben wir drei Wochen lang Sonne, Meer und weißen Sand."

Sie strahlte ihn an. „Kaum zu glauben, was?" Sie hörte die Schritte ihres Vaters auf der Treppe.

„Ich kann nicht länger warten!"

Curtis kam in seiner staubigen Jeans, kariertem Hemd und Cowboystiefeln herein.

„Na, das ist bequemer, oder?"

Er schnaubte verächtlich und zündete sich eine Zigarette an. „Du solltest morgen lieber ein paar Fotos machen, denn es wird das letzte Mal sein, dass du mich in einem dieser verdammten Anzüge siehst."

Die Hintertür wurde knarrend geöffnet, und Mitchell kam herein. Er warf seine Jacke achtlos zur Seite und ließ sich auf einen der Küchenstühle fallen. „Könnt ihr eure Reise nicht auf eine Woche verkürzen?", brummte er,

„Ist es dir zu viel Arbeit?", wollte Tessa wissen.

„Ich gebe es nur äußerst ungern zu", sagte Mitch grinsend, „aber für so eine zierliche Frau leistest du hier auf der Ranch ganz schön viel."

„Ich komme ja wieder", tröstete sie ihn.

„Ich fahre in die Stadt", verkündete er.

„Denk dran, deinen Smoking noch anzuprobieren", ermahnte sie ihn.

„Der wird schon passen."

„Lass es uns heute Abend herausfinden."

„Na schön, meinetwegen. Ich bin in zwei Stunden wieder hier, also bleib locker. Denk einfach daran, wer dich hier vertritt, während du damit beschäftigt bist, Königin zu spielen und am Strand Mai Tais zu trinken."

„Keine Sorge, das werde ich schon nicht vergessen", sagte sie, als er wieder aufstand und sich auf den Weg machte.

„Ich mache mich lieber auch auf die Socken“, sagte ihr Vater und betrachtete seine Tochter liebevoll. „Morgen ist dein großer Tag.“

„Der größte.“

Curtis sah zu Denver. „Ich dachte, Colton würde aufkreuzen.“

„Dachte ich auch.“ Denver schaute mit besorgter Miene auf seine Uhr. „Ein paar Stunden bleiben ihm ja noch.“

„Aber nicht mehr viele“, meinte Curtis knapp. Sie fragte sich, ob das böse Blut zwischen ihrem Vater und Denvers Bruder jemals zu bereinigen war. Colton war vor zwei Tagen aus dem Krankenhaus entlassen worden, deshalb hoffte Denver, dass er es rechtzeitig zur Hochzeit schaffen würde.

Er hatte Tessa schon vorgewarnt, dass Colton nicht gerade begeistert sei von der bevorstehenden Hochzeit. Sie vermutete, dass sie kaum etwas tun konnte, damit er seine Einstellung änderte. Das würde einfach Zeit brauchen.

„Bis morgen“, verabschiedete Curtis sich und winkte noch einmal, ehe er durch die Hintertür verschwand.

Tessa sah aus dem Fenster. Ihr Vater ging den Pfad entlang, die Schultern wegen des Regens hochgezogen. „Glaubst du an böse Omen?“, wandte sie sich an Denver, als Curtis in seinem alten Pick-up die Auffahrt hinunterfuhr. Die Rücklichter waren durch die regennasse Scheibe nur verschwommen zu erkennen.

„Ich habe ein Sommergewitter noch nie für ein böses Omen gehalten.“ Er umfasste ihre Taille und küsste ihren Nacken. „Im Gegenteil, ich betrachte es eher als gutes Zeichen. Man spricht ja auch vom reinigenden Gewitter, das einen Neuanfang ermöglicht …“

„Na, ich weiß nicht“, sagte sie leise und schmiegte sich an ihn. Seine Arme waren stark und sie fühlte sich beschützt.

„Beschwöre es nicht.“ Er drehte sie zu sich um, damit sie ihm ins Gesicht sah. „Endlich sind wir allein, am Abend vor unserer Hochzeit, und du machst dir Sorgen.“ Er glitt mit dem Finger über die Sorgenfalten auf ihrer Stirn. „Wie wäre es, wenn wir stattdessen darauf anstoßen?“

„Anstoßen? Womit denn?“

„Mit Champagner.“ Er schaute zur Speisekammer, neben deren Tür zwei Kisten Champagner standen.

„Milly wird dir den Kopf abreißen.“

„Sie wird es nie erfahren.“ Er marschierte zur Kammer, zog ein Klappmesser aus der Tasche und öffnete geschickt den obersten Karton.

Tessa grinste verschwörerisch. „Na ja, es ist unsere Hochzeit, dann ist es auch unser Champagner.“

„Ich bezweifle, dass irgendwer morgen verdursten wird, denn es ist reichlich Champagner da. Da können wir ruhig schon eine Flasche probieren, oder?“

„Hm, eine vielleicht.“

Er schenkte ihnen beiden ein, stieß sein langstieliges Glas gegen ihres und sagte: „Auf die wundervollste Braut in Montana.“

„Und Kalifornien?“

„Auf jeden Fall auch Kalifornien“, bestätigte er belustigt. „Wahrscheinlich aller Staaten westlich des Mississippi.“

„Und östlich davon?“, neckte sie ihn.

„Da kenne ich mich nicht aus.“ Erneut legte er den Arm um sie. „Möglicherweise gibt es dort ein oder zwei Frauen, die hübscher sind als du.“

„Das merke ich mir“, sagte sie lachend und mit provozierendem Blick.

Er leerte sein Glas Champagner in einem Zug, während sie nur nippte. Dann küssten sie sich sanft auf dem Sofa. Nach einer Woche selbst auferlegter Enthaltsamkeit waren sie beide kurz davor, den Verstand zu verlieren. „Ich könnte dich nach oben tragen“, sagte er, während er sie verlangend ansah.

„Warum tust du es dann nicht?“, neckte sie ihn. Halb auf ihm liegend, schenkte sie ihm den restlichen Champagner ein.

„Weil dein verdammter Bruder vorhin verkündet hat, dass er wiederkäme.“

„Das hat er wahrscheinlich längst vergessen. Im Übrigen ist er nicht mein ‚verdammter' Bruder, sondern dein Schwager", erinnerte sie ihn.

„Was auch immer er ist, er taucht garantiert genau in dem Augenblick auf, wenn wir nach oben gehen ..."

Draußen durchschnitt Scheinwerferlicht die Dunkelheit und streifte die regennassen Fenster.

„Was habe ich dir gesagt?", bemerkte Denver trocken. „Genau wie ich es prophezeit habe."

Sie hörten Stiefelschritte auf den Verandastufen, und dann ging knarrend die Hintertür auf. Die Schritte waren nun in der Küche zu hören, und jemand öffnete den Kühlschrank.

„Wir sind hier", rief Denver aus dem Wohnzimmer.

„Wir haben uns schon gedacht, dass du es bist", sagte Tessa und spähte über die Sofalehne. Doch statt ihres Bruders entdeckte sie Colton McLean, den Arm in einer Schlinge, in der anderen Hand eine Flasche Bier. Groß und schlank, mit wachsamen grauen Augen, einem zerzausten Bart und einer vom Regen feuchten Wildlederjacke, stand er im Türrahmen. Er trat ein, als gehöre ihm das Haus. Was ja auch zutraf. Zumindest die Hälfte davon.

Denvers Muskeln spannten sich an, als er sich langsam aufrichtete. „Du hast es also doch geschafft. Wurde auch Zeit." Er ging zu seinem Bruder und klopfte ihm auf den Rücken. „Und allzu schlimm siehst du auch nicht aus, wenn man dich so betrachtet."

Colton richtete den Blick auf Tessa. „Morgen ist also der große Tag", sagte er mit tonloser Stimme und öffnete den Verschluss der Bierflasche, wobei er ein wenig das Gesicht verzog.

Spannung lag in der Luft. Tessa setzte sich rasch auf und strich ihren Jeansrock glatt. Sie kam sich wie ein sechzehnjähriger Teenager vor, der auf dem Rücksitz eines Autos beim Knutschen erwischt worden war. Colton ist doch bloß Denvers Bruder, sagte sie sich und zwang sich zu einem Lächeln. „Freut mich, dass du es geschafft hast. Wir haben uns schon Sorgen gemacht, du würdest nicht rechtzeitig zur Trauung hier sein können."

„Oh, die würde ich mir doch um nichts in der Welt entgehen lassen", entgegnete er, den Blick wieder auf Denver gerichtet. „Der Tag, an dem Tessa Kramer dich endgültig an sich kettet, ist ein ganz besonderer Tag."

„Niemand hat irgendwen ‚angekettet'", sagte Denver in ruhigem, aber bedrohlich scharfem Ton und ging zu Tessa, um den Arm um sie zu legen.

Sie dachte an das Baby, das sie unter dem Herzen trug, und wollte am liebsten sterben. Würde Denver irgendwann das Gefühl haben, er sei von ihr in die Ehefalle gelockt worden? Colton würde sicher darauf herumreiten.

„Wenn du meinst", erwiderte Colton und schaute sich in dem Haus um, in dem er aufgewachsen war.

Hier bahnte sich eine Auseinandersetzung an, so klar wie draußen das Unwetter. Tessa spürte Denvers Anspannung, bemerkte die pochenden Adern auf seinen Schläfen. Sie versuchte zu vermitteln. „Wie geht es deiner Schulter?"

„Einfach fabelhaft", brummte Colton, lehnte sich an die Fensterbank und schaute mit finsterer Miene in die Dunkelheit hinaus. „Ist sonst noch wer hier?"

Denver schüttelte den Kopf. „Nur wir."

„Wo steckt der Rest des Kramer-Clans?"

„Warum willst du das wissen?"

„Es ist lange her", antwortete Colton gedehnt. „Tja, da wollte ich einfach mal mit meiner neuen Familie sprechen."

„Lass das", warnte Denver ihn.

Auch Tessa war nicht in der Stimmung für Coltons bissige Anspielungen. Stolz erwiderte sie: „Dad hält sich in seinem Haus auf, und Mitch müsste jeden Moment wieder hier sein."

„Gut."

„Weißt du", begann sie, während Colton den Raum durchquerte, sich in einen Sessel fallen ließ und die Füße auf den Couchtisch legte, „meine Familie war nicht besonders begeistert von dieser Heirat."

„Darauf wette ich."

„Trotzdem haben sie sich inzwischen an den Gedanken gewöhnt."

Er wirkte skeptisch. „Und warum?"

„Aus dem gleichen Grund, aus dem du den ganzen Weg hierher gemacht hast", sagte sie. „Weil ihnen etwas an mir liegt, so wie dir etwas an Denver liegt."

Colton trank einen großen Schluck Bier. „Ich bin jedenfalls nicht hergekommen, um dir ein Hochzeitsgeschenk zu machen", erklärte er und zuckte ein wenig zusammen, als er sich im Sessel bewegte. Er wirkte plötzlich angespannt und blass vor Schmerz. „Ich will bloß wissen, wie du das alles miteinander in Einklang bringst, Denver. Wie du dein Leben in L. A. aufgeben kannst, um eine Frau zu heiraten, der du nicht traust."

Denver trat zwischen sie und seinen Bruder. „Das ist ganz einfach."

„Tatsächlich?"

„Wir lieben uns."

„Liebe!" Colton lachte. „Du und Liebe? Ach, komm schon." In seiner unverschämten Art wandte er sich an Tessa. „Du hast ihn wieder mal hereingelegt, was? Er war schon immer schwach, wenn es um dich ging."

„Lass das", warnte Denver ihn von Neuem.

Colton grinste zynisch. „Immerhin ist sie schlau genug, zu bekommen, was sie will. Und sie wollte schon immer diese Ranch. Jetzt hat sie ihr Ziel erreicht."

Tessa hob das Kinn. „Glaub doch, was du willst. Ich kann deine Meinung ohnehin nicht ändern. Aber um das mal klarzustellen – ich heirate Denver, weil ich ihn liebe."

„Na klar doch." Colton trank einen weiteren Schluck Bier und wandte sich dann an seinen Bruder. „Hast du je geklärt, was an jenem Nachmittag passiert ist, als das Feuer ausbrach?"

Denver baute sich in drohender Haltung vor seinem Bruder auf. „Das Thema ist erledigt."

„Nicht für mich." Er ignorierte Denvers wütende Haltung.

„Falls du nur hergekommen bist, um Ärger zu machen, kannst du ebenso gut wieder verschwinden. Und zwar sofort."

Colton grinste unter seinem Bart. „Das ist aber nicht sehr gastfreundlich von dir, Denver. Ich bin den ganzen Weg hierhergekommen ..."

„... um Unruhe zu stiften."

Coltons Lächeln erstarb. „Nein, um die Dinge zu klären. Ich bin dir noch etwas schuldig, und jetzt werde ich diese Schuld begleichen."

Denvers Stimme war leise, aber gereizt. „Ich weiß deine Sorge zu schätzen. Aber entweder bist du mit besten Wünschen gekommen, oder du machst dich ganz schnell wieder aus dem Staub. Sonst werfe ich dich persönlich hinaus!"

„Aufhören!", mischte Tessa sich ein. Draußen donnerte es. „Wenn ihr zwei euch prügeln wollt wie zwei Zwölfjährige, dann wartet damit gefälligst bis nach der Hochzeit. Und bis Colton wieder ganz gesund ist."

Ein Motorengeräusch war zu hören, und ihr Mut sank. Sie sah aus dem Fenster und erkannte den alten Pick-up. Mitchell kam also zurück. Vielleicht konnte er diesen Streit zwischen den beiden Brüdern schlichten.

„Um Himmels willen, mach doch die Augen auf!", fuhr Colton seinen Bruder an, genau in dem Moment, als die Hintertür aufflog. Seine Stimme hatte einen leicht irischen Akzent bekommen, als sei er es gewohnt, diese Sprache zu sprechen. „Diese Frau hat dich vom ersten Moment an zum Narren gehalten."

„Das reicht!", knurrte Denver. „Tessa wird meine Frau werden, und daran wirst du nichts ändern ..."

„Was ist denn hier los?", wollte Mitchell wissen, der, vom Regen tropfend, im Flur erschien. Sein weizenfarbenes Haar klebte ihm nass am Kopf. Er versuchte, die Situation zu erfassen, und registrierte sichtlich verblüfft Coltons Anwesenheit.

„Na, wenn das nicht Denvers zukünftiger Schwager ist", bemerkte Colton.

„Colt?“ Mitchell musterte den bärtigen Mann, und sämtliche Farbe wich ihm aus dem Gesicht.

„Leibhaftig.“ Colton stand auf, Denvers funkelnde Blicke ignorierend. „Verrate du mir mal, was du von der Hochzeit zwischen Denver und Tessa hältst.“

„Ich denke, es ist Tessas Leben.“

„Und das Leben meines Bruders“, ergänzte Colton.

„Lass es“, warnte Denver ihn erneut.

„Erst wenn wir der ganzen Geschichte auf den Grund gegangen sind. Ich werde dich davon überzeugen, dass die Frau, die du zu heiraten beabsichtigst, dich und unsere ganze Familie verraten hat. Hast du das Feuer etwa schon vergessen?“ Er griff nach Denvers vernarbter Hand und hielt sie in die Höhe, als handele es sich um irgendeine Wettkampfmedaille.

Tessa machte einen Schritt auf Denver zu und hakte sich bei ihm unter.

„Es ist vorbei.“ Denver zog seine Hand zurück.

„Es wird niemals vorbei sein. Wie kannst du all die Tage im Krankenhaus vergessen? Die vielen Operationen?“, wollte Colton aufgebracht wissen. „Und das Feuer. Daran erinnerst du dich doch wohl noch, oder? Mom und Dad kamen darin um, verdammt noch mal! Und alles nur, weil Tessa und ihr Vater unser Geld unterschlagen haben!“

Auf Mitchells Gesicht zeichnete sich Entsetzen ab. „Lass das“, stieß er heiser hervor.

Doch da bewegte Denver sich schon flink wie eine Katze. Er packte seinen Bruder, hob ihn aus dem Sessel und drückte ihn gegen die Wand.

Colton verzog vor Schmerz das Gesicht.

Denver hielt die Aufschläge seiner durchnässten Jacke gepackt. „Wenn du es unbedingt willst, dann klären wir das eben ein für alle Mal. Aber zwischen uns beiden.“

„Du willst einen Kampf?“ Obwohl ihm die Schmerzen deutlich anzusehen waren, blitzte das boshafte Grinsen unter seinem Bart wieder auf. „Wie ritterlich!“

„Nein!“ Entgeistert drängte Tessa sich zwischen die beiden Männer. „Ihr hört sofort auf damit! Ich hatte nichts, absolut nichts mit dem Feuer zu tun …“

„Von wegen“, zischte Colton.

„Aber vielleicht hattest du ja umso mehr damit zu tun“, sagte sie. „Du hattest jedenfalls kein Alibi.“

„Bist du verrückt geworden?“, fuhr Colton sie an.

„Lass sie los!“, befahl Mitchell.

Denver schüttelte seinen Bruder. „Verschwinde von hier.“

„Erst wenn sie zugibt, was sie und ihr Vater vorhatten …“

„Nein!“, brüllte Mitchell außer sich. „Sie hatte nichts damit zu tun!“

„Wer hat dann …“ Colton sprach die Frage nicht mehr aus, da es ihm zu dämmern schien. Entsetzt bemerkte Tessa die gequälte Miene ihres Bruders.

„Nein … Mitch …“

Denver wirbelte herum und starrte Mitchell an.

„Es … es war alles meine Schuld“, war seine Stimme in der plötzlichen Stille des Zimmers zu hören.

Tessa traute ihren Ohren nicht. „Nein, Mitch …“

„Es ist die Wahrheit.“ Sein Gesicht war blass und drückte tiefe Scham aus.

„Ich werd nicht mehr“, sagte Colton, als Denver die Hände sinken ließ.

„Ich habe die Bücher manipuliert“, gestand er. „Ich … ich habe das Geld unterschlagen.“

„Nein!“, schrie Tessa und ging zu ihm. „Nicht …“

„Aber es stimmt.“

„Das glaube ich nicht.“

Er sah seine Schwester flehentlich an. „Es tut mir leid. So unendlich leid.“

„Sprich es nicht aus“, flüsterte sie völlig fassungslos. Nicht Mitch – ihr eigener Bruder, der sie wieder aufgerichtet hatte, als es ihr schlecht ging.

„Es stimmt aber, verdammt!“

Colton starrte Mitchell an.

„Ich hatte Probleme, Spielschulden, und deshalb fing ich an, Geld zu unterschlagen. Kleinere Summen, hier und da, wenn sich die Gelegenheit bot. Denvers Vater kam dahinter. Ich wollte kein Feuer legen. Es war ein Unfall."

„Du elender Bastard! Du verlogener Dreckskerl und Mörder!" Colton machte Anstalten, sich auf ihn zu stürzen.

Denver hielt ihn zurück. „Lass ihn zu Ende erzählen", sagte er, doch sein Ton war harsch, sein Blick kalt.

„Tu das nicht", flüsterte Tessa. „Du musst nicht …"

„Doch, ich muss", sagte Mitchell. „Es ist so lange her, und ich hätte es damals sofort gestehen müssen. Aber Dad fand, es würde alles nur noch schlimmer für mich machen." Inzwischen zitterte Mitch am ganzen Körper. „Gott, es tut mir so leid."

„Curtis steckte in der Sache mit drin?", hakte Denver nach.

„Nicht richtig."

„Was soll das heißen?"

„Er wusste es nicht. Ich hatte aus der Kleingeldkasse im Büro gestohlen und wusste, dass der alte McLean mir allmählich auf die Schliche kam." Er holte tief Luft und fuhr mühsam fort: „Ich wollte ein letztes Mal Geld nehmen und dann verschwinden. Aber etwas kam dazwischen, und ich weiß nicht, was es war."

„Um Himmels willen", murmelte Tessa.

Colton versuchte sich aus Denvers Griff zu befreien. „Du hast Wettschulden bezahlt, und das hat meine Eltern ihr Leben gekostet?", brüllte er. „Was für ein Mensch bist du eigentlich?"

„Und ‚versehentlich' hast du dann ein Feuer gelegt, das den Stall und alles darin verbrannte?", zischte Denver.

„Aufhören! Bitte, hört alle auf", bat Tessa.

Doch Mitchell war noch nicht fertig. „Damals rauchte ich noch", sagte er. „Ich war nervös und habe vermutlich meine Zigarette ins Stroh vor dem Stall geworfen, bevor ich nach oben ins Büro ging. Als ich das Geld genommen und die Bücher manipuliert hatte, stand unten schon alles in Flammen. Ich öffnete so viele Boxen, wie ich konnte, und verschwand."

„Du elender Bastard!" Colton wollte sich erneut auf ihn stürzen, doch Denver hielt ihn weiterhin fest.

Tessas Augen schimmerten von Tränen, und es zerriss ihr das Herz. Ihre Welt schien aus den Angeln gehoben zu sein. „Du hättest es mir sagen können", flüsterte sie.

„Du warst doch schon am Boden zerstört wegen Denver!", verteidigte Mitchell sich vehement, aber es war nur ein kurzes Aufbrausen, das sofort wieder erlosch. „Dad hielt es für das Beste, wenn niemand etwas sagt. Ich hatte schon Ärger mit dem Gesetz gehabt ... ach, Tessa, was glaubst du denn, warum Dad so viel trinkt? Was glaubst du, warum es seit dem Feuer noch schlimmer geworden ist? Weil er meine Schuld auf sich genommen hat!"

Denver ließ Colton los. „Zwei Menschen starben in diesem Feuer, Kramer!", schrie er. „Zwei Menschen!"

„Das weiß ich."

„Was für ein mieser Dreckskerl bist du eigentlich?", fuhr Denver ihn an, der seinen Zorn nicht länger im Zaum halten konnte. „Meine Eltern und sieben Pferde kamen in dem Feuer um! Und die ganze Zeit hast du gewusst, wer dafür die Verantwortung trägt. Dein Vater wusste es auch! Warum, um alles in der Welt, hast du nichts gesagt?"

„Denver, beruhige dich!", sagte Tessa leise.

„Oh Gott, ich weiß es nicht", gestand Mitchell zerknirscht und mit geröteten Augen. „Es tut mir leid. Unendlich leid."

„Wie bitte?", rief Colton. „Es tut dir leid?"

Denver biss die Zähne zusammen. „Warum zur Hölle hast du es niemandem erzählt? Und erspar mir diesen Mist von wegen, du hättest nur getan, was dein Vater von dir verlangt hat. Das ist Unsinn. Du bist weggelaufen, weil du Angst hattest. Weil du ein verdammter Feigling warst."

„Ja!", brach es aus Mitchell heraus. Tränen der Scham glänzten in seinen Augen.

„Hör ihn doch erst einmal an!", schrie Tessa, weil sie ihren

Bruder verteidigen wollte. „Siehst du denn nicht, wie schwer es ohnehin schon ist?“

„Schwerer als das hier?“ Denver hielt ihr seine Hände hin und spreizte die Finger, sodass das Netz rötlicher Narben deutlicher sichtbar wurde als je zuvor.

Mitchell war so aufgewühlt, dass er gepresst atmete. „Dad war überzeugt davon, dass man mich ins Gefängnis stecken würde … wegen fahrlässiger Tötung. Er riet mir, zur Army zu gehen, um wegzukommen, während hier Gras über die Sache wächst.“

„Und dann schaute dein Dad immer tiefer in die Flasche“, meinte Denver. „Nur deinetwegen!“

„Du elender Lügner und Mörder!“, zischte Colton und holte aus. Seine Faust traf Mitchell am Kopf, sodass er rückwärts gegen die Wand taumelte. Er krachte gegen die Vertäfelung und rutschte dann zu Boden.

„Aufhören!“, schrie Tessa und lief zu ihrem Bruder. „Verschwinde, Colton! Verschwinde einfach!“ Sie kniete sich neben Mitchell, untersuchte seinen Kiefer, half ihm, sich aufzusetzen. „Es ist vorbei, begreift ihr das denn nicht?“

„Es wird niemals vorbei sein“, stieß Colton hervor und trat mit einer solchen Heftigkeit gegen einen kleinen Beistelltisch, dass dieser gegen die Wand flog. Erst danach marschierte er aus dem Zimmer.

Tessa sah zu Denver, in dessen Gesicht die Anspannung geschrieben stand. Schlimmer war jedoch der stumme Vorwurf in seinem Blick. Er sah aus, als hätte er sich am liebsten auch auf ihren Bruder gestürzt.

„So ist das also“, sagte er. „Dein Bruder ist ein Mörder und dein Vater ein Trinker. Schöne Familie, in die ich da einheirate.“

„Dich zwingt ja niemand dazu!“, konterte sie.

Wütend wandte er sich ab und verließ ebenfalls das Zimmer. Er ging zur Haustür und verschwand draußen im strömenden Regen.

Der ganze Schmerz der Vergangenheit – die Lügen und der Kummer in den Tagen nach dem Brand – kam wieder hoch. Denver hatte sie früher schon einmal verlassen. Und jetzt war sie durch ihren Bruder mit dem Feuer verbunden. Zweifellos gab Denver ihr die Mitschuld und verdächtigte sie, die Wahrheit all die Jahre hindurch gekannt zu haben.

„Es tut mir leid“, sagte Mitch und rieb sich das Kinn, an dem bereits ein Bluterguss sichtbar wurde. „Ich hätte es dir schon vor langer Zeit erzählen sollen. Und dann hätte ich dem Sheriff alles gestehen sollen … Es war die Hölle für mich.“

In diesem Moment sah sie ihren Bruder mit anderen Augen. Das Geständnis schien ihn erleichtert zu haben, denn verschwunden waren der stolze, trotzige Ausdruck auf seinem Gesicht. Offenbar hatte Mitchell jeden Tag nach dem Unfall gelitten.

„Es ist alles gut.“

„Ist es nicht, Tess! Zwei Menschen starben. Menschen, die Denver geliebt hat.“ Er blinzelte rasch mehrmals hintereinander. „Meine Unachtsamkeit hat für so viele Menschen einen so hohen Preis gehabt. Doch nun ist es endlich vorbei.“ Er stand auf und nahm die alte stolze Haltung an, zumindest versuchte er es. „Ich werde einige Anrufe erledigen müssen.“

„Kannst du damit nicht bis morgen warten? Nimm dir die Zeit, mit einem Anwalt zu sprechen.“

In seinen grünen Augen lag jetzt ein ruhiger Ausdruck, als er Tessa ansah. „Ich habe sieben Jahre gewartet. Es ist an der Zeit, sich den Dingen zu stellen.“ Er griff nach dem Telefon.

Tessa entriss ihm den Hörer und knallte ihn wieder auf die Gabel. „Denk wenigstens mal eine Minute nach – und dann ruf Ross Anderson an.“

„Vergiss es. Diesmal tue ich genau das, was ich schon vor sieben Jahren hätte tun sollen. Hast du nichts vor? Irgendwelche Vorbereitungen für morgen?“

Morgen – *die Hochzeit!*

„Ich habe keine Ahnung, ob überhaupt eine Hochzeit stattfinden wird", sagte sie, zutiefst erschüttert von dieser Erkenntnis. Mit zitternden Fingern fuhr sie sich durch die Haare, während ihre Gedanken durcheinanderwirbelten. Sie versuchte sich darüber klar zu werden, was in den letzten zehn Minuten geschehen war – und in den vergangenen sieben Jahren. „Erst gibt es noch einiges zwischen mir und Denver zu klären." Sie holte tief Luft und wappnete sich. „Kommst du allein zurecht?"

Ein müdes, trauriges Lächeln erschien auf Mitchells Gesicht. „Jedenfalls besser als in den letzten Jahren."

„Ich bin gleich wieder da", erklärte sie. „Unternimm nichts Unüberlegtes."

„Ich weiß schon, was ich tue." Er griff erneut nach dem Hörer und winkte ab, als sie protestieren wollte.

„Na schön", gab sie nach, „dann mach es auf deine Weise."

„Und du, kümmere dich um McLean."

„Das werde ich", versprach sie und ging. Sie stieß die schwere Haustür auf und lief die regennassen Verandastufen hinunter. Der Wind zerrte an ihren Haaren, und Regen prasselte auf sie ein. Sie kniff die Augen zusammen und suchte den Hof ab, doch Denver war nirgends zu sehen.

Vielleicht ist er schon fort, dachte sie ängstlich.

Doch dann entdeckte sie ihn. Mit im Wind flatternden Hemdschößen und zerzausten Haaren saß er an den Stamm eines alten Apfelbaumes gelehnt nahe den heruntergebrannten Überresten des Stalls. Tessa rannte zu ihm. Diesmal würde sie die Sache vorantreiben. Diesmal würde sie die letzten glühenden Reste des Feuers löschen, um jeden Preis und egal, wie lange es dauern würde.

„Was machst du hier?", fuhr er sie in schroffem Ton an, als sie durch das nasse Gras zu ihm lief.

„Ich suche dich."

„Warum?"

„Weil wir miteinander reden müssen."

Er wirkte nach wie vor aufgewühlt, und es war ihm anzusehen, welch tiefe, trübe Gedanken ihn beschäftigten. Er mied ihren Blick und starrte stattdessen finster auf die vom Ruß geschwärzten Balken.

„Was wusstest du vom Feuer?", wollte er wissen.

„Nur das, was ich dir erzählt habe."

„Dein Bruder hat dich nicht eingeweiht?" Er klang sarkastisch.

„Ich weiß es auch erst seit heute Abend."

„Und du erwartest von mir, dass ich dir das glaube?"

Der Wind heulte durch das Tal und kühlte die Luft spürbar ab. In den fernen Bergen war Donnergrollen zu hören.

„Du kannst glauben, was du willst", sagte sie mit bebender Stimme. „Trotzdem solltest du mich lieber anhören. Ich habe deinetwegen viel in Kauf genommen. Mehr als gut für mich war. Und ich habe es nur aus einem einzigen Grund getan – weil ich dich liebe. Ich habe mich von dir demütigen und erniedrigen, benutzen und beschuldigen lassen. Aber damit ist nun ein für alle Mal Schluss."

Sie sah, dass ihre Worte nicht ohne Wirkung auf ihn blieben. Doch er mied weiterhin ihren Blick.

„Geh zurück nach Los Angeles", fuhr sie fort. „Lauf weg. Das kannst du ja am besten! Aber rechne nicht damit, dass ich bei deiner Rückkehr noch hier sein werde. Denn es wäre das letzte Mal, dass du mich verlässt. Ich werde nicht mehr zulassen, dass du mir das Herz brichst."

Er wirkte erstarrt und unerreichbar.

Am liebsten wäre sie auf die Knie gesunken und hätte ihn angefleht, sie zu lieben und die Vergangenheit zu vergessen. Stattdessen stand sie stocksteif im Regen, während der Wind ihr die Haare ins Gesicht wehte. Sie war auf das Schlimmste gefasst. „Denver, du musst dich entscheiden. Entweder, du liebst mich für immer, oder du gehst. Dazwischen gibt es nichts."

„Du warst schon immer eine Träumerin", sagte er in schneidendem Ton.

„Und du warst immer in meinen Träumen."

Der Regen strömte ihm übers Gesicht und lief ihm in den

Kragen. „Du warst auch in meinen“, gestand er. „Aber vielleicht ist das alles, was wir hatten. Träume, flüchtig wie die Asche, die das Feuer hinterlassen hat.“

Mit einem Mut, den sie sich selbst nie zugetraut hätte, baute sie sich vor ihm auf und tippte ihm mit dem Zeigefinger auf die Brust. „Jetzt hör mir mal zu, Denver McLean! Es liegt an uns, unsere Träume zu verwirklichen. Und es spielt keine Rolle, was Colton oder Mitch oder sonst wer denkt. Alles, was zählt, ist das Hier und Jetzt. Du und ich. Also, wofür entscheidest du dich?“ Sie war bereit, auch eine Zurückweisung in Kauf zu nehmen. So sei es, dachte sie. Ich muss es wissen.

Er schluckte. „Was ich will“, begann er mit einer Stimme, so rau wie die stürmische Nacht, „bist du. Nicht mehr und nicht weniger. Aber es muss für immer sein.“

Tränen brannten ihr in den Augen. Es fiel ihr schwer, zu glauben, was sie aus seinem Mund hörte. „Wirklich?“

„Ja“, flüsterte er, im Wind kaum hörbar.

„Tja, nur geht es nicht mehr allein um uns beide.“

Er sah ihr mit gequälter Miene ins Gesicht. „Warum nicht?“

„Weil ich schwanger bin. Seit heute Morgen habe ich Gewissheit. Du wirst Vater.“

Einen Moment lang schienen ihm die Worte zu fehlen. „Bist du dir sicher?“

„Absolut.“

„Wow, ich …!“

„Du kannst mich und das Baby haben – oder du gehst und kommst nie wieder zurück.“ Die Vorstellung, er könnte sich für Letzteres entscheiden, gab ihr einen eisigen Stich. Doch sie liebte ihn genug, um ihn notfalls ziehen zu lassen. „Ich werde dich nicht an mich ketten.“

„Von wegen“, erwiderte er, und ein Lächeln breitete sich auf seinen Gesicht aus. „Du wirst mir nie wieder entkommen.“

„Und das Baby …“

„Macht alles nur noch besser“, sagte er strahlend. „Ein Baby?“ Er schloss die Arme um sie. „Heirate mich, Tessa. Sei für den Rest meines Lebens mein.“

„Anders würde ich es nicht wollen“, schwor sie und schmiegte sich im strömenden Regen an ihn, während seine starken Arme sie hielten.

Denver küsste sie leidenschaftlich. „Ich auch nicht.“

„Willkommen daheim“, sagte sie seufzend.

Ein Schauer überlief ihn. Der dunkle Himmel erbebte von Donner. „Ich glaube, ich bin nie wirklich gegangen.“

„Sie dürfen nun die Braut küssen“, verkündete der Pfarrer, und ein zustimmendes Raunen kam aus der Richtung der Gäste, die auf dem nassen Rasen hinter Nate und Paula Edwards’ Farmhaus standen.

„Amen“, murmelte Denver, hob Tessas elfenbeinfarbenen Schleier und sah in ihre haselnussbraunen Augen. Ihre Lippen fanden sich zu einem zärtlichen Kuss, und für einen Moment vergaß er alles andere um sich herum und nahm nur noch ihre Berührungen, ihre Hände auf seinen Schultern und ihre Nähe wahr.

„Ich liebe dich“, hauchte sie, als er sich wieder von ihr löste. Ihre Augen leuchteten, ihre Wangen waren leicht gerötet.

„Gehen wir.“

„Gleich“, versprach sie, während sie strahlend zwischen den Gästen hindurchgingen.

Denver zwinkerte seinem Bruder zu. Nach stundenlanger Überzeugungsarbeit hatte Colton sich schließlich widerstrebend bereit erklärt, zur Hochzeit zu erscheinen. Sogar Mitch war gekommen, obwohl er zuerst lange mit dem Sheriff und Leuten von der Versicherung beraten musste. Letztlich würde sich alles klären, davon war Denver überzeugt. Glücklich betrachtete er seine wunderschöne Braut. Möglicherweise würde Mitchell für eine Weile ins Gefängnis müssen, vielleicht aber auch nicht. Niemand, nicht einmal Colton, würde ihn anzeigen. Was Colton anging, so saß er in Montana fest, zumindest bis sein Arm verheilt war.

„Pass gut auf sie auf", ermahnte sein neuer Schwiegervater Denver, als sie an ihm vorbeikamen.

„Ich kann auf mich selbst aufpassen!", erwiderte Tessa lachend.

„Mann, bin ich diese Widerworte leid." Curtis grinste Denver an. „Das darfst du dir ab jetzt anhören."

„Ich werde mich um sie kümmern", versprach Denver amüsiert. „In jeder Hinsicht."

„Nichts als leere Worte", neckte sie ihn.

„Wart's nur ab, Mrs McLean", prophezeite er ihr lachend. Sieben Jahre lang hatte er eine schwere Seelenlast mit sich herumgetragen. Und nun, unter diesem bewölkten Himmel, fühlte er sich wie befreit.

„Na los, verschwinden wir von hier", sagte er.

„Und wohin?"

„Wie wäre es mit Brasilien? Oder vielleicht Singapur", scherzte er, wofür sie ihn tadelnd mit dem Finger in die Rippen pikte.

„Was hältst du von der Karibik und anschließend Three Falls, Montana?", schlug sie vor, als ihr Schwager auf sie zukam. Er schien sich in seinem Anzug nicht besonders wohl zu fühlen.

„Herzlichen Glückwunsch", sagte Colton mit gezwungenem Lächeln. „Ist es nicht Brauch, dass der Schwager die Braut küsst?"

Denver zuckte die Schultern. „Ich kenne mich mit solchen Traditionen nicht aus."

Colton runzelte skeptisch die Stirn und tippte die Ansteckblume an Denvers Smoking an. „Was du nicht sagst." Jetzt erschien ein aufrichtiges Lächeln in seinem bärtigen Gesicht. Er wandte sich an Tessa. „Wenn du irgendwann genug von diesem Kerl hast, solltest du mich anrufen …"

„Denk nicht mal dran", warnte Denver scherzend. „Dieser Mann ist unverbesserlich", sagte er, während sie seinem Bruder hinterherschauten, der sich einen Weg durch die Menge bahnte.

„Das liegt wohl in eurer Familie", entgegnete Tessa. „Hoffen wir nur, dass diese Eigenschaft eine Generation überspringt."

Ihr strahlendes Lächeln berührte ihn ganz tief in seinem Herzen. Noch nie zuvor hatte er sich so geborgen gefühlt.

„Du bereust nichts?", fragte sie und legte den Kopf schräg.

„Absolut nichts."

– ENDE –

Lisa Jackson

Eiskalte Versuchung

Roman

Aus dem Amerikanischen von
Sabine Schlimm

MIRA®

PROLOG

Taylor's Crossing, Oregon

Die Scheibenwischer arbeiteten gegen den Schnee an, die Windschutzscheibe beschlug in der Kälte, aber Melanie Walker bemerkte es kaum. Wie ferngesteuert lenkte sie den alten Truck von der Klinik heimwärts.

Im Radio lief eines ihrer Lieblingslieder. Die Melodie war wegen des Rauschen des Senders kaum zu hören, doch Melanie konnte sich ohnehin nicht darauf konzentrieren. Es ging einfach nicht. In ihren Gedanken hatte nichts anderes Platz als Gavin und ihr letztes Zusammensein. Das war drei Wochen her.

Sein nackter Körper war das Einzige gewesen, was auf dem Heuboden Wärme gespendet hatte, während sie sich gegenseitig mit Armen und Beinen umschlangen. Um sie herum mischte sich der Geruch von Heu mit dem der Tiere.

„Warte auf mich, Melanie", flüsterte er dicht an ihrem Hals, sein Atem so warm wie ein Sommerwind. Im Dämmerlicht der Scheune schaute er sie an, und in seinen goldbraunen Augen lag Begehren. „Sag mir, dass du auf mich wartest."

„Das weißt du doch", antwortete sie leichtherzig.

Zu dem Zeitpunkt hatte sie nichts davon geahnt, dass sich das Schicksal gegen sie verschworen hatte. Sie hatte nur gewusst, dass sie Gavin aus ganzem Herzen liebte. Und nur darauf kam es an.

Bis heute.

Sie versuchte, den Kloß in ihrem Hals herunterzuschlucken, und schaltete in den dritten Gang. Seit ihrem Treffen in der Scheune hatte sie Gavin nicht wiedergesehen, und jetzt hatte sich plötzlich alles verändert: ihre Pläne, ihre ganze Zukunft.

Während Melanie über tief verschneite Straßen fuhr, zwang sie sich dazu, das zitternde Kinn emporzurecken und die Zähne zusammenzubeißen. Sie würde nicht weinen, egal was kam.

Gavin war anderthalbtausend Kilometer weit weg und jagte

einem Traum nach, derweil saß sie alleine in einem winzigen Städtchen in Oregon – im zweiten Monat schwanger.

Das Lenkrad fest umklammert, überlegte sie fieberhaft, wie sie ihrem Vater erklären sollte, dass sie ein Kind von Gavin Doel erwartete.

Schneeflocken schwebten vom grauen Himmel nieder und schmolzen auf der Frontscheibe. Der Pick-up holperte über die glatte Straße. Das Land der Walkers grenzte im Westen an die Kleinstadt Taylor's Crossing, während sich in Richtung Osten Ackerland und Kiefernwälder bis zu den Ausläufern des Kaskadengebirges erstreckten.

Genervt machte Melanie das Radio aus und schaute in den Rückspiegel, aus dem ihr besorgt dreinblickende braune Augen entgegenstarrten.

Schwanger. Und unverheiratet. Und siebzehn. Trotz der Kälte fingen ihre Hände an zu schwitzen.

Dass ihr Vater überhaupt erlaubt hatte, dass sie sich mit Gavin traf, kam schon einem Wunder gleich, denn er hasste Gavins Vater aus vollster Seele. Wusste der Himmel, warum Adam Walker seiner Tochter gestattet hatte, mit diesem „Burschen von der falschen Seite der Stadt" auszugehen, mit dem Jungen, der unglücklicherweise Jim Doels Sohn war.

„Hilf mir", wisperte sie. In diesem Moment fühlte sie sich vollkommen allein und von aller Welt verlassen, dennoch war ihr klar, dass ihr keine Wahl blieb: Sie musste ihrem Vater die Wahrheit sagen.

Wenn doch bloß Gavin noch hier wäre! dachte sie in einem Anfall von Egoismus. Aber schon im nächsten Augenblick sprach sie sich selbst laut Mut zu: „Du schaffst das, Melanie. Du musst einfach!"

Sie bog in die kurze Auffahrt zum Haus ein. Der Truck kam zum Stehen.

Allerdings zerstob Melanies mühsam aufgebaute Entschlossenheit wie Schnee im Wind, sobald sie ihren Vater zur Scheune laufen sah, die Axt über der Schulter. Der Welpe Sassafras sprang ihm aufgeregt um die Füße herum.

Als Adam Walker den Motorenlärm hörte, drehte er sich strahlend lächelnd um. Ohne auf Wind und Wetter zu achten, riss er sich die Baseballkappe vom allmählich kahl werdenden Kopf und schwenkte sie grüßend.

Melanies Mund fühlte sich auf einmal vollkommen trocken an. Sie stellte den Motor ab, steckte den Schlüssel in ihre Tasche und schickte ein letztes Stoßgebet gen Himmel. Dann öffnete sie die Tür des Wagens, und sofort blies ihr ein eisiger Wind entgegen. „Jetzt oder nie", sagte sie sich. Aber insgeheim wünschte sie, sich für „nie" entscheiden zu können.

Die Hände in den Taschen ihrer gefütterten Jacke vergraben, kämpfte sie sich durch den Schnee. Eine dicke weiße Decke hüllte die kleine Ranch ein, die Melanie schon so lange sie denken konnte ihr Zuhause nannte. Obwohl die Häuser von Taylor's Crossing immer näher an der Ranch gebaut wurden, hatte sich ihr Vater bisher geweigert, Land zu verkaufen – selbst nach dem Tod seiner Frau.

Bei der Erinnerung an den Verlust ihrer Mutter und an die traurigen Umstände ihres Todes überlief es Melanie kalt. Bis heute gab ihr Vater Jim Doel die Schuld dafür.

Du lieber Himmel, warum ist bloß mein ganzes Leben mit den Doels verflochten?

„Ich hatte schon fast die Hoffnung aufgegeben, dass ich dich heute noch mal zu Gesicht bekomme." Ihr Vater setzte seine Lieblingsbaseballkappe wieder auf und klopfte sich den Schnee von den Schultern der Jeansjacke.

Am liebsten wäre Melanie gestorben. Auf der Stelle.

„Geh rein und mach dir Kaffee heiß. Ich bin gleich da. Ich füttere nur eben die Tiere und hacke ein bisschen Holz." Fröhlich pfeifend wandte er sich um und wollte auf die Scheune zugehen.

„Dad?" Ihre Stimme klang dünn und kläglich.

„Ja?"

„Ich bekomme ein Baby."

Die Zeit schien stillzustehen. Ein eisiger Winterwind pfiff durch die Kiefern und kroch unter Melanies Wildlederjacke. Adam Walker blieb einen Moment wie angewurzelt stehen, dann drehte er sich zu seiner Tochter um. Mit offenem Mund starrte er sie ungläubig an.

„Du bist schwanger?"

Melanie nickte und schlang die Arme um ihren Körper.

„Nein!"

Unbehaglich trat Melanie von einem Fuß auf den anderen, um nicht darüber nachdenken zu müssen, weshalb ihr Vater auf einmal die Schultern hängen ließ. Ausdruckslos sah er sie an, er wirkte weit älter als seine siebenundvierzig Jahre. Sein Adamsapfel hob und senkte sich mehrmals, bevor er endlich herausbekam: „Doel?" Seine Stimme war über dem Pfeifen des Winds kaum zu verstehen.

Melanie nickte erneut. Ihr Herz schlug beinahe schmerzhaft heftig.

Ihr Vater wurde bleich. „Oh, Mellie."

„Dad …"

„Dieser verfluchte Mistkerl!", brach es auf einmal aus ihm heraus. Sein Gesicht war schmerzverzerrt, als hätte man ihn geschlagen, und die Fältchen um seinen Mund herum waren weiß geworden.

Niemand musste Melanie an den Hass erinnern, der immer noch zwischen den beiden Familien schwelte. Sie hatte auch keineswegs beabsichtigt, sich ausgerechnet in Jim Doels Sohn zu verlieben – wirklich nicht. Aber mit diesem warmen Ausdruck in seinen Augen, dem geheimnisvollen Lächeln, dem schlanken, durchtrainierten Körper und dem messerscharfen Verstand war Gavin einfach unwiderstehlich gewesen, und sie hatte sich bis über beide Ohren in ihn verliebt. Dumm nur, dass sie geglaubt hatte, ihre Liebe könnte die Kluft zwischen ihren Familien überbrücken – die Kluft, die sich durch jenen schrecklichen Unfall aufgetan hatte.

„Bist du dir sicher?", flüsterte ihr Vater. Er schloss seine in dicken Handschuhen steckenden Finger fester um den Griff der Axt, der durch häufige Benutzung blank poliert war.

„Ich war vorhin beim Arzt."

„Verdammt!" Adam biss die Zähne zusammen. Mit aller Kraft hob er die Axt und hieb sie in den Stamm einer riesigen Kiefer. „Er ist genau wie sein Alter!" Zornesröte kroch ihm den Hals hinauf. Leise vor sich hin fluchend, versetzte er dem Baum verbitterte Fußtritte. „Ich hätte nie erlauben sollen, dass du ihn auch nur triffst! Hätte ich nur nicht auf meinen idiotischen Bruder gehört! Aber dein verdammter Onkel hat behauptet, dass du dich heimlich zu ihm schleichst, wenn ich es dir verbiete."

„Dad, ich liebe Gavin ..."

„Liebe? *Liebe?* Du bist erst siebzehn!", brüllte er, beide Hände auf den Zaun aufgestützt. Er holte tief Luft, wie er es immer tat, wenn er die Fassung wiedergewinnen wollte. „Ich muss dir wohl nicht erst erzählen, was Jim Doel unserer Familie angetan hat." Schmerz verzerrte seine Gesichtszüge, und ihr Vater musste sich gegen den Baumstamm lehnen.

„Ich ... ich weiß."

„Er ist ein Bastard, Mellie, ein Säufer, ein nichtsnutziger ..." Ihm versagte die Stimme.

„Aber Gavin ist nicht wie sein Vater!"

„Der Apfel fällt nicht weit vom Stamm."

„Nein, Dad ... wirklich, ich liebe ihn. Ich ... ich will ihn heiraten."

„Oh Gott." Einen harten Zug um die Mundwinkel, fragte er etwas ruhiger: „Und Gavin ... wie denkt er darüber?"

„Er liebt mich auch."

Verächtlich schnaubend fuhr Adam Walker sich mit der zitternden Hand über das Gesicht. „Er liebt nur eins, Melanie, und das ist Ski fahren. Durch den Sport konnte er Taylor's Crossing den Rücken kehren, und glaub mir: Er wird alles daransetzen, nicht wiederkommen zu müssen."

Seine Worte versetzten Melanie einen Stich mitten ins Herz.

Ihr Vater hatte nicht ganz unrecht: Die Gefahr, die Abfahrtsrennen im Höllentempo, die Berge – all das bedeutete Gavin mehr als alles andere auf der Welt. Aber sie schob den unangenehmen Gedanken beiseite.

Ihr Vater ließ seinen Blick zu den schneebedeckten Bergen in der Ferne schweifen. Abwesend rieb er sich über die Brust. „Und ich kann es ihm noch nicht mal verdenken."

„Doch wenn er aus Colorado zurückkommt …", widersprach sie. Der Wind blies ihr die Haare ins Gesicht.

„Er kommt nicht zurück. Vermutlich schafft er es in die Olympiamannschaft." Ihr Vater wandte sich wieder ihr zu. In seinen Augen lag so tiefe Traurigkeit, dass es Melanie schmerzte. „Du lieber Himmel, du bist doch noch ein Kind!"

„Ich bin …"

„Siebzehn, verdammt noch mal!" Er zischte die Worte beinahe heraus.

„Ist doch egal!"

„Mit siebzehn hat dein Leben noch nicht mal richtig angefangen." Er griff in seine Jackentasche, um die Zigaretten hervorzuziehen, zog die Hand allerdings leer wieder zurück und fluchte. Schon vor fast drei Jahren hatte er mit dem Rauchen aufgehört.

Melanie spürte ihre Beine kaum, als sie den Hof überquerte und die Ellbogen auf den obersten Balken des Zauns aufstützte. Durch die Kiefernstämme konnte sie die gezackten Felsgrate des Kaskadengebirges sehen. Am höchsten erhob sich Mount Prosperity.

Ihr Vater war ihr gefolgt und berührte sie an der Schulter. Es dauerte eine Weile, bis er schließlich herausbrachte: „Doktor Thompson kann vielleicht …"

„Nein!", unterbrach sie ihn heftig und hieb mit der Faust auf den Holzbalken. „Ich will dieses Baby!" Dass er so etwas Schreckliches auch nur in Betracht ziehen konnte! Mit einer heftigen Bewegung strich sie sich die Haarsträhnen aus den Augen. „Das ist *mein* Kind, meins und Gavins, und ich will es behalten und großziehen und lieb haben!“

„Und was soll Gavins Rolle dabei sein? Weiß er überhaupt schon davon?“

„Nein, noch nicht. Ich habe es ja selbst erst vorhin erfahren.“

Plötzlich sah Adam Walker müde aus. „Vielleicht will er es gar nicht. Hast du darüber schon mal nachgedacht?“, fragte er leise.

„Bestimmt will er es!“ Sie ballte die Hände so fest zu Fäusten, dass ihr die Knöchel wehtaten.

„Vielleicht findet er, dass Frau und Kind ihn nur behindern würden.“

Natürlich hatte sie daran auch schon gedacht, und der Gedanke bereitete ihr Sorgen. Wenn Gavin seinen Traum verwirklichen konnte und in die Olympiamannschaft aufgenommen wurde, dann konnte es Monate dauern, bis er wiederkam. Es sei denn, er fühlte sich verpflichtet, alles aufzugeben, wofür er so hart gearbeitet hatte, um zurückzukehren und für sie und das Kind zu sorgen. Nervös biss sie sich auf die Unterlippe.

„Was glaubst du, was er macht, wenn du es ihm erzählst?“

„Heimkommen“, murmelte sie, klang jedoch nicht richtig überzeugt.

„Und auf das Skifahren verzichten?“

Obwohl sie lieber geweint hätte, nickte sie.

Ihr Vater seufzte. „Und das möchtest du wirklich?“

„Nein. Doch! Ach, Dad …“ Hilflos zuckte sie die Achseln. Wie konnte dieses Baby nur alles so kompliziert machen, obwohl es etwas so Wunderbares war? Sie liebte Gavin, er liebte sie, und gemeinsam würden sie ein Kind kriegen. Das war doch ganz einfach, oder nicht? Tief in ihrem Herzen wusste sie, dass sie damit falschlag, wollte es aber nicht wahrhaben.

Sie spürte die Hand ihres Vaters auf ihrer Schulter. „Egal was passiert, ich bin für dich da, Melanie. Du musst mir nur sagen, was du willst.“

Melanie lächelte, obwohl in ihren Augen Tränen brannten. „Ich will Gavin.“

Für einen kurzen Moment verstärkte sich der Griff um ihre Schulter. Als Melanie ihn anschaute, erkannte sie, dass ihr Vater etwas sagen wollte, aber seine Worte sorgfältig überlegte. Endlich fragte er: „Du hast das nicht geplant, oder?"

„Was?" Doch im gleichen Augenblick wusste sie bereits, worauf er hinauswollte. Sie spürte, wie ihr die Farbe aus dem Gesicht wich. „Nein!"

„Es gibt Frauen, die vorher ein bisschen rechnen und ..."

„Nein." Sie schüttelte den Kopf. „Es war ein Unfall." *Ein wunderbarer, großartiger Unfall!*

„Na gut. Denn kein Mann möchte das Gefühl haben müssen, in eine Falle getappt zu sein."

„Ich ... ich weiß", flüsterte sie.

Mit einem Finger berührte er sie am Kinn. Ein zärtlicher Ausdruck trat auf sein Gesicht. „Du hast jede Menge Möglichkeiten, mein Kind. Mach die Schule fertig und geh aufs College. Du wolltest doch immer Fotografin werden – mach das oder was du sonst willst. Du kannst das, ob mit oder ohne Gavin."

„Wirklich?"

„Klar. Außerdem haben auch noch andere Mütter hübsche Söhne. Neil Brooks ist immer noch interessiert."

„Dad, jetzt versteh doch – ich bin schwanger!!", rief sie fassungslos.

„Es gibt durchaus Männer, die kein Problem damit haben, das Kind eines anderen großzuziehen. Und manche ahnen noch nicht einmal, dass sie genau das tun."

„Was soll das denn heißen, bitte schön?" Allerdings war ihr klar, was er meinte, und Übelkeit stieg in ihr hoch.

„Nur, dass dir noch immer etliche Optionen bleiben."

Sie dachte an Neil Brooks, den jungen Mann, der ihrem Vater so gut gefiel. Er war zweiundzwanzig, hatte bereits das College abgeschlossen und arbeitete im Holzhandel seines Vaters. Neil stammte von der „richtigen Seite der Stadt" – anders als Gavin Doel.

„Ich habe nicht vor, Neil anzulügen."

„Nein, natürlich nicht“, beruhigte er sie, wandte dabei aber den Blick ab. „Und jetzt los, geh rein und zieh dich um. Wir fahren in die Stadt, um zu feiern.“

„Was denn zu feiern?“

Ihr Vater verdrehte die Augen. „Ich würde meinen, die Tatsache, dass ich bald Großvater werde, ist schon ein Grund für eine kleine Feier. Wobei ich natürlich sagen muss, dass ich dafür eigentlich noch *viel* zu jung bin.“ Sie wusste, dass er sie aufmuntern wollte. Aber in seinen Augen konnte sie erkennen, dass sie ihm größeren Schmerz zugefügt hatte, als er je zugeben würde.

Er drehte sich um, straffte die Schultern und marschierte zu der alten Kiefer, um die Axt wieder aus dem Stamm zu ziehen. Zurück blieb ein tiefer Schnitt in der Rinde.

Mit Sassafras auf den Fersen machte er sich wieder auf in Richtung Stall. Doch diesmal pfiff er nicht mehr vor sich hin.

Melanie steckte die Hände tief in die Jackentaschen und betrat das alte Blockhaus, in dem bereits drei Generationen ihrer Familie gewohnt hatten. Das Feuer, das in dem alten Holzofen brannte, verbreitete eine behagliche Atmosphäre in der Küche. Melanie rieb sich vor dem Ofen die Finger, doch die Kälte in ihrem Innern ließ sich nicht so einfach vertreiben.

Natürlich wusste sie, was zu tun war. Ihr Vater hatte recht. Und insgeheim war sie bereits zu demselben schmerzhaften Schluss gekommen. Sie konnte Gavin nicht mit Frau und Kind belasten – nicht im Moment. Vermutlich niemals, ergänzte eine beharrliche Stimme in ihrem Kopf.

Während Melanie die Treppe zu ihrem Zimmer hinaufstieg, fasste sie den Entschluss, sich nie zwischen Gavin und seine Träume zu stellen. Er hatte etwas gefunden, das ihm einen Ausweg bot – aus der Armut und aus der Scham darüber, der Sohn eines stadtbekannten Säufers zu sein. Und sie würde ihn nicht aufhalten. Das konnte sie nicht. Dazu liebte sie ihn zu sehr.

Auf seinem Weg zu olympischem Ruhm als Skisportler durfte Gavin nicht von Frau und Kind behindert werden.

Selbst wenn er jetzt den Sport aufgab, um ihr und dem Baby ein Zuhause zu bieten, würde er es eines Tages bereuen und ihr Vorwürfe machen. Unwillkürlich strich Melanie mit der Hand über ihren flachen Bauch und lachte traurig. Immerhin würde sie einen Teil von Gavin immer bei sich haben.

Ihr holzgetäfeltes Zimmer war über und über mit Fotos von Gavin geschmückt. Sie hatte die Schnappschüsse gemacht, wenn sie zusammen waren. Langsam nahm sie ein Bild nach dem anderen ab und lächelte dabei dem Jungen mit den fröhlichen goldbraunen Augen, den markanten Gesichtszügen und dem windzerzausten blonden Haar liebevoll zu.

Dann schloss sie die Augen und rief sich noch einmal ihre letzte Begegnung ins Gedächtnis. Gavins gebräunte Haut hatte sich glatt und warm angefühlt, und sein männlicher Duft hatte sich mit dem Geruch von Heu gemischt.

„Warte auf mich“, hatte er geflüstert. Er hatte die Hände um ihr Gesicht gelegt, sie auf die Augenlider geküsst und sie bis in die Tiefen ihrer Seele berührt, was niemals einem anderen gelingen würde.

Melanie erinnerte sich noch genau daran, wie er mit dem Finger die Linien ihres Gesichts nachgezeichnet hatte, um ihr anschließend einen harten, fordernden Kuss auf die Lippen zu drücken. „Sag mir, dass du auf mich wartest.“

„Das weißt du doch“, hatte sie versprochen, während sie ihm das dichte blonde Haar zerzauste und die tränennasse Wange an seine schmiegte.

„Ich werde dich immer lieben, Melanie“, hatte er geschworen, sie geküsst und seinen muskulösen Körper an ihren gepresst.

Und ich werde dich immer lieben, dachte sie nun, während sie nach Stift und Papier griff und die ersten Worte des Briefs schrieb, der ihm die Freiheit schenken sollte.

1. KAPITEL

Taylor's Crossing, Oregon
Acht Jahre später

Fahnen knatterten im Wind. Rundherum erklangen die lauten Stimmen der Losverkäufer und Schießbudenbesitzer. Ein altes Karussell mit prächtigen Holzpferden pustete Abgaswolken und laute Musik in die klare Bergluft, und über das gesamte Gelände des Jahrmarktes schallte Kinderlachen.

Melanies lange Haare wirbelten ihr ins Gesicht, als sie zwischen den Kirmesbuden hindurch zu dem Gelände eilte, auf dem jedes Jahr das Rodeo stattfand. Endlich entdeckte sie ihren Onkel Bart. Er hielt in seinen kräftigen Händen eine Longe, an deren anderem Ende sein Ein und Alles zerrte, der Stolz des diesjährigen Jahrmarktes: ein kräftiger junger Appaloosahengst. Er trug den Namen Big Money, und tatsächlich hatte Bart die Hoffnung, dass er ihm viel Geld einbringen würde.

In diesem Moment aber musste er sich anstrengen, die Longe straff gespannt zu halten. Er war ein sehniger, hagerer Mann, der auf die sechzig zuging. Obwohl die Jahre Spuren auf seinem Gesicht hinterlassen hatte und seine Haare schneeweiß geworden waren, erinnerte Melanie sich noch gut daran, wie er in jüngeren Jahren ausgesehen hatte. Damals, vor dem Tod ihres Vaters, war Bart nicht nur Adam Walkers jüngerer Bruder, sondern zugleich sein bester Freund gewesen.

„Ich dachte schon, du hast uns vergessen", bemerkte Bart, wobei er den störrischen Junghengst nicht aus den Augen ließ.

Melanie schlüpfte durch das Gatter. „Wer, ich?" Strahlend lächelte sie ihn an. „Euch vergessen? Niemals!" Sie öffnete ihre Fototasche, holte ihre Lieblingskamera heraus und nahm die Verschlusskappe ab. „Ich bin bloß aufgehalten worden, weil ich noch die Wahrsagerin und den Gewichtheber fotografieren wollte." Sie betrachtete Bart prüfend von Kopf bis Fuß, zog die

Nase kraus und zwinkerte. „Wenn du mich fragst: Unser guter Muskelmann kann mit dir nicht konkurrieren."

„Tja, das sagen die Ladies ja schon lange", witzelte er zurück.

„Glaube ich gerne. So, das ist also dein Star?" Sie zeigte auf den nervös tänzelnden Appaloosa.

„Jawohl. Wie er leibt und lebt."

Konzentriert blickte Melanie durch den Sucher ihrer Kamera. Okay, dachte sie mit Blick auf das Pferd, und jetzt nicht bewegen! Doch der preisgekrönte Hengst warf ungebärdig den Kopf zurück und schnaubte drohend, als wüsste er genau, dass er die Hauptattraktion des Jahrmarkts war.

Melanie musste ein Grinsen unterdrücken. Schnell schoss sie drei Bilder, da bäumte sich das Pferd plötzlich auf und riss Bart die Leine aus der Hand.

„Du verdammtes Höllenbiest", fluchte ihr Onkel vor sich hin.

Während Big Money aufgeregt tänzelnd die Nüstern blähte und sein graues Fell in der Nachmittagssonne glänzte, drückte Melanie immer wieder auf den Auslöser.

„Komm her, du Satansbraten", kommandierte Bart, der einen Schritt auf den Hengst zuging. Allerdings schnaubte das Tier bloß, machte auf der Hinterhand kehrt und galoppierte zum anderen Ende des eingezäunten Areals. „Du bildest dir ganz schön viel ein, was?"

Big Money scharrte mit den Vorderhufen und wich zurück, kaum dass Bart sich ihm näherte. „Ganz ruhig! Melanie will doch bloß ein paar Fotos für die *Tribune* machen."

„Ist okay", rief Melanie. „Ich habe sie schon im Kasten."

„Sicher?" Bart griff nach der Longe und zog daran. Widerwillig folgte ihm der Hengst, aber seine Augen blitzten, als führte er etwas im Schilde.

„Ja, alle, die ich für die Ausgabe nächste Woche brauche. Immerhin feiert der Jahrmarkt sein zweiundzwanzigstes Jubiläum. Das macht ganz bestimmt Schlagzeilen", neckte Melanie ihren Onkel.

„Ach was – und ich glaubte schon, die Wiedereröffnung der *Ridge Lodge* sorgt für Schlagzeilen“, erwiderte Bart. „Und natürlich Gavin Doels gebrochenes Bein.“

Melanie versteifte sich. „Nicht ausschließlich“, antwortete sie hastig. Sie wollte nicht über Gavins Rückkehr nach Taylor’s Crossing nachdenken und auch nicht darüber, dass sein Skiunfall das vorzeitige Ende seiner Karriere bedeuten könnte.

Bart wickelte die Leine um den obersten Balken des Zauns und schlüpfte hinter Melanie durch das Gatter. „Bist du in letzter Zeit mal bei der Lodge gewesen?“

Von der Seite warf Melanie ihm einen Blick zu. Dabei versuchte sie zu verbergen, wie angespannt sie war. „Die ist immer noch geschlossen.“

„Nicht mehr lange.“ Bart wischte sich die Hände an der Jeans ab. „Ich habe angenommen, wenn du schon bei der Zeitung bist, hast du vielleicht ein paar Insider-Informationen.“

„Nichts Offizielles.“ Irgendwie gelang es ihr, sich zusammenzureißen. „Aber die Gerüchteküche brodelt.“

„Das ist immer so“, antwortete Bart. Big Money zerrte an der Longe. „Soweit ich gehört habe, meint Doel tatsächlich, er könnte es schaffen, dass das Skiresort Profit abwirft.“

Melanies Herz schien einen Schlag auszusetzen. „Ja, das ist der neuste Klatsch.“

„Hat Gavin dir selbst davon erzählt?“, fragte er.

„Ich habe seit Jahren keinen Kontakt mehr zu Gavin.“

„Wird vielleicht höchste Zeit, das zu ändern.“

„Meine ich nicht“, gab Melanie zurück. Sie setzte den Objektivdeckel wieder auf und verstaute die Kamera in ihrer Tasche.

Bart beugte sich vor, um sie am Arm zu berühren. „Weißt du, Mellie, seit dein Dad damals gestorben ist, gibt es keinerlei böses Blut mehr zwischen den beiden Familien. Vielleicht solltest du die Vergangenheit auch allmählich hinter dir lassen.“

Das habe ich schon, dachte sie traurig. Aber laut fragte sie: „Was willst du damit sagen?“

„Geh zu Gavin“, entgegnete er.

„Warum?“

„Weil ihr beiden euch einmal sehr nah wart. Ich erinnere mich noch, wie ich euch damals bei der Lodge zusammen gesehen habe.“ Er schaute sie wissend an. „Es gibt Feuer, die sind nicht so leicht zu löschen.“

Amen! „Ich bin inzwischen eine erwachsene Frau von fünfundzwanzig Jahren, Bart. Ich habe einen Collegeabschluss, arbeite für die *Tribune* und verdiene mir sogar ab und zu nebenher noch etwas. Wozu Vergangenes wieder aufwärmen?“

Eindringlich musterte Bart sie. „Du könntest die Sache mit Jim Doel ins Reine bringen. Glaub mir, Jim hat dafür gebüßt.“

Melanie wollte weder an Jim Doel denken noch daran, dass er wie sie gelitten hatte wegen der schrecklichen Geschehnisse vor so vielen Jahren. Damals war sie erst sieben gewesen, dennoch hatte sich jede furchtbare Einzelheit an die Nacht, in der Jim Doel die Kontrolle über seinen Wagen verloren hatte, sich tief in ihr Gedächtnis gebrannt. Die Nacht, in der *sie* ihre Mutter verloren hatte. Für immer.

„Gavin ist wieder da“, fuhr Bart fort, „und er ist unverheiratet. Bestimmt tut es dir gut, ihn wiederzusehen.“

Melanie blickte ihn misstrauisch an. „Guttun? Mir war gar nicht bewusst, dass es mir schlecht geht.“

Bart lächelte nur in sich hinein.

„Ob du es glaubst oder nicht, ich habe alles, was ich mir nur wünschen kann.“

„Ach, wirklich?“

„Ja.“

„Und was ist mit einem Ehemann und einem Haus voller Kinder?“

Sie spürte, wie ihr die Farbe aus dem Gesicht wich. Trotzdem brachte sie irgendwie ein kleines Lächeln zustande. Bei dem Gedanken an Kinder empfand sie immer noch einen stechenden Schmerz.“

Ich hatte schon einen Ehemann.“

„Aber nicht den richtigen."
„Vielleicht sind sie ja alle gleich."
„Das erzähl mal nicht deiner Tante Lila."
„Na gut, du bist anders."

Bart kratzte sich am Kopf. „Jeder Mensch ist anders, und du bist klug genug, um das auch genau zu wissen. Neil Brooks mit Gavin Doel vergleichen zu wollen, das wäre, als wollte man ein Maultier neben ein Rassepferd stellen."

Obwohl sie einen Kloß im Hals spürte, konnte Melanie nicht umhin zu lachen. „Sag das besser nicht Neil", warnte sie Bart.

„Mit dem Typen rede ich gar nicht – noch nicht mal, wenn er hier auftaucht. Zum Glück passiert das nicht allzu oft. Doch es ist eine Schande, dass du nicht einen ganzen Stall voller Kinder hast."

Etwas in ihr krampfte sich zusammen. „Es hat nicht sollen sein", brachte sie mühsam heraus. Sie wollte sich nicht eingestehen müssen, dass Neil und sie kein Baby bekommen konnten, obwohl sie es zumindest am Anfang versucht hatten. Sie waren kinderlos geblieben, und vielleicht war das in Anbetracht der späteren Entwicklungen sogar das Beste gewesen. Trotzdem trauerte sie immer noch um das eine Kind, das sie empfangen und dann verloren hatte.

Melanie räusperte sich. Plötzlich bemerkte sie, dass ihr Onkel sie forschend ansah. „Es ... es ist wohl ganz gut, dass wir keinen Nachwuchs haben. Schließlich hat die Ehe nicht funktioniert." Die Lüge tat weh. Sie hätte sich nichts Schöneres vorstellen können, als ein Kind zu haben – besonders Gavins Kind.

Bart schaute grimmig drein. „Brooks war und ist ein ausgemachter Dreckskerl."

Aber Melanie hatte nicht vor, sich über ihren Exmann zu unterhalten, und noch weniger über die Gründe dafür, dass sie ihn damals geheiratet hatte. All dies führte einfach gefährlich nach an das Thema Gavin heran. Seufzend erklärte sie: „Bart, wirklich – ich kann meine eigenen Entscheidungen treffen."

„Wenn du meinst ..." Überzeugt wirkte er nicht – überhaupt nicht.

„Es gibt nicht viele Leute hier in der Stadt, die noch wissen, dass Gavin und ich mal etwas miteinander hatten. Und so ist es mir offen gestanden auch am liebsten."

„Dennoch verstehe ich nicht, warum …"

Sie berührte ihn am Arm. „Bitte."

Er runzelte die Stirn. „Du weißt, dass ich den Mund halten kann, wenn es sein muss."

„Gut." Um so schnell wie möglich das Thema zu wechseln, fuhr sie fort: „So, und wenn du das Foto von Big Money nächste Woche in der *Tribune* finden willst, dann muss ich jetzt die Beine in die Hand nehmen. Grüß Lila von mir, ja?" Winkend drehte sie sich um und eilte über die verdorrte Wiese des Jahrmarktplatzes zu ihrem alten, verbeulten VW zurück, ohne etwas von dem Lärm und der Aufregung des Festes wahrzunehmen. Melanie war entschlossen, den ganzen restlichen Tag über keinen Gedanken mehr an Gavin Doel zu verschwenden.

Unglücklicherweise ließ ausgerechnet Gavins Rückkehr die Gerüchteküche in Taylor's Crossing so heftig brodeln wie schon seit einer Ewigkeit nicht mehr. Zurück in der Zeitungsredaktion lud Melanie die Fotos von der Speicherkarte auf den Rechner und hatte sich gerade einen Kaffee geholt, als ihre Kollegin Jan Freemont den Hörer auf die Gabel knallte und lauthals verkündete: „Hey, Leute, ich hab's gekriegt! Ich habe das Interview des Jahres!"

Melanie zog eine Augenbraue hoch. „Des Jahres?"

„Vielleicht sogar des Jahrzehnts! Damit werde ich zur absoluten Starreporterin!"

Constance Rava, die Redakteurin des Gesellschaftsteils der Zeitung, schaute von ihrem Computer neben Melanies Schreibtisch auf. Die kleine Frau mit den kurzen schwarzen Locken blickte ungläubig über den Rand ihrer dicken Brille hinweg zu Jan. „Was hast du denn da an der Angel?"

„Ein Interview mit Gavin Doel!"

Beinahe hätte sich Melanie an ihrem Kaffee verschluckt. Mit

der Hüfte suchte sie Halt an der Kante ihres Tisches, auf dem sich die Unterlagen stapelten. Hoffentlich sah sie wenigstens nicht aus wie vom Donner gerührt, auch wenn sie sich so fühlte!

„Nein!“, rief Constance aus.

„Doch“, widersprach Jan, die sich breit grinsend die rotblonden Haare aus dem Gesicht strich. „Er hat schon seit Jahren keine Interviews mehr gegeben, und jetzt kriege ich eins, und zwar schon morgen früh.“

Inzwischen waren alle Augen im Raum auf Jans Schreibtisch gerichtet.

„Dann hat es ihn also wirklich hier nach Oregon verschlagen?“, erkundigte sich Guy Reardon, der als freier Journalist vor allem Filmkritiken für die *Tribune* schrieb.

„Jawoll.“ Jan lehnte sich im Anbetracht ihres künftigen Ruhms gemütlich in ihrem Stuhl zurück.

„Und warum erfahren wir erst jetzt davon?“

„Ihr kennt doch Doel“, mischte sich Constance ein. Geräuschvoll atmete sie aus. „Im Laufe der Zeit ist er genauso geworden wie diese ganzen Typen aus Hollywood – Hauptsache, niemand erfährt auch nur ein Fitzelchen aus seinem Privatleben.“

Melanie musste sich auf die Zunge beißen, um nichts zu sagen, was sie nachher bereuen würde. Mit zitternden Händen stellte sie ihren Becher ab. Gavin erregte immer und überall Aufsehen, und das würde sich auch niemals ändern. Sie musste sich wohl daran gewöhnen. Ebenso tat sie besser daran, zu vergessen, dass zwischen ihnen jemals etwas gewesen war.

Aber die Tatsache, dass er zurück war – zurück in Taylor’s Crossing! –, ließ ihr Herz heftig schlagen. Dabei spielt das überhaupt keine Rolle! ermahnte sie sich streng. Was Gavin tat, war ganz allein seine Sache. Punkt. Außer es war Stoff für die Presse. Und obwohl es ihr widerstrebte, es zugeben zu müssen: In Taylor’s Crossing wollte jeder alles über Gavin Doel in der Zeitung lesen. Er war schließlich der berühmteste Sohn der Stadt.

Jan schlängelte sich zwischen den Schreibtischen der Redaktion hindurch zu Melanies Platz. „Das ist doch kaum zu glauben, oder?"

„Stimmt", murmelte Melanie. *Wenn doch irgendjemand mal das Thema wechseln würde!*

„Ach, komm schon! Das ist ein richtiger Coup, Mel."

„Ich weiß. Allerdings hatten wir das doch schon öfter. Immer wieder taucht mal wieder jemand auf, der behauptet, dass er das Hotel wiedereröffnen will."

„Aber jetzt ist es beschlossene Sache."

Entmutigt ließ Melanie den Kopf sinken. Sie hatte gehofft, dass sich die Gerüchte um *Ridge Lodge* auch diesmal wieder als reine Spekulation herausstellen würden – zumindest was Gavins Rolle betraf. Natürlich freute sich auch Melanie darüber, dass das Hotel wiedereröffnet werden sollte. Doch musste denn ausgerechnet Gavin etwas damit zu tun haben?

Tief in Gedanken kräuselte Jan die Nase. „Ich habe gerade mit Doels Partner telefoniert – wie heißt der noch gleich?" Sie warf einen Blick auf ihren Notizzettel. „Ach ja, Rich Johanson. Er hat gemeint, dass Doel sich morgen um neun mit mir an der Lodge trifft." Die Hand in einer dramatischen Geste vor sich ausgestreckt, fuhr sie träumerisch fort: „Ich sehe es schon vor mir: eine ganze Doppelseite über die Wiedereröffnung, das Interview mit Gavin Doel und dazu vielleicht ein paar Hintergrundinformationen über ihn, sein Privatleben, seine Karriere …"

„Meinst du nicht, dass du ein bisschen übertreibst?", unterbrach Melanie sie. Nur wenige in der Redaktion arbeiteten schon lange genug hier, um von ihrer Liebesgeschichte mit Gavin zu wissen, und so sollte es auch bleiben. „Constance hat doch gerade gesagt, wie sehr er mit Privatem hinter dem Berg hält …"

„Aber wenn er das Hotel zur Saison aufmachen will, dann braucht er so viel Werbung wie möglich. Und Brian kann die Story kaum erwarten."

Brian Michaels war der Chefredakteur der Zeitung.

„Er hat bestimmt nichts gegen eine Doppelseite einzuwenden. Also …“ Gedankenverloren kaute Jan auf ihrer Unterlippe herum. „Wir brauchen Hintergrundinfos und Fotos. Und wenn wir morgen bei der Lodge sind …“

„*Wir?*“, wiederholte Melanie. Sie griff nach ihrem Becher und trank einen Schluck lauwarmen Kaffee. Ihr Herz raste wie nach einem Hundertmeterlauf.

„Ja, wir“, antworte Jan laut und deutlich, als wäre Melanie schwerhörig. „Du und ich. Ich brauche dich für die Fotos.“

Das war zu viel. Professionalität hin oder her, keineswegs fühlte Melanie sich dazu in der Lage, Gavin von Angesicht zu Angesicht zu begegnen. Nicht, nachdem sie so auseinandergegangen waren. Er hatte sie gebeten, auf ihn zu warten, und sie hatte es versprochen – um dieses Versprechen dann zu brechen und kaum einen Monat später Neil Brooks zu heiraten. „Kann denn nicht Geri als Fotografin mitgehen?“, fragte sie.

„Geri hat ab morgen Urlaub, falls du dich erinnerst.“ Jan schob einen Stapel Fotos beiseite und setzte sich auf Melanies Schreibtischkante. Die Beine lässig übereinandergeschlagen, beugte sie sich über Melanies Posteingangskorb. „Willst du denn wirklich auf die Chance verzichten, den attraktivsten Skisportler seit Menschengedenken abzulichten?“

„Ja.“

„Warum?“

Melanie hatte nicht vor, diese Frage wahrheitsgemäß zu beantworten. Jan musste nun wirklich nichts über ihre Vergangenheit erfahren – über eine Vergangenheit, die sie selbst am liebsten vergessen wollte. „Ich habe gehört, dass er nicht gerade nett mit Fotografen umspringt.“

„Die Paparazzi sind ganz schön hinter ihm her“, vermutete Jan und wischte Melanies Einwand beiseite wie eine lästige Mücke. „Das hat er davon, dass er ständig mit irgendwelchen Supermodels zusammen ist. Von nichts kommt nichts.“ Sie lehnte sich noch ein Stück weiter vor. „Mal ganz unter uns, diese Zeitung kann eine kleine Verjüngungskur ganz gut gebrauchen, und Gavin Doel mit seiner Berühmtheit und seinen Skandälchen kommt da gerade richtig. Ich brauche dir ja wohl nicht zu erzählen, dass die *Tribune* ganz schön in Schwierigkeiten steckt."

Guy, der gerade am Kopierer stand, schaute sie über die Schulter hinweg an. „Glaubst du, er hat die eine oder andere seiner Freundinnen mitgebracht? Ich würde zu gerne mal Gillian Sentra oder Aimee LaRoux kennenlernen."

„Genau wie der gesamte Rest der männlichen Bevölkerung", entgegnete Jan trocken.

Die gut gemeinte Neckerei versetzte Melanie einen Stich mitten ins Herz, doch sie versuchte, den vertrauten Schmerz zu ignorieren.

„Ich glaube eigentlich nicht, dass er irgendwelche Frauen im Schlepptau hat", mischte sich Constance ein. „Seit seinem Beinbruch bei dem Unfall im letzten Frühjahr hat man ihn nicht mehr in weiblicher Begleitung gesehen. Er scheint der reinste Einsiedler geworden zu sein."

„Aber kein Mönch, möchte ich wetten", witzelte Guy. „Doel hat sich immer schon mit wunderschönen Frauen umgeben. Auch egal, dennoch hat Melanie recht: Mit der Presse ist er bisher nicht gerade superfreundlich umgegangen. Unglaublich, dass er sich überhaupt auf das Interview eingelassen hat!"

„Na ja", entgegnete Jan, „mit ihm selbst habe ich ja auch nicht gesprochen. Allerdings hat Johanson mir zugesichert, dass Doel morgen zur Stelle ist." Mit einem Blick auf ihre Armbanduhr ergänzte sie: „Oje, ich muss mich beeilen. Ich will Brian noch von dem Interview erzählen."

„Der vollführt bestimmt Freudensprünge", bemerkte Melanie sarkastisch. Seit ihm die ersten Gerüchte über die Wiedereröffnung der *Ridge Lodge* zu Ohren gekommen waren, hatte der Chefredakteur über nichts anderes mehr geredet. Er hatte Pläne zu allen möglichen Artikeln geschmiedet: über die wirtschaftliche Bedeutung des Wintersportzentrums für die Stadt, über den

Umweltaspekt und die Tatsache, dass einer der berühmtesten Skirennfahrer Amerikas in seine kleine Heimatstadt zurückgekehrt war. Ja, Gavin machte Schlagzeilen, und die *Tribune* brauchte aufsehenerregende Nachrichten nötiger denn je.

Misstrauisch kniff Jan die grünen Augen zusammen. „Mal ehrlich, Melanie: Ganz Taylor's Crossing freut sich über die Neuigkeiten – bis auf dich."

„Stimmt nicht. Ich bin froh, dass das Hotel einen neuen Besitzer hat", entgegnete Melanie. Sie trank noch einen Schluck von ihrem Kaffee, aber er schmeckte plötzlich bitter. Voll Widerwillen schob sie den Becher so heftig von sich, dass etwas über ein paar Fotoausdrucke schwappte. „Idiotin", murmelte sie, während sie versuchte, den schlimmsten Schaden mit einem Papiertaschentuch zu beheben und gleichzeitig Jans neugierigen Blicken auszuweichen.

„Und was ist dann das Problem?" So leicht ließ sich Jan nicht ablenken.

„Es gibt keins", behauptete Melanie und warf das durchweichte Taschentuch in den Papierkorb. „Ich hoffe bloß, dass alles gut geht. Ich fänd's ziemlich schade, wenn *Ridge Lodge* wieder eröffnet, nur um in einem oder zwei Jahren wieder dichtzumachen."

„Das passiert nicht – nicht, wenn Doel dahintersteckt! Was der Mann anfasst, verwandelt sich in pures Gold." Gerade als Jan sich den Riemen ihrer Tasche über die Schulter schlang, öffnete sich die Tür zu Brian Michaels Büro. Der Chefredakteur, ein kleiner, schmächtiger Mann mit frühzeitig ergrautem Haar und Kontaktlinsen, die seine Augen tiefblau strahlen ließen, steuerte geradewegs auf Melanies Arbeitsplatz zu. Dabei umkurvte er gekonnt wie ein Slalomläufer überfüllte Schreibtische und vollgestopfte Papierkörbe.

„Hast du das Interview mit Doel gekriegt?", fragte er Jan.

„Jawoll." Jan berichtete von ihrem Telefonat mit Gavins Partner, und Brian quittierte die guten Nachrichten mit einem nervösen Lächeln.

„Gut, gut, gut. Dann bringen wir die Story in der Ausgabe von nächster Woche und schieben bis zum Beginn der Skisaison noch weitere Artikel hinterher.“ Gedankenverloren zerrte er an seiner Krawatte, bevor er sich Melanie zuwandte. „Such alles an alten Fotos raus, was wir von Doel haben. Gerne auch zehn Jahre alt – Doel als Skiläufer im Highschoolteam, dann in der Olympiamannschaft. Und grab alles aus, was du sonst über seine Karriere und sein Privatleben finden kannst. Und mit ‚alles‘ meine ich wirklich alles.“ An Jan gerichtet, fuhr er fort: „Und du unterhältst dich mal mit dem Sportredakteur und mit Constance, falls einer der beiden was Interessantes über Doel aufgeschnappt hat – spielt keine Rolle, ob es aktuell ist oder schon lange zurückliegt. Und nicht vergessen, auch die Geschichte mit dem Unfall noch mal aufzurollen. Das gebrochene Bein hat den armen Kerl wohl die Karriere gekostet.“

Für den Bruchteil eines Augenblicks meinte Melanie, in Brians durch die Linsen getönten Augen einen Schimmer Schadenfreude wahrzunehmen. Aber er war so schnell verschwunden, wie er gekommen war. Brian hatte unterdessen bereits weitergesprochen: „Und stocher mal ein bisschen in seinem Liebesleben vor dem Weggang aus Taylor's Crossing rum.“

Melanie überlief es kalt.

„Wird gemacht“, versprach Jan und sah verwundert Melanie an, die stocksteif dastand. „Und jetzt muss ich wirklich los – die Parkeinweihung ist schon in knapp einer Stunde. Wir sehen uns morgen früh bei der Lodge.“

Es sei denn, ich kneife noch, dachte Melanie, während sie Brian und Jan hinterherschaute. Es ließ sich also nicht vermeiden: Nach all den Jahren musste sie Gavin nun wieder unter die Augen treten. Böse Vorahnungen stiegen in ihr hoch, aber sie straffte die Schultern. Was vergangen war, war vergangen. Es gab keinen Grund, weshalb Gavin die alten Geschichten wieder ans Tageslicht zerren sollte.

Trotzdem krampfte sich bei dem Gedanken an die Begegnung ihr Magen zusammen. Wie sollte sie ihm jemals erklären, warum sie ihn damals so unvermittelt verlassen hatte? Warum sie Neil geheiratet hatte? Selbst wenn sie die richtigen Worte fand, war es besser, wenn er die Wahrheit niemals erfuhr.

Sie freute sich nicht im Geringsten auf den nächsten Tag. Wenn es einen Menschen gab, den sie am liebsten niemals wiedersehen wollte, dann war das Gavin Doel.

„Ich will ihn abhaben, und zwar heute noch!", erklärte Gavin zornig und betrachtete finster den Gipsverband, in dem der Unterschenkel seines linken Beins steckte.

„Nur noch ein paar Tage", besänftigte ihn Dr. Hodges. Der blutjunge Arzt hinter dem großen Eichenschreibtisch in der Sportklinik von Portland gab sich Mühe, einen väterlichen Gesichtsausdruck aufzusetzen, während er Gavin ermahnte wie ein trotziges Kind. „Wenn Sie jemals wieder professionell Ski fahren wollen ..."

„Ja, das will ich."

„Dann geben wir dem Bein besser noch etwas Zeit."

Gavin presste die Lippen zusammen. Am liebsten hätte er laut geschrien, gewütet, mit Gegenständen geworfen, doch ihm war klar, dass es nichts nützte. Der junge Arzt mit dem hellblonden Haar beherrschte sein Handwerk. „Ich muss arbeiten."

„Die Lodge?"

„Ja, die Lodge", bestätigte Gavin.

„Aber Sie müssen weiter vorsichtig sein, selbst wenn der Gips ab ist."

„Ich habe die Nase voll davon, ewig vorsichtig zu sein."

„Ich weiß."

Ungeduldig rieb sich Gavin den Nacken. Es widerstrebte ihm zutiefst, untätig herumzusitzen. Es machte ihm sogar mehr aus als die Tatsache, dass er den Sport, den er über alles liebte, nicht ausüben konnte. Doch zumindest hatte er das Hotelprojekt, um sich abzulenken. Obwohl er mit zwiespältigen Gefühlen nach Taylor's Crossing zurückgekehrt war, war er nach wie vor fest entschlossen, *Ridge Lodge* in das führende Skiresort im Nordwesten der USA zu verwandeln.

„Kommen Sie Freitag wieder. Ich schaue mir dann noch einmal die Röntgenbilder an, und wenn die Fraktur geheilt ist, brauchen Sie nur noch die Krücken. Mit Physiotherapie sind Sie dann im Dezember wieder so weit fit, dass Sie die Skier unterschnallen können."

„Jetzt ist September. Ich schlage mich mit dieser Verletzung jetzt schon seit einem halben Jahr herum."

„Ja, weil Sie es überstürzt haben", erklärte Dr. Hodges betont geduldig. „Sie haben sich die Knochenfissur über dem Fußgelenk im Frühling zugezogen, und im Frühsommer haben Sie sich an der gleichen Stelle wieder verletzt, weil Sie dem Bein einfach keine Ruhe gönnen wollten. Dafür zahlen Sie jetzt den Preis."

Daran musste Gavin nicht erst erinnert werden. Frustriert fuhr er sich durchs Haar. „Schon gut, schon gut. Sie haben ja recht."

„Dann also Freitag?"

„Ja, Freitag. In Ordnung." Gavin hievte sich mithilfe der Krücken hoch, humpelte aus dem Büro und durch das Labyrinth weißer Klinikflure zur Rezeption. Die großen Schautafeln zum menschlichen Skelett, dem Nervensystem, dem Auge und dem Herzen, an denen er vorbeikam, nahm er kaum wahr. Was ihn interessierte, war lediglich die Zerbrechlichkeit des menschlichen Knöchels – seines eigenen verdammten Knöchels.

Und jetzt musste er auch noch fast fünfhundert Kilometer weit nach Taylor's Crossing zurückfahren, obwohl er die Stadt aus tiefstem Herzen hasste. Jeder andere Ort in der Nähe vom Kaskadengebirge wäre ihm als Standort für sein eigenes Skihotel lieber gewesen, aber sein Partner hatte ihm versichert, dass Taylor's Crossing einfach perfekt passte: Der Preis stimmte, und das Städtchen war ideal. Wenn da nur nicht die Vergangenheit gewesen wäre, die untrennbar mit Taylor's

Crossing verbunden war.

Vergangenheit – das bedeutete Melanie.

Mit einem unterdrückten Fluch ging Gavin zur Eingangstür, schob sie mit der Schulter auf und humpelte zu seinem Truck, der auf dem Parkplatz stand. Er warf die Krücken hinein und kletterte hinter das Lenkrad. Während er den Zündschlüssel drehte, ermahnte er sich wieder einmal, die Frau endlich zu vergessen. Sie war aus seinem Leben verschwunden – und zwar schon vor acht oder neun Jahren.

Damals hatte sie sich für die Heirat mit einem reichen Mann entschieden, und inzwischen hatte sie sicher etliche Kinder. Grimmig schauend legte er den Rückwärtsgang ein und fuhr aus der Parklücke. Er hatte keine Lust, heute Nacht noch nach Taylor's Crossing zurückzukehren. Lieber wollte er bis Freitag in Portland bleiben, um sich dann hoffentlich den Gips abnehmen zu lassen.

In Portland bedrängten ihn nicht auf Schritt und Tritt bittersüße Erinnerungen wie in Taylor's Crossing. Dennoch lenkte er seinen Truck in Richtung Osten, zum Mount Prosperity, wo jeder Winkel der *Ridge Lodge* ihn an Melanie erinnerte.

Um halb sechs verstaute Melanie, ungeachtet ihrer hämmernden Kopfschmerzen, die Kamera in der Tasche, nahm ihre Jacke von der Garderobe und verließ die Redaktion. Der Nachmittag war wie im Flug vergangen, ohne dass sie auch nur eine Sekunde Zeit gefunden hätte, das Archiv nach Informationen und Fotos von Gavin zu durchstöbern. Zum Glück. An diesem Tag hatte sie wirklich genug über ihn gehört. Unzählige Bilder ihrer gemeinsamen Zeit mit ihm waren auf sie eingestürmt, und bittersüße, sehnsuchtsvolle Gedanken hatten sie ständig begleitet. Fotos von Gavin hätten diese Gefühle lediglich noch verstärkt. Die Aufgabe, sich mit Gavins preisgekrönter Vergangenheit zu beschäftigen, sparte sie sich lieber für morgen auf.

Morgen. Sie wagte kaum, daran zu denken. Was sollte sie bloß zu Gavin sagen? Was sollte sie tun? Wie sollte sie es fertigbringen, das Objektiv ihrer Kamera auf sein attraktives Gesicht zu richten, ohne dabei den Schmerz des Bedauerns zu spüren – des Bedauerns über die gemeinsame Vergangenheit, die sie nicht gehabt hatten, die gemeinsame Zukunft, die sie nie haben würden, und das Baby, das niemals geboren worden war?

„Hör auf damit!“, ermahnte sie sich ärgerlich und stieß die Haustür auf.

Es kam ihr vor, als liefe sie gegen eine Wand. Die heiße Spätsommerluft stand förmlich in den staubigen Straßen. Nur ein paar trockene Blätter raschelten zwischen den Parkuhren auf dem Gehweg. Melanie stieg in ihren alten VW, der sich in der Sonne aufgeheizt hatte, kurbelte das Fenster herunter und machte sich auf den Weg in Richtung Osten. Nachdem sie die Innenstadt hinter sich gelassen hatte, fuhr sie an etlichen kleinen Geschäften vorbei zur Stadtgrenze. Dort lebte sie in dem Blockhaus, das ihr Urgroßvater vor fast hundert Jahren gebaut hatte und aus dem sie vor acht Jahren ausgezogen war.

Vermutlich wäre sie nicht zurückgekehrt, wenn ihr Vater nicht ausgerechnet zum Zeitpunkt ihrer Scheidung krank geworden wäre. Damals war sie heimgekommen und seitdem nicht wieder ausgezogen. Es hatte dazu keinen Grund gegeben. Bis jetzt. Ob sie es fertigbrachte, sich von dem Haus, ihrem Erbe und ihrer Geschichte zu trennen?

Ursprünglich war das Holzhaus von weitem Land umgeben, aber im Laufe der Zeit war Taylor's Crossing von einer kleinen Siedlung an einer Weggabelung zu einer Stadt angewachsen und immer näher an das Haus herangerückt. Wo man früher über endlose, mit Salbeisträuchern überwucherte Weiden geblickt hatte, sah man nun nur noch Straßenlaternen und Asphalt. Alles Land war Stück für Stück verkauft worden, und heute bestand die Ranch neben dem Haus nur noch aus zwei Feldern und einer heruntergekommenen alten Scheune. Das Blockhaus selbst verfügte inzwischen über Strom, Heizung und fließend Wasser, und in dem neuen Anbau befand sich Melanies Fotostudie.

Sie parkte das Auto neben der Garage und öffnete den Briefkasten, nur um einen Stapel Rechnungen hervorzuziehen. „Na, großartig", murmelte sie. Sassafras, der Collie ihres Vaters, den sie zusammen mit dem Haus geerbt hatte, bellte aufgeregt und rannte in großen Sprüngen zur Haustür. „Hast du mich vermisst?", fragte sie. Als der Hund begeistert mit dem Schwanz wedelte, tätschelte sie ihm den Kopf. „Ja, ich dich auch."

Drinnen legte sie Post und Kameratasche auf dem Küchentisch ab. Dann füllte sie erst mal Sassafras' Wassernapf auf und goss sich selbst ein großes Glas Eistee ein. Das schmerzhafte Hämmern in ihrem Kopf ließ nach. Sie schaute durch das Fenster auf die Berge der Kaskadenkette. Der Gipfel des Mount Prosperity, auf dem vor vielen Jahren *Ridge Lodge* errichtet worden war, hob sich scharf vor dem blauen Himmel ab. Ob wohl Gavin in diesem Augenblick dort drüben war? Lebte er in *Ridge Lodge*? Wollte er dauerhaft dort bleiben, nachdem er das Skiresort wiedereröffnet hatte? Oder würde er wieder an Skirennen teilnehmen, sobald sein Knöchel verheilt war?

„Was spielt das schon für eine Rolle?", fragte sie sich. Ihre Kopfschmerzen waren – schlimmer als vorher – zurückgekehrt.

Morgen würde sie die Antworten auf alle ihre Fragen bekommen – und vermutlich noch mehr. Morgen würde sie Gavin wiedersehen. Und dann – was dann? *Oh mein Gott, was soll ich ihm bloß sagen?*

Am nächsten Tag drangen gerade die ersten Strahlen der Morgensonne durch die dichten Kiefernwälder, während Melanie die Serpentinenstraße zu dem Skiresort hinauffuhr.

Ein paar Wolken zogen vor den Gipfelhängen des Mount Prosperity vorbei, aber ansonsten versprach die klare, kühle Luft einen sonnigen Spätsommertag.

Kurz vor dem Wald lag *Ridge Lodge*. Der riesige, bis zu vierstöckige Bau aus Naturstein und Nadelhölzern stammte aus der Zeit vor der großen Weltwirtschaftskrise zu Beginn des zwanzigsten Jahrhunderts. Auch wenn er immer wieder umgebaut worden war, verbreiteten die steilen Giebel und hohen Gauben immer noch den Charme der Zwanzigerjahre, und das Gebäude fügte sich hervorragend in die Gebirgslandschaft mit ihren kathedralenartigen Bergen und Felsen ein.

Melanie hatte die Lodge immer geliebt. Schon als Kind hatten sie die steilen Dächer, die riesigen Kamine und das ehrwürdige Äußere fasziniert, und daran hatte sich nichts geändert. Fast ihr ganzes Leben hatte sie in dieser Gegend verbracht, abgesehen von den sechs Jahren in Seattle während ihrer Ehe mit Neil. *Ridge Lodge* gehörte zu ihrer Kindheit und Jugend – genau wie Gavin.

Kaum dass sie ihren verbeulten, rostigen VW auf dem leeren Parkplatz abgestellt hatte, beschleunigte sich ihr Puls, und eine Gänsehaut überlief sie. Allein der Gedanke daran, Gavin wieder gegenüberzustehen, ließ ihre Handflächen feucht werden.

„Jetzt sei nicht albern", schimpfte sie sich selbst aus, bevor sie ausstieg und ihre schwere Fototasche aus dem Auto nahm. *Er hat dich doch längst vergessen.* Die Augen mit der Hand gegen die Sonne abgeschirmt, schaute sie sich auf dem Parkplatz um. Jans Sportwagen war nirgends zu entdecken. „Na, großartig."

Langsam ging sie auf das Haus zu. Vor riesigen Schuppen standen Bulldozer und Schneepflüge wie stumme Wachposten, und hinter dem Hotel zogen sich Skilifte die kahlen Hänge hoch – derzeit lediglich schwarze Pfeiler, zwischen denen Drahtseile gespannt waren.

„Jetzt oder nie", sprach Melanie sich Mut zu. Nervös, alle Sinne aufs Äußerste geschärft, bemühte sie sich, ihre Angst vor der Begegnung mit Gavin einfach herunterzuschlucken.

Energisch klopfte sie an die Haustür, die nachgab und sich quietschend öffnete. „Hallo?", rief Melanie in den dunklen Flur hinein.

Niemand antwortete.

Sie hängte sich ihre Tasche um, straffte die Schultern und trat ein. Die Rezeption war verwaist, und im Gebäude herrschte eine beinahe unheimliche Stille. „Hallo!", sagte sie erneut. Ihre

Stimme hallte von den hohen Decken der Empfangshalle wider. All ihren Mut zusammennehmend, ergänzte sie: „Gavin?"

Der Klang seines Namens aus ihrem Mund kam ihr seltsam vor. Inzwischen waren ihre Nerven zum Zerreißen angespannt. Wo blieb nur Jan?

Vielleicht hatte Gavin es sich anders überlegt. Oder, was wahrscheinlicher war: Rich Johanson hatte einfach das Blaue vom Himmel versprochen. Bestimmt war Gavin noch nicht einmal da. Entnervt beschloss Melanie, draußen auf Jan zu warten, und drehte sich um. Im selben Augenblick erstarrte sie, und ihr stockte der Atem.

In der Eingangstür stand Gavin Doel, auf Krücken gestützt, die Augen hinter einer verspiegelten Pilotensonnenbrille versteckt.

Melanies Herz schien für einen Schlag auszusetzen. Sie versuchte einen Schritt vorwärts zu machen, doch ihre Beine versagten ihr den Dienst.

Er sah sogar noch besser aus als früher. Die Jungenhaftigkeit seiner Züge war einer gereiften Männlichkeit gewichen. Allerdings wirkte seine Miene gerade jetzt wie versteinert, und er hatte die Lippen zu einer dünnen Linie zusammengepresst. Bei Melanies Anblick wurde ein scharfer Zug um die zweifach gebrochene Nase sichtbar.

Die Stille dauerte nur wenige Sekunden, trotzdem verspürte Melanie in diesem Moment das unbändige Verlangen, vor ihm davonzulaufen – und zwar so schnell sie konnte. Urplötzlich hatte sich die Atmosphäre in der Lodge, die vorher wie ausgestorben gewirkt hatte, verändert. Bedrohliche Spannung knisterte in der Luft.

Gavin schob die Krücken einen Zentimeter nach vorne. „So, so, *Mrs* Brooks", meinte er kühl. Bei dem eisigen Klang seiner Stimme zerbrachen auch die letzten Reste von Melanies albernen Träumen – Träume, von denen sie nicht geahnt hatte, dass sie sie überhaupt noch hegte. „Was zum Teufel machst *du* denn hier?"

2. KAPITEL

Gavin riss sich die Sonnenbrille von der Nase und starrte Melanie mit durchdringend schmalen Augen an. „Also?" Es war weniger eine Frage als ein Befehl. Ungeduldig reckte er das Kinn nach vorne. Auf einmal schienen längst tot geglaubte Gefühle die Atmosphäre zu belasten.

„Ich habe auf dich gewartet."

„Auf mich?" Seine Lippen wurden noch schmaler. „Na, das ist ja mal eine Abwechslung."

Seine Worte trafen Melanie wie Peitschenhiebe.

„Weißt du was, Melanie? Du warst wirklich die Letzte, mit der ich hier oben gerechnet hätte." Er humpelte auf den Krücken an ihr vorbei zur Bar.

„Ich habe auf dich gewartet, weil …"

„Ich will es gar nicht hören. Eigentlich …", er warf ihr über die Schulter hinweg einen Blick zu, „eigentlich finde ich, dass wir uns überhaupt nichts zu sagen haben."

Wie vom Donner gerührt stand Melanie da. Dieser kalte, verbitterte Mann sollte Gavin sein – der Junge, den sie so leidenschaftlich geliebt hatte? Wo war seine Zärtlichkeit hin verschwunden, seine nette Art, sein Lachen, an das sie sich so gut erinnerte? „Lass es uns einfach hinter uns bringen, ja?"

„Was? Was sollen wir hinter uns bringen? Ach, zur Hölle, ist auch egal." Er wandte sich wieder der verstaubten Bar mit den verspiegelten Wänden zu.

„Was? Das ist überhaupt nicht egal! Ich habe hier einen Job …"

Er zog die Augenbrauen zusammen und nahm wohl erst jetzt ihre Kameratasche wahr. „Einen Job?"

„Ja …"

„Raus hier."

„Wie bitte?"

„Ich sagte: ‚Raus hier', Melanie. Verschwinde. Ich will nicht mit dir reden.“

„Aber du hast doch versprochen …“

„Versprochen?“ Er hatte plötzlich zu brüllen angefangen und hieb mit der Faust auf den Tresen. „Wenn ich mich recht erinnere, ist das letzte Mal, dass hier jemand etwas versprochen hat, acht Jahre her. Damals wollte ich nach Colorado gehen, und du hast *versprochen*, auf mich zu warten.“

„Oh mein Gott.“ Die Situation war noch schlimmer, als sie es sich ausgemalt hatte. „Ich konnte …“

„Und weißt du was? Ich hatte dieser Stadt kaum den Rücken gedreht, da hast du mich auch schon fallen lassen wie eine heiße Kartoffel.“

„So war es nicht ganz“, entgegnete sie, nun auch wütend.

„Ach, nein? Dann erklär mir doch, wie es war!“

„Du warst in Colorado …“

„Na gut, dann war ich also derjenige, der dich verlassen hat. Ist mir ganz egal. Das ist vorbei. Ich hätte nicht davon anfangen sollen. Also geh einfach.“ Leise vor sich hin fluchend, stützte er sich auf seine Krücken und verschwand hinter dem messingbeschlagenen Eichentresen, um die unteren Schränke zu durchsuchen.

Von dort, wo sie stand, konnte Melanie ihn in den staubigen Spiegeln hervorragend beobachten. Er trug abgeschnittene Jeans, und sie konnte erkennen, wie seine mit goldenem Flaum bedeckten Wadenmuskeln sich beim Bücken anspannten.

„Du bist gegangen“, bemerkte sie. Sie hatte nicht vor, sich von ihm einschüchtern zu lassen.

„Und du hast behauptet, du würdest auf mich warten. Wie dumm von mir, dass ich dir geglaubt habe.“

„Ich habe es ernst gemeint.“

„Ach, jetzt begreife ich“, erwiderte er sarkastisch. „Ich habe damals vergessen zu sagen, wie lange du warten sollst, richtig? Irgendwie bin ich davon ausgegangen, dass du dich nicht gleich nach ein paar Wochen mit einem anderen aus dem Staub machst.“

Langsam stieg Wut in Melanie hoch. Obwohl er sich schon wieder seiner Suche in den Schränken widmete, meinte sie: „Du verstehst das nicht …"

„Verdammt richtig. Ich verstehe es nicht." Er zeigte mit dem Daumen auf seine Brust. „Schließlich war *ich* nicht da, stimmt's? Ich habe nicht mitbekommen, wie du dich an Brooks rangeschmissen hast."

„Ich habe mich nicht an …"

„Na gut, dann hat er sich eben an dich rangeschmissen. Ist auch nicht weiter von Bedeutung."

„Worüber streiten wir hier eigentlich?", stieß sie aufgebracht hervor. Ihre Wangen waren gerötet.

Er atmete tief aus, als müsste er sich mit aller Macht zusammenreißen, um nicht die Selbstbeherrschung zu verlieren. „Was machst du hier, Melanie? Ich dachte, du wohnst in Seattle, fährst vermutlich einen Mercedes und hast inzwischen etliche Kinder."

„Manchmal entwickeln sich die Dinge nicht so, wie man es gerne hätte", antwortete sie.

Er schaute sie über den Tresen hinweg an, die Augenbrauen fragend zusammengezogen. „Ist das deine persönliche Lebensphilosophie? Oder deine Erfahrung?"

„Sowohl als auch", entgegnete sie, das Kinn stolz emporgereckt. „Ich bin für die *Tribune* hier."

„Die was?", erkundigte er sich gleichgültig.

„Die *Tribune*. Die Lokalzeitung, falls du dich erinnerst."

„Ach ja." Schnaubend tauchte er wieder hinter der Bar ab. „Dann bist du also Reporterin? Doch was hat das mit mir zu tun?"

„Ich bin Fotografin, nicht Reporterin", sagte sie schnell. „Ich soll die Bilder für das Interview machen."

„Ich gebe keine Interviews."

Allmählich schäumte Melanie vor Wut. „Aber gestern hat dein Partner noch behauptet, du würdest mit uns reden …"

Abrupt richtete er sich auf, und in dem Blick, den er ihr zuwarf, lag ungläubiger Zorn. „*Was* hat Rich behauptet?"

„Dass du der *Tribune* ein Inter…"

„Auf gar keinen Fall!"

„Aber …"

„Und fang nicht an, mit mir zu diskutieren. Ausgerechnet du solltest wirklich am besten wissen, warum ich nicht mit der Presse rede. ‚Privatleben' ist hier das Schlüsselwort. Es gibt da durchaus ein paar Dinge, die ich nicht in der Zeitung lesen will."

„Warum ‚ausgerechnet ich'?", gab sie erbost zurück.

Schon wieder presste er die Lippen aufeinander. „Wenn ich mich recht erinnere, gibt es immer noch böses Blut zwischen unseren Familien. Die zahlreichen Leichen im Keller möchte ich nun wirklich nicht ans Tageslicht zerren."

Dagegen konnte sie schlecht etwas einwenden, auch wenn sie es gerne getan hätte. Verdammt, der Mann schaffte es immer noch, ihre Schutzmauern zu durchbrechen – wenn auch diesmal nur, um sie auf die Palme zu bringen. Dennoch musste sie zugeben, dass er nicht ganz unrecht hatte. Auch sie war überhaupt nicht scharf darauf, ihre Affäre oder den Skandal um ihre Mutter und seinen Vater zum Stadtgespräch Nummer eins zu machen.

„Ich verspreche dir, dass das Interview rein professionell abläuft."

„Und das kannst du mir garantieren?"

„Ich kann es zumindest versuchen."

„Das reicht mir nicht. Die *Tribune* hat nicht gerade den besten Ruf."

„Ich weiß, doch …"

„Also kein Interview. Punkt." Gläser klirrten, als er eine Flasche hervorzog und den Staub vom Etikett blies.

„Lass uns noch mal von vorne anfangen."

Er bewegte sich nicht, allerdings schien er sie mit seinem Blick durchbohren zu wollen. „Noch mal von vorne anfangen? Ich wünschte, das ginge. Aus heutiger Sicht würde ich eine Menge Dinge ganz anders machen."

Der Kloß in ihrem Hals machte es ihr schwer, darauf etwas zu antworten. Nachdem sie endlich wieder etwas herausbringen konnte, erklärte sie leise: „Das meinte ich nicht. Ich wollte sagen, dass wir mit dem Interview noch mal von vorn beginnen sollten."

„Vergiss es!" Er streckte sein Bein, und ein Ausdruck des Schmerzes flackerte in seinem Gesicht auf. Doch immer noch schaute er Melanie hasserfüllt an.

Das reichte. „Ob du es glaubst oder nicht, Gavin, aber ich habe mir genauso wenig gewünscht, dich wiederzusehen, wie du."

„Dann geh." Er wischte ein kleines Glas mit dem Zipfel seines T-Shirts aus und schraubte den Verschluss ab.

„Ich bin hier rein beruflich."

„Ach ja. Fotos für die *Tribune*. Hätte ich beinahe vergessen." Damit schenkte er sich drei Finger hoch Whiskey ein und kippte ihn in einem Zug hinunter. Er schnitt eine Grimasse, als der Alkohol in der Kehle brannte.

„Ist es nicht noch ein bisschen früh dafür?"

„Auf gute Ratschläge kann ich gut verzichten, vor allem von dir." Verächtlich grinsend beugte er sich über den Tresen, die Whiskeyflasche in der Hand. „Entschuldige – wo sind nur meine Manieren geblieben?", fragte er provokativ. „Möchtest du auch einen?"

Melanie kniff die Augen zusammen und nahm die Herausforderung an. Warum auch nicht? Sie hatte keineswegs vor, sich weiter wehrlos von ihm beleidigen zu lassen. Ab jetzt würde sie ihn mit den eigenen Waffen schlagen. „Gern. Ich nehme einen doppelten."

Ein Funke der Belustigung blitzte in seinen goldbraunen Augen auf. „Die Lady hätte gerne einen Doppelten." Er öffnete die Flasche. „Halbe Sachen hast du nie gemacht, was, Melanie? Alles oder nichts."

„Stimmt, so bin ich", erwiderte sie sarkastisch. Aber kaum, dass er wieder in ihre Richtung schaute, fing ihr Puls an zu rasen. Sie erinnerte sich noch so gut daran, wie er früher ausgesehen hatte: jünger, jungenhafter, ohne diese Härte. Auch damals war er bereits arrogant und höchst ehrgeizig gewesen, doch es hatte auch eine weichere Seite an ihm gegeben – eine Zärtlichkeit und Liebe, die sie nicht so einfach vergessen würde. Allerdings schien diese nun tief unter Zynismus begraben zu sein.

Schuldbewusstsein durchfuhr sie wie ein Messerstich. Wie hatte sich ihre wunderbare Liebe nur in solche Bitterkeit verwandeln können?

Gezwungen lächelnd unterdrückte sie das plötzliche Bedürfnis, zu flüstern, dass es ihr leidtat. Stattdessen nahm sie das angebotene Glas entgegen und nippte an dem scharfen Schnaps. „Ah ...“ Sie wusste noch, was ihr Großvater stets gesagt hatte, wenn er einen teuren Whiskey genoss. „Süffig!“

„Oh ja, sehr süffig“, antwortete Gavin herausfordernd. „Was für ein Fusel! Ich gebe dir mal einen kleinen Tipp, Melanie: Süffig ist der nicht. Im Gegenteil, er brennt einem die Kehle weg.“

Es stimmte. Melanie spürte die feurige Spur des Alkohols in ihrer Speiseröhre und schob das Glas beiseite. Offen begegnete sie Gavins Blick. „Wenn du meinst.“

„Tue ich.“

„Dann muss es wohl so sein.“ Wenn er nur nicht so verdammt gut aussähe! Wenn ihr bloß nicht immer auffiele, wie dunkel und lang seine Wimpern waren, wie ausgeprägt seine Wangenknochen, wie fein der Flaum auf seinen Unterarmen. „So, offenbar sind wir darüber hinaus, uns gegenseitig an die Gurgel zu springen. Vielleicht schaffen wir es, das Kriegsbeil zu begraben, um die Arbeit anzugehen.“

„Und die wäre?“

„Das Interview und die Fotos.“

Er presste die Lippen aufeinander und strich sich eine blonde Strähne aus den Augen, bevor er langsam und bedächtig einen weiteren Schluck Whiskey trank.

Die Sekunden verstrichen, ohne dass er auch nur einen Muskel gerührt hätte. Offenbar betrachtete er das Thema Interview als beendet.

„Na gut. Ich habe es zumindest versucht." Mit den Fingerspitzen schob Melanie ihre Visitenkarte über die Theke. „Falls du deine Meinung doch noch änderst. Und wenn Jan hier auftaucht, würdest du ihr bitte ausrichten, dass ich in die Redaktion zurückgefahren bin?"

„Wer ist Jan?"

„Die Reporterin von der *Tribune*. Diejenige, die den Artikel über die Lodge schreiben wollte. Aber wie ich schon erklärte: Ich bin bloß die Fotografin, und ob du fotografiert werden möchtest oder nicht, ist mir vollkommen egal. Jan könnte das Ganze allerdings ein bisschen anders sehen. Sie hat den Eindruck, dass du ihr ein Interview zugesagt hast."

„Da hat sie unrecht."

„Das kannst du ihr mitteilen." Melanie wandte sich zur Tür. Über die Schulter hinweg warf sie ihm ein spöttisches „Danke für den Drink" zu.

Doch Gavin nahm die Krücken und kam hinter der Bar hervorgehumpelt, um sich ihr in den Weg zu stellen. „Was willst du wirklich hier, Melanie?"

In ihr wallte Wut auf. „Du glaubst also, dass ich lüge?"

„Ich weiß es nicht." Er verzog die Lippen zu einem zynischen Lächeln. „Aber darin hast du ja schließlich jede Menge Übung, oder?"

Das reichte! Sie schlang sich den Riemen der Fototasche über die Schulter. „Nur zu deiner Information: Ich habe mich keineswegs darum gerissen hierherzukommen. Wenn ich könnte, wie ich wollte, dann wäre ich überall lieber als ausgerechnet hier bei dir!" Damit drehte sie sich auf dem Absatz um. Doch schnell wie eine Schlange, die die Fänge in ihr Opfer schlägt, hatte er sie beim Handgelenk gepackt und wirbelte sie wieder zu sich herum.

So leise, dass sie ihn kaum verstehen konnte, presste er hervor: „Beantworte mir noch eine einzige Frage."

Melanies Herz machte einen Sprung, und sie spürte ihren Puls gegen Gavins Finger pochen. Plötzlich fühlte sich ihr Mund vollkommen trocken an. „Schieß los."

„Wo ist dein Mann?"

„Ich habe keinen mehr."

Gavin zog die Augenbrauen zusammen, als erwartete er, aus ihrem Mund nichts als Lügen zu hören. Erneut wandte sich Melanie zur Tür, aber er ließ sie nicht los. „Was ist denn aus unserem guten alten Neil geworden?"

Sie schluckte schwer. „Wir, äh, sind geschieden."

In seinen Augen blitzte etwas auf. Bedauern? „Dann sollte ich wohl sagen, dass es mir leidtut."

„Nicht nötig. Du brauchst nicht zu heucheln."

Kurz glitt ein sanfter Ausdruck über sein Gesicht. „Ob du es glaubst oder nicht, Melanie, doch ich habe dir immer nur das Beste gewünscht", verkündete er unvermittelt. „Ich habe bloß nicht geglaubt, dass Neil Brooks dich glücklich machen kann."

„Die Frage hat sich ja wohl jetzt erübrigt."

„Ja?" Wieder der Druck an ihrem Handgelenk, wieder der Funke in seinen Augen.

Nervös fuhr sie sich mit der Zunge über die trockenen Lippen, und für einen Moment wanderte seine Aufmerksamkeit zu ihrem Mund.

„Ich glaube, es wäre wirklich das Beste, wenn du nicht wiederkämst, Melanie."

„Ich bin nur aus beruflichen Gründen hier."

„Ach ja?" Die Augenbrauen hochgezogen, umfasste er ihre Hand fester. „Dann warst du also kein kleines bisschen neugierig auf mich?"

„Nicht im Geringsten."

„Und du hast nicht gedacht, jetzt, wo du deinen Mann losgeworden bist, könnten wir einfach da weitermachen, wo wir aufgehört haben?" Plötzlich klang seine Stimme verführerisch heiser, und seine Pupillen hatten sich geweitet.

„Das wäre doch Wahnsinn!" Trotzdem klopfte ihr Herz

wie verrückt, hämmerte geradezu gegen ihre Rippen. Melanie konnte sich kaum auf das Gesagte konzentrieren, weil Gavins Finger nun über die Innenseite ihres Handgelenks strichen.

„Vermutlich …“

In diesem Moment wurden die mächtigen Türflügel aufgestoßen, und Jan eilte in die Lobby, die Tasche über der Schulter. „Ach, hier bist du! Oje, hatte ich einen Ärger, bis ich endlich …“ Dann fiel ihr Blick auf Gavin und Melanie, und sie verlor den Faden.

Verlegen riss Melanie ihren Arm aus Gavins Griff.

„Na gut“, bemerkte Jan, als wäre es für sie vollkommen alltäglich, eine ihrer Kolleginnen in einem intimen Augenblick mit einem weltberühmten Skirennfahrer zu überraschen. „Wie ich sehe, habt ihr schon angefangen.“

„Nicht ganz“, antwortete Melanie, doch Jan war schon voll in Fahrt. Sie ging mit ihrem strahlendsten Reporterlächeln auf Gavin zu und streckte zur Begrüßung die Hand aus.

„Ich bin Jan Freemont, Journalistin bei der *Taylor's Crossing Tribune*.“ Etwas unsicher schaute sie in Melanies Richtung. „Aber das haben Sie vermutlich bereits erraten.“

„Ja. War nicht schwer.“

Jan wühlte in ihrer schweren Segeltuchtasche, holte eine Visitenkarte hervor und überreichte sie ihm. „Dann haben Sie also Melanie schon kennengelernt.“

Gavins Wangenmuskel zuckte. „Ja, schon vor Jahren.“

„Ach was?“ Höchst interessiert zog Jan die Augenbrauen hoch. Melanie hätte Gavin am liebsten auf der Stelle erwürgt.

Stattdessen rang sie sich ein kühles Lächeln ab. „Gavin und ich sind beide in der Gegend hier aufgewachsen“, erklärte sie. Hoffentlich war das Thema damit beendet! Doch vermutlich nicht – wenn Jan mit ihrem untrüglichen Reporterinstinkt einmal eine Story gewittert hatte, ließ sie sich nicht so leicht wieder von der Fährte abbringen.

„Tut mir leid, dass ich zu spät komme“, entschuldigte sich Jan. „Mein Auto hat mich schon wieder hängen lassen.“

„Ich glaube nicht, dass das eine Rolle spielt“, erwiderte Melanie.

Aber Jan war damit beschäftigt, ihr Aufnahmegerät und einen Notizblock hervorzukramen.

Melanie bedeutete Gavin mit einem einzigen Blick, ihr jetzt bloß nicht zu widersprechen, bevor sie sagte: „Mr Doel und ich habe gerade über das Interview gesprochen.“

„Hmm?“, machte Jan, die immer noch in ihrer großen, schwarzen Schultertasche herumsuchte.

„Es wird keins geben“, ergänzte Gavin.

Melanie zuckte mit den Schultern. „Offenbar wusste er nichts davon.“

„Stimmt“, stellte Gavin fest.

„Und er hat nicht vor, uns irgendwelche Fragen zu beantworten“, fuhr Melanie fort.

„Das ist doch jetzt ein Witz, oder?“, fragte Jan.

„Keineswegs“, meinte er gelassen.

„Aber ich habe doch mit Ihrem Partner gesprochen, Mr …“, sie schlug den Notizblock auf, „… Mr Johanson. Er hat gesagt, Sie würden sehr gerne mit uns sprechen.“

„Ach ja, hat er das?“ Die ganze Sache schien Gavin zu amüsieren. „Na ja, da hat er sich wohl getäuscht.“

Großartig, einfach großartig! dachte Melanie. Am liebsten hätte sie sich einfach in Luft aufgelöst. Sie hatte ja gewusst, dass die ganze Sache auf ein einziges Desaster hinauslaufen würde, allerdings hatten weder Brian Michaels noch Jan auf sie hören wollen. Die eine sah sich schon als die berühmte Starjournalistin, und der andere träumte davon, die *Tribune* in die *Washington Post* zu verwandeln. Dabei war die Zeitung nichts als ein Provinzblättchen im ländlichen Oregon, dem noch dazu nach und nach die Leser davonliefen.

Aber so leicht ließ sich Jan nicht von ihrem Vorhaben abbringen. Sie erklärte, sie hätte mit Gavins Partner telefoniert. Sie malte Gavin sogar in leuchtenden Farben aus, was für eine rührende Story sie über den großen Sohn der Stadt, der zurückgekommen war, schreiben wollte.

Doch all das schien nicht das geringste Interesse bei Gavin zu wecken. Obwohl er ihr höflich zuhörte, verschwand der entschlossene Zug um seine Mundwinkel nicht, und seine Miene blieb undurchdringlich. „Wenn Sie etwas über die Lodge wissen wollen, müssen Sie sich an Rich wenden", erklärte er schließlich.

„Doch unsere Leser möchten alles über Sie und Ihren Unfall …"

„Mein Privatleben geht niemanden etwas an", stieß Gavin brummend hervor. Melanie spürte, wie eine Welle der Erleichterung sie überlief.

„Aber Sie sind ein Prominenter", schmeichelte Jan ihm in dem verzweifelten Versuch, ihn doch noch umzustimmen. „Sie haben Fans, die sich für Sie interessieren …"

„Dann sollen sie doch die bunten Blättchen von der Supermarktkasse lesen. Das, was da drinsteht, ist zwar nicht wahr, aber dafür unter Garantie umso spektakulärer."

„Jetzt warten Sie doch mal." Jan hatte offenbar keineswegs vor, sich einfach geschlagen zu geben. „Die Nachricht von der Wiedereröffnung der *Ridge Lodge* hat hier hohe Wellen geschlagen. Die Leute wollen alles darüber wissen, und für Sie ist es großartige Werbung …"

„Werbung brauche ich nicht", erklärte er, wobei er Melanie eisig anschaute. „Davon hatte ich schon genug." Er humpelte zur Tür. „Wenn Sie einen Artikel über die Lodge schreiben wollen, bitte schön. Allerdings will ich nicht, dass meine Person darin irgendeine Rolle spielt."

Nun sah auch Jans Lächeln allmählich aus wie eingefroren. „Aber das läuft dem Sinn und Zweck der Sache völlig zuwider! Ihr Name soll doch die Gäste anlocken, Mr Doel. Ihr Bild in der Zeitung wird die Leute überhaupt erst auf das Hotel aufmerksam machen. Sie sind ein international bekannter Skisportler. Sie haben von Skiern bis zu Lippenpflege schon für alle möglichen Produkte geworben. Ihr Gesicht sorgt für öffentliches

Interesse, und genau das brauchen Sie, um mit der Lodge Erfolg zu haben.“ Mit einer weiten Handbewegung wies sie auf das Gebäude. „Ich weiß genau, dass ich meinen Chefredakteur dazu überreden kann, eine ganze Strecke über das Hotel zu bringen, sodass die Leute über eine längere Zeit immer wieder davon hören. Und als freie Journalistin kann ich außerdem Artikel bei überregionalen Skizeitschriften unterbringen. Wenn dann der erste Schnee fällt und die Saison anfängt, können Sie sich darauf verlassen, dass der Parkplatz voll ist, überall Skier herumstehen und die Urlauber in der Bar sitzen.“

Melanie erwartete, aus Gavins Mund als Reaktion auf diese lange Rede etwas zu hören wie „Völliger Blödsinn“, aber zu ihrem Erstaunen blieb er stumm.

Jan legte noch einmal nach. „Ich schätze mal, dass Sie alles an Werbung brauchen können, was Sie nur kriegen.“

„Ich habe Ihnen meine Antwort gegeben. Ab heute Nachmittag ist Rich hier. Er hat diesem verdammten Interview zugestimmt, dann soll er es auch machen.“ Damit stemmte er sich auf die Krücken und humpelte unbeholfen zur Tür.

„Dieser Mann ist ein ganz schön harter Brocken“, flüsterte Jan und atmete endlich aus, nachdem sie sekundenlang die Luft angehalten hatte. „Irgendwie benimmt er sich seltsam. Man könnte meinen, er hätte etwas zu verbergen.“

„Constance hat uns doch schon gewarnt, dass er nicht mit der Presse redet“, erinnerte Melanie die Kollegin.

„Ja, aber sie hat nicht gesagt, warum das so ist.“ Die Lippen aufeinandergepresst, wandte sie sich Melanie zu. „Und was war das, wobei ich euch mit meinem Auftauchen unterbrochen habe? Ihr habt ausgesehen, als wärt ihr euch nicht ganz schlüssig, ob ihr euch an die Gurgel oder lieber miteinander ins Bett gehen wollt.“

Unbehagen stieg in Melanie auf. „Du übertreibst mal wieder.“

„Nö, keineswegs. Und außerdem hast du nicht verraten, dass du ihn kennst.“

So gleichgültig wie möglich zuckte Melanie die Achseln. „Ich fand's einfach nicht so wichtig."

Misstrauisch musterte Jan sie. „Ja, schon klar. Das ist genauso, als wenn jemand sagt, er findet die Sturmwarnungen nicht so wichtig, und fährt dann mit seinem winzigen Boot aufs offene Meer raus."

Melanie schulterte ihrer Tasche. „In zwanzig Minuten habe ich meinen nächsten Fototermin. Ich kann jetzt hier wirklich nicht noch mehr Zeit verschwenden."

„Aber nachher erzählst du mir alles?"

„Klar", antwortete Melanie. Doch gleichzeitig fragte sie sich, wie viel sie Jan wohl über Gavin verraten durfte. Sie öffnete die Tür und trat hinaus in die warme Bergluft.

Am anderen Ende des Parkplatzes, neben einem Geräteschuppen, stand Gavin, auf seine Krücken gestützt. Er unterhielt sich gerade mit dem Fahrer eines orangefarbenen Pick-up-Trucks, auf dessen Tür der Schriftzug „Gamble Bauunternehmen" prangte.

Die beiden Männer schienen vertieft in ihre Diskussion. Gavins verspiegelte Pilotenbrille verbarg wieder seine Augen, und das morgendliche Sonnenlicht ließ seine Haare glänzen. Nur der Gips an seinem Bein wirkte fehl am Platze.

Ob die Gerüchte wohl wahr waren, dass der Unfall das Ende seiner Karriere bedeutete, schoss es Melanie unwillkürlich durch den Kopf.

Gavin blickte nicht in ihre Richtung, während sie ihr Auto aufschloss, und sie machte ihn auch nicht auf sich aufmerksam. Je weniger sie mit ihm zu schaffen hatte, desto besser.

Gavin schaute dem kleinen Auto hinterher, das in schnellem Tempo in Richtung Straße fuhr. Endlich spürte er, wie sich die Anspannung zwischen seinen Schulterblättern löste. Er hatte nicht damit gerechnet, Melanie je wiederzusehen. Was hatte sie nur hier in Taylor's Crossing verloren, und dann auch noch bei diesem Käseblatt, der *Tribune*? Und warum hatten Neil und sie sich getrennt? Vielleicht genügte ihr das Geld nicht mehr, das Neil nach Hause brachte.

Aber warum hätte sie dann ihr Luxusleben aufgeben sollen, nur um hier bei einer Lokalzeitung zu arbeiten? Das ergab alles überhaupt keinen Sinn.

„… und Anfang der Woche kommen meine Leute hier rauf. Ich glaube, wir können die Zeit locker wieder reinholen, die wir durch den Streik verloren haben“, sagte Seth Gamble gerade, der Chef des Bauunternehmens, der sich aus dem Fenster seines Trucks beugte. Gavin zwang sich, sich wieder auf die Unterhaltung zu konzentrieren.

„Also gut, dann bis nächste Woche.“ Gavin schlug zum Abschied auf die staubige Motorhaube des Wagens, woraufhin Seth grinsend den Rückwärtsgang einlegte und das Gaspedal durchtrat.

Missmutig kehrte Gavin auf seinen Krücken zum Hauptgebäude zurück, wo die blonde Reporterin Jan Wie-auch-immer offenbar nur auf ihn gewartet hatte. Hartnäckigkeit spiegelte sich in ihrer Miene, und er musste wieder daran denken, warum er Journalisten nicht über den Weg traute: Es ging diesen Leuten nie um die Menschen, sondern immer nur darum, ihre Story zu kriegen. Koste es, was es wolle.

„Mr Doel!“, rief sie ihm schon von Weitem zu, während sie auf ihn zueilte. „Mein Chefredakteur hat die Story über die Lodge fest eingeplant, und sie ist uns ja auch versprochen worden.“

„Wie ich schon sagte: Sie können gerne mit meinem Partner reden.“

„Ist er hier?“

„Nein“, musste Gavin einräumen.

„Wann rechnen Sie denn mit ihm?“

„Weiß ich nicht. Er ist geschäftlich unterwegs.“

„Demnach sieht es ganz danach aus, als hinge es an Ihnen, dass der Artikel es in die nächste Ausgabe schafft. Stimmt’s?“ Da Gavin nicht antwortete, fuhr sie fort: „Tut mir leid, wenn

Ihnen dies ungelegen kommt, Mr Doel, aber das hier …“, sie machte eine weit ausholende Armbewegung, „… das hier ist eine ganz große Sache für die Gegend hier. Und das Gleiche gilt für Sie, so leid es mir tut. Sie können nicht von der Lokalzeitung verlangen, dass man Sie einfach ignoriert. Und das wollen Sie ja auch gar nicht.“

Abwartend stand sie da, den Blick aus ihren kühlen grünen Augen auf ihn gerichtet, einen entschlossenen Zug um den Kiefer. An ihrer Argumentation war nichts auszusetzen. Außerdem wollte er sie loswerden. „Also gut“, stimmte er schließlich zu. „Sobald Rich zurück ist. Morgen. Stehen er und ich Ihnen Rede und Antwort über das Hotel. Doch mein Privatleben bleibt außen vor, ist das klar?“

„Aber nicht Ihre Karriere“, entgegnete Jan schnell. „Unsere Leser wollen wissen, was es mit dem neuen Besitzer der *Ridge Lodge* auf sich hat. Ob Sie es glauben oder nicht, es gibt tatsächlich Leute, denen Ihr Name nichts sagt.“

„Über meine Karriere ist schon hundertfach geschrieben worden.“

„Gut. Dann verstehen wir uns also.“ Sie schüttelte ihm die Hand und marschierte zu ihrem roten Sportwagen. Das Auto stotterte mehrmals, bevor es endlich ansprang und Jan mit aufheulendem Motor über den staubigen Parkplatz raste.

„Jetzt hast du’s getan, Doel“, murmelte Gavin vor sich hin. Es war wahrscheinlich ein Fehler gewesen, die Reporterin zum Wiederkommen aufzufordern, denn bestimmt würde Melanie sie begleiten. Er verstärkte den Griff um die Krücken. Eigentlich hatte er nicht vor, Melanie wiederzusehen.

Ihr Anblick weckte Erinnerungen in ihm, die er am liebsten für alle Zeiten vergessen würde, und wenn er sie berührte – du lieber Gott, warum hatte er so etwas Dummes überhaupt versucht? Allein das Gefühl ihrer Haut unter seinen Fingern brachte sein Blut zum Kochen.

Fluchend drückte er die Krücken auf den Asphalt und kehrte in die Lodge zurück. Auf jeden Fall würde er Rich Johanson erwürgen, wenn der zurück war. Eigentlich hatten sie beide eine Abmachung: In Richs Aufgabengebiet fiel die Pressearbeit und das Marketing sowie der rechtliche und finanzielle Kram, während er selbst sich um die Renovierung der Lodge und die Instandsetzung der Pisten kümmerte. Von Anfang an hatte er klargestellt, dass er es nicht dulden würde, wenn ein Haufen neugieriger Reporter die Nasen überall hineinsteckte – schon gar nicht in sein Privatleben.

Als er Melanie gegenüber die Leichen im Keller erwähnt hatte, war das keineswegs übertrieben gewesen. Es gab davon einfach verdammt viele. Zu allem Unglück wusste Melanie über einige bestens Bescheid. Seine und ihre Familie waren für so viele Skandale gut, dass die Gerüchteküche von Taylor's Crossing damit auf Jahre hinaus vortrefflich versorgt wäre.

Gavin öffnete die Tür zum Hotel. Auf dem Bartresen stand immer noch die Whiskeyflasche mit den beiden Gläsern – seinem und Melanies.

Was zum Teufel hatte sie bloß hier in Taylor's Crossing verloren?

Jan holte Melanie ein, als diese gerade die Tür zur Redaktion öffnen wollte. „Ich rede mit Brian, okay?", erklärte die Reporterin, während sie Melanie ins Haus folgte.

„Er dürfte nicht gerade begeistert sein, dass aus dem Interview jetzt doch nichts wird", vermutete Melanie.

Aber Jan hatte ihr strahlendstes Lächeln aufgesetzt und zwinkerte ihr zu. „Noch ist die Schlacht nicht verloren."

Wie angewurzelt blieb Melanie stehen. „Was?"

„Ich glaube, ich habe unseren arroganten Mr Doel von unserer Sicht der Dinge überzeugen können."

Melanie traute ihren Ohren nicht. Dabei hatte Gavin doch so entschlossen gewirkt! „Wie hast du das denn hingekriegt?"

„Na ja, ein paar Zugeständnisse musste ich ihm schon machen."

„Das glaube ich dir aufs Wort."

Constance, die gerade den Gesellschafts- und Klatschteil anderer Zeitungen und Zeitschriften nach interessanten Themen absuchte, sah mit besorgter Miene auf und winkte Melanie zu sich hinüber.

Während Jan geradewegs auf das Büro des Chefredakteurs zusteuerte, blieb Melanie vor Constances Schreibtisch stehen.

„Und? Wie war's?“, erkundigte sich die Redakteurin.

„Nicht doll. Du hattest recht – Doel hat sich geweigert, mit uns zu sprechen.“

„Der Mann ist so verschlossen wie eine Auster. Dann habt ihr also nichts in der Hand?“

„Nicht ein einziges Foto“, bestätigte Melanie und schlug sanft auf ihre Kameratasche. „Allerdings glaubt Jan, dass sie ihn doch noch rumgekriegt hat.“

„Das kann ich nur hoffen.“ Um Constances breiten Mund erschien ein gespannter Zug. „Brian ist gerade richtig in Fahrt. Vorhin hat Geri angerufen und gefragt, ob sie ihren Urlaub ein paar Tage verlängern kann, und er hat ihr gesagt, dass sie überhaupt nicht zurückzukommen braucht.“

Geri war die einzige andere Fotografin bei der *Tribune* und daher Melanies Vertretung. Melanie überlief es kalt. „Willst du damit sagen …“

„Dass sie gefeuert ist? Ja, ganz genau.“ Constance fuhr mit dem Finger wie mit einem Messer über die Kehle.

„Aber warum?“

„Keine Ahnung. Ich schätze einfach mal, dass er Druck von oben bekommt, von den Besitzern der Zeitung.“ Sie senkte die Stimme. „Wir wissen doch alle, dass die Verkäufe in letzter Zeit nicht gerade sensationell waren. Brian rechnet fest mit der Story über *Ridge Lodge*, um das Geschäft wieder ein bisschen anzuheizen.“

„Na, großartig“, erwiderte Melanie seufzend. „Dann sollte ich wohl besser da reingehen und Jan aus der Patsche helfen, wenn sie ihm gerade mitgeteilt hat, dass aus der Sache nichts wird.“

Sie legte die Kameratasche auf ihren Schreibtisch, marschierte entschlossen zu Brians Büro und klopfte.

„Es ist offen!“, rief Brian misslaunig.

Als Melanie hineinschlüpfte, hüstelte Jan nervös. Sie saß auf dem Besucherstuhl vor dem Tisch, den Notizblock auf dem Schoß, den Bleistift gezückt. „Ich habe gerade erklärt, dass es genauso schwierig ist, Gavin Doel zu einem Interview zu bewegen, wie eine Audienz beim Herrgott höchstpersönlich zu bekommen.“

Melanie musste ein Lächeln unterdrücken. Sie nahm Platz und nickte. „Stimmt.“

„Aber irgendwie hat sie es geschafft, ihn umzustimmen“, verkündete Brian.

„Nicht irgendwie – ich habe einfach meine bemerkenswerten Überzeugungskräfte spielen lassen“, bemerkte Jan. „Morgen fahren wir wieder hoch. Du weißt schon: Wenn der Prophet nicht zum Berg kommt ...“

„Er hat wirklich Ja gesagt?“, erkundigte sich Melanie fassungslos.

„Klar“, entgegnete Brian grinsend und rieb sich das Kinn. „Man kann Doel ja manches unterstellen, aber ein Dummkopf ist er nicht. Und aus dieser Sache kann er sich nicht so einfach rauswinden. Ich habe der Story schon die Hälfte der Titelseite eingeräumt.“

Melanie glaubte es einfach nicht. Was war bloß in Gavin gefahren? Warum dieser plötzlicher Sinneswandel? Und wieso wirkte Brian so nervös?

„Allerdings gibt es einen Haken an der Sache“, erklärte Jan.

Sofort verblasste Brians Grinsen.

„Doel verlangt, dass sein Name lediglich in Zusammenhang mit seiner Karriere und der Lodge auftaucht. Alles, was sein Privatleben betrifft, soll außen vor bleiben.“

Brian stieß ein ungläubiges Schnauben aus. „Unmöglich.“

„Das ist der Deal“, antwortete Jan.

„Können wir das nicht irgendwie umgehen?“

Melanie schüttelte den Kopf. „Ich glaube nicht, dass das gut wäre."

„Warum denn nicht? Solange alles, was wir über ihn drucken, der Wahrheit entspricht, kann er uns nicht verklagen", wandte Brian ein. „Schließlich kann jede Art von Presse *Ridge Lodge* nur nützen, und ihm gehört ein großer Anteil an dem Hotel."

Von Sekunde zu Sekunde wuchs Melanies Unbehagen. Normalerweise hatte sie keine Probleme damit, rundheraus ihre Meinung kundzutun. Dass Brian und sie sich stritten, war durchaus nichts Ungewöhnliches. Aber wenn es um Gavin ging, überwältigten sie immer noch ihre alten Gefühle. „Gavin Doel dürfte kaum ruhig danebenstehen und zusehen, wie wir sein Privatleben durchwühlen. Und ich finde, wir sollten uns um ein gutes Verhältnis zu ihm bemühen – zumindest solange er als Chef des Resorts hier in der Nähe wohnt."

Schnell machte Jan sich eine Notiz. „Keine Angst, Melanie, um das Interview kümmere ich mich schon. Von dir brauche ich bloß ein paar Fotos von der Lodge, den Skipisten und dem Berg und noch die eine oder andere Nahaufnahme von Doel."

Brian zerrte an seinem Krawattenknoten. „Ich zähle auf euch, Männer", sagte er, und Melanie musste lachen. Seit sie und die anderen weiblichen Angestellten sich bei ihm darüber beschwert hatten, als „Mädels" angesprochen zu werden, nannte er seine sämtlichen Mitarbeiter gleich welchen Geschlechts „Männer" – von der Empfangsdame bis zur Reporterin.

Wieder fielen Melanie die Sorgenfalten auf Brians Stirn und seine zusammengepressten Lippen auf. Ihr Chef sah blass aus, und sie dachte nicht zum ersten Mal, ob er wohl krank sein könnte. Neben seiner Kaffeetasse und der halb leeren Zigarettenschachtel lag ein Röhrchen mit magensäurehemmenden Tabletten auf seinem Schreibtisch.

Brians Telefon klingelte, und er streckte die Hand danach aus. „Gut, das war alles. An die Arbeit."

„Ich will mit dir reden", flüsterte Jan Melanie zu, während

sie sein Büro verließen.

Jetzt kommt's, dachte Melanie, aber zum Glück winkte Constance ihre neugierige Kollegin zu sich, sodass Melanie dem Kreuzverhör über ihr Verhältnis zu Gavin noch einmal entging. Zumindest für den Augenblick.

Den Rest des Nachmittags verbrachte sie damit, die Aufnahmen zu sortieren, die sie am Tag zuvor auf dem Jahrmarkt gemacht hatte. Ein paar gelungene Fotos von Kindern auf dem Karussell und anderen mit Zuckerwatte in der Hand suchte sie aus. Dann wählte sie aus den Bildern von Barts Hengst eines aus, auf dem das Tier ruhig neben ihrem Onkel stand. Es würde in der nächsten Ausgabe erscheinen. Noch einmal ging sie die Aufnahmen durch, griff nach einer, die Bart gefallen könnte, und steckte sie in einen Umschlag. Sie wollte sie vergrößern.

Schließlich konnte sie die Recherche nach Fotos von Gavin Doel nicht länger vor sich herschieben. Sie machte sich seufzend daran, das Archiv zu durchstöbern und noch einmal alles zu lesen, was über Gavin Doel erschienen war. Besonders die Bilder brachten Erinnerungen an die Zeit zurück, als er noch ein junger Mann gewesen war, der vom Leben viel erwartete.

Er hatte sich früh als Naturtalent im Skisport hervorgetan und es bis ins olympische Team geschafft. Der Sport eröffnete ihm einen Weg zu Ruhm und Reichtum. Gavin war hart im Nehmen und stürzte sich furchtlos die steilsten Hänge hinunter. Zwar waren ihm Körperbeherrschung und Gleichgewichtssinn in die Wiege gelegt worden, doch erst sein Ehrgeiz und Stolz hatten ihn an die Spitze gebracht.

Gedankenverloren starrte Melanie die Fotos an. Ihr fiel auf, dass Gavin vor jedem Rennen einen entschlossenen Zug um den Mund und Kampfeslust in den Augen hatte. Auf den Bildern vom Siegertreppchen dagegen lächelte er zufrieden.

Die jüngsten Fotos zeigten Gavin in dem Moment, als ihn die schlafwandlerische Sicherheit verließ und er das Gleichgewicht verlor, sodass er den vereisten Hang hinunterrutschte und auf einer Trage weggebracht werden musste. Auf diesen

Aufnahmen traten die Nase und die Wangenknochen scharf aus seinem schmerzverzerrten Gesicht hervor.

„Oh Gavin", flüsterte sie, plötzlich überwältigt von längst vergangen geglaubter Liebe, „was ist bloß aus uns geworden?"

Nachdem sie merkte, was sie da gesagt hatte, schloss sie mit Schwung die Schublade und zwang sich, die Gefühle beseitezudrängen, die sie zu zerreißen drohten, seit sie von Gavins Rückkehr gehört hatte. „Stell dich nicht dämlicher an, als du bist."

Hastig stopfte sie die brauchbarsten Fotos in einen Umschlag und öffnete das Fach erneut, um die Mappe an ihren Platz zurückzulegen. Dabei entdeckte sie eine andere Akte, die mit „Doel, Jim" beschriftet war.

Langsam zog sie die Mappe hervor und schaute hinein. Schon das erste Foto von Gavins Vater ließ sie schmerzlich zusammenzucken. Der Blick aus seinen Augen wirkte leer und gehetzt. Man hatte Jim mit Handschellen gefesselt, und zwei Polizisten führten ihn ab. Im Hintergrund sah ein ungefähr zwölfjähriger Junge mit strubbeligen blonden Haaren der Szene mit ängstlich geweiteten Augen zu. Obwohl ihn eine stämmige Sozialarbeiterin zurückzuhalten versuchte, wollte Gavin hinter seinem Vater herlaufen, der zu dem wartenden Polizeiwagen gebracht wurde.

„Oh Gott", wisperte Melanie. In diesem Moment stieg Mitleid in ihr auf – dabei wusste sie genau, dass Gavin nichts mehr verabscheute als Mitleid.

Nervös biss sie auf ihrer Unterlippe herum. Dann nahm sie kurz entschlossen das Foto heraus und ließ es in ihrer Handtasche verschwinden. Nein, das reichte noch nicht! Jan oder Brian gaben sich bestimmt nicht mit einer oberflächlichen Suche zufrieden. Obwohl sie ein unbehagliches Gefühl im Magen hatte, nahm sie die gesamte Mappe an sich und ließ auch aus Gavins Akte sämtliche belastenden Unterlagen verschwinden. Es war besser so. Weder Brian noch jemand anders aus der *Tribune*-Redaktion sollte den alten Staub wieder aufwirbeln und Jim Doel von Neuem verfolgen. Und sie selbst hatte auch keinerlei Bedürfnis, an den Tod ihrer Mutter erinnert zu werden. Sie würde die Akten einfach mit nach Hause nehmen und sie wegschließen, bis sich das Interesse an Gavin Doel wieder etwas gelegt hatte.

Hastig schloss sie die Schublade. Zum ersten Mal seit zwei Jahren fragte sich Melanie, ob ihre Rückkehr nach Taylor's Crossing wohl eine Fehlentscheidung gewesen war.

Gavin schleuderte die Krücken von sich und starrte seinen Partner an, der in seinem Büro saß. „Heute waren eine Reporterin und eine Fotografin von der *Tribune* hier. Sie haben behauptet, du hättest ihnen ein Interview versprochen."

Rich fuhr sich mit der großen Hand durch die ergrauten Haare und seufzte laut. Auf den ersten Blick wirkte der hochgewachsene, kräftige Mann eher wie ein Profi-Football-Spieler als wie ein Rechtsanwalt. „Du hast sie rausgeschmissen, stimmt's?"

„Du hättest mich wenigstens vorher davon informieren können."

„Du warst nicht da", bemerkte Rich. „Außerdem dachte ich, wir wären uns einig gewesen, dass wir so bald wie möglich mit der Öffentlichkeitsarbeit anfangen müssen."

„Aber doch nicht mit persönlichen Interviews!"

Allmählich wurde Rich ärgerlich. „Du liebe Zeit, was hast du denn zu verbergen?"

Gavins Kiefer fing an zu schmerzen. Erst jetzt bemerkte er, wie heftig er bereits die ganze Zeit die Zähne zusammenbiss. „Ich will bloß nicht, dass das hier zum Affentheater verkommt."

„Theater? Zirkus wäre noch besser." Rich ließ sich in einen Sessel fallen. „Je mehr Aufregung und Neugier wir kriegen können, desto besser für uns alle."

Gavin schnaubte verächtlich. Seit er Melanie wiederbegegnet war, fühlte er sich wie ein Panther im Käfig: unruhig, eingesperrt und missgelaunt. „Stimmt. Solange es um das Resort geht, finde ich Presse großartig. Allerdings keinen Schritt weiter. Mein Privatleben soll privat bleiben."

„Dann hast du dir den falschen Beruf ausgesucht." Rich steckte die Hände in die Hosentaschen und spielte darin mit seinem Schlüsselbund herum. „Ich weiß, du willst das nicht hören, aber ich bin der Überzeugung, dass die öffentliche Neugier an deiner Person eine gute Sache ist."

„Was soll das heißen?", erkundigte sich Gavin misstrauisch.

„Das soll heißen, dass die Leute nicht so furchtbar an deiner Karriere interessiert sind. Verdammt, die Olympischen Spiele sind inzwischen Ewigkeiten her! Und nur die größten Fans dürften irgendwas über die Skikurse wissen, die du entwickelt hast." Seine hellblauen Augen funkelten, und er drohte Gavin mit dem Finger. „Doch dass du in ganz Amerika herumgekommen bist, mit berühmten Stars über die Pisten getobt bist, mit glamourösen Frauen zusammen warst und mit halb Hollywood Partys gefeiert hast – das zieht!"

„Auf die falsche Weise."

„Egal auf welche Weise – Hauptsache, wir kriegen die Aufmerksamkeit, die wir brauchen."

Gavins Miene verfinsterte sich. „Die Regenbogenpresse hat das alles viel zu sehr aufgebauscht."

„Macht nichts. In der Öffentlichkeit giltst du als sportlicher Playboy – als jemand, der mit den Reichen und Schönen Tisch und Bett teilt."

Eine Grimasse schneidend, erwiderte Gavin: „Dann wären die Leute sicher ziemlich enttäuscht, wenn sie die Wahrheit erfahren würde."

„Das darf einfach nicht passieren", konterte Rich sanft. „Was schadet es schon, wenn wir den Mythos noch ein bisschen lebendig halten?"

„Es schadet meinem Ruf."

Rich lachte in sich hinein, als er aufstand und sich einen Kaffee eingoss. „Ist dir nicht klar, dass die meisten Männer für so einen Ruf alles geben würden?"

„Idioten", murmelte Gavin missmutig. Er humpelte zum Fenster und betrachtete die Hänge des Berges, der sich hinter der Lodge erhob. Ohne seine weiße Schneedecke wirkte Mount Prosperity mit seinen schroffen Felskanten kahl und leer.

Bei den Gedanken an Melanie vertieften sich die Furchen auf seiner Stirn. Bestimmt würde sie morgen wieder hier stehen, zusammen mit ihrer aufdringlichen Kollegin, der Reporterin. Dass er sie nie wiedersehen wollte, spielte keine Rolle.

„Nur noch ein einziger Termin", sagte er sich leise.

„Was?", fragte Rich.

„Nichts. Ich musste nur an das Interview morgen denken."

„Was ist damit?" Rich blies in seinen Becher, damit der Kaffee schneller abkühlte.

„Ich wünschte, es wäre schon vorbei!", erklärte Gavin heftig. Vielleicht konnte er dann Melanie für immer aus seinem Kopf verbannen. Selbst nach acht Jahren brannte ihr Verrat noch in seinem Innern wie Feuer.

Vielleicht hatte er auch Glück, und die Zeitung schickte jemand anderen. Aber viel wahrscheinlicher war, dass er ihr wieder gegenübertreten und dabei auch noch höflich bleiben musste. Er bezweifelte, dass er dazu in der Lage war.

3. KAPITEL

Die Morgensonne tauchte die steilen Hänge des Mount Prosperity in ihr goldenes Licht, als Melanie zum zweiten Mal am *Ridge Lodge Resort* mit Jan zusammentraf. Sie wandte sich von dem altehrwürdigen Gebäude ab und ihrer Kollegin zu, dabei wünschte sie sich sehnlichst ans andere Ende der Welt.

„Bald ist es vorbei“, murmelte sie leise.

„Was ist bald vorbei?“, fragte Jan, die auf Melanies Auto zukam.

„Dieses Interview.“

„Aber warum sollte es? Das ist doch bei Weitem die interessanteste Story, an der wir dieses Jahr dran sind!“

„Findest du?“ Melanie beugte sich in ihren warmen VW, um nach ihrer Kameratasche und dem Stativ zu greifen.

„Was ist denn mit dir bloß los?“

„Mir gefällt nicht, wie Doel zu der Sache steht“, antwortete Melanie. Entschlossen machte sie den ersten Schritt in Richtung Hotel.

„Jetzt gib ihm doch eine Chance! Ich wette, am Ende findet er dich noch ganz toll.“

„Die Wette verlierst du.“

Gemeinsam gingen sie auf das Gebäude zu, doch sie waren noch nicht weit gekommen, da blieb Jan plötzlich stehen. „Okay, Melanie – willst du mich jetzt eigentlich weiter auf die Folter spannen oder erzählst du mir endlich, was da zwischen dir und …“, sie nickte mit dem Kopf zur Lodge hinüber, „… und unserem berühmt-berüchtigten neuen Nachbarn läuft?“

„Gar nichts.“

„Das sah mir aber gestern ganz und gar nicht danach aus.“

„Wir haben uns gestritten, das ist alles.“

„Und wie!“, rief Jan aus. „Früher oder später musst du mir sowieso die Wahrheit darüber erzählen. Du bist mit diesem Mann aufgewachsen.“

„Sooo interessant war das nun auch wieder nicht“, schwindelte Melanie, worauf Jan nur lächelte, während sie durch die große Eingangstür traten.

Gavin erwartete sie bereits.

Er saß lässig an einem der Tische bei der Bar. Das eingegipste Bein hatte er auf einen Stuhl gelegt, und obwohl er aufschaute, als sie reinkamen, hielt er es offenbar nicht für notwendig, auch aufzustehen.

„Dann haben Sie Ihre Meinung nicht noch mal geändert“, bemerkte er. Sein Blick wanderte von Jan zu Melanie.

„Nein“, antwortete Melanie.

„Taylor's Crossing muss ja Neuigkeiten bitter nötig haben.“ Mit seinen goldbraunen Augen musterte er Melanie eindringlich, doch sie stellte ihre Kameratasche auf den Tisch und öffnete ungerührt die Reißverschlüsse, als wäre es ihr absolut gleichgültig, so feindselig angestarrt zu werden.

Jan nahm ihm gegenüber Platz. „Sind Sie bereit?“

„Na ja, muss ich ja wohl.“ Er schaute kurz auf das steife Bein mit dem Gips und zog eine Grimasse. Missmutig fügte er hinzu: „Rich ist nicht da.“

„Aber er kommt noch?“, fragte Jan.

„Das will ich sehr hoffen“, murrte Gavin.

Selbstgefällig sah Jan ihn an. „Wir kommen auch ohne ihn klar.“

Inzwischen hatte Melanie das Stativ neben der Bar positioniert und stellte die Höhe ein. Dann überprüfte sie die Kameraeinstellungen.

Die Stirn gerunzelt, murmelte Gavin: „Bringen wir's hinter uns.“

„Prima Einstellung“, schoss Melanie zurück. Jan blickte sie an, als hätte sie den Verstand verloren.

Mit finsterer Miene packte Gavin die Krücken, die hinter seinem Stuhl standen, und humpelte hinter den Tresen. Während er ging, konnte man genau das Spiel seiner Armmuskeln sehen. „Also, was wollen Sie wissen?“

„Alles!“, gab Jan heiter zurück. Sie griff in ihre Tasche und holte Aufnahmegerät, Block und Kugelschreiber hervor. „Hier in der Gegend hat die Nachricht von der Wiedereröffnung der *Ridge Lodge* ziemliches Aufsehen erregt. Aber im Grunde erregt ja alles, was Sie tun und lassen, Aufsehen.“

„Wenn das wirklich der Fall sein sollte, dann wäre die Welt noch jämmerlicher dran, als ich dachte“, bemerkte Gavin. Er stellte zwei Gläser und seine Lieblingsflasche auf den Tresen. „Wollen Sie auch einen Drink, so wie Melanie und ich?“

„Einen Drink?“ Jan zog die Augenbrauen hoch. „Um elf Uhr vormittags?“

„Richtig. Eine Art Ritual, stimmt's, Melanie?“

„Frag gar nicht erst weiter“, empfahl Melanie der Kollegin, während sie die Kamera auf das Stativ schraubte.

Gavin kramte bereits in den Schränken nach einem dritten Glas, doch Jan hob abwehrend die Hand. „Mir ist es noch zu früh dafür“, sagte sie. In ihrer Stimme lag Neugier.

„Melanie?“ Er deutete zu den beiden Gläsern auf der Theke. „Noch so ein *süffiges* Schlückchen?“

Aus dem Blick, den Jan ihr zuwarf, konnte Melanie deutlich die Frage lesen: *Wovon um alles in der Welt redet er denn bloß?*

Melanie zuckte die Achseln. Endlich hatte sie in ihrer Tasche das richtige Objektiv gefunden und setzte es auf die Kamera, um dann die Beleuchtungseinstellungen zu ändern. „Heute nicht.“

„Zu früh?“, spottete er, während er sich selbst ordentlich einschenkte.

„Ich bin hier bei der Arbeit.“

„Nur die Arbeit, gar kein Vergnügen?“

„Ach, du kennst mich ja: ein emsiges Bienchen“, erwiderte sie und ärgerte sich im gleichen Moment über sich selbst. Warum ließ sie sich bloß von ihm provozieren?

„Ihr zwei kennt euch also doch“, sagte Jan versuchsweise, wobei sie Melanie durchdringend musterte.

„Kann man so sagen“, entgegnete Gavin ausweichend.

„Wie gut denn?“, wandte sich Jan an Melanie.

„Wir sind zusammen zur Schule gegangen“, antwortete Melanie hastig. Insgeheim verfluchte sie Gavin, weil er vollkommen unnötig Jans Reporterinstinkt geweckt hatte. Wozu bloß? Schließlich war er derjenige, der so viel Wert auf seine verdammte Privatsphäre legte.

Um Gavins Mund erschien ein harter Zug. „Was für eine kleine Welt, nicht wahr?“

Jan griff nach Stift und Papier. „Dann seid ihr also befreundet?“

Melanies Herz klopfte wild und sie fing an zu schwitzen.

Gavin antwortete nicht. Erst nach einem langen Moment des Schweigens sagte er: „Nicht ganz.“

„Sondern?“

„Entfernte Bekannte“, gab er kurz angebunden zurück. „Sonst nichts.“

Seine Worte verletzten Melanie, doch sie nickte. „Genau. Entfernte Bekannte. Mr Doel ist …“

„Bitte, nenn mich Gavin“, unterbrach er sie mit gespielter Höflichkeit. „Es gibt keinen Grund, so distanziert zu sein.“

Verärgert wiederholte Melanie: „Na gut, *Gavin* ist ein paar Jahre älter als ich.“ Als Jan eine Augenbraue hochzog, fügte sie hinzu: „Vielleicht sollten wir jetzt endlich beginnen.“

Gavin setzte ein gezwungenes Lächeln auf. „Ich kann es kaum erwarten.“

„Dann haben Sie also die Taylor Highschool besucht?“, begann Jan, wurde allerdings sofort von Gavin unterbrochen.

„Keine persönlichen Fragen.“

Du hast doch damit angefangen, dachte Melanie.

„Na gut, na gut“, lenkte Jan mit unerschütterlich guter Laune ein. „Dann also zur Lodge. Wann soll das Resort wiedereröffnet werden? Planen Sie irgendwelche Änderungen? Und warum glauben Sie, dass Sie und Ihr Partner damit Erfolg haben werden, wenn der letzte Besitzer doch bankrottgegangen ist?“

Jans Fragen waren fair, fand Melanie. Während sie mit einem Ohr der Unterhaltung zuhörte, beschäftigte sie sich mit ihrer Kamera. Nachdem Jan von Gavin einmal zurechtgewiesen worden war, hielt sie sich an die erlaubten Themen. Ohne allzu lange nachdenken zu müssen, erzählte ihr Gavin, was sie wissen wollte. Er lehnte an den Tresen, hatte den Drink vergessen und beantwortete jede einzelne Frage sorgfältig und ausführlich. Spontane Bemerkungen entschlüpften ihm nicht mehr – hier ging es nur um Fakten.

Melanie hob die Kamera und stellte Gavins Gesicht scharf. Er schien es nicht zu bemerken. Durch den Sucher betrachtet, kam seine männlich-erotische Ausstrahlung noch stärker zur Geltung: sein ausgeprägter Kiefer, das kantige Gesicht, die strahlend weißen Zähne und die großen Augen, die nun wachsam und nüchtern blickten.

Sie drückte ein paar Mal auf den Auslöser, und er schaute in ihre Richtung. Als er lächelte, beschleunigte sich ihr Herzschlag. Es war das gleiche respektlose, strahlende Lächeln, das schon damals ihr Herz hatte höherschlagen lassen.

„Soll ich Sie herumführen?“, wandte er sich wieder Jan zu.

„Ja, sehr gerne!“

Melanie beobachtete, wie er in Richtung Lobby ging. Die Schultern unter seinem Hemd wirkten breiter denn je, und der Stoff spannte sich über den Muskeln, während Gavin seinen Körper mithilfe der Krücken vorwärtsbewegte. Eine sonnengebräunte Wade lugte unter der knielangen Hose hervor, die andere wurde vom Gips verdeckt.

Obwohl sich Gavin auf Krücken stützen musste, hatte Jan Mühe mit ihm Schritt zu halten. Melanie griff nach einer etwas handlicheren Kamera, schaltete den Blitz ein und folgte den beiden.

Gavin zeigte ihnen die Lobby, wies auf den aus Natursteinen gemauerten Kamin hin, auf die alten Dielenböden und die hohe Decke. An drei Seiten des großzügigen Raums verlief eine Galerie, von der aus die Gästezimmer zu betreten waren. Die vierte Wand der Lobby war verglast und bot eine atemberaubende Aussicht auf den Mount Prosperity. Zu dieser Jahreszeit waren die Pisten leer, die Lifte standen still, und die uralten Kiefern, die aus dem blanken Fels zu wachsen schienen, zogen den Blick auf sich. Trockenes Gras und Wildblumen bedeckten die Hänge.

Bei dem Rundgang durch das Büro, die Küche, den Kraftraum und den Wellnessbereich erklärte Gavin ihnen die Geschichte der Lodge und welche Renovierungspläne er verfolgte. Endlich kehrten sie in die Lobby zurück, und Gavin blieb bei einer Sitzgruppe stehen. Die Stühle standen umgekehrt auf der polierten Eichentischplatte. Auf seinem gesunden Bein balancierend, hob Gavin drei von ihnen herunter und stellte sie um den Tisch herum auf.

Jan ließ sich sofort auf einen Stuhl sinken. Gavin schob einen zweiten in Melanies Richtung, doch sie scheute sich davor, so dicht neben ihm Platz zu nehmen. Also sagte sie: „Ich sehe mich lieber noch ein bisschen um."

„Es interessiert dich wohl nicht besonders, noch mehr über die Lodge zu hören, was?", stichelte er.

„Das kann ich schließlich auch später nachlesen", blaffte sie zurück. „Es mag ja alles unglaublich faszinierend sein, aber ob du es glaubst oder nicht: Ich muss hier meine Arbeit erledigen."

Jan, die eine Veränderung in der Atmosphäre spürte, sagte: „Melanie ist die beste Fotografin bei der *Tribune*."

Nachdem Melanie ihrer Kollegin einen warnenden Blick zugeworfen hatte, entgegnete sie: „Im Moment scheine ich überhaupt die einzige Fotografin dort zu sein." Oh, hoffentlich überstehe ich das hier alles! betete sie insgeheim. Warum konnte sie nicht kühl und distanziert reagieren, wenn es um Gavin Doel ging? Sie öffnete ihre Kameratasche und beschäftigte sich mit den Apparaten und Objektiven darin.

Jan beugte sich über den Tisch zu Gavin und machte mit dem Interview weiter. Während sie seine Antworten in einer Art selbst erfundener Stenoschrift notierte, befragte sie ihn nach seiner internationalen Skikarriere, der olympischen Bronzemedaille, die er vor fast acht Jahren gewonnen hatte, und seinem Interesse an dem Resort. Gavin ging auf alle Fragen schnell und gezielt ein, ohne mehr Einzelheiten preiszugeben als notwendig.

Er ist so etwas gewöhnt, erkannte Melanie. Wie viele Journalisten hatten wohl schon versucht, ihn festzunageln? Wie viele Zeitungen hatten wohl in seinem Privatleben gewühlt? Die *Tribune* hatte – zumindest früher – Skandale um berühmte Stadtbewohner eher heruntergespielt, doch andere Blätter waren wahrscheinlich weniger freundlich mit ihm umgesprungen.

Melanie war froh, ihren Fotoauftrag vorschieben und Gavin entkommen zu können, indem sie die Lodge nach lohnenden Motiven durchsuchte. Aber als sie durch die altbekannten Räume wanderte, tauchten lang vergessene Erinnerungen wieder auf. Früher hatte sie sich natürlich häufig hier aufgehalten, bevor die Vorbesitzer Insolvenz angemeldet und Pisten und Lodge geschlossen hatten. Sie war hier sogar zusammen mit Gavin Ski gefahren, das war allerdings schon ewig her. Damals war sie siebzehn gewesen, fühlte sich von ihm geliebt und war so glücklich, wie sie es sich zuvor nie hätte träumen lassen. Er wiederum unternahm gerade die ersten Schritte in Richtung Reichtum und Erfolg. Melanie seufzte. Im Nachhinein wirkte das alles wie eine große rosa Seifenblase.

In einem der großen Fenster nahm sie ihr eigenes Spiegelbild wahr. Was wohl Gavin von ihrem Aussehen halten mochte? Ihr glattes, schwarzes Haar war verschwunden. Dafür fielen ihr nun die Locken bis über die Schultern. Ihre Augen waren natürlich immer noch dunkelbraun, aber ihre Wangenknochen traten seit der Scheidung von Neil viel deutlicher hervor. Seit ihrer Jugend mit Gavin hatte sie Gewicht verloren. Doch das spielte keine Rolle. Was zwischen ihr und Gavin gewesen war, gab es nicht mehr – es war tot, aus, vorbei. Sie selbst hatte seine Gefühle für sie getötet, und zwar absichtlich, indem sie mit Neil Brooks davongelaufen war.

Melanie drehte sich zum Tisch um. Noch immer beantwortete Gavin Jans Fragen, lässig auf seinem Stuhl zurückgelehnt, trotzdem beobachtete er sie, während sie von Fenster zu Fenster ging.

Pflichtschuldig schoss sie ein paar Fotos in der Lodge. Hauptsächlich um Gavins durchdringendem Starren zu entgehen, schlenderte sie durch das Erdgeschoss, wo sich früher das Restaurant und die Geschäfte befunden hatten.

In den winzigen Läden standen leere Regale und Vitrinen mit verstaubten Scheiben. Der Teppichboden war dort abgewetzt, wo Winter für Winter Scharen von Skistiefeln darübergelaufen waren. Verblichene Schlussverkaufsschilder standen an den Wänden.

Das Innere von *Ridge Lodge* machte auf Melanie einen düsteren Eindruck. Das war nicht die Art von Bildern, die sich Brian für den Artikel wünschte. Vielleicht machte sie besser Außenaufnahmen von dem Gebäude, auch wenn keine einzige Schneeflocke die Hänge bedeckte. Aber die beeindruckenden Gipfel hinter dem Dach der Lodge würden dem Artikel immerhin Atmosphäre verleihen.

Draußen machte Melanie ein paar Fotos vom Hotel, außerdem einige von den leeren Skiliften und den grasüberwachsenen Pisten.

Die Bergluft war klar und warm, und ein lauer Spätsommerwind kühlte ihr die Haut und zerzauste ihre Haare. Der Duft nach Kiefern und Erde, frisch geschlagenem Holz und Wildblumen stieg ihr in die Nase.

„Hast du jetzt, was du wolltest?“ Gavins überlaute Stimme riss Melanie aus ihren Gedanken.

„Was?“ Sie fuhr herum, kniff die Augen gegen die Sonne zusammen und sah Gavin auf einer der Sonnenterrassen. Er hatte wieder das eingegipste Bein auf einen Stuhl gebettet und die Augen hinter der verspiegelten Brille verborgen. Jetzt, da kein Schnee lag, ragte die Terrasse auf ihren Stelzen beinahe mannshoch über den Boden, und Gavin starrte auf sie hinunter.

„Was ich wollte?“, wiederholte sie. Die Augen mit einer Hand gegen die Sonne abgeschirmt, versuchte sie alles, um sich nicht anmerken zu lassen, dass Gavin so von unten betrachtet ziemlich einschüchternd wirkte.

„Deine Fotos."

„Oh." Ja, natürlich meinte er die Bilder. Einen Moment lang hatte sie geglaubt, er spräche von ihrem Leben. *Du bist einfach zu empfindlich, Melanie. Er interessiert sich keinen Deut für dich.* „Zumindest für den Anfang habe ich genug." Sie bemerkte, wie er die Mundwinkel hinunterzog. „Doch wenn die Fotos nicht dem entsprechen, was Brian sich vorgestellt hat, dann muss ich noch mal wiederkommen."

Die Muskeln an Gavins Kiefer traten noch deutlicher hervor. „Wann hast du denn überhaupt mit dem Fotografieren angefangen?"

„Interessiert habe ich mich dafür schon immer." *Wie du genau weißt.*

„Aber beruflich?"

„Angefangen hat es als Hobby. Ich habe einfach damit weitergemacht", antwortete sie. Mehr ins Detail gehen wollte sie nicht. Er brauchte nicht zu wissen, dass sie nach der Hochzeit mit Neil einen Fotokurs nach dem anderen besucht hatte, weil sie jede Menge Zeit hatte. Ohne das Baby hatten sich die Tage endlos und leer vor ihr erstreckt. Neils Geld hatte dafür gesorgt, dass sie sich die beste Ausrüstung und Kurse bei ausgezeichneten Lehrern hatte leisten können. Stunden um Stunden hatte sie geübt und gearbeitet, bis sie die Technik beherrschte und den Sinn für das richtige Bild perfektioniert hatte. Als sie ihre erste Festanstellung bekam, reagierte Neil fassungslos. Vermutlich konnte man es Ironie des Schicksals nennen, dass ausgerechnet ein Übermaß an Freizeit und Neils Geld ihr die Möglichkeit gegeben hatten, aus ihrer Ehe auszubrechen. Aus einer Ehe, die von Beginn an unter einem schlechten Stern gestanden hatte. Melanie räusperte sich, sah auf und schaute direkt in Gavins verspiegelte Sonnenbrille.

„Dann bist du also mit nichts als deinem ‚Hobby' zur *Tribune* gegangen."

„Das ist vielleicht ein bisschen verkürzt dargestellt, aber im Grunde stimmt es.“ Warum sollte sie sich noch weiter mit Erklärungen aufhalten? „Wo ist Jan?“, fragte sie, um das Thema zu wechseln. Gleichzeitig packte sie die Kamera wieder ein.

„Sie ist gefahren.“

Melanie war überrascht. „Jetzt schon?“

Gavins Lippen zuckten. „Sie hat eine indiskrete Frage zu viel gestellt, und als ich sie darauf hingewiesen habe, fand sie mich, glaube ich, unhöflich.“

Melanie, die auf die Sonnenterrasse geklettert war, warf ihm einen wissenden Blick zu. „Und, stimmt das?“

„Zweifellos. Sie hat es schließlich darauf angelegt.“ Sowie Gavin das verletzte Bein von dem Stuhl schwang und auf einem Bein balancierend nach den Krücken griff, glitt ein Ausdruck des Schmerzes über sein Gesicht. „Verdammte Dinger“, grummelte er, als eine der Krücken auf die Kiefernbretter fiel. Er wollte sich bücken, aber sofort wich ihm die Farbe aus dem Gesicht.

„Warte, ich hebe sie auf.“

Melanie wollte nach der Krücke greifen, doch Gavin kam ihr zuvor und stieß ihre Hand weg. „Lass das!“

Augenblicklich stieg Ärger in Melanie hoch. „Ich wollte dir bloß helfen.“

„Ich brauche keine Hilfe.“ Und obwohl er es nicht aussprach, erkannte sie an der Art, wie er tief einatmete, dass er am liebsten hinzugesetzt hätte: „Schon gar nicht von dir.“ Ein paar Schweißtröpfchen glitzerten auf seiner Oberlippe, aber sein Gesicht nahm schon wieder die normale Farbe an.

„Weißt du was, Gavin? Entspann dich einfach mal. Es würde dich schon nicht umbringen, hin und wieder ein bisschen Unterstützung anzunehmen.“

Er presste die Lippen zusammen. „Ich habe schon vor sehr, sehr langer Zeit gelernt, mich auf niemanden zu verlassen als auf mich selbst. So kann ich auch nicht enttäuscht werden.“

Sie fühlte sich, als hätte er sie geohrfeigt. Allerdings war er noch nicht fertig.

„Und mit diesen blöden Dingern hier“, er schwenkte eine der Krücken, „komme ich schon selbst zurecht. Von dir brauche ich weder gute Ratschläge noch Hilfe, noch irgendwelches verdammtes Mitleid!“ Inzwischen stand er aufrecht auf die Krücken gestützt und atmete schwer.

„Na gut, dann verschwinde ich“, erklärte sie und zwang sich zu einem eisigen Lächeln. „Wenn du weder Hilfe noch Ratschläge, noch Mitleid willst, habe ich schließlich keinen Grund mehr, länger zu bleiben.“

„Überhaupt keinen, stimmt.“

„Und ich bin mir auch sicher, dass die Fotos, die ich geschossen habe, schon ausreichen. Du brauchst dir also keine Sorgen zu machen, dass ich dich noch einmal hier belästige.“

„Gut.“

„Tschüss, Gavin.“ Sie hob ihre Kameratasche auf. „Viel Glück mit der Lodge.“

„Das hat nichts mit Glück zu tun.“

„Okay. Ich werde dran denken, wenn wir den ersten Schnee erst im Februar bekommen“, erwiderte sie zuckersüß und marschierte durch das Gebäude hindurch zum Haupteingang des Hotels. Ihre Schritte hallten laut auf den abgenutzten Dielen wider. Die Hände hatte sie so fest zu Fäusten geballt, dass ihr die Knöchel wehtaten. Wie konnte sie ihn je geliebt haben? *Wie war das möglich?* Dieser Mann war grob, arrogant und so reizbar, dass ein Bulle in der Stierkampfarena gegen ihn geradezu sanftmütig wirkte! Ärgerlich vor sich hin murmelnd, stieß Melanie die Eingangstür auf und ging zum Parkplatz. Hier stand die Hitze flirrend über dem staubigen Asphalt und heizte Melanies Zorn noch weiter an.

Wie konnte er sich nur so vollkommen verändert haben? Gavin war vollkommen unerträglich geworden! Sie schloss das Auto auf und stieg ein. Innen war es erstickend heiß, und sie öffnete sofort sämtliche Fenster. Ob sie wohl dafür verantwortlich war, dass aus Gavin Doel ein zynisches, grässliches

Ekel geworden war? Hatte sie ihn so tief verletzt, als sie Neil heiratete – oder zeigte er jetzt nur sein wahres Gesicht?

Ihr Vater hatte sie immer gewarnt, dass der Apfel nicht weit vom Stamm fiel, doch sie hatte nie glauben können, dass Gavin und Jim Doel mehr als den Nachnamen gemeinsam hatten. Jetzt war sie sich da nicht mehr so sicher, und die Erkenntnis erschreckte sie. Schon zum zweiten Mal innerhalb von zwei Tagen hatte Gavin sich ordentlich Scotch eingeschenkt, und das vor dem Mittagessen.

Aber heute Morgen hatte sie ihn nichts davon trinken sehen. Es war ein Spiel gewesen. Er hatte sie provozieren wollen.

„Soll er im Schnaps ertrinken! Mir doch egal!", grummelte sie vor sich hin, während sie sich eine Sonnenbrille aufsetzte und in den Rückspiegel schaute. Am Eingang der Lodge entdeckte sie Gavin. Er lehnte sich auf die Krücken und sah missmutig aus.

Wütend legte Melanie den Gang ein und trat das Gaspedal durch. Wenn sie Glück hatte, musste sie sich nie wieder mit Gavin Doel befassen.

Laut und ausführlich fluchend starrte Gavin dem Auto hinterher. „Doel, du bist ein Idiot." *Warum muss Melanie heute auch noch viel schöner aussehen als in meiner Erinnerung?* Ihr schwarzes Haar schimmerte bläulich im Sonnenlicht, ihre großen Augen leuchteten in einem faszinierenden Farbton zwischen Braun und Grün.

Na und? Ihre Schönheit hatte nichts zu sagen. Er hatte keine Frau je so sehr geliebt, und sie hatte ihn so schmählich verraten, seine Empfindungen schienen ihr nichts bedeutet zu haben. Wieso also sollte ihn Melanie jetzt noch interessieren?

„Ja, verdammt, wieso eigentlich?", murmelte er vor sich hin. Er hatte keine Lust sein Inneres zu erforschen und dabei auf lang verschüttete Gefühle zu stoßen, die er womöglich für sie hegte. Und das würde er auch nicht. Nur weil sie sich plötzlich in derselben gottverlassenen Gegend wiederfanden, musste er sich noch lang kein Bein ausreißen und ihr hinterherlaufen.

Nein, beschloss er. Die Lippen zusammengepresst, beobachtete er, wie sich die nach Melanies Kavaliersstart aufgewühlte Staubwolke allmählich wieder senkte. Dieses Mal würde er die Kontrolle nicht aus der Hand geben. Egal was passierte: Melanie Walker Brooks sollte ihm nie wieder nahekommen.

„… Der Typ ist mit Sicherheit das größte Ekel, dem ich je begegnet bin! Und leider auch das bestaussehende." Jans Wangen waren gerötet und ihre Augen sprühten förmlich Funken, während sie über das Interview mit Gavin berichtete.

Insgeheim stimmte Melanie ihr von Herzen zu. Sie hatte gerade noch Jans letzte Worte mitbekommen, als sie das Büro betreten hatte. „Ich nehme an, du sprichst von dem neuen Besitzer der *Ridge Lodge*?"

„Ganz genau", erwiderte Jan. „Und zwar ohne jede Übertreibung. Also wirklich, ich bin ja schon einem Haufen unerträglicher Kotzbrocken begegnet, und mit einigen bin ich sogar ausgegangen. Aber dieser Kerl – also wirklich, der ist in dieser Kategorie einsame Spitze."

„Was hat er denn genau gesagt?"

Jan plusterte sich auf wie ein Pfau. „Ich habe lediglich angedeutet, dass sein Name immer wieder in einem Atemzug mit dem berühmter Models genannt wird, zum Beispiel Aimee LaRoux."

„Und?", hakte Guy nach.

„Und er wollte wissen, mit wem mein Name in einem Atemzug genannt wird. Also habe ich ihm geantwortet, dass das meine Sache ist, und er antwortet: ‚Genau.'"

„Klingt in meinen Ohren jetzt noch nicht so schlimm."

„Doch es wird noch schlimmer", versicherte ihm Jan. „Ich habe also das Thema immer wieder angeschnitten, und irgendwann fragt er mich tatsächlich, warum ich nicht Aimee LaRoux persönlich anrufe, wenn ich mich so brennend für ihr Liebesleben interessiere. Und dann, ob ihr's glaubt oder nicht, kritzelt er mir eine Telefonnummer auf ein Streichholzbriefchen und wirft es mir rüber!"

Trotz ihrer schlechten Laune musste Melanie lachen. „Stimmt. Doel ist wirklich ein Widerling."

Wütend sah Jan sie an. „Er hat einen ziemlich seltsamen Humor!"

„Glaubst du, es ist wirklich die Nummer von Aimee?", erkundigte sich Guy interessiert.

„Nein!", gab Jan verärgert zurück. „Du kannst also aufhören, ein Gesicht zu ziehen wie ein Hund, der den Knochen schon riecht."

Guy schnitt eine Grimasse. „Ist das so auffällig?"

„Ziemlich."

Melanie mischte sich ein: „Sei doch einfach froh, dass das Interview vorbei ist. Jetzt müssen wir uns nie wieder mit Doel beschäftigen."

„Ach, da wäre ich mir nicht so sicher", widersprach Guy. „Brian scheint zu glauben, dass Storys über Gavin Doel und *Ridge Lodge* gut für die Auflage sind. Soweit ich weiß, plant er schon eine ganze Serie – und zwar über Mount Prosperity und die Lodge und … na, was ratet ihr?"

„Gavin Doel", stieß Jan hervor, den Mund verzogen.

„Ganz genau!"

Melanie seufzte stumm. Ob sie Gavin doch wieder gegenübertreten musste? Das würde sie bestimmt nicht schaffen. Und allein der Gedanke, dass weiter in Gavins Privatleben herumgeschnüffelt werden sollte, beunruhigte sie. „Irgendwie habe ich das Gefühl, dass Brian zu viel Wind um Doel macht."

„Ja, klingt fast danach, als hätte er mit ihm noch ein Hühnchen zu rupfen", pflichtete ihr Guy bei.

„Was für ein Hühnchen? Was meinst du damit?"

Guy schüttelte nur den Kopf. „Ist bloß so 'n Gefühl. Ich habe den Eindruck, dass die beiden sich nicht gerade grün sind."

„Kennen sie sich denn überhaupt?", fragte Melanie.

„Keine Ahnung."

Jan warf ihre Tasche auf ihren Schreibtisch. „Tja, dann muss Brian sich wohl nach einer anderen Reporterin umsehen“, erklärte sie rundheraus. „Ich habe jedenfalls nicht vor, mir noch einmal so die Zähne an Doel auszubeißen. Der Typ sagt nur das Nötigste, kein Sterbenswörtchen mehr. Der tut grad so, als gäbe es da was Dunkles, Geheimnisvolles in seiner Vergangenheit, was bloß niemand rausfinden soll.“

„Vielleicht stimmt das ja auch“, entgegnete Guy. Er hockte sich auf die Kante von Jans Tisch und tippte sich mit dem Bleistift gegen die Nase. „Ich meine – was wissen wir schon wirklich über den Typen?“

Nachdenklich starrte Jan Melanie an. „Immerhin mehr als fast der ganze Rest der Welt.“ Langsam hoben sich ihre Mundwinkel.

Innerlich wappnete sich Melanie gegen das Unvermeidliche. Offenbar glaubte Jan, über sie an Informationen über Gavin zu gelangen. Allerdings hatte sie sich da getäuscht. Melanies Lippen würden versiegelt bleiben.

„Er ist hier in der Gegend aufgewachsen“, erklärte Jan ihrem Kollegen. „Melanie ist mit ihm zur Schule gegangen.“

„Echt?“, fragte Guy beeindruckt.

„Na ja, nicht ganz. Er ist fünf Jahre älter als ich“, stellte Melanie richtig. „Erst nachdem er die Highschool schon abgeschlossen hatte, habe ich dort angefangen.“

„Aber du hast doch gesagt, dass du ihn kanntest.“ Jan ließ nicht locker. „Und er hat nicht widersprochen. Außerdem wette ich, dass ihr beiden euch sogar besser gekannt habt, als du bisher verraten hast.“

„Wie bitte?“ Guys Neugier war geweckt.

Offenbar war es an der Zeit, ein kleines Ausweichmanöver einzuleiten. Zumindest bis klar war, wie weit Jan in ihren Nachforschungen gehen würde. „Jan hat leicht übertrieben. Es ist eher so, dass ich wusste, wer Gavin war“, stellte sie richtig. Ihre Handflächen begannen zu schwitzen. „Aber das gilt genauso für alle anderen Einwohner von Taylor’s Crossing.“

Vermutlich sollte sie Jan wenigstens einen Teil der Wahrheit gestehen, um es hinter sich zu haben, dennoch brachte sie es nicht über sich. Wo sollte sie denn aufhören? Wie sollte sie erklären, dass sie Neil geheiratet hatte, um Gavin nicht mit Frau und Kind zu belasten? Gavin hatte nicht mal eine Ahnung davon, dass sie schwanger gewesen war! Dann würde sie schon gar nicht Jan oder Guy oder sonst jemandem davon erzählen.

Und darüber hinaus wollte sie alles tun, damit der Skandal um den Tod ihrer Mutter nicht wieder aus der Tiefe des Vergessens ans Tageslicht gezerrt wurde.

„Wie war Gavin denn als Kind? War sein Vater nicht irgend so ein Mistkerl?“, fragte Jan. Man sah ihr an, dass ihr Gehirn auf Hochtouren arbeitete.

„Ich dachte, du wolltest nie wieder was mit ihm zu tun haben?“, erinnerte sie Melanie.

Aber Jan schüttelte nur den Kopf. „Ach, du kennst mich doch. Ich war einfach sauer, weil ich mich von dem Typen habe provozieren lassen. Mein Problem. Jedenfalls wird mir das nicht noch einmal passieren. Eine echte Starjournalistin lässt sich nicht so einfach einschüchtern. Ich werde ihn einfach mit den eigenen Waffen schlagen. Also sag schon: Wie war Gavin Doel, bevor er berühmt geworden ist?“

Melanie musste einen Moment lang nachdenken. Wie war Gavin gewesen? „Also ... ziemlich entschlossen und ehrgeizig. Er wollte unbedingt der beste Skirennfahrer der Welt werden.“

Jan seufzte laut und blies sich den Pony aus den Augen. „Das weiß ich doch alles. Doch hast du nicht ein paar Informationen über den Menschen hinter dem Sportler? Kanntest du ihn denn?“

Sogar besser als alle anderen. Aber Melanie zuckte die Achseln. „Keineswegs gut genug, um mich für die Zeitung interviewen zu lassen. Und außerdem schirmt er sein Privatleben total ab. Ich glaube, für die *Tribune* wäre es besser, wenn wir ihn selbst fragen würden. Nachher hetzt er uns noch die Anwälte auf den Hals.“

„Das macht er nicht“, erklärte Jan.

„Warum nicht?“

„Weil das schlechte PR wäre. Das kann er sich nicht leisten. Allerdings kriege ich im Moment auch nichts aus ihm raus.“ Sie lächelte verschlagen. „Also müssen wir mal ein paar Nachforschungen betreiben. Was hast du im Archiv gefunden?“

„Ich habe gestern nachgeschaut“, antwortete Melanie. Eilig ging sie zu ihrem Schreibtisch und nahm die Mappe aus ihrem Posteingangskorb – in dem Wissen, dass sich darin auch nicht der kleinste Schnipsel an verräterischem Material finden würde. Sie schob Jan die Unterlagen hinüber und schaute ihrer Kollegin beim Durchblättern des Stapels Fotos zu.

„Sonst nichts?“ Es klang enttäuscht.

„Nichts Interessantes.“

„Hast du dir angeguckt, was zu den Bildern geschrieben wurde?“

„Jawoll.“

„Verdammt!“ Sie schürzte nachdenklich die Lippen und betrachtete die Aufnahmen näher. „Das hier ist gut.“ Dann zog sie ein Foto hervor, das kurz vor dem Beginn eines Rennens aufgenommen worden war. Gavin stand startbereit oben an der Strecke, das Gesicht konzentriert, alle Muskeln angespannt, die Hände in den Handschuhen umklammerten die Skistöcke. In der nächsten Sekunde würde sich die Fahne senken, und er würde die Piste hinunterjagen. „Aber ich glaube immer noch, dass der Artikel lesenswerter wäre, wenn wir ein bisschen mehr über Doel wüssten.“ Jan tippte mit einem langen Fingernagel auf das Bild. „Privatleben hin oder her, wir müssen einfach alles ausgraben, was es über einen gewissen Mr Gavin Doel nur gibt. Wir könnten zum Beispiel bei der Highschool recherchieren. Vielleicht finden wir raus, mit wem er damals gegangen ist oder ob er hier am Ort irgendwelche Jobs hatte.“

„Soweit ich weiß, sind alle seine Verwandten schon längst hier weggezogen. Und was die Jobs angeht – er hat früher in der Lodge gearbeitet, ehe die schließen musste.“ Inständig hoffte

Melanie, dass sie Jans Interesse von Gavins Liebesleben ablenken konnte.

„Ach was, das bringt uns gar nichts. Es sei denn, er hat den alten Kasten aus rein sentimentalen Gründen gekauft. Doch da kommen wir noch hinter. Bei einem nächsten Interview mit ihm, werde ich mit ein paar Hintergrundinfos über sein Privatleben ausgerüstet. Dann kriege ich ihn schon dazu, den Mund aufzumachen."

„Wir sehen uns bei deiner Beerdigung", bemerkte Guy und stand von dem Schreibtisch auf.

Und vielleicht auch bei meiner, dachte Melanie. „Ich kann die Recherche übernehmen", bot sie an. Vielleicht konnte sie auf diese Weise alle pikanten Sachen diskret verschwinden lassen, die Gavin oder ihr ansonsten noch Schwierigkeiten machen würden.

„Gut." Jan schaute auf die Uhr. „Okay, ich muss jetzt zur Schule und mit dem Direktor über die neue Turnhalle sprechen. Melanie, kommst du mit?"

„Nein, die Fotos sind schon fertig. Ich schicke sie dir gleich rüber."

„Danke." Damit riss Jan ihre Tasche vom Tisch und rauschte aus der Redaktion.

Melanie sah ihr nach. Sie verspürte die unbehagliche Gewissheit, dass Gavins Privatleben – und das ihre! – demnächst die Titelseite der *Taylor's Crossing Tribune* zieren würde.

4. KAPITEL

Es stimmte: Brian Michaels hatte tatsächlich vor, eine ganze Artikelserie über die *Ridge Lodge* zu bringen. Und Gavins Bedürfnis, seine Privatsphäre vor der Öffentlichkeit zu schützen, kümmerte ihn dabei nicht im Geringsten. Im Gegenteil. Er hatte seine eigenen Gründe, warum er Gavins Leben in dicken Schlagzeilen in der Zeitung ausgebreitet sehen wollte. Aber die behielt er lieber für sich.

„Du lieber Himmel, der Mann ist eine Person des öffentlichen Lebens“, erklärte er am nächsten Nachmittag. Jan und Melanie saßen auf den abgeschabten Plastikstühlen vor seinem Schreibtisch. „Und außerdem renoviert er gerade ein Skiresort, das die Wirtschaft in diesem Städtchen wieder in Schwung bringen wird. Wie kann Doel da erwarten, dass er sein Privatleben geheim halten kann? Wenn er das wirklich glaubt, dann ist er ein Idiot.“

„Einen Mann, der innerhalb von fünf Jahren mehrere Millionen Dollar angehäuft hat, würde ich nicht gerade als Idioten bezeichnen“, bemerkte Jan.

„Egal. Ich will jedenfalls eine ganze Reihe von Berichten bringen, jede zweite Woche einen, bis zum Wintereinbruch. Und zwar Storys, die als Aufmacher für die Titelseite dienen können.“ Er warf Melanie einen Blick zu. „Ich möchte die Leute sehen, die da oben die Renovierungsarbeiten erledigen, ich will sehen, wie die Möbel reingetragen werden. Dann brauche ich Fotos davon, wenn der erste Lift wieder in Betrieb genommen wird, vom ersten Schnee – du weißt schon. Erkundige dich nach den Skikursen und bring mir den nötigen Herzschmerzschmalz, die Fünfjährigen auf Skiern an der Hand von Daddy, du kennst den Quatsch.“

„Dann benötigst du eigentlich ja gar nichts über Doel“, erwiderte Melanie versuchsweise.

„Vollkommen falsch!“ Allmählich kam Brian richtig in Fahrt. „Ich bin mir ziemlich sicher, dass er die Wiedereröffnung der

Lodge richtig groß feiern wird. Ich will die Gästeliste sehen. Kriegt raus, ob von den internationalen Skigrößen, gegen die er früher angetreten ist, welche kommen. Forscht nach, wen er als seine persönliche Begleiterin einlädt. Falls irgendeine seiner Verflossenen hier auftaucht, dann müssen wir vorher davon Wind bekommen haben." Diesmal schaute er Melanie direkt in die Augen. „Und ich möchte, dass du mit deiner Kamera bei der großen Eröffnungsfeier dabei bist. Was er auch an Glamour aufbietet – es kommt gleich auf unsere Titelseite."

Melanie schien sich der Hals zuzuschnüren, als sie Brian weiter zuhörte. „Und das ist noch längst nicht alles. Ich will alles über Doel wissen, was es nur zu wissen gibt. Sein Alter ist ein Säufer? Findet raus, warum. Hat der nicht sogar vor Jahren eine Weile hinter schwedischen Gardinen gesessen? Was ist damals passiert? Und wo steckt der Kerl jetzt?"

Äußerlich gleichmütig antwortete Melanie: „Ich habe wirklich keinen Schimmer, was die Tragödie aus Jim Doels Vergangenheit mit der Wiedereröffnung der Lodge zu tun haben soll."

„Dann hast du keine Ahnung. Der Mann hat Gavin doch allein großgezogen, oder? Dann hat er ihn geprägt. Wo war denn die Mutter? Lebt sie noch? Wieder verheiratet? Hat er hier in der Gegend Bruder oder Schwester, von mir aus auch Onkels, Tanten oder Cousins? Du wirst staunen, wie bereitwillig die meisten Leute über ihre berühmten Verwandten reden. Wahrscheinlich fühlen sie sich dann wichtig, so als würde der Ruhm irgendwie auf sie abfärben."

„Irgendwie scheint es mir langsam so, dass so eine Artikelserie eigentlich für ein Boulevardblatt gedacht ist."

„Warum das denn?"

„Weil du offenbar mehr darauf aus bist, Doels schmutzige Wäsche in die Öffentlichkeit zu bringen, als von der Wiedereröffnung der Lodge zu berichten."

Neben ihr sog Jan scharf die Luft ein, aber Brian ließ sich nicht aus dem Konzept bringen. „Doels schmutzige Wäsche interessiert mich keinen Deut. Mich *interessiert*, ob sich meine

Zeitung verkauft. Punkt."
„Egal um welchen Preis?"
„Das habe ich nicht gesagt. Doch ich an deiner Stelle würde auf die Klatschpresse nicht so runtergucken. Die machen ganz schön Knete."
„Und haben alle naselang die Anwälte am Hals!"
Brian zuckte mit den Schultern. „Wir haben ja nicht vor, Lügen zu drucken. Wir wollen lediglich Interesse an der Lodge wecken. Und Interesse an Doel und nicht zuletzt auch Interesse an der *Tribune*. Ihr dürft es ruhig erfahren: Die Besitzer machen ganz schön Druck. Die Auflage sinkt, und dagegen müssen wir etwas unternehmen."
„Und zwar Gavin Doels gesamtes Leben vor der Öffentlichkeit ausbreiten?", fragte Melanie herausfordernd.
„Allerdings." Brian ließ sich in seinem Sessel zurücksinken. „Du kannst es auch mal von der anderen Seite betrachten: Er hat sich schließlich freiwillig dafür entschieden, an den Ort seiner Kindheit zurückzukehren und ein pleitegegangenes Hotel wiederzueröffnen – und zwar eins, das für die lokale Wirtschaft eine ganz schöne Bedeutung hat. Wenn ihn das zum Tagesgespräch macht, kann ich auch nichts daran ändern. Will ich auch gar nicht. Ich bin heilfroh, dass er so lange rund um den Globus gejettet ist und mit den Reichen und Schönen auf Du und Du war – für die *Tribune* ist das hervorragend."
„Und was würdest du meinen, wenn du an seiner Stelle wärst?"
„Jetzt hör mir mal zu. Wenn ich Doels Geld und seinen Ruhm hätte und dann entscheiden würde, dass ich in Zukunft am liebsten Tickets für Skilifte verhökern möchte, dann würde ich jede Gelegenheit zur Werbung nutzen, die sich mir bietet."
„Wirklich jede?"
„Absolut jede. Hast du damit ein Problem?"
Melanie spürte, dass sie rot wurde. „Ich hätte nur gerne das Gefühl, dass wir dabei auf seiner Seite stehen, statt gegen ihn zu arbeiten."

„Das ist ja seine Entscheidung. Ich finde jedenfalls, dass wir ihm einen ganz schönen Gefallen tun." Die Hände hinter dem Kopf verschränkt, sah Brian seine Mitarbeiterinnen aus seinen unwahrscheinlich blauen Augen an. „So, und jetzt würde ich vorschlagen, dass wir uns von Doels Überempfindlichkeit in Sachen Privatsphäre nicht allzu sehr ins Bockshorn jagen lassen, sondern an die Arbeit gehen. Ich rufe seinen Partner an, lasse mir das Okay für die Artikelserie geben, und dann geht's los."

Als Melanie das Büro des Chefredakteurs verließ, plagten sie böse Vorahnungen. Sosehr Brian Michaels auch versucht hatte, seine Pläne als vorteilhaft für Gavin Doel darzustellen – Melanie wusste genau, dass dieser fuchsteufelswild reagieren würde, sobald er herausfand, dass sein gesamtes Leben für die Leser der *Tribune* zugänglich war. Und sie konnte es ihm noch nicht einmal verdenken. Einen kurzen Moment lang ging ihr der Gedanke durch den Kopf, ihm zu erzählen, was sich da über ihm zusammenbraute, aber vermutlich würde er bloß ihr die Schuld an allem geben. Außerdem war ja bisher noch keine Zeile geschrieben. Melanie konnte nur die Daumen drücken, dass Brian es sich doch noch anders überlegen würde.

„Noch mal ganz langsam zum Mitschreiben", sagte Gavin, der seinen Partner gereizt betrachtete. „Du hast also eingewilligt, eine ganze Artikel*serie* über die Lodge publizieren zu lassen?"

„Klar. Warum auch nicht?" Schulterzuckend öffnete Rich den kleinen Kühlschrank im Büro und holte eine Flasche Bier heraus. „Ich dachte, wir wären uns einig, dass wir jede Werbung brauchen, die wir kriegen können." Er schob die Flasche über den Tisch in Gavins Richtung und griff nach einer zweiten.

„Stimmt", pflichtete Gavin ihm bei. Er musste sich zusammennehmen, damit man ihm sein mulmiges Gefühl nicht ansah. „Und ich dachte, du bist hier und kümmerst dich darum. Stattdessen bist du abgehauen, sodass ich den Pressetermin allein über mich ergehen lassen musste."

„Dafür habe ich mich schon entschuldigt. Außerdem musste ich bei Gericht …"

„Ja, ja, schon gut, ich weiß", lenkte Gavin missmutig ein. „Ich mag bloß einfach keine Reporter."

„Nicht alle sind blutrünstige Ungeheuer."

„Nee, bloß sensationslüsterne." Er nahm einen großen Schluck aus der Bierflasche.

„Na und?"

„Ich bin da ein gebranntes Kind."

„Komm schon. Du kannst die *Tribune* jetzt wirklich nicht mit einem der großen Klatschblätter vergleichen. Hier geht es nur um eine kleine Lokalzeitung, die am *Portland Daily* dranhängt. Und diese Verbindung ist genau das, was wir im Moment brauchen." Er unterstrich seine Worte mit der Brieftasche in der Hand. „Wenn wir mit *Ridge Lodge* Erfolg haben wollen, müssen wir dafür sorgen, dass man von Seattle bis L. A. auf uns aufmerksam wird."

Gavin schaute immer noch finster drein. Vielleicht hatte Rich mit seiner Einschätzung recht, vielleicht aber auch nicht. Er selbst hatte im Laufe seiner Karriere schon mit ganzen Scharen von Reportern und Fotografen zu tun gehabt. Allerdings hatte er sich bisher auch nie dabei mit Melanie auseinandersetzen müssen.

Er trank einen zweiten Schluck und bemühte sich, den Gedanken an Melanie beiseitezuschieben. Diese Frau hatte schon vor sehr, sehr langer Zeit ihr wahres Gesicht gezeigt, und es war reines Pech, dass er ihr ausgerechnet hier wieder über den Weg gelaufen war.

„Wann findet also der nächste Termin statt?", erkundigte er sich.

„Nächste Woche. Sie wollen ein paar Fotos von den Bauleuten, die für die Renovierung zuständig sind."

Gavin biss die Zähne zusammen. „Dann schicken sie also einen Fotografen?"

„Ja."

Obwohl ihm böse Vorahnungen beinahe die Kehle zuschnürten, fragte er: „Welchen?"

„Soweit ich weiß, haben sie nur eine einzige Fotografin."

„Ich finde, wir sollten selbst Fotos machen lassen."

Rich zog die Augenbrauen hoch. „Warum das denn?"

„So kriegen wir genau, was wir möchten. Keine bösen Überraschungen."

„Du warst doch derjenige, der immer darauf gedrängt hat, dass wir unser Budget nicht zu sehr strapazieren. Hast du das vergessen?" Kopfschüttelnd sagte er: „Jetzt entspann dich mal ein bisschen und freu dich, dass wir hier kostenlose Werbung kriegen. Das ist das Beste, was uns passieren konnte."

„Das bezweifle ich", stieß Gavin hervor. Auf einmal hatte er das Gefühl, keine Luft mehr zu bekommen. Fluchend griff er nach den Krücken und hievte sich auf die Beine. Nur noch ein Tag, dann war er diese verdammten Dinger endlich los. Verbissen humpelte er zur Tür.

„Weißt du was?", ertönte Richs Stimme hinter seinem Rücken. „Wenn ich es nicht besser wüsste, dann würde ich fast sagen, dass dir wegen irgendeiner Frau eine Laus über die Leber gelaufen ist."

„Aber du weißt es doch besser, oder?", gab Gavin über die Schulter hinweg zurück, und Rich lachte. Auf seinem gesunden Bein balancierend, schloss Gavin die Hintertür auf und steuerte auf die Terrasse zu.

Durch die Baumkronen fielen die Strahlen der Nachmittagssonne, und die warme Luft trocknete die Schweißperlen, die sich auf seiner Stirn gebildet hatten. Die feuchten Hände drohten von den Griffen der Krücken abzurutschen, und der Gedanke, Melanie schon bald erneut gegenüberzustehen, brachte seinen Puls auf Hochtouren. Melanie. Gavin schloss die Augen, so fest er konnte, und setzte alles daran, das Bild dieser wunderschönen und zutiefst verlogenen Frau aus seinem Kopf zu verbannen.

Melanie verbrachte den Rest des Nachmittags vor dem Rechner und bearbeitete die Fotos, die sie bei dem Termin in der *Ridge Lodge* gemacht hatte. Die meisten Bilder zeigten das Gebäude selbst, aber auf einigen war auch Gavin zu sehen. Sein kantiger Kiefer wirkte hart, der Mund war zusammengepresst, und er bemühte sich nach Kräften, nicht in Richtung Kamera zu schauen.

„Das hier ist genau das Richtige“, bemerkte Jan und zeigte auf den Monitor. Das Foto zeigte Gavin im Profil. Die Haare fielen ihm ins Gesicht, das Gesicht wirkte wie gemeißelt, und der Mund war lediglich eine schmale, sexy Linie über dem markanten Kinn. „Können wir das als Großaufnahme bringen?“

„Meinst du nicht, es wäre besser, ein Bild von der Lodge zu nehmen?“

Jan tippte sich mit dem Finger gegen die Lippen. „Nein. Zumindest nicht für unsere weiblichen Leserinnen.“

„Und die männlichen?“

Gedankenverloren kaute Jan auf ihrer Unterlippe herum. „Ich glaube, dass sogar die ganz gerne wüssten, wie der geheimnisvolle Mr Doel aus der Nähe aussieht.“

„Vielleicht machen wir den Artikel mit einem Großbild von der Lodge auf und benutzen das Porträt als Eye-Catcher im Text.“

„Hmm, vielleicht.“ Doch die nachdenklichen Furchen auf Jans Stirn verschwanden nicht, und Melanie begriff, dass die Kollegin bereits eine feste Vorstellung im Kopf hatte. „Oder wir machen es umgekehrt: das Profil von dem Mann hinter der Lodge groß und das Hotelfoto klein am Rand.“

„Wir sind hier nicht bei einem Gesellschaftsmagazin!“, wandte Melanie ein. „Der Fokus des Artikels liegt schließlich auf dem Resort, oder?“

„Ja, schon, aber wir kriegen noch jede Menge Gebäudebilder, wenn wir zu den Bauarbeiten rauffahren. Nein, ich finde, wir sollten uns auf Doel konzentrieren. Für die Öffentlichkeit ist er der Hauptanziehungspunkt der Geschichte.“

„Bestimmt tickt er aus“, prophezeite Melanie.

Aber Jan lächelte nur. „Umso interessanter, oder?“

„Interessant? Du meinst, ähnlich interessant wie ein Hurrikan oder ein Erdbeben?“

Nachdenklich musterte Jan sie. „Wie gut kanntest du Gavin Doel eigentlich? Heraus mit der Sprache!“

„Ich bin ihm ein paar Mal begegnet, mehr nicht.“

„Warum nimmst du ihn dann ständig in Schutz?“

Einen Moment lang spielte Melanie mit dem Gedanken, Jan die Wahrheit anzuvertrauen, aber dann schrillte ein Telefon, und Molly vom Empfang winkte Jan zu sich.

„Das ist der Anruf aus dem Büro des Bürgermeisters, auf den du schon die ganze Zeit wartest“, verkündete sie.

„Ich komme.“ Dann drehte sich Jan noch einmal zu Melanie um. „Hat dir schon mal jemand gesagt, dass du dir viel zu viele Sorgen machst?“

„Schon länger nicht mehr.“

„Trotzdem stimmt es. Es wird schon alles gut werden, sowohl für uns als auch für Gavin Doel und sein Hotel.“

Das kann ich nur hoffen, dachte Melanie. Allerdings ließ sich die Ahnung, dass die *Tribune* und alle, die dort arbeiteten, es geradezu auf Ärger anlegten, sich nicht abschütteln.

Stunden später wurde sie bei der Heimkehr von Sassafras begrüßt, der schwanzwedelnd, staubbedeckt und klettenbehangen vor der Hintertür auf sie wartete.

„Oh nein, mein Lieber“, sagte sie, während sie sich so durch die Tür quetschte, dass Sassafras ihr nicht in die Küche folgen konnte. Sie legte Kameratasche und Schlüssel auf dem Küchentisch ab, zog sich schnell um und kehrte in verblichenen Jeans und einem alten T-Shirt wieder auf die Veranda zurück.

Sassafras winselte und scharrte an der Küchentür.

Melanie ließ sich auf einen niedrigen Hocker sinken. „Jetzt sag schon, wo hast du dich denn herumgetrieben?“ Lachend griff sie nach einem alten Pferdestriegel und fing an, das Fell des Collies auszukämmen, ohne Rücksicht auf seinen gebellten

Protest. Der Hund versuchte, sich aus ihrem Griff zu winden, und schnappte sogar nach ihrer Hand, als sie eine besonders verfilzte Stelle in seinem Fell bearbeitete. „Okay, schon gut. Ich habe begriffen", lenkte sie ein und packte den Striegel weg. Nachdem sie sich die Hundehaare von der Jeans geklopft hatte, hielt sie ihm die Tür offen. „Jetzt dürfen Sie reinkommen, Mr Sassafras."

Der alte Collie ließ sich nicht zweimal bitten, sondern flitzte an ihr vorbei in die Küche, bevor sie es sich noch anders überlegte. Sie folgte ihm. Zum zweiten Mal wechselte sie ihre Kleidung, und als sie in die Küche zurückkehrte, trug sie einen sauberen Rock und ein leichtes Sweatshirt. Gerade hatte sie sich ein Glas Eistee eingegossen, da klingelte es. Sassafras begann laut zu bellen.

Melanie schaute auf die Uhr und stöhnte innerlich. Die kommende Stunde würde sie damit zubringen, die Kinder der Andersons zu fotografieren – mit Abstand die wildesten Gören, die sie kannte.

Mit einem abschließenden Knurren rollte sich Sassafras auf seinem Lieblingsplatz unter dem Küchentisch zusammen.

„Ich komme!", rief Melanie und eilte durch die kühlen Zimmer des alten Blockhauses zur Eingangstür.

Cynthia Anderson und ihre vier Jungen im Alter von zwei bis elf Jahren standen auf der Veranda. Doch sobald sich die Tür geöffnet hatte, rannten die weizenblonden Bengel in ihren roten T-Shirts und Kakihosen an Melanie vorbei und schnurstracks zum Studio.

„Jungs, wartet!" Mit einem entschuldigenden Blick in Melanies Richtung lief Cynthia Anderson an ihnen vorbei.

Als Melanie ihr Studio betrat, waren die vier schon dabei, sich um den Platz auf dem Korbstuhl zu zanken, den Melanie als Sitzplatz für Porträtaufnahmen verwendete.

„Vielleicht machen wir die Aufnahme besser draußen", schlug Cynthia vor, während Melanie versuchte, Ordnung in die kleine Gruppe zu bringen. Sie platzierte den Ältesten mit dem Jüngsten auf dem Schoß auf dem Stuhl und wies die beiden Mittleren an, sich links und rechts danebenzustellen. Dann zupfte sie das T-Shirt des Zweijährigen zurecht.

Über die Schulter hinweg antwortete sie: „Wenn Sie Außenaufnahmen haben möchten, müssen wir noch mal einen Termin ausmachen. Für heute ist das Tageslicht nicht mehr gut genug."

Cynthia rollte mit den Augen. „Auf keinen Fall. Jetzt, wo die Schule endlich wieder angefangen hat, haben sie fast jeden Abend Fußballtraining. Ich habe sie schon kaum dazu bewegen können, heute mitzukommen. Glauben Sie mir, entweder kriegen wir die Bilder jetzt hin oder nie."

Melanie war erleichtert. Obwohl sie Kinder liebte, reichte ihr eine einzige Foto-Session mit diesem Sack Flöhe vollkommen aus. „Okay. Sean, halt Tim fest, damit er nicht von deinem Schoß fällt."

„Und dreh sein Gesicht nach rechts", mischte sich die Mutter ein. „Er ist gestern hingefallen und hat sich ein blaues Auge geholt …" Cynthia gab einen ununterbrochenen Redeschwall von sich, während Melanie sich an die Arbeit machte, die Kinder immer wieder neu aufstellte, die Beleuchtung veränderte, die Kamera in verschiedenen Winkeln positionierte und vor allem so häufig wie möglich auf den Auslöser drückte, bevor zwischen den Jungs Streit ausbrach.

„Brian hat mich getreten", beschwerte sich Randy, die Fäuste bereits geballt.

„Gar nicht", rief der Beschuldigte empört. „Das war Sean!"

Sean unterdrückte ein durchtriebenes Grinsen, und Melanie wünschte, sie hätte den Moment mit der Kamera festgehalten.

„Hört auf damit, und zwar sofort", schimpfte Cynthia. „Sean und Brian, gebt sofort Ruhe. Ms Walker hier will Fotos von euch machen. Da könnt ihr euch zumindest mal für ein paar Minuten zusammenreißen."

„Ich glaube, wir sind fertig", erklärte Melanie und machte eine allerletzte Aufnahme.

„Na endlich!" Sean, der Älteste, schubste Tim von seinem

Schoß. „Nichts wie raus hier!" Damit rannte er durch den Flur, und seine Brüder folgten ihm.

„Vielen Dank, wirklich", sagte Cynthia. Hastig bezahlte sie Melanie und steckte ihr Portemonnaie wieder ein. „Wissen Sie was? Ich habe heute gehört, dass Gavin Doel nach Taylor's Crossing zurückgekommen ist."

Melanie rang sich ein Lächeln ab. „Ja."

„Also, ich finde ja, es ist höchste Zeit, dass sich jemand um *Ridge Lodge* kümmert. Seit das Hotel zugemacht hat, ist die Stadt vollkommen tot."

Das stimmte zwar, aber Melanie war sich nicht sicher, ob ausgerechnet Gavin der Richtige war, um das zu ändern.

„Mom!" Draußen erklang lautes Hupen.

„Du liebe Zeit, ich muss los", meinte Cynthia, schon auf dem Weg zur Tür. „Die Jungs nehmen mir sonst noch den Wagen auseinander!"

Später, nachdem Melanie die Bilder der Anderson-Jungen am Rechner ausgewählt und bearbeitet hatte, nahm sie ein heißes Bad, machte sich einen Tee und zog sich damit und mit ein paar Keksen aufs Sofa zurück. Auf dem Flickenteppich zu ihren Füßen hatte es sich Sassafras bequem gemacht. Die Ohren aufgestellt und den Blick fest auf sie gerichtet, schien er darauf zu hoffen, einen Bissen abzubekommen.

Lächelnd bot Melanie dem Hund einen halben Keks an. Er schluckte ihn hinunter, ohne zu kauen. „Vielfraß", neckte sie ihn, doch er hob ungerührt eine Pfote und bettelte um mehr. „Eigentlich sollst du davon gar nichts fressen." Dennoch ließ sie sich erweichen und gab ihm den Rest des Kekses auch noch. „Sag das bloß nicht dem Tierarzt! Der würde das bestimmt nicht verstehen."

Seufzend sank sie auf die Couch zurück und schlug den Agententhriller auf, den sie gerade las. Sie konnte sich allerdings nicht auf die komplizierte Handlung konzentrieren. Stattdessen wanderten ihre Gedanken ständig zu Gavin.

„Vergiss ihn einfach", ermahnte sie sich selbst. „Das hat er ja umgekehrt offensichtlich auch gemacht." Aber es half nichts. Schließlich warf sie das Buch beiseite, griff nach der Fernbedienung und schaltete den Fernseher ein. Aus dem lokalen Sender lächelte ihr eine junge, dunkelhaarige Nachrichtensprecherin mit wachen, blauen Augen entgegen.

„Und zum Schluss haben wir noch eine Meldung, über die sich ganz Oregon freuen dürfte. Gavin Doel und sein Partner Rich Johanson teilten heute in einer Presseerklärung mit, dass sie rechtzeitig zur Skisaison die *Ridge Lodge* am Mount Prosperity wiedereröffnen wollen. Unser Reporter war heute Nachmittag vor Ort ..."

Das Bild wechselte und zeigte nun Gavin, die verspiegelte Sonnenbrille auf der Nase, die Krücken unter den Arm geklemmt. Er stand neben einem kräftigen Mann mit grauen Haaren – vermutlich Rich Johanson.

Die Kamera zoomte Gavin heran, und Melanie schnürte es die Kehle zu. Obwohl die Pilotenbrille fast das gesamte gebräunte Gesicht verdeckte, konnte sie doch die schmalen, fast schon hageren Züge und das markante Kinn erkennen. Ein gleichgültiger Ausdruck spielte um die schmalen Lippen.

Sein blondes Haar war von der Sonne aufgehellt, und sein kantiges Gesicht strahlte eine Rauheit aus, die gut zu der Berglandschaft passte, in der er seinen Sport ausübte. Selbst auf dem Bildschirm war seine distanzierte Art zu spüren.

Während Richard Johanson im Businessanzug sämtliche Fragen der Medien gewandt und ausführlich beantwortete, stand Gavin gelangweilt daneben, als wartete er nur darauf, dass diese Zumutung endlich ein Ende nähme.

Wieder ein Schnitt, und diesmal wurde ein steiler Berghang in Frankreich gezeigt. Am Fuß der Skipiste hatte sich eine bunt gekleidete Menge versammelt. Unter den Leuten befand sich auch Aimee LaRoux. Melanie erkannte das wunderschöne, rothaarige Topmodel sofort. Aimee warf einen Blick in die Kamera, um sich dann sofort wieder der Piste zuzuwenden.

In diesem Moment verschlug es Melanie den Atem. Eine

zweite Kamera folgte nun einem einzelnen Rennfahrer auf der Strecke. Diese Bilder kannte sie, hatte sie immer wieder gesehen. Trotzdem wurde ihr der Mund trocken, wie Gavin nun weit vornübergebeugt den Abhang hinunterraste. Wenige Sekunden später verhedderte sich einer der Skier an einem Hindernis, und Gavin wurde hoch in die Luft geschleudert. Skier und Stöcke flogen in alle Richtungen, und Gavin schlitterte im lebensgefährlichen Fall die vereiste Piste hinunter.

Melanie kam es vor, als griffe ihr eine eisige Hand ums Herz. Hastig schaltete sie den Fernseher aus. Ihre Hände zitterten so heftig, dass sie sie in die Taschen ihres Bademantels stecken musste. Sie wollte sich nicht an den Unfall erinnern lassen, der womöglich das Ende von Gavins Karriere bedeutete – den Unfall, der ihn nach Taylor's Crossing zurückgeführt hatte, den Unfall, der ihn in ihr Leben zurückgebracht hatte.

Nein, das stimmte nicht ganz. Er war nicht Teil ihres Lebens. Das würde sie nicht zulassen! Noch nicht einmal, wenn er es selbst wollte – was natürlich nicht der Fall war.

„Merk dir das", sagte sie laut, wie um sich selbst von ihren Worten zu überzeugen.

Gavin drehte den Fuß. Bei der Dehnung der Muskeln verzog er das Gesicht. Das Bein sah weiß und kränklich aus, und es war dünner als das andere. Etliche Narben rund um Knie und Fußgelenk zeugten von den Bemühungen der Chirurgen. Trotzdem würde es nach Aussage seines Arztes noch wochenlange Physiotherapie brauchen, bis Gavin sich wieder die Skier unterschnallen konnte.

„Du musst Geduld haben", sagte er sich, während er seine Lieblingsjeans überstreifte und sich langsam hinstellte – vorsichtig, um nicht gleich sein ganzes Gewicht auf das verletzte Bein zu verlagern. „Schön langsam." Obwohl der Spazierstock gleich neben seinem Bett stand, zog er es vor, ohne diese Hilfe ein paar Schritte durch sein kleines Apartment zu gehen.

Es lag ganz in der Nähe des Büros im Erdgeschoss der Lodge,

und er hatte es notdürftig mit gebrauchten Möbeln eingerichtet, die er im Keller gefunden hatte. Darüber hinaus gab es hier einen kleinen Kühlschrank, einen Herd und zwei Schränke. Das Apartment hatte einen eigenen Kamin und Zugang zu einer eigenen Sonnenterrasse. Die einzigen Einrichtungsgegenstände, die er mitgebracht hatte, waren eine Mikrowelle und eine Kaffeemaschine.

„Mein gemütliches kleines Zuhause", kommentierte er sarkastisch. Halt suchend stützte er sich auf eine Kommode. Er war immer schon mit leichtem Gepäck gereist und hatte sich nie lange genug an einem Ort aufgehalten, um Möbel, Gemälde oder Erinnerungsstücke anzuhäufen. Abgesehen von ein paar Preisen, Medaillen und Trophäen besaß er kaum Dinge, die ihm etwas bedeuteten. Auf diese Weise konnte er jederzeit weiterziehen. Und das war ihm immer leichtgefallen – bis zu dem Unfall.

Und was sollte nun aus ihm werden?

Sollte er sesshaft werden? Unwillkürlich entfuhr ihm ein Laut des Abscheus. Solche Träume hatte er schon vor langer Zeit begraben – damals, als Melanie ihm gezeigt hatte, was Liebe wert ist. Unwillkürlich wurde sein Griff um die Kante der Kommode fester, und als er aufschaute, sah ihm aus dem Spiegel ein finster dreinblickender, halb bekleideter Mann entgegen.

Er erinnerte sich nur allzu lebhaft daran, wie er sich in Melanie verliebt hatte. Anscheinend hatten all seine Bemühungen, diese Zeit zu vergessen, ihr Bild nur noch tiefer in sein Gedächtnis eingebrannt. Ihre Beziehung war kurz, aber leidenschaftlich gewesen; angefüllt mit Träumen, die – wie sich nachher herausstellte – wohl nur einseitig gewesen waren. Er kam ihr damals offensichtlich gerade recht, damit sie sich mit ihm im Heu wälzen und ihm leere Versprechungen ins Ohr flüstern konnte. Aber genau, wie sein alter Herr vorausgesagt hatte: Irgendwann beschloss Melanie wohl doch, dass er nicht gut genug für sie war. Sie heiratete einen reichen Jungen aus einer gesellschaftlich angesehenen Familie, statt auf einen mittellosen Sportler zu warten.

„Na, es war bestimmt das Beste so“, murmelte er vor sich hin und streckte die Hand nach dem T-Shirt aus, das er über die Lehne eines Stuhls geworfen hatte. Als er in die Ärmel schlüpfte, fing sein verletztes Bein kurz unter dem Knie an zu pochen, und er sog scharf die Luft zwischen den Zähnen ein. Aber noch, während er das T-Shirt über den Kopf zog, waren seine Gedanken bereits zu Melanie zurückgekehrt.

Sie hatte ihm ein paar äußerst wertvolle Lektionen erteilt. Auch wenn sie vermutlich nichts davon ahnte, war sie doch der Grund, weshalb er sich niemals auf andere Menschen verließ. Das hatte er aus ihrem Verrat gelernt. Und was Frauen anging – nun ja, er hatte ein paar Affären gehabt, allerdings hatten die niemals lange gedauert. Ihm war das egal. Das Einzige, was ihn manchmal störte, waren die Klatschzeitschriften, die ihn zum Schürzenjäger abgestempelt hatten. Dabei entsprangen die Gerüchte über seine häufigen heißen One-Night-Stands lediglich der lebhaften Fantasie der Presseleute.

Er stieg in seine abgetragenen Nike-Turnschuhe und machte sich mithilfe des Stockes auf den Weg zum Büro, da er sich mit Rich besprechen wollte.

Aber sowie er um die Ecke bog und mit der Schulter die Tür aufdrückte, stieß er ausgerechnet mit der Person zusammen, die er ein für alle Mal aus seinem Leben verbannen wollte.

Da stand sie, in voller Größe und Schönheit: Melanie Walker Brooks.

5. KAPITEL

Melanie hatte schon eine Weile ungeduldig im Büro der *Ridge Lodge* gewartet. Endlich griff sie zur Klinke, als zu ihrer Überraschung die Tür bereits geöffnet wurde. Sie wich im selben Moment zurück, in dem Gavin wie angewurzelt auf seinen Gehstock gestützt stehen blieb. Ein Funke des Erstaunens glimmte in seinen Augen auf, und er atmete hörbar ein.

Schon im nächsten Moment fing er an, verärgert vor sich hin zu murmeln, und sah sich im Raum um. „Du? Schon wieder?"

Melanie lächelte. „Hast du mich etwa nicht vermisst?"

Ein harter Zug erschien um seine Mundwinkel, und an seiner Schläfe pochte eine Ader. Eigentlich rechnete sie damit, von ihm mit Beleidigungen überhäuft zu werden, doch er fragte lediglich: „Wo steckt Rich?"

„Keine Ahnung."

„Wartest du auf ihn?" Dabei kniff er misstrauisch die Augen zusammen.

„Er hat mir gesagt, dass wir uns hier treffen sollen."

„Wann denn?"

„Heute um elf."

Gavin warf einen Blick auf seine Armbanduhr. Angesichts seines offensichtlichen Genervtseins musste Melanie ein Lachen unterdrücken. Gavin fuhr sich durch die Haare, aber die widerspenstigen blonden Strähnen fielen gleich wieder nach vorne und verdeckten die tiefen Furchen auf seiner Stirn. „Was willst du?"

„*Ich* will hier gar nichts. Aber der Chefredakteur der *Tribune*, Brian Michaels, hat mir mitgeteilt, dass der Artikel über *Ridge Lodge* zu einer ganzen Serie ausgeweitet werden soll."

„Das habe ich auch gehört."

„Brian hat mit Rich gesprochen und mich hergeschickt, damit ich noch mehr Bilder mache. Eigentlich sollte ich hier deinen Partner treffen. Das ist alles. Die ganze Sache hat überhaupt nichts Geheimnisvolles."

„Dann bist du jetzt also mein Problem."

„Ich bin überhaupt niemandes Problem, Gavin", entgegnete sie. Wie leicht ihr plötzlich sein Name von der Zunge ging! Und wie leicht sie sich zu einem Streit mit ihm provozieren ließ! „Was auch immer *dein* Problem ist: Ich vermute stark, dass du selbst daran schuld bist."

„Nicht ganz." Gavin verlagerte leicht sein Gewicht, und augenblicklich wurde er unter seiner Sonnenbräune weiß im Gesicht. Unwillkürlich schaute Melanie auf sein Bein, allerdings hatte Gavin sich schon wieder gefangen. Er lehnte sich an den Türrahmen und versperrte ihr damit den Fluchtweg. Nicht dass sie vorhatte zu flüchten! Mit Gavin konnte sie es immer noch aufnehmen, wenn es sein musste.

„Hast du denn neulich nicht schon genügend Fotos geschossen?"

„Nein. Aber keine Sorge, ich bin dir schon nicht im Weg."

Er presste lediglich die Lippen zusammen.

„Kannst du mir mal erzählen, warum du eigentlich eine solche Scheu vor der Kamera hast?", fragte sie ihn geradeheraus. „Schließlich bist du schon auf der ganzen Welt fotografiert worden. Und jetzt, wo du die Aufmerksamkeit der Öffentlichkeit besonders nötig hast, machst du plötzlich einen Rückzieher? Warum bloß?"

„Vielleicht bin ich kein Freund der Klatschpresse."

„Aber die *Tribune* ..."

„Druckt jeden Tratsch."

„Das stimmt nicht!", brauste sie auf. „Das ist bloß ein kleines Lokalblatt ..."

„Mit großen Ambitionen. Mir brauchst du nichts zu erzählen. Ja, klar, die Zeitung geht da ein bisschen subtiler vor – der ganze Dreck wird familientauglich verpackt. Aber das ist es auch schon."

„Das ist doch lächerlich!" Allerdings klang es nicht ganz

überzeugt, denn plötzlich musste Melanie an die letzte Besprechung mit Brian und Jan denken.

„Ach ja?“, erwiderte Gavin kopfschüttelnd. „Glaube ich nicht. Brian Michaels und ich sind uns früher schon mal begegnet.“

„Wirklich?“, sagte Melanie überrascht.

„Ja.“

Oha. Das waren ja mal Neuigkeiten! Davon hatte Brian nie etwas erwähnt. „Wann denn?“, fragte sie misstrauisch.

„Ist schon Jahre her. In Colorado.“

Melanie machte Anstalten, an ihm vorbei aus dem Büro zu gehen, aber er streckte einen Arm aus und hielt sie auf. „Was hast du hier drinnen gemacht?“

„Rich hat vorgeschlagen, dass wir uns im Büro treffen. Er will mit mir noch über andere Jobs reden. Das hat zumindest Brian gesagt.“

„Was für andere Jobs?“

„Da tappe ich genauso im Dunkeln wie du.“

Gavin zog die Augenbrauen zusammen, und der angespannte Zug um seine Mundwinkel verstärkte sich. „Und als du ihn hier nicht angetroffen hast – was hast du da gemacht?“

Allmählich beschleunigte sich Melanies Herzschlag. Was meinte er bloß? „Ich habe auf ihn gewartet.“

„Und wie hast du dir die Zeit beim Warten vertrieben?“, bohrte er nach.

Plötzlich begriff sie. Er glaubte tatsächlich, sie hätte hier im Büro herumgeschnüffelt! Der Ausdruck in seinen Augen ließ keinen Zweifel daran.

„Während der ganzen exorbitant langen Wartezeit von acht oder neun Minuten habe ich in dem Sessel da drüben“, sie zeigte mit dem Daumen in Richtung Fenster, „gesessen und über die Bilder nachgedacht, die ich machen muss.“ Das Kinn herausfordernd gehoben, fuhr sie fort: „Ach ja, und außerdem habe ich ein bisschen in deinen Sachen rumgestöbert. Ich hatte gehofft, dass ich da auf irgendwas stoße, was ich für die Zeitung verwenden oder für ein paar Dollars an die Klatschpresse weiterverkaufen kann."

„Ich habe nicht behauptet …"

„Du hast es angedeutet, Gavin, und das ist schon schlimm genug!", unterbrach sie ihn. „Zu deiner Information: Ich habe deinen Schreibtisch nicht angerührt. Ich bin hier, um Fotos zu schießen und mit deinem Partner zu sprechen! Tut mir leid, wenn du jetzt enttäuscht bist, doch ich verfolge hier keineswegs irgendwelche finsteren Verschwörungspläne."

Schwer auf seinen Stock gestützt, humpelte Gavin an ihr vorbei und warf einen Blick auf die Tischplatte. Stirnrunzelnd sagte er: „Ich wette, deine Freundin hätte das Büro durchsucht, wenn sie die Gelegenheit gehabt hätte."

„Meine Freundin?"

„Die Reporterin. Wie hieß sie noch gleich?"

„Jan."

„Ich fand sie unsympathisch."

„Es gibt nicht viel, was Gnade vor deinen Augen findet, was?"

Abrupt sah er hoch, und seine goldenen Augen funkelten. „Oh, es gibt schon ein paar Dinge, denen ich was abgewinnen kann." Seine Stimme war leise.

„Was denn? Was genau magst du heutzutage so?"

„Zum Beispiel teuren Scotch, hohe Berge und Frauen, die keine Fragen stellen."

„Hübsche Dummerchen also."

„Ganz genau", pflichtete er ihr sarkastisch lächelnd bei. „Das vereinfacht so vieles."

„Und außerdem musst du dich so nicht mit irgendwelchen richtigen Frauen abgeben, die einen eigenen Kopf haben, den sie tatsächlich zum Denken benutzen, und die dich womöglich nicht auf einen Sockel stellen, nur weil du ein sportlicher Macho bist!"

Steif sank er auf den Schreibtischstuhl. „Wenn ich mich recht erinnere, hattest du gegen den sportlichen Macho auch nicht allzu viel einzuwenden."

„Das ist lange her", gab sie zurück. Gleichzeitig bemühte sie sich den lästigen Gedanken auszublenden, dass sie ihn damals geliebt hatte. Heute war er nur noch ein Fremder – ein Fremder mit einem beißenden Zynismus, der tiefe Wunden hinterlassen konnte. „Und obendrein hast du dich verändert."

Er lehnte sich zurück, und seine Mundwinkel zuckten. „Tja, wie konnte das bloß passieren? Hmm, lass mich überlegen – vielleicht deshalb, weil ich mal der falschen Person vertraut habe?"

Tief getroffen musste sie erst einmal schlucken. Sie fühlte sich, als hätte er sie geohrfeigt. „Egal", antwortete sie. Er sollte bloß nicht merken, wie sehr er sie verletzt hatte. „Ich bin hier, weil ich meine Arbeit tun muss. Das ist alles. Es spielt keine Rolle, was du glaubst, was damals passiert ist."

„Und ob es eine Rolle spielt! Eine verdammt große sogar."

„Nein, das ist vorbei."

Eine seiner Augenbrauen schoss herausfordernd in die Höhe, doch sie ließ sich nicht provozieren. Stattdessen nahm sie ihre Kameratasche. „Wenn du mich jetzt entschuldigen würdest – ich mache mich an die Arbeit. Wenn Mr Johanson auftaucht, kannst du ihm sagen, dass ich draußen bin." Sie öffnete die Tür zur Terrasse und rief ihm über die Schulter hinweg zu: „Er findet mich am blauen Lift."

Damit knallte sie die Tür ins Schloss, marschierte über die Sonnenterrasse und verharrte beim Geländer. Die Hände auf das verwitterte Holz gestützt, holte sie erst einmal tief Luft.

Zur Hölle mit ihm, zur Hölle mit ihm, zur Hölle mit ihm, dachte sie. Innerlich bebte sie vor Zorn.

Sie strich sich eine Strähne aus dem Gesicht und versuchte sich zu beruhigen. Die kühle, klare Bergluft kündigte bereits den nahenden Winter an. Gegenüber warf das Sonnenlicht helle Flecken auf schroffe Felsen und hohe Kiefern, während Heu und Wildblumen noch den letzten Duft des Sommers verströmten. Hoch oben kreiste ein einsamer Bussard vor weißen Schäfchenwölkchen.

Melanie hörte, wie sich die Tür hinter ihr öffnete, und wappnete sich innerlich.

„Es gibt keinen blauen Lift mehr", bemerkte er. Seine Stimme klang sanft und leise. Melanie krallte die Finger um das Geländer, aber sie drehte sich nicht nach ihm um.

„Ist doch egal. Du weißt genau, welchen ich meine."

„Den Barbary-Coast-Lift."

„Den was?" Langsam wandte sie sich zu ihm um und ertappte ihn bei einem Lächeln. Seine Augen funkelten belustigt. Er amüsierte sich über ihre Verwunderung! Doch das Funkeln erstarb so schnell, wie es aufgeglimmt war. „Die Abfahrten hießen doch immer nach den Farben der Sessellifte!"

„Dann ist es höchste Zeit für Veränderung." Er kam auf sie zu, stellte sich neben sie und stützte das verletzte Bein auf den unteren Holm des Geländers.

Was ging sie das an? Darüber würde sie sich bestimmt nicht mit ihm streiten. Sollte er doch den ganzen verdammten Berg umbenennen, wenn es ihm Spaß machte! Energisch stapfte sie Richtung Barbary-Coast-Lift.

„Wo ist denn deine Kollegin abgeblieben? Die Reporterin, die letztes Mal mitgekommen ist?"

Melanie zuckte mit den Schultern. „Weiß ich doch nicht. Wir arbeiten unabhängig voneinander. Ich habe ihr gesagt, dass ich die Fotos mache und sie einen zweiten Interviewtermin mit dir vereinbaren kann. Warum sollte ich damit etwas zu tun haben?"

Er verzog den Mund. „Wie lange soll denn die ganze Sache dauern?"

Langsam hatte sie die Nase voll von seiner schlechten Laune. „Ich schätze mal, dass das ganz von dir abhängt", antwortete sie sarkastisch. „Wenn du ein braver Junge bist und alle Fragen von Tante Jan schön beantwortest, ist es schnell vorbei. Aber wenn du anfängst, mit ihr herumzustreiten wie mit mir gerade, dann kann ich dir versprechen, dass es eine lange und schmerzhafte Angelegenheit wird."

„Und was ist mit dir? Wie lange hast du vor hierzubleiben?“

„Glaub mir: Ich will den Job so schnell wie möglich hinter mich bringen. Mein Plan sieht so aus, dass ich jetzt ein paar Bilder knipse, dann wiederkomme, sobald die Renovierungsarbeiten in vollem Gange sind, und natürlich noch einmal, wenn der erste Schnee fällt und der Pistenbetrieb beginnt. Vermutlich dreht sich dann der letzte Teil der Serie um die Wiedereröffnung, und das soll noch mal ein großer Aufmacher werden. Das heißt, wenn du nichts dagegen hast.“

„Würde das denn eine Rolle spielen?“

„Keine Ahnung.“

Plötzlich ertappte sie sich dabei, wie sie ihn anschaute wie vor vielen Jahren: ehrlich, aufrichtig. Sie verspürte das Bedürfnis, ihm die ganze Angelegenheit zu erklären. „Du bist berühmt, Gavin, ob du es jetzt zugeben willst oder nicht. Natürlich interessiert sich die Presse für dich! Und zwar nicht nur für deine Karriere, sondern auch dafür, wie du lebst.“

Seine Miene verfinsterte sich fast unmerklich.

„Alle kennen Fotos von dir, wie du in der ganzen Welt unterwegs bist: immer in schicken Skiorten, begleitet von glamourösen Frauen und umgeben von dem ganzen Jetset aus Schauspielern, Models und Künstlern. Und alle diese Stars üben einfach auf Otto Normalverbraucher eine unwiderstehliche Faszination aus.“

Sein Kinnpartie verkrampfte sich, und ein paar Sekunden lang starrte Gavin sie nur an.

„Dein Name wird in einem Atemzug mit *Ridge Lodge* genannt. Da ist es doch nicht weiter erstaunlich, dass die Leute neugierig werden, oder? Und mal ganz ehrlich: Genau darauf setzt ihr doch auch, du und dein Partner. Warum hörst du also nicht endlich auf damit, mir ständig Steine in den Weg zu legen, und genießt den Ruhm einfach mal?“

„Genießen?“, wiederholte er auflachend.

„Die meisten Männer würden wer weiß was geben, um so berühmt zu sein wie du.“

„Aber ich bin nicht die meisten Männer."

„Nichts könnte mir klarer sein", entgegnete sie. Damit lief sie eilig über die Sonnenterrasse, ein paar Stufen hinab und über das trockene Gras. „Ich brauche noch ein paar Innenaufnahmen aus der Lodge, von dir, deinem Partner und … Keine Ahnung – irgendwas Besonderes." Den Lift betrachtend dachte sie laut nach. „Vielleicht ein Bild von oben, vom Gipfel." Die Talstation des Barbary-Coast-Lifts, von der aus Drahtseile den Hang hinaufführten, in regelmäßigen Abständen von langen schwarzen Pfeilern gestützt, fiel ihr auf. Die blauen Sessel hingen bewegungslos über der Piste.

Er folgte ihrem Blick. „Damit fährst du nicht da rauf."

„Ist der Lift denn nicht sicher?"

„Schon, allerdings …"

„Man hätte von da oben bestimmt eine atemberaubende Sicht." In Gedanken probierte sie bereits, das Panorama von der oberen Liftstation möglichst spektakulär ins Bild zu bannen. Natürlich war sie schon oft im Winter oben gewesen, aber bisher hatte sie die Berge noch nie von einer solchen Höhe aus gesehen, wenn kein Schnee lag. „Gavin, das wäre wirklich genau das Richtige!"

Gavin schüttelte den Kopf. „Kommt nicht infrage."

„Warum denn nicht?"

„Weil es zu riskant ist."

Ungläubig zog sie eine Augenbraue hoch. „Ich hätte nie erwartet, dass ich diese Worte mal aus deinem Munde höre." Sie machte ein paar Schritte auf den Lift zu und zeigte auf die Drahtseile. „Kannst du das Ding in Gang bringen?"

„Ja. Aber ich halte das für keine gute Idee."

„Was für eine Überraschung! Du hast doch das ganze Interesse der *Tribune* an der Lodge von Anfang an für keine gute Idee gehalten." Sie marschierte weiter.

Doch Gavin folgte ihr auf den Fersen, auch wenn er dazu seinen Gehstock benutzen musste. „Was willst du hier eigentlich beweisen?"

„Nichts. Ich will bloß meine Arbeit machen. Und dann brauche ich dich erst mal nicht weiter zu belästigen."

„Ist das ein Versprechen?"

Sie fuhr herum. Die Augen zusammengekniffen, schleuderte sie ihm entgegen: „Darauf kann ich dir einen Eid schwören, wenn es sein muss."

Beinahe hätte er sich zu einem Lächeln hinreißen lassen, das konnte sie in seinen Augen ansehen. Aber sofort senkten sich seine Augenlider wieder und verbargen jeden Anflug von Emotionen.

„Okay. Gehen wir."

„Du musst nicht mitkommen ..."

„Das glaubst aber auch nur du."

„Wirklich ..."

„Meine sehr verehrte Mrs Brooks, obwohl ich keine Ahnung habe, inwieweit meine Versicherung das hier abdeckt, begleite ich dich auf jeden Fall und passe auf, dass du nicht irgendwas Dämliches anstellst und nachher noch aus dem Sessellift fällst und dir den Hals brichst."

„Vielen Dank, dass du so besorgt um mich bist", spottete sie.

„Mit Sorgen hat das nichts zu tun. Ich will bloß nicht, dass mir nachher jemand eine Klage anhängt."

„Wie willst du denn ...?" Sie machte eine Geste zu seinem verletzten Bein hin. Im selben Moment wünschte sie sich, es ungeschehen machen zu können.

Er presste die Lippen zusammen. „Entweder wir gehen zusammen rauf – oder keiner." Damit drehte er sich um und humpelte störrisch auf den Lift zu.

Obwohl Melanie sich sagte, dass sie drauf und dran war, einen Riesenfehler zu begehen, schlang sie sich den Riemen ihrer Kameratasche um die Schulter und lief ihm hinterher. „Ich muss den Verstand verloren haben", murmelte sie vor sich hin. Doch als sie sah, wie verbissen er sich den Hang hinaufkämpfte, erkannte sie, dass er noch weit verrückter war als sie.

Steif hinkte Gavin bergauf. Mit jedem Schritt stieß er den

Stock vor sich in den staubigen Boden, bis er die Liftstation erreicht hatte. Eigentlich handelte es sich um wenig mehr als eine überdachte Konstruktion aus Stahlstreben. Am einen Ende war sie offen, sodass die Liftsessel hineinfahren konnten. Sie wurden dann um einen dicken Pfosten umgelenkt und verließen die Hütte auf der anderen Seite, beladen mit Skifahrern. In einem Winkel befand sich die Glaskabine des Liftführers, auf die Gavin zusteuerte. Melanie beobachtete, dass er darin verschwand, einen Telefonhörer abnahm, wählte und ungeduldig auf Antwort wartete, während er mit den Fingern gegen das Fenster trommelte. Dann sprach er ein paar kurze Sätze, legte auf und kam heraus.

„Kann losgehen", sagte er zu Melanie, die im Schatten der Hütte auf ihn gewartet hatte.

„Du musst nicht …"

„Auf jeden Fall", schnitt er ihr das Wort ab. „Wir von *Ridge Lodge* setzen doch alles daran, Presse und Öffentlichkeit zufriedenzustellen."

„Schon klar."

Ein drahtiger, rothaariger Mann rief vom Hauptgebäude etwas zu ihnen herüber und rannte dann auf sie zu.

„Das ist Erik Link", stellte Gavin den sommersprossigen Mitarbeiter vor, nachdem er den Lift erreicht hatte. „Er ist für alles Technische hier in der Lodge verantwortlich. Erik – das ist Melanie Brooks."

„Walker", berichtigte Melanie ihn und streckte die Hand aus.

„Freut mich", erwiderte Erik.

„Melanie ist Fotografin bei der Lokalzeitung und will ein paar Bilder von der Bergstation des Lifts schießen." Er wandte sich an Melanie. „Erik kümmert sich darum, dass wir gesund und wohlbehalten rauf- und auch wieder runterkommen."

„Wie beruhigend", bemerkte Melanie trocken.

Erik grinste. „Kein Problem." Er holte einen Schlüsselbund aus der Hosentasche und betrat die Glaskabine.

Seufzend betrachtete Melanie Gavins Stock. „Wirklich, Gavin, ich schaffe das schon alleine. Du bist immer noch nicht wieder ganz fit."

„Das geht vorbei."

„Es sei denn, du machst Dummheiten und brichst dir den Knöchel erneut", entgegnete Melanie. „Deinen Arzt würde bestimmt der Schlag treffen."

Dieses Mal grinste er wirklich. Genau dieses unwiderstehliche Lächeln hatte ihr schon früher den Atem verschlagen. „Mein Arzt erfährt nichts davon."

„Dann vergessen wir's einfach."

Die Hände auf den Stock gestützt, beugte er sich weit vor und musterte sie. „Du hast dich auch verändert, Mel", sagte er leise. „Es gab mal Zeiten, da hättest du jede Herausforderung angenommen. Sogar die, mit mir allein zu sein."

„Damit hat das überhaupt nichts zu tun!"

„Ach, wirklich?" Ungläubig zog er eine Augenbraue hoch. „Du bist doch diejenige, die für ihre verdammte Zeitung die allerbesten Fotos wollte. Ich gebe dir bloß, was du dir wünschst."

Sie wurde durch seine Worte ernsthaft in Versuchung geführt. Allein der Gedanke, ihm den Wind aus den Segeln zu nehmen! Melanie warf einen Blick auf die Pfeiler des Lifts und zögerte.

„Jetzt komm schon, Melanie. Ich beiße schon nicht. Von mir aus versuche ich sogar, mein Temperament im Zaum zu halten."

„Da versprichst du aber das Unmögliche!"

„Abwarten." Er gab Erik ein Signal. Ein paar Sekunden später setzte sich der Lift knirschend und ächzend in Bewegung, und die Sessel fuhren den Berghang hinauf.

Aus der Kabine des Liftführers überwachte Erik alles und schrie über den Maschinenlärm hinweg: „Jederzeit zu Diensten!"

Melanie war noch nicht vollkommen beruhigt. „Was ist, wenn wir stecken bleiben?"

„Wir bleiben nicht stecken."

„Wie willst du denn überhaupt aussteigen?“, fragte sie und sah zu seinem Bein und dem Stock. An der oberen Liftstation hingen die Sessel ein gutes Stück über dem Boden, um genügend Platz für Schnee zu lassen. Gavin konnte auf keinen Fall einfach abspringen, denn dabei würde er sich wieder verletzen. Und wie sollte er außerdem zurück in einen der Sessel klettern?

„Will ich gar nicht“, erwiderte er und schritt auf die vorbeifahrenden Sessel zu. „Du musst deine Fotos im Fahren knipsen.“ Bevor sie etwas dagegen einwenden konnte, nahm er seinen Gehstock in die eine Hand, griff mit der anderen nach ihren Fingern und zog sie vor den nächsten Zweiersessel, sodass sie über dem Boden schwebten, bevor Melanie wusste, wie ihr geschah.

„Siehst du? Kein Problem.“ Er warf ihr einen zufriedenen Blick zu.

„Klar.“ Ihr Zorn war noch nicht verraucht. „Du warst einfach immer schon ein Dickschädel.“

„Wenn ich etwas will, dann mache ich es auch“, erwiderte er stirnrunzelnd.

„Ganz schön gefährlich.“

„Für mich? Oder etwa für dich?“

„Lass mich einfach in Ruhe.“ Obwohl sie sich darüber ärgerte, dass er sie dermaßen umstandslos in den Lift bugsiert hatte, verspürte sie bereits den Rausch des Abenteuers. Adrenalin raste durch ihren Körper, während der Lift sie den Berghang hinauftrug. Sie atmete die klare Bergluft ein und schaute rauf zu dem strahlend blauen, mit ein paar weißen Wölkchen bedeckten Himmel. Ein sanfter Wind spielte mit ihren Haaren, kühlte ihr die Wangen und hüllte sie in den Duft von Erde und Kiefernnadeln.

Aus dem Augenwinkel musterte Melanie Gavin. Gleichzeitig versuchte sie sich einzureden, dass ihr wildes Herzklopfen nichts, aber auch gar nichts damit zu tun hatte, dass sich ihre Schultern berührten oder dass sein Oberschenkel nur wenige Zentimeter von ihrem entfernt war.

Sie zwang sich, dem Ausblick ihre volle Aufmerksamkeit zu schenken. Sie nahm die Verschlusskappe von der Kamera, blickte durch den Sucher, drehte am Fokus und schoss ein paar schnelle Aufnahmen von dem Berg, der vor ihnen aufragte. Auf dem Gipfel lag bereits eine dünne Schneedecke, ansonsten sah man nichts als schieren Fels.

„Warum bist du nach Taylor's Crossing zurückgekehrt?", fragte sie.

„Weil der Preis für *Ridge Lodge* stimmte. Und wegen dem da." Er hob das verletzte Bein und betrachtete es mit gerunzelter Stirn.

„Aber das ist doch bloß eine vorübergehende Sache."

„Vielleicht."

„Kannst du wieder Rennen fahren?"

„Das kommt darauf an, wie gut die Heilung verläuft", gab er zu und presste kurz die Lippen aufeinander. „Vielleicht ist es an der Zeit, damit aufzuhören."

„Mit dreißig?"

Er lachte, aber es klang keinerlei Belustigung darin mit. Der Laut wurde von der Felswand des Berges zurückgeworfen. „Sieht ganz danach aus."

Sie waren oben angekommen. Der Sessel fuhr um den Pfeiler der Bergstation herum und begann den Rückweg. Auf einmal musste Melanie die Zähne zusammenbeißen. Sosehr sie es auch genossen hatte, im Sessel bergauf getragen zu werden: Hinunterzufahren und den steilen Abhang hinunterzublicken war eine ganz andere Sache. Als sie die Kamera erneut hob, bemerkte sie, dass ihr die Hände feucht geworden waren.

Gavins Finger schlossen sich um ihren Oberarm. „Pass auf."

Melanies gesamte Konzentration richtete sich auf diese fünf starken, warmen Finger, die auf ihrer nackten Haut lagen. Ein heißer Schauer durchlief ihren ganzen Körper.

Melanie wusste, dass Gavin ihren Puls spüren konnte. Sie hoffte nur, dass ihr Herz nicht zu verräterisch raste. Um sich abzulenken, machte sie einige atemberaubende Bilder von den umliegenden Bergen. Mit dem Weitwinkelobjektiv gelang es ihr, die schroffe Landschaft des Kaskadengebirges einzufangen. Ein paar weiße Wölkchen schwebten vor den blauen Gipfeln, und von den höheren Bergen strahlte weiß der erste Schnee herüber.

Weiter ging es bergab, und bald passierten sie die Baumgrenze. Melanie fotografierte die Sonnenstrahlen, die durch die Wipfel fielen und goldene Flecken auf den Waldboden malten.

Noch etwas weiter unten fixierte sie die Lodge mit der Kamera an und machte die Luftaufnahmen, die sie vor ihrem geistigen Auge gesehen hatte. Von hier aus bot sich ein hervorragender Blick auf das Gebäude mit seinen vielen Anbauten und auf die verwitterten Holzschindeln des Daches.

„Es ist wunderschön hier oben“, sagte sie und wagte es endlich, Gavin anzuschauen. Ihre Blicke trafen sich, und einen winzigen, atemberaubenden Moment lang fühlte sich Melanie in die Vergangenheit versetzt, als alles ganz einfach war und nichts außer ihrer Liebe von Bedeutung gewesen war. Dass es ihm genauso ging, konnte sie ihm an den goldbraunen Augen ablesen. In ihnen lagen so viel Liebe und Zärtlichkeit, dass es ihr einen schmerzhaften Stich versetzte.

Er schluckte und wandte sich hastig von ihr ab. Den Blick starr auf die Bäume gerichtet stieß er rau hervor: „Hör mal, Mel, vielleicht sollten wir mal ein paar Dinge klarstellen. Bei meiner Rückkehr hatte ich nicht den blassesten Schimmer, dass ich dich in Taylor's Crossing antreffen würde.“

„Hättest du dich sonst anders entschieden?“

„Vermutlich schon – ach, ich weiß nicht. Rich war total versessen darauf, dieses Hotel wiederzueröffnen, aber …“ Er beendete den Satz nicht. Seine Stimme verklang im Rauschen des Windes und des Lifts. „Ich – du – wir haben ganz schön viele Fehler gemacht, was?“

Melanie schien sich das Herz zusammenzuziehen, als sie an ihr gemeinsames Kind dachte – ein Kind, das noch nicht einmal das Licht der Welt erblickt hatte. „Sogar mehr, als du ahnst.“

„Und ich habe eine Menge Dinge vollkommen falsch beurteilt“, fuhr er fort. Noch immer schaute er ihr nicht in die Augen. „Unter anderem dich.“

In diesem Moment beschloss Melanie, all ihren Mut zusammenzunehmen und den schrecklichen Abgrund zu überbrücken, der sich zwischen ihnen auftat. Sie musste ihm endlich die Wahrheit sagen. Zaghaft legte sie ihm die Hand auf den Arm. „Gavin, wenn wir schon über die Vergangenheit reden – es gibt da was, was du wissen musst …“

„Ich weiß nur, dass das alles vorbei ist!“ Seine Miene verfinsterte sich. „Die Vergangenheit hat einfach nur die Weichen gestellt.“ Endlich sah er sie an. „Was damals passiert ist, spielt keine Rolle. Du und ich waren doch nichts anderes als Kinder, die ein bisschen gespielt haben!“

„Und deshalb reagierst du also dermaßen aggressiv auf mich?“, spottete sie. „Weil nichts davon eine Rolle gespielt hat? Also wirklich – das kannst du von mir aus deiner Großmutter erzählen.“

Auf einmal breitete sich ein Lächeln über sein Gesicht aus – langsam, lässig. „Wenn es dir was gibt, zu glauben, dass du der Grund für meine Unzufriedenheit bist – bitte sehr. Aber findest du nicht, dass du dir da vielleicht ein klitzekleines bisschen zu viel auf deine Person einbildest?“

„Man könnte auch sagen, dass sich dieser Verdacht ziemlich aufgedrängt hat“, erwiderte sie verärgert. „Schließlich hast du mich kaum gesehen, da wolltest du mir schon am liebsten an die Gurgel springen. Es muss einen Grund geben, weshalb du mich so hasst, Gavin.“

An seiner Wange zuckte ein Muskel. Als Gavin endlich sprach, flüsterte er fast: „Ich habe dich nie gehasst, Melanie.“

Augenblicklich spürte sie, wie sie weich wurde. Nicht, dachte sie verzweifelt, mach alles, was du willst, Gavin, doch sei nicht nett zu mir!

Sie öffnete den Mund, wollte etwas Schlagfertiges entgegnen, aber ihr fiel nichts ein. Außerdem, was nützte es auch, die

Vergangenheit wieder aufzuwühlen? Deshalb hantierte sie an ihrem Fotoapparat herum, tat so, als habe sie ein paar interessante Motive entdeckt, und hoffte inständig, die Fahrt möge bald zu Ende sein. So nah bei Gavin kamen alle möglichen alten und neuen Gefühle hoch, die es ihr schwer machten, klar zu denken. „Du hast recht", stimmte sie ihm gezwungen lächelnd zu. „Wir waren nichts als Kinder. Damals hatten wir noch keine Ahnung, was wir eigentlich wollten."

„Ach, ich wusste schon, was ich wollte", sagte er. „Ich wollte der beste Skirennfahrer der Welt werden."

„Sonst nichts?"

„Was soll denn daneben noch wichtig gewesen sein?"

„Nichts, wahrscheinlich", gab sie kurz angebunden zurück. „Es gibt im Leben wirklich nichts Wichtigeres als Ski fahren."

Ihre Schultern verspannten sich, und das Lächeln wich aus seinem Gesicht. Als sie die Talstation des Lifts erreichten, winkte er Erik zu, und sofort verlangsamte sich die Fahrt. Gavin sprang aus dem Sessel, kam geschickt auf dem gesunden Bein auf und half auch Melanie auf die Füße.

Erneut auf seinen Stock gestützt, trat Gavin den Rückweg zur Lodge an. Aber Melanie wusste, dass sie ihr Verhältnis nicht so in der Schwebe lassen durfte. Schließlich mussten sie noch weiter zusammenarbeiten.

„Gavin ..." Sie streckte die Hand aus und berührte ihn am Arm. Abrupt fuhr er herum. Seine Miene war versteinert, sein Blick schien Feuer zu sprühen.

„Geh nach Hause, Melanie. Du hast deine Bilder gekriegt – was willst du also noch hier? Obwohl ich ja ums Verrecken nicht begreife, warum du für dieses Schmutzblättchen fotografierst."

„Dieses ‚Schmutzblättchen' ist zufällig mein Arbeitgeber."

Er blieb stehen. „Hättest du in Seattle keine bessere Stelle finden können?"

„Ich bin aber nach meiner Scheidung hierher zurückgezogen", erwiderte sie, das Kinn herausfordernd gehoben.

Ohne sie einer Antwort zu würdigen, humpelte er zum Haus.

„Du Idiotin", schimpfte Melanie, nachdem er die Tür hinter sich zugeknallt hatte. „Warum versuchst du es eigentlich überhaupt?" *Weil er das Recht hat, zu erfahren, was vor acht Jahren wirklich passiert ist.*

Sie holte tief Luft und folge Gavin zur Lodge. Als sie die Lobby betrat, fand sie Jan in einer angeregten Unterhaltung mit Rich Johanson vor.

„… und in ein paar Tagen kommen wir noch mal", erklärte sie ihm gerade.

Gavin war nirgends zu sehen. Langsam atmete Melanie aus. In diesem Moment hatte Jan sie entdeckt und bat sie mit einer Geste sie zu sich, um sie Gavins Partner vorzustellen.

„Tut mir leid, dass ich zu spät war", entschuldigte sich Rich. „Ich bin bei Gericht aufgehalten worden und konnte Sie telefonisch nicht erreichen. Hoffentlich hatten Sie deswegen nicht zu viele Umstände."

„Kein Problem", antwortete Melanie. In diesem Augenblick hörte sie, wie sich humpelnde Schritte näherten, und sie versteifte sich.

„Ich habe mich um Ms Brooks gekümmert", sagte Gavin.

„Walker", berichtigte Melanie. „Ich heiße inzwischen Walker."

„Wieder", antwortete er.

„Ja, wieder." Sie zwang sich, ein kühles Lächeln in Gavins Richtung zu werfen, doch ihre Fäuste waren so fest geballt, dass sie wehtaten.

Jan war begeistert, dass sie Gavin in der Lodge antraf, und schlug vor, das Interview fortzusetzen.

Obwohl Gavin die Lippen zusammenpresste, weigerte er sich nicht, und die beiden verzogen sich an einen Tisch in einer Ecke der Eingangshalle.

„Na, sieht ganz so aus, als hätte er heute fantastische Laune", bemerkte Rich.

„Oh ja“, meinte Melanie seufzend.

„Gavin ist manchmal schwer zu durchschauen.“ Rich fuhr sich durch die grauen Haare. „Haben Sie alle Bilder bekommen, die Sie brauchen?“

„Ich glaube schon.“

„Gut, gut. Gehen wir raus.“ Er eilte voraus zur Sonnenterrasse und deutete auf einen der Stühle. „Wie ich gehört habe, sind Sie die beste Fotografin in ganz Taylor's Crossing.“

Melanie setzte sich so, dass sie die Sonne im Rücken hatte. „Sie haben bestimmt mit meinem Onkel Bart gesprochen“, erwiderte sie lachend.

Aber Rich wischte ihre Bescheidenheit mit der Hand beiseite. „Ich habe Ihre Bilder in der Zeitung gesehen und mir außerdem die angeguckt, die Sie für das Conestoga-Hotel gemacht haben. Der Geschäftsführer war voll des Lobes.“

Das hörte Melanie gerne. Sie hatte viel Arbeit in diese Hotelbroschüren gesteckt.

„Außerdem haben Sie die Aufnahmen geschossen, die dort in der Hotellobby hängen, oder?“

Melanie nickte.

„Hmm. Ich habe mich in der Stadt ein bisschen erkundigt, weil ich einen Fotografen für die Lodge brauche – nicht nur für Flyer, Broschüren und Plakate, sondern auch für Bilder, die wir hier aufhängen können. Durch die Gestaltung des Resorts wird sich das Thema Goldrausch hindurchziehen, und deshalb brauchen wir alte Fotos oder neue, die auf alt getrimmt sind. Sie müssen vergrößert und leicht bräunlich eingefärbt werden. Wissen Sie, was ich meine?“

„Ja, Sepiatöne wie bei alten Daguerreotypien“, sagte sie.

„Das ist es bestimmt“, erwiderte er ein bisschen verlegen. „Ich kenne zwar die technischen Ausdrücke nicht, dafür weiß ich genau, was ich will. Allein für die Lobby brauchen wir so zwanzig, dreißig Stück. Ich zeige es Ihnen mal.“ Er öffnete die Tür zu dem Teil der Lobby, in dem die Sitzgruppen standen, und hielt sie Melanie auf.

Jan und Gavin saßen immer noch an dem Tischchen. An Gavins Körpersprache konnte Melanie mühelos ablesen, dass das Interview keineswegs glattlief.

Allerdings schien Rich nichts zu bemerken. Er führte Melanie zu den Wänden und erklärte ihr, wo später die Fotos hängen sollten. „Hier kommen Bilder von Goldschürfern und Minen hin, und für da drüben brauchen wir Bilder von den Bergen."

Einmal angefangen, schilderte Rich ihr in allen Einzelheiten, wie er sich die Gestaltung der Lobby vorstellte. Obwohl Melanie ihm zuhörte, nahm sie dennoch die ganze Zeit Gavin wahr, der widerwillig Jans Fragen beantwortete. Wann immer sie ihm den Rücken zuwandte, spürte sie seine zornigen Blicke auf ihr ruhen.

Schließlich führte Rich sie in das Büro, wo sie zwei Stunden zuvor mit ihm verabredet gewesen war, und bot ihr Kaffee an. Sie setzten sich, und er sagte: „Abgesehen von den Bildern für die Lobby brauchen wir natürlich auch Fotos für Broschüren, Plakate und Poster. Außerdem haben wir vor, in einem der Geschäfte unten Kunst zu verkaufen, und würden gerne ein paar Ihrer Bilder in Kommission nehmen." Er breitete die Hände aus. „Wenn Sie also Interesse haben, würde ich Sie gerne als Fotografin für die Lodge gewinnen."

„Haben Sie darüber schon mit Gavin gesprochen?", erkundigte sie sich. Sie fühlte sich hin- und hergerissen. Einerseits reizte sie der Auftrag, und sie wollte ihn gerne annehmen, egal ob Gavin darüber fuchsteufelswild werden würde. Andererseits zögerte sie, sich einer Situation auszusetzen, mit der sie sich ziemlich viel Ärger einhandeln konnte.

„Darüber muss ich nicht mit ihm reden", meinte Rich lachend. „Das ist allein meine Entscheidung."

„Vielleicht sollten Sie ihn trotzdem fragen", schlug sie vor und nahm ihre Tasche.

„Ms Walker, der gesteckte Zeitplan ist ziemlich eng. In zwei Monaten wollen wir eröffnen, und deshalb brauche ich die Broschüren so schnell wie nur irgend möglich."

Dann bot er ihr ein großzügiges Honorar und eine Prozentbeteiligung an allen verkauften Postern an und erklärte, für Überstunden extra zu bezahlen. Melanie war unsicher. Wenn sie zusagte, konnte sie nicht nur ihr eigenes Fotostudio weiter vorantreiben, sondern auch einige der Schulden tilgen, die seit der Scheidung aufgelaufen waren, und sich ein kleines Polster zulegen, sodass sie nicht ganz so abhängig von der *Tribune* war. Kurz: Rich Johansons Angebot war zu gut, um es ablehnen zu können.

Nervös dachte sie an Gavin und an den störrischen Zug um seinen Mund. Sie wusste genau, dass ihn die Neuigkeiten auf die Palme bringen würden. Aber das spielte keine Rolle. Sie brauchte diesen Job. „Ich würde mich freuen, für Sie zu arbeiten", erwiderte sie schließlich. Sofort durchströmte sie ein seltsames Gefühl der Befriedigung.

Lächelnd ergriff Rich ihre Hand und schüttelte sie. „Gut. Dann setze ich einen Vertrag auf. Sie können sofort anfangen, wenn Sie wollen."

„Ich könnte an den Abenden und Wochenenden herkommen."

„Haben Sie überhaupt genügend Zeit dafür?"

„Keine Sorge", antwortete sie. „Die Zeit nehme ich mir." Sie suchte in ihrer Brieftasche nach einer Visitenkarte, überreichte sie ihm. „Sie erreichen mich im Studio oder in der Redaktion."

„Danke." Rich steckte die Karte ein. „Dann sehen wir uns in ein paar Tagen." Sie besiegelten das Abkommen mit einem erneuten Handschlag, und dann packte Melanie ihre Kameratasche und verließ die Lodge.

Sie hatte gerade den Parkplatz erreicht, da hörte sie eilige Schritt hinter sich. „He, Melanie, warte mal!"

Melanie drehte sich um und sah Jan, die auf sie zu lief. Hinter ihr stand Gavin auf der Veranda, auf das Geländer gestützt, und schaute Melanie wütend nach. Grinsend winkte sie ihm zu, bevor sie sich Jan zuwandte. „Wie ist es gelaufen?"

„Mit Doel?" Jan seufzte laut und flüsterte: „Vermutlich wäre es leichter, etwas aus einem Mönch rauszubekommen, der ein Schweigegelübde abgelegt hat."

„Ach ja?"

Mit einem Blick über ihre Schulter fügte Jan leise hinzu: „Ich will Einzelheiten, Melanie. Und zwar alle."

„Worüber?"

„Über dich und Doel. Ich habe doch mitgekriegt, wie er dich angeguckt hat – mit einem solchen Feuer in den Augen! Und bei unserem letzten Besuch im Hotel hätte ich schwören können, dass was zwischen euch ist. Also, raus mit der Sprache."

„Du bildest dir da was ein."

„Und du weichst mir aus. Euch zwei verbindet mehr, als dass ihr nur gemeinsam zur Schule gegangen seid." Sie war bei ihrem Auto angelangt und schloss es auf. „Ich meine das ernst, Melanie. Ich will alles wissen."

„Die Geschichte ist nicht besonders interessant", antwortete Melanie. Dabei wusste sie genau, dass Jan früher oder später auf die Wahrheit stoßen würde – zumindest auf Teile davon.

„Alles, was mit Gavin Doel zusammenhängt, ist interessant."

„Später", versprach ihr Melanie. Sie brauchte einfach Zeit, um sich darüber klar zu werden, wie viel sie Jan anvertrauen konnte. Alles zu verschweigen war keine Lösung, denn Jan würde die Informationen einfach von anderer Seite bekommen. Leider war Taylor's Crossing eine Kleinstadt. Wenn Jan es sich erst in den Kopf setzte, die Wahrheit auszugraben, dann würde sie auch jemanden finden, der bereitwillig in seinem Gedächtnis kramte. Es gab zwar nur wenige Leute, die wussten, dass sie und Gavin befreundet gewesen waren, und noch weniger, die ahnten, dass es einmal eine Liebesgeschichte zwischen ihnen gegeben hatte. Aber wenn es um Klatsch und Tratsch ging, vergaßen die Einwohner von Taylor's Crossing nicht so leicht irgendetwas.

Stirnrunzelnd stieg Melanie in ihren Wagen. Sie warf einen Blick durch die staubige Windschutzscheibe zur Lodge. Gavin hatte die Augen gegen die Sonne zusammengekniffen, und seine Miene wirkte wie versteinert. Wie konnte sie ihm jemals begreiflich machen, was für tiefe und komplizierte Gefühle sie für ihn gehegt hatte? Damals war sie erst siebzehn gewesen. Niemand, Jan eingeschlossen, würde die alte Geschichte für mehr halten als eine Teenagerliebe.

Doch sie wusste es besser. Während sie sich die Sonnenbrille aufsetzte und das Auto anließ, um nach Hause zu fahren, wünschte sie, sie könnte vergessen, dass sie ihn jemals geliebt hatte.

6. KAPITEL

Was hast du gemacht?", brüllte Gavin. Dabei sah er seinen Partner entsetzt an.

„Ich habe Melanie Walker als Fotografin angestellt."

„Na, großartig!", knurrte Gavin.

„Was hast du eigentlich gegen die Frau?", erkundigte sich Rich, die Augenbrauen fragend zusammengezogen.

„Ich kannte sie früher mal."

Rich begriff immer noch nicht, worauf er hinauswollte. „Ich verstehe nicht ganz ..."

„Und dann musste ich vor acht Jahren weg, und sie hat kurz danach einen Typen namens Neil Brooks geheiratet."

„Neil Brooks, den Holzhändler?"

„Kennst du ihn?" Gavin verdrehte die Augen und hob die Hände gen Himmel. „Na, prima. Die Sache wird immer besser."

„Klar kenne ich ihn. Brooks ist unser Hauptlieferant für die Renovierung."

„Nein!", flüsterte Gavin rau bei dem Gedanken an Melanies Exmann – den Mann, der sie ihm innerhalb weniger Wochen vor der Nase weggeschnappt hatte. Dabei wusste er genau, dass er die Schuld nicht Brooks in die Schuhe schieben konnte. Schließlich war es Melanie gewesen, die ihn verraten hatte. Trotzdem wollte er mit Brooks nichts zu tun haben. „Dann such uns einen anderen Holzhändler."

„Geht nicht", lehnte Rich rundheraus ab. „Es gibt nicht viele Firmen hier in der Gegend."

„Aber es muss doch noch irgendjemand anders geben! Wir sind hier schließlich nicht in Timbuktu, verdammt noch mal!"

„Von Brooks kriegen wir die beste Qualität zum niedrigsten Preis."

„Ist mir scheißegal." Langsam schien sich sein Leben in einen Albtraum zu verwandeln: erst Melanie und jetzt auch noch

Neil. Gavin hatte das Gefühl, ersticken zu müssen. Er brauchte jetzt dringend etwas zu trinken – und zwar etwas Starkes. Doch er gab dem Bedürfnis nicht nach.

„Mir nicht. Wir haben keineswegs haufenweise Geld, um es aus dem Fenster zu schmeißen. Und außerdem haben wir abgemacht, dass ich mich um die Renovierung und das Marketing kümmere. Du wolltest die Pisten entwerfen, Investoren anwerben und deine sportlichen Kenntnisse einbringen."

„Und genau das tue ich hier: Ich bringe meine Kenntnisse ein. Lass dich nicht mit Brooks ein. Der Kerl schlüpft dir durch die Finger wie eine Schlange, und Giftzähne hat er auch."

„Sagst du das aus persönlicher Erfahrung?"

„Ja, verdammt!" Gavin hieb mit der Faust auf Richs Schreibtischkante, sodass aus einem Becher Kaffee auf ein paar Unterlagen schwappte.

„Hey, pass doch auf!" Erschrocken zog Rich sein Taschentuch hervor und wischte die Flüssigkeit auf. „Im Übrigen: Selbst wenn ich den Holzlieferanten wechseln wollte – und das will ich nicht –, dann wäre es unmöglich. Dafür ist es zu spät. Wir haben den Auftrag schon erteilt, und ein Teil von dem Holz ist sogar schon angeliefert und bezahlt worden. Außerdem läuft uns die Zeit davon. Wenn du also irgendein persönliches Problem mit Neil Brooks hast, kann ich dir nur raten, es zu vergessen. Und was Neils Frau – oder eher Exfrau – angeht: Sie wird den Job für uns erledigen, basta. Wir waren uns doch einig, dass wir so weit wie möglich mit Leuten von hier zusammenarbeiten wollten, falls du dich erinnerst. Wer nur ein bisschen Geschäftssinn hat, bemüht sich um gut Wetter bei den Nachbarn."

„Ich hatte keine Ahnung, dass Melanie wieder in Taylor's Crossing wohnt."

Rich grinste. „Du hattest schon immer einen guten Blick für schöne Frauen, und das ist sie – ein absolutes Juwel."

Unwillkürlich ballte Gavin die Faust, aber er versteckte sie in der Tasche. „Es ist einfach so, dass ich über einige deiner

Entscheidungen nicht allzu glücklich bin“, murmelte er. Er wollte nicht, dass Melanie hier ein und aus ging. Allein der Gedanke, ihr womöglich tagtäglich über den Weg zu laufen! Bisher hatte er sich einreden können, dass er längst über sie hinweg war, allerdings war er sich da inzwischen nicht mehr so sicher. Vorhin im Lift hatte es einen Augenblick gegeben, in dem er hätte schwören können, dass sich zwischen ihnen nichts geändert hatte – gar nichts. Aber daran war natürlich nur sein übersteigertes männliches Selbstbewusstsein schuld. Alles hatte sich geändert. „Ist sie auf die Idee gekommen, für die Lodge zu arbeiten?“, fragte er.

Rich schüttelte den Kopf. „Nein, im Gegenteil. Ich musste mit Engelszungen auf sie einreden, bevor sie den Auftrag übernommen hat.“

„Du hättest du zuerst mit mir reden sollen.“

„Genau das Gleiche hat sie auch gesagt.“

Überrascht schaute Gavin ihn an. „Aber du hast nicht auf sie gehört.“

„Nein. Ich wollte sie für den Job unbedingt haben. Und wenn wir schon dabei sind: Wenn du von mir verlangst, dass ich alles mit dir bespreche, dann gilt das umgekehrt genauso.“

Gavin biss die Zähne aufeinander. Er ging zum Fenster und starrte hinaus in den Spätsommernachmittag. Ein paar Arbeiter waren am Berghang beschäftigt, und von der Eingangshalle aus durchbrach Gehämmer die Stille in dem alten Gebäude.

„Da ist noch was, was dir absolut nicht passt, richtig?“, vermutete Rich. Er stieß den Stuhl zurück und kam hinter dem Schreibtisch hervor. Mit verschränkten Armen und ungeduldig trommelnden Fingern wartete er auf Gavins Antwort.

„Wir können einfach keine negative Presse gebrauchen“, erklärte Gavin geradeheraus.

„Und du glaubst, dass Melanie daran schuld sein könnte, wenn wir welche kriegen?“

Gavin zögerte, jedoch nur eine Sekunde lang. Er vertraute Rich voll und ganz. Schließlich waren sie Geschäftspartner.

Und genau deshalb besaß Rich auch das Recht, die ganze Wahrheit zu erfahren. Vermutlich hätte diese Aussprache schon viel früher stattfinden sollen, andererseits hatte er einfach nicht damit gerechnet, je wieder mit Melanie zusammenzutreffen. Hätte er geahnt, dass sie wieder in Taylor's Crossing lebte, dann hätte er sich vielleicht gegen dieses ganze Projekt entschieden.

„Also?" Rich wartete immer noch auf eine Antwort.

„Du weißt doch, dass ich hier in der Gegend aufgewachsen bin", begann Gavin. „Und du weißt auch, dass mein Vater das eine oder andere Problem hatte."

„Das hast du mal erwähnt."

Als Gavin an seine Kindheit zurückdachte, spürte er, wie sich alle seine Muskeln verspannten. „Dad ist Alkoholiker", brachte er schließlich hervor. Die Worte gingen ihm immer noch nicht leicht über die Lippen.

„Ja", entgegnete Rich.

„Außerdem hat er mal eine Zeit lang im Gefängnis gesessen."

„So was hast du mal erwähnt. War das nicht wegen irgendeines Unfalls, für den er die Schuld trägt?"

„Ja. Dabei wurde die Fahrerin des anderen Autos getötet", bestätigte Gavin leise. „Es war eine Frau, Brenda Walker – Melanies Mutter."

Rich rührte sich nicht.

„Dad hat sich betrunken hinters Steuer gesetzt."

„Das tut mir leid."

„Mir auch – und meinem Dad auch, nachdem er endlich nüchtern genug war, um zu kapieren, was er angerichtet hatte. Er selbst ist mit ein paar Kratzern und blauen Flecken davongekommen, aber das Auto von Melanies Mutter wurde von der Straße gedrängt. Und daneben ging es ziemlich steil runter." Beim Erzählen durchlebte Gavin den ganzen Albtraum wieder neu, als wäre es erst gestern passiert. Er war zwölf gewesen, da stand plötzlich die Polizei vor der Tür. Das Blaulicht der Autos ließ Farbflecken über die Wand des Wohnwagens huschen, in dem er und sein Vater damals gewohnt hatten. Beim Anblick der Cops glaubte er zuerst, sein Vater wäre tot. Er konnte sich noch genau an seine unendliche Erleichterung erinnern, als man ihm mitteilte, dass Jim Doel überlebt hatte.

Allerdings begann das Drama in dieser Nacht erst. In den folgenden Jahren musste er bei einer Tante und einem Onkel leben, die sich weder für ihn interessierten noch sich um ihn kümmerten.

Der einzige Ausweg, der sich ihm in dieser elenden Zeit bot, war der Sport. Kaum war er alt genug, um Zeitungen auszutragen, gab er jeden verdienten Cent aus, damit er auf Skiern bergab rasen konnte. Nach der Schule hatte er verschiedene Jobs – später sogar in der *Ridge Lodge* – und finanzierte so seine Sucht nach dem Adrenalinrausch, der sich bei der Abfahrt in halsbrecherischem Tempo einstellte.

In all den Jahren, die sein Vater im Gefängnis verbracht hatte, hatte sich Gavin nur durch eine einzige Sache von dem Sport ablenken lassen, den er liebte: durch die Geschichte mit Melanie.

Die einzige Tochter der Frau, die sein Vater getötet hatte.

„Glaubst du denn, dass Melanie dir das vorwirft?“, fragte Rich.

„Ich weiß es nicht. Eigentlich dachte ich, dass ich sie gut kenne, doch ich habe mich getäuscht. Zehn Jahre nach dem Unfall waren Melanie und ich mal eine Weile zusammen, obwohl ihr Vater dagegen war.“ Gavin spürte, wie sich bei den Erinnerungen sein Magen schmerzhaft verkrampfte. „Und dann habe ich die Chance erhalten, für die Aufnahme ins Olympiateam zu trainieren.“

„Also hast du sie verlassen.“

„So hat sie es wohl gesehen. Ich habe sie gebeten, auf mich zu warten, und sie war so voreilig, es zu versprechen.“ Verächtlich verzog Gavin den Mund.

„Aber sie hat das Versprechen gebrochen.“

Erneut fühlte Gavin den scharfen Schmerz des Verlassenwerdens. „Adam Walker, Melanies Vater, hatte immer schon was gegen mich und meinen Vater. Während ich weg war, hat Melanie dann Neil Brooks geheiratet. Ich schätze mal, dass ihr Alter sie schließlich dazu überredet hat. Vermutlich hat er sie überzeugt, dass sie mit dem Sohn eines reichen Holzhändlers besser dran ist als mit einem Skiläufer, dessen Vater ein stadtbekannter Säufer ist."

„Und jetzt?"

Abrupt hob Gavin den Kopf. „Was, und jetzt?"

„Mit Melanie und dir?"

Gavin lachte bitter auf. „Da gibt es nichts. Wahrscheinlich war da nie was."

„Das hättest du mir ruhig schon früher erzählen können", meinte Rich seufzend.

„Es gab nie einen Anlass dazu. Ich dachte schließlich, dass sie immer noch in Seattle wohnt und ein bequemes Leben führt."

„Sie hat den Auftrag angenommen", sagte Rich und rieb sich die Schläfen. „Ich fürchte, wir kommen aus der Nummer nicht mehr raus, ohne böses Blut zu schaffen. Natürlich habe ich noch nichts unterschrieben, wenn allerdings rauskommt, dass bei uns eine mündliche Zusage nichts gilt …"

„Ach, kein Problem. Behalt Melanie Walker", entschied Gavin plötzlich. Bestimmt gab es Möglichkeiten, ihr auszuweichen. Das Hotel war groß, und das Skigelände, das dazugehörte, erstreckte sich viele Kilometer in alle Himmelsrichtungen. Außerdem würde er in nächster Zeit viel zu viel zu tun haben, da würde er schon nicht ständig Melanie begegnen. „Solange sie ihre Sache gut macht", murmelte er. Lautlos fügte er hinzu: Und solange sie mir aus dem Weg geht.

Jan gab nicht auf. Seit sie von *Ridge Lodge* zurückgekommen waren, saß sie an Melanies Schreibtisch und schien nicht bereit, sich mit einem Nein abspeisen zu lassen. „Ich habe doch gesehen, wie er dich angeschaut hat, Melanie! Du kannst mir wirklich nicht erzählen, dass da zwischen dir und Gavin Doel nichts ist", sagte sie, während sie sich im Taschenspiegel betrachtete und den Lippenstift nachzog.

„Ich habe ihn schon seit Jahren nicht mehr gesehen." Melanie ging zum Drucker, um das vergrößerte Foto von Bart und seinem Appaloosahengst herauszunehmen. Sie steckte es in einen Umschlag und kehrte zum Schreibtisch zurück. Dabei tat sie so, als interessierte es sie nur am Rande, was Jan über Gavin zu berichten hatte.

Jan seufzte laut auf und hob die Hände. „Okay, okay, ich glaube dir ja, dass eurer letztes Zusammentreffen schon lange her ist", antwortete sie. Offenbar ließ sie sich von Melanies demonstrativer Gleichgültigkeit nicht täuschen. „Doch was ist denn davor passiert? Wie er dich heute angeguckt hat – einfach heiß! Und damit meine ich brennend, glühend, tropisch heiß!"

Melanie, die gerade das Bild in ihre Tasche steckte, musste lachen. „Findest du nicht, dass du ein bisschen übertreibst?"

„Ich bin Reporterin – keine Zeit für Melodramen. Für mich zählen nur Fakten, Fakten, Fakten! Und Fakt ist, dass er kaum den Blick von dir abwenden konnte!"

„Auch übertrieben. Und zwar mächtig." Melanie verschwand in der Teeküche und schenkte Kaffee in zwei Becher.

„Ich spiele hier gar nichts hoch! Also, was läuft da?"

Nachdem Melanie ihrer Kollegin einen Becher gegeben hatte, nahm sie selbst einen Schluck und verzog das Gesicht. Huh, war das bitter! Sie riss ein Zuckertütchen auf und schüttete es in ihren Becher. „Na ja, du findest es ja sowieso früher oder später raus. Aber was ich dir jetzt erzähle, bleibt unter uns, ja?"

„Na klar!" Jan trank etwas vom Kaffee, über den Becherrand hinweg strahlten ihre Augen voller Erwartung.

Stockend berichtete Melanie, dass sie und Gavin zu Highschoolzeiten mal eine Beziehung gehabt hatten. Allerdings erwähnte sie nichts von ihren tiefen Gefühlen füreinander. „Na ja, und als er dann weggegangen ist, um für die Olympischen Spiele zu trainieren, haben wir uns aus den Augen verloren, und ich habe Neil geheiratet."

Jan schüttelte den Kopf. „Du hast wirklich Neil Brooks einem Mann wie Gavin Doel vorgezogen?", fragte sie ungläubig. „Ohne dir zu nahe treten zu wollen, Melanie, aber Brooks kann Doel doch nicht das Wasser reichen!"

„Trotzdem war es so."

„Und mehr ist nicht dran an der Geschichte?"

„Nein", log Melanie. „Doch die ganze Sache bleibt vertraulich, verstanden?"

„Sicher!" Jan sah enttäuscht aus. „Außerdem interessiert sich sowieso niemand dafür, mit wem Doel in der Highschool zusammen war."

Damit warf sie einen Blick auf ihre Armbanduhr und runzelte die Stirn. „Ich muss weg", erklärte sie. „Aber wir sehen uns morgen. Wann hast du die Bilder von der Lodge fertig?"

„Morgen früh hast du sie auf dem Schreibtisch."

„Du bist ein Schatz, danke." Winkend eilte Jan davon.

Die nächsten Stunden verbrachte Melanie mit der Bearbeitung der Fotos, die sie am Mount Prosperity aufgenommen hatte. Die Aufnahmen vom Lift aus waren großartig geworden: Die gezackten Felsgrate des Kaskadengebirges traten deutlich hervor. Bilder von den Arbeitern zeigten den Aufwand, der zur Wiedereröffnung der Lodge notwendig war. Aber die Bilder, die ihr den Atem stocken ließen, waren die von Gavin.

In Schwarz-Weiß wirkte sein Gesicht noch kantiger und männlicher als sonst – genauso beeindruckend und urwüchsig wie die Berge, in denen er die Herausforderung suchte. Sie fand seine Züge unwiderstehlich sexy. Und obwohl sie während der Fahrt mit dem Lift kaum einen Anflug von Humor bei ihm wahrgenommen hatte, straften die Fotos seine harte Fassade Lügen. Sie zeigten Anzeichen von Lachfältchen um den Mund und in den Augenwinkeln. Wer es wohl geschafft hatte, ihn zum Lachen zu bringen?

Sie wählte die besten Fotos aus und schickte sie per E-Mail an Jan. Nachdem sie endlich damit fertig war, hatten alle anderen Kollegen die Redaktion bereits verlassen. Melanie trat aus der Tür, verschloss sie hinter sich und bemerkte dann erst, dass es sich merklich abgekühlt hatte.

Die Nächte hier im Gebirge wurden kälter.

Auf dem Heimweg kaufte sie noch schnell ein paar Lebensmittel ein, und so war es bereits nach sieben, als sie in die Auffahrt zu ihrem Haus einbog. Die beginnende Dämmerung färbte den Himmel dunkelblau, und lange Schatten fielen über das trockene Gras auf dem Hof. Neben der Garage parkte ein Truck, den sie nicht kannte. Hinter dem Steuer saß Gavin.

Erschrocken trat sie auf das Pedal, und der VW kam mit quietschenden Bremsen zum Stehen.

Das konnte doch nicht sein!

Doch während sie ungläubig den Truck anstarrte, stieg Gavin langsam aus, und ihr Herz fing an, wie wild zu pochen. Was jetzt? Trotzdem bemühte sie sich, ruhig zu wirken und sich für die bevorstehende Auseinandersetzung zu wappnen. Bestimmt ging es um Richs Angebot.

Mit seiner ausgeblichenen Jeans, dem schwarzen T-Shirt, der abgeschabten Lederjacke und den alten Turnschuhen erinnerte er sie an den Jungen, den sie früher gekannt hatte – den von der falschen Seite der Stadt. Weder Designerlabel noch schicke Skikleidung verrieten, dass er inzwischen zum Ski-Superstar geworden war.

Melanie straffte die Schultern. War nicht Angriff immer noch die beste Verteidigung? Entschlossen packte sie ihre Handtasche, die Einkäufe und die Kamera und stieg ebenfalls aus ihrem Wagen. „Sag nichts", sprach sie ihn an, während sie mit der Hüfte die Autotür zudrückte und ein strahlendes Lächeln aufsetzte, „du bist gekommen, um mich zu meinem tollen neuen Auftrag für *Ridge Lodge* zu beglückwünschen."

Er schob sich die Sonnenbrille von der Nase ins Haar. „Nicht ganz."

Mit spöttisch hochgezogener Augenbraue bemerkte sie: „Und ich dachte, du bist ganz aus dem Häuschen vor Freude."

„Um diesen Teil der Geschäfte kümmert sich Rich."

„Ach ja? Dann bist du also nicht hier, um mir mitzuteilen, dass ich ab sofort von meinen neuen Aufgaben freigestellt bin?“

„Ich habe zumindest darüber nachgedacht“, antwortete er aufreizend ruhig.

„Lieber Gavin, eins möchte ich mal klarstellen“, erwiderte sie. „Ich habe nicht vor, mich auf einen Machtkampf mit dir einzulassen. Wenn du willst, dass ich für euch arbeite – gut. Wenn nicht, dann werde ich keineswegs am Hungertuch nagen, ob du das nun glaubst oder nicht. Kein Grund für Schuldgefühle. Wenn du also willst, dass jemand anders für euch fotografiert, dann sag es einfach.“

„Wie es aussieht, will Rich dich unbedingt haben.“

„Und du?“

Er presste die Lippen zusammen. „Keine Ahnung. Ich habe bisher nichts von deinen Arbeiten gesehen. Zumindest nicht in letzter Zeit.“

Ohne auf diese Anspielung weiter einzugehen, überquerte sie den Hof und ging zur Hintertür. Sie hielt den Rücken dabei sehr gerade und tat so, als wäre es ihr vollkommen gleichgültig, dass er plötzlich vor ihrem Haus aufgetaucht war. Über die Schulter hinweg rief sie ihm zu: „Wenn dich meine Fotos interessieren, kannst du reinkommen. Aber wenn du dich bloß wieder mit mir streiten möchtest, dann verschwinde besser. Ich bin dazu heute einfach nicht in der richtigen Stimmung.“

Die Einkaufstüten und die Kameratasche auf der Hüfte balancierend, schloss sie die Tür auf. Sofort schoss Sassafras bellend und knurrend daraus hervor. Er blieb noch nicht einmal stehen, um sich die gewohnte Streicheleinheit zur Begrüßung abzuholen, sondern raste mit gefletschten Zähnen geradewegs auf Gavin zu.

„Keine Angst“, erklärte sie. „Er ist der typische Hund, der zwar bellt, aber nicht beißt.“

Doch Gavin schien sich auch so nicht von Sassafras’ hochgezogenen Lefzen und den kehligen Warnlauten aus der Ruhe bringen zu lassen. Er schaute den Hund an und befahl dann streng: „Platz!“

Abrupt bremste der Hund ab, fast wäre er auf dem Gras weggerutscht. Er setzte sich, wobei seine Nackenhaare aber gesträubt waren.

„So ist es besser“, bemerkte Gavin, bevor er Melanie auf die Veranda folgte. „Verdammtes Bein“, grummelte er. Auf der Schwelle verharrte er.

„Komm rein“, lud Melanie ihn ein. „Ich beiße auch nicht. Jedenfalls in der Regel nicht.“ Sie stellte die Einkäufe auf die Arbeitsplatte in der Küche. „Lass mich nur erst den Kram wegräumen.“ Schnell streifte sie die Schuhe ab, beförderte sie mit einem Tritt in eine Ecke und räumte Gemüse und Fleisch in den Kühlschrank ein.

Obwohl sie die ganze Zeit spürte, dass Gavin sie beobachtete, warf sie keinen Blick in seine Richtung, sondern tat so, als wäre er gar nicht da. Es gelang ihr, äußerlich einen unbeteiligten Gesichtsausdruck zu bewahren, um darüber hinwegzutäuschen, dass ihr Herz raste und ihre Hände plötzlich feucht geworden waren. Da stand er nun bei ihr zu Hause – und jetzt? Plötzlich erschien ihr das Haus kleiner als je zuvor.

Dass Gavin sich hier mit ihr in einem Raum aufhielt, wühlte zu viele Erinnerungen wieder auf. Die Luft in der Küche kam ihr auf einmal heiß und stickig vor, dabei war die Temperatur draußen gesunken.

„Komm mit. Mein Studio ist da hinten.“ Sie hielt Sassafras die Tür auf. Mit dem alten Hund strömte kühle Bergluft in die Küche. Der Collie beäugte Gavin misstrauisch, bellte und ließ sich auf seinem Lieblingsplatz unter dem Tisch nieder. „Guck mal, er hat sich schon mit dir angefreundet“, bemerkte Melanie, die angesichts des leisen Knurrens lachen musste.

„Du liebe Zeit – wie reagiert er denn dann auf jemanden, mit dem er sich nicht anfreundet?“

„Genauso.“ Melanie führte Gavin den Flur entlang zu ihrem Studio. Er verlor kein Wort zu den Veränderungen im Haus, doch vielleicht wusste er auch nicht mehr so genau, wie es früher hier ausgesehen hatte. Während ihrer kurzen Beziehung war er lediglich ein paar Mal bei ihr gewesen und nie lange geblieben. Die Feindseligkeit ihres Vaters hatte ihn immer schnell vertrieben.

Als sie die Studiotür öffnete, fasste Gavin sie am Handgelenk. „Ich bin nicht gekommen, um mir deine Fotos anzugucken." Er drehte sie abrupt zu sich herum, sodass sie plötzlich seine Brust direkt vor Augen hatte.

„Aber ich dachte ..."

„Das war nichts als ein Vorwand." Er schluckte, und sein Adamsapfel bewegte sich. Melanie zwang sich, Gavin ins Gesicht zu sehen. „Ich bin hier, weil ich ein paar Spielregeln festlegen will. Wir müssen über ein paar Dinge mal reden."

„Was denn für Dinge?" Noch immer hielt er ihr Handgelenk umklammert, sodass sie die Hitze seiner Finger an ihrem Arm spürte. Bestimmt konnte er ihren rasenden Puls fühlen. Auf einmal schienen ihr die Wände des kleinen, dunklen Flurs dichter zusammenzurücken, und sie musste ihre Hand aus seinem Griff befreien.

„Ich wollte dir nur sagen, dass ich keine Schwierigkeiten will."

„Und du glaubst, ich mache dir welche?"

„Du vielleicht nicht, dieses Käseblatt, für das du arbeitest, allerdings schon"

„Die *Tribune* ...", entgegnete sie aufbrausend.

„Die Diskussion hatten wir schon", unterbrach er sie.

Sie tastete nach der Türklinke und betrat das Studio, um wieder etwas Raum zum Atmen zu bekommen. Mit dem Ellbogen schaltete sie das Licht ein.

„Ich habe das ungute Gefühl, dass deine Reporterkollegin einfach alles drucken würde, von dem sie glaubt, dass es sich gut als Schlagzeile macht", fuhr er fort.

„Das stimmt nicht."

„Na, wenn du das sagst ..." Dennoch wirkte er nicht im

Geringsten überzeugt. Schnell schaute er sich im Zimmer um, bevor er sich auf einer Kante ihres Schreibtischs niederließ. „Trotzdem stellt sie ganz schön persönliche Fragen."

„Um Jan musst du dir keine Sorgen machen", verteidigte Melanie die Kollegin. „Ich habe ihr angedeutet, was damals zwischen uns war."

„*Was* hast du gemacht?", brüllte er. Der Ausdruck in seinen goldbraunen Augen wirkte auf einmal eiskalt.

„Nicht für die Zeitung, sondern nur von Frau zu Frau."

„Und du vertraust ihr?"

„Natürlich vertraue ich ihr! Schließlich arbeiten wir zusammen. Sie ist eine gute Freundin."

Er schnaubte verächtlich. „Na, vermutlich vertraust du dann Michaels auch noch."

„Ja!", antwortete sie empört.

Gavin murmelte etwas vor sich hin, das sie nicht verstehen konnte. „Aber er ist noch nicht besonders lange dein Chef, oder?"

„Nein", musste sie zugeben. „Die Zeitung ist vor ungefähr einem Jahr verkauft worden, und seitdem wird sie von Brian geführt."

„Wo war er denn vorher?"

„Ich glaube, in Chicago. Er ist ein alter Hase in der Verlagswelt. Vor Chicago war er in Atlanta, soweit ich weiß."

„Ganz genau. Und nirgends hat er es besonders lange ausgehalten, stimmt's? Außerdem kann man ein Lokalblatt in Taylor's Crossing nicht gerade als nächsten Schritt einer vielversprechenden Karriere bezeichnen. Atlanta, Chicago, Taylor's Crossing – ein bisschen komisch, findest du nicht?"

„Was willst du damit andeuten, Gavin?", fragte sie. Seine Anspielungen missfielen ihr.

„Wie du weißt, bin ich Michaels schon mal begegnet. Damals war er Reporter in Vail. Ich mochte ihn schon da nicht, und heute traue ich ihm noch viel weniger über den Weg."

Die Arme vor der Brust verschränkt, entgegnete sie: „Du

bist der misstrauischste Mensch, den ich kenne. Eigentlich traust du niemandem, oder?“

„Tja, man fragt sich, wie das wohl gekommen ist“, sagte er. Seine Miene war verschlossen.

Ihr Herz schien einen Moment auszusetzen. „Dann gibst du mir also die Schuld?“

„Nein, Melanie, ich gebe mir selbst die Schuld.“ Seine scharfe Stimme ging ihr durch und durch. „Als wir uns getroffen haben, war ich jung und ziemlich naiv. Du hast mir gezeigt, dass es dumm ist, einem anderen Menschen einfach blind zu vertrauen, und das war eine wertvolle Lektion für mich. Anders hätte ich später ein paar harte Zeiten nicht überstehen können.“

„Dann bist du also eigentlich gekommen, weil du dich bei mir bedanken möchtest“, schleuderte sie ihm an den Kopf. Aber innerlich starb sie tausend Tode.

„Ich bin hier, da ich sichergehen will, dass wir das gleiche Ziel haben. Unsere Vergangenheit muss vergangen bleiben. Und deshalb redest du besser nicht mehr mit Jan oder irgendjemand anders bei der *Tribune* darüber.“

„Ach, wirklich?“

„Ja. Und zwar um dich zu schützen, um mich zu schützen und um meinen Vater zu schützen. Ich will nicht, dass Dads Name in der Zeitung auftaucht, egal was passiert.“

Melanie biss sich auf die Lippe. „Ich weiß nicht, ob das möglich sein wird.“

„Dann mach es möglich. Du hast schließlich Einfluss bei der *Tribune*.“

„Ich kann es versuchen, doch ich bin auch nur die Fotografin.“

„Und im Endeffekt läuft es darauf hinaus, dass Brian Michaels sich keinen Deut darum schert, wessen Leben er kaputtmacht.“ Er stand auf, sodass sie zu ihm aufsehen musste. Seine Augen glitzerten gefährlich. „Mein Vater hat mehr als genug gebüßt für alles, was passiert ist. Und nicht nur er – wir alle. Es gibt keinen Grund, weshalb die alte Geschichte jetzt wieder aus der Versenkung gezerrt werden sollte."

„Da stimme ich dir zu. Ich habe bloß nicht den blassesten Schimmer, wie ich das unterbinden soll."

Seufzend fuhr sich Gavin durch die Haare. „Dad plant nach Taylor's Crossing zurückziehen. Ich möchte, dass er hier unbehelligt einen neuen Anfang machen kann."

„Ich glaube nicht, dass ihn irgendjemand daran hindern will."

„Mein Gott, bist du naiv! Du hast einfach keine Ahnung, in was für einer Branche du da arbeitest, oder?"

„Wir verbreiten die Nachrichten …"

„Ja, und Klatsch und Tratsch – ist egal, wie viel davon wirklich wahr ist, Hauptsache, die Zeitung verkauft sich!"

„Ich habe nicht vor, noch länger hier zu stehen und mich darüber mit dir zu streiten", antwortete sie. Aber sie wünschte, sie könnte es mit mehr Überzeugung sagen. „Wenn das also alles ist …"

„Noch nicht ganz. Wir verstehen uns also richtig …"

„Ich denke nicht, dass wir uns jemals richtig verstanden haben."

„Das ist egal. Du kommst mir nicht in die Quere und ich dir auch nicht. Wenn bei deiner Arbeit bei der Lodge irgendwelche Fragen auftauchen, kannst du dich an Rich wenden."

„Und wenn er nicht da ist?"

„Dann kann ich dir weiterhelfen."

„Damit meinst du, dass ich dir gefälligst nicht hinterherlaufen soll, richtig?", fragte sie ironisch. Schon wieder schäumte sie vor Wut.

„Ich will damit nur deutlich machen, dass es besser ist, wenn wir beide genügend Abstand zueinander wahren."

„Keine Angst, Gavin", bemerkte sie bitter. „Ich habe keineswegs vor, dich in kompromittierende Situationen zu bringen."

Von seinem Nacken aus kroch Röte über sein Gesicht. „Sei vorsichtig, Melanie. Provozier mich nicht."

„Das würde mir doch nicht im Traum einfallen!", gab sie

hitzig zurück. „Ich habe keine Angst vor dir, Gavin."

Sein Blick wanderte zu ihrem Mund. „Vielleicht solltest du das aber", flüsterte er heiser.

„Warum?"

Er schluckte hart und schien nur mit Mühe die Beherrschung zu wahren. „Weil – ach, verdammt. Ich weiß genau, dass es kompletter Irrsinn ist, und ich sage mir ständig, dass es keinen Sinn hat, doch … Ach was, zum Teufel!"

In der nächsten Sekunde spürte sie seine Arme um ihre Taille und seine Lippen auf ihren.

Überrascht keuchte Melanie auf, und er nutzte den Moment, um mit der Zunge in ihren Mund einzudringen, wo er sie auf erotische Entdeckungsreisen schickte.

Melanie wusste genau, dass sie ihn wegstoßen sollte, so heftig sie nur konnte, und sie versuchte es auch – oh, wie sehr sie es versuchte! Aber kaum hatte sie die Hände gegen seine Brust gestemmt, da fühlte sie sich seltsam kraftlos. Sie konnte nichts anderes tun, als die Augen zu schließen und in der schmerzhaften Erinnerung an all die anderen Küsse zu schwelgen, die Gavin ihr gegeben hatte. Er schmeckte immer noch genauso, und der Kuss war ebenso machtvoll und leidenschaftlich wie damals.

Ihre Lippen wurden weich, und sie küsste ihn ebenso verlangend. Sämtliche Lügen, sämtliche Vorwürfe schmolzen dahin wie Schnee in der Sonne. In ihr existierte nichts mehr als Gavins Duft, das Gefühl seines Körpers, die Kraft seiner Umarmung und das laute Klopfen ihres Herzens.

Allmählich wurde der sinnliche Tanz ihrer Zungen langsamer, und Gavin stöhnte leise auf. „Du liebe Zeit, Melanie", flüsterte er, den Mund dicht an ihrem Hals. Immer noch hielt er sie fest an sich gepresst. „Warum?"

Sie versuchte ihm zu antworten, doch die Stimme versagte ihr.

Vorsichtig ließ er sie los, trat einen Schritt zurück und fuhr sich mit zitternden Fingern durch die Haare. Sie sah zu, wie er merklich um Fassung rang.

„Gavin, lass uns miteinander reden."

„Wir haben alles gesagt, was es zu sagen gibt", antwortete er. „Das hier ist sinnlos."

„Wir … wir können es versuchen."

Wieder schweifte sein Blick zu ihren Lippen, und sie musste schwer schlucken. „Nein."

„Ich muss dir was erklären. Wegen Neil", stieß sie heiser hervor.

Augenblicklich verhärtete sich seine Miene. „Du musst mir gar nichts erklären, Melanie. Vergessen wir einfach, was passiert ist."

„Ich glaube nicht, dass ich das kann."

„Dann versuch es." Er drehte sich auf dem Absatz um und verschwand.

Eine ganze Minute nach seinem abrupten Aufbruch stand Melanie wie versteinert da. Erst als sie hörte, wie sein Pick-up-Truck ansprang und mit quietschenden Reifen über den Kies davonfuhr, ließ sie sich gegen die Tür sinken.

Die kommenden Wochen würden die Hölle werden!

„Verdammt! Verdammt! Verdammt!" Wütend hieb Gavin mit der Faust auf das Lenkrad ein. Was war da nur eben in ihn gefahren? Er hatte sie geküsst – *geküsst*! Und sie hatte den Kuss auch noch erwidert. Ein paar Momente lang hatten plötzlich Raum und Zeit nicht mehr existiert, und er selbst musste sich nun der Erkenntnis stellen, dass er keineswegs über Melanie Walker hinweg war.

Er schlug noch einmal auf das Lenkrad und trat das Gaspedal durch. Inzwischen hatte er die Stadt hinter sich gelassen und bog nun in die unbeleuchtete Straße ein, die bergauf zur Lodge führte.

Er konnte sich vor ihr nicht verstecken. Als Fotografin des Resorts würde sie sich häufig dort oben aufhalten. Und was dann? Würde er sie wieder küssen? Sie nächstes Mal womöglich gleich verführen? Erotische Bilder stiegen in ihm auf: wie sie ihren Rücken fest an seinen Bauch geschmiegt hatte, wie er ihre wunderbaren Brüste mit der Hand umfasste, wie sie ihn im Dämmerlicht des Heubodens voller Erregung mit den Hüften gestreift hatte …

„Aufhören!“, befahl er sich, als könnte er sie mit purer Willenskraft aus seinem Kopf verbannen. Verzweifelt schaltete er das Radio ein und versuchte, sich auf den Wetterbericht zu konzentrieren. Der Sprecher kündigte einen Temperatursturz für Oregon an, doch Gavin verzog lediglich zynisch die Lippen. In den nächsten ein, zwei Monaten würde in seinem Inneren vermutlich eine Hitzewelle ausbrechen. Und daran war nur Melanie schuld.

7. KAPITEL

Auf der Titelseite der *Tribune* prangten groß und breit *Ridge Lodge* und Gavin. Mehrere Bilder, darunter etliche von denen, die Melanie während der Liftfahrt aufgenommen hatte, zeigten das große, alte Gebäude am Fuße der Skipisten. Daneben war Gavin zu sehen, wie er gerade mit der Reporterin sprach. Sein Gesicht wirkte kantig, seine Miene nachdenklich.

Die Aufnahme gefiel ihm nicht. Es gab zu viel von seinen Emotionen preis – wie zum Beispiel die Tatsache, dass er sich bei dem Interview unwohl gefühlt hatte. Offenbar besaß Melanie die Begabung aller guten Fotografen, in einem schlichten Schwarz-Weiß-Porträt den Charakter des Abgebildeten deutlich zutage treten zu lassen.

„Zur Hölle mit ihr", murmelte er missmutig vor sich hin, bevor er sich dazu zwang, den Artikel zu lesen. Die fette Schlagzeile verkündete: Doel eröffnet *Ridge Lodge*. Darunter stand in kleineren Lettern der Name Jan Freemont.

Gavin biss die Zähne zusammen, während er die Absätze überflog. Aber in dem Bericht ging es lediglich um die Fakten rund um die Renovierung und die Wiedereröffnung des Hotels. Die einzige private Information war, dass Gavin in Taylor's Crossing aufgewachsen war. Seine Medaillen und seine Karriere wurden zwar erwähnt, doch der Fokus des Artikels lag auf der Lodge.

Vielleicht hielt sich also Michaels diesmal an die Spielregeln. Vielleicht handelte es sich bei der *Tribune* auch um ein Lokalblatt, das kein Interesse daran hatte, das Leben anderer Leute zu durchwühlen.

Daran glaubte Gavin allerdings keine Sekunde lang. Er war Michaels schon früher begegnet, und er wusste genau, dass dessen Reporterinstinkte durch Klatsch und Spekulation erst geweckt wurden. Es sei denn, er war im Laufe der Jahre weicher geworden oder hatte so etwas wie ein Gewissen entwickelt.

„Ganz bestimmt nicht“, sagte Gavin zu sich selbst. In diesem Augenblick betrat Rich das Büro, mehrere Zeitungen unter den Arm geklemmt und ein breites Grinsen auf dem Gesicht.

Er ließ die Blätter auf Gavins Schreibtisch fallen. „Sieht ganz danach aus, als hättest du dir völlig umsonst schlaflose Nächte gemacht“, verkündete er und zeigte auf die Titelseite.

„Das bleibt erst noch abzuwarten.“

„Ich habe dir doch gesagt: Das ist die beste kostenlose Werbung, die wir kriegen können! Die *Portland Daily* und etliche andere Zeitungen in Washington, Idaho und Nordkalifornien haben die Story schon übernommen.“

„Du musst es ja wissen“, antwortete Gavin. Es fiel ihm schwer zuzugeben, dass er diesmal im Unrecht war.

„Und jetzt will die *Tribune* eine ganze Serie über *Ridge Lodge* bringen, und der letzte Artikel soll rechtzeitig zur Eröffnung erscheinen, und zwar eine Doppelseite. Was können wir uns mehr wünschen?“

„Mir fällt nichts ein“, antwortete Gavin sarkastisch.

„Mir auch nicht.“ Rich steckte die Hände in die Taschen und ging zum Fenster, um in den bewölkten Nachmittagshimmel zu starren. „Also, sei nett zu den Reportern, die demnächst hier auftauchen.“

„Etwas anderes würde mir im Traum nicht einfallen.“

Rich seufzte dramatisch. „Ich weiß, dass du es Ms Freemont ganz schön schwer gemacht hast.“

„Im Gegenteil, ich war der reinste Musterknabe“, erwiderte Gavin spöttisch.

„Deine Einstellung, Doel, lässt einiges zu wünschen übrig.“

„Ich werde daran arbeiten.“

„Tu das.“

„Brauche ich aber gar nicht. Denn ab jetzt bist du derjenige, der mit der Presse spricht.“

„Ich weiß, ich weiß. Aber ich kann nicht immer hier sein. Heute zum Beispiel muss ich nach Portland, um den Fall hoffentlich zu einem guten Abschluss zu bringen. Außerdem muss ich mich mal ein paar Tage um meine Kanzlei kümmern und schauen, ob mein Vertreter alles im Griff hat. Bis zum Wochenende bin ich jedoch wieder zurück."

„Und in der Zwischenzeit willst du, dass ich mich um …", er warf einen Blick auf den Artikel in der *Tribune*, „… um Jan Freemont kümmere."

„Nicht nur um sie, sondern auch um alle anderen, die hier hereinspaziert kommen und entweder eine Story oder Bilder wollen. Melanie Walker ausdrücklich eingeschlossen."

Gavin runzelte die Stirn. Er hatte sich schon vorgenommen, sich mit Melanie irgendwie zusammenzuraufen. Er wollte die Vergangenheit vergangen sein lassen, alles vergessen, Melanie genauso behandeln wie alle anderen. Als ob das möglich wäre! Nachdem er sie geküsst hatte, war er sich da nicht mehr so sicher. Ein einziger Kuss, und er hatte völlig die Beherrschung verloren – wie ein erregter Teenager. Widerlich. „Ich werde mein Bestes geben", versprach er Rich, dennoch konnte er ein zynisches Lächeln nicht unterdrücken.

„Ach, Gavin, gib dir ein bisschen mehr Mühe", sagte sein Partner lachend, während er Unterlagen in seine Aktentasche räumte.

„Das ist nicht witzig, Johanson."

„Oh doch. Genau das ist dein Problem – du hast einfach keinen Humor."

„Solange ich keine anderen Probleme habe als dieses, muss ich wohl nicht allzu besorgt sein. Und jetzt ab mit dir."

Rich ließ die Aktentasche zuschnappen. „Im Ernst, Gavin, versuch bitte, nicht allzu viele Leute gegen dich aufzubringen, während ich weg bin. Insbesondere keine Reporter."

Gavin setzte seinen unschuldigsten Gesichtsausdruck auf. „Ich gebe dir mein Ehrenwort. Außer, die Fragen werden zu persönlich oder gehen sonst völlig am Thema vorbei …"

„Ja, abgesehen davon bist du der reinste Musterknabe. Sehr beruhigend", murmelte Rich. Mit einem Winken verabschiedete er sich.

Gavin schaute erneut in die aufgeschlagene Zeitung und betrachtete sein Porträt. Bestimmt tauchte Melanie schon innerhalb der nächsten Tage hier auf. Nun ja, dann musste er sich eben bemühen, nett zu ihr zu sein. Selbst wenn es ihn umbrachte.

Melanie war fest entschlossen, alles nur mit Rich Johanson abzuwickeln und Gavin aus dem Weg zu gehen. Hinter ihr lagen ohnehin schon drei schlaflose Nächte, in denen sie nur an Gavin gedacht hatte und daran, dass sie ihm in die Arme gesunken war.

Und auch Gavin hatte auf sie reagiert, ob er nun gewillt war, es zuzugeben, oder nicht. Der Gedanke ließ ihr dummes Herz höherschlagen, aber sie brachte sich streng wieder auf den Boden der Tatsachen zurück. Es mochte ja sein, dass sie ihn nicht kaltgelassen hatte – doch das war rein sexuelles Verlangen gewesen. Seine Gefühle hatten nichts mit ihren zu tun. Er hatte sie geküsst, wie er in den vergangenen Jahren Dutzende anderer Frauen geküsst hatte. Sie dagegen hatte ihn geküsst, wie sie eben nur ihn geküsst hatte. Kein anderer Mann, Neil eingeschlossen, war jemals in der Lage gewesen, solche Erregung, einen so rasenden Puls in ihr auszulösen.

Und genau deshalb lässt du die Finger von Gavin, ermahnte sie sich, als sie drei Tage nach Gavins Besuch die schwere Eingangstür zur *Ridge Lodge* aufstieß.

Leider war der erste Mensch, dem sie dort begegnete, ausgerechnet Gavin.

Zum Glück waren sie wenigstens nicht allein. In der Lobby waren Arbeiter damit beschäftigt, zu hämmern und zu sägen, die alte Holzvertäfelung abzuschleifen und neu zu versiegeln. Überall liefen Männer mit Ledergürteln herum, in denen Hämmer, Meißel, Nägel und Raspeln steckten. Einige kletterten auf dem Gerüst herum, das drei Stockwerke hoch bis zu den Dachbalken reichte. Von der dämmrigen Gemütlichkeit des rustikalen alten Hotels war nichts zu spüren, obwohl der Nachmittag schon vorangeschritten war, denn die Bauleute hatten riesige

Scheinwerfer aufgestellt, um bei den Renovierungsarbeiten genug sehen zu können.

Auf dem Tresen der Bar waren Pläne ausgebreitet, an den Ecken beschwert von staubigen, halb leeren Flaschen. Sägen kreischten, Wolken von Sägemehl wirbelten durch die Luft, und ein Radio plärrte, dabei war sich Melanie sicher, dass niemand bei dem Getöse etwas von der Countrymusik hören konnte.

„Äh, ich suche Rich", rief sie, um den Lärm zu übertönen. Voller Unbehagen wurde ihr bewusst, dass ihr die Röte in die Wangen stieg. Gavin stand in Jeans und T-Shirt in der Nähe der Bar und betrachtete die Decke. Offensichtlich überwachte er die Renovierungsarbeiten.

Er runzelte die Stirn, wischte sich die Hände an der Hose ab und kam näher, damit sie nicht so zu schreien brauchten. „Rich ist weg. Ich soll ihn so lange vertreten."

Na, großartig! schoss es Melanie durch den Kopf. Innerlich bereitete sie sich bereits auf die unausweichliche Konfrontation vor.

„Ich habe ihm versprochen, dass ich mein exzellentes Benehmen hervorkrame."

„Ach, ich wusste gar nicht, dass du so was hast."

Seine Mundwinkel zuckten. „Es ist ziemlich tief vergraben. Aber du hast heute Glück: Ich werde mein Bestes geben und unglaublich charmant und hilfsbereit sein."

„Lügner", ging sie auf seine Flachserei ein.

„Hey!" Unschuldig hob er die geöffneten Hände. „Entweder nimmst du mit mir vorlieb, oder du musst später wiederkommen."

„Ich dachte, du willst nichts mit mir zu tun haben."

Seine Augen verdunkelten sich ein wenig. „Manchmal hat das Schicksal anderes mit uns vor."

Das kann man wohl sagen, stellte Melanie fest, doch sie behielt es für sich. Sie wollte ihn lieber nicht gegen sich aufbringen – nicht während er sich so freundlich gab.

„Rich hat den Vertrag für dich auf dem Schreibtisch liegen

lassen", fuhr Gavin fort, als ob es den Moment in ihrem Haus gar nicht gegeben hätte – als hätte sich nichts geändert. „Ich hole ihn. Komm mit."

Sie folgte ihm ins Büro, trotzdem fragte sie sich die ganze Zeit, wie lange seine Nettigkeit wohl vorhalten würde.

Nachdem er die Tür hinter ihnen geschlossen hatte, grinste er sogar. „Tut mir leid, wie es hier aussieht."

„Kein Problem. Eigentlich würde ich sogar gerne ein paar Fotos davon machen."

Er nickte. Gleichzeitig kramte er auf dem Schreibtisch nach dem Vertrag, fand ihn endlich und überreichte ihn ihr.

Sie nahm ihn und bemerkte: „Deine Laune ist heute besser."

„Warum auch nicht?", erwiderte er. Durch das Fenster fielen ein paar Strahlen der Nachmittagssonne und ließen die blonden Strähnen in seinem Haar aufleuchten. Bei dem Anblick schien Melanies Herz einen kleinen Hüpfer zu vollführen. „Wir sind uns doch neulich einig gewesen, oder?"

„Ja", stimmte sie ihm zu. Dabei war sie sich nicht sicher, ob sie in Gegenwart dieses überfreundlichen Gavin entspannter war als in der des desillusionierten Zynikers, der sie vor drei Tagen zurückgelassen hatte – des Mannes, der sie so leidenschaftlich geküsst hatte, dass es sie immer noch in der tiefsten Seele berührte.

Gavin steckte die Hände in die Gesäßtaschen seiner Jeans. „Jetzt, wo die Bauarbeiten endlich angefangen haben, fühle ich mich auch nicht mehr so wie ein Hamster im Rad."

„Und das heißt, dass plötzlich alles wunderbar ist?", hakte sie skeptisch nach.

Abrupt schaute er hoch, ohne dass ihm sein routiniertes Lächeln von den Lippen wich. „Bis irgendetwas schiefgeht."

Sie schenkte ihm keine Sekunde lang Glauben. Obwohl sie genau wusste, dass er ihr etwas vormachte, fing sie darüber keinen Streit mit ihm an. Wenn er beabsichtigte, sich freundlich und nett zu verhalten, würde das ihre Aufgabe hier deutlich vereinfachen.

„Du kannst den Vertrag mitnehmen und einen Rechtsanwalt drüberlesen lassen, wenn du willst, allerdings will ihn Rich bis zum Ende der Woche unterschrieben zurück.“

„Kein Problem.“ Sie steckte den dicken weißen Umschlag ein, der oben links Namen und Adresse von Richs Kanzlei trug, und ging dann zur Besprechung der anliegenden Fragen über. „Ich habe schon ein paar Ideen für die Broschüre, aber vor allem hätte ich gerne ein paar alte Bilder von der Lodge und von dir, um den Hintergrund ein bisschen zu illustrieren.“

„Ich weiß wirklich nicht …“ Er verstummte. Einen Augenblick lang verdüsterte sich seine eben noch so strahlende Miene, und auf seiner Stirn erschienen kleine Fältchen. Jetzt erst begriff Melanie, wie schwer es ihm fallen musste, sich so locker und zuvorkommend zu geben. „Klar, warum nicht?“, sagte er schließlich. „Ich habe alles, was du brauchst, in meinem Apartment.“ Mit einem unterdrückten Fluch griff er zu seinem Gehstock. „Hier entlang.“

Sie folgte ihm den schmalen Flur entlang bis zu einer Tür an der Gebäuderückseite.

Während er die Klinke herunterdrückte, bemerkte er ziemlich spöttisch: „Es geht doch nichts über ein behagliches Zuhause.“ Er hielt ihr die Tür auf, und sie betrat seine Wohnung.

Eigentlich hatte sie damit gerechnet, dass ein reicher und berühmter Mann wie Gavin, der die bescheidenen Verhältnisse seiner Kindheit am liebsten weit hinter sich lassen wollte, in einer luxuriösen Suite mit teuren Möbeln lebte. Stattdessen befand sie in einen Raum, der zwar einigermaßen gemütlich aussah, aber sehr schlicht eingerichtet war. An der einen Wand fiel als Erstes der große Natursteinkamin ins Auge. Das Regal daneben war mit Büchern, Zeitschriften und CDs vollgestopft. Außerdem gab es noch eine Stereoanlage und einen Fernseher. Ein verwaschener Flickenteppich bedeckte den Dielenboden, und die wenigen Möbel standen wie zufällig im Raum verteilt.

Als Gavin sich zu dem unteren Regalfach hinabbeugte, verzog er kurz das Gesicht. Nach einigem Herumkramen hatte er gefunden, was er suchte, und legte ein paar alte Fotoalben und eine Schachtel auf ein Tischchen. „Das dürfte reichen“, sagte er gezwungen lächelnd, sowie er sich wieder aufrichtete. „Wenn du noch was brauchst, sag einfach Bescheid. Ich bin entweder bei den Bauarbeitern oder im Kraftraum.“ Dabei warf er einen ungeduldigen Blick auf sein verletztes Bein. „Bei der Physiotherapie.“

„Ich brauche vermutlich nicht lange“, antwortete Melanie. Obwohl sie sich bemühte, höflich zu bleiben, klang ihre Stimme angespannt.

„Gut.“

„Und ich werde darauf achten, dich nicht zu stören.“

Verdammt, wenn du wüsstest, dachte Gavin. Er setzte alles daran, einigermaßen freundlich mit ihr umzugehen. Aber jedes Mal, wenn er sie ansah, jedes Mal, wenn er dem Blick aus ihren großen braunen Augen begegnete, wurde er daran erinnert, dass er sie über alles geliebt hatte. Sie hatte seine Seele berührt.

„Du verfluchter Idiot“, murmelte er lautlos und humpelte so schnell wie möglich davon. Schon ihre Nähe ließ ihn unruhig werden. Vom Kopf her war ihm klar, dass er Melanie ein für alle Mal hinter sich gelassen hatte. Doch irgendwas in ihm, das sich nicht unterdrücken ließ, wollte gleichzeitig mit dem Feuer spielen, rief ihm ihren letzten Kuss ins Gedächtnis und das Gefühl, wie sie geduftet und sich ihr Körper eng an seinen gepresst hatte. Was schadete es denn, wenn er ein bisschen Zeit mit ihr verbrachte – wenn er sich ein bisschen Spaß gönnte?

Immerhin war er längst über sie hinweg und konnte mit der Situation umgehen, was auch passierte. Oder etwa nicht? Der Abend neulich war keineswegs nach seinen Vorstellungen verlaufen. Immerhin tat er alles in seiner Macht Stehende, das Versprechen zu halten, das er Rich gegeben hatte: Melanie nicht zu vergraulen. Allerdings kostete es ihn fast übermenschliche Kräfte, entgegenkommend zu ihr zu sein.

In der Lobby besprach er sich ausführlich mit dem Polier. Zu seiner Erleichterung erfuhr er, dass die Renovierungsarbeiten noch genau im Zeitplan waren. Um nach dem Gespräch nicht wieder Melanie in die Arme zu laufen, ging er zu den Räumen, in denen sich der Hotelpool und die Fitnessgeräte befanden.

Zum Glück musste hier nur wenig renoviert werden, und so war der rechteckige Pool immer noch in Betrieb.

Gavin streifte seine Arbeitskleidung ab, zog sich eine Badehose an und machte sich als Erstes ans Krafttraining. Langsam und vorsichtig begann er damit, das verletzte Bein zu strecken und zu beugen, zunächst mit den leichtesten Gewichten, die sich einstellen ließen. Erst als ihm bereits Schweißperlen auf die Stirn traten, erhöhte er allmählich den Widerstand.

„Nur nichts überstürzen“, hatte Dr. Hodges gesagt. „Verausgaben Sie sich nicht zu sehr.“ Aber genau dazu trieb es Gavin. Er hatte sich diese verdammte Lodge aufgehalst und war nun hier eingesperrt, während oben Melanie saß und alte Fotos durchsah. Und dann war da noch die kommende Skisaison, die für das Hotel entweder den Durchbruch oder das Ende bedeuten würde. Um mit der Anspannung umzugehen, die all das mit sich brachte, blieb Gavin nichts anderes übrig, als sich zu verausgaben.

Unermüdlich drückte er mit dem Bein die Gewichte des Oberschenkelmuskeltrainers von sich. Schweiß lief ihm den Rücken hinunter.

Der Schmerz wurde stärker, doch er achtete nicht darauf, sondern fuhr mit dem Training fort. Er musste Spannung abbauen. Mit zusammengebissenen Zähnen spannte er die Beine an. Inzwischen tropfte ihm der Schweiß von den Schläfen aufs Kinn.

Wie zum Teufel sollte er bloß die nächsten paar Wochen überstehen? Wie, wenn er nicht in der Lage war, den ihm wichtigen Sport auszuüben? Wie, wenn er der Frau, die er einmal über alles geliebt hatte, nicht trauen konnte?

„Gar nicht erst dran denken“, herrschte er sich selbst an. Seine Oberschenkelmuskeln spannten sich erneut an, und seine Wadenmuskeln zitterten vor Anstrengung. Gavin schloss die

Augen, so fest er konnte – aber es half nichts: Sofort erschien Melanies Bild, das Bild einer Frau mit einem wunderschönen Körper und einem verführerischen Lächeln. Sicher, auch sie war älter geworden und nicht mehr ganz so sanft und naiv wie damals. Doch er fand ihre sarkastischen Bemerkungen umso interessanter und ihren Humor erfrischend anders. Allein dass sie es wagte, ihm die Stirn zu bieten, war reizvoll – oder zumindest wäre es das, würde es ihn nicht gleichzeitig so verdammt wütend machen. Unglaublich, dass sie die Unverschämtheit besaß, ihn zu provozieren, obwohl sie diejenige war, die ihn vor vielen Jahren einfach hatte sitzen lassen.

Ob sie wohl jemals an ihn gedacht hatte – an die Nächte, die sie gemeinsam verbracht hatten? Du lieber Gott, sobald er die Lider senkte, konnte er immer noch den Duft des Heus auf ihrer Haut riechen, das sinnliche Leuchten in ihren braunen Augen sehen, ihre Lustschreie hören, wenn er …

Abrupt ließ er die Gewichte zurückschnellen, sodass sie mit metallischem Klang aufeinanderknallten. Er strich sich die verschwitzten Haare aus dem Gesicht. Als er von dem Gerät stieg, machte sich seine Erregung auf lästige Art und Weise bemerkbar. „Verdammt, Doel, du bist wirklich ein Hornochse erster Güte“, murmelte er grimmig.

Diese körperliche Reaktion, die besser zu einem Teenager gepasst hätte als zu einem erwachsenen Mann, berührte ihn peinlich. Entschlossen sprang Gavin in das lauwarme Wasser des Pools und begann, Bahn um Bahn zu ziehen. Mit jedem Schwimmzug versuchte er, Melanie aus seinen Gedanken zu verbannen. Er konzentrierte sich darauf, die Bahnen zu zählen, aber irgendwann nach der dreißigsten verlor er den Überblick – egal. Das Wasser erfrischte ihn. Es lockerte seine Muskeln, und so hörte Gavin erst auf, nachdem er einen pochenden Schmerz in seinem Fußgelenk verspürte. Erst jetzt warf er einen Blick auf die Wanduhr. Halb sieben. Seit Melanies Auftauchen waren beinahe drei Stunden vergangen. Bestimmt war sie längst weg.

Er schwang sich aus dem Pool, humpelte tropfend zu einem

der Wandschränke und nahm ein Handtuch heraus, um sich das Gesicht abzutrocknen. Sein Atem war immer noch beschleunigt, doch wenigstens war seine Erektion verschwunden. Er fühlte sich der Erschöpfung nah.

Während er nach oben lief, rubbelte er sich die Haare trocken. In der Lodge war es ruhig und fast dunkel. Er würde in sein Apartment gehen, sich etwas anziehen und dann in die Stadt zum Abendessen fahren.

Mit Melanie? gab ihm eine Stimme in seinem Kopf ein.

„Kommt überhaupt nicht infrage!" Es gab nur eine Möglichkeit, wie er vor ihr sicher sein konnte: indem er sich von ihr fernhielt.

Melanie vergaß Raum und Zeit, während sie die alten Fotos von *Ridge Lodge* durchsah. In den Bildern wurde die ganze Geschichte der Lodge und der Stadt Taylor's Crossing wieder lebendig. Sie verbrachte Stunden damit, die Fotos auszusuchen, die sich am besten in der Broschüre machen würden. Noch schwerer fiel es ihr, sich zu entscheiden, welche Aufnahmen für die Lobby und das Hotelrestaurant vergrößert werden sollten. Schließlich hatte sie dreißig Fotos beisammen, die sowohl Atmosphäre als auch künstlerische Qualität besaßen. Die endgültige Auswahl daraus sollten Rich und Gavin treffen.

Nachdem sie diese Aufgabe erledigt hatte, hätte sie aufbrechen sollen, aber stattdessen nahm sie das zweite Album zur Hand. Es öffnete sich auf einer Seite, die ein altes Bild von Gavin zeigte. Er war darauf kaum Anfang zwanzig und posierte auf einer schneebedeckten Hügelkuppe. Sein Gesicht war gebräunt und noch faltenlos, und sein Lächeln strahlte mit dem Schnee um die Wette. Melanie schluckte schwer. Sie erkannte das Bild wieder. Sie selbst hatte es am Mount Prosperity aufgenommen.

Damals hatte Gavin als Skilehrer in der Lodge gearbeitet, um sich damit das Geld für sein eigenes Abfahrtstraining zu verdienen. Und sie war in jeder freien Minute mit ihm zusammen gewesen.

Melanie spürte einen Kloß im Hals, und sie musste die Lippen zusammenpressen, während sie das Foto anstarrte. Es förderte eine lang verschüttete Erinnerung nach der anderen zutage, und alle standen ihr so lebhaft vor Augen wie acht Jahre zuvor.

„Tu's nicht", flüsterte sie, doch sie hatte die eigene Warnung bereits in den Wind geschlagen. Langsam blätterte sie das Album durch, das Gavins Karriere von den Anfängen an dokumentierte. Atemberaubend steile Pisten, schneebedeckte Canyons, an deren Hängen sich einzelne Skispuren hinabschlängelten, und immer wieder Gavin, der vornübergebeugt durch das makellose Weiß wedelte und Schneewolken hinter sich aufwirbelte.

Daneben gab es noch andere Fotos, auf denen Gavin Pokale und Medaillen entgegennahm oder neben schönen Frauen stand. Diejenige, die am häufigsten abgebildet war, kannte sie: Aimee LaRoux.

Melanie hatte sich einigermaßen wieder im Griff, und ihr Herzschlag war wieder zur normalen Geschwindigkeit zurückgekehrt, als sie das Fotoalbum hochhob und ein einzelnes Bild zwischen den Seiten herausflatterte.

Sie drehte es um, und in diesem Moment schien die Zeit stillzustehen. Vor Melanie lag eine Aufnahmen von ihr selbst und Gavin. Eng zusammengekuschelt saßen in einer Nische vor dem großen Kamin der *Ridge Lodge* und lachten in die Kamera. Ihre Wangen waren noch erhitzt von der letzten Abfahrt des Tages, ihre Haare zerzaust, und aus ihren Augen strahlte hell die Verliebtheit. Gavin hatte ihr lässig den Arm um die Schultern gelegt, und er sah aus, als stünde ihm die ganze Welt offen. Und genau das war auch der Fall. An dem Abend hatte er erfahren, dass er in die Vorauswahl für das Olympiateam aufgenommen worden war.

Zitternd holte Melanie Luft und atmete langsam aus, bevor sie flüsterte: „Oh Gott!" In diesem Moment hörte sie die Dielen knarren. Sie schaute auf und entdeckte Gavin, der mit undurchdringlicher Miene in der Tür stand.

Er trug lediglich eine Badehose und hatte sich ein Handtuch um den Nacken geschlungen. Stumm betrachtete er sie, und in seinen Augen konnte sie tausend Fragen lesen.

Melanie setzte alles daran, weder seine durchtrainierten Schultermuskeln noch die blonden, gekräuselten Haare auf seiner Brust anzustarren. Sowie sie den Blick senkte, fielen ihr stattdessen seine muskulösen Schenkel und die Narben um seinen Knöchel herum auf.

„Ich dachte, du wärst längst weg“, sagte er endlich.

Du liebe Zeit, er hatte sie auch noch dabei erwischt, wie sie das Foto ansah! Am liebsten hätte Melanie das Album zugeschlagen. Sie zwang sich, den Kopf wieder zu heben. Gavin war bereits auf dem Weg zu ihr, den Blick auf den Schreibtisch und das Bild in ihrer Hand gerichtet.

Verzweifelt suchte Melanie nach den passenden Worten, aber die Zunge versagte ihr den Dienst.

Gavin blieb am Tisch stehen. Beim Betrachten des Fotos verzog er den Mund. „Na, schwelgst du in der Vergangenheit?“

„Nein, ich …“ Sie ließ das Bild fallen, als hätte sie sich verbrannt. Im nächsten Moment schalt sie sich wütend dafür, so verlegen zu reagieren. Mit emporgerecktem Kinn antwortete sie: „Es ist rausgefallen. Ich wollte es gerade zurücklegen.“

„Ach, die Mühe brauchst du dir nicht zu machen.“

„W…was?“

„Schmeiß es einfach weg.“

Zu ihrem Entsetzen riss er ihr das Foto aus der Hand, zerknüllte es und warf es in den Papierkorb.

„Nein!“, rief sie aus. Es kam ihr vor, als hätte er ihr gerade einen Teil ihrer Vergangenheit aus der Seele gerissen.

„Willst du's haben?“

„Nein, aber …“

„Dann lassen wir es doch einfach da, wo es hingehört. Ich muss es übersehen haben. Eigentlich habe ich diese ganzen Fotos schon vor Jahren weggeworfen.“

Innerlich bebte sie. Vor Wut? Oder wurde sie gerade von anderen, tieferen Gefühlen beherrscht? Melanie wusste es nicht, und sie wollte es auch nicht wissen. Aber als sie aufstand, klang ihre Stimme fest. „Du kannst das, was zwischen uns war, nicht einfach ausradieren, Gavin."

„Zwischen uns war nichts."

„Wir haben uns geliebt."

„Ich dachte, wir wären uns einig, dass wir bloß Kinder waren."

„Dann habe ich gelogen."

Er kniff die Augen zusammen. „Und nicht zum ersten Mal, oder?"

Ein Gefühl, als hätte er sie geohrfeigt, ließ sie aufkeuchen. „Ich gehe wohl besser."

„Gute Idee."

Sie begann, ihre Sachen zusammenzusammeln. Doch bevor sie die ausgewählten Fotos zusammenschieben und in ihrer Kameratasche verstauen konnte, griff Gavin sie am Arm und wirbelte sie zu sich herum.

Melanie musste schlucken.

„Erklär mir nur noch eins", fuhr er sie an.

„Was denn?"

„Wenn du mich geliebt hast, warum hast du dann nicht auf mich gewartet?" Seine Stimme war leise geworden, und jeder seiner Züge verriet seine Anspannung.

„Ich wollte dir nicht zur Last fallen", antwortete sie, ohne zu zögern. War es nicht besser, die Wahrheit zu gestehen und endlich die Lüge, die seit so vielen Jahren zwischen ihnen stand, auszuräumen?

„Zur Last fallen?"

„Dir stand die Zukunft offen. Bei den Anstrengungen, einen Platz im Olympiateam zu ergattern, konntest du dich nicht auch noch um eine Ehefrau kümmern."

Misstrauisch verengte er die Augen. Aber der Zug um seinen Mund wurde etwas weicher. „Wir hätten mit der Hochzeit bis nach den Olympischen Spielen warten können. Dann wäre meine Karriere auf einem guten Weg gewesen."

Melanie befeuchtete sich die trockenen Lippen. Konnte sie ihm von dem Baby erzählen? In diesem Moment konnte vollständige Offenheit entscheidend sein. Doch würde er es auch verstehen? Ohne nachzudenken, streckte sie die Hand aus und legte sie auf seinen Oberarm. Sie spürte steinharte Muskeln unter den Fingern. „Da ist noch was ..."

Allerdings ehe sie den Satz beenden konnte, hatte er den Kopf gesenkt und den Mund auf ihren gepresst. Sein Kuss, der nach Chlor, Salz und Whiskey schmeckte, war wie ein lauer Sommerwind und kam ihr so vertraut vor. Gavin hatte die Arme um sie geschlungen, presste sie kraftvoll an sich, und sein Schenkel drückte gegen den Stoff ihres Rocks.

Voller Verlangen erwiderte Melanie den Kuss. Es erschien ihr so selbstverständlich und richtig, sich in seinen Armen wiederzufinden, dass all die verschwendeten Jahre der Trennung dahinschmolzen. Auf einmal war sie wieder siebzehn und wurde von dem Mann gehalten, den sie liebte.

Stöhnend bewegte sich Gavin. Seine nasse Badehose ließ Melanies Kleid feucht werden. Er vergrub seine Hände in ihrem langen Haar, und unwillkürlich legte sie den Kopf in den Nacken. Als seine Zunge ungeduldig Einlass begehrte, öffnete sie die Lippen. Das erregende Flattern seiner Zunge bewirkte, dass ihre Knie zitterten und ihr Blut schneller durch die Adern pulsierte.

Gavin löste sich von ihrem Mund, um mit den Lippen erst ihre Wangen, dann ihren Hals zu liebkosen. Die Alarmglocken in ihrem Kopf ignorierend, senkte Melanie die Lider und genoss die erotische Berührung seiner Hand, mit der er ihren Rücken hinaufstrich.

„Melanie", flüsterte er heiser. Sanft zwang er sie zu Boden und drückte sie mit seinem Gewicht auf den Teppich. Ohne seine Küsse auch nur eine Sekunde lang zu unterbrechen, ertastete er die Knöpfe ihres Kleids, und im nächsten Moment enthüllte der dünne Stoff ihre Brüste unter dem Spitzen-BH.

Stopp! Sag ihm, er soll aufhören! Doch sowie seine Hand sich um ihre Brust schloss, konnte sie sich nur noch seufzend vor Lust unter ihm winden. Gavins Finger glitten unter die Spitze und setzten ihr zärtliches Spiel fort, bis die Brustwarzen sich deutlich unter dem BH abzeichneten und verrieten, was Melanie sich wünschte – nämlich mehr, oh, so viel mehr!

Quälend langsam streichelte Gavin mit der Zunge über ihre Wange, ihre Halsbeuge und die Schlüsselbeine. Gleichzeitig ließ Melanie ihre Hände über seinen Körper wandern, erkundete seine breite Brust und die krausen Haare auf seiner sonnengebräunten Haut. An seinen Schultern fühlte sie nichts als harte Muskeln. Schließlich umschlang sie ihn mit ganzer Kraft und krallte ihre Finger in seinen Rücken, während er einen Pfad von Küssen nach unten zog.

„Oh Gavin!" Sein Mund hatte ihre Brustspitze erreicht. Mit geschmeidigen, erfahrenen Bewegungen verwöhnte er mit der Zunge ihren Busen durch den BH hindurch, sodass Melanie das Gefühl hatte, sie stünde in Flammen. Jeder Gedanke daran, ihn aufzuhalten, hatte sich in nichts aufgelöst.

Nun widmete sich Gavin ihren Knospen, saugte an ihnen aufreizend, mit der freien Hand umfasste er Melanies Po und presste sie so fest an sich, dass sie durch den trennenden Stoff ihres Kleides deutlich seine Oberschenkel und Hüfte spürte.

Du lieber Himmel, wie sehr sie ihn begehrte! Auf der ganzen Welt hatte nichts mehr Bedeutung außer Gavins Duft, sein Geschmack, sein Körper an ihrem.

Endlich, endlich öffnete er ihren BH. Als er die dünne Spitze beiseiteschob, nahm Melanie für einen kurzen Moment die kühle Luft auf ihrer bloßen Haut wahr. Im nächsten Augenblick hatte Gavin bereits eine Brust mit seinem Mund bedeckt und ließ seine Zunge die harte Knospe umspielen.

Melanie drückte seinen Kopf enger gegen ihren Busen. Sie wollte ihn ganz, sie wollte, dass er das Verlangen stillte, das sich tief in ihrem Innern aufzubauen begann.

„Oh Gott“, flüsterte er. Er hob den Kopf, löste sich von ihr und starrte stöhnend auf sie herunter, wie sie halb nackt unter ihm lag. Ein paar atemlose Sekunden schloss er die Augen, und als er sie wieder öffnete, war die Leidenschaft aus seinem Blick verschwunden. „Was machst du bloß mit mir?“

Damit wandte er sich von ihr ab und richtete sich auf. Er drehte ihr den Rücken zu, und sie sah nur, dass sich sein Oberkörper unter tiefen, keuchenden Atemzügen hob und senkte. „Verdammt, warum kannst du mich nicht einfach in Ruhe lassen?“ Seine Stimme klang rau, und die Hand, mit der er sich durchs Haar fuhr, zitterte.

„Ich habe nicht angefangen, Gavin.“

„Aber du hast mich auch nicht aufgehalten!“

Mit einem Gefühl tiefer Demütigung kämpfend, setzte Melanie sich auf und fing an, ihr Kleid zuzuknöpfen. „Das hier war nicht meine Schuld.“

„Ach, wirklich nicht?“, gab er wütend zurück. Über die Schulter hinweg schaute er sie aufgebracht an, bevor er aufstand. Als er den verletzten Fuß mit seinem Gewicht belastete, verzog er einen Moment lang das Gesicht.

„Nein, wirklich nicht!“, verteidigte sie sich erregt. „Und ich habe wirklich genug davon, dass du mir ständig für alles die Schuld in die Schuhe schieben willst!“

„Vielleicht gehört sie da hin.“

Sie holte tief Luft. „Du kannst wirklich ein Widerling sein.“

„Ach ja? Manchmal scheint dir meine Anwesenheit allerdings nicht allzu viel auszumachen.“

„Vielleicht liegt es daran, dass du manchmal ganz wunderbar sein kannst.“

Wie angewurzelt verharrte er und blickte ihr in die Augen. Die Zeit stand still. Melanie erkannte, dass er etwas sagen wollte, und seine Miene wurde weich. Doch gleich darauf glitten erneut widerstreitende Gefühle darüber hinweg. „Du träumst doch! Du lebst in einer Vergangenheit, die es gar nicht gegeben hat!“

„Gavin …“

Fluchend humpelte er zum Regal, holte eine Flasche und ein Glas hervor und schenkte sich etwas ein. „Warum bist du nicht schon vor Stunden weggefahren?“, fragte er plötzlich. „Was hattest du hier noch so lange zu tun?“

„Ich habe einfach länger gebraucht, um die Fotos auszusuchen.“

Er stürzte die Hälfte des Drinks auf einmal hinunter, um dann wieder regungslos am Fenster zu stehen. „Oder du hast auf mich gewartet – und zwar deshalb.“ Mit dem Kopf wies er auf den zerknüllten Schnappschuss von ihnen beiden.

„Nein, der ist mir nur zufällig in die Hände gefallen. Aber keine Angst, ich bin schon fast weg.“

„Aber nur fast“, bemerkte er. Langsam fuhr er sich mit dem Handrücken über den Mund, als wollte er ein paar Whiskeytropfen abwischen – oder jede Erinnerung an ihren Kuss auslöschen.

Zornig griff Melanie nach ihrer Kameratasche und schlang sich den Riemen über die Schulter.

Gavin stellte das halb leere Glas auf die Fensterbank und war mit wenigen Schritten bei ihr. „Eine Sache muss ich einfach wissen“, stieß er aus. Seine Stimme war leise, doch an seinem harten Gesichtsausdruck war sein Ärger deutlich abzulesen.

„Für diese Diskussion ist es jetzt zu spät.“

„Nur eine Sache“, wiederholte er.

„Was denn?“

„Warum hast du einen solchen Scheißkerl wie Brooks geheiratet?“

„Das geht dich überhaupt nichts an“, log sie.

„Und ob es das tut. Warum?“, fuhr er sie an.

Sie zählte langsam bis zehn, bevor sie sagte: „Es gab Gründe dafür.“ Aber warum wollten ihr diese Gründe bloß nicht einfallen? Melanie wünschte, sie könnte ihm einfach rundheraus von ihrem gemeinsamen Baby erzählen, das nie das Licht der Welt erblickt hatte.

„Ich warte. War sein Geld der Grund? Fandest du das so attraktiv an ihm?"

„Nein!"

„Das hoffe ich auch", murmelte er kopfschüttelnd. „Dennoch frage ich mich, warum du auf einmal hier auftauchst, in meinem Zimmer herumhängst und so willig bist, mich zu verführen."

„Wie bitte?" Das konnte ja wohl nicht wahr sein! „Weder habe ich hier herumgehangen, noch hatte ich die Absicht, irgendjemanden zu verführen!"

„Du hättest ja auch gehen können."

„Wie ich dir schon erklärt habe: Ich war noch nicht fertig."

„Aber das bist du ja wohl jetzt."

„Da hast du ausnahmsweise mal recht." Sie griff nach ihrer Handtasche und wandte sich zur Tür, doch sie wurde von Gavins Arm gehindert, der plötzlich um ihre Taille geschlungen wurde.

„Du hast mir meine Frage noch nicht beantwortet."

Nichts, was sie sagen würde, konnte Vergangenes noch ändern. Entmutigt gestand sie sich ein, dass es alles nur noch schlimmer machen würde, wenn sie Gavin die Wahrheit über das Baby gestand: Es würde die Spannung zwischen ihnen erhöhen und ihre Zusammenarbeit vollends unmöglich machen. „Ich finde nicht, dass deine Frage eine Antwort verdient."

„Du hast mich damals verlassen ..."

„Da muss ich dich leider berichtigen, Gavin. Du warst derjenige, der gegangen ist – oder, besser gesagt, auf Skiern weggefahren ist", entgegnete sie. Es gelang ihr nicht, die Bitterkeit aus ihrer Stimme zu verbannen. „Du bist einfach im Renntempo die Piste runter und aus meinem Leben gerast. Und nachdem du weg warst, habe ich mich in jemand anders verliebt."

Seine Mundwinkel zuckten, als fände er ihre Begründung lächerlich. „Du hast dich in Brooks verliebt? Nach mir?"

„Ja."

Er zog misstrauisch die Augenbrauen zusammen. „Erzähl

das deinem Großvater. Du, meine liebe Melanie, hast deine Seele für Geld verkauft."

Ohne nachzudenken, versetzte sie ihm eine so heftige Ohrfeige, dass es durch den ganzen Raum schallte. Gavins Kiefermuskeln wurden hart, und er umfasste mit beiden Händen Melanies Arm. „Mach das nie wieder."

„Ich werde alles tun, um nie wieder auch nur in deine Nähe zu kommen!", schrie sie bebend vor Zorn.

„Dann machst du besser in Zukunft einen Bogen um mein Schlafzimmer."

„Du liebe Zeit, Gavin – bilde dir bloß nicht zu viel ein!"

Seine Finger gruben sich schmerzhaft in Melanies Oberarm. Ein paar Sekunden lang funkelten sie sich schwer atmend gegenseitig an. Die Atmosphäre war aufgeladen mit Wut und anderen, gefährlicheren Emotionen.

Endlich seufzte Gavin. „Du machst mich wahnsinnig."

„Du mich auch. Eine ganz schlechte Kombination."

Etwas leuchtete in seinen Augen auf, und dann presste er plötzlich seine Lippen auf ihren Mund. Sie wollte ihn abwehren, wollte diesem Irrsinn ein Ende machen, aber bei der intimen Berührung seiner Lippen schmolz ihr Widerstand dahin.

Sie schloss die Augen und rief all ihre Willenskraft auf den Plan, um den Kuss nicht zu erwidern. Obwohl ihr Herz wie wild klopfte und es in ihr schier brannte, tat sie so, als würde sie seinen Kuss kaum ertragen.

Doch Gavin ließ sich nicht so leicht entmutigen. Seine Lippen liebkosten sie verführerisch, seine Hand strich ihr aufreizend über den Rücken, ihre Knie wurden weich – und schließlich gab sie nach und sank gegen Gavin.

„Oh Gott, Melanie, warum müssen wir uns nur immer gegenseitig verletzen?"

„Ich weiß es nicht." Sie hatte das Gefühl, als würde ihr das Herz erneut gebrochen. Langsam ließ Gavin sie los.

„Ich glaube dir einfach nicht, dass du Neil Brooks jemals geliebt hast."

„Was du glaubst, spielt keine Rolle", log sie ihn an. Sie griff hinter sich, fand die Türklinke und riss die Tür auf. So schnell ihre Beine sie tragen wollten, durchquerte sie die dunkle Lodge und trat nach draußen. An der frischen Luft atmete sie tief durch.

Obwohl ihre Knie immer noch zitterten, ging sie mit erhobenem Haupt zu ihrem Auto. So viel stand fest: Der Umgang mit Gavin Doel – sollte er in der tiefsten Hölle schmoren! – erwies sich als extrem schwierig.

Sie versuchte, den Motor anzulassen, doch er soff ab, und sie fluchte. Nachdem sie langsam bis zehn gezählt hatte, unternahm sie einen neuen Versuch, und diesmal sprang der Wagen stotternd an. Nun verlor sie keine Zeit mehr. Sie legte den Gang ein und trat auf das Gaspedal. Allerdings waren ihre Gedanken ganz woanders, und so bemerkte sie den verbeulten alten Pick-up-Truck nicht, der auf den Parkplatz einbog.

„Melanie, benimm dich nicht wie eine Idiotin!", ermahnte sie sich streng. Aber in ihrem Inneren verstärkte sich das ungute Empfinden, dass sie drauf und dran war, sich wieder in Gavin zu verlieben.

Gavin streckte die Hand nach dem Glas aus und wollte den Inhalt schon hinunterstürzen. Aber in der letzten Sekunde besann er sich und schüttete den Whiskey stattdessen ins Waschbecken. Eigentlich trank er nicht – zumindest nicht in dem Ausmaß, wie er es in den letzten paar Wochen getan hatte. Schließlich war er mit einem alkoholkranken Vater aufgewachsen, und das hatte ihm ein gesundes Misstrauen gegenüber Schnaps eingeflößt.

Zumindest bis zu dem Moment, in dem er Melanie wiedergesehen hatte. Wenn er mit ihr zusammen war, wenn er den intelligenten Blick ihrer Augen sah, wenn sie ihm ihren Humor zeigte, wenn er ihr Gesicht berührte oder den blumigen Duft ihres Haars roch, verlor er die Beherrschung.

„Reiß dich zusammen!" Natürlich wusste er genau, dass Alkohol Probleme nicht löste. In dem Moment, während er den Verschluss wieder auf die Flasche schraubte, hörte er in der Lobby Schritte.

Erstarrt hielt er inne. Melanie? Schon wieder? Du lieber Himmel, wie sollte er es hinkriegen, dass er je die Finger von ihr ließ? Als er sie geküsst hatte, wollte er sich damit eigentlich beweisen, dass er es tun konnte, ohne dass ihm dabei irgendwelche Gefühle in die Quere kamen. Er wollte sich vergewissern, dass er wirklich nichts für sie empfand …

„Gavin?“, rief eine raue Männerstimme.

„Hier!“ Aha, sein alter Herr war also nach Taylor's Crossing zurückgekehrt. Ohne den Stock zu Hilfe zu nehmen, ging Gavin zur Tür und öffnete sie, sodass das Licht aus seinem Apartment in den Gang fiel.

„Ach, da bist du ja! Dieses Gebäude ist ja das reinste Labyrinth.“ Jim Doel, weißhaarig, groß und hager, kam mit großen Schritten auf seinen Sohn zu.

„Eigentlich nicht. Man braucht bloß am Anfang eine Weile, um sich zurechtzufinden.“

Nachdem er den Raum, den Gavin sein Zuhause nannte, einer kritischen Musterung unterzogen hatte, hockte Jim Doel sich auf die Kamineinfassung. „Ist das nicht ein ziemlicher Abstieg im Vergleich zu dem, was du sonst so gewöhnt bist?“

„Mir reicht's.“

„Und du bist schon dabei, das Ding zu renovieren. Ich habe die Gerüste da hinten gesehen.“ Er rieb sich die Hände an den abgewetzten Knien seiner Jeans.

„Wir müssen fertig sein, bevor die Skisaison anfängt.“

„Nicht mehr lange bis dahin“, bemerkte Jim Doel. Jetzt erst schien er die Whiskeyflasche auf dem Tisch wahrzunehmen. Er warf Gavin einen bedeutungsvollen Blick zu. „Wie ich gesehen habe, hattest du Besuch.“

Gavin wappnete sich für das, was jetzt unweigerlich kommen musste.

„Schnüffelt dieses Walker-Mädel hier immer noch rum?“

„Sie ist Fotografin bei der Zeitung."
„Und was macht sie dann so spät noch hier?"
„Rich hat ihr den Auftrag gegeben, ein paar Werbefotos für uns zu machen, für Broschüren und Flyer und so."
Fragend hob Jim eine Augenbraue. „Und wo steckt Rich?"
„In Portland."
„Wie praktisch." Jim holte aus seiner Tasche eine Zigarettenschachtel.
„Ich glaube, wir kriegen das schon hin."
„Das dachtest du früher auch schon mal", kommentiere sein Vater. Er zündete sich eine an.
„Was willst du damit sagen, Dad?"
„Nichts, gar nichts." Jim Doel zog an der Zigarette, und Gavin wartete ab, bis er eine Rauchwolke in Richtung Decke geblasen hatte. „Ich mache mir nur Sorgen, das ist alles. Diese Frau hat dir schon mal wehgetan."
„Das ist längst gegessen", log Gavin.
„Ach ja? Hmm, da wäre ich mir nicht so sicher. Aber ich muss dich bestimmt nicht erst dran erinnern, dass sie es nicht für nötig gehalten hat, auf dich zu warten, nachdem du nach Colorado gegangen bist. Nein, mein Lieber, sie hat nur ein paar Wochen danach Neil Brooks geheiratet."
„Worauf willst du hinaus?"
„Dass sie zuverlässig ist wie ein Fähnchen im Wind. Die bleibt nicht bei einem Mann. Erst bist du's, und kaum hast du ihr den Rücken gedreht, schon sucht sie sich den reichsten Jungen der ganzen Stadt aus, wird seine Ehefrau – und als er sie langweilt, lässt sie sich eben von ihm scheiden. Jetzt bist du zurückgekommen, bist auf einmal der beste Fang in der ganzen Gegend – und schon ist sie auch wieder da, um mit dir anzubandeln."
„Ich glaube nicht, dass ich der beste Fang bin."
Jim Doel zuckte mit den Schultern. „Na ja, ich erkenne da ein Muster bei ihr. Du etwa nicht?"
„Was weißt du über ihre Ehe?"

„Nur, dass sie nicht lange gedauert hat – nicht mehr als sechs Jahre oder so. Melanie Walker ist wieder nach Taylor's Crossing gezogen, weil ihr Vater krank geworden ist." Er schnitt eine Grimasse. „Den alten Adam Walker konnte ich übrigens nie leiden. Das, was mit seiner Frau passiert ist, hat er mir nie verziehen."

„Das ist doch schon lange her", antwortete Gavin in der Hoffnung, seinem Vater die Bürde der Erinnerung zu erleichtern.

„Mich wird es bis zu meinem Tod verfolgen", sagte Jim seufzend. Dann räusperte er sich und warf den Zigarettenstummel in den kalten Kamin. „Du weißt gar nicht, wie oft ich gebetet habe, dass ich alles ungeschehen machen kann."

„Wahrscheinlich ungefähr so oft wie ich", gab Gavin zu.

Mit grimmiger Miene blickte Jim Doel seinem Sohn direkt in die Augen. „Lass dich nicht mit Melanie ein. Sie wird dir bloß wieder wehtun."

„Ich hab's überlebt", erwiderte Gavin abwehrend.

„Wenn du es so nennen möchtest …"

„Außerdem kann ich meine eigenen Entscheidungen treffen. Und jetzt sag, was führt dich sonst hierher?"

„Ich dachte, du könntest deinem alten Herrn vielleicht einen Job verschaffen." Als er sah, dass Gavin widersprechen wollte, hob Jim Doel die Hand. „Hey, du bist gut zu mir gewesen. Wenn du nicht gewesen wärst, hätte ich es vermutlich nie geschafft, von der Flasche loszukommen. Und dafür schulde ich dir was. Aber ich habe die Nase voll davon, immer nur von der Barmherzigkeit anderer abhängig zu sein. Diesmal will ich einen Job, und zwar einen richtigen, mit allem Drum und Dran. Ich bin noch nicht alt genug, um das Gnadenbrot zu fressen, und außerdem kann ich gut mit Hammer und Nägeln umgehen. Also, was sagst du?"

8. KAPITEL

Die folgenden drei Wochen vergingen wie im Flug. Der Spätsommer neigte sich dem Ende zu, und die Luft wurde kühl. Graue Wolken hingen tief über den Bergen und kündigten frühen Schnee an.

Doch Melanie hatte keine Zeit, die Wetterveränderungen wahrzunehmen – sie kam kaum zum Essen und Schlafen. Wenn sie nicht gerade in der Redaktion war, arbeitete sie in ihrem eigenen Studio oder oben bei der Lodge. Dort versuchte sie, Gavin so gut wie möglich auszuweichen, aber nicht immer hatte sie damit Erfolg.

Glücklicherweise war er ebenfalls Tag und Nacht beschäftigt. Sie sprachen nur miteinander, falls es sich gar nicht vermeiden ließ. Melanie wendete sich in erster Linie an Rich Johanson, vorausgesetzt dass dieser nicht gerade unterwegs war, und irgendwie gelang es ihr, die Beziehung zu Gavin rein geschäftlich zu halten.

Nach außen gab sie sich freundlich, professionell und bestens gelaunt, um zu verbergen, wie es in ihrem Inneren aussah. Auch Gavin verhielt sich höflich, aber distanziert. Wann immer Melanie besonders gute Laune zu haben schien, beäugte er sie misstrauisch von der Seite.

Die Spannung zwischen ihnen ließ sich beinahe mit Händen greifen. Sie zehrte an Melanies Nerven, doch ein konsequent aufgesetztes Lächeln täuschte darüber hinweg.

In einer Hinsicht hatte Melanie Glück: Gavin und Rich hatten keinerlei Schwierigkeiten, sich über die Bildauswahl für die Broschüre zu einigen. Als sie den beiden ihre bevorzugten Aufnahmen zeigte, verwarfen sie lediglich die Fotos, die nicht zu der Außenwirkung des Resorts passten, die ihnen vorschwebte.

Rich bat sie, ihm die Dateien der ausgewählten Bilder zu schicken, damit er sie an die Druckerei in Portland weitergeben konnte.

Gavin blieb es überlassen, Melanie einen Umschlag mit einem Scheck in die Hand zu drücken. „Gute Arbeit", bemerkte er.

Die Worte klangen hohl. Hinter ihrem entschlossenen Lächeln fühlte Melanie sich elend. Sie konnte es kaum erwarten, diese Farce endlich hinter sich zu bringen, und bereute, den Auftrag überhaupt angenommen zu haben.

Im Resort lebte alles auf den Tag der Eröffnung hin, und die Renovierung verlief plangemäß. Parkplatz, Hotelgebäude und Skilifte wimmelten nur so von Bauleuten. Gavin und Rich hatten bereits Mitarbeiter für den Betrieb des Hotels und der Lifte eingestellt, und auch ein Küchenchef, ein Arzt, ein Bauleiter und ein technischer Leiter gehörten schon zur Belegschaft.

Jim Doel, der vor Kurzem nach Taylor's Crossing zurückgekehrt war, hatte die Hausmeisterstelle übernommen. Melanie bemühte sich, ihm ebenso aus dem Weg zu gehen wie seinem Sohn. Obwohl Jim seine Feindseligkeit nie offen zutage treten ließ, spürte Melanie seine Abneigung, wann immer sie ihm begegnete. Und auch sie selbst war sich nicht über ihre Gefühle ihm gegenüber im Klaren. Sosehr sie auch vergeben und vergessen wollte, die Tatsache, dass er ihre Mutter getötet und sie selbst damit einer normalen Kindheit beraubt hatte, ließ sich nicht einfach aus der Welt schaffen. Vielleicht war das auch die Schuld ihres Vaters, der jahrelang kein gutes Haar an seinem Erzfeind gelassen hatte.

„Na, wie läuft's da oben an der Lodge?", erkundigte sich Jan eines Freitagnachmittags, während Melanie ihr ein paar Bilder von einer Bürgerversammlung im Rathaus zeigte.

„Ich glaube, die Arbeiten sind im Zeitplan."

„Gut. Ich habe nächste Woche wieder ein Interview mit unserem lieben Mr Doel, und ich will gut vorbereitet hinfahren. Wenn es an der Lodge irgendwelche Schwierigkeiten gibt, muss ich davon erfahren. Aber da ist alles okay, sagst du?", fragte Jan, die auf einer Ecke von Melanies Schreibtisch saß.

„Ja, alles in Ordnung", antwortete Melanie und schickte die Fotos mit einem Mausklick zu dem Layouter. „Ich glaube sogar, dass du überrascht sein dürftest, wie glatt da oben alles geht."

„Tatsächlich?" Jan zog die Augenbrauen zusammen und betrachtete interessiert ihre Fingernägel.

„Ja. Bisher sieht alles so aus, als könnte das Resort ein großer Erfolg werden", bekräftigte Melanie. Gleichzeitig fragte sie sich, weshalb sie Gavin so angelegentlich in Schutz nahm.

Constance, die Melanies letzten Satz mitbekommen hatte, steuerte die Kaffeemaschine an und fragte: „Und, habt ihr schon eine Ahnung, wer zur großen Eröffnungsfeier eingeladen ist?"

„Ich wünschte, ich wüsste es", murmelte Jan.

Melanie schüttelte den Kopf. „Nicht den blassesten Schimmer. Ich kriege da oben kein Insiderwissen mit. Schließlich bin ich bloß eine freie Fotografin, die als Auftragsarbeit ein paar Bilder vom Resort macht."

„Ich würde alles darum geben, nur einen einzigen Blick auf diese Gästeliste werfen zu können!", erklärte Constance.

„Warum gehst du dann nicht hin und fragst einfach?"

„Habe ich schon gemacht. Gestern habe ich Doel ans Telefon bekommen, aber er hat mir ziemlich deutlich klargemacht, dass ich mich aus seinen Angelegenheiten raushalten soll. Ich dachte nur, vielleicht hast du was mitgekriegt."

„Nein, leider überhaupt nichts", antwortete Melanie.

„Ach, wenn ich Montag rauffahre, schaue ich mich da mal um", erklärte Jan mit dem ihr eigenen Selbstvertrauen. „Vielleicht kann ich Mr Doel ja davon überzeugen, dass es im Interesse der Öffentlichkeitsarbeit wäre, die Gästeliste publik zu machen. Kann ja durchaus sein, dass er mehr Skipässe verkaufen kann, wenn die Leute denken, sie treffen am Lift die eine oder andere Berühmtheit."

„Ich würde mich nicht darauf verlassen, dass du mehr aus ihm rauskriegst", prophezeite Melanie.

Constance stimmte ihr zu. Während sie sich Kaffee nachschenkte, sagte sie: „Er ist einfach unmöglich. Eigentlich sieht es fast danach aus, als hätte er was gegen die kostenlose Werbung, die wir für ihn machen."

„Du warst doch diejenige, die uns als Erstes gewarnt hat, dass er medienscheu ist", bemerkte Melanie. In diesem Moment klingelte Constances Telefon.

Übertrieben seufzend entgegnete Constance: „Jan, guck einfach, was du tun kannst." Damit eilte sie zu ihrem Schreibtisch zurück. „Notfalls auch betteln oder stehlen – mir egal."

„Ich glaube ehrlich gesagt nicht, dass ich bereit wäre, nur für ein paar Namen in Gavin Doels Büro einzubrechen."

„Das sind nicht einfach ein paar Namen", erinnerte Constance sie. „Wir reden hier über die Namen der Reichen und Schönen, und das ist ein Unterschied. Ein ziemlich großer sogar." Mit gerunzelter Stirn starrte sie das Telefon an, bevor sie den Hörer abnahm und sich sofort ins Gespräch vertiefte.

Jan wandte sich wieder Melanie zu. „Wie schätzt denn du unsere Chancen ein, an die Name der geladenen Gäste zu gelangen?"

„Von Gavin? Gleich null! Und von Rich Johanson?" Skeptisch bewegte sie die Hand hin und her. „Ungefähr fifty-fifty, würde ich sagen."

Jan nickte. „Ja. Johanson hat einfach mehr für Öffentlichkeitsarbeit übrig als Doel. Und wo wir schon gerade beim Thema sind: Wie läuft es zwischen dir und unserem Skihelden?"

„Ganz in Ordnung. Wir arbeiten zusammen, mehr nicht."

„Mehr nicht? Wirklich?" Jan zog eine Augenbraue hoch. „Jetzt komm schon, Melanie, du weißt, dass du mit mir reden kannst. Ich habe gesehen, wie er dich angeschaut hat, und du hast selbst erzählt, dass da mal was Ernstes zwischen euch war."

„Ich habe gesagt, dass da mal was zwischen uns war."

„Und dass es für dich ernst gewesen war", warf Jan ein.

„Ach ja? Falls ich das wirklich gesagt habe, meinte ich: ernst für eine Siebzehnjährige." Du lieber Himmel, warum hatte sie nur jemals davon angefangen?

„Das ist mir klar, aber ich kann durchaus zwischen den Zeilen lesen", antwortete Jan. „Ihr zwei benehmt euch, als wärt ihr nie übereinander hinweggekommen."

„Das ist doch lächerlich."

„Ach, wirklich?"

„Ja, natürlich." Melanie betrachtete plötzlich ganz konzentriert das Foto eines Weizenfelds südlich von Taylor's Crossing. „Gavin hat keinerlei Interesse an mir", erwiderte sie kurz angebunden.

Jan lachte. „Ja, und ich bin die englische Queen! Tu gar nicht erst so, als könntest du die Zeichen nicht genauso gut deuten wie jeder andere auch. Dieser Mann hat sehr wohl Interesse an dir – ob er es will oder nicht."

Melanie äußerte sich nicht mehr dazu, sondern vertiefte sich wieder in ihre Arbeit, da wurde Jan zu Brian gerufen.

Den restlichen Tag über bekam sie immer wieder Gesprächsfetzen aus dem Chefredakteursbüro mit, und meist drehte es sich um Gavin. Während ihrer Heimfahrt am Abend, fragte sie sich, ob sie ihm wohl jemals wieder würde aus dem Weg gehen können.

Leider war Taylor's Crossing eine Kleinstadt und Gavin darin eine auffällige Erscheinung, sodass sich ein Großteil des Klatsches auf ihn konzentrierte. Egal wo Melanie auftauchte, immer hörte sie von Gavin und der Lodge. Und damit war keineswegs Schluss, als sie an diesem Abend bei ihrem Onkel Bart und seiner Frau Lila vorbeischaute.

„Der Wetterbericht hat für spätestens Freitag Schnee in den Bergen angekündigt", sagte Bart, der durchs Fenster in den schwarzen Nachthimmel blickte. Melanie ließ sich auf einen Stuhl am Küchentisch fallen, und Bart nahm neben ihr Platz. „Bestimmt freut sich Doel, das zu hören."

Statt ihm zu antworten, trank Melanie einen Schluck aus dem dampfenden Kaffeebecher, den ihre Tante Lila ihr gereicht hatte.

„Hör auf damit, Bart", ermahnte ihre Tante ihren Mann. „Du willst doch nur etwas aus dem Mädchen herauskitzeln."

„Ach, wirklich?“, gab er zurück. Aber einer seiner Mundwinkel zuckte verräterisch.

„Ja, wirklich. Melanie ist noch kaum zehn Minuten hier, und du hast schon zweimal Gavin Doel ins Gespräch gebracht.“

Bart hob einen bestrumpften Fuß und legte ihn auf den freien Stuhl neben sich. „Ich habe doch bloß eine Bemerkung über das Wetter gemacht.“

„Ja, ganz klar.“

„Und es würde mich schon nicht umbringen, wenn ich wüsste, wie es da oben mit Melanie und Gavin so geht. Schließlich arbeiten sie ziemlich eng zusammen.“

„Du bist wirklich schlimmer als ein altes Klatschweib“, murmelte Lila, doch sie lächelte dabei nachsichtig.

„Nein, das bin ich überhaupt nicht. Ich interessiere mich lediglich für Melanies Wohlbefinden, das ist alles.“

„Sie ist alt genug, um ihre eigenen Entscheidungen zu treffen. Deine Hilfe braucht sie dafür ganz sicher nicht.“

Melanie konnte ein Lächeln nicht unterdrücken. Über Lilas und Barts Kabbeleien hatte sie sich immer schon amüsiert. Nachdem sie so früh ihre Mutter verloren hatte, hatte sich Lila um das kleine, verlorene Mädchen gekümmert und ihm Liebe und Wärme geschenkt. „Also, wenn ihr es ganz genau wissen wollt: Gavin und ich kommen gut miteinander klar.“ Melanie hatte beschlossen, den Spekulationen über sie und Gavin ein für alle Mal ein Ende zu bereiten. „Wir haben aber auch nicht besonders viel miteinander zu tun. Meistens bespreche ich alles mit Rich Johanson.“

„So ein steifer Typ!“, murmelte Bart.

„Er ist schon in Ordnung“, entgegnete Melanie. „Eigentlich mag ich ihn sogar ganz gerne. Und er hält Gavin in Schach.“

Bart fuhr sich mit der Hand über das störrische weiße Haar und zwinkerte ihr zu. „Muss er denn in Schach gehalten werden?“

„Ja, ständig“, antwortete Melanie.

„Ich habe gehört, dass er inzwischen auch seinem alten

Herrn einen Job gegeben hat."

Nun betraten sie gefährliches Terrain, und Melanie spürte, wie ein bisschen von ihrer Gelassenheit dahinschwand. „Ja, stimmt. Jim Doel hilft hier und da aus – vermutlich kümmert er sich um die Dinge, die in dem Vertrag mit der Baufirma nicht abgedeckt sind."

„Wie lange soll er bleiben?"

„Das weiß ich nicht", sagte Melanie wahrheitsgemäß. „Wir reden kaum miteinander."

„Das glaube ich dir gerne", antwortete Bart. „Aber immerhin muss in Gavin noch ein guter Kern stecken, wenn er für seine Familie sorgt."

Diesmal musste Lila ihm beipflichten. „Er hat Jim Doel schon öfter aus der Patsche geholfen, als man es von einem Sohn verlangen kann." Doch plötzlich wechselte sie das Thema und wandte sich an Melanie: „Du bleibst doch zum Essen, oder?"

Melanie trank ihren Kaffee aus. „Nächstes Mal wieder. Ich habe heute noch einen Termin. Cynthia Anderson kommt vorbei, um ein paar von den Fotos auszusuchen, die ich neulich von ihren Jungs gemacht habe. Aber ich wollte euch noch was geben." Damit griff sie in ihre Handtasche und kramte ein kleines Päckchen hervor, das sie in Seidenpapier eingepackt hatte.

„Was ist das?", fragte Bart, nachdem sie es ihm übergeben hatte.

„Mach schon auf und guck nach", drängte Lila.

Das ließ Bart sich nicht zweimal sagen. Er wickelte das Päckchen aus und zog einen Bilderrahmen mit einem Foto von ihm und Big Money heraus, das Melanie am Tag des Jahrmarktes aufgenommen hatte. Darauf lachte er stolz in die Kamera, während der Hengst nervös an der Trense riss und sich aufzubäumen versuchte.

„Ach, Melanie …" Bart war ganz offensichtlich gerührt. „Das wäre doch nicht nötig gewesen."

„Ich weiß, trotzdem wollte ich es dir gerne schenken. Das

hier war mein Lieblingsfoto, allerdings hat der Chefredakteur dann ein anderes ausgewählt, das in der Zeitung erschienen ist. Eigentlich habe ich das Foto schon vor Wochen ausgedruckt, doch es hat ein bisschen gedauert, bis ich den passenden Rahmen dafür gefunden habe."

„Ich weiß schon genau, wo sich das Bild gut machen würde", sagte Lila, die liebevoll ihren Mann mit seinem Pferd betrachtete. „Melanie – vielen, vielen Dank!"

Melanie spürte einen Kloß im Hals, während sie den leeren Kaffeebecher abstellte und ihren Stuhl zurückschob. „Gern geschehen. Und jetzt mach ich mich mal besser auf den Heimweg, bevor noch die Anderson-Jungs bei mir auftauchen und Sassafras den Schrecken seines Lebens einjagen."

Bart begleitete sie zur Tür. Draußen hatte es begonnen zu regnen, und die Temperatur war merklich gefallen. Melanie bekam eine Gänsehaut auf den Armen.

„Auf das, was deine Tante da eben gesagt hat, musst du nicht viel geben", äußerte Bart, der sich den alten Stetson auf den Kopf setzte. „Du weißt, dass sie große Stücke auf Gavin hält. Früher hat er uns ja auch das eine oder andere Mal ausgeholfen, und seitdem hat Lila eine Schwäche für ihn."

Melanie sah ihn an. „Du hast mir schon mal geraten, dass ich ihn mir schnappen soll."

„Das habe ich nicht." Bart grinste. „Aber falls er umgekehrt beschließt, sich dich zu schnappen, dann würde ich an deiner Stelle nicht zu schnell wegrennen."

„Ich behalte es im Hinterkopf", versprach sie trocken und stieg in ihren Wagen.

Bart schloss die Autotür für sie, und Melanie winkte, als sie davonfuhr. Na, großartig. Dann waren also inzwischen alle der Meinung, sie sollte wieder mit Gavin anbändeln – Jan, Bart und sogar Lila. Bei so viel Fürsorglichkeit konnte einem geradezu schlecht werden.

Und doch war ihr der Gedanke, sich wieder in Gavin zu verlieben, nicht vollständig zuwider. „Du bist wirklich ein hoffnungsloser Fall“, sprach sie mit sich selbst. Bei ihrer Ankunft zu Hause parkte bereits Cynthias Andersons grauer Mini-Van auf ihrem Hof. „Und zu spät bist du außerdem.“

Als sie aus ihrem VW stieg, wurde auch die hintere Tür des Vans aufgestoßen, und die vier Anderson-Jungen kletterten heraus, alle vier in blau-weiße Fußballtrikots gekleidet.

Cynthia scheuchte sie vor sich her zum Haus. „Ich weiß, dass ich nichts davon erwähnt habe, als wir diesen Termin ausgemacht haben“, sagte sie schnell, „aber hätten Sie vielleicht Zeit, noch ein paar Bilder der Jungs in ihren Fußballsachen zu machen?“

Innerlich stöhnte Melanie, doch sie nickte. „Ja, das geht.“

„Gut, gut. Denn Gerald freut sich bestimmt über so ein Foto – aber, Jungs, wir dürfen Daddy nichts davon verraten, verstanden? Das soll eine Weihnachtsüberraschung für ihn werden.“

Flüchtig fragte sich Melanie, wie wohl vier Jungen ein solches Geheimnis auch nur zehn Minuten für sich behalten sollten – ganz zu schweigen von zwei Monaten. „Okay, fangen wir an.“

„Danke, Melanie!“, rief Cynthia aus. Sie fischte einen Kamm aus ihrer Handtasche und schnappte sich ihren Jüngsten. „Also gut, Tim, du hältst jetzt mal still, während ich dich kämme.“

„Nein!“, kreischte der Junge auf. „Nein, nein, nein!“

„Ach, lass das doch, Mom“, mischte sich Sean, der Älteste ein. „Wir sehen schon okay aus. Außerdem friere ich mir hier draußen schon den Hintern ab. Lass uns einfach reingehen.“

Melanie wappnete sich gegen das Chaos, das unweigerlich ausbrechen würde, und öffnete die Tür. Sofort rannten die Kinder stürmisch den Flur hinunter in Richtung Studio, und sofort ergriff Sassafras die Flucht und verschwand um die Hausecke.

Melanie folgte den Andersons etwas langsamer und hängte ihren Mantel an der Garderobe auf. Den Rest des Abends würde sie keine Sekunde lang Zeit haben, über sich auch Gavin nachzudenken.

Der erste Schnee fiel an einem Samstag Anfang November. Große Flocken wirbelten über Taylor's Crossing nieder, getrieben von einem böigen Wind. Überall waren Sturmwarnungen ausgegeben worden, doch Melanie beschloss, dem Wetter die Stirn zu bieten. Sie hoffte, dass der Sturm sich noch ein paar Stunden Zeit lassen würde. Sicherheitshalber warf sie die Schneeketten ins Auto, bevor sie fünf große Mappen auf den Beifahrersitz legte.

Die Fahrt zog sich endlos lange hin, und Melanie war müde, weil sie die vergangene Nacht mit Bildbearbeitungen verbracht hatte. Nun wollte sie die sepiafarbenen Abzüge der historischen Fotos zur Lodge bringen, um diesen Teil ihres Auftrags abzuschließen.

Und damit du Gavin wiedersehen kannst, flüsterte eine eindringliche Stimme in ihrem Kopf, aber sie schob diesen unwillkommenen Gedanken lieber beiseite. Auch dass ihr Herz schneller schlug, je mehr sie sich der Lodge näherte, ignorierte sie geflissentlich. Sie konzentrierte sich auf die schneebedeckte Straße zur Lodge.

Abgesehen von wenigen Autos, den Lastwagen des Bauunternehmens und einem Schneepflug war der frisch geräumte Parkplatz des Resorts leer. Melanie fuhr bis zum Hotel vor und parkte – weil sie die Bilder schützen wollte – unter dem Carport, von dem aus ein Seiteneingang direkt in die *Ridge Lodge* führte. Sie griff nach der größten Mappe und stellte sich auf den Moment ein, in dem sie Gavin wieder einmal zu einer kühlen Besprechung gegenüberstand. Du kannst das, sprach sie sich selbst Mut zu, als sie die Eingangstür öffnete.

Drinnen herrschte Stille. Das Kreischen der Sägen, das laute Gehämmer und die plärrende Radiomusik waren verschwunden. Nur ein paar Arbeiter legten noch letzte Hand an die Täfelung.

Die Renovierung der Lodge war beinahe abgeschlossen. Oben erstrahlte die Holzdecke in frisch poliertem Glanz, die Eichendielen waren abgeschliffen worden, und die indirekte Beleuchtung in Lobby und Bar schuf eine behagliche Atmosphäre. Die beiden Snackbars verfügten über neue, glänzende Geräte, und im Restaurant gab es einen neuen Teppichboden. Überall roch es nach frischer Farbe. Die Fenster hatten neue Vorhänge bekommen, vor dem Kamin lag ein Orientteppich, und kleine Sitzgruppen mit Stehlampen waren über den Raum verteilt.

Melanie lehnte die Mappe gegen einen Pfeiler und schaute sich um. Während sie sich die Handschuhe auszog, spazierte sie hinüber zur Bar, um die glänzenden Messingbeschläge zu bewundern.

„Kann ich etwas für Sie tun?"

Beim Klang von Jim Doels Stimme schreckte Melanie zusammen und fuhr herum. Vor ihr stand groß gewachsen und mit runzligem Gesicht Gavins Vater und setzte sich die Baseballkappe wieder auf, ohne sie dabei aus den Augen zu lassen.

Er und sie hatten sich schon früher nicht besonders gut verstanden, und dass sie nun hier zusammen arbeiteten, machte es nicht gerade einfacher. Sie zeigte auf die Mappe. „Ich wollte mich mit Rich treffen, um ihm die alten Fotos zu geben, die er haben wollte."

„Er hat gerade keine Zeit."

„Dann mit Gavin."

Der alte Mann presste die Lippen zusammen. „Der hat auch keine Zeit."

„Sind die beiden denn hier?"

Nickend wies er hinter sich. „So 'n paar wichtige Typen hocken bei ihnen. Keine Ahnung, wann sie fertig sind."

„Na gut, kein Problem." Melanie zwang sich zu einem Lächeln. „Dann warte ich im Nordflügel."

„Kann lange dauern."

„Ich habe jede Menge Zeit", erwiderte sie. Sie wollte sich von ihm nicht abwimmeln lassen. Obwohl Jim Doel nie offen gesagt hatte, warum er sie nicht leiden konnte, vermutete sie, dass ein ganzer Gefühlscocktail dafür verantwortlich war: Schuldgefühle wegen des Todes ihrer Mutter und Ärger darüber, dass sie seiner Meinung nach seinen Sohn verraten hatte. Weil er die Wahrheit darüber niemals erfahren würde, musste sie sich einfach an seine eisigen Blicke und die zusammengezogenen Brauen gewöhnen, solange sie noch hier oben arbeitete.

Melanie hob das Kinn ein winziges bisschen, klemmte sich die Mappe wieder unter den Arm. „Geben Sie Rich Bescheid, wo er mich findet?“

Widerwillig nickte Jim. Da sie ihn nicht um Hilfe bitten wollte, lief Melanie lieber noch zweimal zwischen Wagen und Hotel hin und her und holte die großen Bildmappen hinein. Es dauerte beinahe eine halbe Stunde, bis sie alles in den Nordflügel geschafft hatte. Als Melanie bei ihrer letzten Runde kurz stehen blieb, um nach Luft zu schnappen, hörte sie Stimmen aus dem Bankettsaal.

Die Tür war nur angelehnt, und ihre Neugier siegte über die Vorsicht. Melanie spähte durch den Spalt und erblickte eine Gruppe von Männern in Anzügen, die um den riesigen runden Tisch herum Platz genommen hatten. Ihr direkt gegenüber saß Gavin, und er wirkte zu Tode gelangweilt. Er hatte sich ordentlich die Haare gekämmt und trug einen dunkelblauen Anzug, aber in seinen Augen war kein Ausdruck seiner üblichen Lebhaftigkeit. Er hatte sich einen Finger unter den Hemdkragen gesteckt und zerrte daran, anscheinend störte ihn die Krawatte.

Unwillkürlich musste Melanie grinsen. Wo waren bloß die abgewetzte Lederjacke und die Pilotensonnenbrille hin verschwunden? Sie wünschte, sie könnte länger hierbleiben und ihn beobachten. Irgendwie hatte sie ihn nie als Geschäftsmann gesehen, und sie fand es merkwürdig, ihn in Hemd und Schlips bei einem Meeting zu erleben – mit Anwälten oder Bankern oder Investoren oder wer auch immer diese Leute waren.

Dennoch machte sie sich auf den Weg zurück zum Nordflügel. Der Raum, in den sie ihre Bilder gebracht hatte, war riesig und beinahe vollkommen leer. Lediglich in einer Ecke waren ein paar Stühle gestapelt, und vor dem Fenster standen einige Tische.

Melanie legte den Mantel ab und machte sich daran, die Bilder, die sie für die Lobby ausgewählt hatte, auf den Tischen zu verteilen. Sie zeigten Bergarbeiter mit Hacken, Planwagentrecks und Maultiergespanne, wettergegerbte alte Männer, die Gold wuschen, und jüngere, die vor einem Mineneingang posierten. Auf einem Foto war eine Dampflok zu erkennen, auf einem anderen eine Picknickgesellschaft an einem Fluss in der Kleidung des 19. Jahrhunderts. Melanie platzierte die Bilder, die sie sorgfältig bearbeitet und vergrößert hatte, nebeneinander und betrachtete sie. Sie war stolz auf ihre Arbeit.

So vertieft war sie, dass sie nicht hörte, wie Gavin hereinkam. Sie bekam noch nicht einmal mit, dass er abrupt innehielt und scharf die Luft einsog.

Gavin hatte nicht damit gerechnet, hier auf sie zu treffen – über den Tisch gelehnt, sodass sie ihm den Po entgegenstreckte. Ihr schwarzes Haar hatte sie zu einem Zopf geflochten und am Hinterkopf aufgesteckt.

Sie hatte konzentriert die Stirn gerunzelt. Ihre Hüften unter dem Jeansrock bewegten sich verführerisch, während sie ein Foto nach dem anderen auf dem Tisch ausbreitete.

Als hätte sie seinen Blick gespürt, sah sie auf, und für einen flüchtigen Moment trat Wärme in ihre Augen, und ihre Lippen verzogen sich zu dem Anflug eines Lächelns.

Gavin stockte der Atem. Es dauerte eine Weile, bis er seine Stimme wiederfand. „Wartest du auf Rich?“

Sofort bemerkte er, dass sich ihre Schultern anspannten. Sie drehte sich zu ihm um und musterte ihn misstrauisch. „Ist er denn nicht da?“

„Nein, im Moment nicht. Er musste geschäftlich nach Portland“, antwortete Gavin.

„Aber ich habe ihn doch gerade noch gesehen!“

„Ich weiß. Aber dann hat er einen Anruf gekriegt und ist gefahren. Offenbar gibt es Probleme mit einem seiner Fälle in der Kanzlei.“

„Na, großartig!“ Melanie machte eine Bewegung zu den

Fenstern hin. „Und ich hatte gehofft, dass ich hier weg bin, bevor der Sturm einsetzt."

„Was hält dich denn zurück?", reizte er sie, und augenblicklich leuchtete ein kämpferisches Funkeln in ihren Augen auf.

„Mein Auftrag. Wir haben einen Vertrag, falls du dich daran erinnern kannst."

„Das war Richs Idee."

„Was für eine Rolle spielt es denn, bitte schön, wer die Idee hatte? Ob es dir gefällt oder nicht: Wir haben einen Vertrag, und damit müssen wir beide jetzt klarkommen."

„Du kannst immer noch gehen", meinte er, um sofort darauf zu denken: Wenn Blicke töten könnten, würde ich jetzt umfallen.

„Ich bin hergekommen, weil ich einen Auftrag zu erledigen hatte, und den bringe ich auch zu Ende. Je früher, desto besser – denn dann bin ich weg hier." Sie stemmte die Hände in die Hüften.

„Dann lass uns endlich anfangen."

„Okay. Also, als Erstes musst du dir überlegen, wo genau diese Bilder hängen sollen. Nicht dass meine Meinung hier etwas zählt, doch ich finde, man sollte sie chronologisch anordnen …" Ungeduldig hörte er ihren Erklärungen zu den einzelnen Fotos zu. Obwohl sie enthusiastisch erläuterte, wie genau sich jedes von ihnen auf das Goldrauschthema bezog, konnte er sich kaum auf ihre Worte konzentrieren. Ständig lenkte ihn etwas ab: ihre Gesichtszüge oder der Pullover, der sich über ihren Brüsten spannte.

„… und dieses Picknick hier ist mein Lieblingsbild", fuhr sie fort. „Es muss hier am Fuß des Mount Prosperity stattgefunden haben, und zwar irgendwann in den Achtzigerjahren des neunzehnten Jahrhunderts. Das ist zwar nicht mehr ganz die Zeit des Goldrauschs, trotzdem hat das Bild einfach was …" Sie brach mitten im Satz ab und wandte sich ihm zu. „Sag mal, hast du auch nur ein Wort von dem verstanden, was ich gesagt habe?", fragte sie kämpferisch.

„Spielt das denn eine Rolle?"

Ihre Augen glitzerten gefährlich. „Nein, vermutlich nicht. Ich dachte nur, dich als Hotelbesitzer würde das vielleicht interessieren. Aber da habe ich mich wohl getäuscht."

„Mach weiter", forderte er sie auf. Seine Gedanken waren meilenweit von den Fotos auf dem Tisch abgeschweift. Er wusste, dass er und Melanie in der Lodge praktisch allein waren. Rich war zusammen mit den Controllern und Investoren abgefahren, die meisten Arbeiter hatten einen freien Tag, die Tischler waren bereits in den Feierabend verschwunden, und sogar sein Vater war gegangen, nachdem er mürrisch verkündet hatte, dass jemand im Nordflügel auf Rich wartete.

Doch Melanie verdrehte nur die Augen. „Ich weiß wirklich nicht, warum ich mir überhaupt Mühe gebe."

Ungeduldig trat Gavin zum Tisch. „Ach, die sind doch alle super. Sag mir bloß, wo wir sie hinhängen sollen, und wir machen das."

„Wir – etwa du und ich?"

Er zog einen Mundwinkel hoch. „Finde dich damit ab, Melanie: Wir haben uns hier gegenseitig am Hals."

Sie schien eine Nuance blasser zu werden. „Doch du bist immer noch nicht wiederhergestellt …"

„Mit meinem Knöchel ist alles in Ordnung."

„Und du hast kein Problem damit, ihn dir vielleicht wieder zu brechen, wenn du von der Leiter fällst?", fragte sie sarkastisch.

„Das passiert einfach nicht", erwiderte er. Fasziniert beobachtete er, wie Ärger die grünen Einsprengsel in ihren Augen dunkel färbte. „Ich brauche nur einen Moment, um mich umzuziehen."

Sie hatte noch nicht einmal Zeit, Einspruch zu erheben, so schnell war er verschwunden. Alleine mit den Fotos und ihren Gedanken blieb sie zurück. Fang gar nicht erst an, mit ihm zu streiten, ermahnte sie sich selbst. *Nutz einfach seine gute Laune, um möglichst viel zu erledigen.* Aber dann schaute sie aus dem Fenster und beobachtete die Schneeflocken, die um das Gebäude wirbelten. Mount Prosperity war kaum noch zu erkennen. Sie mussten sich beeilen. Auf dem Geländer der Sonnenterrasse lagen bereits knappe zehn Zentimeter Neuschnee, und der Wind hatte aufgefrischt. Vielleicht sollte sie den Plan für heute aufgeben und lieber wiederkommen, wenn der Schneesturm abgeflaut war.

Sie entschied sich allerdings dafür, doch noch eine Weile abzuwarten. Um sie einzuschüchtern, war schon mehr als ein bisschen Schnee nötig. Schließlich war sie hier in der Gegend aufgewachsen und daran gewöhnt, auf schneebedeckten Straßen zu fahren. Das würde sie schon hinbekommen. Nach einem zweiten Blick nach draußen, wurde ihr aber klar, dass sie keine Zeit zu verlieren hatte.

Sie hatte bereits alle Bilder zurück in die Hotellobby geschleppt, da tauchte Gavin endlich wieder auf, noch im Gehen steckte er sich die Zipfel seines blauen Baumwollhemds in die ausgeblichene Jeans. Er lief schnell und ohne die Unterstützung seines Stocks zu dem großen Kamin, kniete sich davor und begann, Feuerholz auf den gigantischen Rost zu schichten.

„Brauchen wir wirklich ein Feuer?“, fragte Melanie und sah auf ihre Armbanduhr.

„Vermutlich nicht.“

„Dann ist das doch pure Verschwendung!“

Ohne ihren Einwand zu beachten, zündete er ein Streichholz an. Die trockenen Kienspäne, die er untergelegt hatte, fingen sofort Feuer, und es zischte und knisterte, als die züngelnden gelben Flammen das trockene Moos auf den Eichenscheiten verzehrten. Gavins Verletzung schien ihm keine Schwierigkeiten mehr zu bereiten. Nachdem er aufgestanden war, betrachtete er sein Werk und nickte zufrieden.

„Wunderbar. Dann haben wir's jetzt also gemütlich hier“, kommentierte sie spöttisch. „Können wir also endlich an die Arbeit gehen?“

„Du bist der Boss“, gab er ironisch zurück und machte eine

Geste zu den Fotos hin, die sie über die gesamte Lobby verteilt hatte.

Sie ging auf sein Geplänkel ein. „Hauptsache, du vergisst das nicht!"

„Keine Sorge." Dabei senkte er die Lider ein wenig und schaute sie eindringlich an. Melanie stockte der Atem.

Entschlossen räusperte sie sich und zeigte auf das Bild eines alten Minenarbeiters mit zwei Packeseln. „Du kannst gleich mit dem da drüben anfangen. Das kommt in die Nähe der Tür. Und daneben hängt man am besten das von der Lokomotive auf dem Brückengerüst und als Nächstes das mit dem Mineneingang ..." Beim Sprechen schritt sie durch den riesigen Raum mit seiner hohen Decke und sortierte die aufgezogenen Drucke der Bilder vor die Wände, an denen sie ihrer Meinung nach angebracht werden sollten. Gavin folgte ihr, und seine Nähe machte sie immer nervöser. Sie spürte, wie er sie anschaute, roch den herben Duft seines Aftershaves und bemerkte bei gelegentlichen Seitenblicken den entschlossenen Zug um seinen Kiefer. *Lieber Gott, lass mich das hier bloß irgendwie überstehen!*

Nachdem sie über die Anordnung aller Bilder entschieden hatte, verschwand Gavin erneut, um eine Leiter zu holen. Melanie ließ sich gegen ein Fenster sinken, sodass sie das kalte Glas im Rücken spürte. *Nur noch ein paar Stunden.* Ängstlich schaute sie hinaus und bemerkte, dass der Schneesturm schlimmer geworden war. Die oberen Äste der Kiefern rund um die Lodge peitschten im Wind, und scharfe Windböen trieben immer mehr Schneeflocken vor sich her.

Als Gavin mit der Leiter zurückkehrte, blickte er grimmig drein. „Ich habe gerade den Wetterbericht gehört", erklärte er. „Der Sturm soll noch etliche Stunden so weitergehen."

Entmutigt strich Melanie sich die Strähnen aus den Augen. „Dann muss ich jetzt fahren."

„Kommt gar nicht infrage."

„Wie bitte?" Ihre Stimme klang schärfer, als sie beabsichtigt hatte.

„Draußen kann man nicht die Hand vor Augen sehen vor lauter Schnee. Die Windgeschwindigkeit beträgt über fünfundsechzig Stundenkilometer. Ich lasse dich hier erst weg, wenn es sicher ist."

„Es ist sicher. Und außerdem hast du mir da überhaupt nichts vorzuschreiben."

„Warte einfach ab. Schließlich haben wir hier auch noch jede Menge Arbeit. Wenn wir fertig sind, hat sich der Wind vielleicht sowieso gelegt."

„Hat das der Wetterbericht gesagt?"

Seine Mundwinkel zuckten, und er schüttelte den Kopf. „Nein, leider nicht. Im Gegenteil: Im Radio hieß es, der Sturm hält die ganze Nacht an."

„Dann muss ich jetzt los!"

„Halt", widersprach er mit fester Stimme und legte ihr die Hand auf den Arm. „Wenn der Wind zwischendurch mal ein bisschen nachlässt, bringe ich dich selbst in einem der Trucks mit Allradantrieb zurück."

„Ich habe mein eigenes Auto, und ich kann …"

„Du bleibst gefälligst hier!" Entschlossenheit stand ihm ins Gesicht geschrieben. „Und zwar bis es gefahrlos möglich ist, in die Stadt zu fahren."

„Ach ja? Und seit wann hast du mir überhaupt etwas zu befehlen?"

„Solange du dich hier in der Lodge aufhältst, bin ich für dein Wohlergehen verantwortlich", entgegnete er ruhig.

„Ich bin erwachsen und brauche weder dich noch sonst irgendjemanden, um mir zu sagen, was ich zu tun und zu lassen habe!"

Sie sah, wie er den Kiefer anspannte. „Dann schalte gefälligst mal dein Gehirn ein, Melanie. Du weißt doch genau, wie gefährlich ein solcher Schneesturm sein kann! Warte einfach hier, und währenddessen erledigen wir das, was ohnehin getan werden muss."

„Und was dann?"

„Ich weiß es nicht“, gab er zu. „Aber ich lasse nicht zu, dass du irgendwo in den Graben fährst und erfrierst!“

„Stattdessen ersticke ich hier drin, während du mich rumkommandierst.“

Er musste lächeln. „Tue ich das denn?“

„Allerdings!“

Daraufhin brach er doch tatsächlich in Lachen aus! Melanie war erstaunt, dass es so ansteckend klang. „Na gut, dann kommandiere ich dich also herum. Von mir aus. Und jetzt hör auf, dich zu beschweren, und lass uns an die Arbeit machen.“

Es widerstrebte ihr zutiefst, ihm nachzugeben, allerdings war die Vorstellung, jetzt in den Blizzard zu geraten, auch nicht besser. „Na gut“, lenkte sie schließlich ein. „Doch ich verschwinde sofort, sobald der Wind nur das kleinste bisschen nachlässt.“

Darauf antwortete er nichts mehr, sondern stieg auf die Leiter. Melanie hatte Angst, dass sein Knöchel der Anstrengung nicht gewachsen sein könnte, aber Gavin verlor kein einziges Mal das Gleichgewicht. Sie begannen damit, die Bilder aufzuhängen, und nach und nach verliehen die sanften Brauntöne der alten Fotos dem Raum eine wohnliche Atmosphäre.

Als Melanie beobachtete, wie Gavin das Bild mit dem Ochsengespann vor einem Planwagen gerade rückte, fiel ihr zum ersten Mal die Stille in der Lodge auf. Die einzigen Geräusche waren das Scharren der Leiter auf dem Fußboden, ihre gedämpfte Unterhaltung und das Pfeifen des Winds vor den Fenstern. „Wo sind denn die anderen alle?“, erkundigte sie sich.

„Weg.“ Er schaute von der Leiter auf sie herunter.

„Wie, weg?“

„Weg. Wir sind hier ganz allein – niemand mehr da außer uns beiden.“ Da er sie noch immer betrachtete, fühlte sie sich zusehends unbehaglicher.

„Hast du damit etwa ein Problem?“, fragte er. Er stand mit dem einen Fuß auf einer höheren Leitersprosse als mit dem anderen, und Melanie hatte seine Beine in der Jeans direkt auf Augenhöhe.

„Nein", antwortete sie nicht ganz wahrheitsgemäß. „Warum sollte ich? Solange mich nur ein egoistischer, herrischer Mann herumscheucht, bin ich froh und glücklich."

„Gut." Sie bemerkte, dass er sein Lächeln unterdrücken musste. Er kletterte eine Sprosse höher, und sie bemühte sich nach Kräften, nicht darauf zu achten, wie gut sein Po in der engen Jeans aussah. „Aber je früher wir hier fertig sind …"

„Desto früher bist du mich los."

Das kommentierte er mit einem verächtlichen Laut. „Nein, ich wollte sagen, je früher wir hier fertig sind, desto früher bist du froh und glücklich. Falls das überhaupt möglich ist."

Sie machte sich nicht die Mühe einer Antwort. Stattdessen versuchte sie, die Augen von seinem Hemd abzuwenden, das sich über seinen kräftigen Schultern spannte, als er das nächste Bild hochhob. Leider landete ihr Blick dafür auf seinen schmalen Hüften, die sich beim Herauf- und Heruntersteigen bewegten.

Ohne Vorwarnung flackerte plötzlich das Licht.

Gavin blieb wie versteinert auf der Leiter stehen. „Was zum …" Doch bevor er den Satz beenden konnte, wurde die Lobby nur noch von dem Schein des Kaminfeuers beleuchtet. „Verdammt!" Genervt fuhr er sich durchs Haar, eher er von der Leiter stieg. „Du bleibst hier", befahl er. „Es gibt zwar ein Notstromaggregat, doch ich hab keine Ahnung, ob das schon funktioniert." Damit hastete er davon, seine Schritte hallten durch das alte Gebäude.

Nachdem Gavin weg war, ging Melanie voll böser Vorahnungen zum Fenster. Draußen fiel ohne Unterlass Schnee aus dem schwarzen Nachthimmel, und die Flocken wurden vom Wind umhergewirbelt und gegen die Scheiben getrieben. Die gesamte Umgebung, so weit sie sie erahnen konnte, lag inzwischen unter einer dicken weißen Decke begraben.

Und was jetzt? fragte sie sich fröstelnd. Melanie verschränkte die Arme und rieb sie, um warm zu werden, dann lief sie zum Kamin und versuchte, im Licht des Feuers ihre Armbanduhr zu entziffern. Gavin war schon seit einer Viertelstunde weg.

Die alte, leere Lodge wirkte in der Dunkelheit plötzlich noch größer als sonst. Die kirchenhohen Fenster spiegelten golden den Feuerschein wider, und die hohen Decken waren vollständig in den Schatten verschwunden.

Endlich hörte sie Gavins Schritte und sah den Kegel einer Taschenlampe. „Tja, das war's wohl mit dem Generator", verkündete er frustriert.

„Was ist denn los damit?"

„Vermutlich braucht er bloß ein paar Ersatzteile, allerdings ist das noch nicht das Übelste. Da hinten haben wir ein batteriebetriebenes Radio, und ich habe es angemacht, während ich die hier rausgesucht habe." Er hielt ein paar Kerosin- und Taschenlampen in die Höhe. „Der Sturm ist sogar noch heftiger als ursprünglich angekündigt. Inzwischen hat er schon etliche Strommasten umgeworfen, und ein paar Straßen sind unpassierbar geworden."

Melanie, die immer unruhiger wurde, sagte: „Dann fahre ich jetzt besser, bevor es noch schlimmer wird."

„Zu spät", antwortete er. „Die Straße zur Lodge ist gesperrt. Ich habe bei der Polizei angerufen und mich erkundigt. Ein Baumstamm hat beim Umfallen etliche Strommasten mitgenommen, und das alles blockiert jetzt die Straße. Die Stromgesellschaft kommt gar nicht so schnell hinterher, die Schäden zu beheben. Außerdem rät die Polizei der Bevölkerung, im Haus zu bleiben. Offenbar gehen die Meteorologen inzwischen davon aus, dass der Sturm frühestens morgen wieder abflaut."

„Willst du damit sagen …", begann sie leicht panisch.

„Ich will damit sagen, dass wir beide hier zumindest für die Nacht zusammen eingesperrt sind, vielleicht auch für länger."

„Aber das geht nicht! Ich muss schließlich arbeiten, und mein Hund ist allein im Haus und …" Sie ließ den Satz unbeendet in der Luft hängen, da sie den unnachgiebigen Ausdruck in seinen Augen sah.

„Du bleibst hier, Melanie", entgegnete er mit stahlharter Stimme. „Du hast keine andere Wahl."

9. KAPITEL

Ich kann nicht über Nacht hierbleiben", stammelte Melanie. „Das ist doch vollkommen verrückt!"

„Fällt dir etwa was Besseres ein?" Langsam klang er ärgerlich. Offenbar gefiel ihm die Aussicht auf eine gemeinsam verbrachte Nacht auch nicht besser als ihr. Gut.

„Nein, aber …"

„Ich habe wirklich keine Zeit, hier rumzustehen und mich mit dir zu zanken. Wir haben nämlich keinen Strom, und das heißt, ich muss mich darum kümmern, dass die Wasserleitungen nicht einfrieren, dass das Gebäude das Unwetter übersteht und dass wir beide uns irgendwie über Nacht warm halten können!"

„Doch …"

„Jetzt hör mir mal zu, Melanie: Wir können nichts anderes tun, wir müssen die Dinge so nehmen, wie sie kommen." Er umfasste fest ihre Schulter.

„Das kann ich nicht."

Gavin fluchte. „Kann ich auf dich zählen, oder hast du vor, die ganze Nacht hier rumzujammern?"

Eigentlich hatte sie schon den Mund geöffnet, um zu widersprechen, aber sie schloss ihn wieder.

„Schon besser."

„Nur fürs Protokoll: Ich bin eigentlich absolut dagegen."

„Na gut, ist ins Protokoll aufgenommen. Und jetzt an die Arbeit."

Stumm zählte sie bis zehn, während sie darauf wartete, dass sich ihre angesichts der Bevormundung aufgeflammte Wut wieder legte. Immerhin musste sie – wenn auch ungern – zugeben, dass er wohl recht hatte: Sie konnte nichts weiter tun, als das Beste aus der Situation zu machen. „Okay. Dann wenden wir uns mal den praktischen Dingen zu. Funktioniert das Telefon noch?"

„Ja, zumindest bis vor einer Viertelstunde."

„Gut." Sie strich sich die Haare aus dem Gesicht und versuchte, sich von seinem Starren nicht aus der Fassung bringen zu lassen. „Ich muss irgendjemand anrufen, der sich um Sassafras kümmern kann. Und außerdem sage ich Bart und Lila besser Bescheid, wo ich stecke."

„Bist du sicher, dass das gut ist?", fragte er. Sein Gesicht war zur Maske versteinert.

„Ist es dir vielleicht lieber, wenn sie einen Suchtrupp losschicken? Niemand weiß, dass ich hier oben bin – und glaub mir, am liebsten würde ich es auch dabei belassen. Aber das geht leider nicht."

Gavin humpelte zur Bar, zog das Telefon von seinem Platz unter dem Tresen hervor und knallte es auf die polierte Mahagoniplatte. „Bitte schön."

Ohne seiner Stimmung weitere Beachtung zu schenken, nahm Melanie den Hörer ab und wählte. „Komm schon, komm schon", flüsterte sie, während das Freizeichen ertönte. Es machte sie wahnsinnig, dass Gavin sie die ganze Zeit im Spiegel betrachtete. Endlich, beim sechsten Klingeln ging Lila ran.

„Mellie!", rief sie aus. Die Verbindung war so schlecht, dass ihre Stimme ganz brüchig klang. „Ich habe mich schon zu Tode geängstigt! Bart ist rübergefahren, um nach dir zu sehen, und hat Sassafras mitgebracht, doch wir hatten überhaupt keine Ahnung, wo du stecken könntest."

Melanie wand sich unbehaglich. Als sie Gavins Blick im Spiegel begegnete, drehte sie sich um, sodass sie ihm den Rücken zukehrte. „Ich habe die Bilder für die Hotellobby rauf zur Lodge gebracht", erklärte sie. Wenn sie sich doch nur auf das Gespräch konzentrieren könnte, statt ständig an den Mann zu denken, der sie im Spiegel beobachtete! Schnell erzählte sie Lila, wie sie in der Lodge von dem Sturm überrascht worden war. „Ich hätte besser auf das Wetter achten sollen. Dann hätte ich noch fahren können, bevor der Blizzard so schlimm wurde."

„Na, die Hauptsache ist schließlich, dass du in Sicherheit

bist. Und wage dich bloß nicht nach draußen, ehe die Straßen geräumt sind!“

„Aber das kann noch Tage dauern!“, stieß Melanie hervor.

„Ich weiß. Aber immerhin bist du da oben sicher.“

Sicher? Das bezweifelte Melanie stark. Von der Seite schaute sie Gavin an. Er hatte die Augenbrauen finster zusammengezogen und presste die Lippen aufeinander.

Melanie legte auf und atmete einmal tief durch. „Und jetzt reiß dich zusammen“, murmelte sie.

„Wie bitte?“

Aber sie schüttelte den Kopf. „Nichts.“

Gavin stand am Bartresen und war dabei, die Dochte der Kerosinlampen anzuzünden. Als er den Kopf hob, um sie anzusehen, hätte er sich beinahe die Finger verbrannt. „Mit Selbstgesprächen fängt es an.“

„Ich habe immer schon mit mir selbst geredet.“

„Ich weiß“, antwortete er ruhig. „Daran erinnere ich mich noch.“ Wieder blickte er zu ihr. Der Schein des Kaminfeuers zauberte einen warmen Schimmer in seine Augen, und seine Gesichtszüge traten im Licht der Kerosinlampen noch stärker hervor. Melanie spürte, wie ihr das Herz aufging. Schnell wandte sie den Blick ab, bevor sie sich noch verriet.

Gavin räusperte sich. „Ich schaue jetzt nach den Leitungen. Wenn du willst, dann such doch in der Küche nach was zu essen für uns.“

„Dafür bin ich also gut genug – fürs Kochen?“

Gavin lächelte. „Ach, und ich dachte, ich befördere dich, wenn ich dich zur Chefköchin erkläre.“

„Du bist wirklich der unerträglichste …“

„Habe ich alles schon gehört“, unterbrach er sie, schon auf dem Weg zur Treppe.

„Chefköchin? Dass ich nicht lache.“ Entrüstet griff sie nach einer der Laternen und ging durch die Bar zum Restaurant, hinter dem die Küche lag.

Im Licht der Lampe glänzte ihr Edelstahl entgegen. Zwar waren die Kühlschränke, Gefriertruhen und Vorratsregale noch nicht für die kommende Saison gefüllt worden, doch Melanie fand immerhin genügend Lebensmittel für mehrere Mahlzeiten. Verhungern mussten sie jedenfalls nicht, auch wenn sich daraus nicht gerade Gourmetgerichte zaubern ließen. Außerdem sollte Gavin froh sein, wenn sie ihm kein Gift ins Essen mischte!

In den Schränken entdeckte sie eine Thermoskanne und füllte den restlichen Kaffee hinein, der noch auf der Heizplatte der Kaffeemaschine stand. Dann fiel ihr Blick auf eine Flasche Bordeaux. Gefährlich, gefährlich, dachte sie. Sie wusste, dass Rotwein oft eine berauschende Wirkung auf sie hatte, und angesichts der bevorstehenden Nacht musste sie einen kühlen Kopf bewahren. Egal. Schließlich hatte sie vor, es Gavin endlich richtig zu zeigen, und wenn ihr ein bisschen Wein dabei helfen konnte – warum nicht?

Sie konnte der Versuchung nicht widerstehen, Wein und Thermoskanne auf einen glänzenden Servierwagen zu platzieren.

Als Nächstes stellte sich ihr das Problem, wie sie an Wasser kommen sollte. Ohne Strom liefen die Pumpen nicht. Allerdings hatte Melanie nicht vor, sich davon einschüchtern zu lassen. Sie wollte Gavin beweisen, dass sie sehr wohl in der Lage war, eigene Entscheidungen zu treffen – und für ihn gleich mit, wenn es sein musste!

Also schlüpfte sie in ihre Jacke, zog die Handschuhe an und trotzte den Elementen lang genug, damit sie etliche große Suppenkessel mit Schnee füllen konnte. Sie biss die Zähne zusammen, weil ihr der Wind durch die Kleidung pfiff und sich eisige Schneeflocken auf ihre Wangen setzten. Trotz ihrer dicken Handschuhe fühlten sich ihre Finger an wie erfroren, als sie die vollen Töpfe endlich in die Küche zurückgeschleppt und auf den Servierwagen gestellt hatte.

Als Nächstes schob sie den Wagen in die Lobby, um den Schnee zum Schmelzen an den Kamin zu stellen, und kehrte in die Küche zurück. Dort sammelte sie Gewürze, Brühwürfel, Tomatensaft und alle Gemüsekonserven zusammen, die sie auftreiben konnte, nahm Suppenschalen und Löffel aus den Schränken und suchte nach Brot. Eigentlich war sie keine besonders gute Köchin – ja, Neil hatte sie sogar immer als hoffnungslosen Fall bezeichnet. Aber darauf kam es jetzt wohl nicht an. Keiner verlangte von ihr, Haute Cuisine zu fabrizieren. Es ging darum, dass sie überhaupt etwas zu essen bekamen – und natürlich darum, es Gavin richtig zu zeigen.

Nachdem sie ihre Beute in die Lobby gebracht hatte, goss sie den Tomatensaft in einen Suppentopf, gab Brühwürfel und Dosengemüse dazu und machte sich daran, die Kartoffeln zu schälen und in Würfel zu schneiden, die sie zu den restlichen Zutaten in den Topf warf. Während sie kochte, war sie froh über die Wärme des Feuers.

Als Gavin eine Stunde später halb erfroren zurückkehrte, begrüßte ihn bereits der Duft von heißer Suppe. Auf den Tischen am Kamin leuchteten Kerzen und Laternen.

Er klopfte sich den Schnee von den Schultern seiner Lammfelljacke und hielte die Hände an den Kamin. Beim Anblick des Suppentopfs fragte er: „Was ist das?"

„Ach, nur eine Kleinigkeit, die ich schnell gezaubert habe", gab sie ironisch zurück.

„Ja, schon klar."

Mit misstrauischer Miene hob er den Deckel von dem Topf, und sofort stieg eine verführerisch duftende Dampfwolke empor. „Du hast dich selbst übertroffen."

„Ich tue alles, um Sie zufriedenzustellen, mein Herr", erwiderte sie mit einem falschen Lächeln.

„Also gut, Melanie – was ist hier im Busch?"

„Oh, Mr Doel, mein Herr, ich hoffe, Sie sind zufrieden mit mir!" Unwillkürlich zuckten ihre Mundwinkel, als sie sah, wie er die Augenbrauen zusammenzog. Geschah ihm recht! „Hier, bitte schön." Sie reichte ihm Kaffee, und er legte beide Hände um den Becher, um sie zu wärmen, und nippte an dem heißen Getränk.

„Was wird hier gespielt, Melanie?"
„Gespielt? Überhaupt nichts."
„Ja, klar. Ich glaube dir aufs Wort."
Es gelang ihr kaum, ernst zu bleiben. „Ich hatte nur einfach die Nase voll davon, mir ständig deine Kommandos anzuhören und mir befehlen zu lassen, was ich tun soll."
„Tu doch nicht so, als hättest du mir je auch nur zugehört!" Er runzelte die Stirn.
„Und ob ich zuhöre!"
Skeptisch zog er eine Augenbraue hoch. „Du machst ja eine ganze Menge, und manches davon sogar richtig gut." Damit zeigte er auf den Suppentopf im Kamin. „Aber Zuhören steht nicht gerade ganz oben auf deiner Liste."
„Und woher willst du das wissen?"
„Ich erinnere mich an deutlich mehr als nur die Tatsache, dass du gelegentlich Selbstgespräche führst, Melanie." Er hielt inne, und blickte ihr in die Augen. „Manchmal erinnere ich mich sogar an viel zu viel."
Plötzlich saß ihr dick und schmerzhaft ein Kloß im Hals. Sie musste schlucken, bevor sie flüsternd hervorbrachte: „Lass uns essen."
Während sie die Suppe in die Schalen füllte, versuchte sie nach Kräften, nicht zu Gavin hinüberzuschauen. Trotzdem sah sie, wie die Schneeflocken in seinen Haaren schmolzen, wie er mehrmals hintereinander nervös die Faust ballte und wieder öffnete, wie er nachdenklich auf seiner Unterlippe herumkaute.
Schweigend aßen sie ihre Suppe auf dem Boden vor dem Kamin. Beide hingen ihren Gedanken nach. Obwohl Melanie vorgab, in ihr Essen vertieft zu sein, wünschte sie sich nur weit weg – egal wohin, Hauptsache nicht allein mit dem Mann, der sie mit einem einzigen Wort in Wut versetzen konnte und dessen Blicke etwas in ihrem tiefsten Innern anrührten.
Es ist nur für ein paar Stunden, predigte sie sich immer wieder. Doch draußen pfiff der Sturm ums Haus, und es klang, als verspottete er sie.

Die Zeit verging quälend langsam. Nachdem sie endlich mit der Suppe fertig war, stellte sie die Schüssel beiseite und trank in kleinen Schlückchen den restlichen Kaffee aus. Zwischendurch musterte sie immer wieder aus dem Augenwinkel Gavin. Was wäre wohl damals passiert, wenn sie ihm die Wahrheit über das Baby erzählt hätte? Wenn sie geheiratet hätten? Wenn das Kind geboren worden wäre?

„Was ist das denn?", fragte er. Er schien die Flasche Bordeaux erst jetzt wahrzunehmen.

„Ein Irrtum", antwortete sie.

„Ach ja?" Er packte die Flasche beim Hals, griff nach dem Korkenzieher auf dem Servierwagen und warf Melanie einen wissenden Blick zu. „Ich weiß schon: Du hast einen üblen Plan ausgeheckt, mich betrunken zu machen, mir dann die Kleider vom Leib zu reißen und mich dazu zu bringen, dir zu Willen zu sein."

Melanie erblasste. Es dauerte eine Weile, bis sie sich so weit wieder gefangen hatte, dass sie ihm entgegnen konnte: „Ja, ganz genau so habe ich es geplant. Allerdings wollte ich vorher noch mit dir um Mitternacht in den Pool springen und dann nackt durch den Schneesturm laufen."

Seine Augen verdunkelten sich. „Das ist nicht die schlechteste Fantasie."

„Es ist keine Fantasie!"

„Ach, nein?"

„Mein lieber Gavin, ich glaube, du bildest dir ein bisschen zu viel auf dein gutes Aussehen ein."

„Ach, ja?"

„Ja!", rief sie heftig. Allerdings klang ihre Stimme gepresst. Lass dich bloß nicht von ihm provozieren, ermahnte sie sich. Ihr wild pochendes Herz konnte sie jedoch nicht so einfach beruhigen.

„Wenn du das sagst …"

Zur Hölle mit ihm – der Mann machte sie wahnsinnig!

Er schenkte ihnen Wein ein und stieß mit ihr an. „Auf die

Blizzards!“, meinte er spöttisch.

Melanie musste lachen. „Auf die Blizzards?“

„Und auf die Idee, nackt im Schnee rumzulaufen.“

Obwohl Melanies Puls sich bei seinen Worten deutlich beschleunigt hatte, bemühte sie sich, gleichmütig zu reagieren. „Klar. Dann also auf die Idee, nackt durch den Schnee zu laufen.“

Gavin verzog ironisch die Mundwinkel, seine Augen schienen zu funkeln, und er trank einen großen Schluck Wein.

Im Kamin zischte und knallte es, als ein großes Eichenscheit auseinanderfiel. Draußen wütete immer noch der Sturm. Auf einmal hatte Melanie das Gefühl, dass alles außer Gavin, ihr selbst und der Lodge weit, weit weg war.

Lass dich hier bloß nicht zu etwas verleiten! Aber Gavin saß so dicht neben ihr, während er von dem Bordeaux nachschenkte, seine Hand berührte dabei die ihre, und sein Blick schweifte zu ihren Lippen, als sie sich einen Tropfen Wein ableckte … Ihr fiel wieder ein, wie er früher gewesen war: liebevoll, gutherzig. Ihre Liebe war einfach und rein gewesen – und vom Schicksal zum Scheitern verurteilt.

„Lange her“, bemerkte er leise. Offenbar waren seine Gedanken in eine ähnliche Richtung gewandert wie ihre.

„Damals waren wir Kinder.“

Doch er schüttelte den Kopf. „Das glaube ich nicht.“ Tief schauten sie sich in die Augen, und in diesem Moment wurde Melanie klar, dass er beabsichtigte, sie zu küssen.

„Gavin ich will nicht …“

Der Rest des Satzes wurde von seinem Mund erstickt, und augenblicklich stieg Hitze in Melanie auf. Gavin schmeckte nach Wein, und die Empfindungen, die er in ihr auslöste, waren nicht weniger heftig als so viele Jahre zuvor. Ein Schauer der Erregung überrieselte Melanie, und ihr Puls begann zu rasen. Nachgiebig öffnete sie die Lippen. Sie drängte sich dicht an ihn, um seinen Körper an ihrem zu spüren.

„Du willst was nicht?“, fragte er, hob den Kopf und sah sie

unter halb geschlossenen Lidern hervor an.

„Ich will nicht mit dir schlafen."

„Gut. Ich habe auch keineswegs Schlafen im Sinn." Seine Lippen fanden erneut ihren Mund, und sie vergaß ihren Protest.

Zuerst sanft, aber dann immer leidenschaftlicher küsste er sie, und im nächsten Moment hatte er bereits eine Hand um ihren Nacken gelegt und vergrub die Finger in dem losen Knoten, zu dem sie ihre Haare geschlungen hatte.

Sie konnte sein Herz spüren, das ebenso heftig hämmerte wie ihres. Fühlte, wie er ihre Haarnadeln löste und sie eine nach der anderen zu Boden fallen ließ, während er den Kuss noch vertiefte und mit der Zunge in ihren Mund eindrang.

Mit seinem Gewicht drückte er sie auf den Teppich vor dem Kamin, sodass sie auf am Rücken lag, die Brüste an die harten Muskeln von Gavins Oberkörper gepresst. Unwillkürlich hatte sie mit den Armen seinen Nacken umklammert.

„Melanie", flüsterte er dicht an ihrem Ohr, und sie zitterte in süßer Vorahnung des Kommenden. Mit einer kleinen Handbewegung zog er ihr die letzte Haarnadel heraus, sodass sich ihr dicker Zopf löste.

Als Gavin die dunklen Locken berührte, streifte er Melanies Brust. Augenblicklich wurden ihre Spitzen hart, und tief in ihrem Innern erwachte heiß das Verlangen. Melanie wusste genau, dass ihr der Wein bereits zu Kopfe gestiegen war. Doch was noch schlimmer war: Gavin so nahe zu sein erwies sich als noch berauschender als der Alkohol. Ihre Selbstbeherrschung hing am seidenen Faden. Sie musste diesem Wahnsinn ein Ende bereiten, solange sie wenigstens noch einigermaßen klar denken konnte. Allerdings wollten ihr die Worte einfach nicht über die Lippen.

Sowie Gavin mit der Hand unter ihren Pullover glitt und ihre nackte Haut streichelte, schrillten in dem noch einigermaßen funktionierenden Teil ihres Verstands alle Alarmglocken. Aber sie hörte längst nicht mehr darauf.

Stattdessen stöhnte sie auf und bog den Rücken durch, um

sich so eng wie möglich an Gavins Körper zu schmiegen. Auch sein Atem kam nur noch stoßweise, während er ihr den Pullover über den Kopf streifte und ihren Körper förmlich mit seinen Blicken verschlang.

„Das ist Wahnsinn“, murmelte er, als hätte auch er jegliche Kontrolle über sich verloren. Er legte die Hand genau zwischen Melanies Brüste, sodass er ihren Herzschlag fühlen konnte. Einen Moment lang schloss er die Augen. „Ich will dich, Melanie“, sagte er. Fast schien es ihm wehzutun, diese Worte auszusprechen. „Ich will dich so sehr, wie ich noch nie eine andere Frau begehrt habe.“

Melanie schnürte es die Kehle zu. Sie wollte nichts hören über seine anderen Frauen. Das war nicht der richtige Moment für Beichten. „Schsch …“

„Aber das hier ist gefährlich.“

Mehr als nur gefährlich, dachte sie. Sie betrachtete seine markanten Züge, und sofort wurde ihr Blick magisch von seinen sinnlich geschwungenen Lippen angezogen. Er hatte sie fest zusammengepresst, als könnte er auf diese Weise mühsam einen letzten Rest Selbstbeherrschung wahren. „Ich … ich weiß.“ Mit ihm zu schlafen bedeutete, sich auf eine emotionale Achterbahnfahrt zu begeben, das war ihr klar.

„Ich will nicht, dass du dafür büßen musst.“

„Büßen?“

„Indem du schwanger wirst.“

Unmittelbar drohten ihr Tränen in die Augen zu treten. „Schon okay …“

„Nimmst du die Pille?“

„Neil und ich konnten keine Kinder bekommen.“

Eine endlose Sekunde lang starrte er auf sie herunter.

Erneut musste sie die Tränen wegblinzeln. Doch dann senkte er den Kopf und küsste sie ebenso leidenschaftlich wie damals, vor so vielen Jahren im Heu.

Ohne nachzudenken, hob Melanie die Hand, knöpfte ihm das Hemd auf und schob es ihm ungeduldig über die Schultern.

Das Kaminfeuer warf einen goldenen Schein auf Gavins nackte Haut.

Als Melanie seine Brustwarze verwöhnte, sog er scharf die Luft ein, sodass sich sein Bauch anspannte und ein sexy Sixpack sichtbar wurde. Auf seiner Stirn glänzten Schweißperlen, und Melanie überlegte kurz, ob es der innere Kampf zwischen Verlangen und Vernunft war, der ihn so viel Anstrengung kostete.

Sie berührte seinen Hosenbund. Prompt stand ein glühender Funke der Lust in seinen Augen. „Oh Gott, du raubst mir noch den Verstand!" Wieder drückte er heftig die Lippen auf ihren Mund, und schlagartig waren Zögern und Zwiespalt vergessen. Seine Zunge begehrte nachdrücklich Einlass, um sie zu locken und ihren Mund zu erkunden.

Melanie schlang die Arme um ihn. So spürte sie die geschmeidigen Bewegungen jedes einzelnen Muskels, während Gavin nun mit den Lippen auf Entdeckungsreise ging. Er zog eine Spur von Küssen von den Wangen zu den Augenlidern, von den Ohrläppchen zur Halsbeuge. Dort, wo ihr Puls wild raste, kitzelte er sie mit der Zunge, gleichzeitig streichelte er mit der freien Hand über ihren Bauch.

Ihre Brüste schmerzten beinahe vor Lust, und Melanie hob sich Gavin ungeduldig entgegen.

„Langsam, Mel", flüsterte er heiser. „Wir haben noch die ganze Nacht vor uns."

Spätestens bei dieser Ankündigung hätte Melanie ihm Einhalt gebieten müssen, bevor es zu spät war. Aber sie brachte es nicht mehr fertig. Und als Gavin ihr den BH-Träger von der Schulter streifte, war es endgültig um sie geschehen. Sie stöhnte auf, während ihre harten Knospen unter dem Spitzenstoff deutlich zeigten, wie sehr sie sich nach Gavins Liebkosung verzehrte. Er betrachtete sie einen Moment lang schweigend, bevor er herausbrachte: „Wie habe ich dich vermisst!" Mit einer Hand öffnete er den Verschluss des BHs, sodass Melanies Brüste sich ihm endlich nackt darboten. Die dunklen Spitzen hatten sich bereits aufgerichtet.

Gavin leckte an seinem Zeigefinger, und im nächsten Augenblick umkreiste er damit spielerisch eine ihrer Brustwarzen. Keuchend bettelte Melanie um mehr, wollte ihn ganz, wollte, dass er den dumpfen Sehnsuchtsschmerz in ihrem Innern stillte. Endlich umfasste er ihre Brust und küsste die Spitze.

Er saugte hingebungsvoll an der empfindlichen Knospe, woraufhin Melanie ihn noch fester umarmte und sich enger an ihn presste. Seine Hände befanden sich dicht über ihrem Po.

Wieder küsste er sie, und augenblicklich begann in Melanies Kopf ein Feuerwerk aus Emotionen und Erinnerungen, an Liebe und Vertrauen, an Leidenschaft und Versprechungen.

Hastig zog Gavin ihr BH und Rock aus, entledigte sich seiner Jeans und war endlich nackt neben ihr. Sein bronzefarben schimmernder Körper drängte sich an ihren. Keiner von ihnen sprach ein Wort, als er sich auf sie legte und sie stürmisch in Besitz nahm. Sie fanden einen gemeinsamen Rhythmus, der sie allmählich dem Gipfel immer näher brachte.

Melanie schaute Gavin in die Augen, und ein Glücksgefühl durchströmte sie. Sowie er das Tempo beschleunigte, grub sie ihm unwillkürlich die Fingernägel in den Rücken. Sie reckte sich ihm entgegen, hinter ihren Lidern rasten die Bilder in einem wilden Tanz der Lust durcheinander.

„Melanie, Melanie!“, rief Gavin heiser aus, und ließ sich auf sie sinken. Um diesen kostbaren Moment noch ein bisschen länger auskosten zu können, umklammerte sie ihn fest. Sie genoss sein Gewicht, das sie auf den Boden drückte, während sie beide dem Höhepunkt der Lust nachhingen.

Ich liebe dich. Die Worte lagen ihr auf der Zunge, doch Melanie sprach sie nicht aus, und auch er sagte nichts. In der dunklen Lodge war nichts zu hören außer dem leisen Prasseln des Feuers und dem Heulen des Windes draußen.

Als Gavin sich endlich auf einen Ellbogen stützte und Melanie aus seinen warmen goldbraunen Augen anschaute, umspielte ein Lächeln seine Mundwinkel. „Weißt du was?“ Er fuhr mit dem Finger sanft über ihr Gesicht. „Wir gehen besser jetzt.“

„Gehen? Ich dachte, wir müssten hierbleiben", antwortete sie noch leicht benommen. Sie strich sich die Haare aus dem Gesicht. Gleichzeitig fragte sie sich, was sie hier tat – nackt auf dem Boden der Lodge, noch erhitzt von der Liebe.

„In mein Apartment." Er warf einen Blick zu der hohen Decke und seufzte. „Wir haben keine Chance, diesen Raum hier zu heizen, solange der Strom ausgefallen ist. Dazu ist er einfach zu groß. Aber in meinem Zimmer hätten wir es warm."

Oder in deinem Bett, dachte Melanie. Die Vorstellung, neben Gavin einzuschlafen und wieder aufzuwachen, war verführerisch – doch gefährlich. Es war eine Sache, ihm aus einer Augenblickslaune heraus in die Arme zu sinken – bewusst sich noch einmal ihm hinzugeben wäre Irrsinn. „Ich halte das für keine besonders gute Idee."

„Ich auch nicht, allerdings habe ich nicht vor, heute Nacht allein im Bett zu liegen. Wir würden beide erfrieren."

„Ach, dann geht es hier bloß um eine praktische Lösung, ja?"

„Nein, um eine lustvolle." Damit stand er auf und hob sie hoch.

„Hör auf damit!", rief sie, während er mit ihr durch die Lobby lief. „Gavin, dein Bein!"

„Meinem Bein fehlt nichts."

„Lass mich runter – ich meine es ernst." Sie versuchte sich aus seinen Armen zu winden, musste jedoch einsehen, dass sie damit vermutlich noch größeren Schaden anrichtete. „Ich kann sehr gut alleine laufen."

Ein tiefes Lachen löste sich aus seiner Kehle. „Glaub mir, ich unterschätze deine Fähigkeiten durchaus nicht."

„Außerdem könnte ich noch was tragen."

„Wir brauchen nichts."

„Aber die Taschen- und Kerosinlampen …"

„Unnötig", entgegnete er und trug sie durch den dunklen Korridor, ohne auch nur ein einziges Mal zu stolpern. Bei seinem Apartment angekommen, stieß er die Tür mit dem Fuß auf.

Im Kamin verbreiteten rote Glutreste einen schwachen Schein. Eine Kerosinlampe stand brennend auf dem Nachttisch.

„Du hast das von langer Hand geplant!“, warf sie ihm vor, als er sie auf die Laken legte, die sich unter ihrer nackten Haut kalt anfühlten.

„Nein ... na ja, vielleicht schon.“ Er deckte sie mit einer Patchworkdecke zu und schlüpfte neben ihr ins Bett.

„Du bist unglaublich“, brachte sie hervor. Sie wünschte, sie hätte die Kraft, wieder aufzustehen und in die Lobby zurückzurennen.

„Stimmt.“

„Und unverbesserlich.“

„Das hoffe ich doch.“

„Und ...“

Sein Mund fand den ihren. Gavin fasste sie um die Taille und zog Melanie an sich. Es ist unglaublich, wie perfekt ihr Körper sich an meinen schmiegt, dachte er. Aus irgendeinem absurden Grund war er davon ausgegangen, dass er nur mit ihr schlafen müsste, um ein für alle Mal über sie hinwegzukommen. Er hatte sich noch nie in seinem ganzen Leben so gründlich getäuscht.

Erst vor wenigen Minuten hatten sie sich geliebt, doch nun spürte er, wie er erneut erregt war. Er war bereit – ja, mehr als das: Sein Körper fieberte danach, ihre leidenschaftliche Vereinigung zu wiederholen.

Und Melanie erwiderte seinen Kuss nicht weniger verlangend. Schwer lagen ihre Brüste in seinen Händen, sodass er die Spitzen mit dem Daumen streicheln konnte. Als er eine Brustwarze in den Mund nahm und sie mit der Zunge reizte, bäumte sich Melanie stöhnend unter ihm auf, und ihre feuchte Hitze umschloss ihn ganz.

Er sank auf sie und drückte sie mit der Hand auf ihren Po näher an sich, ohne dabei aufzuhören, abwechselnd an ihren Brüsten zu saugen. Draußen rüttelte der Wind an den Fenstern, und Gavin dachte flüchtig, dass er hoffte, der Sturm möge niemals enden.

Mit dem Morgen kam die Reue. Was hatte sie sich bloß dabei gedacht?! Mit Gavin zu schlafen konnte nur Ärger nach sich ziehen. Dennoch fand sie es unmöglich, sich aus dem festen Griff seiner Arme zu befreien und aufzustehen, um so zu tun, als bedeutete ihr der One-Night-Stand mit ihm überhaupt nichts.

Du wirst einfach nicht klüger, schalt sie sich stumm, immer noch in Gavins Umarmung gefangen. Der Sturm war inzwischen abgeflaut, und das Morgenlicht versprach einen klaren, kalten Tag. Bald würde sie nach Hause fahren müssen. Sie bettete den Kopf auf Gavins Brust und fiel wieder in tiefen, traumlosen Schlaf.

Gavin dagegen war hellwach. Gedankenverloren lag er im Bett und sah durch das Fenster zu, wie draußen der Sonnenaufgang die schneebedeckten Gipfel rot einfärbte. Plötzlich riss ihn das laute Klingeln des Telefons auf dem Nachttisch aus seinen Träumereien.

Er quittierte das Geräusch mit genervtem Stöhnen, denn er hatte überhaupt keine Lust, sich zu bewegen. Melanies Kopf ruhte auf seiner Brust, einen Arm hatte sie um seine Taille geschlungen. Ihr zerzaustes schwarzes Haar hob sich deutlich von ihrer hellen Haut und den weißen Laken ab. Als er sie so vertraut und nah an sich geschmiegt sah, empfand er pures Glück. Er wollte sie beschützen und lieben und ehren …

Wieder klingelte das Telefon, und dieses Mal wachte Melanie auf. Sie hob den Kopf und schüttelte sich schlaftrunken die Haare aus den Augen.

„Oh-oh“, brummte Gavin. „Sieht so aus, als hätte uns jemand aufgespürt.“

„Das musste ja früher oder später passieren.“ Ihr Lächeln wurde von einem herzhaften Gähnen unterbrochen.

„Wahrscheinlich hast du recht. Schlaf weiter.“ Er griff nach dem Telefonhörer, während er mit dem rechten Arm immer noch Melanie umschlungen hielt.

„Ridge Lodge.“

„Wird ja auch Zeit, dass du endlich rangehst! Ich habe die ganze Nacht durch versucht, dich zu erreichen!“, beschwerte sich Rich am anderen Ende der Leitung.

„Ich war hier.“

„Aber rangegangen bist du nicht!“

„Vermutlich war die Verbindung gestört“, antwortete Gavin gleichgültig.

„Was ist denn da oben bei dir los? Ach, nein, du brauchst es mir gar nicht erst zu erzählen: Bestimmt wartet in deinem Bett eine wunderschöne, attraktive Frau auf dich.“

„Jetzt red keinen Quatsch“, sagte Gavin, musste allerdings ein Lächeln unterdrücken. „Seit gestern Abend ist hier der Strom ausgefallen.“

„Und was ist mit dem Notstromaggregat?“

„Das funktioniert noch nicht.“

„Oh Gott!“ Rich stöhnte. „Ist irgendwas kaputtgegangen?“

„Zumindest nichts Ernsthaftes.“ Gavin rekelte sich faul. Zum ersten Mal, seit er sich auf dieses Projekt eingelassen hatte, war ihm etwas anderes wichtiger als das Resort.

„Hör zu: Wir haben alle Hände voll zu tun. Der erste Schnee ist da, und ab jetzt werfen wir jeden Tag, den wir noch nicht geöffnet haben, Geld zum Fenster raus. Ich habe schon alle unsere Zulieferer angerufen. Sobald die Straßen einigermaßen geräumt sind, fahren die Lastwagen bei der Lodge vor. Du musst jetzt alles andere in die Wege leiten. Der Parkplatz muss geräumt werden, Erik oder jemand anders muss bereitstehen, wenn die Skiausrüstungen für den Verleih eintreffen …“ Er redete weiter, ohne Luft zu holen oder eine Antwort abzuwarten. Aber vielleicht erwartete er auch keine. Gavin grinste bloß. Gerade versuchte sich Melanie aus dem Bett zu stehlen, doch er drückte sie fester an sich. Schon seit Jahren hatte sich nichts mehr so gut angefühlt, und er hatte nicht vor, das jetzt schon zu beenden.

Dabei gab er sich keinen Illusionen hin, dass Melanie und er jemals wieder eine richtige Beziehung anfangen würden. Sie hatte ihn nicht gewollt, als er bitterarm gewesen war, und vermutlich wollte sie ihn immer noch nicht. Aber zumindest solange sie hier vom Rest der Welt abgeschnitten waren, hatte er vor, jede Sekunde mit ihr zu genießen. Sie war so warm, so verführerisch und … und, verdammt noch mal, der Sex mit ihr war einfach unvergleichlich, um Längen besser als mit jeder anderen Frau, die er je …

„Ich habe inzwischen mit der Bergrettung telefoniert und außerdem ein paar Skilehrer aufgetrieben. Die Burschen stellen sich bei dir vor, sobald sie durchkommen können. Guck dir ihre Zeugnisse an, sprich mit ihnen und verschaff dir in Gottes Namen vor allem einen Überblick darüber, wie sie sich auf Skiern anstellen."

„Klar, mache ich", versprach Gavin. Er sah genau in dem Moment zu Melanie hin, in dem sie aufblickte und ihn durch ihre dichten, dunklen Wimpern hindurch anschaute.

„Gut. Und sieh nach, ob …"

Gavin legte auf und rollte sich herum, damit er sich wieder ganz Melanie widmen konnte.

„Gibt's Probleme?", erkundigte sie sich.

„Nein. Zumindest nichts, was nicht warten könnte." Ihre Haare lockten sich verführerisch um ihr Gesicht, ihre Schultern und Brüste. Spielerisch wickelte er eine der schwarzen Strähnen um seinen Finger. Die grünen Sprenkel in Melanies Augen leuchteten auf.

Das Telefon ging schon wieder, doch Gavin streckte lediglich den Arm aus und riss den Stecker raus. Kurz darauf hörten sie aus der Ferne die Telefone in Bar und Lobby klingen, aber Gavin zog es vor, sie nicht zu beachten. Stattdessen schlang er die Arme um Melanie. „Ich finde, es gibt Wichtigeres."

„Wichtiger als die Eröffnung der Lodge?"

„Hmm." Er knabberte zärtlich an ihrem Hals. „Definitiv wichtiger." Und bewies es, indem er sie küsste.

Später, als Gavin irgendwo anders in der Lodge beschäftigt war, rief Melanie bei der Zeitung an.

Die Empfangsdame meldete sich nach dem zweiten Klingeln. „*Taylor's Crossing Tribune.*"

„Hi, Molly, hier ist Melanie."

„Melanie! Wo steckst du denn?", fragte Molly atemlos. „Brian hat schon überall nach dir gesucht!"

„Ich sitze hier in der *Ridge Lodge* fest, seit mich gestern Abend der Sturm überrascht hat. Sie haben die Straße gesperrt", erklärte Melanie. Doch ein Blick auf das zerwühlte Bett löste heftigste Gewissensbisse in ihr aus. „Ist Brian da?"

„Ja. Ich stelle dich zu ihm durch."

Ein Klicken ertönte in der Leitung, und einen Moment später war Brian Michaels laute Stimme zu hören. „Wo zum Teufel bist du?"

„*Ridge Lodge.*" Sie wiederholte noch einmal, was sie bereits Molly erzählt hatte.

„Und du hast da oben die ganze Nacht verbracht?", erkundigte sich Brian.

„Ja."

„Verdammt, Melanie, ich brauche dich hier! Wir müssen dringend Bilder von den umgefallenen Strommasten haben, außerdem von den Schneeräumkommandos und wer weiß was noch."

„Ich komme, sobald die Straßen wieder frei sind", versprach sie. „Und ich bringe ein paar großartige Aufnahmen von der Lodge mit."

„Also gut. Laut Polizei sollen die Straßen zur Lodge spätestens am Nachmittag geräumt sein."

„Sobald ich kann, fahre ich schnurstracks in die Redaktion", versicherte Melanie zerknirscht.

„Gut. Ich bin den ganzen Nachmittag hier." Er senkte vertraulich die Stimme: „Ach ja, und wenn du ohnehin schon da oben bist, dann habe ich auch gleich einen Auftrag für dich."

Böse Vorahnungen ließen Melanie einen Schauder über den Rücken laufen. „Was denn?"

„Ich will, dass du ein bisschen dort rumschnüffelst und rausfindest, ob das Resort in finanziellen Schwierigkeiten steckt."

„Finanzielle Schwierigkeiten", wiederholte sie. Unglaublich – was bildete Brian sich eigentlich ein?

„Genau. Man munkelt, dass einer der Investoren ausgestiegen ist. Anscheinend hat Doel sein gesamtes Privatvermögen in das Hotel gesteckt. Wenn es nicht rechtzeitig eröffnet wird oder nicht den erwünschten Erfolg erzielt, ist er erledigt."

„Das bezweifle ich", antwortete Melanie kurz angebunden.

„Meistens ist an solchen Gerüchten auch was Wahres dran."

„Das kommt ganz darauf an, wer sie in Umlauf gebracht hat." Sie sprach absichtlich leise. Nicht auszudenken, wenn Gavin sie jetzt überraschte! Plötzlich fühlte sie sich wie gefangen in einer aussichtslosen Situation. Und sie hatte neulich noch Gavin gegenüber ihren Chefredakteur in Schutz genommen!

„Na ja, immerhin verwendet Rich Johanson ja ziemlich viel Zeit darauf, seine Kanzlei in Portland weiterhin am Laufen zu halten."

„Und?"

„Mir kommt das ein bisschen merkwürdig vor."

„Du machst aus einer Mücke einen Elefanten."

„Mag sein. Halt trotzdem die Augen offen. Solange du da oben festsitzt, kannst du dich auch ein bisschen umsehen."

„Hör mal, Brian, ich bin Fotografin, das ist alles. Ich mache für die *Tribune* gerne alle Fotos, die du brauchst, denn das ist mein Job, aber mehr auch nicht. Auf keinen Fall schnüffel ich hier rum, um für dich irgendwelche Leichen im Keller zu suchen."

Damit legte sie auf und zählte langsam bis zehn. Sie war allerdings erst bis sieben gekommen, da wurde die Tür des Apartments geöffnet und Gavin kam herein.

„Der Winterdienst ist schon unterwegs, um die Straße nach Taylor's Crossing zu räumen."

„Das habe ich auch gehört", erwiderte sie und deutete auf das Telefon. „Ich habe gerade in der Redaktion angerufen."

Ein spöttisches Lächeln erschien auf seinem Gesicht. „Na,

und was hatte der gute alte Brian zu sagen?"

„Dass er mich vermisst."

Gavin zog eine Augenbraue hoch. „Sonst noch was?"

„Na ja, er hat auch noch erwähnt, dass ich hier ein bisschen nachforschen soll, ob bei dir finanziell alles im grünen Bereich ist."

„Das meinst du nicht ernst!" Gavin fluchte laut und ausgiebig.

„Doch."

„Dann macht er Witze."

„Glaube ich nicht."

Gavin steckte die Hände in die Gesäßtaschen seiner Jeans. „Michaels schreckt wirklich vor gar nichts zurück", stieß er angewidert hervor. „Die finanzielle Lage der Lodge geht ihn überhaupt nichts an. Weißt du was? Es würde mich noch nicht mal wundern, wenn er dich von vornherein nur hierher geschickt hätte, damit du rausfindest, was Sache ist."

Melanie stockte der Atem. Das glaubte er doch nicht ernsthaft, oder? Hier standen sie im selben Raum, in dem das Bett noch warm war von ihrem leidenschaftlichen Sex, und dann sagte er so etwas Grausames? „Brian hat mich nicht hergeschickt, Gavin."

„Nein, natürlich nicht", räumte er ein. „Aber zuzutrauen wäre es ihm."

„Mir etwa auch?"

Er schnaubte verächtlich. „Ich glaube nicht, dass du mit Männern schläfst, nur um von ihnen die Bilder oder Storys zu bekommen, die du haben willst."

„Ich schlafe überhaupt nicht mit Männern – abgesehen von dir." Nervös nahm sie einen Stift vom Tisch und spielte damit herum.

Plötzlich war seine Miene wie versteinert. „Und was ist mit Neil?"

„Nur, solange wir verheiratet waren."

Die Farbe wich ihm aus den Wangen.

„Und da ist noch etwas, was ich vielleicht erklären sollte“, fuhr sie ruhig fort, obwohl ihre Stimme bebte. „Ich bin nur Neils Ehefrau geworden wegen des Babys.“

In der folgenden Stille hörte Melanie ihr eigenes Herz laut klopfen. Sie hob den Kopf und begegnete Gavins fragendem Blick.

„Ich dachte, du hättest gerade gesagt, dass du nicht vor eurer Hochzeit mit Neil geschlafen hast.“

„Habe ich auch nicht.“

„Und hast du nicht letzte Nacht noch behauptet, du könntest nicht schwanger werden?“

„Das stimmt auch – ich meine, das stimmte … Also, jedenfalls nicht mit Neil – ich meine … Oh Gott!“ Ihr zitterten die Hände, und ihre Kehle fühlte sich so trocken an, dass sie kaum noch ein Wort herausbrachte. Trotzdem zwang sie sich dazu, Gavin geradewegs in die Augen zu schauen. „Was ich eigentlich sagen will: Der Grund, warum ich Neil geheiratet habe, war, dass ich schwanger war.“ Nur mit größter Mühe konnte sie sich auf den Beinen halten.

Plötzlich war die Atmosphäre im Zimmer angespannt. Mit unendlich wütendem Blick sah Gavin sie an, bevor er langsam und gezwungen ruhig wiederholte: „Schwanger?“

„Ja.“

„Aber du hast gesagt …“

Sie senkte die Lider. „Ich weiß, was ich gesagt habe. Doch ein einziges Mal bin ich trotzdem schwanger geworden, Gavin. Und das Baby war von dir.“

10. KAPITEL

Von mir? Das Baby war von mir?", flüsterte er heiser. Aus seinem Gesicht war jede Farbe gewichen. Selbst seine Lippen wirkten blutleer.

„Ja. Ich war schwanger, als du abgereist bist, allerdings hatte ich zu diesem Zeitpunkt davon noch keine Ahnung. Nachdem ich es herausgefunden hatte, warst du schon im Trainingslager für das Olympiateam und …"

„Alles Lügen!"

„Nein! Gavin, warum sollte ich dich denn anlügen?", rief sie fassungslos.

„Keine Ahnung", knurrte er. Er trat einen Schritt näher, seine Augen gefährlich funkelnd."

Aber irgendeinen Grund muss es geben."

„Ich dachte nur, dass du es vielleicht wissen willst."

„Jetzt? Acht Jahre später?" Seine Stimme klang so leise und bedrohlich, dass ihr ein kalter Schauer über den Rücken lief. „Jetzt, wo es dir plötzlich ganz gelegen kommt? Für wie blöd hältst du mich eigentlich?"

„Ich …"

Er packte sie am Oberarm. Seine Finger krallten sich tief in ihr Fleisch. „Letzte Nacht hast du noch behauptet, du wärst unfruchtbar. Das stimmt doch, oder? Oder willst du mir da jetzt auch plötzlich eine andere Geschichte auftischen?"

Sie versuchte sich, von ihm loszureißen, doch er verstärkte seinen Griff.

„Ich sage die Wahrheit, Gavin!"

„Ach ja? Dann *sag* doch mal, wo denn das Kind hingekommen ist! Hmm? Wo hast du meinen Sohn oder meine Tochter versteckt?"

Etwas in ihr schien zu zerbrechen. „Oh Gott, Gavin, hör auf damit. Siehst du nicht, wie schwer mir das hier fällt?"

„Ich sehe nur, dass du mich vor acht Jahren schon angelogen hast und das Gleiche wieder probierst."

„Nein – bitte, du musst mir glauben!“

„Warum denn?“

„Weil es die Wahrheit ist!“, rief sie, und ihre Stimme klang verzweifelt. „Die Wahrheit!“

„Die Bedeutung dieses Wortes ist dir doch völlig fremd!“

„Woher willst du das denn wissen? Du bist doch nie lange genug hiergeblieben, um es herauszufinden!“

Der Vorwurf schien ihn zu treffen. „Na gut. Wenn du mir weiter Märchen erzählen willst, dann mach das ruhig.“ Er ließ sie so abrupt los, als verursachte die bloße Berührung ihm Übelkeit. Stattdessen verschränkte er die Arme vor der Brust. „Los, red weiter. Ich bin ganz Ohr.“

Melanie hob das Kinn, obwohl sie hart gegen die Tränen ankämpfen musste. „Ich war von dir schwanger, und mein Vater hat mich damals dazu überredet, dir nichts davon zu sagen.“

„Toller Typ.“

„Er hat dabei auch an dich gedacht.“

„Ja, ganz bestimmt.“

„Er hat gemeint, dass du noch nicht bereit für eine Familie wärst. Du würdest mich irgendwann dafür hassen, dass du meinetwegen deinen Traum aufgeben musstest.“

„Und du erwartest wirklich, dass ich dir diese rührende Geschichte abkaufe?“

„Nur dann, wenn du dich noch daran erinnern kannst, wie sehr ich dich geliebt habe“, antwortete sie. Angriff war die beste Verteidigung. Und Gavins Augen verrieten ihn. Lang unterdrückte, qualvolle Gefühle leuchteten einen Moment darin auf, und plötzlich war er wieder der verletzliche kleine Junge von der falschen Seite der Stadt. Melanie schien das Herz in tausend Stücke zerspringen zu wollen. „Ich habe dich wirklich geliebt, Gavin. Ich konnte an gar nichts anderes denken als an diese Liebe und daran, dass ich den Rest meines Lebens mit dir verbringen wollte. Ich … ich hatte nicht vor, schwanger zu werden. Es ist einfach passiert.“

„Und dann hast du einen anderen Mann geheiratet, und Neil

war überglücklich, für mein Kind Daddy zu spielen. Komm schon, Melanie – das soll ich doch nicht ernsthaft glauben!"

„Warum hätte ich sonst einen Mann heiraten sollen, den ich nicht liebe?"

„Geld", erwiderte er vernichtend und aus voller Überzeugung.

„Geld war mir egal. Aber ich wollte, dass mein Baby in geregelten Verhältnissen aufwächst."

„Ach ja, das Baby." Er hob die Hände. „Und wo ist das, bitte schön?"

Sie schluckte schwer. „Ich hatte eine Fehlgeburt, und zwar sechs Wochen nach der Hochzeit mit Neil."

„Na, wie überaus praktisch!", spottete er. Seine Worte trafen sie ins Mark und ließen traurige Erinnerungen wieder lebendig werden.

Sie schüttelte den Kopf. „Es war schrecklich."

„Es war nichts als eine Lüge. Entweder du lügst mich jetzt im Moment an, oder Neil Brooks war ein noch größerer Schwachkopf, als ich es wäre, wenn ich dir glauben würde."

„Du denkst wirklich, dass ich das nur erfunden habe?"

„Ich weiß nicht, was ich denken soll, Melanie. Aber du hast mir selbst gesagt, dass du nicht schwanger werden kannst. Wie kannst du dann erwarten, dass ich dir so was an den Haaren Herbeigezogenes einfach abkaufe?"

„Ich habe nicht gelogen. Neil und ich konnten keine Kinder bekommen. Wir … ich … Nachdem ich das Baby verloren hatte, haben wir nie verhütet. Trotzdem bin ich nie wieder schwanger geworden, obwohl wir es uns gewünscht haben."

„Und welche Erklärung hat die Medizin für dieses Phänomen?"

„Keine. Neil wollte nicht zum Arzt gehen, und ich … ich bin nicht mehr dazu gekommen. Denn unsere Ehe steckte schon in der Krise, und wir hatten getrennte Schlafzimmer."

„Verstehe ich dich richtig? Ich soll dir abnehmen, dass ich dich geschwängert habe, du mir aus irgendeinem verqueren

Edelmut heraus nichts davon erzählen wolltest und stattdessen zu Neil gerannt bist, damit er dich heiratet und das Kind eines anderen als sein eigenes aufzieht? Und Wunder, oh Wunder, bevor es so weit kommt, verlierst du das Baby und wirst danach nie wieder schwanger?"

Sie kämpfte gegen den Impuls an, ihn anzuschreien, indem sie die Fäuste ballte. Doch dagegen, dass ihr die Tränen in die Augen stiegen, konnte sie nichts tun. „Ja."

„Tja, Melanie, dann hast du eindeutig deinen Beruf verfehlt. Du hättest nicht Fotografin werden sollen, sondern Schauspielerin. Diese Vorstellung hier ist definitiv oscarreif!"

Seine Bemerkung brachte sie in Rage. Wie hatte er bloß so werden können – so grausam, so zynisch, so abgebrüht?

Der Duft von Sex hing immer noch in der Luft und erinnerte Melanie daran, wie sie in der Nacht zusammen geschlafen hatten. Gavin hatte sich als zärtlicher, rücksichtsvoller Liebhaber erwiesen, und nun benahm er sich so herzlos. Übelkeit stieg in ihr auf, und sie wusste, dass sie hier wegmusste – und zwar gleich, bevor alles, was sie miteinander geteilt hatten, von ihm in den Schmutz gezogen wurde. Stumm fing sie an, ihre Sachen einzusammeln.

„Was machst du da?"

„Ich verschwinde."

„Das kannst du nicht."

„Ach nein? Dann sieh jetzt gut zu."

„Aber es ist eiskalt, die Straße ist blockiert und …"

„Die Straßenverhältnisse und das Wetter interessieren mich wirklich nicht die Bohne!", schleuderte sie ihm entgegen, während sie nach der Kameratasche griff.

„Du bist sauer."

„Sauer? Ich bin fuchsteufelswild!"

„Nur, weil ich dir deine kleine Geschichte nicht glauben wollte."

„Vergiss es einfach." Sie wandte sich zur Tür, doch er fasste nach ihrem Arm und wirbelte sie zu sich herum.

„Du kannst nicht einfach fahren“, wiederholte er.

„Lass mich los, Gavin.“

„Das schaffst du nicht, der Wagen wird unterwegs stecken bleiben.“

„Was interessiert dich das überhaupt?“ Mit einem Ruck befreite sie sich aus seinem Griff. „Und wenn ich zu Fuß gehen muss – ich will hier weg.“

„Melanie ...“

Doch sie rannte zur Tür hinaus und durch die inzwischen so vertrauten Flure. Die Lodge war leer, und ihre Schritte auf den Holzdielen hallten laut. Kurz darauf hörte sie auch Gavin hinter sich, aber da stieß sie bereits die schwere Eingangstür auf. Eine eisige Windböe begrüßte sie. Draußen fiel immer noch Schnee, allerdings nur noch als feiner, glitzernder Puder. Melanie wäre beinahe auf den vereisten Stufen ausgerutscht, und im nächsten Moment hatte Gavin sie eingeholt.

„Melanie, jetzt hör doch zu! Es tut mir leid.“

„Es braucht dir nicht leidzutun“, gab sie gereizt zurück, während sie sich durch den knietiefen Schnee zu ihrem Auto vorankämpfte. „Du hältst mich für eine Lügnerin oder sogar noch Schlimmeres. Na gut. Dann weiß ich zumindest, woran ich mit dir bin.“ Entschlossen, um jeden Preis eine Möglichkeit von hier weg zu finden, lief sie weiter.

„Jetzt komm endlich zur Vernunft, Melanie!“

Obwohl sie ihren VW am Vorabend unter dem Carport geparkt hatte, war er nun unter einer Schneeschicht verschwunden. Melanie wischte mit den Händen die eisigen Flocken von der Windschutzscheibe, stieg ein und drehte den Zündschlüssel. Doch der Motor stotterte nur langsam vor sich hin. Verbissen gab sie Gas. „Komm schon, komm schon!“, flüsterte sie mit einem Stoßgebet zum Himmel. Sie konnte hier einfach keine Sekunde länger bleiben – und sie wollte es auch nicht!

Gerade als das Motorengeräusch mit einem asthmatischen Keuchen endgültig erstarb, öffnete Gavin die Fahrertür. „Einen Moment noch ...“

„Scher dich zum Teufel!“

„Melanie, ich wollte dich nicht verletzen.“

„Aber genau das hast du getan!“

„Es ist nur so – deine Geschichte klingt nicht besonders glaubwürdig.“

„Du wiederholst dich.“ Mit voll durchgetretenem Gaspedal drehte sie erneut den Zündschlüssel. „Komm schon!“, murmelte sie flehend. *Jetzt spring schon an. Bitte!*

Er presste fest die Lippen aufeinander. Offenbar rang er um Selbstbeherrschung. „Komm zurück in die Lodge. Ich koche uns Kaffee, und dann können wir wie zwei vernünftige Erwachsene noch mal darüber reden.“

„Das ist unmöglich! Lass mich einfach in Ruhe! Im Alleinlassen bist du doch gut, oder nicht?“

Er atmete scharf ein, bevor er antwortete: „Ich gebe mir hier wirklich Mühe, Melanie. Das Mindeste, was du tun kannst, ist, mir ein bisschen entgegenzukommen.“

„Nach allem, was du mir an den Kopf geworfen hast?“ Aufgebracht sah sie ihn an. „Du kennst mich doch, Gavin, und du weißt genau, dass ich in so einer wichtigen Sache niemals lügen würde. Warum sollte ich auch?“

„Ich dachte, vielleicht brauchtest du einen Vorwand, um Neil zu heiraten – einen, den ich verstehen würde.“

Der Motor stotterte noch einmal, dann war er endgültig aus. Als Melanie den Zündschlüssel erneut drehte, hörte sie nur noch ein schwaches Klicken. Gavin berührte sie an der Schulter, doch sie wich vor ihm zurück.

„Ich mache dir eine Tasse Kaffee, und dann höre ich dir zu. Außerdem kommst du mit diesem Wagen sowieso nirgendwohin. Selbst wenn er starten würde, kämst du nie auch nur über den Parkplatz.“

Damit hatte er recht. Auf dem Parkplatz türmte sich knietief der Schnee, und der VW würde schon einen Meter vor dem Schuppen stecken bleiben – sofern sie es überhaupt schaffte, ihn zum Anspringen zu bewegen.

„Jetzt komm schon, Mel“, beharrte Gavin.

„Vergiss es! Du glaubst mir ja doch nicht.“

„Ich versuche es.“ Seine Stimme wurde sanft. „Du hast mich eben ganz schön kalt erwischt damit.“

„Dann zweifelst du jetzt nicht mehr an mir?“ Sie wusste, dass ihr die innere Zerrissenheit deutlich vom Gesicht abzulesen war.

Gavin sah zum Himmel. Schneeflocken blieben in seinen Haaren hängen, und er runzelte die Stirn. „Ich weiß nicht, was ich glauben soll.“

„Prima.“ Sie versuchte, die Autotür zuzuschlagen, aber er stellte sich dazwischen.

„Ich habe doch eben schon gesagt, dass du nicht weit kommst“, erklärte er kurz angebunden. Er packte sie am Arm und zwang sie zum Aussteigen.

Melanie versuchte, sich von ihm loszumachen, worauf er sie einfach hochhob und zurück zur Lodge trug. Verzweifelt strampelnd und tretend, probierte sie wieder auf den Boden zu kommen, um die kläglichen Reste ihrer Würde zu wahren. „Lass mich runter! Du rutschst noch aus und brichst dir den kaputten Knöchel, und dann …“

„Sei ruhig“, knurrte er, während er zum Haus zurückmarschierte und dabei den Pfad nutzte, den Melanie sich noch vor wenigen Minuten gebahnt hatte. „Wir gehen jetzt schön rein, und dann fängst du noch mal ganz von vorne an. Und zwar schön langsam.“

„Wenn du ernsthaft denkst, ich mache das noch ein zweites Mal durch, dann hast du nicht alle Tassen im Schrank!“

„Mag sein“, antwortete er. „Aber du schuldest mir …“

„Ich soll dir was schulden? Das ist ja wohl die Höhe! Ich schulde dir überhaupt nichts! Nichts! Ich hätte von Anfang an besser den Mund halten sollen.“

„Doch das hast du nicht“, erinnerte er sie. Langsam stieg er mit seiner Last die Stufen zum Eingang der Lodge hinauf und stieß die Tür mit dem Fuß auf. Er blieb erst stehen, nachdem er

Melanie durch das gesamte Gebäude zurück in sein Apartment gebracht hatte. Dort ließ er sie aufs Sofa sinken. „So und jetzt von Anfang an."

„Ich habe dir doch schon alles erzählt."

„Aber reichlich spät, oder?"

„Weil ich dich, wie schon gesagt, nicht damit belasten wollte."

„Ach ja, richtig. Wie edelmütig von dir", bemerkte er spöttisch. „Also, noch mal: Du warst von mir schwanger und hast dann Neil Brooks geheiratet."

„Ja."

„Und er hat sich einfach so auf deinen ausgeklügelten Plan eingelassen?", fragte er zweifelnd.

„Das war kein Plan!"

Gavin fuhr sich mit zitternden Fingern durchs Haar. „Es gibt eine Sache, die ich ganz und gar nicht begreife, Melanie. Wenn das wahr ist, warum hattest du dann nicht wenigstens den Mut, mir reinen Wein einzuschenken? Meinst du nicht, dass ich es hätte wissen wollen?"

„Ich wollte nicht, dass du das Gefühl hast, in der Falle zu sitzen", antwortete sie. Aus schierer Verzweiflung hatte sie die Hände zu Fäusten geballt.

„Aber falls ich der Vater war …"

„Mit hundertprozentiger Sicherheit warst du es!"

„Dann hätte ich auch für das Kind gesorgt."

„Für ein Kind, das du nicht gewollt hattest."

„Das weißt du doch überhaupt nicht!" Er ging zum Fenster. Sein Zorn war beinahe mit den Händen greifbar. „Hättest du mir jemals davon erzählt, wenn das Baby da gewesen wäre?"

Sie öffnete den Mund und schloss ihn wieder. In ihr fochten Wahrheit und Nervosität einen erbitterten Kampf aus. Als sie endlich etwas sagte, klang ihre Stimme gepresst. „Ich … ich glaube nicht."

„Warum nicht, zum Teufel noch mal?" Er drehte sich zu ihr herum, und seine Augen funkelten vor Wut.

„Weil ich genau so eine Szene wie gerade vermeiden wollte!"

Etwas Dunkles, Gefährliches blitzte in seinem Blick auf. „Oder vielleicht deshalb, weil ich nicht gut genug für dich war?"

„Wie bitte?"

„Bist du nicht deshalb zu Neil gerannt statt zu mir? Weil du wolltest, dass dein Kind – *unser* Kind! – bei einem reichen Mann aufwächst statt bei dem Sohn eines stadtbekannten Säufers?"

Sie glaubte es einfach nicht! Hatte er nicht eben noch behauptet, er wollte ihr zuhören? „Ich habe es wirklich nicht nötig, mir das bieten zu lassen, Gavin. Ich habe dich geliebt, sogar so sehr, dass mich die Sehnsucht nach dir schier um den Verstand gebracht hat. Aber ich wollte einfach nicht, dass du mich für den Rest deines Lebens hasst!"

„Dann hast du Brooks also geheiratet, um mein Kind als seins auszugeben." Die Verachtung klang aus seinen Worten deutlich heraus.

„Nein!"

„Du liebe Zeit, Melanie …"

„Du hast gesagt, du willst mir zuhören!"

Von der Lobby ertönten Schritte. Irgendjemand hatte es offenbar geschafft, bis zur Lodge durchzukommen. Das hieß, dass die Straße geräumt war! Sie konnte endlich fort.

„Mr Doel? Sind Sie hier? Mr Doel?" Die Stimme von Erik Link hallte durch das leere Gebäude.

Gavin presste die Lippen zusammen, murmelte einen Fluch und rief erst dann über die Schulter hinweg: „Ich bin hier!"

Die Tür flog auf. „Ich wollte Ihnen bloß mitteilen, dass die Straßen wieder frei sind und …" Bei Melanies Anblick verstummte Erik jäh. Erst jetzt ging ihr auf, wie sie aussehen musste: die Haare zerzaust, die Wangen hochrot, das Kinn vorgeschoben wie bei einem trotzigen Kind, dem man gerade eine Strafpredigt hält. „Ich … äh … ich wollte nicht stören."

„Das tun Sie auch nicht", erklärte Melanie. Sie sprang auf und griff nach ihren Sachen. „Im Gegenteil, ich bin froh, dass

Sie da sind. Können Sie mich in die Stadt mitnehmen? Mein Auto hat endgültig den Geist aufgegeben."

„Klar." Erik schaute von Melanie zu Gavin.

„Ich fahre dich", stieß Gavin hervor. „Wenn die Straße wieder passierbar ist."

Melanie warf sich das Haar über die Schulter zurück. „Ach nein, Mr Doel, ich will Ihnen wirklich keine Umstände machen. Bestimmt haben Sie so kurz vor Eröffnung des Hotels alle Hände voll zu tun."

„Stimmt. Und meine erste Aufgabe ist, dich sicher zu Hause abzuliefern."

Er nahm die Schlüssel von einem Haken neben der Tür und gab Erik ein paar schnelle Anweisungen, dass er den Parkplatz räumen und sich darum kümmern sollte, dass die Räume in der Lodge geheizt wurden. Dann folgte er Melanie, die eiligen Schrittes nach draußen lief.

„Du brauchst dir keine Mühe zu machen", hielt sie ihm wütend vor, sobald er sie eingeholt hatte.

„Es ist mir lieber, wenn ich mir sicher sein kann, dass es dir gut geht."

„Ich komme bestens alleine zurecht, ohne dass du mich ständig kommandierst", erwiderte sie. Wenn sie ihn doch ebenso verletzen könnte wie er sie gerade! In ihren Gedanken war für nichts anderes Platz als für seine widerlichen Beschuldigungen, und der Schmerz darüber saß tief. Dabei hatte sie nur ihre Pflicht erfüllt und ihm die Wahrheit gestanden! Nun wünschte sie sich nur noch meilenweit weg zu sein – von ihm, von der Lodge, sogar von Taylor's Crossing, wenn es nicht anders ging!

Sie stapften zur Garage und stiegen in den riesigen, allradgetriebenen Truck ein, der dort stand. Als Gavin den Zündschlüssel umdrehte, sprang das Auto sofort an. Melanie hatte neben ihm Platz genommen, ohne ihn eines Blickes zu würdigen. Doch er fuhr nicht los, sondern trommelte ungeduldig mit den Fingern aufs Lenkrad, als kämpfte er mit den rechten Worten.

Tja, sie hatte keineswegs vor, ihm dabei zu helfen. Er hatte sich einfach unglaublich benommen – sollte er sich jetzt ruhig unbehaglich fühlen!

Seufzend rutschte Gavin hin und her, sodass Melanie die Erschütterungen über die gemeinsame Sitzbank spürte. Oh, wenn dies doch endlich vorüber wäre!

Im Truck wurde es warm, und die Scheiben beschlugen. Wider besseres Wissen sah sie Gavin aus dem Augenwinkel an. Er musterte sie aus zusammengekniffenen Augen, die Lippen aufeinandergepresst, als versuchte er, aus ihr schlau zu werden. Eine blonde Strähne war ihm in die Stirn gefallen.

Die Atmosphäre zwischen ihnen schien förmlich zu knistern.

Melanie war diejenige, die zuerst das Schweigen brach. „Ich wünschte, du würdest dich daran erinnern, dass du mir früher mal vertraut hast."

„Genau das ist das Problem. Ich erinnere mich leider noch viel zu gut."

„Und trotzdem glaubst du, ich hätte dich verraten."

„Hast du ja auch."

„Vielen Dank auch. Denk doch, was du willst. Können wir jetzt vielleicht los?"

Gavin legte den Gang ein. Vorsichtig lenkte er den Wagen durch den unberührten Schnee, bis er endlich die Spur erreicht hatte, die Erik mit seinem Truck gebahnt hatte.

Der Weg den Berg hinab dauerte beinahe eine Stunde. Melanie kehrte Gavin demonstrativ den Rücken zu und schaute nach draußen in das Schneegestöber. Die Zweige der Kiefern wurden von der weißen Last niedergedrückt. Am bleigrauen Himmel zogen nur noch wenige Wolken dahin, und die Luft roch klar und frostig.

Doch im Innern des Wagens war die Luft zum Schneiden. Nur mühsam kamen sie vorwärts. Als sie eines der Straßenräumkommandos passierten, griff Melanie nach der Kamera, bat Gavin, etwas langsamer zu fahren, und fotografierte die Arbeiter, die umgefallene Bäume zersägten und die elektrischen Leitungen entwirrten.

Bis sie ihr Haus erreicht hatten, sprach sie kein weiteres Wort. Es kostete sie all ihre Willenskraft, nicht aus dem Auto zu springen, noch bevor es zum Stehen gekommen war, und reinzurennen.

Gavin bremste. „Melanie …"

Doch sie wollte nichts hören, sondern öffnete die Tür und stieg aus. „Danke fürs Nachhausebringen und deine Gastfreundschaft", bemerkte sie beißend. „Diesen Morgen werde ich mein ganzes Leben nicht mehr vergessen, da kannst du dir sicher sein."

Ich auch nicht, erwiderte Gavin stumm, während sie die Beifahrertür hinter sich zuschlug und durch den Schnee zur Hintertür stapfte. Er wartete noch ein paar Sekunden ab, bis sie drinnen verschwunden war, dann legte er den Rückwärtsgang ein.

Er wollte ihr ja glauben. Tief in seinem Herzen wünschte er sich nichts sehnlicher, als ihr wieder trauen zu können. Aber wie sollte das möglich sein? Und diese ganzen Lügenmärchen über das angebliche Baby – sein Baby … Warum hatte sie ihn damals angelogen? Und warum jetzt? Alles wäre einfacher, wenn sie nur den Mund gehalten hätte.

Allerdings schien an ihrer Geschichte etwas dran zu sein. Er kannte sie gut genug, um ihren aufrichtigen Schmerz wahrzunehmen – einen Schmerz, der nun von ihm geteilt wurde, sobald er an das Kind dachte, das er mit Melanie gezeugt hatte. Ein Kind, das er niemals in den Armen halten würde.

Er packte das Lenkrad fester. Hinter ihm ertönte lautes Hupen – er war zu dicht an die Mittellinie herangeraten. Entschlossen die Zähne zusammenbeißend, versuchte er sich aufs Fahren zu konzentrieren. Doch in seinem Innern tobten unzählige widerstreitende Gefühle.

Er könnte jetzt Vater sein – der Vater eines Siebenjährigen! Du lieber Himmel, er hatte ja noch nicht einmal eine Ahnung davon, wie Siebenjährige überhaupt waren! Und Melanie hätte ihn geheiratet, nicht Neil. Wenn sie damals nur ehrlich zu ihm gewesen wäre!

Was hätte er ihr für ein Leben bieten können? Hätte er die Hoffnung auf einen Platz im Olympiateam ihretwegen aufgegeben? Oder hätte er Melanie und das Kind dazu verurteilt, mit ihm von einem Trainingslager zum nächsten zu ziehen, während er versuchte, sich als Sportprofi über Wasser zu halten? Hätte er ohne den kometenhaften Aufstieg, den erlangten Ruhm bei den Olympischen Spielen überhaupt genügend Sponsoren gefunden, damit er professionell Skirennen fahren konnten? Oder wäre er nach Taylor's Crossing zurückgekehrt, um Farmarbeiter oder Holzfäller zu werden und nur am Wochenende als Skilehrer zu arbeiten?

Aber es hatte kein Baby gegeben. Ein unvertrauter Schmerz durchfuhr ihn. Hätte das Kind überlebt, wenn er in Taylor's Crossing geblieben wäre und Melanie geheiratet hätte? Verdammt, er hatte ja noch nicht einmal eine Ahnung, wie es überhaupt zu Fehlgeburten kam! Trotzdem empfand er entsetzliche Schuldgefühle bei dem Gedanken, dass er nicht da gewesen war, um Melanie zu unterstützen und zu trösten.

„Verdammt", fluchte er, als er direkt zum Eingang der Lodge fuhr. Er parkte neben Eriks Truck. Dabei fielen ihm etliche andere neu angekommene Fahrzeuge auf. Zwei Schneepflüge waren bereits dabei, den Parkplatz zu räumen. Rich musste die Angestellten erreicht haben.

Gavin betrat das Hotelgebäude und steuerte schnurstracks auf die Bar zu. Ohne auf die Arbeiter zu achten, die ihn seltsam anschauten, packte er eine Flasche Scotch, schraubte sie auf und trank einen großen Schluck. Der Alkohol brannte höllisch.

„Was ist dir denn für eine Laus über die Leber gelaufen?", fragte sein Vater. Gavin sah hoch und begegnete im Spiegel hinter der Bar Jim Doels Blick. Das gerötete, runzlige Gesicht war eine ältere Ausgabe seines eigenen.

„Das glaubst du mir eh nicht."

„Versuch's einfach."

Doch Gavin schüttelte den Kopf. Stattdessen nahm er erneut einen Zug aus der Flasche. Sein Vater kam auf ihn zu, legte ihm den Arm um die Schultern und sagte: „Ich weiß ja nicht, mit welchen Dämonen die gerade kämpfst, mein Sohn, aber das hier …", er zeigte mit der freien Hand auf die Flasche, „… hilft dir dabei auch nicht."

„Stimmt. Mir ist nicht zu helfen."

„Es geht schon wieder um diese Walker-Frau, oder? Weißt du nicht, dass es allerhöchste Zeit ist, ein für alle Mal über sie hinwegzukommen?"

„Ich wünschte, ich könnte es", räumte Gavin ein. „Aber ich fürchte, das ist wohl unmöglich."

„Alles ist möglich."

„Das Letzte, was ich gerade brauche, ist eine Predigt", murmelte Gavin übellaunig.

„Nein, was du brauchst, ist eine andere Frau."

Sofort tauchten vor Gavins geistigen Augen wieder die Bilder der vergangenen Nacht auf. Er erinnerte sich nur zu gut an das Gefühl von Melanies Körper dicht an seinem, von ihren Haaren, die seine nackte Haut kitzelten. „Ich glaube nicht, dass eine andere Frau die Lösung ist."

„Klar ist es das!", widersprach sein Vater. „Ich weiß, dass dieses Model dich angerufen hat."

„Kein Interesse."

„Tja, vielleicht ist das ein Fehler. Es gibt schließlich keinen Grund, dich nur wegen Melanie selbst zu zerfleischen."

Gavin biss die Zähne zusammen. Was er für Melanie empfand, hatte mit Vernunftgründen nichts mehr zu tun.

„Aha, da ist ja das verlorene Schaf", begrüßte Guy Melanie, als sie die Tür aufstieß und an ihm vorbei zu ihrem Schreibtisch marschierte.

Doch sie war nicht zu Scherzen aufgelegt. „Seit wann bin ich ein Schaf?"

Kapitulierend hob Guy die Hände. „War nur so ein Spruch."

Melanie zog den Mantel aus, legte den Schal ab und hängte beides an die Garderobe. „War ich denn die Einzige, die aufgrund des Wetters es nicht in die Redaktion geschafft hat?"

„Machst du Witze? Im gesamten Landkreis ging gar nichts mehr! Constance und Molly waren gestern beide nicht hier." Er nahm Melanies Becher von ihrem Schreibtisch, spülte ihn aus und schenkte ihr frischen Kaffee ein. „Sogar bei Brian zu Hause ist stundenlang der Strom ausgefallen. Er ist deshalb zu spät gekommen und war echt reif für die Zwangsjacke!"

„Also alles wie immer", kommentierte Melanie.

Guy grinste. „Ja, schon. Ach ja, er hat schon wieder die fixe Idee, dass die Zeitung sich besser verkaufen muss."

„Das ist doch auch nichts Neues."

„Stimmt", murmelte Guy, aber er spielte mit seiner Uhr herum, um ihrem Blick auszuweichen. „Aber diesmal ist es anders. Ich weiß ja nicht, was passiert ist, doch ich schätze, er hat von ganz oben den Befehl, die Auflage zu steigern, oder aber ..." Guy hob die Hände zur Decke und ergänzte: „Sayonara!"

In diesem Augenblick platzte Brian Michaels höchstpersönlich in die Redaktion, das Gesicht von der Kälte gerötet. Sein Blick fiel sofort auf Melanie. „Aha, du bist also zurück", bemerkte er, während er die Handschuhe auszog und den Hut abnahm. „Gut. Wir haben jede Menge Arbeit vor uns. Komm mit in mein Büro."

„Sofort." Melanie schnappte sich einen Notizblock von ihrem Schreibtisch und folgte Brian, ohne Guys besorgter Miene weiter Beachtung zu schenken.

„Und jetzt hör zu", begann Brian, bevor sie sich überhaupt setzen konnte. „Das, was ich dir am Telefon gesagt habe, war absolut ernst gemeint: Es gehen Gerüchte um, dass die Lodge in finanziellen Schwierigkeiten steckt. Ich will alles darüber wissen. Du warst doch oben – was ist da los?"

„Nichts Besonderes, offen gestanden. Sie hoffen, wegen des Schneesturms die Eröffnung vorziehen zu können."

„Und das ist alles?“, erkundigte er sich skeptisch.

„Ja.“ Sie ließ sich auf einen der unbequemen Stühle vor seinem Schreibtisch fallen.

Auf Brians Stirn erschienen tiefe Furchen. „Gab es denn überhaupt keine Anzeichen dafür, dass die Finanzen alles andere als rosig aussehen?“

„Nein. Im Gegenteil. Sobald die Straßen wieder befahrbar sind, werden dort oben Lieferungen von Vorräten und Skiausrüstung erwartet.“

Nachdenklich trommelte Brian mit den Fingern auf der Tischplatte. „Du würdest mir doch so was nicht verschweigen, oder, Melanie?“

„Nein.“

„Aber wenn du das Gefühl hättest, dass ich in jemandes Privatleben herumschnüffle? Besonders, wenn diese Person jemand ist, der dir etwas bedeutet? Dann würdest du vermutlich mit pikanten Informationen hinter dem Berg halten, oder?“

Sie spürte, wie sie errötete. „Stimmt.“

„Auch wenn sie eine Schlagzeile wert wären?“

„Ja, auch dann.“

Er seufzte. „Melanie, dieser Job ist mir wirklich wichtig. Und dir sollte er genauso wichtig sein. Wir schulden unseren Lesern die Wahrheit, egal wie … unangenehm … sie ist.“

„Mir ist da oben bei der Lodge nichts aufgefallen. Im Gegenteil, ich war sogar dabei, während Rich Johanson Rechnungen bezahlt hat.“ Sie beugte sich über seinen Schreibtisch. „Ich glaube, du bist da auf dem Holzweg. Das Hotel steht finanziell auf sicheren Beinen. Und wenn sie sogar früher eröffnen können als gedacht, dann sind die Aussichten sehr gut, dass sich das Unternehmen auch rechnet.“

Aus zusammengekniffenen Augen sah er sie an. „Wie lange warst du da oben?“

„Weniger als vierundzwanzig Stunden“, entgegnete sie unbehaglich. „Ich bin hochgefahren, kurz bevor der Sturm aufgezogen ist.“

„Wer war denn noch da?"

„Nur Gavin Doel."

„Nur Doel?" Brian zog interessiert eine Augenbraue hoch. „Und, wie war das?"

„Kalt", erwiderte sie ausweichend. „Der Strom ist ausgefallen."

„Das Telefon auch?"

„Ja, zumindest über Nacht."

„Ach. Und was habt ihr so die ganze Zeit getrieben, Doel und du?", fragte er.

Wollte er damit etwas andeuten? Sie war sich nicht ganz sicher. Trotzdem kostete es sie Mühe, ihm gleichmütig zu antworten. „Wir haben versucht, den Generator in Gang zu bringe ... so was halt."

„Und in dieser ganzen Zeit hat Doel nicht eine einzige Bemerkung darüber gemacht, dass da oben nicht alles glattläuft?"

„Na ja, über den Stromausfall war er natürlich nicht gerade begeistert."

„Ich meine das Finanzielle."

„Nein." Sie lehnte sich in ihrem Stuhl zurück. „Worum geht es hier eigentlich?"

„Nur um ein Gerücht, das ich aufgeschnappt habe."

„Von wem denn?"

Doch er grinste nur. „Meine Quellen gebe ich nicht preis, das weißt du."

„Ich glaube, dass deine Quellen da Unsinn reden."

„Aber wenn du wieder zur Lodge fährst, um weiß der Himmel was zu tun, dann kannst du den Gerüchten ja trotzdem mal ein bisschen auf den Grund gehen."

In diesem Moment verlor Melanie die Geduld. „Auf keinen Fall!" Sie war aufgesprungen und starrte ihn an, als hätte er den Verstand verloren. „Ich kann doch da oben nicht rumschleichen und Gavin und Rich ausspionieren! Und selbst wenn ich es könnte, dann würde ich es nicht tun! Ich habe keine Ahnung, warum du plötzlich eine Hetzkampagne gegen die Lodge planst, doch ich will damit nichts zu tun haben!"

„Hier geht es nicht um eine Hetzkampagne. Betrachte es einfach als investigativen Journalismus."

Melanie machte lediglich ein angewidertes Geräusch.

„Du hast keine Wahl", fügte Brian ruhig hinzu.

„Natürlich habe ich eine Wahl!" Allerdings war ihr sonnenklar, worauf er hinauswollte.

Seine Miene verhärtete sich. „Nicht, wenn dir dein Job lieb ist. Ich will mal Klartext reden: Die Auflage schwächelt immer noch, und früher oder später werde ich gezwungen sein, Kürzungen bei den Personalkosten vorzunehmen. Einige von euch werden ihre Sachen packen müssen."

„Willst du mir damit sagen, dass du mich rauswirfst?"

„Noch nicht. Doch wir können hier niemanden gebrauchen, der kein Teamplayer ist. Denk mal drüber nach. Und jetzt machst du dich am besten daran, die Fotos durchzusehen, die du von der Lodge mitgebracht hast, und dann fährst du mit Jan wieder hoch. Ihr zwei findet schon raus, was da oben vor sich geht."

Sein Telefon klingelte, und Melanie verließ wie benommen das Chefredakteursbüro. Sie konnte es sich nicht leisten, ihre Stelle zu verlieren – noch nicht. Dafür waren ihre finanziellen Belastungen zu hoch: Sie hatte während der Krankheit ihres Vaters Kredite aufnehmen müssen, und der Umbau ihres Hauses hatte ebenfalls viel Geld gekostet. Aber um nichts in der Welt würde sie Brian dabei helfen, *Ridge Lodge* oder Gavin in den Ruin zu treiben!

Brian Michaels sah zu, wie Melanie mit steifem Rücken aus seinem Büro ging. Irgendetwas war während der Nacht oben bei der Lodge vorgefallen, und sein Reporterinstinkt sagte ihm, dass sie sich auf Doel eingelassen hatte.

Interessant. Sehr interessant. Der international erfolgreiche Skisportler Gavin Doel fängt etwas mit einer Frau aus Taylor's Crossing an.

Zum ersten Mal in dieser gesamten Woche lächelte Brian zufrieden. Vielleicht hatte er in Bezug auf Gavin Doel bisher die falsche Taktik gewählt. Sicher, der Mann war für Schlagzeilen gut, aber vielleicht interessierten sich die Leser für sein Liebesleben ja noch mehr als für die Lodge. Und Melanie Walker war nicht nur schön, sondern auch lebhaft. Was also lief da ab?

Hatte Jan nicht einmal erwähnt, dass sich Doel und Melanie noch von früher kannten? Wie intensiv mochte diese Bekanntschaft wohl gewesen sein? Doch das dürfte nicht schwer herauszufinden sein. Schließlich gab es ein Archiv, und wenn da nichts aufzutreiben war, konnte man immer noch die College-Jahrbücher aus der Stadtbibliothek durchsehen. Außerdem ließen sich immer noch Leute auftreiben, die ihr ganzes Leben in Taylor's Crossing verbracht hatten und über ein gutes Gedächtnis verfügten. Wenn Gavin Doel und Melanie Walker einmal ein Paar gewesen waren, dann wusste bestimmt irgendjemand davon.

Natürlich war es möglich, dass nicht mehr dahintersteckte als eine flüchtige Freundschaft – oder noch nicht einmal das. Allerdings glaubte er nicht daran. Nein, jedes Mal, wenn Doels Name fiel, war da dieses Funkeln in Melanies Augen. Brian hatte genügend Erfahrung, um ihre zur Schau getragene Gleichgültigkeit zu durchschauen. Und sie hatte verdächtig aggressiv auf seine Aufforderung reagiert, Doel hinterherzuschnüffeln.

Oh ja, höchste Zeit, mal ein bisschen was über Gavin Doel herauszufinden. Und diesmal würde er Jan auf die Story ansetzen, die ließ sich nicht so sehr von falschen Skrupeln hemmen wie Melanie.

Vielleicht fragte er sogar selbst mal ein wenig herum. Er hatte Gavin Doel noch nie ausstehen können. Der Kerl hatte ihn schließlich damals den Job gekostet, und seitdem war es mit seiner Karriere bergab gegangen, bis er schließlich in diesem Provinzkaff gelandet war. Tja, und jetzt verschaffte ihm Gavin Doel womöglich die Chance, Taylor's Crossing wieder den Rücken zuzukehren.

Dieser Typ hat einfach alles, dachte Brian Michaels, von Neid zerfressen. *Höchste Zeit, dass ihn mal jemand von seinem hohen Ross runterholt. Selbst wenn man dafür Melanie Walker opfern muss.*

Schade eigentlich um Melanie. Brian mochte sie eigentlich. Sie arbeitete hart, war hübsch und intelligent. Außer in Sachen Gavin Doel. Tja, schade um Melanie. Seltsamerweise empfand Brian Michaels so etwas wie Gewissensbisse. *Hoffentlich schadete ihr die Sache nicht. Zumindest nicht zu sehr.*

Aber selbst wenn, dann war sie schließlich selbst daran schuld. Sie war ohne einen so arroganten Widerling wie Gavin Doel viel besser dran, und je früher sie das kapierte, desto besser für alle.

11. KAPITEL

Als Melanie mit Jan zusammen zur Ridge Lodge fuhr, war sie fest entschlossen, dafür zu sorgen, dass der nächste Artikel in der *Tribune* nichts anderes widerspiegelte als die Aufregung angesichts der Wiedereröffnung des Resorts. Jans Wagen war kaum auf den Parkplatz des Hotels eingebogen, da merkte Melanie, dass die Story sich quasi von selbst schreiben würde – sofern Jan es zuließ: Im Hotel herrschte fieberhafte Geschäftigkeit.

Lastwagen brachten Lieferungen von Skiern und Stiefeln, Sportmode, Lebensmitteln, Lichtschaltern, Broschüren über die Umgebung, Arzneimitteln und Andenken. Die Bergwacht war bereits dabei, die Sicherheitseinrichtungen zu überprüfen, und das Areal für die Skischule war durch Zäune abgetrennt worden. Nach und nach wurden die Lifte in Betrieb genommen, Planierraupen wälzten über die schneebedeckten Pisten, während Schneepflüge unermüdlich daran arbeiteten, den Parkplatz freizuhalten. Am Resort wehten bunte Wimpel im Wind, und über allem fiel weiterhin Schnee und weckte Hoffnungen auf eine lange, ertragreiche Saison.

Im Innern der Lodge ging es beinahe noch hektischer zu. Die Mitarbeiter an der Rezeption nahmen bereits geschäftig Reservierungen entgegen. Die anderen Angestellten wurden in ihre Aufgaben eingewiesen, räumten Geschirr in Schränke, machten Betten, stellten die Flaschen an der Bar in Reih und Glied und installierten die neue Musikanlage.

Melanie musste lächeln, denn neben ihren Bildern an der Wand entdeckte sie alte Spitzhaken und Schaufeln aus den Minen. Das Goldrauschthema war in der Lobby nicht mehr zu übersehen.

In dem riesigen Kamin in der Eingangshalle knisterte einladend ein Feuer. Arbeiter waren gerade dabei, zusätzliche Sitzgruppen aufzustellen, aber der Orientteppich, auf dem sie und Gavin sich geliebt hatten, lag immer noch an seinem Platz.

Melanie verspürte einen kurzen Moment der Traurigkeit.

Ihr Lächeln verschwand. Hatte sie denn gar nichts dazugelernt? Sie war eine Idiotin. Verbissen überprüfte sie die Einstellungen an ihrer Kamera, um dann an den geschäftigen Leuten vorbeizugehen.

„Na, wie gefällt's dir hier?", fragte Jan, die sich den Schnee von den Stiefeln klopfte.

„Was – ach, die Lodge?" Melanie blickte sich um. „Sieht schon anders aus als vorher, oder?"

„Ziemlich anders." Nachdem Jan die Handschuhe in ihre Tasche gesteckt hatte, betrachtete sie die Wände. „Sind das deine Bilder?", erkundigte sie sich und musterte den Druck eines Fotos, auf dem Goldwäscher im Fluss standen.

„Ja, zumindest habe ich sie bearbeitet und die Abzüge gemacht."

„Nicht schlecht."

„Danke."

Um Jans Mund zeigte sich ein angespannter Zug. „Du weißt, dass ich das nicht gerne tue, oder?"

„Was denn?"

„Die knallharte Journalistin geben. Würde mich nicht wundern, wenn Doel und Johanson mich hochkantig rausschmeißen."

Melanie schaute sie skeptisch an. „Könnte man verstehen, oder? Schließlich stellst du ständig superpersönliche Fragen."

Jan zuckte mit den Schultern. „Brian will, dass die Story eine stärkere persönliche Note bekommt, und ich versuche, das hinzukriegen." Ihr Blick verdüsterte sich kurz. „Melanie, vielleicht sollte ich dich warnen …"

„Warnen? Wovor?", wollte Melanie wissen, aber dann verstand sie. „Vor Gavin?" Da Jan schwieg, sagte sie: „Jetzt mach aber mal halblang, Jan. Warst du nicht diejenige, die mir geraten hat, ich soll mich an ihn ranschmeißen?"

„Vielleicht war das keine so gute Idee", antwortete Jan nervös. Sie sah aus, als wollte sie noch etwas hinzufügen, doch in diesem Moment entdeckte sie Rich Johanson. „Sei einfach vorsichtig“, raunte sie Melanie zu. „Tu nichts, was du nachher bereust.“

Zu spät, dachte Melanie. Allerdings war Jan schon mit Rich abgezogen, um ihre Story zu bekommen.

Melanie spazierte den langen Gang entlang zu den Geschäften. In den Schaufenstern standen bereits Puppen mit schwarzen Trainingsanzügen, und daneben lagen stapelweise Sweatshirts mit dem Logo der *Ridge Lodge*.

Um sie herum waren Angestellte lachend und plaudernd damit beschäftigt, Regale einzuräumen, Skier zu wachsen und Bindungen zu überprüfen.

In den Krafträumen warteten glänzende Geräte auf sportversessene Gäste, und über dem klaren Wasser des Pools schwebte eine kleine Dampfwolke. Ja, *Ridge Lodge* machte sich bereit für die Saison, und was immer auch Brian Michaels prophezeien mochte: Der Erfolg war gesichert. Das spürte Melanie einfach, und das spiegelte auch alles wider, was sie sah: lächelnde Angestellte, neue Sportausrüstungen, die Auslagen der Läden …

Ständig fotografierend, arbeitete sie sich allmählich nach draußen vor. Auch dort kamen ihr reichlich Motive vor die Linse: Die auf und ab schwebenden Sessellifte, eine Gruppe von Skilehrern in den goldfarbenen Jacken des Hotels beim gemeinsamen Trainieren, ein Liftführer in seiner Kabine am Fuß der besonders steilen Daredevil-Piste, und über allem erhob sich der ehrwürdige Mount Prosperity.

Es dauerte beinahe zwei Stunden, bis Melanie zum ersten Mal Gavin zu Gesicht bekam. Aber als sie die Kamera auf ein paar Skilehrer richtete, die gerade die Buckel auf der Rocky-Ridge-Piste umkurvten, bemerkte sie, dass Gavin sich an die Spitze der Gruppe gesetzt hatte. Sein blondes Haar flatterte, und er raste mit perfekter Haltung bergab.

Klopfenden Herzens stellte Melanie den Zoom ein, um eine Detailaufnahme zu machen. Nun konnte sie die Konzentration in seiner Miene erkennen. Ihr fiel auf, mit welcher Anmut er die Skistöcke einsetzte. Er wedelte so scheinbar mühelos den Hang hinunter, als wäre er nie verletzt gewesen.

„Der Mann ist einfach toll“, bemerkte Jan, die durch den Schnee auf Melanie zulief. Sie wandte den Blick keine Sekunde von Gavin ab. „Er scheint wieder topfit zu sein.“

„Stimmt.“ Melanie fotografierte eine der Skilehrerinnen hinter ihm, die nach Kräften versuchte, mit ihm mitzuhalten, allerdings immer weiter zurückfiel.

„Ich bin ja schon neugierig, ob er wieder Rennen fahren will.“

„Das hoffe ich doch“, murmelte Melanie, die an der Kamera herumspielte.

„Ach ja?“, hakte Jan nach. „Warum?“

„Weil er dafür lebt. Er ist nur wirklich glücklich, wenn er in halsbrecherischem Tempo eine Piste hinabrasen kann.“

Jan seufzte träumerisch, wie Gavin den letzten Buckel in voller Geschwindigkeit nahm, sich in der Luft drehte, die Skier näher zusammenbrachte und gleich mit der Landung eine Vollbremsung hinlegte, sodass eine Fontäne von Schnee in die Luft stob.

„Du meinst also, dass er nur darauf wartet, dass hier der Betrieb läuft, damit er seine Sportkarriere weiterverfolgen kann, ja?“

Melanies Schultern verkrampften sich. „Ich weiß es nicht“, antwortete sie wahrheitsgemäß. „Da musst du ihn schon selber fragen.“

„Na ja, das habe ich natürlich vor. Es gibt noch eine ganze Menge, was ich gerne über Mr Doel wüsste.“

In diesem Augenblick sah Gavin auf und bemerkte Melanie. Durch den Sucher konnte sie erkennen, dass sein Gesichtsausdruck sich verfinsterte.

Er wechselte ein paar kurze Worte mit den Skilehrern, bevor er über das relativ flache Gelände auf die Lodge zufuhr. Er stieß sich dabei mit den Armen ab und setzte die Skier ein wie ein Langläufer.

Melanie spürte, wie sich ihr Magen schmerzhaft zusammenzog.

„Na, wen haben wir denn da? Die Crème de la Crème der *Tribune*-Redaktion!“, begrüßte er sie mit einem Blick auf Melanies Kamera und Jans Notizblock.

Doch Melanie war nicht gewillt, sich provozieren zu lassen, sondern verhielt sich kühl und professionell. Sie musste das, was zwischen ihr und Gavin gewesen war, hinter sich lassen, koste es, was es wolle. „Du warst mit der Artikelserie einverstanden, erinnerst du dich nicht mehr?“

„Doch“, erwiderte er kurz angebunden. „Und was ist der Aufhänger – so sagt man doch, oder? – für die nächste Ausgabe?“

„Die finanziellen Aspekte“, antwortete Jan. Gavin hatte sich gebückt, um seine Bindungen zu lösen. Mit einem Klick hatte er sich von den Skiern befreit. „Uns interessiert vor allem, wie die Lodge das Wirtschaftsleben der Stadt beeinflusst und wie Sie es schaffen, ein Unternehmen dieser Größe aus den roten Zahlen zu bringen.“

„Dazu gehört schon einiges“, entgegnete er.

„Hmm. Das glaube ich gerne.“

„Doch wir haben schließlich Geld im Rücken.“

„Investoren?“

Er straffte die Schultern und sah Jan drohend an. „Worauf wollen Sie hinaus?“

„Auf nichts“, log die Reporterin gewandt.

Dennoch beschloss Melanie einzugreifen. „Hatte ich nicht schon erwähnt, dass Gerüchte in Umlauf sind, das Hotel stände finanziell auf wackligen Beinen?“, sagte sie, um Gavin zu warnen.

Ein harter Zug trat um Gavins Mund. „Und ich dachte, ich hätte schon erklärt, dass es keine Probleme gibt. Weder finanzielle noch sonstige.“

„Dann zieht sich also keiner Ihrer Investoren aus dem Projekt zurück?“, bohrte Jan weiter.

Heftig fuhr Gavin sie an: „Falls das so ist, dann wissen Sie mehr als ich." Er kniff drohend die Augen zusammen. „Ach, jetzt verstehe ich! Michaels versucht wieder im Dreck zu wühlen. Na, dann schöne Grüße von mir, und wenn er es wagt, irgendwelche Lügen über die Lodge oder über mich zu drucken, zerre ich ihn sofort vor Gericht. Und jetzt entschuldigen Sie uns. Ich habe etwas mit Melanie zu besprechen, und zwar unter vier Augen. Und auch das landet nicht in der Zeitung!" Die Lippen zornig zusammengepresst, fasste er Melanie am Arm und schob sie vor sich her auf die Sonnenterrasse. Jan würdigte er dabei keines Blickes mehr.

„Was zum Teufel geht hier eigentlich vor?", fragte er verärgert, sobald sie außer Hörweite waren.

„Ich habe genauso wenig eine Ahnung wie du", antwortete Melanie. Sie schaute über die Schulter, aber zum Glück hatte Jan sich schon umgedreht und eilte in Richtung Lobby davon.

„Was führt Brian Michaels im Schilde?"

Melanie befreite sich aus seinem Griff. „Er sucht nach Skandalen."

„Über mich?"

„Ja. Oder über die Lodge."

„Und das bringt ihn dann wieder zu dir, oder?", sagte er. „Weiß er von uns beiden?"

Melanie stockte der Atem. Wie konnte Gavin so gänzlich gefühllos über ihre gemeinsame Vergangenheit sprechen? „Nein", antwortete sie so gleichmütig wie möglich.

„Bist du dir da sicher?"

„Ja. Er hat mir erst vor ein paar Wochen den Auftrag gegeben, das Archiv nach Infos über deine Vergangenheit zu durchstöbern. Und ich habe ihm erzählt, dass ich nichts gefunden habe und dass es über deine Zeit in Taylor's Crossing wohl nichts Bemerkenswertes zu berichten gibt."

Die Furchen auf seiner Stirn vertieften sich, und er fluchte. „Und von der Sache mit Dad?"

Melanie schüttelte den Kopf. Sie dachte an die Fotos, die

sie aus dem Ordner entfernt hatte. „Über deinen Vater gibt es keine Akte – zumindest nicht bei der *Tribune*."

Gavin zog die Augenbrauen hoch. „Aber …"

„Frag nicht. Nur so viel: Um deinen Vater musst du dir keine Sorgen machen."

Eine Sekunde lang musterte er so intensiv ihr Gesicht, dass ihr der Atem stockte. Mit Mühe gelang es ihr, das Kinn stolz zu recken. „War das alles, was du wolltest? Denn ich habe hier alle Hände voll zu tun …"

Er verlor die Beherrschung. Fest hieb er mit einer Faust auf das Geländer ein. „Nein, verdammt! Nein, das ist keineswegs alles, was ich wollte."

„Ich glaube nicht, dass ich mir das länger anhören möchte …"

„Bleib hier. Ich habe nachgedacht, und zwar gründlich." Sein Blick begegnete dem ihren, und ihre Knie zitterten. Es kostete sie ihre gesamte Kraft, ihn nicht merken zu lassen, wie sehr er sie verunsicherte. „Also, ich denke, ich war da beim letzten Mal ein bisschen hart …"

„Ein bisschen hart? Das nennst du ein bisschen hart?"

Kopfschüttelnd seufzte er. „Das war ein ganz schöner Schock für mich."

„Das habe ich nicht beabsichtigt. Ich dachte nur, du solltest vielleicht die Wahrheit erfahren."

„Ein bisschen spät, oder?"

Nun hatte Melanie endgültig die Nase voll. Sie wollte davonstürmen, aber wieder hinderte er sie daran, indem er sie festhielt. Sanft schaute er sie an.

„Lass mich, Gavin! Sonst gibt es hier noch eine Szene, und das werden wir später noch bereuen."

Er achtete nicht auf ihre Worte. „Was hast du denn erwartet, wie ich reagiere?"

Als ob dich das wirklich interessierte! Du erinnerst dich ja noch nicht einmal daran, wie sehr wir uns geliebt haben! „Ich habe gar nichts erwartet, Gavin, und ich erwarte auch jetzt nichts."

„Es tut mir leid", antwortete er leise, ohne sie jedoch loszulassen. „Wirklich. Aber du hast da eine ganz schöne Bombe platzen lassen, und seitdem kann ich an nichts anderes mehr denken. Ich habe Fehler gemacht – das haben wir beide. Mir tut bloß leid, dass du offenbar angenommen hast, ich wäre noch nicht reif genug, um Vater zu sein."

„Es ging da nicht um unreif", berichtigte sie ihn. „Ich wollte nur nicht diejenige sein, die schuld ist, wenn nichts aus deinen Träumen wird."

Er ließ seine Hand sinken und zog sich die Handschuhe aus. „Du begreifst es einfach nicht, oder? Vor acht Jahren hast du noch zu meinen Träumen dazugehört. Nicht dass du mich falsch verstehst: Natürlich war es großartig, Ski zu fahren. Aber nachdem du Neil geheiratet hattest, war auch das plötzlich anders."

Melanie erstarrte. Sie traute ihren Ohren kaum. Ja, obwohl sie den Schmerz in seinen Augen erkennen konnte, kaufte sie ihm das nicht ab. Das brachte sie einfach nicht fertig. „Ob du es glauben willst oder nicht: Ich habe damals nur versucht, das Richtige zu tun."

„Doch es war nicht das Richtige, oder?", fragte er leise.

„Damals gab es kein Richtig oder Falsch!"

Sein Blick ruhte aufmerksam auf ihrem Gesicht, wanderte dann zu ihren Lippen, und einen Moment lang glaubte sie, er wollte sie küssen. Doch als verfügte er über eine Art sechsten Sinn, drehte er sich plötzlich um und runzelte die Stirn. „Na, großartig!"

Als Melanie über seine Schulter hinwegschaute, sah sie Jan zielstrebig auf die Sonnenterrasse zulaufen.

Gavin berührte Melanies Hand. „Wir beide müssen uns mal in Ruhe unterhalten, und zwar irgendwo, wo nicht ständig deine Kollegin auftaucht." Schon kam Jan die Stufen hinauf, und Gavin stöhnte genervt.

„Ich will ja nicht stören, allerdings habe ich noch ein paar Fragen und muss den Artikel rechtzeitig fertig kriegen."

„Einen Moment noch." Er wandte sich wieder Melanie zu. „Sobald hier alles läuft, rufe ich dich an."

Melanie schüttelte den Kopf. „Nicht nötig."

„Ich weiß. Aber ich will es."

Eine kurze Sekunde lang schauten sie sich intensiv an, und ein warmes Gefühl breitete sich in Melanie aus. Hastig straffte sie den Rücken. „Also gut."

Gavin räusperte sich, holte tief Luft, verschränkte die Arme vor der Brust und wandte seine Aufmerksamkeit Jan zu. „Na gut, Ms Freemont. Was kann ich für Sie tun?"

Melanie hörte sich das Interview nicht an. Stattdessen nahm sie die Kamera und versuchte zu vergessen, dass Gavin sie wiedersehen wollte.

Zwei Tage später war die Katastrophe da.

Ein einziger Blick auf die neue Ausgabe der *Tribune* genügte. Sofort sprang Melanie die Schlagzeile auf der Titelseite ins Auge: *„Ridge Lodge:* Finanziell am Ende?"

„Das ist einfach unglaublich!", murmelte sie, während sie mit einem wachsenden Gefühl der Übelkeit den Artikel überflog. Wie hatte Jan nur etwas so Unwahres schreiben können? In dem Bericht hieß es, Gavin habe ernsthafte Geldsorgen, er sei seit seiner Verletzung zum Einsiedler mutiert und sei weder bereit, Skikurse zu geben, noch für Sportkleidung zu werben, sodass er keinen Cent verdiene. Angeblich habe er sein gesamtes Vermögen in die Lodge gesteckt. Trotzdem seien seinem Partner und ihm die finanziellen Mittel ausgegangen, darum hätten sie Investoren ins Boot holen müssen. Die wiederum seien entsetzt darüber, wie mit ihrem Geld umgegangen werde.

Als Melanie den Artikel zu Ende gelesen hatte, konnte sie nur noch fassungslos den Kopf schütteln. Die Bilder von den Arbeitern, die *Ridge Lodge* für die große Eröffnung herrichteten, fehlten allesamt. Stattdessen hatten es nur Aufnahmen ins Blatt geschafft, die sie eigentlich aussortiert hatte: ein Profilbild von Gavin mit besorgter Miene, leere Lifte, Stapel von Stühlen in einer leeren Bar und ein Foto von Rich und Gavin bei einer offenbar ernsten Besprechung.

Der Zorn trieb Melanie die Hitze in die Wangen, und unwillkürlich zerknüllte sie die Zeitung zwischen den Fingern. „Dieser Widerling!"

Guy Reardon blickte von seinem Schreibtisch auf. Er wirkte blasser als sonst. „Ich hatte schon Angst, dass genau so was passiert." Seufzend ließ er seinen Bleistift fallen. „Und ich glaube, es wird sogar noch schlimmer."

„Das ist doch kaum noch möglich!"

Guy schaute sie mit sorgenzerfurchter Stirn an. „Glaub mir, es ist möglich."

„Weißt du irgendwas, was ich nicht weiß?", fragte sie.

Doch er zuckte nur mit den Schultern, ohne Melanie dabei anzusehen. „Ist nur so 'n Gefühl."

„Dann mache ich dem jetzt ein Ende!" Die zusammengerollte Zeitung wie ein Schwert in der Hand, schritt sie zwischen den Schreibtischen hindurch geradewegs auf das Büro des Chefredakteurs zu. Mit höflichem Klopfen hielt sie sich gar nicht erst auf, sondern stieß die Tür auf und ging hinein. Brian legte gerade den Telefonhörer auf.

„Ich kann einfach nicht glauben, dass du das tatsächlich gedruckt hast!" Damit warf sie die Zeitung auf seinen überfüllten Tisch, sodass ihr erneut die Schlagzeile ins Auge stach.

„Und warum nicht?"

„Weil es einfach nicht wahr ist! Ich bin doch oben beim Hotel gewesen!" Sie zeigte mit ausgestrecktem Zeigefinger auf die Überschrift. „In dieser ganzen Geschichte steckt auch nicht ein einziges Körnchen Wahrheit!"

„Vielleicht bist du da ein klitzekleines bisschen voreingenommen."

„Wie bitte?"

„Mach die Tür zu, Melanie", forderte Brian sie mit gesenkter Stimme auf. Ihr lief ein Schauder über den Rücken, aber sie gehorchte und stand vor ihm, während er sich bequem zurücklehnte. „Und jetzt wollen wir mal Klartext reden, okay?"

„Na gut. Also: Was soll die Schmutzkampagne gegen die Lodge?"

„Leserinteresse."

„Und wenn die Leser gerne Klatsch und Tratsch ohne jede Grundlage lesen wollen, egal wie sehr man anderen damit schadet, dann beeilt sich die *Tribune*, ihnen genau das zu geben, stimmt's?"

„Das hat dich doch bisher auch nicht gestört."

„So etwas ist bisher nie vorgekommen. Ich habe wirklich angenommen, diese Zeitung hätte moralische Überzeugungen und würde Wert auf Qualitätsjournalismus legen!" Langsam kochte Melanies Wut über. „Was ist denn mit übler Nachrede und Rufmord? Hast du keine Angst, dass man dich verklagt?"

Er dachte kurz darüber nach und schüttelte dann den Kopf. „Ich glaube, du bist einfach zu persönlich in die Sache verstrickt."

„Ich bin *was*?"

Er kniff die unnatürlich blau getönten Augen zusammen. „Ich weiß von dir und Doel, Melanie. Ich weiß, dass ihr in der Highschool ein Paar wart." Damit griff er in eine der Schubladen und holte einen Umschlag raus.

Melanie wollte sich der Magen umdrehen, als Brian den Inhalt des Kuverts über der Zeitung ausbreitete, die sie ihm anklagend auf den Schreibtisch geworfen hatte. Auf den alten Aufnahmen waren sowohl sie als auch Gavin abgebildet. Sie waren jünger, ganz offensichtlich verliebt, und sie saßen zusammen in der Bar der *Ridge Lodge*. Das war acht Jahre her.

„Woher hast du die?", flüsterte sie.

„Ich habe Jan noch mal die Archive durchsuchen lassen. Nachdem sie nichts gefunden hatte, habe ich sie in die Stadt geschickt, um alte Highschool-Jahrbücher aufzutreiben und Leute zu befragen, die schon lange hier wohnen." Er schüttelte den Kopf. „Merkwürdigerweise scheinen die gesamten Archivbestände der *Tribune* über Gavin Doel verschwunden zu sein.

Und was noch seltsamer ist: Auch über seinen Vater gibt es nichts. Ist das nicht komisch?"

„Überhaupt nicht. Ich habe die Akten genommen."

„Überraschung, Überraschung! Du weißt, dass das Diebstahl ist, oder?"

„Ich wollte bloß mein Privatleben schützen."

Doch er tat ihre Erklärung mit einer wegwerfenden Geste ab, bevor er auf die Bilder auf dem Schreibtisch zeigte. „Allerdings spielt das jetzt sowieso keine Rolle mehr."

Alles in ihr schien sich zu verkrampfen. „Ich glaube nicht, dass unsere Leser sich für so etwas interessieren."

„Und *ich* glaube, da bist du auf dem Holzweg. Im Gegenteil, unsere Leser dürften die Details deiner ... sollen wir sagen: Affäre? ... mit Gavin Doel hochinteressant finden."

„Nein!", rief sie aus.

„Ich sehe es schon vor mir. Der Aufhänger wird: ‚Die Frau, die er verließ, aber nie vergaß'. Großartig!"

„Das ist viel zu schmalzig, um sich zu verkaufen."

„Das denke ich nicht."

„Du meinst das nicht ernst!", flüsterte sie verzweifelt.

Doch Brian runzelte die Stirn. „Schau mal, Melanie, ich habe hier ein kleines Problem. Wenn es mir nicht gelingt, die Auflage zu steigern, dann bin ich meinen Job los. Und aus Erfahrung kann ich dir genau sagen, wie sich die Auflage steigern lässt."

„Mit meinem Privatleben?"

„Nein, mit Doels."

„Mein Privatleben geht weder dich noch die Leser irgendetwas an."

„Es sei denn, du lässt dich mit einem Promi ein."

„Noch nicht mal dann!"

„Egal. Übrigens habe ich auch herausgefunden, dass du dich damals von Doel getrennt hast, um deinen Exmann zu heiraten, aus welchem Grund auch immer."

Melanie spürte, wie ihr sämtliche Farbe aus dem Gesicht wich. Schweißperlen liefen ihr den Rücken hinunter. Von dem

Baby konnte er doch nichts wissen – oder etwa doch? Plötzlich zitterten ihre Beine, aber sie zwang sich dazu, aufrecht zu stehen, indem sie die Fäuste ballte. Ihre Fingernägel gruben sich schmerzhaft in die Handflächen. „Weder mein Leben noch Gavins gehen die Öffentlichkeit irgendetwas an!"

Brian betrachtete stumm seinen Kugelschreiber, bevor er antwortete: „Nicht so hastig. Das kann doch eine Win-win-Situation werden: für mich, für dich und für die *Tribune*."

„Wie das denn?", meinte sie misstrauisch. Dabei war sie sich nicht sicher, ob sie seine Erklärung überhaupt hören wollte.

„Wenn Gavin und du euch wieder näherkommt, fällt es dir umso leichter, etwas über ihn herauszubekommen."

„Das ist doch nicht dein Ernst!"

„Und warum nicht?"

Wütend sah sie den Mann an, den sie noch vor Kurzem als Chef respektiert hatte. „Wenn dir das nicht klar ist, dann hat es auch keinen Sinn, dass ich es dir sage."

„Hey, so läuft das Geschäft …"

„Ja? Nicht meins. Ich kündige!"

Seine Augen weiteten sich vor Überraschung. „Du weißt nicht, was du da sagst."

„Oh doch, das tue ich", erwiderte Melanie aus tiefster Überzeugung. „Und noch was: Ich bin heilfroh, dass ich diesen Schritt endlich gemacht habe. Ich hätte den Kram schon hinschmeißen sollen, als du mir zum ersten Mal aufgetragen hast, Gavin hinterherzuschnüffeln!"

„Ich erledige hier nur meinen Job, Melanie."

„Mag sein, aber in Zukunft ohne mich!" Hoch erhobenen Hauptes drehte sie sich um, marschierte aus seinem Büro und knallte die Tür hinter sich zu. Im Redaktionsraum richteten sich sämtliche Blicke auf sie. Hastig ging sie zu ihrem Schreibtisch, packte ihre Tasche, Kamera und Mantel zusammen, schaute sich noch einmal in der Redaktion um und wandte sich zur Tür.

„Was ist denn passiert?", fragte Constance, die sich nervös auf der Unterlippe herumbiss.

„Frag am besten Brian."
„Du gehst?"
„Ja, und zwar endgültig."
„Aber ..." Constance sah kurz in Richtung Brians Büro. „Ich rufe dich an."
„Mach das."
Als Melanie die Eingangstür öffnete, wäre sie beinahe mit Jan zusammengestoßen und konnte es sich einfach nicht verkneifen zu sagen: „Ich glaube übrigens nicht, dass an dir eine Starreporterin verloren gegangen ist."
„Was?"
„Deine Story ist ziemlicher Müll."
„Du warst doch diejenige, die hier mit Informationen hinter dem Berg gehalten hat, obwohl du alles Mögliche über Doel wusstest! Und dann hast du auch noch die blöden Akten unterschlagen ..."
„Hättest du an meiner Stelle nicht dasselbe getan?" Damit ging Melanie an ihr vorbei. Den eisigen Wind, der ihr ins Gesicht blies, spürte sie gar nicht.

„Ich habe dich doch gewarnt, dass dieses Mädchen nichts als Ärger bedeutet!" Jim Doel warf eine Zeitung auf eine leere Bank im Kraftraum.
„Was für ein Mädchen?" Gavin, der gerade seine Oberschenkelmuskulatur trainierte, ließ die Gewichte mit lautem Knall zurückschnellen.
„Du weißt genau, wen ich meine." Jims Gesicht war gerötet, und er presste verärgert die Lippen zusammen.
„Du redest vermutlich von Melanie."
„Ganz genau!"
Die böse Vorahnung ignorierend, griff Gavin nach einem Handtuch und wischte sich den Schweiß vom Gesicht. „Was ist denn passiert?"
„Schau selbst!" Jim zeigte auf die *Tribune*.
„Verdammte ..." Aber er verschluckte den Rest des Fluchs,

als er sah, dass unter dem Artikel der Name von Jan Freemont stand. „Woher weißt du denn, dass sie damit was zu tun hat?"

„Arbeitet sie etwa nicht für dieses Schmutzblatt?"

„Schon, allerdings hat sie mir auch geraten, mich vor Brian Michaels in Acht zu nehmen, da er etwas im Schild führt. Warum hätte sie das tun sollen, wenn sie da mit drinhängen würde?"

„Vielleicht weil sie dadurch unschuldig wirkt?"

„Sie ist unschuldig", erwiderte er heftig. Er wollte sie verteidigen, doch noch lieber wollte er seinen eigenen Worten glauben können.

„Wenn du mich fragst, bist du da vollkommen schiefgewickelt. Wenn sie für diese Zeitung arbeitet, dann ist sie auch daran beteiligt." Jim ließ sich auf die Bank sinken, nahm die Wollmütze ab und kratzte sich am Kopf. „Ich weiß, dass du für Melanie immer schon eine Schwäche hattest. Aber soweit ich es mitkriege, hat sie dir nie was anderes als Kummer gemacht."

Wenn du wüsstest! Gavin vertiefte sich wieder in den Artikel. Mit jeder Zeile wuchs seine Wut. Obwohl der Text keinerlei konkrete Anhaltspunkte dafür bieten konnte, deutete er an, dass *Ridge Lodge* schon kurz nach der Eröffnung wieder werde schließen müssen. Die Investoren und alle, die törichterweise Skipässe oder Zimmer im Voraus bezahlt hätten, stünden dann mit leeren Händen da.

Gavin fasste nach dem Handtuch, das er sich um den Hals gehängt hatte. „Wahrscheinlich ist das alles meine Schuld."

„Deine Schuld?"

„Weil ich das Spiel nicht mitgespielt habe. Ich bin Brian Michaels vor Jahren schon mal begegnet, da war er noch Reporter bei einer Zeitung in Colorado war. Er wollte, dass ich aus dem Nähkästchen plaudere und ihm alle möglichen schmutzigen Einzelheiten über meine Teamkollegen erzähle. Damals habe ich ihm gesagt, er soll Leine ziehen. Außerdem habe ich seinen Chef angerufen und mich über ihn beschwert, und weil unser Trainer das Gleiche gemacht hat, saß Michaels kurz darauf ohne Job da."

„Willst du damit andeuten, dass er sich so an dir rächt?"

Zynisch verzog Gavin den Mund. „Ach, ich glaube nicht, dass er mich bis hierher verfolgt hat, um mir eins auszuwischen. Aber er ist nun mal hier, und dann bin ich zufällig auch hier gelandet, und weil ich was zu verlieren habe, konnte er vermutlich der Versuchung nicht widerstehen, es mir heimzuzahlen."

„Und du lässt das mit dir machen?"

„Nicht lange", murmelte er. Er hatte keineswegs vor, einfach stillzuhalten, während solche Lügen über ihn verbreitet wurden. Schließlich war Rich nicht umsonst Anwalt. Er konnte eine Verleumdungsklage gegen die Zeitung anstrengen. Er selbst würde mal ein Wörtchen mit den Eigentümern des Blattes reden.

Doch zuerst musste er mit Melanie sprechen.

Gavin ließ seinen Vater auf der Bank sitzen, und ging duschen. Danach streifte er sich Jeans und Pullover über und schlüpfte in seine alten Turnschuhe. Er war bereits auf dem Weg nach draußen, als er dem Hotelmanager begegnete und ihm noch ein paar Anweisungen erteilte.

Er konnte es kaum erwarten, Melanies Seite der Geschichte zu hören. Die Zeitung unter den Arm geklemmt, öffnete er die Eingangstür, sodass ein Schwall kühler Bergluft ins Innere der Lodge drang. Draußen dämmerte es bereits, und im schwindenden Tageslicht färbten sich die schneebedeckten Hänge in Blau- und Violetttönen. Aber Gavin bemerkte es noch nicht einmal.

Während er über den Parkplatz marschierte, versuchte er sich einzureden, dass Melanie damit nichts zu tun hatte. Sie hätte ihn nicht einfach für einen Artikel der Öffentlichkeit zum Fraß vorgeworfen. Dennoch hatte sein Vater Zweifel in ihm gesät.

Hatte sie ihn nicht schon früher belogen? Hatte sie ihm nicht sogar verschwiegen, dass sie ein Kind von ihm erwartete? Falls es diese Schwangerschaft überhaupt gegeben hatte. Gavin lächelte grimmig, legte den Gang ein und trat das Gaspedal durch, sodass der Pick-up nach vorne schoss. Sie hätte ihm doch über das Baby keine Lügen erzählt, oder? Dazu gab es schließlich keinen Grund. Nein, ihre Geschichte musste stimmen – zumindest bis zu einem gewissen Punkt. Er war immer noch nicht davon überzeugt, dass sie das Geheimnis aus edlen Beweggründen heraus für sich behalten hatte. Nein, vermutlich hatte sie von vornherein vorgehabt, sich den reichen Neil Brooks zu schnappen.

Oder war das Baby eigentlich von Neil gewesen? Konnte es nicht sein, dass sie während ihrer Beziehung gleichzeitig mit Neil Brooks geschlafen hatte? Ja, das ergab schon eher Sinn. Es war Neil Brooks eher zuzutrauen, dass er sie heiratete, weil sie sein Kind bekam als das von Gavin.

„Hör auf damit!", brachte er hervor. Er hielt das Lenkrad fest umklammert.

Obwohl es ihm fast die Brust zuschnürte, zwang er sich dazu, an ihre letzte Begegnung vor acht Jahren zu denken. Mondlicht war durch die Fensterluke in der Scheune gefallen und hatte Melanies Haar einen Silberschimmer verliehen. Er erinnerte sich noch genau an den unschuldigen, liebevollen Ausdruck in ihren Augen.

Nein, er konnte einfach nicht glauben, dass sie die eine Nacht in seinen Armen und die nächste in Neils verbracht haben sollte. Egal, was damals zwischen ihnen geschehen war, niemals wäre sie zu so einer eiskalten Täuschung fähig gewesen. „Jetzt komm schon drüber hinweg", ermahnte er sich selbst. Der Truck fuhr um eine Kurve.

In der Ferne konnte Gavin die Lichter von Taylor's Crossing durch die Kiefernstämme sehen. Es würde noch zwanzig Minuten dauern, bis er bei Melanie angekommen würde. Hoffentlich war sie zu Hause – und zwar allein.

12. KAPITEL

Melanie saß in ihrem Studio am Rechner und hatte bereits etliche Fotos bearbeitet, sich auf ein paar Nachrichten auf ihrem Anrufbeantworter zurückgemeldet und zwei weitere Porträtsitzungen für die nächsten Tage eingeplant. Weil sie nun offiziell arbeitslos war, brauchte sie jeden Auftrag, den sie bekommen konnte – und das schloss leider die Arbeit für *Ridge Lodge* mit ein. Für Gavin.

Sie wählte die Nummer des Resorts, aber der Empfangsmitarbeiter teilte ihr mit, dass weder Gavin noch Rich da waren.

„Na, großartig!", murmelte sie vor sich hin. Wie die beiden wohl auf den Artikel reagiert hatten? Seufzend stand sie auf und machte sich in der Küche daran, aus den Resten von Hähnchen, Gemüse und Soße eine Mahlzeit zuzubereiten. „Streng doch mal deine Fantasie an, Mel", ermahnte sie sich, während sie Fertigteig in die Auflaufform füllte. Viel Fantasie brauchte sie allerdings nicht, um sich vorzustellen, dass Gavin vermutlich fuchsteufelswild war – und für den Zeitungsbericht Rache nehmen wollte. „Das gibt noch Ärger. Und zwar großen." Sie schaltete das Radio ein und bekam gerade noch mit, dass der Moderator einen weiteren Schneesturm für die Gegend um das Kaskadengebirge in Oregon ankündigte. Das bedeutete viel Neuschnee für die Lodge. Zumindest eine positive Nachricht!

Sassafras hockte, die Ohren gespitzt, direkt neben dem Herd, weil er hoffte, ein Stückchen Huhn abzubekommen. „Später", versprach sie ihm mit einem Blick auf den improvisierten Pie. „Wir haben schließlich was zu feiern." Obwohl ihre Kündigung bei der *Tribune* jede Menge finanzieller Probleme nach sich ziehen würde, empfand Melanie vor allem tiefe Erleichterung darüber, nicht mehr für das Blatt zu arbeiten.

Sie schob die Form mit dem Hühnchenpie in den Ofen, bevor sie dem alten Hund zuzwinkerte. „Heute Abend speisen wir wie zwei Könige", verkündete sie, kräuselte dann aber die Nase. „Na ja, vielleicht nicht gerade wie zwei Könige, doch immerhin wie Herzöge oder Freiherrn oder … na ja, vermutlich eher wie Bauern. Aber egal – feiern tun wir auf jeden Fall."

Um das Gesagte zu unterstreichen, nahm sie die Sektflasche aus dem Kühlschrank, die dort seit ihrem Geburtstag lag, ließ den Korken knallen und schenkte sich ein.

„Auf die Freiheit!" Der Sekt schäumte über den Glasrand, und sie musste lachen. „Na, mein nächster Job wird bestimmt nicht Kellnerin in einer Bar, oder?"

Winselnd legte Sassafras den Kopf zwischen die Vorderpfoten. Er sah sie immer noch gebannt aus seinen braunen Augen an, als es an der Tür klingelte.

Mit einem lauten Knurren sprang der Hund auf und raste zum Eingang. Seine Krallen klackten auf dem glatten Holzboden. Melanie stellte ihr Sektglas auf der Arbeitsplatte ab und folgte Sassafras.

Durch das schmale Fenster neben der Eingangstür erkannte sie Gavin, der den Kragen gegen den Wind hochgeschlagen hatte. Sein blondes Haar wirkte dunkler, weil es durchnässt war, auf den Schultern seiner Lederjacke lag Schnee, und er sah grimmig aus. Unter dem Arm trug er eine zusammengefaltete Zeitung – die aktuelle Ausgabe der *Tribune*.

„Bitte, gibt mir Kraft", sandte sie ein geflüstertes Stoßgebet zum Himmel, ehe sie die Tür öffnete.

„Was zum Teufel soll das hier?" Er hielt ihr die Zeitung unter die Nase.

„Oh, ich freue mich auch, dich zu sehen", erwiderte sie ärgerlich.

Ohne darauf zu warten, dass sie ihn hereinbat, trat er ins Haus. „Wer ist für diese Schmutzkampagne verantwortlich?"

Melanie schloss die Tür hinter ihm und wappnete sich für die bevorstehende Auseinandersetzung. „Brian Michaels."

„Und was hattest du damit zu tun?"

„Überhaupt nichts."

Seine sinnlichen Lippen wurden schmal. „Sicher?"

„Ganz sicher. Ich habe die Titelseite heute Morgen zum ersten Mal zu Gesicht bekommen."

„Na, das ist ja wirklich eine großartige Methode, den Tourismus zu fördern." Er warf das Blatt auf ein Tischchen.

„Bist du hergekommen, um mir Vorwürfe zu machen?", erkundigte sich Melanie genervt. „Falls ja, dann ruhig raus damit."

„Weshalb sollte ich dir denn Vorwürfe machen?"

„Keine Ahnung. Vielleicht glaubst du ja, ich wäre an irgendwelchen Intrigen der Zeitung gegen dich beteiligt gewesen."

„Nein, das denke ich keineswegs", entgegnete er leise. Doch Melanie sah ihm an, wie wütend er immer noch war: Weiße Linien zeigten sich um seinen Mund, und seine Kiefer waren so hart aufeinandergepresst, dass ein Muskel an seiner Wange zuckte.

„Ach so, dann wolltest du mir also nur mal einen freundschaftlichen Besuch abstatten, ja?" Sie konnte es sich nicht verkneifen, ihn ein bisschen zu provozieren.

„Ich will nur wissen, was da läuft. Immerhin arbeitest du für die *Tribune* …"

„Nicht mehr."

Er zog die Augenbrauen zusammen. „Was ist passiert?"

Mit einer Geste zu der Zeitung hin antwortete sie: „Das da. Und … na ja, es dürfte noch schlimmer kommen."

„Wie das denn?"

„Brian hat nicht vor lockerzulassen. Komm mit, ich habe mein Abendessen im Ofen." Er folgte ihr in die Küche, wo es bereits nach würzigem Hühnchen duftete. „Möchtest du auch was?", fragte sie, die Sektflasche bereits in der Hand.

Er hob eine Schulter.

„Das interpretiere ich jetzt mal als Ja." Sie schenkte ein und reichte ihm das Glas. „Ich feiere gerade."

Er trank einen Schluck, bevor er fragte: „Was feierst du denn?"

„Meine neu gewonnene Freiheit. Ich habe bei der *Tribune* gekündigt."

Stirnrunzelnd bemerkte er: „Hast du nicht gesagt, dass es noch schlimmer kommt?"

„Ja. Brian hat rausgefunden, dass wir in der Highschool eine Beziehung hatten, und er ist wild entschlossen, das zu verwenden. Er hat mich sogar aufgefordert, mich wieder an dich ranzumachen, damit du mir vertrauliche Dinge erzählst."

„Supertyp, dein Chef."

„Exchef", erinnerte sie ihn. „An dem Punkt habe ich ihm den Kram vor die Füße geworfen."

„Was hat er denn herausgefunden?"

Sie schüttelte den Kopf. „Keine Ahnung."

„Hat er von dem Baby erfahren?"

Seine Worte durchfuhren sie bis ins Mark. „Glaube ich eigentlich nicht."

„Wer weiß denn davon?"

„Mein Dad, Bart und Lila." Melanie schloss die Augen und rieb sich die Schläfen. „Und natürlich Neil und der Arzt."

„Sonst niemand?"

„Meines Wissens nicht." Sie holte tief Luft, ehe sie die Augen wieder öffnete. Um das Zittern ihrer Hände zu verbergen, führte sie das Glas an die Lippen. „Ich habe das Baby schon verloren, bevor man mir die Schwangerschaft ansehen konnte. Und bevor Neil und ich unseren Freunden davon erzählt hatten."

„Und deiner Freundin Jan? Der hast du auch nichts davon gesagt?", erkundigte sich Gavin ungläubig.

„Natürlich nicht!", antwortete Melanie schuldbewusst. Sie bereute inzwischen, Jan überhaupt etwas anvertraut zu haben. „Ich habe ihr nur verraten, dass wir mal zusammen waren, damit sie aufhört, mir Fragen zu stellen. Dass sie das gegen mich verwendet, hätte ich niemals gedacht." Sie stürzte den Rest ihres Sekts hinunter.

„Wenn Reporter nichts zu berichten haben, dann erfinden sie was."

„Eigentlich ist das nicht die Regel", erwiderte Melanie und

füllte ihrer beider Gläser auf."

Aber was hat Brian eigentlich gegen dich?"

„Du meinst, er hat was gegen mich?"

Sie nickte. „Du nicht?"

„Doch, vermutlich schon. Schon damals, als wir uns in Colorado über den Weg gelaufen sind, hat er seine Nase in Dinge gesteckt, die ihn nichts angehen. Darum habe ich mich über ihn beschwert, woraufhin er rausgeschmissen wurde."

„Das hat er nie erwähnt", sagte Melanie nachdenklich. „Im Gegenteil: Als dein Name zum ersten Mal in Zusammenhang mit der Lodge aufgetaucht ist, war er ziemlich interessiert. Und ich glaube nicht, dass er vorhatte, irgendeinen großen Skandal auszugraben." Sie nahm einen Schluck und betrachtete Gavin über den Glasrand hinweg.

Er wirkte angespannt. Seine Miene war wie versteinert, doch während er sie anschaute, las sie Wärme in seinem Blick. Seine Augen waren noch so wie in ihrer Erinnerung: hellbraun, verführerisch, männlich.

Ihr wurde der Mund trocken, und schnell trank sie das zweite Glas Sekt aus.

Gavin stand dicht beim Fenster, mit der Schulter an den Türrahmen gelehnt, den Stiel des Sektglases zwischen den langen Fingern. Leise, vertraute Geräusche erfüllten den Raum: das langsame Ticken der Standuhr im Flur, das leichte Vibrieren des Heizofens, ein gedämpftes Liebeslied aus dem Radio, das Knarren alter Balken und das heisere Schnarchen des Collies, der unter dem Tisch schlief.

„Tja. Und was machen wir jetzt damit?", fragte Gavin endlich und sah Melanie an.

„Womit?"

„Mit uns."

Die knappe Antwort brachte ihr Herz dazu, wie wild zu klopfen. „Ich weiß nicht, ob es dieses ‚wir' überhaupt gibt. Oder ob es jemals eins gab."

„Na, klar gab es das", erklärte er beiläufig, leerte sein Glas und stellte es auf die Arbeitsplatte.

„Das ist lange her."

„Und was ist mit letzter Woche, als du in der Lodge warst?"

Ja. Was ist mit diesen kostbaren Stunden, die wir zusammen verbracht haben? „Soweit ich mich entsinne, hat die Sache kein gutes Ende genommen."

„Ich habe einen Schock erlitten." Er atmete tief durch, aber die ganze Zeit ließ er sie nicht aus den Augen. „Wenn ich von dem Baby gewusst hätte ..."

„Was dann, Gavin? Was hättest du dann getan?"

„Ich wäre nach Hause gekommen."

Ihr zog sich das Herz schmerzhaft zusammen. „Doch das hätte nichts gebracht", stieß sie heiser hervor. Jedes einzelne Wort bereitete ihr Schwierigkeiten. „Du bist meinetwegen nicht geblieben, und deshalb hättest du auch nicht wegen eines Babys zurückkommen dürfen. Du hättest das Gefühl gehabt, eingesperrt zu sein." Sie hob die Hand, da sie bemerkte, dass er widersprechen wollte. „Ganz bestimmt, Gavin – früher oder später hättest du dich gefragt, was gewesen wäre, wenn ..."

„Hättest du das Risiko nicht eingehen können? Vielleicht wäre ich ja auch zu dem Ergebnis gekommen, dass der Sport mir nicht mehr wichtig ist."

„Nein. Ich wollte nicht, dass du dich entscheiden musst."

Langsam schritt er auf sie zu. Gleichzeitig wanderte sein Blick von ihren Augen zu ihrem Mund. „Du hast mir ja nicht sehr viel zugetraut, Melanie."

„Ich wollte nur, dass du glücklich bist!"

Er schlang ihr die starken Arme um die Taille und zog sie an sich. „Glück ist eine flüchtige Sache", flüsterte er, und dann küsste er sie. Er schmeckte nach Sekt und roch nach Schneeflocken.

Obwohl sie genau wusste, dass sie ihm nicht nachgeben durfte, schloss Melanie die Augen und lehnte sich an ihn. Sie genoss es zu spüren, dass er ihr besitzergreifend die Hand auf den Rücken gelegt hatte. Sie hieß seine Zunge willkommen, die er zwischen ihre Lippen gleiten ließ. Und sie schmiegte sich dicht an ihn, sowie er seine Oberschenkel gegen ihre Beine presste. Die ganze Zeit raste ihr Puls, und ihr Herz klopfte ohrenbetäubend.

Als Gavin endlich den Kopf wieder hob, verschleierte Lust seinen Blick. Mit einem Finger berührte er ihre Lippen und zeichnete ihren geschwungenen Umriss nach. „Ich dachte damals wirklich, dass es egal ist, wenn ich dich nie wiedersehe", gestand er. „Immer wieder habe ich mir eingeredet, dass ich über dich hinweg bin, dass du bloß eine alte Flamme wärst. Aber ganz offensichtlich habe ich mich da getäuscht."

Die Küchenuhr am Backofen piepte so laut, dass Melanie erschrocken zusammenfuhr.

„Was ist das?", fragte Gavin.

„Das Abendessen."

„Das kann warten." Eine schnelle Bewegung genügte, um Ofen und Wecker auszuschalten. Dann schaute er auf die Garderobe bei der Hintertür, warf Melanie einen langen Mantel zu, fasste sie bei der Hand und zog sie mit sich nach draußen.

„He, was hast du vor?", fragte sie lachend, während sie sich von ihm die Eingangsstufen hinunter und durch den Schnee führen ließ. „Ich habe dafür die falschen Sachen an."

„Um deine Kleidung musst du dir keine Gedanken machen", erwiderte er.

„Gavin …?"

Doch er antwortete nicht, sondern lief weiter über den Hof. Der nachtschwarze Himmel bildete einen deutlichen Kontrast zu dem Schnee, der auf Ästen, Dächern und Boden lag. Auf dem Stapel Brennholz an der Scheune war er zu einem kleinen Berg zusammengeweht.

Die Scheune.

Und plötzlich bekam Melanie keine Luft mehr. Ihr war nun klar, wohin Gavin sie bringen würde, und das Déjà-vu sandte ihr einen sinnlichen Schauer über den Rücken. Die Zeit schien rückwärtszulaufen.

Gavin rüttelte an dem Griff. Knarrend und ächzend bewegte sich die Tür auf ihren rostigen Rollen zur Seite. Im dunklen Inneren stieg ihr der Geruch von Staub und altem Heu in die Nase. Rinder oder Pferde standen hier schon lange nicht mehr, und das ganze Gebäude hätte ein paar Reparaturen dringend nötig gehabt.

Melanie wich ein wenig zurück. Ihr Atem bildete eine weiße Wolke vor ihrem Mund, als sie sagte: „Du willst doch nicht ernsthaft …“

„Komm schon“, beharrte er. Er ließ die Tür offen, sodass ein dünner Lichtstrahl von der Außenlampe bei der Garage hineinfiel.

Am Fuß der Leiter zum Heuboden blieb er stehen, und Melanie entriss ihm ihre Hand. „Das Vergangene lässt sich nicht wiederholen.“

„Das versuche ich auch gar nicht.“

„Vielleicht ist das hier keine so gute Idee.“

„Warum nicht?“

„Acht Jahre.“

Auf einmal hielt er sie wieder in den Armen, und seine Lippen suchten ihren Mund. Erinnerungen wurden in ihr wach, aber diese Bilder der Vergangenheit verblassten vor dem Hier und Jetzt, dem rauen Stoff seiner Jacke an ihrer Wange, dem Duft seines Aftershaves, der sich mit dem Geruch von Staub mischte, der Wärme seiner Hand an ihrem Rücken. In diesem Augenblick wurde ihr klar, dass sie sich getäuscht hatte. Sie hatte sich eingeredet, sie könnte mit ihm schlafen, ohne dabei Gefühle zu entwickeln. Allerdings war das unmöglich.

Seufzend schob Gavin sie auf die Leiter zum Heuboden zu. Vor Nervosität schnürte es ihr den Hals zu, doch gleichzeitig erwachte in ihr prickelnde Vorfreude. Sie setzte den Fuß auf die erste Sprosse.

Höher und höher stieg sie, und die ganze Zeit fragte sie sich, ob sie wohl gerade einen nicht wiedergutzumachenden Fehler beging. Trotzdem kletterte sie weiter, bis sie oben auf dem kalten, dunklen Boden stand und Gavin zu ihr trat. Sie spürte seinen Atem an ihrem Haar, als er ihr den Mantel von den Schultern streifte und ihn auf das alte Stroh warf. Dann nahm er ihr Gesicht in beide Hände und küsste sie so heftig, dass Melanie erbebte.

Ob er den Schauer fühlen konnte, der sie überlief? Im nächsten Moment drang er mit der Zunge in ihren Mund ein und presste Melanie an sich, sodass ihre Schenkel sich berührten und Melanies Busen gegen seine Brust gedrückt wurde.

„Ich habe dich nie vergessen", stieß er heiser hervor. „Niemals." Er ließ seine Hände tiefer gleiten, umfasste Melanies Po und zog sie noch enger an sich. Durch die Kleider hindurch spürte sie seine Erregung, die Härte zwischen seinen Beinen, die Dringlichkeit seiner Liebkosungen.

„Dabei habe ich es versucht – und wie! Es hat andere Frauen gegeben, und ich habe immer gehofft, dass es eine von ihnen schafft, mich dich vergessen zu lassen."

„Schsch", wisperte sie und verschloss ihm die Lippen mit ihrem Zeigefinger. „Ich will nichts davon hören."

Er nahm ihren Finger sanft in den Mund und saugte daran, kitzelte ihn zärtlich mit der Zunge. Voller Lust wand sich Melanie. Alle ihre Nerven schienen zu vibrieren, und schnell rauschte das Blut durch ihre Adern. Unwillkürlich entschlüpfte ihr ein Stöhnen.

Gavin küsste sie erneut. Als er ihr Bein anhob und um seine Hüfte legte, schlang sie ihm die Arme um den Nacken, und gemeinsam sanken sie ins Heu. Der alte Mantel bot kaum Schutz vor der Kälte und den piksenden Halmen, doch Melanie bemerkte nichts davon. Sie nahm nur noch ihre Begierde wahr, und das leichte Stechen des Heus auf ihrer Haut reizte ihre Sinne noch mehr.

Heiß und fordernd presste Gavin seine Lippen auf ihren Mund. Keinerlei Sanftheit befand sich mehr darin, nur noch stürmisches Begehren und sinnliche Verheißung.

„Gavin!", rief sie, und es war ein Schrei der Ekstase. Sie bog sich ihm entgegen, um ihm näher zu kommen, noch näher … Gavin hatte sie bereits von ihrem störenden Pullover befreit, und verwöhnte mit den Händen ihre spitzenbedeckten Brüste. Nun vergrub er das Gesicht zwischen den weichen Hügeln und liebkoste sie mit den Lippen, während er ihr den BH öffnete. Sein Dreitagebart kratzte erregend über ihre Haut, seine Zunge vollführte einen wilden Tanz, der Melanie mit sich riss. Sobald sein warmer Atem über ihre Brustwarzen strich, begann das Feuer in ihrem Inneren noch intensiver zu brennen.

Gavin neckte sie, spielte mit ihren empfindlichen Spitzen, knabberte dran, bis Melanie ihr wildes Begehren nicht länger zügeln konnte.

Eine tiefe Sehnsucht, ihn endlich ganz zu spüren, erwachte in ihr. Sowie sie seinen Kopf fest an sich drückte, umschloss Gavin endlich die Knospe mit dem ganzen Mund und leckte dran. Keuchend krallte Melanie die Finger in die dichten blonden Locken.

Jetzt begann er, sich in einem langsamen Rhythmus zu bewegen. Schnell zog er sich aus. Oh Gott, sie verzehrte sich nach ihm! Die Lust, die von ihr Besitz ergriffen hatte, ließ kaum noch einen klaren Gedanken zu.

Auch in Gavins goldbraunen Augen loderte das Verlangen, als er Melanies restliche Kleider hastig abstreifte. Endlich lagen sie nackt nebeneinander – wie vor so vielen Jahren in der gleichen Scheune. Doch dieses Mal waren sie Gefangene eines wilden, ungezügelten Begehrens, das alles andere verdrängte. „Du machst mich wahnsinnig“, murmelte er, anscheinend versuchte er seine Selbstbeherrschung zu wahren.

Wollte er etwa aufhören? Jetzt?! Du lieber Himmel – nein! „Gavin, bitte …“ Melanie reckte ihm ihre Hüfte entgegen, und er folgte ihrer Aufforderung und streichelte die Innenseite ihrer Schenkel, bis er die Feuchtigkeit dazwischen fühlte und zufrieden aufstöhnte.

„Melanie“, flüsterte er und fuhr mit der Zunge an ihrem Bein entlang, „Oh, Melanie …“ Melanie zitterte erwartungsvoll.

Wieder umfasste er ihre Pobacken, und sie schmiegte sich enger an ihn. Sobald er anfing, ihre geheimste Stelle zu liebkosen, stieg ungezügelte Begierde in ihr auf. Kaum noch konnte sie die Berührungen aushalten.

„Gavin, bitte …“ Sie streckte die Hände nach ihm aus und dirigierte ihn zu sich hoch, packte ihn am Hinterkopf und drückte seinen Mund auf ihren, damit sie ihn mit der gesamten Leidenschaft küssen konnte, die sich in ihr aufgestaut hatte. Mit den Fingern suchte sie seine flachen Brustwarzen in den feinen Härchen auf seiner Brust und kniff in sie hinein. Als sie gleichzeitig an seiner Unterlippe saugte, war es um ihn geschehen.

„Was willst du von mir?“, brachte er heraus. Seine Stimme hallte von den alten Balken der Scheune wider.

„Alles!“

Er verlagerte sein Gewicht und spreizte mit den Knien ihre Schenkel. Dann kam er ganz zu ihr, und sie bog sich ihm entgegen. Eng aneinandergeklammert, innig miteinander verbunden, fanden sie einen gemeinsamen, wilden Rhythmus.

Melanie umschloss seine Arme, während er in ihre Hitze eintauchte, um sich ihr gleich wieder zu entziehen – ein aufreizendes Spiel, das sie dem Gipfel der Ekstase immer näher brachte. Endlich hörte sie wie aus weiter Ferne seinen animalischen Lustschrei, und im gleichen Moment durchlief Melanie ein Beben, das ihre Welt in tausend Funken zerstieben ließ.

Schwer atmend sank er auf sie und presste sie gegen den alten Mantel. Feine Schweißperlen glitzerten auf ihrem Körper, und Gavins Brusthärchen kitzelten ihre empfindliche Haut.

„Melanie, ach, Melanie“, murmelte er. Seine Stimme klang rau. „Oh Gott, was fange ich nur mit dir an?“

Und ich mit dir? Sie umarmte ihn, senkte die Lider und versucht, das hämmernde Pochen ihres Herzens zu beruhigen. Sie wollte nicht ausgerechnet in diesem Moment die Fassung verlieren und um das weinen, was alles hätte sein können. Dennoch hielt sie ihn so fest, als hätte sie Angst, er könnte plötzlich verschwinden.

Erst da er sich auf die Seite rollte, ließ sie ihm widerwillig los.

„Das hier ist Irrsinn“, sagte er. „Vollkommener Irrsinn.“ Er zupfte ihr einen Halm aus den Haaren und seufzte.

„Und was tun wir jetzt?“

„Ich wünschte, ich wüsste es“, erwiderte er leise. „Ich wünschte es wirklich.“

13. KAPITEL

„Am besten verhalten wir uns so unauffällig wie möglich“, schlug Gavin vor. Er hatte gerade mit Appetit die zweite Portion von dem leicht angebrannten Hühnchen-Pie verspeist, als wäre seine Erinnerung an die Leidenschaft, die noch vor einer Stunde zwischen ihnen geherrscht hatte, ausgelöscht.

„Unauffällig?“, wiederholte Melanie. Sie selbst hatte ihr Essen kaum angerührt.

„Wenn Michaels das ernst meint, dass sich der nächste Artikel auf uns konzentrieren soll, dann müssen wir alles daransetzen, ihm nicht noch zusätzlichen Stoff zu liefern.“

„Du meinst, wir dürfen nicht zusammen sein?“ Warum nur tat die Vorstellung so weh?

Er schien ihren Schmerz wahrgenommen zu haben, denn er streckte die Hand über den Tisch und fasste nach ihrer. Seine Finger wärmten sie, und er rieb mit dem Daumen langsam, beruhigend darüber. „Ich will bloß nicht, dass wir plötzlich im Mittelpunkt stehen und die Eröffnung der Lodge in den Hintergrund rückt.“ Geduldig lächelte er ihr zu. „Es ist ja nur für eine Weile, bis das Resort auf sicheren Füßen steht. Und du kannst mir glauben, dass mir das genauso schwerfällt wie dir.“

„Meinst du?“

„Ich weiß es sogar.“ Seufzend schob er den Stuhl zurück und nahm seine Jacke. „Ich muss zurück. Aber wir sehen uns im Hotel, ja? Rich hat gesagt, dass wir in einem der Geschäfte ein paar Bilder von dir verkaufen.“

„Stimmt.“

„Und du kommst doch zur großen Feier, oder?“

Sie nickte, doch während sie ihn zur Tür begleitete, schnürte es ihr die Kehle zu.

„Klar.“

„Bring deine Skiausrüstung mit. Vielleicht können wir uns

ein bisschen auf der Piste vergnügen."

„Dafür dürftest du wohl kaum Zeit haben."

„Dann komm halt schon, bevor der ganze Rummel losgeht." Er fasste nach der Türklinke.

„Ich dachte, wir sollten uns unauffällig verhalten?", neckte sie ihn, obwohl ihr eigentlich überhaupt nicht zum Scherzen zumute war.

„Tun wir auch. Ich bezweifle, dass Michaels uns bis nach Devil's Ridge oder West Canyon verfolgt." Er lächelte, denn diese beiden Pisten waren die steilsten und anspruchsvollsten in der Gegend.

„Na gut, abgemacht", stimmte sie zu, als er sie in seine Arme zog. In seinem Kuss mischten sich Verheißung und Schmerz.

Endlich sah er stöhnend auf. „Wir müssen was dagegen unternehmen", flüsterte er, und seine Stimme klang heiser. Gleichzeitig legte er sein Kinn auf ihren Kopf und drückte sie fest an sich. Melanie fühlte sich eingehüllt in seine Wärme, seinen Duft, seine Zärtlichkeit – es fiel ihr schwer, ihn wieder loszulassen.

Nachdem sie sich endlich voneinander verabschiedet hatten, blieb sie auf der Veranda stehen und schaute ihm nach, wie er über den Hof rannte und in seinen Pick-up-Truck kletterte. Aufheulend sprang der Motor an, der Wagen wendete, und die Scheinwerfer beleuchteten einen Moment lang die Scheune und die Stämme der alten Bäume davor. Melanie betrachtete den tiefen Schnitt in der riesigen Kiefer, den die Axt ihres Vaters hinterlassen hatte. Damals hatte Adam Walker gerade erfahren, dass seine Tochter schwanger war.

Melanie schloss eine Sekunde lang die Augen. Wie würde es nun weitergehen mit Gavin und ihr? Blickten sie einer Zukunft voller Licht und Glück entgegen, oder erwartete sie die dunkle Trauer um eine Liebe, die niemals sein durfte?

„Denk gar nicht erst daran", ermahnte sie sich und verschwand im Haus.

„Ich habe gute Neuigkeiten für Sie“, bemerkte Dr. Hodges, während er die Leuchttafel einschaltete, an der Gavins Röntgenaufnahme hing.

„Wird auch höchste Zeit.“ Gavin musterte das Bild, ohne darauf etwas Entscheidendes erkennen zu können. Es war nun schon Tage her, dass er Melanie das letzte Mal gesehen hatte, weswegen er gereizt und übellaunig war. Übermorgen sollte die große Eröffnungsfeier der Lodge sein, und eigentlich hatte er alle Hände voll zu tun, aber nichts davon interessierte ihn. Alles, was ihn interessierte, war Melanie. Er wollte mit ihr zusammen sein.

„Der Bruch ist geheilt.“ Dr. Hodges betrachtete die Aufnahme mit zusammengekniffenen Augen, als suchte er nach Spuren der Verletzung, die Gavin aus der Bahn geworfen hatte.

Gavin lächelte bei dem Gedanken an die bevorstehende Saison. „Dann kann ich also wieder Rennen fahren.“

„Na ja“, antwortete Dr. Hodges nachdenklich, „zumindest gibt es keinen medizinischen Grund, weshalb Sie es nicht können sollten. Allerdings wenn ich Sie wäre, würde ich noch ein Jahr abwarten, bevor ich wieder mit dem harten Trainingsprogramm beginnen würde.“

„Dann ist also wieder alles in Ordnung?“

Dr. Hodges grinste ihn jungenhaft an. „Zumindest jetzt. Aber falls Sie auch nur den allergeringsten Schmerz spüren, tauchen Sie sofort wieder hier auf, verstanden?“

„Jawohl.“ Gavin stand auf und schüttelte dem Arzt die Hand. Es kam ihm vor, als hätte ihm jemand ein tonnenschweres Gewicht von den Schultern genommen. Das musste gefeiert werden – und zwar mit Melanie. Noch heute Nachmittag.

Melanie fühlte sich hundeelend. Seit Tagen schon war sie verstimmt, da sie Gavin vermisste. Jede Kleinigkeit brachte sie aus dem Gleichgewicht, und sie hatte Magenprobleme. „Und alles nur wegen eines Mannes“, schalt sie sich selbst, während sie das Licht im Studio ausschaltete und in die Küche ging.

„Wird auch langsam Zeit, dass du fertig wirst."

Melanie fuhr heftig zusammen. Gavin kniete auf einem Bein vor Sassafras und kraulte den Hund hinter den Ohren.

„Wie bist du denn reingekommen?", fragte sie. Gleichzeitig konnte sie kaum den Blick von ihm wenden. Gavin trug eine graue Hose und einen Pullover, und mit seiner gebräunten Haut und dem zerzausten Haar sah er so attraktiv aus wie eh und je. Als er sie ansah, machte ihr Herz einen kleinen Sprung.

„Ich bin eingebrochen. Die Eingangstür war nicht verschlossen. Ich habe dich im Studio gehört und wollte nicht stören." Er stand auf und lächelte sie an. „Komm, hol dein Zeug."

„Was für ein Zeug?", fragte sie, als er sie in die Arme schloss.

„Wir gehen Ski fahren."

„Jetzt? Aber ich muss arbeiten ..."

„Das hat Zeit. Jetzt muss erst mal gefeiert werden." Mit seinen starken Armen umfasste er ihre Taille und hob Melanie in die Luft.

„Hey, lass mich runter! Aufhören – dein Bein!", rief sie. Doch gleichzeitig stieg Übelkeit in ihr auf.

„Genau das feiern wir." Er stellte sie wieder auf den Boden und gab ihr einen Kuss auf die Stirn. „Meine Gesundheit nämlich."

„Deine Gesundheit? Gavin, kannst du nicht mal Klartext reden?"

Er zwinkerte ihr zu. „Der Arzt hat mich für gesund erklärt und mir erlaubt, wieder Rennen zu fahren."

Sofort spürte sie, wie ihr die Farbe aus dem Gesicht wich. „Schon in dieser Saison?"

„So schnell wie möglich. Natürlich bin ich ein bisschen eingerostet und außerdem deutlich älter als die meisten anderen Profis. Das heißt, ich muss wirklich hart trainieren, aber zumindest das Krafttraining kann ich in der Lodge absolvieren. Und sobald der Hotelbetrieb wie am Schnürchen läuft, können sich Rich und der Manager um alles Weitere kümmern."

Dann wollte er also fort! Schon wieder! All ihre geheimen

Hoffnungen schwanden auf einmal. Ihr Vater hatte recht gehabt. Gavins größte Liebe würde immer der Sport sein.

„Geht's dir gut?", fragte er mit plötzlichem Ernst.

„Ja, ja, alles in Ordnung", log sie und setzte ein Lächeln auf, das ihr so falsch vorkam wie eine Dreidollarnote. „Ich hole nur kurz meine Skisachen." Sie wand sich aus seiner Umarmung, rannte aus der Küche und in ihr Schlafzimmer. In ihrem Kopf hämmerte ein dumpfer Schmerz, und beim Blick in den Spiegel bemerkte sie, dass ihr Gesicht aschfahl aussah. „Na, super, Melanie. Reiß dich zusammen!" Schnell wechselte sie ihre Kleidung, schlüpfte in einen schwarzen Rollkragenpullover und den neuen Skianzug, den sie sich noch vor ihrer Kündigung bei der *Tribune* gekauft hatte.

Sie nahm Skier, Stöcke und Skistiefel aus dem Schrank und packte eine Tasche mit Skibrille, Handschuhen, Sonnenbrille und Kleidung zum Wechseln. Bevor sie wieder nach unten zurückkehrte, spritzte sie sich kaltes Wasser ins Gesicht. Trotzdem legte sich die Übelkeit nicht.

„Hör auf damit", ermahnte sie sich wütend. Wie konnte sie nur so überreagieren, nur weil Gavin Taylor's Crossing wieder verlassen wollte? Mit Rouge und Lippenstift bekämpfte sie ihre Blässe, und nachdem sie die Treppe hinuntergestiegen war, hatte sie bereits alle Gedanken an ihr bevorstehendes Leben ohne Gavin verbannt. Immerhin blieb ihnen noch ein bisschen Zeit zusammen, und sie war fest entschlossen, das Beste daraus zu machen.

Sie machten sich auf den Weg zur Lodge. Während Gavin sich umzog, wartete Melanie draußen. Der Himmel war klar und hellblau, und auf den Pisten herrschte bereits reger Betrieb. Einige Skifahrer wedelten anmutig die Hänge hinunter, indessen konnten auf dem Anfängerhügel einige nur mit Mühe das Gleichgewicht halten und im Schneepflug zu Tal fahren.

Melanie musste lächeln. Im gleichen Moment hörte sie das Knirschen von Stiefeln im Schnee hinter sich und drehte sich um, weil sie dachte, es wäre Gavin. Doch sie wurde enttäuscht:

Es war Jim Doel, der auf sie zusteuerte, grimmig dreinschauend.

„Überraschung! Ich hätte nicht erwartet, Sie hier zu sehen."

Nervös antwortete sie: „Gavin und ich wollten in Ruhe ein bisschen Ski fahren, bevor am Wochenende der Massenansturm losgeht."

Jim runzelte die Stirn. „Hören Sie, ich will ganz offen sein."

Melanie wappnete sich.

„Zwischen unseren beiden Familien ist eine Menge passiert, und manches davon würde ich liebend gern ungeschehen machen, wenn das möglich wäre. Ich bin schuld daran, dass Sie ohne Mutter aufgewachsen sind, und damit muss ich seit achtzehn Jahren leben. Genauso musste ich auch damit klarkommen, dass ich Gavin kein besonders guter Vater gewesen bin. Aber er hat es auch allein geschafft und ist einer der besten Skisportler im ganzen Land geworden."

„Darauf dürfen Sie stolz sein", erwiderte Melanie eisig.

„Bin ich auch. Ich will nur sagen, dass mir das mit dem Unfall leidtut. Ich wäre nur zu gern anstelle Ihrer Mutter gestorben, allerdings wollte das Schicksal es nicht."

„Wenn Sie denken, dass ich Ihnen vergebe …"

„Nein. Ich will bloß, dass Sie sich von Gavin fernhalten. Sie haben ihm übel genug mitgespielt." Er sah sie aus seinen wässrigen Augen an. „Er kriegt jetzt eine zweite Chance, und das können die wenigsten von sich behaupten. Und er lebt für den Sport."

„Ich weiß."

„Dann lassen Sie ihn gehen."

Sie hob das Kinn ein wenig. „Ich habe Gavins Karriere noch nie im Weg gestanden."

Er wirkte nicht so, als würde er ihr glauben, doch das war ihr egal. Auch sie hatte etwas auf dem Herzen, das sie unbedingt loswerden musste. Obwohl eine kleine Stimme in ihr Jim Doel die Schuld an der Tragödie zuschieben wollte, wusste sie genau, dass das ungerecht war. Er hatte dafür bezahlt. „Ach ja, wegen des Todes meiner Mutter", sagte sie mit dem Anflug eines Lächelns. „Ich hoffe, dass Sie die Vergangenheit hinter sich lassen können. Ich habe es auch getan."

Er schien nach den richtigen Worten zu suchen.

„Vermutlich werden wir uns nie besonders nahestehen. Aber uns beiden liegt etwas an Gavin, und deshalb sollten wir uns fair untereinander verhalten", sprach sie weiter.

Jim Doel presste die Lippen zusammen. „Ich will nur, dass Sie mir versprechen, ihm nicht in sein Leben reinzupfuschen."

„Gavins Leben ist ganz allein seine Sache."

„Freut mich. Dann sind wir einer Meinung."

„Allerdings bedeutet Gavin mir viel."

„Dann tun Sie das Richtige." Damit ging er zum Geräteschuppen davon. Melanie ließ langsam die Luft entweichen, die sie angehalten hatte. Sie schaute Jim nach, bis er im Schuppen verschwand, bevor sie zum Lift stapfte. Ob Jim Doel und sie jemals ein unverkrampftes Verhältnis zueinander haben würden? Vermutlich nicht.

Die Stirn immer noch gerunzelt, schnallte sie die Skier unter und übte auf dem relativ flachen Gelände hinter der Lodge ein paar Schwünge.

„Hallo! Wollen wir?" Gavin, auch er bereits auf Skiern, war wiederaufgetaucht und machte sich auf den Weg zum Daredevil-Lift. Er trug nun einen blauen Anorak zur schwarzen, eng anliegenden Skihose und stieß sich mit den Skistöcken ab. Melanie folgte ihm. Schon bei seinem Anblick durchlief sie ein wohliger Schauer, und sie verdrängte das Gespräch mit seinem Vater aus ihren Gedanken. Heute wollte sie einfach die gemeinsame Zeit mit dem Mann, den sie liebte, genießen.

Der Lift trug sie über schneebedeckte Hänge, dichte Kiefernwäldchen und einen eingefrorenen Bach hinweg. Gavin hatte einen Arm auf die Rückenlehne des Sessels gelegt, und sie lachten und plauderten, während sie immer höher hinauffuhren. Die kalte Luft strich Melanie über die Wangen. Sie lächelte, glücklich darüber, mit Gavin allein zu sein. Oben angekommen, glitten sie die Rampe hinunter.

„Komm mit", forderte Gavin sie auf. In seiner Stimme lag erregte Vorfreude. Melanie hoffte nur, dass sie mit ihm mithalten konnte.

Ihre Skikünste waren jedoch nicht so eingerostet, wie sie befürchtet hatte, und so flog sie förmlich die Piste hinab, sodass der Schnee aufstob. Gavin glitt mit mühelosen, sicheren und kraftvollen Bewegungen die Hänge hinab. Er war ihr weit voraus, aber auf jedem Plateau bremste er ab, um auf sie zu warten.

Allerdings hielt sie auf einer dieser Ebenen nicht an, um wieder zu Atem zu kommen, sondern schoss lachend an ihm vorbei. Gavin nahm die Verfolgung auf und überholte sie kurz darauf auf einem Abschnitt, wo die Piste als schmaler Pfad zwischen Bäumen hindurchführte.

Berauschende Lebensfreude trieb Melanie immer weiter voran. Der Wind pfiff durch ihre Haare, zerzauste sie und trieb ihr die Tränen in die Augen. Als sie um eine Kurve bog, sah sie Gavin vor sich. Er war stehen geblieben und bedeutete ihr anzuhalten.

„Gibst du etwa auf?", neckte sie ihn, fuhr einen letzten Bogen und bremste dicht bei ihm ab. Sie keuchte ein bisschen, und ihre Brust hob und senkte sich schnell bei jedem Atemzug.

„Nein, aber ich dachte, du kannst vielleicht eine Verschnaufpause gebrauchen." Zu ihrer Überraschung löste er die Bindungen seiner Skier.

„Ich?", erwiderte sie lächelnd und immer noch ein wenig aus der Puste. „Keineswegs! Ich könnte noch Stunden so weitermachen! Du bist derjenige, der hier gerade schlappmacht."

„Ha!" Er blickte hoch und grinste breit. „Na ja, ich hatte durchaus ein ehrenhaftes Motiv."

„Und das wäre?"

„Ich wollte mit dir hier oben allein sein."

Erst jetzt fiel ihr auf, dass sie die Pisten weit hinter sich gelassen hatten. In der Ferne konnte sie die Lifte sehen, doch hier zwischen den Bäumen war es still. Unter Schneewehen war das

Eis des gefrorenen Baches zu erkennen.

Gavin bückte sich, um auch ihre Bindungen zu lösen.

Ein erregter Schauer lief Melanie über den Rücken. „Und was hast du jetzt mit mir vor?"

„Das hier." Er nahm sie in die Arme und presste seine eiskalten Lippen auf ihre. Eng umschlungen fielen sie in das glitzernde Weiß und mussten lachen, da der feine Schnee sie in der Nase kitzelte und sich im Haar festsetzte.

„Bestimmt kommt gleich jemand vorbei", wandte sie ein.

„Sollen sie ruhig." Wieder küsste er sie, und seine Lippen wärmten ihre, ließen ihr Blut heißer durch die Adern rauschen. Die Kälte war vergessen. Melanies Herz klopfte wie wild, ihr Puls raste, und sie wünschte, sie könnte die Zeit anhalten, um bis in alle Ewigkeit so in Gavins Armen zu liegen, umgeben von der Stille des schneebedeckten Waldes.

Widerwillig gab Gavin sie frei, wobei er sie aus goldbraunen Augen anstrahlte. Er lächelte, als wären sie nie getrennt gewesen, als hätten der Schmerz und die Lügen der Vergangenheit nie existiert. „Ich liebe dich, Melanie", sagte er, und sofort schossen ihr die Tränen in die Augen. Sie traute ihren Ohren kaum. Gavin liebte sie? Wenn sie nur glauben könnte, dass er es ernst meinte!

„Und?", fragte er.

„Du weißt genau, dass ich dich auch liebe, Gavin. Auch wenn ich es ungern zugebe, doch vermutlich habe ich dich immer geliebt."

Er lachte. „Und was machen wir jetzt damit?"

„Ich weiß es nicht", antwortete sie ehrlich.

„Aber ich." Erneute presste er seinen Mund auf ihren, drückte sie noch enger an sich, und so lagen sie im Schnee. Seine Wärme durchdrang ihre Kleidung, und sie senkte die Lider. Sofort stieg in ihr die Erinnerung auf, wie sehr sie ihn geliebt hatte. Doch selbst das verblasste vor der Macht der Gefühle, die sie nun überrollten.

Rufe und Lachen durchschnitten plötzlich die Stille. Mit einem Laut des Bedauerns erhob sich Gavin und zog auch Melanie hoch. Im nächsten Augenblick rasten zwei Teenager an ihnen vorbei, die eine Schneefontäne aufspritzen ließen und übermütig schrien.

„Komm", sagte Gavin mit einem Blick auf die kleiner werdenden Skifahrer. „Fahren wir ein bisschen weiter, bevor ich noch vollkommen die Beherrschung verliere."

„Oder ich", dachte Melanie laut, während sie sich wieder auf die Skier stellte.

Den Rest des Nachmittags verbrachten sie lachend und sich unterhaltend in der weißen Bergwelt.

Es war bereits dunkel, als Gavin sie wieder nach Hause brachte. Auf der Türschwelle blieb er stehen, riss Melanie stürmisch in seine Arme und küsste sie leidenschaftlich.

„Du könntest doch bleiben", bot sie an und wunderte sich gleichzeitig über ihre eigene Verwegenheit.

„Ich muss zurück zur Lodge."

„Heute noch?"

„Ja, ich sollte dort sein."

Sie lächelte ihn an. „Was müsste ich denn tun, um dich umzustimmen?", fragte sie verführerisch und streichelte ihm über die Brust.

Doch er stoppte ihre Hand. „Du bist gefährlich."

„Ach ja?"

Wieder presste er die Lippen auf ihren Mund, aber diesmal war sein Kuss fordernder, und ihr stockte der Atem. Als Gavin endlich den Kopf wieder hob, hatten sich seine Augen verdunkelt. „Ach, verdammt – egal! Seit wann bin ich verantwortungsbewusst?"

Damit hob er sie hoch, betrat mit ihr auf den Armen das Haus, warf mit einer Hand die Tür hinter sich zu und trug sie nach oben, wo er sie sanft auf das Bett fallen ließ.

Kaum eine Sekunde später lag er neben ihr, um sie zu küssen und ihr gleichzeitig die Kleidung abzustreifen. Er konnte es kaum erwarten, mit ihr zu schlafen, und Melanie hielt ihn nicht auf. Seufzend schlang sie ihm die Arme um den Nacken, vergrub die Finger in seinen Haaren und zog seinen Kopf an sich.

Heute will ich ganz für den Moment leben.

Sie erwachte früh am Morgen. Draußen war es noch dunkel, doch Gavin hatte sich bereits auf einen Ellbogen gestützt und sah sie an. Langsam streichelte er ihre Schulter. Der Mond warf gerade genügend Licht ins Zimmer, dass sie Gavins Gesicht erkennen konnte.

„Ich muss los“, flüsterte er.

„Jetzt schon?“ Sie klammerte sich an ihn, und sein warmer Körper schmiegte sich eng an ihren.

„Ja, ich habe keine Wahl. Morgen findet die Eröffnungsfeier statt.“

„Dann mache ich dir aber zumindest noch Frühstück.“

Er strich ihr eine Strähne aus den Augen. „Das musst du nicht.“

„Weiß ich“, erwiderte sie gereizt, „aber ich möchte es gerne.“ Sie war unglücklich darüber, dass er schon fahren wollte.

„Na gut.“ Lachend schaute er zu, wie sie aus dem Bett aufstand, in den Bademantel schlüpfte und dann vor Müdigkeit kaum den Gürtel zuknoten konnte.

Unten in der Küche stellte sie als Erstes die Kaffeemaschine an und öffnete die Hintertür, damit Sassafras hinauskonnte. Da sie ohnehin schon einmal dort stand, konnte sie auch gleich die Zeitung hereinholen. Also warf sie sich einen Anorak über, ging eilig zum Briefkasten, nahm mit klammen Fingern die Zeitung heraus und hastete zurück in die Wärme der Küche.

Sie warf die Zeitung auf den Tisch und hängte die Jacke wieder an den Haken, bevor sie anfing, Waffeln zu machen und Würstchen zu braten. Die ganze Zeit musste sie das Gähnen unterdrücken. Von oben hörte sie die Dusche rauschen.

Wie selbstverständlich sich das alles anfühlt! dachte sie verträumt und fragte sich gleichzeitig, wie es wohl wäre, mit Gavin verheiratet zu sein.

Es dauerte nur wenige Minuten, da erschien auch er in der Küche. Er hatte die nassen Haare ordentlich gekämmt, und grinste sie an. „Ach, was für ein häusliches Idyll!", witzelte er, während er ihr von hinten die starken Arme um die Taille schlang.

„Vorsicht", warnte sie ihn und hob den Pfannenwender. „Ich bin bewaffnet!"

Darüber musste er lachen, sodass sein Atem sie im Nacken kitzelte. „Oh, da machst du mir aber Angst!"

„Setzen!", befahl sie übermütig und wies mit dem Pfannenwender zum Tisch. „Du bist schließlich derjenige, der so lächerlich früh aus den Federn musste."

Er gehorchte. Während Melanie die erste Waffel aus dem Eisen nahm, schlug er die Zeitung auf. Melanie legte die Waffel und zwei heiße Würstchen auf einen Teller, den sie vor Gavin hinstellte. Im gleichen Moment packte Gavin sie am Handgelenk.

Sie kicherte, weil sie dachte, er wäre immer noch zu Scherzen aufgelegt, allerdings begegneten sich ihre Blicke. Irgendetwas stimmte hier ganz und gar nicht. Seine Züge hatten sich verhärtet, Kälte lag in seinen Augen, und den Mund hatte er zu einer dünnen Linie zusammengepresst.

„Was … was ist los?"

„Das hier!", stieß er hervor und deutete auf die Zeitung.

Verwirrt schaute sie auf die Schlagzeile auf der Titelseite der *Tribune*:

Gavin Doel für alte Liebe nach Taylor's Crossing zurückgekehrt.

„Oh Gott", brachte sie flüsternd heraus.

„Und es wird noch besser", antwortete er.

Melanie schluckte. Dann las sie den gesamten Artikel, verfasst von Jan Freemont. Er beschrieb in allen Einzelheiten die Affäre zwischen ihr und Gavin und die Feindschaft zwischen ihren Familien. Illustriert war er mit dem Foto von ihnen beiden, das sie jung und verliebt in der Lodge zeigte, und einem

Bild von Jim Doel. Die Bildunterschrift verkündete, er sei der Mann, der jahrelang wegen fahrlässiger Tötung von Melanies Mutter im Gefängnis gesessen hätte.

„Das ist einfach zu viel", wisperte sie. Übelkeit stieg in ihr hoch. Zu ihrer Erleichterung stand wenigstens nichts von dem Baby in dem Text. Jan hatte lediglich geschrieben, Melanie hätte Gavin kurz darauf verlassen, um Neil Brooks zu heiraten, doch diese Ehe hätte nicht lange gehalten.

„Könnte schlimmer sein. Aber das kommt vermutlich noch", murmelte er finster vor sich hin.

„Was willst du damit sagen?"

„Dass Michaels bestimmt nicht so schnell lockerlässt. Er wird jede Woche etwas Neues finden und uns durch den Schmutz ziehen. Immer wieder."

„Das Baby?", sagte sie mit erstickter Stimme.

„Irgendwann ja."

„Oh nein!" Sie ließ sich auf einen Stuhl sinken, während sie sich krampfhaft einzureden versuchte, dass sie stark bleiben musste, dass es nichts gab, wovor sie Angst zu haben brauchte. Aber als sie nach Gavins Hand griff, erhob er sich langsam. Sein Blick durchbohrte sie.

„Ich gehe jetzt besser."

„Warum?"

„Weil ich zu tun habe. Außerdem: Woher soll ich wissen, dass nicht irgendein Reporter oder Fotograf hier vor deiner Tür kampiert?" In seiner Stimme lag keinerlei Freundlichkeit, keinerlei Liebe. Seine Miene verriet nichts als Wut.

„Du … du glaubst wirklich, dass ich etwas damit zu tun habe?", flüsterte sie ungläubig.

Er presste die Lippen zusammen. „Keine Ahnung, Melanie. Hattest du denn etwas damit zu tun?"

„Das ist doch einfach absurd! Du weißt genau, dass ich nie …" Aber in seinen Augen las sie, dass in seinen Gedanken all die Lügen und Vorwürfe der Vergangenheit wieder da waren. In diesem Moment wurde ihre Welt auf den Kopf gestellt, und ihre Träume zerbrachen in tausend Scherben. „Ja, du hast recht. Du gehst jetzt besser." Ihre Beine wollten sie kaum tragen, trotzdem richtete sie sich auf.

Eine Sekunde lang zögerte er, und in diesem kurzen Moment leuchtete in seinen Augen so etwas wie Liebe auf. Doch dann nahm er seine Jacke und stürmte hinaus. Laut schlug die Tür hinter ihm zu.

„Auf Nimmerwiedersehen!" Sie warf sein unberührtes Frühstück in den Müll, bevor sämtliche Kraft sie endgültig verließ und sie an den Küchenschränken zu Boden rutschte. Tränen schossen ihr in die Augen, obwohl sie versuchte, sie zurückzuhalten. Ohnmächtig schlug sie mit der Faust gegen die Schränke und schluchzte haltlos. Als sie Schluckauf bekam, wollte sich ihr der ohnehin gereizte Magen umdrehen. Schnell sprang sie auf, lief ins Bad und musste sich tatsächlich übergeben.

Nachdem das Würgen aufgehört hatte, spülte Melanie sich den Mund mit kaltem Wasser. Aus dem Spiegel blickte ihr ein bleiches Gesicht entgegen. *Meine Güte, was nimmst du dir das zu Herzen!* So übel war ihr schon seit Jahren nicht mehr gewesen. Das letzte Mal …

Die Zeit blieb stehen, und vor ihren Augen fing alles an, sich zu drehen.

Wie betäubt rechnete sie nach. Das letzte Mal, dass sie sich so unwohl gefühlt hatte, war nun acht Jahre her. Damals war sie mit Gavins Kind schwanger gewesen.

14. KAPITEL

Ungläubig starrte Melanie auf die blaue Linie des Schwangerschaftstests. Aber es ließ sich nicht ändern: Das Ergebnis zeigte ihr unmissverständlich, dass ihre Regel nicht so ausgeblieben war. Sie war tatsächlich schwanger. Von Gavin. Schon wieder.

In ihr mischten sich himmelhochjauchzende Freude und tiefer Schmerz. Was sollte sie jetzt bloß tun? Auf der Bettkante sitzend, wägte sie die Möglichkeiten gegeneinander ab und kam zu dem Ergebnis, dass sie den gleichen Fehler nicht zum zweiten Mal machen durfte. Sie musste es Gavin sagen, und zwar bald.

Seufzend strich sie sich die Haare aus dem Gesicht. Sie musste sich ihm anvertrauen, daran gab es keinen Zweifel. Aber heiraten musste sie ihn deshalb trotzdem nicht. Sie war durchaus dazu bereit, ihr gemeinsames Baby allein großzuziehen. Heute war sie kein verängstigtes siebzehnjähriges Mädchen mehr, sondern eine Frau und durchaus dazu in der Lage, Kind und Karriere unter einen Hut zu bringen. Falls es mit ihrer Karriere jemals wieder bergauf ging. Jedenfalls würde sie sich nie wieder auf einen Mann verlassen. Die Entscheidung, Neils Frau zu werden, war damals die falsche gewesen. Falls sie jemals wieder heiratete, dann nur aus Liebe. Und sie konnte sich nicht vorstellen, jemals einen anderen Mann zu lieben als Gavin.

„Du bist ein hoffnungsloser Fall, Melanie", sagte sie sich streng. Doch dabei durchströmte sie Freude darüber, dass sie schwanger war.

Plötzlich fragte sie sich, wie sie es wohl anstellen sollte, am heutigen Eröffnungsabend der Lodge unter vier Augen mit Gavin zu sprechen. Zuerst hatte sie überlegt, gar nicht hinzufahren, allerdings wusste sie, dass sowohl Gavin als auch Rich sie erwarteten. Als offizielle Fotografin der Lodge konnte sie sich schlecht entschuldigen.

Den Rest des Tages verbrachte sie mit Grübeleien darüber,

wie sie es ihm beibringen sollte. So oder so: Einfach würde es nicht werden.

Am Abend verwendete sie eine ganze Stunde darauf, sich für die Feier zurechtzumachen, mit der sowohl der Saisonstart als auch die Wiedereröffnung der Lodge festlich begangen werden sollten. Die Party sollte am nächsten Tag mit Skirennen, Schlittenfahrten, einem großen Grillfest im Schnee, mit einer Vorführung von Ski- und Snowboardkunststücken weitergehen. Aber heute gehörte die Lodge den prominenten Gästen, die gekommen waren, um elegant zu speisen und die Nacht durchzutanzen.

Obwohl ihr keineswegs nach Feiern zumute war, schlüpfte Melanie in ihr einziges Abendkleid, eine hochgeschlossene Kreation aus nachtblauer Seide mit langen Ärmeln. Dazu trug sie eine schlichte Silberkette um den Hals und das passende Armband schmückte ihr Handgelenk. Schließlich bürstete sie sich die Haare, die ihr in langen Locken bis über die Schultern fielen.

„Wird schon schiefgehen", meinte sie zu Sassafras. Sie tätschelte den Kopf des Hundes und zog ihren langen Mantel an.

Auf dem Weg zur Lodge begegneten ihr bereits etliche andere Autos, die offenbar dasselbe Ziel hatten. Melanie musste lächeln, als die ersten Schneeflocken auf die Windschutzscheibe hinabschwebten. Wenn Gavins Hotel kein Erfolg wurde, dann lag es mit Sicherheit nicht am Schneemangel.

Schon von Weitem begrüßte die hell erleuchtete Lodge die geladenen Leute. Vor dem Gebäude brannten Fackeln, und aus allen Fenstern fiel goldenes Licht nach draußen. Melanie parkte in der Nähe des Hintereingangs, straffte die Schultern und betrat die Lobby, in der ihre Fotos nun indirekt beleuchtet wurden.

In dem riesigen Raum drängten sich bereits Gäste, Angestellte und Musiker. In einer Ecke spielten ein Pianist und eine Gitarrenband leisen Softrock. An der gegenüberliegenden Wand standen Silberplatten mit Horsd'œuvres auf einem langen, mit weißem Damast bedeckten Buffettisch, und hinter der Bar waren zwei Barkeeper damit beschäftigt, Drinks zu mixen. Durch die Grüppchen von elegant gekleideten, juwelenbehangenen Leuten eilten geschäftige Kellner.

Das Summen von Gesprächen und Gelächter schwebte hinauf bis zur hohen Decke. Melanie wünschte sich einen Augenblick lang inständig, ganz weit weg zu sein – irgendwo, Hauptsache nicht hier. Unter den Gästen entdeckte sie einige der Honoratioren von Taylor's Crossing sowie ein paar berühmte Skisportler mit ihren Frauen. Sie stürzte sich ins Getümmel, um Gavin zu suchen, auch wenn sie immer noch nicht wusste, wie sie ihm die Neuigkeit beibringen sollte.

„Na, wie findest du das?“, flüsterte ihr eine Männerstimme ins Ohr. Als sie sich umdrehte, erblickte sie Rich Johanson, der zufrieden strahlend den Blick über die belebte Lodge schweifen ließ.

„Scheint ein voller Erfolg zu sein.“

„Finde ich auch“, stimmte er ihr zu. „Und Gavin hat sich schon Sorgen gemacht!“

„Na, das kann er besonders gut.“

„Ich … äh, das mit dem Zeitungsartikel tut mir leid“, sagte Rich. „Ich hatte ja keine Ahnung …“

„Das hatte wohl keiner von uns“, antwortete sie. Plötzlich fing ihr Herz an, schmerzhaft zu pochen. Hinter Rich erspähte sie Gavin, der mit seiner großen, schlanken Figur in dem eleganten Smoking aus der Menge hervorstach. An seiner Seite, vertraulich bei ihm eingehängt, stand die schönste rothaarige Frau, die Melanie je gesehen hatte: Aimee LaRoux. Der Anblick versetzte ihr einen Stich.

Rich, der ihrem Blick gefolgt war, runzelte die Stirn. „Ein Überraschungsgast“, bemerkte er achselzuckend.

„War sie denn nicht eingeladen?“

„Nicht von mir.“

Dann wohl von Gavin. Doch Melanie schob den ungebetenen Gedanken beiseite. Sie vertraute Gavin, und er hatte ihr schließlich gesagt, dass er sie liebte. Oder nicht?

„Wenn du mich entschuldigen würdest“, meinte sie zu Rich, bevor sie sich auf den Weg zu Gavin machte. Er hatte sie noch nicht bemerkt, denn er neigte den Kopf gerade zu Aimee, die ihm etwas zuflüsterte. Aber sowie er hochschaute und Melanie vor sich sah, rang er sich ein schmales Lächeln ab.

Ebenso angespannt lächelte Melanie zurück. „Herzlichen Glückwunsch, Gavin. Die Feier ist grandios.“

„Danke.“

„Oh, dieses Resort ist einfach unglaublich!“, bemerkte Aimee überschwänglich. „Aber so ist das immer: Was Gavin auch berührt, verwandelt sich in Gold.“

„Nicht ganz“, widersprach er.

Melanie nahm all ihren Mut zusammen und sagte zu ihm: „Falls du irgendwann kurz Zeit hast – nicht jetzt, natürlich –, dann würde ich gerne mal mit dir sprechen.“

„Allein?“

Sie nickte. „Ja, das wäre das Beste.“

Gavin warf einen schnellen Blick auf seine Armbanduhr, murmelte etwas in Aimees Richtung und fasste Melanie am Arm, um sie in den hinteren Teil der Lodge zu führen. „Warte doch – du hast schließlich Gäste!“, protestierte sie.

„Das spielt keine Rolle.“ Mit großen Schritten ging er zu seinem privaten Apartment voraus, hielt ihr die Tür auf und schloss sie hinter ihnen ab.

„Es gibt da was, das ich dir …“

„Mr Doel?“ Ein lautes Klopfen ertönte.

Fluchend öffnete Gavin die Tür. „Was?!“

Der Caterer, ein großer Mann um die dreißig, hatte die Hand bereits erhoben, um noch einmal zu klopfen. „Tut mir leid, Sie stören zu müssen, doch der Champagner geht aus …“

„Dann öffnen Sie noch eine Kiste. Sie finden noch welche in den Kühlschränken bei der Hintertür“, erklärte Gavin ihm ungeduldig. „Und wenn Sie noch weitere Fragen haben, dann wenden Sie sich an Mr Johanson.“

„In Ordnung“, antwortete der Caterer.

Gavin schlug die Tür zu und drehte den Schlüssel um. „So. Und was ist jetzt so überaus wichtig?“

Vor Nervosität verkrampfte sich Melanies Magen. Sie suchte Halt an der Rückenlehne eines Stuhls. „Du bist gestern so schnell gefahren. Ich hatte gar keine Gelegenheit, mich von dir zu verabschieden.“

„Verabschieden?“, wiederholte er. Er zog die Brauen zusammen, verschränkte die Arme vor der Brust und betrachtete sie abwartend.

Ihr wurden die Handflächen feucht. „Willst du denn nicht bald abreisen, um dich wieder dem Sport zu widmen?“

„Das weiß ich noch nicht. Bisher habe ich noch keine konkreten Pläne. Das hängt alles davon ab, wie es hier weitergeht.“ Er kam auf sie zu und blieb dicht vor ihr stehen. „Was ist hier los, Melanie?“

Sie räusperte sich und flüsterte: „Ich bin schwanger.“ Als sie hochblickte, las sie nackte Panik in seiner Miene.

„Du bist … was?“

„Schwanger.“ Weil sie sah, wie ihm das Blut aus den Wangen wich, setzte sie schnell hinzu: „Das Baby ist natürlich von dir.“

„Aber … du hast doch gemeint … Ich dachte, du könntest keine Kinder bekommen.“

„Konnte ich auch nicht. Zumindest nicht mit Neil.“

„Bist du dir ganz sicher?“ Noch immer machte er keine Anstalten, sie in die Arme zu nehmen, sondern musterte sie nur misstrauisch.

„Ich habe heute Morgen einen Schwangerschaftstest gemacht, war allerdings noch nicht beim Arzt. Dennoch: Meine Periode ist überfällig und ich musste mich übergeben, und das hat es zuletzt bei der anderen Schwangerschaft gegeben.“ Da sie zu zittern anfing, klammerte sie sich fester an die Stuhllehne.

„Wir heiraten“, erklärte er, ohne eine Sekunde lang nachzudenken.

„Nein.“

Fassungslos starrte er sie an. „Was soll das heißen – ‚nein'?"

„Ich habe nicht vor, dich anzuketten, Gavin. Du hast dein eigenes Leben. Weder ich noch ein Baby haben darin Platz. Du bist einfach nicht glücklich, wenn du dich nicht Hals über Kopf auf Skiern einen steilen Hang runterstürzen kannst."

„Und was willst du dann machen? Etwa einen anderen Mann heiraten?"

Sie holte schnell Luft. „Nein. Ich ziehe das Kind alleine groß. Das hätte ich beim ersten Mal auch schon tun sollen. Und ich werde es lieben und …"

„Das erste hast du verloren."

Die Worte blieben im Raum hängen und hallten tief in ihr schmerzhaft wider. „Dieses werde ich nicht verlieren. Komme, was da wolle."

„Stimmt", bestätigte er. Die Angst in seinem Gesicht wich einem neuen, stärkeren Gefühl. Er lächelte, allerdings blieb der grüblerische Ausdruck in seinen Augen. „Denn ich werde es nicht zulassen." Energisch schob er mit dem Fuß den Stuhl beiseite, auf den sie sich gestützt hatte, und schloss sie in seine Arme.

„Mr Doel?" Wieder wurde an die Tür gehämmert.

„Lass uns hier verschwinden", flüsterte er dicht an ihrem Ohr.

„Aber …" Sie warf einen besorgten Blick zur Tür.

„Komm schon!" Er nahm ihre Hand, öffnete die Tür zu seiner privaten Sonnenterrasse und führte sie die wenigen Stufen zum Erdboden hinunter.

„Wo gehen wir hin?", fragte sie, erhielt allerdings als Antwort lediglich ein übermütiges Lachen.

Weil ihre hohen Absätze im Schnee versanken, hob Gavin sie hoch und trug sie zur unteren Seilbahnstation der Rocky-Ridge-Piste, als wäre sie leicht wie eine Feder. Dort stand eine Seilbahngondel bereit.

„Das meinst du nicht ernst …", hauchte sie, aber er bewies ihr umgehend das Gegenteil, indem er Melanie sanft hineinschob. Dann wechselte er ein paar Worte mit dem Aufzugführer, der ihn sofort erkannte und nickte. Innerhalb von Sekunden befanden sich Melanie und Gavin auf rascher Fahrt den Hang hinauf. Dunkle Nacht umgab sie.

„Du bist von allen guten Geistern verlassen", warf sie ihm vor.

„Ich bin verrückt. Und zwar verrückt nach dir." Kaum hatte die Gondel den höchsten Punkt erreicht, stoppte sie plötzlich.

Erschrocken keuchte Melanie auf. „Was ist los?"

„Tony gönnt uns hier oben eine halbe Stunde. Wir werden vollkommen ungestört sein." Gavin zog sie fest an sich. „Und ich habe vor, dich innerhalb dieser dreißig Minuten davon zu überzeugen, mich zu heiraten."

„Gavin, du musst wirklich nicht ..."

Er schnitt ihr das Wort ab, indem er sie küsste und mit der Zunge in ihren Mund eindrang. Sofort fingen Melanies Knie an zu zittern, und Gavin stützte sie. Sanft drückte er sie gegen die Wand der Gondel. „Heirate mich, Melanie."

„Aber ich kann doch nicht ..."

Wieder presste er seine Lippen auf ihre. Dieses Mal gab sie nach und erwiderte den Kuss mit dem ganzen Feuer der Leidenschaft, die von ihr Besitz ergriffen hatte. Ohne die Aussicht auf die erleuchtete Lodge und die umliegenden Berge zu beachten, schloss sie die Augen.

Stöhnend hob er den Kopf. „Und?"

„Ja!", antwortete sie. „Ja, ja, ja!"

Er lächelte, und griff in die Innentasche seines Smokings. Dann nahm er Melanies Hand und legte eine kleine, samtbezogene Schatulle hinein.

Atemlos öffnete sie sie und entdeckte im Inneren einen Ring mit einem riesigen Solitärdiamanten auf einem Polster aus schwarzem Samt. Als Gavin ihr den Ring über den Finger streifte, bemerkte sie, dass er perfekt passte.

„Du hast das geplant", wisperte sie.

„Ja. Deshalb stand der Seilbahnführer unten schon bereit“, erklärte er. „Ich wollte eigentlich warten bis zum Ende der Party, doch mein Entschluss stand jedenfalls fest: Ich will dich heiraten, und ich hatte nicht vor, mich mit einem Nein abspeisen zu lassen. Deshalb habe ich es arrangiert, dass wir hier hochfahren, damit ich dir weit weg von allem den Heiratsantrag machen kann.“

„Wirklich?“, fragte sie verblüfft. „Aber was ist denn mit der *Tribune*? Schließlich hast du mir vorgeworfen, dass …“

„Ich weiß. Allerdings brauchen wir uns um die *Tribune* keine Gedanken mehr zu machen.“

„Warum nicht?“

„Weil ich die Zeitung gestern gekauft habe.“

„Du hast was?“ Fassungslos starrte sie ihn an. Im ersten Moment dachte sie, es handelte sich um einen Witz, aber sein Gesicht sah ernst aus.

„Erinnerst du dich nicht mehr, wie ich gesagt habe, dass ich einiges zu tun habe? Als ich von dir weggefahren bin, habe ich die Eigentümer der Zeitung angerufen und ihnen ein großzügiges Angebot unterbreitet. Sie haben angenommen, und Brian Michaels und Jan packen schon ihre Siebensachen.“

Melanie traute ihren Ohren kaum.

„Ich habe gestern einfach beschlossen, dass es an der Zeit ist, mal ein paar Dinge zu regeln. Wenn du also willst, kannst du deinen alten Job zurückhaben. Mit einer saftigen Gehaltserhöhung.“

„Und was ist mit dir?“

„Ich bin mir darüber klar geworden, dass ich nicht unbedingt in Europa Rennen fahren muss. Es sei denn, meine Familie möchte dort ihren Urlaub verbringen.“

„Meinst du denn, du wirst glücklich, wenn du hier lebst?“, hakte sie nach.

„Nur wenn ich mit dir zusammen hier lebe.“

„Und was ist mit deinem Vater?“

„Ach, mit dem habe ich mal ein offenes Wort geredet. Doch wie es aussieht, hattet ihr sowieso gestern schon eine kleine Unterhaltung. Seitdem ist Dad der Meinung, dass er sich vielleicht in dir getäuscht hat."

Melanie konnte ihm kaum folgen. „Aber wieso hast du es mir dann so schwer gemacht? Warum musste ich erst beichten, warum hast du mir den Antrag nicht gemacht, bevor ich dir von dem Baby erzählt hatte?"

Er nahm sie wieder in die Arme und drückte ihr einen Kuss auf die Stirn. „Weil ich hören wollte, was du auf dem Herzen hattest. Ich hatte doch keine Ahnung, dass du schwanger bist! Und dann wollte ich erst rausfinden, ob du unser Baby überhaupt wolltest."

„Ach, Gavin, hast du daran etwa gezweifelt?"

„Eigentlich keine Sekunde lang, meine Liebste", antwortete er lächelnd. „Dennoch wollte ich sichergehen, dass du mich heiratest, weil du es willst – und nicht weil du einen Vater für dein Kind brauchst."

„Das ist doch vollkommen verquer gedacht!"

„Das sagt die Richtige." Er küsste sie wieder, und sie schmiegte sich an ihn. „Ich sehe die Schlagzeile in der nächsten *Tribune* schon vor mir: *Doel heiratet Frau seiner Träume*."

Lachend warf Melanie einen Blick auf den Diamantring an ihrem Finger. „Eigentlich ist es ja *mein* Traum, und den trage ich schon lange mit mir herum."

„Es ist unser Traum", antwortete er gefühlvoll. „Und er soll ewig dauern."

– ENDE –

Lesen Sie auch:

Virna DePaul

Hauchnah

Ab August 2013 im Buchhandel

Band-Nr. 25680
7,99 € (D)
ISBN: 978-3-86278-742-5

1. KAPITEL

Plainville ist eine merkwürdig malerische Stadt, Nordkaliforniens Antwort auf das fiktive Mayberry aus der *Andy Griffith Show*. Ländlich genug als Drehort für jeden beliebigen Low-Budget-Slasherfilm. Kontraste spielen in der Standfotografie eine genauso große Rolle wie im Film. Vielleicht hatte Natalie Jones aus diesem Grund Plainville zum Schauplatz ihres endgültigen Abstiegs in die Finsternis gewählt.

Die Schlüsselszene einer Tragikomödie. Ein Darsteller. Ein Zuschauer.

Und Vorhang.

Im Moment jedoch erfreute sie sich eines letzten Aufschubs.

Sie hätte so tun können, als hätte sie das Wort „Netzhautdegeneration" noch nie gehört. Als erwartete sie nicht die völlige Dunkelheit. Als wäre sie eine ganz normale Frau, die ihren Vormittag mit einem Bummel über den Bauernmarkt verbrachte, Bioobst und -gemüse prüfte und das Gemeinschaftsgefühl genoss.

Bei dem Anblick einer der berittenen Polizisten, die hin und wieder den Marktplatz umrundeten, griff sie entschlossen nach ihrer Kamera und fotografierte ihn. Dadurch jedoch wurde ihre Selbsttäuschung hinfällig.

Sie war nicht normal, war es im Grunde nie gewesen.

Sie konnte wohl die imposante Größe des Tieres, den Umriss und die Bewegungen wahrnehmen und erkennen, dass es ein typischer Fuchs war. Doch selbst mit einem Supervergrößerungsobjektiv sah sie nicht das Spiel der kraftvollen Muskeln unter der Haut, konnte den Ledersattel auf seinem Rücken nicht von der wahrscheinlich darunter liegenden Decke unterscheiden oder mit Sicherheit feststellen, dass es sich bei dem Reiter um einen Mann und nicht um eine kräftige Frau handelte.

Natalie presste die Lippen zusammen, ließ die Kamera sinken und blinzelte gegen die drohenden Tränen an.

Es ist schon richtig, dachte sie. Größer war nicht immer

gleich besser, nicht wenn sie selbst bei einem Fünfhundertkilopferd keine Einzelheiten erkennen konnte. Trotzdem, es war immer noch besser als gar nichts.

Empört seufzend setzte sie sich wieder in Bewegung, darauf bedacht, den Kopf hochzuhalten und langsam zu gehen. Aber auch nicht zu langsam.

Sie passierte eine Gruppe Mammutbäume rechts von ihr und hielt wieder inne, da unverhofft helle Sonnenstrahlen durch die Zweige brachen und sie blendeten. Sarkastisch verzog sie den Mund, dann schloss sie die Augen, hob das Gesicht und genoss die kaum merkliche Wärme auf ihrer Haut. Diesen Moment wollte sie für dunklere Zeiten im Gedächtnis bewahren, zusammen mit Erinnerungen an andere Orte, an denen sie glücklich gewesen war.

Die Seine in Frankreich.

Die Serpentinenwege in den Schweizer Bergen.

Die unbefestigten Straßen in Malaysia, zu beiden Seiten umgeben vom üppigen Grün des tropischen Regenwalds.

Die Erinnerungen würden ihr helfen, ihren Kummer zu verbergen.

Zu verbergen.

Dieser Begriff war ihr inzwischen ziemlich vertraut. Eine Fähigkeit, die sie beinahe bis zur Perfektion vervollkommnet hatte.

So viele Jahre hatte sie das Bevorstehende gefürchtet, dass ihr äußeres Auftreten nur noch selten spiegelte, wie viel Angst und Panik sie tief in sich empfand. Seit die Krankheit nicht mehr nur eine statistische Wahrscheinlichkeit, sondern Wirklichkeit war, bedeutete ihre Fähigkeit, ihre Gefühle zu verbergen, etwas sehr Wertvolles für sie. Beherrschung, ja, aber noch wichtiger war – Würde. Im Gegensatz zu ihrer Mutter würde sie ihr Schicksal mit Anstand annehmen und sich nicht von ihrer Situation unterkriegen oder zerstören lassen. Und es spielte auch keine Rolle, dass sie sich ihrer Zukunft allein stellen musste. Allein sein war besser, auch wenn sie es eine Zeit lang vergessen hatte.

Unvermittelt drifteten ihre Gedanken zu Duncan Oliver ab.

Trotz der wärmenden Sonnenstrahlen auf ihrem Gesicht fröstelte sie und zog ihren Pullover fester um sich.

Warum musste sie zu allem Überfluss auch noch ständig so frieren?

Nichts – kein Kaffee, keine Heizung, nicht einmal eine Heizdecke – konnte die Kälte ganz vertreiben, die sich in ihrem Inneren ausgebreitet hatte, nachdem Duncan vor zwei Wochen mit angespannter, doch entschlossener Miene zu ihr gekommen war und mit ihr hatte reden wollen.

„Tut mir leid, Natalie. Ich liebe dich, aber – aber ich halte es nicht aus. Ich ertrage es nicht, mit anzusehen, was du durchmachst“, hatte er gesagt.

Zu dem Zeitpunkt hatte Natalie nur mit Mühe ihre Tränen zurückhalten können. „Doch du kannst es ertragen, dass ich es allein durchmache? Obwohl das hundertmal schlimmer ist?“ Ach, was, hundert. Eher tausendmal. Hunderttausend. Natürlich hatte sie das nicht laut ausgesprochen. Stattdessen hatte sie nach vorn geblickt. Und genau so wollte sie es weiterhin halten.

Seufzend öffnete sie die Augen, blinzelte, bis ihre Sicht etwas weniger verschwommen war, und ging weiter. Im Hintergrund hörte sie Pete, einen Einheimischen, der in diversen Kriegen gekämpft und bei seiner Heimkehr seine Frau an den Krebs verloren hatte, seine Weltuntergangsprognosen und politischen Parolen brüllen. Die Polizei nahm es hin, bis der Besucherstrom zunahm. Dann würden sie ihn mit sanfter Gewalt entfernen.

Absichtsvoll näherte sie sich Pete, darauf bedacht, niemandem in den Weg zu geraten. Der Markt hatte gerade erst geöffnet und das Gedränge, das in etwa zwei Stunden den Park heimsuchen würde, hatte noch nicht eingesetzt. Bis dahin würde sie längst fort sein, ihre Fotos vergrößert auf dem Computermonitor bearbeiten und versuchen, sie nicht zu streng zu beurteilen und nicht daran zu denken, dass sie wohl zu den letzten gehörten, die sie je aufnehmen würde.

Sie geriet ins Stolpern, als etwas ihre Waden streifte, und spontan griff sie nach unten und ertastete weiches Fell. Sie lachte, und der heisere Ton erschreckte sie. „Hallo, Süßer", schmeichelte sie und streichelte den Hund, doch dann pfiff der Besitzer nach ihm und der Hund lief davon.

Für eine Weile konnte sie unbeschwert lächeln, und sie kostete das unverhoffte Gefühl der Zufriedenheit aus. Als sie Pete erreichte, unterbrach er seine Volksrede, um sie zu begrüßen. „Hallo, Natalie, du Hübsche."

Angesichts der vertrauten Begrüßung erschien wieder ein Lächeln auf ihrem Gesicht. Wann immer sie ihn traf, war Pete höflich zu ihr. Stets erkannte er sie, und es verblüffte sie, wie er innerhalb von einer Sekunde von wahnhaft auf vernünftig umschalten konnte. „Hi, Pete. Wie geht's dir heute?"

„Prima. Keine Angst. Alles wird gut."

„Danke, Pete. Das freut mich." Sie warf einen Fünfdollarschein in sein Körbchen und ging weiter. Seine Worte berührten sie seltsam. Er sagte dies bei jeder Begegnung, und meistens tat Natalie sie als leeres Gefasel ab. Aber heute gaben sie ihr Halt.

Zwar schritt die Krankheit fort, doch noch konnte Natalie sehen. Konnte noch arbeiten. Vielleicht hatte Pete recht, und alles würde gut werden.

Sie hatte für die Zeitschrift *Plainville* schon Hunderte von Fotos geschossen, um die Renovierung des Stadtzentrums zu dokumentieren. Allerdings dank des ungewöhnlich sonnigen Tags wären die Fotos vom Bauernmarkt eine hübsche Zugabe. Zwar herrschte keineswegs Gedränge, aber immerhin spazierte eine große Anzahl Besucher umher. Einige bewegten sich so schnell, dass ihre Körper ein Kaleidoskop verschwommener Farben bildeten. Wenn sie ihr Tempo jedoch verlangsamten und Natalie nahe genug herankam, konnte sie sie erkennen: Geschäftsleute, Pärchen, Familien.

Mehrmals umrundete sie den Park auf der Suche nach Motiven, die sie so oft aufnahm, bis alles perfekt war. Einige Male, als Gegenstände oder Personen ihr besonders auffielen, aufgewertet durch den Hintergrund oder einen Gesichtsausdruck, sofern sie ihn überhaupt wahrnehmen konnte, formulierte sie im Geiste gleich Bildunterzeilen. Dies hatte sie sich während ihrer Zeit in Dubai angewöhnt und nicht wieder abgelegt.

Das Foto von der zierlichen dunkelhaarigen Frau, die sich bei dem silberhaarigen Mann an ihrer Seite untergehakt hatte und zu ihm auflachte, nannte sie „Freude“.

Und das Bild eines Mannes, der, den Blick auf einen nahen Spielplatz gerichtet, an einem Baum lehnte und etwas in der Hand hielt, das wie eine Videokamera aussah, sollte „Beobachter“ heißen.

Eine ältere Frau mit ernster Miene ging vorbei, lächelte aber sogleich, als das Baby in ihren Armen auf ihren Hals spuckte. Der Wind trug den Hauch des Dufts von Babyshampoo und Milch zu Natalie herüber. Sie konnte nicht widerstehen und drehte sich um, um das Baby, so verschwommen es auch war, so lange wie möglich im Blick zu behalten. Es gelang ihr nicht lange.

Im Gewimmel der wachsenden Menschenmenge drang wieder Petes Geschwätz an ihr Ohr. „Nicht, was du denkst ... er hat dich geblendet ...“ Natalie runzelte die Stirn, wandte den Kopf und schnappte nach Luft, da sie gegen etwas Hartes gestoßen war.

Kräftige Hände packten sie bei den Armen, damit sie nicht stürzte. „Hoppla, kleine Dame. Pass auf, wohin du gehst.“

Ärgerlich zog Natalie die Brauen hoch. *Kleine Dame?* Sie hob den Kopf, kniff die Augen zusammen, doch weil er die Sonne im Rücken hatte, konnte sie noch weniger von dem Mann erkennen als andernfalls. Er war groß und roch nach Tabak, doch sie nahm noch einen anderen Geruch an ihm war. Es schien, als hätte er sich mit Parfüm eingenebelt, um sein Laster zu verbergen. Er trug einen Hut. Angesichts seiner Worte und des leicht texanischen Akzents hätte sie auf einen Cowboyhut getippt, allerdings war der Hut irgendwie bunt gemustert, und etwas daran blinkte wie ein Diamant.

Sie bezwang ihre Mischung aus Verlegenheit und Ärger, sagte: „Entschuldigung“, und ging um ihn herum. Pete brüllte jetzt, und sie verzog das Gesicht, als er jemandem vorwarf, ein Heuchler zu sein. Ein Scharlatan. Immer wenn Pete anfing, Personen zu beschimpfen, griff die Polizei schließlich ein. Dieses Mal blieb Natalie stehen, bevor sie sich abwandte. Pete zeigte auf ein Pärchen, und mehrere Leute beobachteten neugierig das Schauspiel.

„Gib ihm nicht, was er haben will", kreischte Pete. „Geh nach Hause! Geh nach Hause. Geh …"

Eine Gestalt näherte sich ihm. „Also, Pete. Das reicht. Komm mit." Die Stimme klang freundlich, aber dennoch streng. Eindeutig ein Cop. Und tatsächlich verstummte Pete und ließ sich abführen. Dann war er verschwunden. Die Menge zerstreute sich.

Natalie fragte sich, ob der Polizist Pete nur bis zur Parkgrenze begleitete oder ob er ihn zu seinem Wohnwagen mehrere Straßenzüge entfernt fahren würde. Einmal war sie dort gewesen, weil sie Pete ihre Hilfe anbieten wollte. Sie wusste, dass auch die Cops ihm Hilfe angeboten hatten. Pete lehnte solche Versuche dankend ab.

Sie ging weiter, doch Pete und seine Anschuldigungen kreisten in ihren Gedanken, bis Kinderlachen und das Geplätscher von Wasser sie aus ihrer Versunkenheit rissen. Sie näherte sich dem Parkbrunnen. Da er ein schönes letztes Motiv sein würde, lief sie etwas schneller.

Ohne Vorwarnung explodierte ein Schmerz hinter ihren Augen. Sie sah einen grellen Lichtblitz, bevor der Rest ihrer Sehkraft zusammenschrumpfte.

Ihre Hände, die locker die Kamera hielten, zuckten so heftig, dass der Trageriemen an ihrem Hals riss. Wie aus weiter Ferne hörte sie die Kamera vor ihren Füßen auf dem Boden aufschlagen. Dann spielten offenbar ihre übrigen Sinne verrückt. Ihr Gehör ließ nach. Ihre Finger wurden taub. Ihre ohnehin schon kühle Haut wurde eisig. Doch die erhoffte Distanziertheit blieb aus. Und die ruhige Inkaufnahme ihrer Krankheit, die sie sich im Lauf von fast zwanzig Jahren erarbeitet hatte, löste sich im Nichts auf.

Kein Versteck weit und breit.

„Nein", flüsterte sie. „Nicht jetzt. Bitte nicht jetzt."

Natalies Welt war unvermittelt völlig dunkel geworden.

Lisa Jackson

Was gestern war

Begierde und Betrug

Was gestern war

Journalistin Andrea Monroe soll ihren Exlover zu einem Fernsehauftritt überreden. Und plötzlich merkt sie, wenn Jefferson Ja sagt, gibt es vielleicht ein Zurück für sie beide …

Begierde und Betrug

Maren McClure und Kyle Sterling sind beide in der knallharten Entertainment-Industrie tätig und verfeindet. Aber Kyle hat nicht mit dem Sex-Appeal seiner schönen und sehr cleveren Gegenspielerin gemacht!

Band-Nr. 25632
8,99 € (D)
ISBN: 978-3-86278-482-0
368 Seiten

Lisa Jackson

Gefährlich wie die Wahrheit

Ohne Skrupel

Ein Mann ist das Letzte, was die vermögende Beverly Bennett will. Was sie dagegen dringend braucht, ist einen guten Rechtsanwalt. Jake McGowan übernimmt den Fall – aus einem eiskalten Grund: Rachedurst …

Lebenslang

Lieber tot als lebendig würde Victoria ihn sehen! Doch warum ist ihr Ex-Geliebter Trask gerade jetzt auf dem Weg zu ihr? Sie ahnt nicht: er will eine gefährliche Wahrheit aufdecken – und mit Victoria die Zeit zurückdrehen …

Band-Nr. 25567
8,99 € (D)
ISBN: 978-3-89941-969-6
544 Seiten

Cherry Adair
Wie ein reißender Sog
Band-Nr. 25643
8,99 € (D)
ISBN: 978-3-86278-498-1
320 Seiten

Cherry Adair
Im Meer des Skorpions
Band-Nr. 25618
8,99 € (D)
ISBN: 978-3-86278-460-8
368 Seiten

Cherry Adair
In gefährlicher Strömung
Band-Nr. 25592
8,99 € (D)
ISBN: 978-3-86278-318-2
368 Seiten